Dominik Schmeller

Das Relikt der Fladrea

MANTIKORE VERLAG

DAS RELIKT DER FLADREA

– Deutsche Erstauflage –

1. Auflage
Veröffentlicht durch den
MANTIKORE-VERLAG NICOLAI BONCZYK
Frankfurt am Main 2017
www.mantikore-verlag.de

Lektorat & Korrektorat: Nora-Marie Borrusch
Satz: Karl-Heinz Zapf
Illustrationen: Hauke Kock
Covergestaltung: Biserka Begovic & Matthias Lück

VP: 163-123-01-04-0917

Printed in the EU

ISBN: 978-3-945493-54-0

Dominik Schmeller

Das Relikt der Fladrea

Roman

MANTIKORE
VERLAG

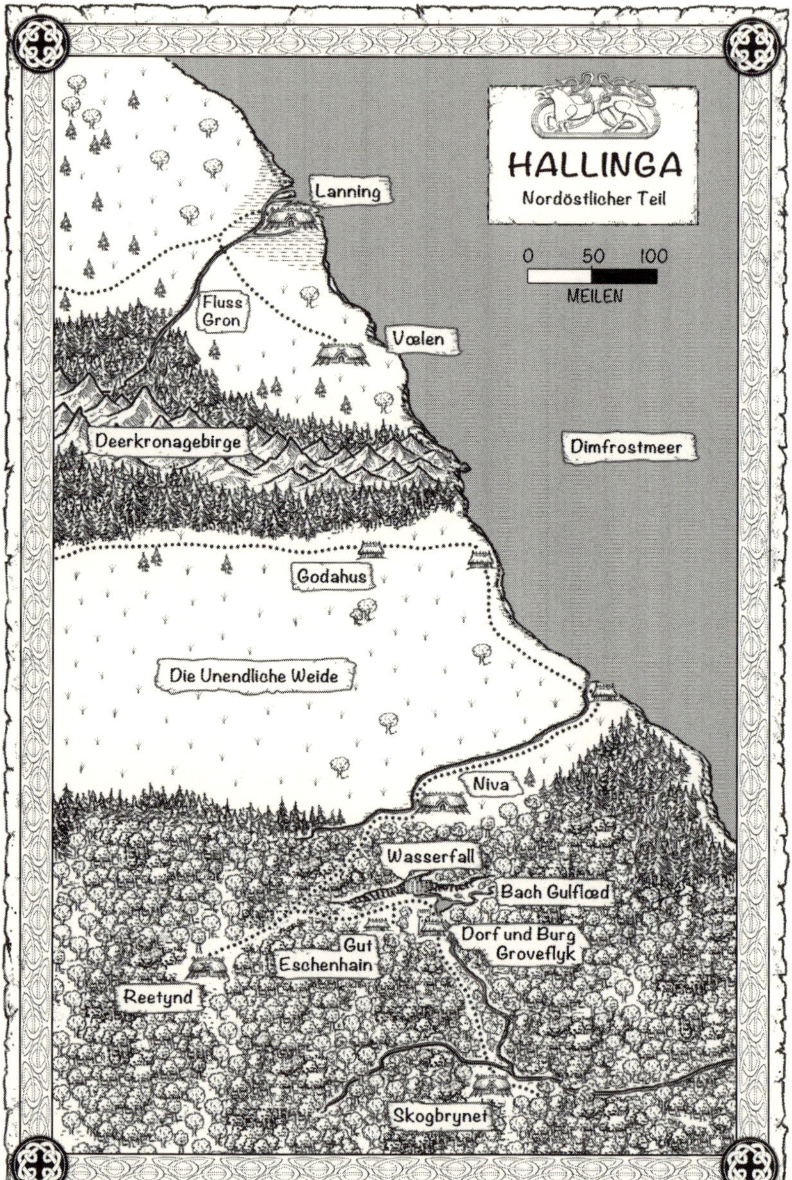
HALLINGA
Nordöstlicher Teil
0 50 100
MEILEN
Lanning
Fluss Gron
Vælen
Deerkronagebirge
Dimfrostmeer
Godahus
Die Unendliche Weide
Niva
Wasserfall
Bach Gulflæd
Dorf und Burg Groveflyk
Gut Eschenhain
Reetynd
Skogbrynet

Prolog

Das Schwert in ihrer Hand war dazu bestimmt, es in die Brust eines Menschen zu stoßen, doch Larima wusste nicht, wer ihr Feind war.

Die Blutgier, die sie in sich spürte, ekelte sie an und am liebsten hätte sie die Klinge fallen gelassen, aber ihre Hände gehorchten ihr nicht.

Ihr Körper fühlte sich schwerfällig an, als sie durchs Geäst einiger Büsche brach. Sie hastete über den moosbewachsenen Waldboden, ohne sich umzusehen. Es war nicht mehr wichtig, leise zu sein. Es galt nur, schneller zu sein als die anderen.

Larima hetzte weiter. Die hohen Fichten um sich herum nahm sie nur verschwommen wahr. Sie schwang sich über einen gefallenen Stamm und blieb in der Finsternis an einer Wurzel hängen.

Sie war sicher, noch nie in diesem Wald gewesen zu sein, und gleichzeitig fühlte er sich vertraut an.

Ein Geräusch ließ sie erstarren. Von weit erklang das Brüllen eines Tieres durch die Nacht, das sich wie der Schrei eines Säuglings anhörte.

Weiße Wolken erschienen vor ihrem Mund, als Larima hastig Atem schöpfte. Die Kälte schreckte sie nicht, doch der aufkommende Bodennebel konnte tückisch werden. Wie Milch umfloss er ihre Stiefel und verdeckte die Steine und Wurzeln, die einen Unbedachten zu Fall bringen wollten. Selbst eine große Erdspalte konnte sich darunter verbergen. Ein unachtsamer Schritt und man stürzte tief und blieb mit gebrochenem Genick liegen.

Larima lehnte sich mit der Schulter an eine wuchtige Eiche, an deren Stamm Efeu emporrankte und im Geäst verschwand. Mit einem Mal gewahrte sie die Stille. Keine Eule schrie, auch das Brüllen des Tieres war verstummt. Stille war in einem solchen Wald kein gutes Zeichen. Einer dieser Kerle musste in der Nähe sein.

Sie spähte in das Dunkel zwischen den Stämmen. Da niemand zu sehen war, stieß sie sich von der Eiche ab und eilte weiter.

Ihr Blickfeld verschwamm, als würde Nebel von außen hereinwirbeln. Für einige Herzschläge sah sie nichts außer einem trüben Strudel.

Plötzlich klarte sich ihr Blick auf und sie befand sich an einem anderen Ort, am Rande einer Lichtung mit einer Gruppe riesenhafter Farne, vom Mondlicht schwach erhellt. Inmitten der Wedel bewegte sich etwas, einer von ihnen schwankte. Jemand versteckte sich dort.

Larima schlich gebückt am Rand der Lichtung entlang, bewegte sich von der anderen Seite aus lautlos auf die Mitte zu und tauchte zwischen die Farnwedel ein.

Keine drei Schritt vor sich erkannte sie im Schatten einen Mann, der auf dem Boden kauerte, erstarrt, als fürchtete er, sich durch ein Geräusch zu verraten.

Larima wusste, dass sie ihr Opfer gefunden hatte.

Ihr Herz trommelte in ihrer Brust, als sie vorwärtsschlich, um sich hinter den Mann zu bringen. Der Bodennebel war noch dichter geworden und wirbelte bei jedem Schritt um die schweren Lederstiefel empor, als wollte er sich an sie schmiegen.

Sie packte einen Farnwedel, schob ihn zur Seite und bewegte sich vorsichtig vorbei. Nur wenige Spann vor sich konnte sie die ängstlichen Atemzüge des Mannes hören.

Als sie hinter ihm stand, wirbelte er herum. Er musste etwas gespürt haben. Doch nichts würde ihm mehr helfen können.

Mondlicht fiel auf sein Gesicht. Es war von Schrecken verzerrt.

Das Hæsgena-Fest

- 1 -

Larima ließ ihre Füße im Wasser baumeln und spürte die warmen Wellen sacht an ihre Knöchel schlagen. Am liebsten wäre sie für immer hier am Ufer sitzen geblieben und hätte ihre Probleme vergessen. Doch der Stand der Sonne im wolkenlosen Himmel über dem See verriet ihr, dass nicht viel Zeit blieb, wenn sie nicht zu spät kommen wollte.

Seufzend beugte sie sich vor und blickte in das längliche Gesicht, das ihr aus dem Wasser entgegensah. Die vollen Lippen und die großen, smaragdgrün funkelnden Augen gehörten keinem Kind mehr.

Fast kann man meinen, ich wäre eine normale junge Frau.

Wäre da nicht ihr Haar gewesen, das in der Sonne glänzte wie flüssiges Sternenlicht. Es war nicht nur heller als das der anderen in Groveflyk, schließlich besuchten bisweilen auch blonde Menschen die Burg. Larimas Haaren wohnte vielmehr ein schimmernder Glanz inne, als bestünden sie aus fein gesponnener Bronze.

Das reichte, damit die Leute manchmal hinter ihrem Rücken tuschelten und ihr befremdliche Blicke hinterherwarfen. Noch schlimmer machte, dass niemand mit ihr darüber sprechen wollte, warum sie anders war. Die Menschen zuckten regelrecht zurück, wenn Larima sie danach fragte.

Hier am See, abseits der Burg, kam sie auf andere Gedanken. Larima besuchte ihn nicht nur in der Hitze des Sommers gerne, um sich abzukühlen, sondern auch im Winter, wenn die Dörfler auf der dicken Eisschicht auf Schweineknochen ihre Kreise drehten.

Aus den Augenwinkeln bemerkte sie, wie ein Schatten unter der Wasseroberfläche auf sie zuhuschte. Sie zuckte erschrocken zurück und wollte ihre Füße hochziehen, doch es war zu spät. Der Schatten stieß nach oben und ein Gesicht kam prustend zum Vorschein.

Larima fuhr zusammen und schrie auf, als das Wasser sie nassspritzte. »Semargan von Groveflyk!«, schimpfte sie. Sie hasste es, wenn sie kreischte wie ein Mädchen. »Du weißt, dass ich solche Spielchen nicht leiden kann!«

Semi und sie waren Freunde, seit sie denken konnte, doch ihr Ziehbruder wusste genau, dass nicht mit ihr zu spaßen war, wenn sie ihn bei seinem vollen Namen nannte.

Seine Haare von der Farbe einer dunklen Haselnuss ließ er nie länger als zwei Fingerbreiten werden und seine braunen Augen blickten stürmisch in die Welt. Von seinem schlanken und muskulösen Körper war in dem moorigen Wasser nicht viel zu sehen.

»Wo hast du gesteckt?«, fuhr Larima ihn an.

»Ich war da hinten im Schilf und habe einen Platz voller Jordkrötenlaich entdeckt. So herrlich schleimig.« Semi grinste frech. Offensichtlich war er stolz darauf, dass er Larima hatte erschrecken können. Er ließ sich im Wasser treiben, das an dieser Stelle nur hüfthoch war.

Die bunten Farben der Bäume, die das Ufer dicht an dicht umstanden, verrieten, dass der Spätsommer gekommen war, und die Brise, die das Wasser kräuselte, trug die erste Frische der kühlen Zeit mit sich.

»Warum müsst ihr Kerle eigentlich immer so eklig sein?« Larima schüttelte sich und ihre Haare flogen. Wie konnte es jemand schön finden, sich in diesen schleimigen Krötenlaich zu legen?

»Wir sind eben aus anderem Holz geschnitzt. Wir kämpfen und reiten viel lieber, als in der Kammer zu hocken und Bücher zu studieren.«

»Das würde dir aber nicht schaden. Dann müsste Væter Hanrek weniger schimpfen und wir kämen mit dem Unterricht schneller voran.«

Semi richtete sich auf, wobei er sich bis zum Bauchnabel aus dem Wasser hob, und zuckte mit den Schultern. »Was muss ich wissen, wie man einen Acker bestellt? Ich werde meinem Vater als Haron von Groveflyk auf den Thron folgen.« Er stemmte seine kräftigen, wohldefinierten Arme in die Hüften und seine Augen blitzten schelmisch in seinem pausbäckigen Gesicht.

»Na sicher, wenn du über die Haronschaft herrschst, dann musst du natürlich nichts über die Welt wissen«, sagte Larima und verdrehte die Augen.

Semi bemerkte Larimas Grimasse offenbar nicht. Er nickte eifrig und setzte ein »na siehst du«-Gesicht auf.

»Und wie werde ich, deine Ziehschwester, einmal leben, oh weiser Seher Semargan?«, fragte Larima spöttisch. »Lass mich raten. Ich suche mir einen Ritter, lasse mich von ihm auf sein Landgut irgendwo im Wald bringen und setze Dutzende Sprösslinge in die Welt. Dazu brauche ich nichts weiter zu tun, als trübsinnig vor mich hinzustarren, möglichst den Mund nicht aufzumachen und den Kerl ab und an in mein Bett zu lassen.«

Dies stellte ungefähr das schlimmste Leben dar, das Larima sich vorstellen konnte.

»Du hast recht! Du musst selbst eine Seherin sein.« Semi grinste. »Mutter meint sowieso, du wärst im richtigen Alter zum Heiraten.«

Larima spritzte einen Schwall Wasser in seine Richtung. Semi duckte sich und lachte.

Mit einer Sache hatte er jedoch recht. Larima war siebzehn Winter alt, ein Jahr älter als Semi, und wenn es nach ihrer Mutter ginge, der Haronsa von Groveflyk, war eine Heirat überfällig. Larima wäre es viel lieber, wenn sich nichts verändern würde. Warum konnte sie nicht an Semis Seite bleiben, sobald er Haron wurde? Sie könnte ihn beraten und es befanden sich eine Unmenge Schriften in der Bibliothek von Groveflyk und im Turm des Væters, die sie studieren wollte. Außerdem könnte sie ihre Schmiedekunst perfektionieren. Bot das Leben nicht so viel mehr, als ein braves Eheweib zu werden?

»Du willst doch wohl keine alte Jungfer bleiben?«, ahmte Semi ihre Mutter nach. Er lachte lauthals, dann prustete er und schluckte Wasser, als Larima ihm einen weiteren Schwall entgegenspritzte.

»Lach du nur. Warte, bis sie dich vor den Altar drängt.« Larima sah an sich herab und merkte, dass das Tuch, das sie als Schwimmkleidung trug, von dem Gespritze durchnässt war. Mutter bestand darauf, dass sie nicht nackt badete wie eine unbedarfte Magd, deshalb hatte sie sich ein schlichtes, eine Elle breites Leinentuch von der Hüfte bis unter ihre Schultern gewickelt.

Sie ließ sich vom Ufer ins Wasser gleiten und schwamm mit kräftigen Zügen.

»Mich muss niemand drängen«, rief Semi ihr hinterher und folgte ihr. »Ich kümmere mich schon selbst um meine Liebesangelegenheiten. Heute Abend werde ich das Kjœrleg vollenden. Und noch vor dem nächsten Sommer wird Jonna meine Frau sein.«

Larima blickte über die Schulter zurück und hob die Augenbrauen. Sie hatte die letzten Monde beobachtet, wie Semi um dieses Mädchen warb und sich genau an diese uralten, verstaubten Regeln des Liebeswerbens hielt, an dieses Kjœrleg.

Sie verstand nicht, warum er sich gerade in Jonna, diese furchtbar eingebildete Tochter des Landhirds, verliebt hatte. Sie trug nur Kleider aus den teuersten Stoffen und brachte ihren Vater damit an den Rand des Ruins, obwohl dieser als Verwalter der Ländereien des Harons gut verdiente. So voll ihre Kleiderschränke auch waren, in ihrem Kopf war kaum etwas zu finden.

»Ihr werdet euch doch gut verstehen, nicht wahr?«, fragte Semi.

Larima wusste, wie viel diese Jonna Semi bedeutete. Und die Freundschaft mit ihm war Larima hundertmal wichtiger, als dieser Ziege die Meinung zu sagen. Also bemühte sie sich, es nie zu einem Streit zwischen ihnen kommen zu lassen.

»Ich denke schon«, sagte sie ausweichend.

Wie sollte das weitergehen, wenn Jonna auf Semis Werben einging und die beiden tatsächlich vor den Göttern ihr Lebensband bezeugten?

Ich werde mich mit dem Mondkalb arrangieren müssen.

Larima fürchtete, dass es zwischen ihnen nie wieder so unkompliziert sein würde wie bisher.

Wir sind keine Kinder mehr. Alles wird viel komplizierter werden.

Ihr Blick schweifte zum Ufer, das mehrere Dutzend Schritt entfernt lag. Nicht eine Menschenseele zeigte sich dort, denn während der Erntezeit konnten die Bauern in Groveflyk keine Hand entbehren. Deshalb tummelten sich im Schilf auch keine Dorfkinder, die den See jeden Sommer zu ihrem liebsten Spielplatz erkoren.

»Was ist eigentlich mit deinem Verehrer? Wird er heute Abend zum Fest kommen?« Damit lenkte Semi das Gespräch in eine Richtung, die Larima gar nicht gefiel.

Sie ließ sich auf dem Wasser treiben und sah Semi finster entgegen, der mit großen Zügen zu ihr schwamm. Sein Blick war unschuldig, doch er wusste genau, wie sie die Erwähnung dieses Kerls aufregte. Wahrscheinlich wollte er sie nur ärgern, damit sie nicht über Jonna schimpfte.

»Ich habe gehört, dass Herre von Eschenstab zu Eschenhain ein alter Freund von Großvater war«, ließ Semi nicht locker.

Natürlich war Haronsa Rulid von der Nachricht begeistert gewesen, dass sich einer der Edlen für die Hand ihrer Ziehtochter interessierte. Larima teilte ihre Euphorie nicht. Nicht schlimm genug, dass sie möglichst bald heiraten sollte. Dazu kannte sie ihren zukünftigen Ehemann nicht einmal. Angeblich handelte es sich bei ihm um einen alten Freund der Familie, der sich aber schon sehr lang nicht mehr auf Burg Groveflyk hatte blicken lassen. Larima konnte sich an ihn nicht erinnern.

»Ein tollkühner Kämpfer soll er auch sein«, fügte Semi an. »Hat mit Großvater gegen die Trolle gekämpft und diese Ungeheuer aus Hallinga getilgt.«

»Na dann kannst du ihn ja heiraten«, sagte Larima knapp. Sie hatte keine Lust, über diesen Ritter zu sprechen, schon gar nicht, da ehrliche Bewunderung aus Semis Augen leuchtete.

»Lass uns zurückschwimmen«, schlug sie vor, bevor Semi noch länger von diesem Herre Eschenstab schwärmte, und holte kräftig mit den Armen aus.

»Wer zuerst am Ufer ist!«, rief Semi, als er spritzend an ihr vorbeischwamm.

Larima blickte ihm hinterher und schwamm langsam zurück zum Ufer, während sie ihren Gedanken nachhing.

Semi wartete triumphierend im flachen Wasser, als Larima bei ihm eintraf. »Du hast dich gar nicht angestrengt«, beschwerte er sich. Er musterte sie, als sie sich neben ihm treiben ließ und in den Himmel blickte. »Du hast wieder diesen Traum gehabt, stimmt's? Warum solltest du hier sonst herumgrübeln.«

Larima nickte und verfolgte mit den Augen eine kleine Wolke am Himmel. Semi war mit ihr zusammen aufgewachsen. Wenn er auch seltsame Ideen über das Leben hatte, vor ihm konnte sie nichts verheimlichen.

»Dieses Mal habe ich das Gesicht des Mannes gesehen!«, sagte sie. Zuvor war sie immer aus dem Schlaf hochgeschreckt, sobald sie das Farnfeld erreicht hatte, doch gestern Nacht war der Traum anders gewesen.

»Den Mann, der dich durch den Wald verfolgt?«

»Eigentlich verfolge ich ihn«, sagte Larima. »Ach, ich weiß nicht. Alles in dem Traum ist irgendwie komisch. Ich fühle mich so schwerfällig, als wäre ich zwei Köpfe größer.«

»Und wie sah der Kerl aus?«, fragte Semi dazwischen. Er war es offenbar leid, immer die gleiche Geschichte zu hören.

Larima dachte nach und versuchte, sich an das Gesicht zwischen den Farnen zu erinnern. »Er war nicht alt, knapp zwanzig Winter vielleicht. Helle, kurze Haare, die steckten aber unter einer Kapuze. Und er trug ein breites Band um die Stirn, mit einem Kristall in der Mitte. Seine Gesichtszüge waren verzerrt, als fürchtete er sich schrecklich vor etwas, doch bekannt kam er mir nicht vor.«

»So jemanden gibt es auf Groveflyk auch nicht«, sagte Semi und planschte im Wasser.

Wie kann ich dann von ihm träumen?

Sie hasste diesen grauenvollen Traum, konnte jedoch nichts dagegen unternehmen, dass er sie seit einigen Jahren heimsuchte. Auch der Ojimonpriester auf der Burg konnte ihr mit seinen Gebeten nicht helfen.

Über ihnen kreischte ein Falke und Larima suchte den Himmel nach ihm ab. Etwas abseits entdeckte sie den Vogel, der elegante Kreise zog und immer höher stieg.

Und wenn der Traum doch ein Zeichen ist? Was will er mir sagen?

Sie stellte sich diese Frage nicht zum ersten Mal, wusste aber keine Antwort.

Der Falke glitt lautlos nach Nordwesten davon, wo sich auf der anderen Seite des Sees die Hügel des Waidwaldes mit ihren dunklen Fichten und Tannen erstreckten. Noch weiter in der Ferne erhob sich eine bewaldete Klippe und markierte mit ihren zerfurchten Felsen die Grenze der Haronschaft Groveflyk, Larimas Heimat.

Schon lange sehnte sie sich danach, zu sehen, was jenseits dieses Steinwalls lag, von dem ein schmaler Wasserfall dreißig Schritt herabperlte. Ein paar Geschichten hatte sie von fahrenden Spielmännern aufgeschnappt, die behaupteten, dass es nicht überall so waldig wäre wie in Groveflyk. Im Norden jenseits der Wälder gäbe es weite Wiesen, die sich von einem Horizont zum nächsten erstreckten. Larima hätte die Länder dort gern einmal gesehen, in denen angeblich riesige Tiere wandern sollten, die wie die Hirsche in den Wäldern von Groveflyk Geweihe trugen, doch um das Dreifache so groß waren.

Ein Spielmann mit einer zackigen Narbe auf der Wange hatte Larima erzählt, es solle zehn Männer brauchen, um solch ein erbeutetes Tier auf einen Karren zu bekommen, doch konnte sie diese Geschichten kaum glauben.

»Jetzt aber genug mit dieser ewigen Grübelei!«, sagte Semi.

Sie wandte ihren Blick von der Klippe ab und sah zu ihrem Ziehbruder.

»Du wirst noch wie Væter Hanrek«, schimpfte er und näherte sich dem Ufer. »Immerzu in der Stube und mit den Gedanken irgendwo. Ich frage mich wirklich, wie man ein solches Leben führen kann. Ich würde sterben vor Langeweile.« Er zog sich mit Schwung aus dem Wasser und ging zu seinen Kleidern. Mit einem dicken Wolltuch trocknete er sich ab, während er ungeduldig nach dem Sonnenstand schielte. »Wir müssen los, das Fest fängt bald an. Du willst doch nicht zu spät kommen? Mutter würde furchtbar wütend werden.«

Larima seufzte, kam ebenfalls aus dem Wasser und trocknete sich neben Semi ab. Ihr Ziehbruder war rund eine Hand größer als sie. Sie drehte ihm den Rücken zu und schob sich das Leinen am Körper hinab. Dann zog sie ihre Lederhose und ihr dunkelrotes Oberteil an, das wie ein Harnisch geformt war, und schnallte sich ihren Gürtel aus Hirschleder um die Hüften, an dem die Scheide mit ihrem Dolch hing.

Es schadete nicht, gewappnet zu sein. In den Wäldern Hallingas lebten Tiere, die groß und angriffslustig genug waren, um einem unbewaffneten Menschen gefährlich zu werden.

- 2 -

In der Halle herrschte trübes Licht. Draußen schien die Sonne und Vögel zwitscherten, doch davon drang kaum etwas durch die schmalen Fenster in der Mauer aus großen Steinquadern.

Bancrus von Eschenstab lehnte locker in seinem Sessel und ließ sich sein Haar nach dem Bad von Kamanda zurechtmachen, einer seiner Favoritinnen.

Der Sessel war mit Schafsfellen ausgelegt und thronte erhöht über der Halle, wie es sich für den Platz des Mannes gehörte, der hier das Sagen hatte.

Eschenstab trug nur ein Tuch um seine Hüften geschlungen. Die Kühle machte ihm nichts aus. Haus Eschenhain war noch nie für seine wohlige Wärme bekannt gewesen und schon seine Vorfahren hatten die Kälte der Hitze vorgezogen. Eschenstab machte da keine Ausnahme.

In seine langen Haare knetete Kamanda Öl, das angenehm nach Urminwurzeln duftete. Es hielt geschmeidig und seine dunkle Farbe ließ vereinzelte graue Strähnen verschwinden, die sich in Eschenstabs dunkelbraunes Haar einnisten wollten.

Keiner merkte ihm an, dass er bereits vierundvierzig Winter zählte. Und wenn, dann wagte niemand, es ihm ins Gesicht zu sagen. Sein Körper war kräftig, jeder Muskel in stundenlangen Schwertübungen trainiert. Er überragte jeden Mann in Eschenhain und wohl auch jeden in der Jarlschaft Skogbrynet.

Nachdem die Magd mit seinen Haaren fertig war, rekelte er sich und reckte die breiten Schultern. Die Frau richtete ungerührt das Rasierzeug her und begann, Eschenstabs Gesicht mit Schaum einzureiben.

Er beobachtete Kamanda und verbarg nicht, dass er ihr intensiv in den Ausschnitt starrte. In Eschenhain gab es keine unverheiratete Frau, die es gewagt hätte, sich ihm zu verweigern. Um Witwen machte Eschenstab jedoch einen großen Bogen. Sie hatten schon einen Mann zu den Göttern geschickt. Von diesen Unglücksbringerinnen hielt er sich fern.

Was eine Ehefrau betraf, hatte sich noch nicht die richtige Partie für ihn gefunden. Wenn er heiratete, sollte es die optimale Gelegenheit sein, die ihm möglichst viel einbrachte. Bei der Möglichkeit, die sich in den letzten Monden angebahnt hatte, war er froh, dass er sich bislang freigehalten hatte.

Kamanda begann, ihn mit einem scharfen Messer zu rasieren. Es gab nicht viele hier in Eschenhain, denen er diese Tätigkeit anvertraute. So mancher war ihm übel gesinnt, wobei das niemand zugeben würde. Ein versehentlicher Schnitt durch die Kehle konnte schnell zum Tode führen. Und diesen freudlosen Freund wollte er auf lange Zeit noch nicht zu sich einladen.

Ein Geräusch ließ seinen Blick zur Tür der Halle huschen. Sie öffnete sich zögerlich und eine junge Frau tapste mit unsicheren Schritten herein. Umständlich schloss sie die Tür und trat näher heran. Ihren Kopf hielt sie gebeugt, unter ihrer grauen Filzhaube stahlen sich strohblonde Locken hervor.

»Was willst du, Rinka?«, fuhr er sie grob an. Er musste seinen Kopf starr halten, damit Kamanda ihn nicht versehentlich schnitt. Rinka hatte noch vor zwei Wochen zu seinen Favoritinnen gezählt und im Bett war sie leidenschaftlich gewesen.

Aber Eschenstab gefiel nicht, wie sie ihn ansah, ihm gefiel der Stolz in ihren Augen nicht. Außerdem war es Zeit für ein Vorzeigebeispiel gewesen. Gelang es jemandem, in Eschenstabs Gunst aufzusteigen und ihm gute Dienste zu leisten, wurde ihm Lohn genug zuteil. Manch armer Schlucker war durch ihn zum gemachten Mann geworden. Deshalb strebten alle in Eschenhain nach seiner Gunst, doch sollte sich niemand seiner Position zu sicher sein. Das förderte nur Hochmut. Alle mussten wissen, dass ihr Platz zu Füßen ihres Herrn war.

Also ließ er Rinka ohne Vorwarnung in der Nacht aus ihrem Bett zerren. Seine Männer rissen ihr die Kleider vom Leib und banden sie im Hof an einen Pfahl. Bis zum Nachmittag musste sie nackt dort ausharren. Dann ließ der Waffenmeister dreimal die Peitsche auf ihren bloßen Rücken knallen.

Niemand fragte, warum Rinka bestraft wurde. Es genügte, dass Eschenstab es wollte. Er befahl ihr, ihn nie wieder zu berühren oder anzublicken.

Jetzt stand Rinka vor Eschenstab und starrte den Steinboden an. Sie war bei seiner groben Anrede zusammengezuckt und hätte fast aufgesehen. Doch hielt sie ihren Kopf gesenkt. Eschenstab wusste, dass Rinka sich danach sehnte, wieder eine seiner Favoritinnen zu werden, und sich deshalb besonders anstrengen würde, ihm zu gefallen.

»Koskan ist zurückgekehrt und wünscht Euch dringend zu sprechen, Herr«, flüsterte sie mit brüchiger Stimme.

Eschenstab schnaufte. Er spürte die Klinge an seinem Hals kurz zittern und weiter durch den Schaum gleiten. »Du weißt genau, dass ich während meines Bads nicht gestört werden will. Von niemandem!« Seine Stimme hallte laut durch die Halle.

Das Mädchen zuckte bei jedem Wort zusammen, als wären es Peitschenhiebe. Offenbar wollte sie etwas erwidern, senkte aber ihren Kopf noch tiefer, so dass er fast auf ihrer Brust lag.

»Sag ihm, ich werde gleich mit ihm sprechen«, befahl Eschenstab leiser. »Dann geh in meine Kammer und warte dort auf mich.«

Rinka nickte schnell, wandte sich um und eilte aus der Halle.

»Was will Koskan?«, fragte Kamanda, während sie das Rasiermesser an einem Handtuch abwischte und wieder an seiner Haut ansetzte.

Diese Frage stand der Magd nicht zu, selbst wenn sie zu seinen Favoritinnen zählte. Eigentlich sollte er sie dafür ohrfeigen, aber er hatte Lust darauf, ihr ein kleines Rätsel aufzugeben.

»Es gibt etwas Wertvolles, das ich gern mein Eigen nennen würde«, sagte er. Sollte Kamanda sich ruhig ihr kleines Köpflein über seine Pläne zerbrechen.

Ein Lachen bahnte sich den Weg seine Kehle hinauf, doch erinnerte er sich rechtzeitig, dass Kamanda mit dem Rasiermesser an seinem Hals schabte, und hielt jäh inne.

»Was könnt Ihr wollen, das Ihr nicht längst habt?«, fragte die Magd. Sie legte das Messer zur Seite, wischte den Rest des Rasierschaumes von seinem Gesicht ab und rieb ihn mit Sammetsalbe ein.

Ohne zu antworten, erhob sich Eschenstab, griff nach einem bereitliegenden Spiegel und betrachtete sein Gesicht. Seine Brauen standen tief, als wollten sie die dunkelbraunen Augen verbergen. Die schmalen Lippen und das feste, zielweisende Kinn glichen dem Porträt seines Großvaters. Das lebensgroße Gemälde hing in der Halle hinter dem Herrensessel, umringt von Porträts der kurzen Ahnenreihe derer von Eschenstab.

Zufrieden ließ er den Spiegel in den Sessel fallen, packte Kamanda unvermittelt und entriss ihr stürmisch einen Kuss. Seine Hände umgriffen ihre Brüste, die aus dem engen Kleid drängten.

Er löste sich von ihr und Kamanda blickte ihn grinsend an. »Die süßesten Früchte hast du doch hier bei dir«, hauchte sie und lächelte.

Eschenstab wurde schlagartig ernst. »Schweig!«, fuhr er sie an. »Davon verstehst du nichts.« Er erhob sich und schob die junge Frau zur Seite, die es plötzlich eilig hatte, die Rasierutensilien wegzuräumen. In ihren Zügen spiegelte sich das, was Eschenstab lieber auf ihrem Gesicht sah als ein Lächeln: Angst.

Wenigstens wusste sie, dass sie zu weit gegangen war. Er verschwendete kein Wort mehr an die Magd, legte seine schwarze Lederkleidung an und marschierte aus der Halle.

Koskan wartete vor den Ställen auf ihn. Die Glieder seines Kettenhemds glänzten fein poliert in der Sonne und im Wind bauschte sich der kostbare Mantel aus schwarzem Samit, den ihm Eschenstab für seine langjährigen, treuen Dienste geschenkt hatte.

Wenn Eschenstab Koskan, seine zweite Hand, mit seinem langen Zinken und seinen forschenden, dunklen Augen sah, musste er immer an einen Falken denken. Koskans von schwarzen Haaren umrahmtes Gesicht war dunkler als bei den meisten Hallingern und zeigte weit weniger Falten, als man es bei einem Mann von fast vierzig Wintern erwartete. Er neigte sein Haupt, als Eschenstab neben ihn trat.

»Was hast du erfahren?«, fragte Eschenstab direkt.

Der Angesprochene blickte sich um, um sicher zu sein, dass keine der neugierigen Mägde sie belauschte. »Es sieht gut für dich aus«, sagte er. »Niemand will die Göre haben. Alle haben Angst vor ihr.«

Eschenstab wollte nicht wissen, wie sein Handlanger an diese Informationen gelangt war. »Will wirklich keiner der hohen Herren um sie freien?«

Koskan grinste und schüttelte den Kopf. »Sie wollten noch nicht einmal über das Mädchen sprechen. Die Haronsa scheint allen in Groveflyk verboten zu haben, sich über dieses Thema zu unterhalten. Es hat mich einiges an Überredungsarbeit gekostet, wenigstens ein paar Brocken aus den Leuten herauszulocken. Bei ihrer Mutter jedoch dürftest du offene Scheunentore einrennen. Die kann es gar nicht erwarten, dass sich einer erbarmt, der zumindest ein ›von‹ im Namen trägt.«

Eschenstab grinste. »Diese Narren. Die ganze Welt ist von Dummköpfen bevölkert, die nicht wissen, welche Schätze sie im Straßendreck liegen lassen.«

Sein Großvater Sigmas von Eschenstab hätte diese Möglichkeit sicher ebenfalls erkannt, die sich seinem Enkel in Groveflyk bot.

Großvater hat Eschenhain mit strenger Hand geführt. Er hat mir gezeigt, wie man ein kleines Gut effizient verwalten kann. Und nicht nur das.

Eschenstab fühlte Dankbarkeit gegenüber diesem Mann, der vor achtzehn Jahren gestorben war und ihm das Rittergut vererbt hatte. Nichts wollte er mehr, als seinen Großvater stolz machen, und so hielt er sich stets an dessen Weisheiten. Die wichtigste darunter war, dass der Einzelne vergänglich war, der Name der Familie hingegen wirklich etwas bedeutete, denn nur ihr Besitz und ihre Macht blieben bestehen. Und so setzte Eschenstab alles daran, die Macht der Familie zu vergrößern.

Koskan schien seine Gedanken zu erraten. »Denkst du, die Kleine bringt dich deinem Ziel näher?«, fragte er.

Eschenstab nickte. »Du weißt, wie teuer sich der Jarl das Privileg unseres Ritterguts bezahlen lässt. Er verlangt mehr von mir als von allen anderen seiner Lehnsträger. Das war schon zu Zeiten meines Ururgroßvaters so.«

»Und die Abgaben aus Eschenhain dürfen auf keinen Fall sinken«, sagte Koskan. Eschenstabs zweite Hand hielt genauso wenig von Jarl Udur wie er selbst. Schon immer hatten die Jarle von Reetynd den Eschenstabs gedroht, ihnen das großzügig verliehene Rittergut wieder zu entziehen.

»Wäre vielleicht besser, Eschenhain würde wie Groveflyk zur Jarlschaft Skogbrynet gehören«, meinte Koskan.

Eschenstab schüttelte den Kopf. »Wahrscheinlich würden wir keinen Unterschied merken. Jarl bleibt Jarl. Ob Udur oder Rekwen, die Kerle schneiden sich immer das beste Stück aus dem Kuchen. Ich kann nur etwas verändern, wenn ich die Macht von Eschenhain vergrößere und unabhängiger von diesen Gestalten werde.«

»Das hättest du verdient, bei all der Schinderei«, warf Koskan ein.

»Ist die Familie Eschenstab groß, geht es Eschenhain gut und somit auch allen, die hier leben. Von der Küchenmagd bis zur zweiten Hand.«

»Ich kenne niemanden, der großzügiger zu seinen Untergebenen ist«, sagte Koskan und strich über seinen Mantel. »In Groveflyk ist alles für dich bereit.«

»Danke. Geh dich stärken. Vorerst brauche ich dich nicht. Heute Abend reite ich allein.«

Seine zweite Hand verneigte sich und machte sich mit festen Schritten in Richtung Halle auf. Dort wurde inzwischen das Essen aufgetragen.

Doch Eschenstab wollte zuerst andere Bedürfnisse befriedigen.

Er lief an den Pferde- und Ziegenställen entlang, um das längliche Haupthaus, schlüpfte durch ein Portal im hinteren Teil und näherte sich geradewegs seinem Schlafgemach. Er öffnete die Tür und warf sie hinter sich ins Schloss. Wenig Sonnenlicht drang durch die schmalen Fenster herein, doch brannten zwei dicke Kerzen in den Ecken gegenüber. Dazwischen stand Eschenstabs Bett, auf dessen Laken die nackte Rinka wartete. Ihre Augen waren gerötet und aufgequollen.

Eschenstab öffnete seine Hose und warf sich ohne ein Wort auf die Magd.

- 3 -

Burg Groveflyk strahlte im rotgelben Licht der untergehenden Sonne und Larima kam es vor, als glühten ihre dicken Mauersteine wie Schmiedegut in einer Esse. Die zinnenbewehrte Burgmauer umschloss ein Quadrat, an dessen Ecken vier Türme mehr als zwanzig Schritt in die Höhe ragten und weit über die Wälder sahen.

Larima wollte nicht daran denken, wie schwindelig ihr beim letzten Mal geworden war, als sie auf Semis Drängen hin einen von ihnen bestiegen hatte. Seitdem waren einige Jahre vergangen und sie hatte immer Ausreden gefunden, um sich von den windigen, mit schrägen Holzrunddächern versehenen Aussichtsplattformen der Türme fernzuhalten.

Larima und Semi trugen die feuchten Wolltücher, mit denen sie sich abgetrocknet hatten, als Packen unter die Arme geklemmt. Als die Torwachen dies sahen, grinsten sie und winkten sie weiter.

Die wissen wie alle in der Burg, dass Mutter es nicht schätzt, wenn wir am See herumtollen wie gemeines Volk. Vor allem nicht an einem so wichtigen Festtag.

Larima ließ sich nicht aus der Ruhe bringen, schritt so gelassen wie möglich durch das Torhaus und betrat den schlammigen Burghof. Um das Haupthaus wimmelte es von Menschen. Es ragte mächtig und vollständig aus braunem Stein errichtet in der Mitte des riesigen Hofs auf, den Boden herum deckten Holzbohlen ab.

Gesinde war eifrig dabei, alles für das Fest vorzubereiten. Knechte schleppten Spanferkel auf Spießen aus der Stube des

Fleischers in die Burgküche, die im erdebenen Geschoss des Haupthauses lag.

Gäste in bunten Gewändern stiegen aus ihren Kutschen, betraten die Bohlen und flanierten auf eine geschwungene Treppe zu, die in das Prachtgeschoss führte. Larima erkannte Haron Emrun von Rikatan und seine Frau Rilda, die über die benachbarte Haronschaft im Süden herrschten und keine weite Reise bis nach Groveflyk gehabt hatten. Sie weilten häufig als Gäste auf der Burg. Larima schätzte die witzigen Geschichten von Haron Emrun. Seine Frau konnte sie weniger leiden, denn sie stank furchtbar nach altem Schweiß.

Im dritten Stock des Haupthauses beulte sich knapp unter dem Dach an der Westseite ein Anbau wie ein Schwalbennest nach außen. Er wurde das Auge genannt und keiner wusste, wie alt er war. Seit Larima denken konnte, sprach niemand über diesen Raum.

Alle tun so, als ob man ihn gar nicht sehen könnte. Dabei ist er doch schon von Weitem zu erkennen.

»Lass uns schnell hineingehen«, sagte Semi und strebte der Treppe zu.

Larima folgte ihm an der Fleischerei vorbei, die sich gemeinsam mit Gesindehaus, Zeughaus, Lagerhäusern, Ställen und weiteren Wirtschaftsgebäuden um das Haupthaus herum an die Burgmauer drückte. Der ganze Stolz des Haron war der ausladende Pferdestall, denn der Herr von Groveflyk war ein begeisterter Reiter. Nur die Schmiede und die Backstube bestanden aus Stein, die übrigen waren aus Holzbrettern errichtet. Aus letzterer drängte eine Handvoll Frauen, die frisch gebackenes Brot in überladenen Körben herausschleppten.

Als Larima hinter Semi die Freitreppe hinaufstieg, fiel ihr Blick auf den Seitenflügel, der wie ein überdimensionierter Stützbalken aus dem Haupthaus herausragte. Dieser Anbau war weitaus jünger als das Auge und vor gut drei Jahrzehnten unter Haron Egelmin von Groveflyk, Semis Großvater, errichtet worden. Der

Anbau war zweistöckig und erweiterte das im ersten Stock liegende Prachtgeschoss mit Zimmern für die noblen Gäste. Selbst die edelsten Besucher fanden so eine angemessene Bleibe. Es kam nämlich bisweilen vor, dass der Jarl mit seiner Frau und seinen drei frechen Töchtern nach Groveflyk kam, um seine Schwester, die Haronsa, zu besuchen. War dies wieder einmal soweit, hielt sich Larima von der Burg fern, denn die für den hohen Besuch geforderte Etikette ging ihr auf die Nerven.

Wenn wir gerade bei nerviger Etikette sind ...

Heute wurde in ganz Hallinga das Hæsgena-Fest gefeiert, eine Feier zur Erinnerung an den baldigen Beginn des Winters und eine weitere Ansammlung von steifen Regeln. Alle erwarteten, dass Larima als vorbildliche Tochter der Haronsa auftrat und an der hohen Tafel saß, denn auch als Adoptivkind musste sie ihren Platz einnehmen. Seit der Haron sie als Säugling im Wald gefunden und das Herrscherpaar sie vor den Göttern und Menschen als ihre Tochter angenommen hatte, war sie eine Groveflyk – mit den gleichen Rechten und Pflichten. Selbst wenn alle Welt wusste, dass sie nicht mehr als die Adoptivtochter war. Ein Findelkind in einem feinen Kleid.

Im Prachtgeschoss stießen Larima und Semi auf ihre Mutter, die im Durchgang zum großen Saal stand und die Arbeiten der Diener an der Festtafel überwachte. Die rundliche Frau trug ein bodenlanges Kleid aus dunkelblauem Samit, auf das glitzernde Glasperlen genäht waren. Um das Oberteil schlang sich ein Flechtwerk aus einem weißen, drei Finger breiten Band.

Die Haronsa entdeckte die beiden und kam mit funkelnden Augen auf Larima und Semi zu, wobei sich bei jedem Schritt das Licht der Kerzen in den Perlen ihres Kleides brach. Ihre langen, blonden Haare hingen in einem kunstvoll geflochtenen Zopf herab, der ihr bis zur Hüfte reichte und bei jeder Bewegung ihres Kopfes pendelte.

»Wo seid ihr gewesen?«, fragte sie in ruhigem Ton und fixierte ihre Kinder mit den Augen. Sie hob ihre Stimme nie, doch erkannte Larima an ihrem Blick, dass ihre Mutter alles andere als erfreut war. Ihre Brauen senkten sich tiefer, als sie die nassen Wolltücher in Larimas und Semis Armen entdeckte.

»Wir waren am See, Mutter«, erklärte Semi. »Dabei haben wir die Zeit vergessen. Wenn du erlaubst, werden wir uns sofort zurechtmachen.«

Die Haronsa verriet durch keine Regung, was sie dachte. »Ihr wisst, wie wichtig das Hæsgena-Fest ist. Wir erwarten viele bedeutende Gäste.« Bei diesem Satz streifte sie Larima mit einem Blick. Durch die wenigen Falten verriet ihr angespanntes Gesicht kaum, dass es einundvierzig Winter gesehen hatte.»Ich erwarte, dass meine Kinder ihre Pflichten ernst nehmen. Und damit meine ich nicht nur die Pflichten, bei denen man ein Schwert hält.«

Semi blickte beschämt zu Boden und kaute auf seinen Lippen.

»Wenn das noch einmal passiert«, wandte sich die Haronsa an ihren Sohn, »wirst du deinen Vater nicht zum Jarlsturnier begleiten.« Ihre Stimme verriet, dass es keine Widerrede gab.

Larima bemerkte Semis aufgerissene Augen, hinter denen Aufruhr tobte, ohne loszubrechen. So schaute ihr Ziehbruder immer, wenn Mutter ihnen etwas untersagte. Und das passierte ständig.

Die tollsten Kinderspiele hat sie uns verboten, wie Reifen über den Burghof zu rollen oder die Hühner zu jagen.

Als Kind hatte Larima das nicht verstanden, erst als sie älter geworden war, ergab diese unmäßige Strenge und gluckenartige Achtsamkeit Sinn. Obwohl der Ehebund ihrer Eltern schon in das fünfte Jahr gegangen war, blieb das Herrscherpaar kinderlos. Als der Haron Larima als Säugling im Wald entdeckte, adoptierte er dieses Geschenk der Götter, ohne zu zögern. Doch auch als ein Jahr darauf Semi geboren wurde, behielt ihre Mutter die Angst, ihre Kinder zu verlieren.

»Das Leben besteht eben nicht nur aus Vergnügen«, sagte die Haronsa. »Euer Vater und ich werden nicht ewig hier sein. Und dann müsst ihr euch dem Ernst des Lebens stellen und mehr können als Spaß haben. Ich will doch nur wissen, dass ich euch ohne Angst ins Erwachsenenleben entlassen kann.«

»Ja, Mutter«, sagte Semi, was wie immer das Einzige war, das er zu erwidern wagte.

Die Augen der Haronsa wanderten zurück zu Larima. »Und du sollest dich nicht immer von deinem Bruder anstiften lassen. Nun geh in deine Kammer. Garenna wartet auf dich. Du machst dich fein und trittst nicht in diesem Aufzug an unsere Festtafel. Dasselbe gilt für dich, Semargan.«

Semi und Larima nickten und wandten sich der Treppe zu. Während sie in den zweiten Stock hinaufstiegen, rief Haronsa Rulid schon wieder Anweisungen in den Saal. »Die roten Rosen an die Wände, Horen, und zwar immer im Wechsel mit den gelbroten Astern.«

Die Geschwister sahen sich grinsend an. Sie hatten denselben Gedanken: Der Nachmittag am See war die Standpauke wert gewesen.

Larima wurde ernst. »Warum muss Mutter nur darauf drängen, dass diese spindeldürre Zofe mich ankleidet?«, ärgerte sie sich.

»Eine Tochter des Haron hat sich angemessen zu kleiden. Du läufst herum wie eine Schankmaid«, sagte Semi mit der Stimme ihrer Mutter und kicherte leise.

Larima stieß ihn in die Seite. »Diese ach so edlen Stoffe taugen doch nichts. Entweder sind die Kleider so steif geschnitten, dass ich mich kaum in ihnen bewegen kann, oder sie sind so dünn, dass ich jedes Lüftchen hindurch spüre.«

Für die anderen Mädchen in ihrem Alter, die liebend gerne in der Kemenate saßen und an ihren Stickereien arbeiteten, mochten diese Kleider gemacht sein, doch Larima liebte es, durch die Wälder zu laufen und sich die Welt außerhalb der Burgmauern zu erobern. Dazu brauchte es robustes Lederzeug, das ihr nicht die Luft zum Atmen abschnürte. »Wenn solche Feste anstehen, bleibt dir wohl keine Wahl, als Mutter zu gehorchen und dich in Garennas zauberhafte Hände zu begeben.« Damit sprach ihr Ziehbruder genau das aus, was Larima befürchtete.

Am Ende der Treppe verschwand Semi in Richtung seines Gemachs. Larima blieb stehen, seufzte und blickte in den dritten Stock hinauf.

Anstatt in ihre Kammer zu gehen und sich wie eine Puppe aufputzen zu lassen, wäre sie lieber dort hinaufgestiegen. Im obersten Geschoss befanden sich Zimmer für niedere Gäste, die nicht bedeutend genug waren, im Seitenflügel untergebracht zu werden. Auch die Diener der Leards und Laidis fanden dort eine Schlafstatt. Doch diese engen Räume waren es nicht, die Larima interessierten.

Am Ende des Ganges, an der Außenwand, befand sich eine Tür, die immer geschlossen war. Durch sie gelangte man in den Erker, der sich hoch oben aus dem Haupthaus herausbeulte – ins Auge.

In der Mitte dieses fensterlosen Raumes ragte eine verschnörkelte, metallene Säule auf. Hinter vorgehaltener Hand wurde über ein Artefakt der Fladrea getuschelt.

Larima wusste nichts über das geheimnisvolle Volk der Fladrea, außer dass es vor mehr als hundert Jahren aus Hallinga verschwunden war. Niemand sprach jemals darüber oder konnte ihr sagen, welchem Zweck das Auge einst gedient hatte.

Larima schlich sich nächtens gern im Schein einer Kerze in den Raum. Die Haronsa durfte sie nicht erwischen, denn es war den Kindern streng verboten, das Auge zu betreten. Larima aber hielt das Verbot nicht ab. Viel zu sehr fühlte sie sich dort geborgen, als wäre sie erst in diesem Raum wirklich zu Hause. Im Auge konnte sie ihren Gedanken nachgehen und irgendwie bedrückte sie dort nicht das Gefühl, fehl am Platz zu sein.

Diesmal widerstand Larima dem Drang, nach oben zu steigen. Sie schüttelte den Kopf und lief den Flur zu ihrem Gemach entlang, das gegenüber von Semis lag.

- 4 -

Eschenstab traf vor Anbruch der Dunkelheit auf Burg Groveflyk ein. Als er auf seinem Pferd durch das Tor preschte, leuchtete der Himmel im Westen goldrot, im Osten aber zog das dunkle Blau der Nacht herauf.

Wie die Traditionen es vorschrieben, würde das Hæsgena-Fest beginnen, wenn der letzte Sonnenstrahl verblichen war.

Während sich die Stallburschen um seinen Rappen kümmerten, überquerte Eschenstab den Hof und blickte am Haupthaus hinauf. Knapp unter dem Dach wölbte sich im dritten Stock der Raum des Auges wie eine Eiterbeule hervor.

Wie viele Nächte ich damals dort oben vergeudet habe. Ohne eine Ahnung, wie ich die Macht der Fladrea zu packen bekomme. Jetzt ist es endlich soweit und diese Göre werde ich mir schon gefügig machen.

Ein Diener trippelte auf ihn zu.

Bald bin ich nicht nur unabhängig von Jarl Udur, nein, ich erhebe mich selbst zum Jarl und keiner auf dem Thing kann sich meinem Willen widersetzen. Ich allein werde über Hallinga gebieten.

Der Diener verbeugte sich leicht und führte ihn die breite Außentreppe hinauf in das Prunkgeschoss. Sie durchschritten die Pforte, wandten sich nach links und traten durch eine kleinere Tür.

»Wenn es Euch gefällt, hier auf Haronsa Rulid zu warten«, bat der Diener und schloss die Tür lautlos hinter sich.

Eschenstab kannte das Zimmer gut. Im Fürstenraum wurden alle wichtigen Entscheidungen auf Burg Groveflyk gefällt. Ein breiter Tisch und acht wuchtige, mit geschnitzten Lindenblättern geschmückte Eichenholzstühle beherrschten den Raum. Unzählige Male war Eschenstab zusammen mit dem alten Haron in den tiefen Sesseln neben der Feuerstelle gesessen. Ein anderer junger Mann war damals ebenfalls bei ihnen gesessen: Evin. Inzwischen war er seinem Vater als Haron von Groveflyk nachgefolgt.

Es dauerte nicht lang, bis die Haronsa eintrat. Eschenstab neigte seinen Kopf und machte der Edlen ein Kompliment wegen ihres Kleides. »Ihr habt Euch kaum verändert, liebste Rulid«, schmeichelte er. »Mit welchem Zauber verführt ihr das Alter, an Euch vorbeizufliegen?« Er hauchte ihr einen Kuss auf die ausgetreckte Rechte.

»Herre Eschenstab, ich versichere Euch, dass mich das Alter ereilt wie jeden in Hallinga. Ich gehöre nicht zu den unsterblichen Göttern in Ovtahis.«

»Auch wenn Ihr genauso schön seid.« *Und einen wahrhaft göttlich fetten Hintern habt.*

»Genug mit Euren Komplimenten«, sagte die Haronsa lächelnd. »Setzen wir uns, wir haben einiges zu besprechen.« Sie wies auf die Sessel an der Feuerstelle, zwischen denen ein Tischchen stand. Eschenstab hätte die Stühle am großen Beratungstisch vorgezogen, doch setzte er sich ohne Widerworte. Im Kamin brannte kein Feuer.

»Es freut mich, dass Ihr Euch wegen meiner Tochter zu uns bemüht habt. Wie Ihr wisst, habe ich sie wie mein eigen Fleisch und Blut aufgezogen, und natürlich wünsche ich mir einen guten Ehemann für sie. Larima ist wahrlich alt genug, sich zu vermählen.«

Eschenstab nickte.

»Einer der Edlen der Jarlschaft soll es werden«, meinte die Haronsa. »Ich hätte nichts dagegen, wenn Ihr Euch durchsetzt.«

Er blickte der Haronsa in die Augen. *Warum jetzt dieses Spielchen?* Darauf hatte Eschenstab überhaupt keine Lust. »Ich hörte, dass niemand anderes an der Hand Eurer Ziehtochter Interesse hat«, sagte er frei heraus.

Haronsa Rulid riss für einen Herzschlag ihre Augen auf, dann nickte sie langsam. »Der Säugling, den ich damals an meine Brust nahm, trug keine Haare. Woher hätte ich wissen sollen ...« Ihr Blick fand das Fenster, das hinaus auf den Wald zeigte. »Bei all seiner Weisheit, wie konnte Egelmin diese Leute nur hier willkommen heißen?«

Sie wandte sich vom Fenster ab. »Nichtsdestotrotz ist sie meine Tochter und ich wünsche nur das Beste für sie. Sie wird nicht ablehnen, wenn sie von einem Ritter gefreit wird. Ich weiß noch, wie Ihr Euch damals bereiterklärt habt, das Mädchen als Mündel zu Euch zu nehmen und sie großzuziehen. Hätte ich Euer Angebot nur annehmen können ... alles wäre wohl anders gekommen.« Für einen Moment wirkte ihr Blick abwesend. »Doch seitdem weiß ich, dass Ihr ein gutes Herz habt und ein liebevoller und freigiebiger Mensch seid. Nicht umsonst nannte Euch Egelmin einen Freund.«

Eschenstab blickte der Haronsa in ihre blauen Augen. »Ich werde Larima fragen, ob sie meine Frau werden will. Doch erwartet nicht von mir, dass ich mich an die antiquierten Regeln des Kjœrlegs halte wie Euer Sohn.«

Rulid richtete sich auf und musterte ihn erschrocken. »Ihr seid wahrlich gut darüber informiert, was auf Burg Groveflyk geschieht, mein lieber Herre Eschenstab. Verfahrt in dieser Sache, wie Ihr wollt.«

Eschenstab lächelte. Er liebte es, wenn er die Zügel fest im Griff hielt. Und diese Kuh fraß ihm aus der Hand. Sie stank förmlich vor Verzweiflung. Er stand auf und neigte den Kopf. »Nun gelüstet es mich aber nach einem Trunk. Das Reiten durch die Wälder macht jeden Mann durstig.«

Die Haronsa erhob sich ebenfalls und gemeinsam schritten sie auf die Tür zu, doch bevor sie diese erreichten, öffnete sie sich und der Herr der Burg betrat den Fürstenraum.

Haron Evins braunes Haar war in den letzten Jahren licht geworden und zeigte graue Stellen, doch sein Bart wallte kräftig wie eh und je. Von den braunen Augen, die seinen Gast freudig musterten, gingen kleine Fältchen aus.

»Bancrus!«, rief er und lachte laut. Er schlug seinen bodenlangen Umhang aus dunkelrotem Samit zurück und kam mit festen Schritten auf Eschenstab zu. Evin hatte sich in enge, schwarze Beinlinge gezwängt, darüber trug er ein breites, braunrotes Wams, auf das das Wappen von Groveflyk gestickt war, eine Tanne, flankiert von zwei Lindenblättern.

Die Männer schlossen sich in die Arme. Der Körper des Haron wirkte aufgeschwemmter als noch vor einigen Jahren, als Eschenstab ihn zum letzten Mal gesehen hatte. Offenbar schadeten die vielen Bankette auf Groveflyk seiner Form.

Haron Evin wandte sich seiner Frau zu, drückte sie an sich und gab ihr einen Kuss. Eschenstab selbst hatte vor einem viertel Jahrhundert als Zeuge für die Verbindung gedient, die der alte Haron zwischen den mächtigen Häusern Groveflyk und Werhol eingefädelt hatte. Natürlich aus Gründen der Politik. Doch im Laufe der Zeit gefiel es der Göttin Peiana offenbar, den Eheleuten eine tiefe Liebe zu schenken. Eschenstab war das gleich. Er glaubte nicht an Liebe, und wer noch dazu aus Zuneigung heiratete, anstatt sich den lukrativsten Bund herauszusuchen, war einfach nur dumm.

Der Haron wandte sich seinem Gast zu. »Ich freue mich, dass du heute bei uns bist. Ich habe gehört, du möchtest um Larima werben. Was gibt es Schöneres zu hören, als dass ein alter Freund um die eigene Tochter freit?«

Eschenstab nickte. »Sie scheint mir alt genug. Und da ich bisher von den Göttern nicht mit einer liebenden Ehefrau gesegnet worden bin ... warum sollten sich unsere Häuser nicht verbinden?«

Haron Evin schlug ihm auf die Schulter. »Doch bilde dir nichts ein!« Er hob den Zeigefinger wie ein Væter, grinste jedoch dabei. »Den Titel und die Länder wird einst mein Sohn von mir erben. Und den wirst du wohl nicht ehelichen wollen.« Die Männer brachen in lautes Gelächter aus.

»Glaub mir, Evin«, gab Eschenstab zurück. »Mein Rittersitz ist mir vollauf genug, doch fehlt mir ein Weib an meiner Seite. Ich will schließlich nicht der letzte Eschenstab bleiben.«

Haron Evin zwinkerte Eschenstab zu.

»Dann wollen wir zum Fest gehen«, sagte Haronsa Rulid mit fester Stimme. »Wir sollten unsere Gäste nicht so lang warten lassen.« Sie schritt auf die Tür zu.

»Ich weiß, du bist kein Freund dieser Feste«, raunte der Haron Eschenstab verschwörerisch zu, während sie seiner Frau folgten. »Doch es wird ein schönes Hæsgena-Fest. Ich habe eigens Tymela von den Walden bestellt. Man sagte mir, er sei ein äußerst begnadeter Skalde, und er ist am Hof des Jarls in Skogbrynet ein gern gesehener Gast.«

Eschenstab war nicht erpicht darauf, das Gejaule dieses Sängers anzuhören. Er war aus einem bestimmten Grund hier und es musste mit Bilun dem Gehörnten zugehen, wenn er nicht bekommen sollte, was er wollte.

- 5 -

Semi wartete am Fuße der Treppe im Prunkgeschoss. Hinter sich hörte er, wie die Gäste in den Festsaal strömten und sich lachend an die Tafeln setzten. Er wagte es nicht, sich umzusehen.

Ist Jonna schon hier? Was, wenn sie nicht kommt?

Semi wischte sich den Schweiß von der Oberlippe.

Doch, sie kommt bestimmt. Wahrscheinlich sitzt sie schon neben ihrem Vater an der Tafel der hohen Herren aus dem Dorf.

Sein Herz raste und seine Gedanken drehten sich ständig nur um diese eine Frage, die er seiner Angebeteten heute stellen wollte.

Als Folser, Thronfolger des Haron, war es seine Pflicht, besonders edel gekleidet aufzutreten. Deshalb hatte er ein Wams aus dunkelgrünem Samit übergezogen, auf dem zwei Dutzend aufgenähte silberne Münzen prangten. Dazu trug er einen geflochtenen, schwarzen Ledergürtel und eine dunkelbraune Lederhose.

Semi wartete auf Larima, denn er wollte es vermeiden, den Saal allein zu betreten und alle Blicke auf sich zu ziehen. An seinem Ohr lief ein Schweißtropfen vorbei. Heimlich kratzte er sich unter dem grünweiß karierten Tuch, das sich um seinen Hals schmiegte.

Wo bleibt sie nur? Das Fest wird jeden Moment beginnen.

Seit seiner Kindheit liebte Semi das Hæsgena-Fest. Es war das einzig Gute daran, dass der Sommer endete und der Winter nahte, in dem es so wenig zu erleben gab.

Ein Geräusch von oberhalb der Treppe ließ ihn aufsehen. Da war Larima und sie schaukelte umständlich die Stufen herab.

Semi traute seinen Augen nicht. Um die Knöchel seiner Ziehschwester schwang der Saum eines ausladenden Kleides von der feurigen Farbe des Sonnenuntergangs gemischt mit dem Gelb und Rot von Spätsommerblättern. Um ihre Taille schlang sich ein dunkelgrüner Gürtel aus gefärbtem Tuch, der an ihrer linken Seite zu einer Schleife gebunden war.

Semi musste schlucken. So schön hatte er seine Ziehschwester noch nie gesehen.

Flache Schnürschuhe aus poliertem, schwarzem Leder blitzten bei jedem Schritt unter dem wallenden Kleid hervor. Ihre bronzenen Haare waren zu zwei kunstvollen Zöpfen geflochten, die ihr über die Schultern hingen. Larima wirkte wie ein Hæsgena-Fest auf zwei Beinen.

Semi konnte kaum glauben, dass es Larima war, die er dort die Treppe herunterkommen sah. Bei jedem unsicheren Schritt in den ungewohnten Schuhen verzog sie das Gesicht. Die Arme hielt sie starr von sich, als wären sie in einen Schraubstock geklemmt. Ihre Augen schrien heraus, wie unwohl sie sich fühlte.

Sie trat neben Semi und ergriff umständlich seinen angebotenen Arm.

»Mach nicht so ein missmutiges Gesicht, die Leute mögen keine Spaßverderber«, flüsterte er ihr zu. »Entspann dich! Du siehst toll aus.«

Larima stöhnte und knuffte ihn in die Seite. Als Semi sie jedoch mit hochgezogenen Augenbrauen ansah, versuchte sie sich wenigstens an einem Lächeln.

Die beiden Freunde betraten gemeinsam den Festsaal. Wie es sich gehörte, nickten sie den Gästen zu, wechselten einige höfliche Worte mit Haron Emrun von Rikatan und seiner Frau und nahmen ihre Plätze an der hohen Tafel ein, die auf einem Podest an der Nordwand prangte. Dort durften die Ehrengäste an der Seite der Familie des Haron sitzen.

Der Saal war festlich geschmückt und überall bemerkte Semi die Handschrift seiner Mutter, die es sich wie jedes Jahr nicht hatte nehmen lassen, sämtliche Handgriffe der Diener persönlich zu überwachen.

Auf dem Podest an der Südwand, gegenüber der hohen Tafel, standen Spielmänner bereit. Sie entlockten ihren Fiedeln, Trommeln und Flöten fröhliche Melodien, die im Geplapper der Gäste nahezu untergingen. Ein Musikant ließ seine Finger flink über eine Longharpa fliegen. Das gestreckte Holzbrett wirkte wuchtig und war mit verschieden langen Saiten bespannt.

Im Rest des Saales drängelten sich ein Dutzend lange Tische, an denen zwei Bänke für je sechs bis acht Gäste standen. Jeder war mit einer Decke in einer anderen Spätsommerfarbe geschmückt. Rosen und Astern schmückten die Wände. Semi hatte noch nie so viele Schattierungen von Rot und Gelb gesehen.

Die hohen, dominanten Fenster an der Ostwand waren teilweise geöffnet und erlaubten es, auf die Terrasse zu treten. In Erwartung des Festmahls befanden sich die Gäste aber versammelt im Saal, hockten an ihren Tischen und reckten die Hälse, ob die Gastgeberin nicht bald eintreffen und der erste Gang aufgetragen würde.

Semi zog Larima den Stuhl von der hohen Tafel zurück und schob ihn vor, als sie sich setzte. Aufatmend ließ er sich auf seinen Stuhl neben ihr plumpsen. Er wartete ab, bis der Diener seinen Pokal vollschenkte, griff mit zittrigen Fingern nach dem Gefäß und nahm einen tiefen Schluck des würzigen Dunkelmets.

Er stellte den Pokal zurück neben seinen silbernen Teller und ließ den Blick über den Tisch mit den Amtsträgern aus dem Dorf Groveflyk schweifen.

Dort saß sie. *Jonna!* Semis Herz machte einen Satz und fast hätte er das Metgefäß umgestoßen, nach dem er schon wieder greifen wollte.

Wie Semi es liebte, trug sie heute ein eng gebundenes Kleid, das ihre schmale Figur betonte. Der Stoff leuchtete in einem hellen Grün. Sie trug ihr braunes Haar geflochten, kleine Glasperlen funkelten darin wie Sterne. Ein dickbäuchiger Mann in einer engen Wolljacke – es musste Bauernmeister Vorntson sein – beugte sich zu ihr hinab und sagte etwas. Jonna lachte und der glockenhelle Ton schallte bis zu Semi herüber. Zu gern hätte er gewusst, worüber die beiden sprachen.

Vielleicht über den bevorstehenden Hochzeitsbund zwischen ihm und Jonna? Semi war felsenfest überzeugt, dass sie Mann und Frau wären, sobald der Frühsommer kam. Sie würden zusammen auf Groveflyk leben, eine Familie gründen und ... na, und machen, was Eheleute eben so taten.

Mit einem Mal verstummten die Gespräche im Saal und die Köpfe der Gäste ruckten zur Eingangspforte hinüber. Dort schritt Haronsa Rulid herein, dicht gefolgt vom Herrn des Hauses, Haron Evin, und einem hoch aufragenden Mann in pechschwarzer Lederkleidung. Das musste dieser Bancrus von Eschenstab sein.

Dieses markante Kinn und die tiefstehenden Augenbrauen ... Semi erinnerte sich an das Gesicht. Als kleiner Junge hatte er den Mann häufiger auf Burg Groveflyk gesehen und einmal hatte er sie auf einem Jagdausflug begleitet.

Das muss zu der Zeit gewesen sein, als Großvater noch lebte.

Wie es sich für diesen tapferen Recken gehörte, durfte Eschenstab den ehrenvollen Platz einnehmen, an der Seite des Haronpaares den Festsaal zu betreten. Wahrscheinlich gewährte Mutter ihm dieses Privileg, weil er um Larima freien wollte.

Die drei betraten das Podium mit der hohen Tafel und der Haron und die Haronsa nahmen ihre Plätze in der Mitte des Tisches neben ihren Kindern ein. Der Ritter ließ sich auf dem letzten freien Stuhl am rechten Rand der Tafel nieder.

Semi bemerkte, wie Larima kurz verstohlen zu Eschenstab hinüberlinste. Sie schien keineswegs traurig darüber zu sein, dass er nicht neben ihr saß. Offenbar erkannte auch sie den Ritter.

Die Herrschaften nahmen Platz und ihre Pokale wurden gefüllt. Die Musik verstummte und alle Gesichter richteten sich auf Haron Evin, der sich erhob und sein Trinkhorn in die Höhe reckte. »Meine lieben Gäste«, rief er. »Ich will Euch herzlich bei unserem Hæsgena-Fest willkommen heißen. Der Sommer findet sein Ende, die Tage werden kürzer und unsere Scheunen sind mit den Früchten unserer Arbeit gefüllt. Also fühlt Euch wohl und haltet Euch bei Speis und Trank nicht zurück. Ganz im Gegenteil ... lasst uns dem Winter zeigen, dass wir nicht Hunger zu leiden haben, auf dass er uns nicht länger als nötig heimsucht!«

Ein lautes »Komm, müder Frostbringer!« schallte durch den Saal. Zweihundert Kehlen füllten sich zugleich mit Met. Der Haron stürzte den Inhalt seines Pokals herunter, wischte sich zufrieden über die Lippen und sank auf seinen Stuhl, der wie alle an der hohen Tafel mit gemustertem Samit bespannt war.

Das Hæsgena-Fest sollte die Menschen daran erinnern, dass es nicht nur den Sommer allein gab, sondern der Winter als zweite Jahreszeit dazugehörte. In den Sagen aus alten Tagen hieß es, der Winter käme jedes Jahr über das Land, um allen vor Augen zu führen, dass die reiche Zeit des Sommers ein Ende fand. Mit diesem Fest begrüßten die Hallinger die karge Zeit und zeigten ihr, dass sie keine Angst vor ihr empfanden – in der Hoffnung, sie würde möglichst schnell vorübergehen.

Die Musik setzte ein und ein beschwingtes Lied begleitete die Diener, die schwere Bretter in den Saal trugen, auf denen sich die Speisen des ersten Ganges türmten.

Es gab alles im Überfluss und heute hatte wirklich niemand das Gefühl, er müsse sich vor einem kargen Winter fürchten.

Die Diener trugen gebratene Enten, Gänse und Hühner auf. An der hohen Tafel wurden sogar Wachteln gereicht. Gebratenes und gekochtes Gemüse wie Karotten, Erbsen und Kürbis verströmten ihren Duft, Sauerkraut, Kohlrabi in dünnen Scheiben mit Senfhonig, junger Portulak mit viel süßer Sahne verfeinert. Auf den Tischen warteten Körbe mit Brot, das vor Kurzem erst aus dem Ofen gezogen worden war.

Semi bediente sich reichlich. Zwischen zwei Bissen hob er seinen Pokal und prostete Larima zu.

»Auf einen kurzen Winter«, sagte sie und prostete zurück.

»Bei den Göttern, ja«, sagte Semi nach einem ordentlichen Schluck Dunkelmet. »Du weißt, wie langweilig ich diese Zeit finde. Gibt ja kaum was zu tun. Man darf nicht mal jagen, weil die Tiere gegen den harten Frost kämpfen.«

»Willst du dich wirklich durch die schulterhohen Schneehaufen arbeiten, um in die Wälder zu gelangen?«, fragte Larima. »Kann schon passieren, dass du dabei einen Bären aus dem Winterschlaf weckst. Dann könntet ihr Jäger schnell zu Gejagten werden.« Sie kicherte und streckte sich, um an die Platte zu kommen, auf der verschiedene Eiergerichte bereitlagen. Mit einem Grinsen lud sie sich einen Haufen ihrer Leibspeise auf den Teller.

»Ich plane, während des Winters meinen Körper zu trainieren und mich im Schwertkampf zu üben«, verkündete Semi. »Schwertlehrer Reikon hat gesagt, ich müsse bei der Sache bleiben, wenn ich meine Gewandtheit und Stärke behalten will.«

»Und nicht zu vergessen, Væter Hanrek erwartet uns in seinem Turm«, erinnerte Larima.

Diese unnützen Stunden in der Studierstube würde Semi in der Tat nur allzu gerne vergessen. Mutter bestand darauf, dass sie gerade im Winter den Unterricht des Væters besonders häufig besuchten, in dem er Larima und Semi Dinge über die Vergangenheit von Hallinga, die Gesetze des Jarls und, zu allem Überfluss, die Arbeit der Bauern erklärte.

»Unglaublich, dass du an dieser Zeitverschwendung auch noch Spaß hast.« Semi schüttelte seinen Kopf und Larima zuckte mit den Achseln.

Den Höhepunkt des Festmahls bildeten die über dem Feuer gebratenen Ochsen. Das zerlegte Fleisch dampfte auf stattlichen Tellern und ließ manchem Gast Freudentränen in die Augen treten. Semi nahm sich ein Vorbild an seinem Vater und griff kräftig zu.

Während des Hauptgangs beobachtete Semi Jonna heimlich aus dem Augenwinkel und bewunderte ihre Zurückhaltung trotz der Leckereien. Sie bediente sich bei allem, aß aber nur einige Bissen und ließ den Rest von den Dienern mitnehmen. Von ihrem Met nippte sie nur einige Male.

Die Stimmung im Saal war ausgelassen. Es wurde gelacht und gescherzt und nicht nur einmal hoben sich die Pokale zu einem Trinkspruch.

Als der Nachtisch hereingetragen wurde, dachte Semi, er brächte keinen Bissen mehr herunter. Doch konnte er dem Anblick von Mus und Pasteten nicht widerstehen. Es gab Nusskuchen und Mandelpudding. Dazu wuchtige Schüsseln Sahne, in denen ein Kleinkind hätte gebadet werden können.

Semi freute sich besonders über eine Pfanne mit seiner Leibspeise. Sie enthielt in viel Zucker angebratene Brötchen, die vorher mit Milch und Eiern verrührt worden waren. Er häufte einen Berg auf seinen Teller. Dazu nahm er sich zwei Schöpfer mit Pflaumenkompott.

Nachdem er viel zu viel von all diesen Naschereien probiert hatte, lehnte er sich zurück und atmete angestrengt. Sein Wams spannte über dem Bauch, doch war es nicht die Pflicht eines jeden götterfürchtigen Hallingers, dem Winter beim Hæsgena-Fest zu zeigen, dass man ihn nicht fürchtete?

Sein Halstuch hatte ein paar besonders prachtvolle Fettflecken abbekommen und Semi knüpfte den Knoten auf. Sofort konnte er freier atmen. Er wischte sich damit über den Mund und ließ es unter den Tisch fallen.

Es wurde ruhig im Saal, als sich Tymela von den Walden für sein erstes Lied bereit machte. Semi hatte den bekannten Skalden schon auf der Burg seines Onkels, des Jarls, spielen hören und liebte Tymelas Gesänge über das ehrenhafte Leben der Ritter und ihre Suche nach Abenteuern. Er hoffte, dass der Sänger auch heute eine solche Saga vortragen würde.

Der Skalde positionierte sich neben dem Tischchen mit der Longharpa. Er trug einen knielangen, gelben Rock mit roten Flicken, der so gut zum Rest der Dekoration passte, als wäre er aus einem der Tischlaken geschnitten worden. Die lange Pfauenfeder, die in der flachen Mütze des Skalden steckte, tanzte bei jedem seiner Schritte auf und ab.

Der Musiker an der Longharpa blickte zu Tymela hoch und wartete auf seinen Einsatz. Der Sänger nickte ihm zu und er entlockte seinem Instrument eine sanfte Weise. Der Rest der Musikanten schwieg.

Man hörte nur die zarten Töne des Zupfinstruments und die Stimme des Skalden, die lieblich durch den Saal tönte und noch die hintersten Tische erreichte. Keiner der Gäste, Ritter, Amtsvolk oder Laidis, wagte es, mit einem Wort den Vortrag des Sängers zu stören.

Das Lied handelte von einem jugendlichen Recken mit Namen Warun von Waginson, dem Erben eines großen Hauses. Er wurde von seinen Brüdern verspottet und sie warfen ihm vor, feige zu sein. Dabei hatte der junge Mann seinen Mut nur noch nicht beweisen können. So beschloss er, die elterliche Burg zu verlassen und sich die Abenteuer zu suchen, die ihm die Götter nicht in die Heimat schicken wollten.

Es Warun in die wilden Lande führt,
denn Tapferkeit dort war so Not.
Kaum dass sein Stiefel öde Erd' berührt,
kam Kund' vom Edlen Rinesot.

Die hehre Jungfrau Ila ihm geraubt,
in Höhlen verschleppt ohne Schein.
So Warun keiner Warnung hat geglaubt –
wollt wahrlich der Retter ihr sein.

Mit seiner blitzend' Klinge stürzt der Held
in höhlentief, schwarzdunklen Schlund.
Doch wer erwartet ihn in finst'rer Kält'?
Er wusst' es nicht zu dieser Stund'.

Stürzt Warun ins Gefecht mit wack'rem Schrei,
hinein wirft er all seine Kraft.

Er stieß das Schwert, schlug Schatten wild entzwei,
und tanzte mit tödlicher Macht.

Am End' erschien ein Licht und Warun sah,
wen wirklich er furchtlos bezwang.
Dort lag der Feind mit glänzend' Haarschopf da,
der unheilig Welt einst entsprang.

Die Jungfrau war erlöst, der Traume wahr:
zum Herre er alsbald ernannt.
Umher er reiste mutig Tag und Jahr.
Als Waginson wurd er bekannt.

Sein Name ward des tapf'ren Ritters Zier,
allweil berühmt in Ferne oder hier.

Begeisterter Applaus ließ die Halle erbeben, als Tymela die Saga beendete. Es dauerte einige Zeit, bis es ruhig genug war und der Skalde ein weiteres Lied anstimmen konnte. Diesmal war es eine lustige Weise, zu der alle Musiker wild aufspielten.

Die Geschichte von Warun von Waginson klang in Semi nach. Er saß an seinem Platz und nahm die nächsten Lieder nicht wahr, so beeindruckt war er von der Saga.

Bin ich nicht selbst Warun?

Wie der unterschätzte Recke hatte auch Semi das Gefühl, dass er seinen Mut und seine Tatkraft hier auf Burg Groveflyk nicht beweisen konnte.

Was habe ich in sechzehn Wintern hier denn schon erreicht? Was erzählen sich die Bauern über Semargan von Groveflyk?

Es gab keine einzige Heldentat zu rühmen. Alles, das nur irgendwie spannend und geheimnisvoll war, hatte ihm Mutter verboten. Sollte er in die Legenden eingehen als Haron Muttersöhnchen? Es wurde höchste Zeit, dass er sich einen Namen machte. Von welchen Taten sollte er seinen Männern später am Feuer erzählen?

Zumindest würde es die Geschichte geben, wie er nach alter Kunst um seine Frau geworben hatte.

Nach dem Auftritt des Skalden räumten die Diener die Teller, das Besteck und die Schalen und Platten mit den Resten des Nachtisches ab. Kräftige Männer trugen die Tische zur Seite, die in der Mitte des Saales vor dem Podest der Musiker standen, und schufen Platz für den Tanz. Viele Gäste erhoben sich und flanierten durch den Raum, um die Speisen sacken zu lassen. Einige zog es trotz der frischen Witterung hinaus auf die Terrasse. Eine Handvoll wagte bereits ein Tänzchen zu den lebensfrohen Klängen der Musikanten.

Larimas Augen huschten hierhin und dorthin. Semi wusste, wie gern sie tanzte. Doch auch sie hatte bei dem Festmahl gut zugeschlagen und brauchte wohl noch einen Augenblick der Ruhe, bis sie sich zwischen die anderen Tänzer mengte. Semi hätte sie aufgefordert, aber er musste heute Abend eine Aufgabe erledigen. Schließlich musste er das Kjœrleg vollenden und Jonna die wichtigste Frage stellen.

Warum hat Jonna mich eigentlich bisher nicht eines Blickes gewürdigt? Ist sie beleidigt, weil sie nicht mit mir an der hohen Tafel sitzen darf? Aber dieses Privileg wird ihr erst zustehen, wenn sie meine Frau ist.

Wie es alte Tradition war, stand es nur Adligen zu, mit dem Haron an einem Tisch zu sitzen.

Semis Überlegungen wurden unterbrochen, als er bemerkte, wie Ritter von Eschenstab hinter seinem Rücken vorbeilief, sich zu Larima hinabbeugte und ihr etwas zuflüsterte. Wahrscheinlich bekundete er ihr aufrichtig seine Bewunderung. Larima verdrehte unpassend die Augen, erhob sich aber wenigstens gehorsam und folgte dem Edlen.

Semi erwartete, dass sich die beiden auf die Tanzfläche begeben würden, um sich am Runda, dem langsamen Schreittanz, zu beteiligen, der in diesem Moment gespielt wurde. Doch stattdessen wandte sich der Ritter den Portalen in der Ostwand zu und führte Larima nach draußen auf die Terrasse. Wollte Herre Eschenstab sie etwa einfach so um ihre Hand bitten?

Wie konnte sich ein Mann nicht die Zeit nehmen, um in der Tradition der fünf Stufen des Kjœrleg um seine Angebetete zu werben?

Das ist ganz und gar nicht altmodisch, denn Frauen lieben es, wenn man sich um sie bemüht.

Und Semi hatte sich sehr um Jonna bemüht. Seine Angebetete hatte bisher jedem der vier Schritte des Liebeswerbens zugestimmt.

Er winkte einem Diener mit einer Karaffe und ließ sich seinen Pokal vollschenken. Er würde sich Mut antrinken müssen, bis er es wagte, zu Jonna zu gehen und den letzten Schritt des Kjœrleg zu vollenden.

- 6 -

Eschenstab führte Larima durch die Fensterportale nach draußen. Sie war nicht erpicht darauf, mit dem Ritter ein Wort in aller Stille zu sprechen, wie er es angekündigt hatte. Doch wusste sie, wie wichtig dies für ihre Mutter war, und der Gedanke, sie enttäuschen zu müssen, quälte sie.

Die Nacht war vollends hereingebrochen. Der Mond stand fast voll am Himmel und beschien silbern die Wälder um die Burg. Allerlei Blumen schmückten die Freiterrasse und Fackeln knisterten an der Balustrade. Ein kühler Windhauch wehte und die Sterne funkelten kalt über ihnen. Larima fröstelte es in dem dünnen Kleid und sie konnte sich kaum vorstellen, heute Nachmittag noch im See geschwommen zu sein.

Eschenstab blieb in einer Ecke der Terrasse neben einem Kübel mit einem ausladenden Rudberribusch stehen. Hier standen sie wenigstens vom Wind geschützt. Der Mann überragte sie um gut zwei Köpfe.

»Larima, Tochter von Evin von Groveflyk und seiner Frau Rulid«, begann der Ritter. Seine Stimme klang feierlich, doch schwang kein Gefühl in ihr. »Ich bin heute in Euer Heim gekommen, habe mit Euch von derselben Tafel gespeist.«

Das haben andere auch, trotzdem entführen sie mich nicht in die Kälte.

Sie versuchte krampfhaft, das Lachen zu unterdrücken, das sich in ihr Bahn brechen wollte.

Auch andere Gäste fanden ihren Weg auf die Terrasse, um frische Luft zu schnappen. Sie beäugten die Personen von der hohen Tafel neugierig.

Eschenstab achtete nicht auf diese Blicke. »Ich suche seit langer Zeit nach einer Seele, die die meine ergänzt, nach einer zweiten Hälfte, die die Leere in meinem Herzen füllen kann.« Der Ritter ergriff Larimas Hand. Er trug Handschuhe und das glatte Leder fühlte sich eisig an. Larima unterdrückte den Wunsch, ihre Hand zurückzuziehen.

»Larima, hört mir zu! Ihr habt mich vom ersten Augenblick durch Euren Anblick verzaubert. Kommt mit mir in mein Heim und ich werde Euch ein guter Ehemann sein, so wahr die Götter unser Schicksal gefügt haben.«

Eschenstab sah sie mit seinen dunkelbraunen Augen an, die im Mondlicht schwarz wirkten. Larima bemerkte keine Wärme in diesem Blick, sein Gesicht spiegelte nichts von den schönen Worten wider.

Das Lachen in ihr erstarb und sie wurde schlagartig ernst. »Nein«, sagte sie schlicht.

Sie wollte sich losreißen und zurück in den Festsaal stürmen, doch Eschenstab hielt ihre Hand gepackt.

»Weißt du, was du da ausschlägst?«, fauchte er. Nun passte seine Stimme weit besser zu seinem Gesicht. Seine Augenbrauen bauschten sich zornig auf wie Gewitterwolken.

Larima trat erschrocken einen Schritt zurück. Dann packte sie Wut. »Denkt Ihr, Ihr bekommt mich, wenn Ihr mich einschüchtert?«, rief sie dem Ritter entgegen. »Ich brauche Männer wie Euch nicht!«

Unverhohlen starrten die anderen Gäste die vermeintlich Liebenden an. Ihre Gespräche waren verstummt. Alles lauschte nur und wartete, wie das Schauspiel weitergehen würde.

Eschenstab blickte sich um und schob seinen Kopf nach vorn. »Denkst du, jemand anderes will sich mit dir einlassen?«, zischte er leise. »Weißt du nicht, dass sie Angst vor dir haben, weil du die Haare der Fladrea trägst, Findelkind? Willst du warten und als alte Jungfrau sterben?« Er funkelte sie spöttisch an. Das Grinsen auf seinen Lippen wusste Larima nicht zu deuten.

Vielleicht zeigte es Schadenfreude, vielleicht aber auch Siegessicherheit.

»Lieber sterbe ich allein, als an Eurer Seite zu leben!«, spuckte sie ihm in sein hochmütiges Gesicht. Sie gab sich keine Mühe, ihre Stimme zu senken. Unvermittelt riss sie ihre Hand los, wirbelte herum und lief mit weiten Schritten auf das Portal zu. Sie war es nicht gewohnt, mit so viel Stoff zwischen ihren Beinen zurechtzukommen, und wäre auf ihrem Weg fast über den Saum ihres Kleides gestolpert.

Als sie in den Saal stürmte, suchten ihre Augen sofort die hohe Tafel nach Semi ab. Sie brauchte jetzt seine Unterstützung. Doch ihr Freund saß nicht mehr an seinem Platz.

- 7 -

Semi stand mit wackeligen Beinen im Festsaal.

Mist, dass ich das Halstuch nicht mehr trage. Es hat so wunderbar zu meinem Wams gepasst. Hoffentlich merkt Jonna nicht, wie aufgeregt ich bin.

Er durfte nur die Ansprache nicht vermasseln, die er sich für die letzte Stufe des Kjœrleg zurechtgelegt hatte. Seine Hände zitterten. Daran war nicht nur die Aufregung, sondern auch der viele Dunkelmet schuld.

Semi wankte die wenigen Schritte zum Tisch der Amtsträger aus Groveflyk. Erst als er vor den Männern stand und sie ihn aus großen Augen anglotzten, merkte er, dass Jonna nicht mehr zwischen ihrem Vater und dem Bauernmeister saß.

Er blickte sich um und entdeckte seine Zukünftige auf der Tanzfläche. Sie vollführte einen schnellen Tanz in den Armen eines Zwergs. Auf den zweiten Blick erkannte er in dem Kurzen den Sohn des Herre Aiswend, eines Ritters vom Hofe des Jarls.

Semi stellte sich neben die Tanzenden und wartete, bis der Reigen endlich sein Ende fand. Schnell sprang er zwischen die Paare und verneigte sich vor Jonna. Die anderen Gäste staunten und wichen zurück. Auch der Zwerg, der auf den zweiten Blick gar nicht so klein war und ein Schwert mit elegantem Knauf an seinem Gürtel trug, blickte unter seinen strohblonden Haaren verdutzt in die Runde.

»Liebste Jonna, gewährt mir die Bitte, mein Wort an Euch richten zu dürfen«, begann Semi.

Das Mädchen sah ihn an, aber ihr Blick ging durch ihn hindurch.

Was hat sie nur? Wo ist ihr bezauberndes Lächeln?

Semi stockte einen Moment, doch ließ er sich nicht entmutigen. Zu lange hatte er auf diesen Augenblick gewartet, ihn herbeigesehnt und sich darauf vorbereitet.

Erleichtert bemerkte er, dass sein Herz nicht so eilig schlug, wie er befürchtet hatte. Seine Stimme klang nicht brüchig, sondern fest, als er zu sprechen begann. »Nach der ersten Frage, die Ihr bejahtet, nach dem Gravid, das Ihr angenommen habt, nach dem süßen Kuss, den Ihr mir schenktet, und nach dem Tale, den ich vor Euren Eltern hielt und der Gefallen gefunden hat, stehe ich wieder hier vor Euch«, zählte Semi die Stufen des Kjœrleg auf. »Nun stelle ich binnen der gemessenen Jahresfrist die letzte, entscheidende Frage.« Um sie herum waren alle Gespräche verstummt. Der ganze Saal schien den Atem anzuhalten.

»Wollt Ihr vor Kjœna, Gott und Göttin der Verliebten, vor all den anderen Göttern in Ovtahis und vor den Menschen mit mir den Lebensbund bezeugen?«, platzte es aus Semi heraus. Seine Hände presste er gegen seine Seite, damit sie nicht in die Versuchung kamen, zu zittern.

Natürlich wusste er, was Jonna ihm antworten würde.

Sie wird meine Frau werden. Das wissen die Götter und nach dem heutigen Abend auch ganz Groveflyk.

Die letzte Stufe des Kjœrleg war nur noch eine Formsache.

Doch Jonnas Miene blieb versteinert und sie stürzte sich nicht in seine Arme. Verwirrt beobachtete Semi, wie ihre Hand die Hand des blonden Kerls neben ihr suchte und diese ergriff. Ihren Augen fehlte das Funkeln, ihr Blick war ablehnend.

Semi trat unsicher einen Schritt zurück. Sein Herz trommelte wild.

In Jonnas Augen flackerte es. Offenbar genoss sie die Aufmerksamkeit des Saales. »Semargan von Groveflyk«, sagte sie gefühlskalt, »mit all meinen Sinnen lehne ich Euren Antrag ab. Denn ich habe mich anderweitig gebunden.« Ihre Stimme wechselte von der förmlichen Tonlage in etwas, das wie ihr üblicher

Plauderton klang. »Bendan von Aiswend wird mich zu seiner Frau nehmen.«

Der Blonde grinste und reckte sich, dennoch überragte er Jonna nicht um einen Finger.

»Er wird mich mit nach Burg Skogbrynet nehmen, wo sein Vater dem Jarl dient«, sprach sie weiter. »Mein baldiger Mann wird ebenfalls diesem hohen Herrn dienen.«

Semi schnappte nach Luft. Sie verschmähte ihn, den Sohn eines Haron, für diesen dahergelaufenen Sohn eines Ritters! Und wozu? Nur um am Hof des Jarls zu leben?

Meine Mutter ist die Schwester des Jarls.

Doch Semi verzichtete darauf, Jonna daran zu erinnern. In ihren Augen sah er, dass nichts ihre Entscheidung ändern würde.

Als wären alle Lebensgeister aus ihm gewichen, stand er mit offenem Mund und gesenkten Schultern da. Im Saal erklang Lachen. Jonna nahm ihren zukünftigen Ritter am Arm und verließ die Tanzfläche. Die Leute verstreuten sich schnell. Einen trauernden Jungen wollte sich niemand auf einem Fest lang ansehen.

Semi war erstarrt. Er spürte, wie ihm jemand von hinten über den Rücken streichelte. Er wollte sich aufbäumen, aber dazu fehlte ihm die Kraft. Die Person legte ihre Hand auf seine Schulter und führte ihn in Richtung der Türen aus dem Festsaal. Aus den Augenwinkeln bemerkte er Larimas schimmernde Haare.

Kaum hatten sie den Saal verlassen, spielten die Musiker zu einem Tanz auf. Dass Semis Herz vor wenigen Atemzügen in tausend Stücke geschlagen worden war, schien vergessen.

Er blickte in Larimas Gesicht und sah denselben innigen Wunsch, der auch in ihm brannte: den Abend so schnell wie möglich hinter sich zu lassen.

Suche im Utlendwald

1

»Ich soll euch etwas über die Fladrea erzählen?« Væter Hanreks Gesicht war erbleicht. »Ihr wisst doch, dass es streng verboten ist, über die Fremden zu sprechen. Haronsa Rulid hat es jedem untersagt.« Die Augen des grauhaarigen Mannes zuckten nervös.

»Wir sollen doch etwas über die Vergangenheit von Hallinga lernen. Und die Fladrea gehören dazu«, bettelte Larima.

Seitdem Eschenstab ihr auf dem Hæsgena-Fest vor drei Tagen vorgeworfen hatte, sie trage die Haare der Fladrea, ließ ihr dieses Volk keine Ruhe. Seit sie zum ersten Mal begriffen hatte, was das Wort Findelkind bedeutete, wusste sie, dass sie nicht nach Groveflyk gehörte. Und die Kinder, die heimlich auf ihre Haare zeigten, ließen sie das ebenfalls spüren. Endlich hatte sie einen Hinweis darauf gefunden, woher sie stammen konnte, und sie musste unbedingt alles über diese Fladrea herausfinden.

Larimas letzte Hoffnung und der Einzige, der Wahrheit von Sagen trennen konnte, war der Væter, der belesenste Mensch in Groveflyk.

»Ich werde dafür Eure Bücher abstauben«, bot Larima verzweifelt an. »Und zwar alle!«

Der alte Mann blickte um sich. In dem Turmzimmer, in dem der Unterricht für die Kinder des Haron stattfand, und das dem Lehrer als Studierzimmer diente, stapelten sich die Folianten in den Regalen bis unter die Decke. Zusätzlich ragten auf dem Boden mannshohe Türme aus Büchern auf, die nicht mehr auf die eng bepackten Bretter passten.

»Außerdem sagt Ihr immer, dass Wissen das Wichtigste überhaupt ist.« Larima blickte den Væter flehend an. »Wollt Ihr wirklich, dass die Menschen in Groveflyk ihre eigene Vergangenheit vergessen?«

Ich bin einer Antwort zum Greifen nah. Hat dieser schreckliche Eschenstab recht und hat meine Herkunft mit den Fladrea zu tun?

Væter Hanrek seufzte und blickte zwischen Semi und Larima hin und her. Seine Augen huschten zur Tür der Kammer, doch diese war fest verschlossen. Sie waren unter sich, denn der Langvisturm war untertags wie ausgestorben.

Der Væter zuckte kapitulierend mit den Schultern. »Wir wissen wenig aus diesen Zeiten. Was ich euch aber sage, darf diesen Turm nicht verlassen.«

Larima und Semi nickten und machten es sich auf dem Boden zwischen den Bücherstapeln bequem. In der Studierstube standen keine Stühle, denn es hieß, man müsse mit der Erde verbunden sein, um Wissen aufzunehmen. Semi legte die Schreibtafel zur Seite und blickte dem Væter gespannt entgegen.

»Vor vielen Hundert Jahren – niemand weiß mehr, wie lang es her ist – kamen Schiffe über das Meer. Einige Schriften behaupten, sie wären mit den Wolken geflogen. Das dürfen die Träumer glauben. Wahr ist jedoch, dass sie an der Ostküste von Hallinga anlandeten. Aus den Schiffen stiegen Wesen mit hellen Haaren, die einen Schimmer besaßen, als wären sie aus Bronze geflochten.«

Bei der Erwähnung der Haare hätte Larima fast aufgeschrien. »Waren es wirklich Riesen mit drei Köpfen?«, stieß sie aufgeregt hervor. »Und haben sie Kinder gefressen?«

In den letzten Tagen hatte sie versucht, aus jedem auf der Burg herauszulocken, was er über die Fremden wusste, war jedoch nur auf Schweigen gestoßen. Gestern hatte sie endlich ein paar Gerüchte und Schauergeschichten aus den Knechten im Dorf Groveflyk herauslocken können, nachdem sie ihnen zwei Schläuche mit starkem Met ausgegeben hatte.

»Woher hast du das?«, fragte der Væter mit ernster Miene.

Doch Larima zuckte nur mit der Schulter, da sie die Knechte nicht verraten wollte.

»Es gibt so viele Geschichten über dieses Volk«, sagte Hanrek. »Einige Sagen erzählen in der Tat, die Fremden wären groß wie Riesen gewesen, andere jedoch behaupten, sie waren zart wie Kinder. Die Bauern jedenfalls, die damals an dieser Stelle der Küste lebten, beschrieben die Fremden als wunderlich schön. Sie fielen auf die Knie, denn sie hielten die Ankömmlinge für Sendboten der Götter.

Einige dieser Fladrea – so nannten sie sich – ließen die Bauern vor sich knien, andere befahlen ihnen, aufzustehen.«

Der Væter machte eine Pause und setzte sich bequemer hin.

»Unser schönes Land gefiel den Fremden und sie beschlossen, dass ihre Reise hier zu Ende war«, erzählte er weiter. »Sie handelten mit jedem, der zu ihnen kam. Ihre Güter waren begehrt, denn sie fertigten besonders wunderbares Glas an und Stoffe, weich wie Flaumfedern, die sie Seide nannten. Eine Stadt wuchs an jener Stelle der Küste, die Lanning genannt wurde, der Ort der Landung. Schon bald wurde sie durch den Handel reich und berühmt.«

Larima knetete ihre Finger. Sie meinte, diese Stadt und die Fladrea vor sich zu sehen.

»Einige Hallinger arbeiteten und lebten mit den Fremden zusammen, doch die meisten Menschen fürchteten sie, wie sie alles fürchten, das andersartig ist.« Der Væter blickte für einen Moment zum schmalen Turmfenster, als hätte er etwas gehört. Er leckte sich über die trockenen Lippen und nahm einen Schluck aus dem Metschlauch, der von einem Tisch herabbaumelte.

»Denn die Fladrea verfügten über Kräfte, die die Hallinger nicht kannten. Keiner weiß heute mehr, was sie wirklich vermochten und was nur abergläubische Geschichten sind. Ich habe Bücher gelesen, die behaupten, die Fladrea konnten Dinge ganz leicht werden lassen, ja, sie regelrecht zum Schweben bringen, Hitze und Kälte herbeirufen und die Zukunft sehen.«

Semi warf Larima einen aufgeregten Blick zu. »Glaubt Ihr, da könnte was Wahres dran sein?«, fragte er.

»Ich denke, dies sind wohl alles Legenden. Schuld daran haben sicherlich auch die Skalden, die in ihren Sagas diese Zauberkräfte jahrhundertelang ausschmückten. Heute kann man kaum noch glauben, was man hört.«

»Also konnten die Fladrea nicht zaubern?«, wollte Larima wissen.

»Wohl doch«, sagte der Væter. »Die Fladrea nannten ihre Gabe ›die Spur‹ und ihre Macht ›die Kraft der Sterne‹ oder ›Sternenkraft‹. Diese Fähigkeiten machten sie in den Augen der meisten noch unheimlicher. Doch ich habe in keinem Text eine verlässliche Beschreibung gefunden, zu was diese Sternenkraft sie befähigte.«

Larima musterte ihre Finger. Sie sahen kaum anders aus als Semis Finger. Anzeichen von Zauberkraft waren nicht zu entdecken.

»Die Texte aber sprechen davon, dass viele Jarle die klugen Fremden an ihre Höfe riefen, damit diese ihnen mit ihrer Weisheit zur Seite standen und ihre Feinde einschüchterten.

Einige Fladrea schwangen sich mit der Zeit selbst zu Herrschern auf. In einer Jarlschaft im Nordwesten Hallingas herrschten lange Zeit die Nachkommen von Laimonu dem Rotäugigen – besonders grausame und verhasste Fladrea. Die Menschen dort atmeten auf, als die Fremden verschwanden und ihren Schreckensthron verwaist zurückließen.«

Larima staunte. »Ich hatte keine Ahnung, dass die Fladrea so bedeutend gewesen sind. Wieso hat Mutter verboten, über sie zu sprechen?«

Der Væter schwieg einen Moment. »Dazu kann ich nichts sagen«, sagte er schließlich. »Du solltest sie selbst fragen.«

»Weiß wirklich niemand etwas über ihre Zauberkräfte?«, wollte Semi wissen. »Ich meine ... Das muss doch jemand mal aufgeschrieben haben.«

»Geschrieben wurde viel, aber wahr scheint mir wenig davon«, erklärte der Væter. »Sicher ist, dass die Fladrea, wo auch immer sie in Hallinga auftauchten, Artefakte erschufen, mit deren Hilfe sie angeblich die Wunder vollbringen konnten, für die sie so berühmt waren.« Der Blick des Væters huschte zum Turmfenster.

»Doch wie man diese Artefakte der Fladrea in Gang setzt, weiß heute niemand mehr.«

Larima verstand sofort, was der Lehrer meinte. Das Fenster erlaubte einen Blick auf die braunen Steine des Haupthauses und die Mauer verdeckte den Erker des Auges nur halb.

»Also gab es auch in Groveflyk Fladrea«, rief sie dazwischen.

Der alte Mann nickte. »Sie lebten einst überall in Hallinga, natürlich auch hier. Es heißt, sie hätten im Utlendwald gewohnt, im ›fremden Wald‹, aber keiner weiß mehr, wie dieses Artefakt funktioniert, das im Auge steht. Vielleicht kann es wirklich nur ein Fladrea benutzen oder es ist schon zu alt und nicht mehr intakt. Wann und warum das Auge gebaut wurde, habe ich nicht herausfinden können, doch eine Textstelle in der Chronik von Groveflyk deutet an, dass die Harone keinen Schaden daran hatten, wenn die Fladrea mit ihnen im Auge standen.«

Larima sah, wie Semi erschauerte. Die Vorstellung, allein mit einem dieser Wesen in einem Raum ohne Fenster zu stehen, schien ihm nicht geheuer.

Vor mir wird er aber keine Angst haben, oder? Selbst wenn ich wirklich zu diesem Volk gehöre.

Der Gedanke, irgendetwas könnte zwischen ihr und Semi stehen, bereitete ihr Unbehagen.

»Was ist mit den Fladrea geschehen?«, fragte Semi. »Wo sind die jetzt alle?«

»Vor über hundert Wintern haben sie Hallinga verlassen«, erzählte Væter Hanrek. »Es heißt, sie seien in ihre Heimat gegangen. Zurück ließen sie wenig mehr als Legenden.«

»Aber warum sind die Fladrea aus Hallinga verschwunden?«, wollte Larima wissen.

Der alte Lehrer überlegte. »Um es kurz zu sagen, Kind«, meinte er schließlich, »das wissen wohl nur die Fladrea selbst. Es gibt viele Geschichten darüber, doch in keiner von ihnen scheint mehr Wahrheit zu stecken als in einem Kindermärchen.«

Der Væter erörterte nicht gern Dinge, über die er seiner Meinung nach zu wenig wusste. Larima befürchtete, dass er das Thema wechseln würde. Stattdessen streckte er die Hand aus und wies auf die Schreibtafel. Semi reichte sie ihm. Der Alte griff ein Stück Kreide, zeichnete verschlungene Linien auf die schwarze Fläche und hielt ihnen die Tafel entgegen.

Larima dachte zuerst, der Væter hätte etwas gezeichnet, doch sie musste sich getäuscht haben, denn sie erkannte das Geschriebene. »Gold«, las sie vor.

Semis Kopf ruckte zu ihr herüber und der Væter betrachtete sie staunend.

»Du kannst das wirklich lesen?«, fragte der alte Mann fassungslos.

Larima nickte langsam. Sie wunderte sich über die Frage. Es war zwar viele Jahre her, doch Væter Hanrek hatte ihnen das Lesen selbst beigebracht. Als sie die Tafel genau musterte, atmete sie erschrocken ein. Darauf befanden sich keine Buchstaben, sondern nur verschlungene Symbole. Zwei Ovale schnitten sich, unter ihnen ruhte ein langes Rechteck und dazwischen schwebte eine Art Blume.

Larima keuchte. Woher wusste sie, dass diese Linien für das Wort Gold standen? Wenn sie darüber nachdachte, sah sie solche Symbole zum ersten Mal.

»Neben dem fünfzackigen Stern war dies das Zeichen der Fladrea«, erklärte der Væter mit zittriger Stimme. »Für den Alltagsgebrauch hatten die Fladrea die Schrift des Hallingad von uns übernommen, doch immer wieder finden sich diese verschlungenen Symbole auf Artefakten, auf Gebäuden und in Schriften. Seit Jahren rätsele ich über ihre Bedeutung.« Seine Augen fixierten Larima. »Wer hat dich gelehrt, die Zeichen der Fladrea zu lesen?« Seine Stimme schwankte zwischen Ehrfurcht und Vorwurf.

Larima zog den Kopf zwischen die Schultern. »Niemand, Væter Hanrek, ehrlich ... Ich sehe dies heute zum ersten Mal.«

»Aber jemand muss dir doch beigebracht haben, die Symbole zu lesen.«

»Ich habe keine Ahnung, woher ich es weiß. Ich habe ohne zu überlegen auf die Tafel gesehen und erkannt, was dort steht.«

»Das Wissen muss irgendwo in dir stecken ... vielleicht ...« Der Væter brach ab und streckte ihr die Tafel entgegen. »Du sagst, hier steht ›Gold‹?«

Larima nickte.

»Wie passend für dieses Volk, das Symbol für Gold als Zeichen für sich zu benutzen«, sagte er leise und mehr zu sich selbst. »Eine Schande!« Seine Stimme wurde wieder lauter. »Wären wir nur in Krolsholt! In der Stadt habe ich das Wissen der Væter erlangt und dort hätte ich dir ein Buch zeigen können, das ich lang studiert habe, ohne jemals seinen Sinn zu begreifen. Es ist voll mit diesen Symbolen und eines der einzigen Bücher dieser Art, die die Dummheit und Angst der Menschen überlebt haben. Du könntest womöglich sein Geheimnis lüften. Aber vielleicht könntest du wenigstens ...«

Der Blick des Væters wanderte über die Bücher, die in den Regalen an den Wänden standen, er erhob sich ächzend und zog ein Pergament aus einem Stapel.

»Dies hier habe ich vor Jahren in der Bibliothek der Burg gefunden. Es ist das einzige Schriftstück in Groveflyk, das die Zeichen der Fladrea zeigt. Ich wollte schon immer wissen, was es uns zu sagen hat.« Die Augen des Væters funkelten, als er Larima das beschriebene Pergament entgegenstreckte.

Sie nahm es ihm aus der zitternden Hand. Die Haut schien sehr alt zu sein, war brüchig und an den Ecken ausgefranst. Vorsichtig strich Larima darüber und blickte auf die Zeichen, die darauf geschrieben waren. Ihre Augen flogen hin und her und ihre Gedanken suchten einen Sinn in den Worten. Enttäuscht hob Larima den Kopf.

»Was ist, Mädchen? Kannst du es lesen?«, fragte der Væter mit rauer Stimme. Semi rückte näher an sie heran.

Larima schüttelte den Kopf. »Ich verstehe die einzelnen Symbole, aber ich kann sie nicht zu Sätzen formen. Es ist nicht, als würde ich Hallingad lesen.«

Der Lehrer nickte eifrig. »Dein Blut verrät dir die bloßen Wörter, doch fehlt dir die Kunst der Grammatik, denn niemand hat dich die Sprache der Fladrea gelehrt.« Er schwieg einen Augenblick. »Lies, Larima. Wir versuchen gemeinsam, den Worten einen Sinn zu geben.«

- 2 -

Semi und Larima verließen den Langvisturm. Die Schulstunde hatte die beiden aufgewühlt, auch wenn keiner das zugeben wollte.

»Hast du gesehen, wie blass Væter Hanrek geworden ist und wie eilig er das Symbol der Fladrea mit dem Tuch von der Tafel gewischt hat?«, flüsterte Semi ihr zu.

»Und wie eng er das Pergament eingerollt und es zwischen die anderen Schriften gestopft hat«, sagte Larima.

»Na ja, er braucht sich nicht zu sorgen, ich werde kein Wort darüber verlieren, was er uns verraten hat«, sagte Semi.

Larima zuckte mit den Schultern und lief neben ihm über den Hof. In den rotgoldenen Kronen der Buchen spitzte der Frühwinter über die Zinnen der Burgmauer.

Nicht mehr lang und der Burghof wird mannshoch mit Schnee bedeckt sein. Dann müssen wir wieder auf schmalen, freigeschaufelten Wegen zwischen den Türmen, dem Haupthaus und den Toren hin und her laufen.

In den letzten Tagen hatten Semi und Larima eine Menge Zeit miteinander verbracht, als wollten sie sich gegenseitig daran hindern, zu viel darüber nachzudenken, was auf dem Fest geschehen war.

Da Jonna gestern Groveflyk mit ihrem Verlobten Bendan von Aiswend in Richtung Skogbrynet verlassen hatte, war die Sache für Semi endgültig zu Ende und er lief nicht Gefahr, ihr unabsichtlich über den Weg zu laufen.

Wahrscheinlich hatte diese eingebildete Göre von Anfang an andere Pläne im Sinn und es hat ihr gefallen, einen liebestollen Folser zu ihren Füßen zu wissen. Ungeheuerlich, dass sie das Spiel bis zum Ende ausgekostet hat.

Für Larima war die Sache mit Eschenstab ebenso erledigt. Der Ritter war nach dem Fest verschwunden und glücklicherweise nicht wieder aufgetaucht.

Ich habe ihm meine Meinung gesagt und habe nicht vor, sie zu ändern.

Sie kamen am Holzlager vorbei, während vier Männer einen Baumstamm auf ihren Schultern heraustrugen, der für den riesigen Kamin im großen Saal bestimmt sein musste. Sie blieben stehen, um den Trägern Platz zu machen.

Semi tat Larima unglaublich leid. Sie konnte sich vorstellen, wie es in seinem Herzen aussah. Diese große Enttäuschung, nachdem er dieses komplizierte Kjœrleg bis zum Ende gewissenhaft durchgeführt hatte, und dann die Demütigung vor den versammelten Gästen des Hæsgena-Festes. Am besten für ihn war, er vergaß diese Jonna möglichst schnell.

Ich werde versuchen, ihn auf andere Gedanken zu bringen. Die Spuren der Fladrea zu verfolgen, könnte genau die richtige Ablenkung sein, die er jetzt braucht.

Sie wollten weitergehen, als Semi ihre Schulter packte. »Mist!«, rief er und zog Larima hinter das Holzlager.

»Was ist?«

»Da kommt Mutter.«

Larima drückte sich seit dem Fest davor, der Haronsa über den Weg zu laufen. Zum Glück waren in den letzten Tagen noch hohe Gäste auf der Burg geblieben, sodass ihre Mutter viel zu tun hatte. Doch Haron Emrun und Haronsa Rilda von Rikatan waren heute Morgen als Letzte abgereist.

»Jetzt ist es wohl Zeit für meine Standpauke wegen der Abfuhr an Eschenstab«, sagte Larima und seufzte.

»Du könntest sie nach den Fladrea fragen«, meinte Semi.

»Bist du verrückt, dann weiß sie, dass wir danach suchen, und wird verhindern, dass wir mehr herausfinden.« Das war nicht der richtige Moment, ihre Mutter nach ihrer Herkunft zu fragen. Wenn dieser Moment kam, würde Larima sie zur Rede stellen.

Früher oder später muss ich mich mit Mutter über Eschenstab unterhalten. Dann kann ich es genauso gut gleich hinter mich bringen.

Larima straffte sich und trat auf den Burghof. Semi folgte ihr. Es dauerte kaum einen Atemzug, bis die Haronsa sie entdeckte und zu sich heranwinkte.

»Entschuldigt, ihr beide. Larima, auf ein Wort«, sagte sie mit tonloser Stimme und musterte ihre Ziehtochter mit einem strengen Blick. Die Haronsa führte sie in Richtung Pferdestall und trat in die Gasse daneben. Hier waren sie vor neugierigen Augen und vor allem ungewollten Lauschern geschützt. Im Inneren des Stalls hörte Larima ein Pferd wiehern. Der Ton hörte sich so kläglich an, wie sie sich selbst in diesem Moment fühlte.

»Ich möchte noch einmal über das Hæsgena-Fest mit dir sprechen«, fing die Haronsa an. »Wie kann es sein, dass du Herre Eschenstab abweist?«

Larima sah betreten zu Boden. Da war sie. Die Frage, vor der sich Larima fürchtete.

Sie nahm ihren ganzen Mut zusammen und sah ihrer Mutter ins Gesicht. »Dieser Ritter ist ein arroganter Kerl der schlimmsten Sorte, deshalb!«, gab sie offen zu. »Und außerdem will ich sowieso niemals von Burg Groveflyk weg. Hier ist mein Zuhause genauso wie Semis. Warum muss ich meine Heimat verlassen? Und das auch noch für einen Mann wie diesen Eschenstab.«

Die Haronsa seufzte. In ihr Gesicht trat keine Wut, wie es Larima befürchtete. »Mein Kind«, sagte sie sanft. »Wir sind Frauen. Es ist unser Schicksal, diese Pflichten zu erfüllen. Auch für mich war es schwer, mein Heim zu verlassen und mit einem fremden Mann zu gehen. Doch sieh, wie die Götter alles zum Guten gewendet haben. Auch du wirst in Eschenhain sehr glücklich werden.«

Larima bezweifelte das. »Dieser Mann ... er liebt doch nur sich selbst.«

»Du kennst Herre Eschenstab nicht. Glaub mir, er ist anders, als er vielleicht scheint. Schon vor Jahren, als du noch ein kleines Mädchen warst, wollte er sich um dich kümmern. Welcher Mann bürdet sich denn freiwillig die Sorge für ein Kind auf? Aus reinem Egoismus habe ich ihm damals seine Bitte ausgeschlagen, weil ich dich doch so sehr liebe, Larima.«

Die Haronsa umarmte ihre Tochter und drückte sie an sich. »Ich möchte, dass du noch einmal darüber nachdenkst, was du auf dem Fest zu Herre Eschenstab gesagt hast«, sagte sie, während sie sich löste. »Er wäre dir ein guter Ehemann und stellt eine achtbare Partie dar. Ich will ehrlich zu dir sein. Du wirst nicht die Frau eines Harons oder Jarls werden. Für mich bist du genauso meine Tochter, wie Semargan mein Sohn ist. Das weißt du. Doch nach dem Gesetz bist du nicht von meinem und deines Vaters Blut. Und für die alten Familien zählt nur der Schoß, dem du entsprungen bist. Herre Eschenstab ist ein Ritter aus einem angesehen Haus, dennoch sieht er über diese Dinge hinweg und möchte dich zur Frau nehmen. Spricht das nicht für seinen edlen Charakter? Überdenke deine Entscheidung.« Die Haronsa sah sie eindringlich an, strich ihr übers Haar und seufzte erneut.

Larima spürte genau, was ihre Mutter nicht aussprach. Außer Eschenstab wollte kein Mann etwas mit ihr zu tun haben.

Und auch er hat mich als Fladrea beleidigt.

Sollten die Männer ihr doch alle fern bleiben! Das war ihr nur recht. Larima konnte nicht akzeptieren, was die Haronsa mit der Pflicht der Frauen abtat. Keiner durfte über ihr Leben bestimmen. Aber ihrer Mutter war dies so wichtig und Larima brachte es nicht übers Herz, ihre wahren Gedanken zu äußern. »Wie du es wünschst, Mutter«, sagte sie stattdessen.

Ein zufriedener Ausdruck trat in das Gesicht der Burgherrin. Sie wirkte jünger, nachdem die Anspannung von ihr abgefallen war. Sie nickte ihrer Ziehtochter zu, kehrte auf den Burghof zurück und verschwand in Richtung Haupthaus. Larima blieb verwirrt zurück. Genau so hätte dieses Gespräch nicht laufen sollen. Sie war froh gewesen, diesen Eschenstab ein für alle Mal aus ihrem Leben verbannt zu haben. Jetzt sollte sie erneut darüber nachdenken, ob sie nicht seine Frau werden wollte.

Dabei schwirren mir schon tausend Fragen im Kopf herum. Stamme ich von den Fladrea ab? Wohin sind sie verschwunden? Und warum haben sie mich zurückgelassen?

- 3 -

Larima beeilte sich, zu Semi zu kommen. Sie konnte sich denken, wohin ihr Ziehbruder verschwunden war, nachdem sie ihrer Mutter gefolgt war.

Sie lief an der Burgmauer entlang und fand Semi tatsächlich auf dem Sandplatz vor der Schmiede und dem Zeughaus, wo sich die Ritter und Knappen im Schwertkampf übten. Er hielt ein Übungsschwert aus schwerem Eichenholz in der Hand. Kaum hatte Semi den Unterricht bei Væter Hanrek hinter sich, fand man ihn zuverlässig hier. Es war, als müsste er den Lehrstunden, die er als sinnlos und langweilig empfand, etwas Handfestes und Nutzbringendes entgegensetzen.

Heute jedoch dürfte die Stunde bei Væter Hanrek sogar Semi gefallen haben. Vielleicht konnte Larima ihn überreden, dass er ihr beim Abstauben der Bücher zur Hand ging. Doch jetzt galt es erst einmal, ihren Ziehbruder zu seinem eigenen Besten von ihrem Plan zu überzeugen.

Larima mischte sich unter die Zuschauer der Übungskämpfe und stellte sich so, dass Semi sie sehen musste. Doch sein Blick wich nicht von seinem Gegner, einem schlaksigen Jungen mit langen braunen Haaren, der gut zwei Winter jünger als Semi war.

Larima bemerkte, dass Kramin aus seiner Schmiede trat. Seine muskelbepackten Schultern glänzten von Schweiß. Trotz des kühlen Windes trug er kein Hemd, denn im Inneren der Schmiede glühte die Luft zu jeder Jahreszeit, was Larima aus eigener Erfahrung wusste.

Der Schmied kam auf sie zu. »Wie geht es ihm?«, fragte er und wies auf Larimas Gürtel, an dem ihre Lederscheide hing.

»Ist und bleibt mir ein treuer Begleiter«, gab Larima zurück und strich über den Knauf ihres Langdolchs.

»Mensch, ich habe die Burg selten in solch einem Aufruhr erlebt wie letzten Spätwinter.«

Mit diesen Worten erinnerte Kramin Larima an die Zeit, als sie unbedingt ein eigenes Schwert besitzen wollte.

So eine idiotische Regel, die nur den Kerlen erlaubt, Schwerter zu tragen. Natürlich stand Mutter da ganz dahinter, aus Angst, ich könnte meinen Ruf ruinieren.

Der Haron kannte den Sturkopf seiner Tochter und sagte ihr zu, sie könne eine Waffe haben, wenn sie sich selbst eine schmiede. Ihr Vater nahm wohl an, sie würde niemals auf die Idee kommen, wirklich in der Schmiede zu arbeiten. Es war beileibe nicht leicht gewesen, Kramin zu überreden, sie an seine Esse zu lassen, und erst nach langem Ringen hatte Larima sich zähneknirschend mit einem Langdolch begnügt. Aber sie hatte bekommen, was sie wollte.

»Hast du dich inzwischen damit abgefunden, dass du dich auch als Haronstochter dem Schwertverbot fügen musst?«, fragte er.

»Nicht nur abgefunden, sondern angefreundet«, sagte sie. Larima wies auf Semis Übungsgegner, der einem schnellen Schwinger gewandt auswich. »Jond stellt sich ganz gut an.« Der Junge war der Knappe von Herre Tronson, einem Ritter des Haron. Er bewegte sein Schwert flink und kräftig und hielt es fest in der Hand.

»Aber gegen Semargan hat er keine Aussicht auf Erfolg«, beschied der Schmied. »Er hält zwar seine Beine schön in Bewegung. Was dem Jungen aber noch fehlt, ist die Weitsicht. Ist halt noch zu jung, der Kleine.«

Da war sie wieder, Kramins klare Einschätzung der Fähigkeiten seines Gegenübers. Larima ließ er erst bei sich arbeiten, nachdem er sich überzeugt hatte, dass sie sich nicht zu fein war, zuzupacken oder sich beim Kohleschaufeln dreckig zu machen.

Auf dem Übungsplatz schlugen die Holzschwerter krachend gegeneinander. Die Erfahrung, die Jond fehlte, brachte Semi mit. Ihm gelang es, vorauszuahnen, was sein Gegner als Nächstes tun würde. Larima sah es seinem Gesicht an, dass der Kampf gegen Jond für ihn ein Leichtes war. Er spielte mit dem Jungen.

»Du trägst den Dolch immerzu, nicht?«, fragte Kramin.

»Natürlich«, sagte sie. Larima verließ ihre Kammer kaum ohne ihren Dolch am Gürtel. Sie war genauso stolz auf ihn wie die Ritter auf ihre Kriegsschwerter.

Sollen mich diese Kerle nur belächeln. Ich habe allen Grund, stolz zu sein. Schließlich habe ich meine Klinge im Schweiße meines Angesichts selbst geschmiedet. Welcher der feinen Ritter kann das schon von seinem Schwert behaupten?

»Ist dir auch gut gelungen, das Stück«, gab Kramin zu und wandte sich wieder den Kämpfenden zu.

Das Duell beschleunigte sich. Offenbar wurde Semi das Geplänkel zu langweilig. Er machte zwei schnelle Schritte zur Seite und brachte sich in die linke Flanke des Jungen. Da die Kämpfer keine Schilde führten und mit Kurzschwertern kämpften, war diese Seite von Jond völlig ungeschützt.

Semi stach mit der Schwertspitze zu und traf seinen Gegner auf Bauchhöhe in die Seite. Dann zog er die Waffe zurück und stieß Jond fort. »Du bist tot!«, verkündete er.

Die Zuschauer applaudierten.

»Gut so, Semargan«, lobte Kampflehrer Reikon. Der kräftige Mann trug ein glänzendes Kettenhemd und sein Langschwert hing in einer mit Silberfäden verzierten Lederscheide an seinem Gürtel. Er hatte es nie zum Ritter gebracht, obwohl er wunderbar mit der Klinge umzugehen verstand. Auf der Burg hieß es, dafür fehlten ihm die Manieren. »Los, gleich noch einmal!«, rief er Semi zu.

Der schüttelte den Kopf. »Wartet, Meister, meine Ziehschwester wünscht mich zu sprechen. Ich kehre sogleich zurück.«

Es beeindruckte Larima, was ihr Ziehbruder während eines Kampfes alles wahrnehmen konnte.

Reikon nickte und wandte sich Jond zu. Er nahm ihm das Holzschwert ab und zeigte ihm, wie man es am besten hielt, um sich gegen den Schwertstich zu wehren, der ihn in einem echten Kampf gerade getötet hätte.

Semi kam lächelnd auf Larima zu. Es tat gut, ihn so zu sehen. Sobald er den Sand des Kampfplatzes unter seinen Füßen spürte, vergaß er alles andere um sich herum. Das galt auch für ein bestimmtes, intrigantes Mädchen.

»Lass uns allein sprechen«, raunte Larima ihm zu, verabschiedete sich mit einem Nicken von Kramin und löste sich aus der Zuschauermenge.

Die beiden steuerten auf die Burgmauer zu und stiegen die knarrenden Stufen zum Wehrgang hinauf. Die Mauer bot zwischen den Zinnen einen weiten Blick über die Wälder Groveflyks. Um die Burg herum leuchteten die bunten Blätter der Bäume im Sonnenschein wie ein Flickenteppich. Die Höhe ließ Larimas Magen grummeln. Doch die Brustwehr war breit und das Blätterdach kaschierte die wahre Höhe, so dass sie es ohne Schwindelattacke aushalten konnte. Sie durfte nur nicht in den Burghof hinunterblicken.

»Ich habe übrigens heute Morgen was Interessantes im Zeughaus mitbekommen«, begann Semi, als sie allein an der Brüstung standen. »Es geht um deinen Ritter. Ich weiß, woher er Vater kennt.« Er zog sich seine dunkelbraunen Hirschlederhandschuhe über die Finger.

»Fang du nicht auch noch mit dem an«, sagte Larima. »Mutter hat mir gerade einen Vortrag über die Pflicht von uns Frauen gehalten. Sie möchte, dass ich es mir nochmal überlege mit meiner Entscheidung. Eschenstab stammt doch aus einem so unglaublich guten Hause.« Sie rollte mit den Augen.

Semi grinste. »Auf jeden Fall war er schon mit Großvater Egelmin befreundet. Und weißt du, wo sie sich kennengelernt haben?« Er legte die Handschuhe auf die abgeschliffenen Granitsteine der Brustwehr. »Auf dem Jarlsturnier in Skogbrynet«, sagte er, als Larima schwieg. »Natürlich ist das schon ewig her. Großvaters Knappe hatte sich am Abend vor dem letzten Lanzengang hoffnungslos mit Met betrunken und war am nächsten Tag zu nichts zu gebrauchen. Also sprang der junge Eschenstab ein und rettete Großvater im wahrsten Sinne den Hintern. Es war das Turnier, in dem er den Sieg errungen hat.«

Larima erinnerte sich an die Geschichte über den berühmten Sieg des Harons von Groveflyk beim Jarlsturnier. Jeder auf der Burg kannte sie und Larima hatte noch nie verstanden, was so aufregend daran war. Doch in Semis Augen spiegelte sich Bewunderung. Etwas, das sie nicht sehen wollte, wenn sie über Eschenstab sprachen.

»Und was wolltest du mir sagen?«, fragte Semi, der offenbar bemerkt hatte, dass Larima genug von den heldenhaften Abenteuern des Ritters hatte.

»Ich muss in den Wald«, verkündete sie schlicht.

»In welchen Wald?« Semi ließ seinen Blick über das rote Laub der Bäume schweifen, aus dem Tannen und Fichten ragten wie dunkelgrüne Türme inmitten eines Feuermeers.

»In den Utlendwald. Das Pergament und der Væter sagen beide, dass die Fladrea dort waren.«

»Und du bist in diesem Wald als Säugling von Vater gefunden worden, ich weiß. Ganz schön viele Zufälle«, entgegnete Semi.

»Ich muss herausfinden, woher ich komme.« Larima wandte den Kopf nach Nordosten und blickte in die Richtung, in der der Utlendwald lag. Sie kniff die Augen zusammen, als könnte sie so dessen Geheimnisse ergründen.

»Wir waren schon unzählige Male dort und haben nie etwas gefunden. Woher willst du wissen, dass wahr ist, was auf dem verstaubten Pergament eines verstaubten Væters steht?«, fragte Semi.

Larima hätte am liebsten geschrien. Wie konnte Semi nur so blind sein? Aber sie wollte die Zuschauer auf dem Kampfplatz nicht auf sich aufmerksam machen. Niemand durfte von ihrem

Plan erfahren. »Wir haben bisher eben nicht gründlich genug gesucht«, sagte sie. »Doch jetzt wissen wir mehr, als dass ich dort gefunden worden bin. Die Fladrea haben ganz sicher da gelebt. Und denk dran, was Væter Hanrek über ihre schimmernden Haare erzählt hat.« Sie zeigte auf ihre eigenen Haare.

»Der Væter hat aber auch gesagt, es ist hundert Jahre her, dass dieses Volk im Utlendwald gelebt hat«, winkte Semi ab. »Wie sollst du also von den Fladrea dort abstammen? Glaub mir, wir werden nichts anderes finden als beim letzten Mal: Bäume und Laub.«

Larima packte Semi an der Schulter. »Du hast doch nur Angst, dass deine Mutter uns erwischt.«

Semi wischte ihre Hand beiseite, richtete sich auf und blickte über die Brüstung. »Bei den Göttern, natürlich«, gab er zu. »*Unsere* Mutter will nicht, dass wir uns in den Wäldern herumtreiben. Und sie hat mir gesagt, dass ich Vater nicht auf das Turnier begleiten darf, wenn ich mich noch einmal ungehorsam zeige.«

Das Turnier des Jarls. Das steckte also dahinter. Semi sprach seit mehreren Monden von nichts anderem und er hatte ihren Vater so lang bedrängt, bis dieser ihm versprach, ihn im nächsten Spätwinter auf das Turnier mitzunehmen. Larima konnte nicht von ihm verlangen, dass er aufs Spiel setzte, was er sich seit einer Ewigkeit ersehnte.

Doch sie selbst konnte nicht anders.

Ich muss in diesen Wald und davon kann mich auch Mutter nicht abhalten. Wenn die Fladrea wirklich dort gelebt haben, dann muss eine Spur von ihnen übrig sein. Etwas, woraus ich lesen kann, woher ich komme.

Unbewusst tastete sie nach ihrem Amulett, zog den Stern unter dem Hemd hervor und strich mit den Fingern über das glatte Holz. Sie hatte sich entschieden.

»Sicher, Semi, entschuldige«, sagte sie. »Ich habe nicht an das Turnier gedacht. Doch ich werde morgen früh in den Utlendwald aufbrechen. Ich muss es tun, bevor der Winter kommt, sonst liegt der Schnee zu hoch. Ich kann nicht bis nächstes Jahr warten, andernfalls finde ich keinen Augenblick mehr Schlaf. Doch keine Sorge, ich nehme meinen Dolch mit. Bitte verrate mich nicht.«

Semi blickte sie eindringlich an. Larima sah, wie er in Gedanken mit sich rang. Dann kam er zu einer Entscheidung und sein Gesicht wurde ernst. »Ich werde dich nicht allein durch die Wälder streifen lassen, Larima.« Seine Stimme grollte. Er hatte sich noch nie zuvor so erwachsen angehört wie in diesem Augenblick. »Wir brechen morgen in aller Frühe auf, und wenn wir uns beeilen, wird Mutter nicht bemerken, dass wir fort waren.«

Larima sah Semi erstaunt an, dann lächelte sie.

Der junge Mann legte seine Arme um sie und drückte sie fest an sich. Larima roch Leder und frischen Schweiß.

»Ich kann doch meine einzige Schwester nicht im Stich lassen«, flüsterte er ihr ins Ohr.

- 4 -

Larima marschierte zwischen den Bäumen hindurch und Semi folgte ihr. Das Laub raschelte unter ihren Füßen.

»Komm schon, es ist nicht mehr weit.«

»Woher willst du das wissen, Larima?«

Sie zuckte mit der Schulter. »Ich kann es nicht erklären. Ich spüre es einfach.« Sie stieg über einen umgestürzten Baum. Auf der anderen Seite drehte sie sich zu ihrem Begleiter um, der keine Anstalten machte, ihr zu folgen. Stattdessen stützte er die Arme in die Hüften und presste seine Lippen aufeinander, was ihn wie ein kleines Kind wirken ließ und nicht wie den Mann von sechzehn Wintern, der vor einigen Tagen einem Mädchen den Bund angetragen hatte. Das Schwert, das von seinem Gürtel hing, wirkte wie die Requisite eines Bühnenspielers.

»Wir werden die Ruine hier niemals finden, falls sie überhaupt existiert.« Semi blickte theatralisch um sich und wies auf das bunte Laub um sie herum. »Sie ist doch nur ein Mysterium, eine Legende. Wer weiß, woher Væter Hanrek dieses Schriftstück hat.« Er sah hinauf zum Himmel und betrachtete mit gerunzelter Stirn den Stand der Sonne. Sie hatte ihren Zenit knapp hinter sich und befand sich auf dem Weg zum westlichen Horizont. »Für heute haben wir genug gesucht. Ich muss zurück zur Burg. Du weißt, was passiert, wenn Mutter erfährt, dass wir uns schon wieder in den Wäldern herumtreiben und gegen ihre Regeln verstoßen.«

»Wenn dir deine Ritter wichtiger sind als deine Ziehschwester, dann geh doch. Auf der Burg wissen sie sowieso schon, dass wir fort sind. Ich kann auch allein weitersuchen.« Larima ließ Semi stehen und stapfte vorwärts.

Sie blickte nicht zurück. Hoffentlich merkte Semi nicht, dass sie nicht so zielsicher war, wie sie tat. Sie war zwar überzeugt, dass sich die Ruine hier befinden musste, ahnte die genaue Lage aber nur ungefähr.

Væter Hanreks Pergament hat davon gesprochen!

Larima erinnerte sich an die erste der vier Zeilen mit Symbolen der Fladrea, deren einzelnen Worte sie erkannt hatte: Kolonie – Fladrea – Ort – fremd – Wald – Zuflucht – erhalten.

Dieses Pergament ist echt, es stammt von den Fladrea. Das weiß ich. Also muss diese Kolonie irgendwo hier im Utlendwald liegen, im »fremden Wald«.

So zumindest deutete Larima die Zeichen.

Nach all den Jahren war von der Kolonie sicher nicht viel mehr als Ruinen übrig.

Oder lebt dort noch jemand?

Larimas Herz schlug schneller bei dem Gedanken.

Könnte ich nur einen der Fladrea treffen und ihn fragen, wieso ich damals ausgesetzt worden bin. Oder leben sogar meine Eltern in der Kolonie?

Natürlich liebten Larimas Zieheltern sie wie eine eigene Tochter, doch die Blicke der Burgbewohner sprachen unablässig davon, dass sie eigentlich nicht dort hingehörte.

Semi konnte natürlich nicht verstehen, wieso es ihr so wichtig war, die Fladrea zu finden. Er besaß seinen Stammbaum, der Jahrhunderte von einem Haron zum nächsten reichte. Er konnte sich nicht vorstellen, wie es war, wenn man als einzelnes Blatt unter den Bäumen dahintrieb und nicht wusste, wohin man gehörte.

Hinter Larima raschelte es. Sie drehte sich um und erkannte Semi, der zwischen den Bäumen durchstiefelte und ihr folgte. Sie war erleichtert, dass ihr Ziehbruder sie nicht im Stich ließ. Er mochte sie vielleicht nicht verstehen, aber er war eine treue Seele.

Semis Gesicht blickte immer noch finster drein. »Ich werde nicht abhauen und dich allein weitersuchen lassen. Doch wenn wir nicht bald etwas finden, sollten wir wirklich umkehren. Ich meine nicht wegen Mutter. Es wäre keine gute Idee, hier im Dunkeln herumzulaufen.«

Larima stimmte ihm zu. Im Utlendwald gab es Erdrisse, die man unter dem Laub kaum entdecken konnte, sodass man auf jeden seiner Schritte achten musste. Selbst die Holzfäller, die tagein, tagaus in den Wäldern unterwegs waren, mieden diese Gegend. Vor einigen Jahren war ein unvorsichtiger von ihnen zwischen den Laubbäumen zu Tode gestürzt, was den schauerlichen Ruf des verfluchten Utlendwaldes nur noch tiefer in die Gedanken der Menschen eingegraben hatte.

Semi schloss zu seiner Ziehschwester auf und Seite an Seite liefen sie weiter.

»Lass uns nochmal nachdenken. Dieses komische Pergament ...«, begann Semi.

»Die erste Zeile weist eindeutig auf den Utlendwald hin«, sagte Larima schnell.

Semi nickte, während er einen dünnen Birkenast aus dem Weg schob. »Aber was bedeuten die anderen Zeilen?«

Larima rief sich den Text auf dem Pergament in Erinnerung. »In der zweiten Zeile standen nur eine Reihe von Zahlen. Aber ob das Jahreszahlen oder Angaben von Entfernungen sind, weiß ich nicht.«

»Vielleicht ein Hinweis auf die Lage der Kolonie?«

Larima zuckte mit den Schultern. Selbst wenn die Symbole die genaue Lage der Fladreakolonie beschrieben, konnten sie nichts damit anfangen. »Wie ging's weiter?«, hakte Semi nach.

»In der dritten Zeile stand: Klippe – gerade – Norden – Fluss – gelb – hinter – tief – versteckt – Wald.«

»Dass das Ding tief im Wald versteckt ist, ist offensichtlich.« Semi breitete die Arme aus, als wollte er den Utlendwald völlig umschließen.

Larima nickte. »Ich glaube, die Zeichen sagen uns, dass die Kolonie zwischen der Klippe und dem Gulflœd liegt. Die Klippe begrenzt Groveflyk im Norden und der Gulflœd fließt quer durch die Haronschaft. Und der Bach hat seinen Namen doch von dem vielen gelben Laub, das im Spätsommer auf ihm schwimmt.«

»Stimmt. Den Gulflœd haben wir aber schon vor zwei Stunden überquert«, erinnerte Semi. »Wir müssen uns inzwischen ziemlich nahe an die Klippe herangearbeitet haben. Vielleicht sind wir schon zu weit nördlich.«

Damit könnte Semi recht haben. Doch wie sollen wir da sicher sein? Wenn dieser verdammte Wald nur nicht so groß wäre.

Semi unterbrach Larimas Überlegungen. »Die letzte Zeile. Für was standen die Symbole dort?«

Die letzte Zeile hatte Larima völlig überrascht und ihre Neugierde noch mehr angespornt. »Finden – Artefakt – golden – Weisung – Herkunft – Schutzland«, wiederholte sie die Begriffe.

»Ja, dieses Goldene Artefakt der Fladrea«, erinnerte sich Semi. »Væter Hanrek war ja ganz durcheinander, als er davon gehört hat. Hat nach Luft geschnappt wie ein Knappe nach dem Lanzenschleppen.«

»Wenn er uns nur etwas darüber hätte sagen können«, sagte Larima. Sie hatte in diesem Moment ihr Herz wild schlagen hören.

»Nur, dass er es aus Legenden kennt, kein Hallinger es jemals zu Gesicht bekommen hat und es unermessliche Kraft haben soll«, zählte Semi auf. »Meinst du, das Artefakt existiert wirklich und wir finden es?«

»Ich weiß es nicht.« Doch Larima hoffte, dass die Legenden stimmten.

Selbst wenn kein Fladrea mehr in der Kolonie lebt, ist vielleicht zumindest dieses Goldene Artefakt dort versteckt, und wenn ich es finde, könnte es mir einen Hinweis auf meine Herkunft geben und meine Fragen beantworten.

Erneut versperrte ihnen ein umgestürzter Baum den Weg. Dieses Mal war es eine Eiche, die über eineinhalb Schritt dick war. Larima stieß ihren Kniestiefel auf einen Ast und zog sich auf den Stamm hinauf. Dabei zerdrückte sie mit ihrem Oberschenkel einige hellgraue Schwämme, die seitlich auf der rissigen Rinde wuchsen.

Sie trug ihre robuste Lederkleidung. Genau das Richtige, um einen tückischen Wald zu durchstreifen. Sie hätte gern die herausgeputzten Leards und Laidis der Burg, gekleidet in Samit und Pelzen, zwischen dem Laub herumstaksen gesehen. Die waren sich zu fein, ihre Kleider mit Pilzmus zu beschmutzen.

Semi kletterte Larima nicht hinterher. Stattdessen wich er dem Hindernis aus, schlug sich durch zwei hüfthohe Farne und umrundete die gefallene Eiche.

Larima blickte um sich. Trotz ihrer erhöhten Position war weit und breit nichts außer den Ästen und Stämmen der Laubbäume zu sehen. Nur hier und da schoss eine Fichte dunkelgrün zwischen den gelbroten Blättern hervor. Der Utlendwald war bekannt dafür, dass in ihm vor allem Eichen, Linden und Buchen zu finden waren.

Jenseits der Baumkronen erkannte Larima die Klippe gegen den Himmel. Oben auf der Hochfläche wuchsen ebenfalls Bäume. Die gehörten aber nicht mehr zur Haronschaft und damit auch nicht zum Utlendwald.

Wie nahe die Klippe inzwischen gerückt war, vielleicht eine halbe Meile entfernt. So nah war Larima ihr noch nie gekommen.

Wo versteckte sich nur diese Kolonie? Larima spürte, dass sie diesen Teil des Waldes kannte, dass er ihr vertraut war. Aber war dies nicht nur Einbildung? Woher sollte sie das Gebiet um die Kolonie herum kennen? Sie war ein Säugling gewesen, ein paar Monde alt, als Haron Evin sie hier fand. Selbst wenn sie wirklich aus der Kolonie stammte, hätte sie keine Erinnerung an deren Lage.

Larima ließ sich auf der anderen Seite des Stammes heruntergleiten. Dabei achtete sie darauf, nirgends mit ihrem Langdolch hängen zu bleiben, der in seiner Scheide an ihrem Gürtel hing.

Sie landete auf der Erde und nahm aus den Augenwinkeln wahr, wie Semi gut zehn Schritt rechts von ihr um das Wurzelwerk des gefallenen Riesen herumkam.

Sie marschierte weiter und behielt den Boden im Auge, dennoch bemerkte sie die Gefahr unter dem dichten Laub zu spät.

Der Erdboden gab nach und Larima fiel in die Tiefe. Äste brachen und Laub wirbelte raschelnd um sie, als stürzte ein gelber Wasserfall mit ihr hinab.

Sie keuchte, als sie auf toten Blättern landete, die ihren Sturz abfederten wie ein Heuballen. Äste und Steine gingen um sie herum nieder.

»Larima, bist du verletzt? Was ist geschehen?«, hörte sie Semis entsetzte Stimme.

Sie blickte nach oben. Zwei Mannlängen über ihr befand sich ein von Ästen verhangener, heller Kreis, hinter dem der blaue Himmel zu ihr herabstrahlte. Sie musste in eine Grube gefallen sein.

Semis brauner Haarschopf erschien am Rand.

»Komm bloß nicht näher!«, warnte sie ihn. »Sonst brichst du auch noch ein. Mir geht es gut. Ich bin im Laub gelandet.«

Der Haarschopf verschwand. Sicher suchte Semi nach einer Kletterpflanze oder einem langen Ast, den er ihr zur Rettung reichen konnte.

Larima richtete sich auf. Ihre Fallgrube bestand aus dunkler, feuchter Erde. Weiße Würmer schlängelten sich an den Erdklumpen entlang, bohrten sich in die Wand und verschwanden schnell.

Larima drehte den Kopf in die andere Richtung und zuckte zusammen.

Auf dieser Seite bildete dunkelgrauer, moosbewachsener Fels eine zwei mal zwei Schritt große Wand, in deren Mitte sich ein Portal befand.

Es fügte sich meisterhaft in den Felsen ein und war kaum davon zu unterscheiden. Larima erkannte es nur an einem schmalen Riss, der in einer Linie durch den Stein schnitt. Sie sah weder Klinke noch Schlüsselloch. Sie rappelte sich auf und humpelte auf das Portal zu. Mit angehaltenem Atem bemerkte sie Symbole, die in den Felsen geritzt waren.

Eingang – Willkommen, übersetzte sie instinktiv.

Das Zeichen für die Fladrea prangte unter den anderen beiden.

War es wirklich möglich? Hatten sie die Kolonie tatsächlich gefunden? Es musste so sein. Denn was sonst sollte sich hinter diesem Portal befinden?

Die dritte Zeile des Pergaments von Væter Hanrek fiel ihr ein. Dort stand etwas von »tief« und »versteckt«. Doch wäre sie nicht auf die Idee gekommen, dass sie die Kolonie tief in der Erde finden würden. Wenn sie darüber nachdachte, stellte dies jedoch die beste Möglichkeit dar, eine Siedlung in einem Wald zu verstecken.

»Ich habe etwas entdeckt!«, rief sie lachend nach oben. Nach dem langen Marsch durch den Wald hatte sie den Glauben daran fast verloren gehabt.

Doch Semi antwortete nicht. Stattdessen schob sich ein armdicker Holzstamm über den Rand der Grube, neigte sich und stürzte hinab, wobei einige Seitenäste des Stammes krachend abbrachen.

Ein paar Beine in einer schwarzen Lederhose schwangen sich über den Rand und Semi kletterte an der Behelfsleiter herunter. Er landete im Laub und trat raschelnd zu Larima. Nachdem er sich vergewissert hatte, dass sie wohlauf war, näherte er sich dem Steinportal und betrachtete die Zeichen darauf.

»Weitere Rätsel?«, fragte er.

»Ein Willkommensgruß der Fladrea«, sagte Larima.

Semi nickte und presste seinen Handschuh gegen das Portal, jedoch rührte es sich nicht.

»Ich habe wohl den richtigen Schlüssel nicht dabei.« Er wies mit der Hand auf die Türfläche. »Versuch du dein Glück. Wenn du wirklich zu diesem Volk gehörst, sollte sich die Tür für dich öffnen.«

Larima sah ihren Ziehbruder von der Seite an. Gänsehaut jagte ihr über den Rücken. Würde sie endlich Gewissheit erlangen?

Langsam näherte sie sich der grauen Fläche. Die Schriftzeichen glänzten silbrig. Larima hob beide Hände und hielt sie in Höhe ihrer Schultern nach vorn. Sie berührte den Felsen. Der Stein fühlte sich unter ihren Fingern kalt an.

Nichts geschah.

Larima atmete enttäuscht aus. War das alles? So schnell konnte sie doch nicht aufgeben. Sie straffte die Schultern. Einer Eingebung folgend, schloss sie ihre Augen und konzentrierte sich auf die Tür.

Öffne dich!

Überrascht fühlte Larima, wie der Stein unter ihren Händen warm wurde. Irgendetwas schien eine große Menge Kraft aus ihr zu saugen. Erschrocken zog sie die Hand zurück. Ihre Finger fühlten sich taub an.

Sie schlug die Augen auf und bemerkte erschrocken, dass die Schriftzeichen vor ihr golden glühten. Das Portal gab nach, schwang ächzend nach innen und gab den Blick auf einen Gang frei, der dunkel in die Erde führte.

- 5 -

Bin ich zu Hause?

Es fühlte sich so an. Gleichzeitig wusste Larima nicht, was sie in dem dunklen Gemäuer erwartete. Freund oder Feind? Welche Gefahren lauerten hier nach all diesen Jahren?

In Semis Augen blitzte Abenteuerlust. Er wollte sein Schwert ziehen, doch Larima hielt ihn zurück. »Wir dürfen nicht bedrohlich erscheinen«, sagte sie. »Nur für den Fall, dass wir jemanden treffen. Sonst geben wir denen vielleicht das Gefühl, sie sollten uns besser angreifen.«

»Wenn du meinst.« Zögerlich nahm Semi seine Finger vom Griff der Waffe und betrat den Gang.

Während Larima ihm den Vortritt ließ, begriff sie erst wirklich, was soeben geschehen war, und starrte auf ihre Hände hinab.

Sie sehen nicht anders aus als vorher.

Langsam drehte sie ihre Handflächen hin und her und fuhr die Rillen mit den Augen nach.

Doch da war diese Kraft! Ich habe sie gespürt. Sie ist durch mich geströmt, aus den Handflächen in das Portal.

War das die magische Kraft der Fladrea gewesen, diese Spur, von der ihnen Væter Hanrek erzählt hatte?

Larima zitterte und ihr Herz schlug wild. Sie blickte nach oben und folgte Semi in den Gang. Nun verlangte es sie noch mehr, zu wissen, was sie in diesem Gemäuer unter der Erde erwartete.

Sie atmete tief ein und versuchte, alles in sich aufzunehmen und sich einzuprägen. Nichts sollte ihren Augen entgehen.

Ja, das ist meine Heimat. Hier haben meine Eltern gelebt, sind diesen Gang entlanggelaufen. Wie lange ist das her?

Es fühlte sich unglaublich an, dass sie wirklich hier waren.

Semi zog eine Fackel aus seinem Ranzen, dazu sein Zunderkästchen. Kurz darauf brannte eine Flamme und ihr Feuerschein offenbarte, dass die Wände des Ganges sauber aus dem Felsen herausgeschlagen waren.

Sie folgten dem Tunnel und stießen kurz darauf auf eine Tür aus Stein. Wie das Portal besaß sie weder Griff noch Schlüsselloch. Stattdessen ragte aus ihrer Mitte ein Steinrad hervor, groß wie das Rad eines Marktkarrens.

Während sie die Tür betrachteten, bemerkte Larima ein Schaben, das hinter ihnen durch den Gang hallte. Sie riss ihren Kopf herum und sah gerade noch, dass das Portal hinter ihnen zuschwang und sich schloss.

Nun spendete nur mehr ihre Fackel Licht.

Um einen Ausgang können wir uns später kümmern. Irgendwie werden wir das Portal wieder aufbekommen.

Larima betastete die Tür vor sich. Der Felsen fühlte sich glatt an.

Semi deutete mit der freien Hand auf eine Stelle links neben dem Rad. »Sieh mal, hier ist ein kleines Zeichen auf den Stein gemalt«, sagte er. »Ein fünfzackiger Stern. Dieselbe Form wie dein Amulett.«

Larima griff sich an die Brust. Seit sie denken konnte, hing dort ihr Holzamulett. Haron Evin hatte sie mit diesem Stern um den Hals gefunden. Inzwischen hatten tausende Berührungen es abgeschliffen und der Schriftzug »LARIMA« war nur noch zu erkennen, wenn man wusste, wonach man suchen musste.

»Was hat dein Amulett mit der Kolonie der Fladrea zu tun? Das kann doch nur bedeuten …«

Larima unterbrach ihn. »Væter Hanrek hat gesagt, dass der fünfzackige Stern für die Fladrea steht. Dieses Zeichen ist nur aufgemalt und nicht in den Stein der Tür eingelassen wie die goldenen Symbole in der Außentür.« Larima überlegte. »Dennoch ist es ein Hinweis, dass wir auf dem richtigen Weg sind. Zuerst müssen wir diese Tür aufbekommen.«

»Ich denke, diesmal bin ich dran. Vielleicht kann ich ...«. Semi stockte. »Ich probier's einfach.«

Ihr Ziehbruder reichte Larima die Fackel, trat vor die Tür, packte das Rad und drehte ächzend daran. Es knirschte, Staub rieselte zu Boden und allmählich bewegte sich das Rad. Semi drehte nach links, bis es nicht mehr weiterging, dann drückte er gegen die Tür. Sie ließ sich leicht aufschieben. Dahinter erstreckte sich ein großer, runder Raum, der überraschenderweise von fahlem Dämmerlicht beleuchtet wurde.

Larima hob die Fackel und sie traten durch die Tür. Wortlos blickten sie sich in dem gewaltigen Saal dahinter um.

Larima entdeckte drei Ausgänge, je in einer anderen Himmelsrichtung, die von schweren Feuerschalen flankiert wurden. Der Boden des kreisrunden Saals senkte sich in zwei breiten Stufen zum Zentrum hin ab.

Die Decke wölbte sich hoch oben und in ihrer Mitte befand sich ein Loch. Von dort stammte das dämmrige Licht. Als Larima genauer hinsah, merkte sie staunend, dass es sich nicht um ein Loch, sondern ein Fenster handelte. Durch das Glas in der Decke erkannte sie Erdkrumen, Reisig und abgestorbene Blätter. Eine Maus wuselte unter einem Haufen gelber Honbaumblätter hindurch. An einigen Stellen blinzelte Sonnenlicht durch die Erde.

Unglaublich! Welches Glas kann so etwas Schweres wie den Waldboden halten?

Im Haupthaus von Groveflyk fanden sich ebenfalls verglaste Fenster, doch waren ihre Scheiben trüber und bestanden nicht aus einem Stück, sondern aus kleineren Teilen, eingesetzt in ein Netzwerk aus Blei.

Der Felsteil der Decke war dunkelblau bemalt. Dazwischen waren tellergroße Sterne eingelegt, die golden glänzten. Die Farbe war an einigen Stellen bereits heruntergeblättert und hatte sich zur dicken Staubschicht auf dem Boden gesellt.

Wie eindrucksvoll der Saal ausgesehen haben musste, als die Kolonie noch bewohnt war. Larima stellte sich die Pracht vor, als das Fenster in der Decke frei war und die Sterne des Nachts hereinleuchteten.

Bis auf alte Stofffetzen, Überbleibsel von zerfallenen Kissen, die auf dem Boden verstreut lagen, war der Raum leer. Wahrscheinlich war dies der zentrale Saal der Kolonie gewesen. Seine Wände atmeten die Betriebsamkeit, die einst hier geherrscht hatte.

Aber jetzt ist die Kolonie tot. Ich komme zu spät.

Als Larima die Wände näher betrachtete, fielen ihr vier Torbögen auf, die auf jeder Seite zwischen den Türen aufragten. Sie maßen an der höchsten Stelle drei Schritt und waren auf den Felsen gemalt.

»Was ist das?«, fragte Semi. Er hatte die Torbögen ebenfalls entdeckt und ging bereits auf den zu, der ihnen am nächsten lag.

Er wischte den Staub und die Spinnweben zur Seite, die auf der Felswand unterhalb des Bogens klebten. Darunter kamen tiefe Risse zu Tage.

Larima trat neben ihn. Die Wand wies an dieser Stelle eine rauere Struktur auf und schien bemalt gewesen zu sein. Die Farben waren stark verblasst. Larima konnte nur noch ein schwaches Blau und Grün erahnen.

»Schade, auch hier ist kaum was zu erkennen«, stellte Semi fest.

»Lass uns die anderen Bögen untersuchen.«

Sie gingen von einem zum anderen und tatsächlich stellte sich heraus, dass der letzte Torbogen besser erhalten war. Die Farben an dieser Wand waren nicht verblasst, sondern nur von einer Staubschicht bedeckt, die das Bild darunter grau erscheinen ließ. Sie wischte darüber und eine Zeichnung kam zum Vorschein. Diese zeigte eine seltsame Landschaft, wie Larima sie nicht kannte. Sie wirkte wie eine große Wiese, doch statt Gras war überall nur gelber Sand zu sehen. Vereinzelt ragten grünliche Stümpfe auf, die lange Stacheln trugen. Konnten das Pflanzen sein? Auf einem dieser komischen Stümpfe saß ein Vogel und starrte ihnen entgegen. Der blassblaue Himmel über ihm war wolkenlos.

Larima hatte so eine Art Kunstwerk noch nie zuvor gesehen. Es wirkte unheimlich lebendig.

Benutzten die Fladrea zum Schmücken ihrer Wände keine Teppiche mit geknüpften Bildern? Haben sie ihre Gemälde etwa gleich auf die Wand gemalt? Aber warum ist der Fels an dieser Stelle so rau? Das muss doch einen Sinn haben.

»Sieh mal, Larima«, wurden ihre Gedanken von Semi unterbrochen. »Hier ist eine Scheibe neben dem Bogen.« Ihr Ziehbruder stand links von dem Bild und wies auf die Wand.

Larima trat zu ihm. Semi hatte recht, neben dem Bogen befand sich eine schimmernde Scheibe aus Bronze, die man bequem mit der Hand erreichen konnte.

Eine Idee schoss Larima durch den Kopf und ließ sie an das Eingangsportal denken. Erneut spürte sie dieses unheimliche Gefühl, als die Tür die Kraft aus ihr gesaugt hatte, und erschauerte.

Sei nicht albern!, ermahnte sie sich. *Dir ist ja nichts passiert. Und auch dies hier ist völlig ungefährlich.*

Dennoch pochte ihr Herz schnell, als sich ihre Hand der Scheibe näherte.

Woher will ich wissen, dass es ungefährlich ist? Ich habe doch keine Ahnung, wie die Fladrea ihre Spur einsetzen. Was, wenn ich etwas falsch mache?

Ihre Handfläche berührte das Metall. Die Neugierde besiegte die Vorsicht.

Larima versuchte, die Kraft in ihrem Inneren fließen zu lassen, so wie sie es beim Portal gemacht hatte. Sie stellte sich vor, wie die Spur aus ihrer Brust durch ihren Arm in ihre Hand und von dort in die Scheibe floss. In ihr kribbelte es. Sie spürte verblüfft, wie die Kraft sich regte. *Dies ist die Macht der Fladrea. Wie unheimlich, dass sie die ganze Zeit in mir gesteckt hat. Aber auch so unglaublich wunderbar ...*

Plötzlich erschien ein gelbes Licht. Larima und Semi erschraken. Das Leuchten ging von dem Bogen an der Wand aus.

Larima starrte auf den Fels, doch dort, wo eben noch fester Stein mit einem Bild darauf gewesen war, klaffte eine Öffnung. *Wie ein Fenster. Ein Fenster, das ich geöffnet habe.*

Hinter dem Bogen lag die Landschaft mit der Sandwiese in gleißendem Sonnenlicht. Die Luft flirrte über dem Sand und ein heißer, trockener Wind strömte ihnen entgegen.

Der Vogel auf dem Pflanzenstrunk war zum Leben erwacht. Er öffnete seine Flügel, wirbelte damit durch die Luft und schloss sie wieder. Eine Schlange wand sich über den Boden und verschwand hinter einem der Sandhügel. Der Vogel krächzte ihr böse hinterher.

Larima staunte. War das ein Tor in eine andere Welt?

Semi trat nah an die Öffnung heran, streckte seine Hand aus und strich vor sich durch die Luft. Seine Finger fanden Widerstand.

Nein, sie hatten keinen wirklichen Durchgang vor sich. Die Wand war noch da. Es handelte sich um eine Illusion, die ihnen vorgaukelte, dass zwischen den Torbögen eine lebendige Landschaft begann.

Die beiden betrachteten mit offenen Mündern die Sinnestäuschung.

Irgendetwas stimmte nicht. Larima sackte zusammen und merkte, wie schwach sie mit einem Mal auf den Beinen war. Mit Entsetzen stellte sie fest, dass sie ihre Hand noch immer auf die bronzene Scheibe presste und die Spur mit einem starken Strom aus ihr floss. Schnell löste sie ihre Hand und taumelte zurück.

In dem Moment, als Larima die Scheibe losließ, verdunkelte sich die Wand zwischen dem Bogen. Wenige Herzschläge später war der Zauber vorbei. Zurück blieb nur ein regloses, blasses Bild.

Sie fühlte sich schwindlig. *Wie viel dieser Kraft steckt in mir? Was geschieht, wenn ich zu viel davon verliere?*

Larima atmete schnell und die Welt drehte sich um sie. Fast hatte sie das Gefühl, sie müsste in die Knie gehen, doch stemmte sie sich gegen den Schwächeanfall und es gelang ihr, stehen zu bleiben. Sie brauchte einige Atemzüge, bis sich ihr Blick festigte und sie aufsehen konnte.

Diese Illusion zu erleben, war fantastisch, strengte sie aber schrecklich an. Lag es daran, dass sie es nicht gewohnt war, die Spur fließen zu lassen? Die Fladrea, die hier gelebt hatten, waren damit aufgewachsen, wahrscheinlich brachten ihnen Lehrer alles darüber bei.

Larima hingegen war allein und musste die ersten, zaghaften Gehversuche ohne Hilfe machen.

Sie blickte sich um. Die anderen drei Bögen funktionierten damals sicher genauso, doch die Zeit musste sie zerstört haben. Welche Landschaften sie wohl hatten zeigen können?

Sie warf nochmal einen Blick auf das blasse Bild der Sandwiese. *Sieht so die Heimat der Fladrea aus? War das die Art meiner Leute, sich an ihr Land zu erinnern und das Heimweh zu vertreiben?*

Gedankenverloren strich Larima über den Felsen.

Es fiel ihr schwer, sich von dem Bild zu lösen, doch Semi holte sie ins Jetzt zurück. »Der Abend kommt«, sagte er. »Wir sollten sehen, dass wir hier rauskommen, und ein andermal weitersuchen.«

»Noch nicht«, rief Larima. Beklemmung stieg in ihr auf bei dem Gedanken, die Kolonie zu verlassen. »Lass uns noch ein wenig weitersuchen. Wir sind kurz davor, das Goldene Artefakt zu finden, das spüre ich.«

Semi sah sie zweifelnd an, doch er widersprach ihr nicht. »Dann lass es uns mit der Tür da versuchen«, schlug er vor. Er wies auf die Tür gegenüber dem Eingang, durch den sie den Saal betreten hatten.

Larima hatte keine Einwände und sie gingen darauf zu. Diese Tür besaß kein Rad und bestand aus glattem, grauem Stein. Auf ihrer rechten Seite ragte ein kleiner Knauf heraus.

Semi blickte Larima an. Dann zuckte er mit den Schultern, packte den Knauf und zog die Tür auf. Staub wirbelte um ihre Füße und kühle Luft strömte ihnen entgegen, die abgestanden roch, als wäre schon seit Ewigkeiten niemand mehr hier gewesen. Die Geschwister taten zwei Schritte hinein.

Vor ihnen öffnete sich ein fensterloser Raum, der halb so groß war wie die Halle auf Burg Groveflyk. Semis Fackel erhellte vier Reihen Tische und Bänke aus Holz, auf denen eine dicke Staubschicht lag. Das musste der Speisesaal gewesen sein. Links und rechts gingen zwei Türen ab.

Larima hatte sich die Kolonie der Fladrea prunkvoller vorgestellt, lichtdurchflutet und erbaut aus weißem Marmor. Doch nach den vielen Jahren war nur ein verstaubtes, dunkles Gemäuer geblieben.

Wie mag es hier ausgesehen haben, als die Kolonie noch mit Leben erfüllt war?

Larima sehnte sich in die Zeit zurück, doch würde sie diese nie erleben.

»Lass uns zuerst sehen, wohin die anderen Türen in der großen Halle führen«, schlug Larima vor.

Semi nickte und sie kehrten in die Halle mit dem Deckenfenster zurück, die Larima für sich Sternensaal taufte.

»Du links, ich rechts«, schlug Semi im Militärton vor.

Sie trennten sich und Larima durchquerte die dämmrige Halle. An der Tür angekommen, fiel ihr nichts Besonderes auf. Sie bestand ebenfalls aus glattem Fels, und als Larima sie aufzog, öffnete sie sich genauso leicht wie die Tür in den Speisesaal. Dahinter klaffte ein dunkler Gang. Sie konnte nicht erkennen, wohin er führte. Es hatte keinen Sinn, hier ohne Fackel weiterzusuchen.

»Larima, komm! Ich hab was gefunden«, hörte sie Semi aufgeregt rufen.

Sie drehte sich um und eilte zu ihrem Ziehbruder, der auf der gegenüberliegenden Seite des Sternensaals stand und auf die Tür vor sich deutete.

Diese Tür schien auf den ersten Blick nicht anders zu sein als alle Türen der Kolonie, doch schnell erkannte Larima, was ihren Begleiter in Aufregung versetzt hatte: Ein kleiner fünfzackiger Stern war auf die Seite der Tür gemalt.

Ist das ein Hinweis? Auf den Ort, an dem das Artefakt versteckt ist?

Dies war zu schön, um wahr zu sein. Die Sterne konnten alles Mögliche bedeuten. Vielleicht stellten sie auch nur Schmuckelemente dar. Larima nickte Semi zu und der zog die Tür auf. Dahinter wartete ein weiterer Gang auf sie.

»Einer nach dem anderen. Wir müssen jetzt wirklich zurück«, sagte Semi.

Larima wusste, dass ihr Ziehbruder recht hatte. »Nur noch diesen letzten, ganz kurz«, bettelte sie.

Semi gab nach und sie folgten dem Gangstück, das nach wenigen Schritten nach links und rechts abzweigte und in die Dunkelheit weiterführte.

»Wohin jetzt?«, fragte Semi.

Da Larima keinen weiteren aufgemalten Stern entdecken konnte, musste sie sich von ihrem Bauchgefühl leiten lassen und sich für eine Seite entscheiden.

Sie wandte sich nach rechts und folgte dem Gang in dieser Richtung. Auf der linken Seite lagen mehrere Türen nur wenige Schritt hintereinander, doch keine davon war mit einem Stern markiert.

Vergiss endlich diese Sterne! Die führen nirgendwo hin, schimpfte eine Stimme in Larimas Kopf. Aber sie spürte, dass es anders war. Die Sterne hatten eine Bedeutung und sie musste sich von ihnen leiten lassen.

Plötzlich hörte Larima hinter sich ein Rumpeln, gefolgt von einem lauten Fluch. Sie blickte sich um und sah, wie Semi sich an der Wand des Ganges abstützte.

»Mein Fuß hat sich verfangen«, schnaufte er.

Larima untersuchte den Boden neben Semi und bemerkte eine Metallplatte. Es handelte sich um einen mächtigen Brustharnisch aus angelaufener Bronze, der in der Mitte zerbrochen war. Der Krieger, für den der Harnisch geschmiedet worden war, musste riesig gewesen sein.

»Gehörte das einem Fladrea?«, fragte Semi.

Larima antwortete nicht, stattdessen deutete sie auf die Tür, neben der die Rüstung lag. Darauf war wieder ein kleiner Stern gemalt.

»Hier muss es sein«, flüsterte sie aufgeregt. Sie richtete sich auf. »Sieh mal, hier oben steht: heilig – Raum – Sterne.« Die Symbole waren über der Tür in den Felsen geschnitten.

»Ein Heiligtum der Fladrea?«, fragte Semi.

Larima blickte ihn an und hob die Augenbrauen. »Es gibt nur einen Weg, das herauszufinden. Lass uns sehen, wohin uns diese Sterne führen.«

Sie drückte die Tür auf und wollte weiterschleichen, doch Semi hielt sie zurück, schob sich vor sie und legte die Hand auf den Schwertgriff.

Der Raum war nicht größer als eine gewöhnliche Kammer auf Burg Groveflyk. Auf dem Boden lagen die Überbleibsel von zerbrochen Holzbänken und zerfetzten Vorhängen verstreut. Es wirkte, als hätte hier ein Kampf stattgefunden.

Larima erschauerte. Zwischen den Trümmern lagen bleiche Knochen verstreut. Es war nicht auszumachen, ob sie von Tieren oder Menschen stammten.

An der hinteren Wand in einer Nische bemerkte sie eine Art Altar aus Holz, der von den Zerstörungen verschont worden war. Larima eilte darauf zu. Über der Altarnische fand sich wieder das Zeichen des fünfzackigen Sterns in der Wand. Die Schnitzereien des Altars waren mit Staub gefüllt und eine Art Hülle bedeckte den Tisch, die wie ein feines Samitgeflecht wirkte. Larima strich darüber und unter ihren Fingern zerrissen die Fäden. Sie fühlten sich klebrig an. Jetzt bemerkte sie, dass alles in diesem Raum mit dieser Tuchhülle bedeckt war.

Hier ist es verborgen!

Sie spürte, dass das Artefakt der Fladrea ganz nah war.

Plötzlich hörte sie hinter sich etwas sanft auf den Boden klatschen. Larima erstarrte. Es klang, als wäre etwas Großes von der Decke gefallen.

Semi?

Sie fuhr herum und erschrak. Ihr Ziehbruder hielt sein Schwert erhoben und die Spitze der Waffe zeigte zitternd auf eine gigantische Spinne. Sie kauerte auf dem Boden zwischen ihnen und dem Ausgang.

Larima zählte nur sieben Beine an dem Ungetüm. Sein massiger, schwarzbehaarter Körper war groß wie eine Reisekutsche und seine Greifzähne schlugen klackernd gegeneinander.

In der rechten Ecke neben der Tür entdeckte Larima einen Durchbruch, dessen Wände mit Spinnenfäden und buntem Laub ausgekleistert waren. Dort musste es hinaus in den Wald gehen. Plötzlich wurde Larima klar, woher die Knochen auf dem Boden des Heiligtums rührten. Dieses Monster jagte offenbar seit vielen Jahren die Tiere des Waldes und brachte seine Beute hierher.

Das Biest belauerte sie. Seine Spinnenaugen wirkten wie funkelnde, schwarze Knöpfe. Darüber erkannte Larima drei rote, punktförmige Flecken in den schwarzen Borstenhaaren des Kopfes.

Eine Dreiaugenspinne! Die sind giftig, werden aber normalerweise nicht größer als zwei Spann.

Warum war dieses Vieh dann so riesig? Existierte hier eine Kraft, die es hat wachsen lassen?

Ohne Vorwarnung sprang das Ungetüm auf sie zu. Larima stieß einen spitzen Schrei aus und übertönte das Zischen der Spinne. Sie drückte sich mit dem Rücken gegen die Wand, während Semi vor ihr stand, sein Schwert mutig gegen den Angreifer erhoben.

In zwei Herzschlägen war die Spinne heran. Semi versuchte, ihr sein Schwert zwischen ihre Augen zu stoßen, doch sie wich aus und schnappte nach seinem Arm. Er zog ihn gerade rechtzeitig zurück.

»Bei Arano, mach irgendwas, Larima!«, rief er panisch. »Zaubere das Ding kaputt!«

Er bückte sich unter den Klauen der Spinne hindurch und versuchte, das linke vordere Bein zu erwischen, doch er streifte es mit dem Schwert lediglich und das Eisen prallte vom harten Skelett des Tieres ab.

Das Vieh reagierte sofort und trat nach ihm. Larima beobachtete entsetzt, wie Semi gegen die Wand geworfen wurde und zu Boden sank. Die Spinne war sogleich über ihm und wollte seinen Kopf zwischen ihre Kiefer nehmen, als ein ohrenbetäubender Schrei durch den Raum donnerte. Die Spinne drehte sich herum. Die vielen Augen fixierten Larima.

Ihr wurde klar, dass sie geschrien hatte. Plötzlich spürte sie in ihrem Inneren eine unheimliche Kraft, die wütend brodelte. Ihre Panik musste sie geweckt haben. Die Kraft drängte roh hinaus und Larima ließ sie fließen. Noch bevor das Monster sich rühren konnte, stieß sie ihre Hände nach vorn. Sie wusste nicht, was sie tat, aber aus ihren Fingerspitzen schoss helles Licht. Die Strahlen zischten auf die Spinne zu und trafen sie. Das Untier taumelte verwirrt nach hinten. Aus den Augenwinkeln bemerkte Larima, wie Semi sich hastig aufrappelte.

Larima konnte sich nicht auf den Beinen halten. Als wäre alle Kraft aus ihr gewichen, brach sie in die Knie. Ihr Atem ging schwer und für einen Moment wurde es ihr schwarz vor Augen.

Als Larima wieder etwas erkennen konnte, sah sie, dass Semi mit einem gezielten Hieb der gelähmten Spinne den Kopf vom Leib trennte. Er fiel zu Boden, die Beine zuckten, dann brach der Körper zusammen.

Semi hielt sich seine Seite mit schmerzverzerrtem Gesicht, taumelte auf Larima zu und half ihr auf. Ihr Atem ging heftig.

Was auch immer sie getan hatte, es hatte sie unglaublich viel Kraft gekostet.

Semi ergriff ihre Hand und drückte sie. Er schwankte.

»Bist du verletzt?«, fragte sie ihn, nachdem sich ihr Atem beruhigt hatte.

»Es ist nichts. Nur ein paar blaue Flecken. Was hast du getan? Was waren das für Lichtdinger?«

»Ich weiß es nicht«, gab Larima zu.

Sie hatte wirklich keine Ahnung, woher die Strahlen gekommen waren, und fürchtete sich vor der Antwort auf Semis Fragen.

Welche Kräfte stecken in mir? Nur die Fladrea können mir das sagen.

Larimas Blick fiel auf den Altar und sie erinnerte sich, warum sie hier waren.

Sie trat an das Heiligtum heran, betastete jede Ecke und untersuchte die Felswand dahinter. Knapp über dem Holz des Altars war eine Höhlung in den Felsen geschlagen. In ihr war eine dreieckige Vertiefung eingelassen, etwas größer als eine Hand. Dies musste der Platz für das Goldene Artefakt der Fladrea sein, doch er war leer.

Sie konnte nicht glauben, dass sie kurz vor dem Ziel scheitern sollten. Als Larima die Kuhle mit den Fingern betastete, fühlte sie etwas Kleines darin und atmete auf. Sie griff danach und zog es heraus, aber es stellte sich nur als ein kleiner fünfzackiger Stern aus Holz heraus. Genauso ein belangloses Schmuckstück, wie sie es als Amulett um den Hals trug.

»Wir haben es gefunden!«, jubelte Semi. »Sieh nur, Larima, das Artefakt der Fladrea! Genau wie es in dem Pergament stand!«

Sie schüttelte heftig den Kopf. Tränen stiegen ihr in die Augen. »Das ist nicht das Artefakt! Jemand hat es mitgenommen und nur dieses Holzstück hier zurückgelassen.«

Sie warf das Amulett quer durch den Raum. Klackernd landete es zwischen den Trümmern auf dem Boden.

Dann brach sie vor dem Altar zusammen. »Ich werde niemals erfahren, woher ich komme!«

- 6 -

»Wir müssen uns eine gute Ausrede einfallen lassen, warum wir nach Torschluss kommen«, sagte Semi verzweifelt.

Die Wachfeuer auf den Türmen leuchteten zwischen den Ästen hindurch und leiteten Semis und Larimas letzte Schritte durch die Dunkelheit der Nacht.

Gleich werden alle wissen, dass wir ohne Begleitung in den Wäldern unterwegs waren.

Larima trottete hinter ihm her und sagte kein Wort. Seit sie die Kolonie verlassen hatten, schwieg sie und ließ Semi mit seinen Befürchtungen allein.

Sobald ich Mutter unter die Augen komme, werde ich riesen Ärger bekommen. Verdammt noch mal, ich habe mich so auf das Jarlsturnier gefreut.

Es war seine eigene Entscheidung gewesen, Larima auf ihrer Suche zu begleiten, obwohl er wusste, zu was das führen würde. Einerseits wollte er auf sie achtgeben, doch auch die Neugier trieb ihn in die Wälder. Neugier auf diese Kolonie der Fremden und auf ihr Artefakt.

Semis Plan hatte eigentlich vorgesehen, sich am Nachmittag zurück in die Burg zu schleichen. Keiner hätte gemerkt, dass Larima und er in den Wäldern gewesen waren. Doch dafür war es jetzt zu spät, die Tore waren geschlossen.

Er sah über die Schulter zurück und erahnte Larimas glänzenden Haarschopf.

Sie ist tatsächlich eine von diesen unheimlichen Fremden und besitzt diese Spur. Nicht auszudenken, was sie alles damit anstellen kann!

Semi fühlte zum ersten Mal wirklich, dass Larima nicht seine echte Schwester war, und er hasste sich für diese Gedanken. Doch konnte er nichts dagegen tun, dass sie ihm plötzlich so fremd war.

Dazu kam eine rasende Wut auf sie.

Wenn sie nicht wäre, mit ihren blöden Fladrea und ihrer blöden Kolonie, hätte ich die Burg nicht verlassen und könnte auf das Jarlsturnier gehen. Wenn es ihr wenigstens leidtäte.

Als sie über die Zugbrücke liefen, öffnete sich die Torklappe und das Gesicht eines Wachmannes erschien. Einen Atemzug später öffnete sich die kleine Tür im großen Tor und Semi und Larima schlüpften hindurch.

»Die Haronsa will Euch sofort sehen, Hochgeboren«, erklärte der Wachmann. In seiner Stimme schwang mit, dass der Mann nicht mit ihm tauschen wollte.

Sofort wusste Semi, dass alle Ausreden vergebens waren. Mit schweren Schritten machte er sich ins Haupthaus auf. Larima folgte ihm.

Müsste ich nicht wie ein Held empfangen werden? Immerhin habe ich heute eine Spinne besiegt, die größer war als das breiteste Pony in den Ställen von Groveflyk.

Doch wusste er, dass er den Kampf gegen die Spinne auf keinen Fall erwähnen durfte. Dies würde nur bestätigen, was seine Mutter seit Jahren befürchtete. Da konnte er die Tür zu seiner Kammer gleich zumauern lassen, sie würde ihm niemals wieder erlauben, sie zu verlassen.

Kaum erreichten sie das Prachtgeschoss, liefen sie der Haronsa in die Arme.

»Semargan! Larima!«, rief sie. »Ich bin so froh, dass ihr beide wieder hier seid. Und, den Göttern sei Dank, unverletzt. Wo habt ihr gesteckt?«

Semi blickte zu Boden und sagte nichts. Sollte Larima seiner Mutter alles erzählen. Schließlich war es ihre Idee gewesen. Doch auch sie schwieg.

Als Semi aufblickte, sah er, dass die Haronsa die Lippen zusammenpresste und ihre Augen klein wurden. »Ich weiß, dass ihr allein und ohne Leibgarde in die Wälder gegangen seid. Die Turmwache hat Euch beobachtet. Larima, wie konntest du Semi nur dazu überreden? Es ist gefährlich dort. Wolltest du über deine Herkunft nachforschen? Dein Vater und ich haben dir alles erzählt, was es darüber zu wissen gibt. Dort im Wald gibt es nichts weiter zu finden.«

Du weißt nicht, was uns Væter Hanrek erzählt hat.

Fast wäre Semi damit herausgeplatzt. Doch es brachte nichts, den Væter in die Sache hineinzuziehen. Schließlich hatte der Lehrer ihnen nur erzählt, was sie hören wollten, und das gegen das Verbot ihrer Mutter. Man durfte niemanden in Schwierigkeiten bringen, nur um von eigenen Fehlern abzulenken.

»Ich kann mich verteidigen!«, stellte Semi klar und biss sich auf die Lippen. Wie gerne er ihr erzählt hätte, was sie an diesem Nachmittag erlebt hatten, doch er wusste, dass er die Fladrea und ihre Kolonie nicht erwähnen durfte, wenn er seine Mutter nicht noch wütender machen wollte.

»Verteidigen? Deine Worte zeigen mir, dass du nicht das Geringste verstanden hast«, schnappte seine Mutter. »Semargan, du wirst im Spätwinter nicht mit deinem Vater auf das Turnier reiten. Ich dachte, du wärst erwachsen und könntest mit Verantwortung umgehen. Doch da habe ich mich wohl getäuscht. Du bist unser einziger Sohn und als Folser von Groveflyk ruht die Zukunft dieses Landes auf deinen Schultern. Du musst Sorge dafür tragen, dass dir nichts geschieht, und darfst dich nicht unnötig in Gefahr bringen. Solange du das nicht gelernt hast, hast du auf einem Ritterturnier nichts zu suchen.«

Obwohl er damit gerechnet hatte, schnürte sich Semis Hals zu. Er freute sich seit einem halben Jahr darauf, seinen Vater endlich auf das Turnier des Jarls begleiten zu dürfen. Wie konnte seine Mutter ihm das nehmen? Semi wusste, dass jede Diskussion zwecklos war, also machte er ohne ein weiteres Wort kehrt, stapfte die Treppe hinauf und lief zu seiner Kammer.

In einem hatte seine Mutter recht: Schuld war nur Larima. Er hatte sie und ihre Fladrea so satt. Sollten sie doch allesamt dahin verschwinden, wo diese Fremden herkamen. Semi wollte sie nie wiedersehen.

In die Enge gedrängt

- 1 -

Herre Gonstanir griff zu dem Holzhaufen, der im Schnee bereitlag, und warf ein Scheit ins Feuer.

Semi beobachtete, wie die Flammen des Lagerfeuers an dem frischen Holz leckten und es in Brand setzten. Wärme schlug ihm entgegen, ließ seine Beine kribbeln und er merkte, wie erschöpft er war.

Nachdem sie den Vormittag über geritten waren, hatten sie ein Lager aufgeschlagen. Die zwei Handvoll Männer der Jagdgesellschaft warteten auf einen Kundschafter, der das unebene Gelände vor ihnen ausspähen sollte.

Irgendwo in den Wäldern muss sich dieses Vieh ja verstecken, auch wenn wir bisher keine Spur von ihm gefunden haben.

Die Nachricht von dem gewaltigen Eber, der in den westlichen Wäldern gesichtet worden war, hatte sich schnell auf der Burg verbreitet. Welch Glück, als Semis Vater ihn fragte, ob er ihn auf die Jagd nach diesem Ungetüm begleitete. Vielleicht wollte er gutmachen, dass er nicht mit auf das Turnier reiten durfte. Auf jeden Fall war der Ritt für Semi eine wunderbare Gelegenheit, den bisherigen Winter für eine Weile zu vergessen. Diese schrecklichen, kalten Wochen auf der Burg. Larima und er ... kein Lachen und zusammen Herumalbern, sondern nur eisige Blicke, die aneinander vorbeigingen, und Schweigen.

Mich verbindet nichts mit ihr. Sie stammt nicht mal aus Hallinga. Außerdem ist es nicht an mir, mich zu entschuldigen. Ich habe keinen Fehler gemacht. Im Gegenteil habe ich dieses Spinnenvieh er-

schlagen. Was kann ich dafür, dass sie das Artefakt nicht in der verdammten Gruft gefunden hat?

Andererseits fühlte er sich schrecklich leer. Jeder Tag ohne Larima kam ihm leblos vor.

»Morgen bekommen wir das Biest«, dröhnte die Stimme seines Vaters in diesem Moment. »Ich kann seinen Speichel schon riechen.« Einige der Männer jubelten und stießen auf Haron Evin und die Jagd an. Semis Vater saß neben ihm, schwenkte sein Methorn und nahm einen großen Schluck daraus. Von seinen Schultern hing ein Mantel aus dicker Wolle in der braunroten Farbe von Groveflyk. Der Kragen war mit Fuchspelz besetzt.

Auch wenn der Schnee weniger geworden war und der Spätwinter sich ankündigte, waren gerade die Nächte noch bitterkalt, sodass die restlichen Männer ebenfalls dicke Wollsachen trugen.

Sie jagten im Waidwald. Semi war froh über die dicht stehenden, alten Nadelbäume, die dort wuchsen, denn sie schützten die Jagdgesellschaft vor dem schneidenden Wind. Ihr Lager hatten sie in einer Senke errichtet. Flachkiefern umgaben sie schützend und Semi kam es vor, als säßen sie in einem riesigen Vogelnest.

Zwei Kitze drehten sich über einem Bratfeuer. Wieder wurden die Methörner gehoben. »Auf unseren tüchtigen Bratmeister Herre Gonstanir!«, rief Haron Evin.

Semi konnte dem nur zustimmen. Das Fleisch, das der Ritter aus den Braten schnitt und an die Männer reichte, triefte vor Saft und zerfiel auf der Zunge. Nachdem die Männer satt waren, machten sie sich über die Vorräte an Met her, die sie in zwei Fässern auf dem Rücken eines Packesels mitgenommen hatten.

»Es heißt, der Haron von Freisand will dem Turnier ebenfalls beiwohnen, mein Leard«, sagte Luwin Ilonson. Über nichts sprachen sie an diesen Tagen mehr als über das Turnier des Jarls, das in zwei Wochen stattfinden sollte. Für die Männer bot es eine langersehnte Abwechslung nach dem eintönigen Winter, in dem es nichts zu tun gab, als den Burghof schneefrei zu halten und sich mit ihren Schwertern zu üben.

Semis Vater nickte nur und warf einen kurzen Blick zu seinem Sohn. Semi sah in den Augen seines Vaters etwas, das er noch nie darin gesehen hatte: Scham. Offenbar war es dem Haron unangenehm, über das Turnier zu sprechen. Eigentlich hatte er Semi versprochen, ihn mitzunehmen, doch wagte er es nicht, sich gegen seine Frau zu stellen, weil er keinen Streit in der Familie wollte.

»Dieses Jahr werden wir sie alle schlagen, mein Leard«, versprach Herre Gonstanir seinem Haron. Er warf sich zurück und präsentierte seine breite Brust und seine festen Oberarme.

Beim Tjost stellt er sicher einen gefürchteten Gegner dar, hoch aufgerichtet im Sattel, an der Lanze den Wimpel von Groveflyk, der im Wind flattert.

Die Männer lachten und schlugen dem Ritter auf die Schultern. Semi starrte ins Feuer und schwieg. Er hasste es, ständig daran erinnert zu werden, was er alles verpassen würde. Er konnte es nicht erwarten, dass die Geschichten vom Turnier des Jarls ein Ende nahmen. Wann endlich scherzten die Männer wieder über anderes?

»Genug von künftigen Taten. Schwelgt nicht im Morgen, sondern setzt eure Kraft in unsere Jagd«, befahl Haron Evin. »Ich erwarte, dass ihr alle euer Bestes gebt, sobald wir das Schnaufen dieser Bestie in unserem Nacken spüren. Also ergreift die Speere und übt euch!«

Die Männer gehorchten den Worten ihres Herrn, erhoben sich und verließen die Senke, um sich oben zwischen den Bäumen in Speerwürfen und Saustechen zu üben. Wenige Atemzüge später war keiner von ihnen mehr zu sehen.

Semi griff nicht nach seinem Speer, sondern blieb auf dem Eichenstamm sitzen. »Ich will mit dir eine Weile am Feuer sitzen, wenn es erlaubt ist, Vater«, sagte er, als er den auffordernden Blick seines Vaters spürte. Auf der Burg erlaubten es die vielen Pflichten viel zu selten, dass sie unter sich sein konnten.

Der Haron nickte. Semi konnte seinen Gesichtsausdruck schwer deuten. War er enttäuscht von ihm? Wünschte er sich, dass er so war, wie die anderen Männer seiner Gefolgschaft?

Ich bemühe mich doch so sehr, ein guter Kämpfer zu sein. Sieht Vater das nicht?

Haron Evin warf ein Holzscheit in die Glut, starrte in die Flammen und schwieg.

Wahrscheinlich will er nicht mit mir sprechen. Vielleicht sollte ich mich doch besser zu den Männern gesellen.

Semi streckte seine Hand nach seinem Speer aus, als der Haron aufblickte. »Kennst du eigentlich die Geschichte deines Großvaters?«, fragte er.

Semi ließ seine Hand sinken und sah auf. War das eine Prüfung? »Sicher«, beeilte er sich zu sagen. »Haron Egelmin war ein guter Herrscher. Die Groveflyker liebten ihn.«

»Ich meine nicht die Geschichte, die in den Büchern steht, das Gesülze über seine Herrschaft und sein Leben. Ich spreche von seinem Tod.«

Semi sah seinen Vater erstaunt an. Das hatte er nicht erwartet. Niemand sprach je mit ihm über Großvaters Tod gesprochen und er hatte sich nie getraut, nachzufragen. Er fragte sich aber oft, wie es damals geschehen konnte, dass sein Großvater gestorben war, als er noch ein kleiner Knirps gewesen war. Es konnte kein ruhmreicher Tod gewesen sein, sonst wäre diese Geschichte auf Burg Groveflyk erzählt worden.

Wieso will mir Vater das gerade jetzt erzählen?

Semi wagte es kaum, zu atmen, aus Angst, sein Vater könne es sich anders überlegen.

»Hier in den Waidwäldern steckten wir«, fing der Haron an und griff nach einem Holzscheit. »Wie heute befanden wir uns damals auf der Jagd nach einem Eber. Dieses verdammte, ekelhafte Vieh!« Er warf das Holz kräftig ins Feuer, sodass die Funken aufstoben.

»Es hieß, der Eber habe einen Bauern im Wald überrascht und ihn von unten nach oben aufgeschlitzt. Schon da hätten wir ahnen müssen, wie gefährlich diese Bestie war! Dein Großvater wollte, dass ich ihn auf die Hatz begleitete, und so sind wir zusammen mit einem Dutzend Männern aufgebrochen, darunter sieben Ritter. Auch Bancrus von Eschenstab war dabei.«

»Herre Eschenstab?«, fragte Semi. Er erinnerte sich an die Geschichten, dass er und Großvater Freunde gewesen waren.

Sein Vater nickte. »Der Verehrer deiner Ziehschwester ist von Großvater nach den Trollkriegen zum Ritter geschlagen worden. So viele kräftige Männer ... doch am Ende konnten sie es nicht verhindern ...« Der Haron starrte zwischen die Feuer, als könnte er dort die Ritter und Kämpfer stehen sehen.

»Wir hatten uns getrennt«, erzählte sein Vater. »Ich und zwei weitere sollten den Eber auf die Reiter zutreiben, bei denen sich auch dein Großvater befand. Auf meinem Pferd bin ich durch den Wald gestürmt und habe dieses Vieh den anderen entgegengetrieben. Wie hätte ich wissen sollen, dass ich meinem Vater den Tod entgegenhetzte? Ich selbst habe es durch den dichten Wald nicht gesehen. Bancrus hat mir erzählt, wie es geschehen ist.«

Der Haron sprang auf. »Der Eber war aus dem Unterholz gebrochen. Die Männer hätten darauf vorbereitet sein müssen, doch das Vieh hat sie überrascht.« Er wies auf die Flachkiefern um das Lager, als würde jeden Moment der Eber daraus hervorbrechen.

Semi schluckte, seine Hände lagen steif in seinem Schoß.

»Das Pferd deines Großvaters scheute. Er konnte es gerade so in seiner Gewalt behalten. Bevor aber einer der Ritter seinen Speer hätte werfen können, schnellte der Eber wie ein Pfeil auf Großvaters ängstliches Reittier zu und stieß seine Hauer in dessen Seite. Dann verschwand diese widerwärtige Bestie wie ein Schatten im Wald!«

Semi sah das verletzte Pferd vor sich, wie es taumelte und das Blut aus seiner Flanke lief. Seine Brust zog sich zusammen, weil er ahnte, was nun kam.

Haron Evin setzte seinen Stiefel knirschend auf den Eichenstamm, auf dem Semi saß. »Das Pferd stolperte und stürzte eine Böschung hinab. Dabei riss es Egelmin von Groveflyk mit sich.

Dein Großvater wurde unter dem Pferdekadaver zerquetscht. Ein unwürdiger Tod ... so sinnlos!«

»Habt ihr den Eber dafür bezahlen lassen?«

»Bancrus hat ihm noch seinen Speer nachgeworfen. Er ist sich sicher, dass er das Schwein getroffen hat. Aber wir haben die Leiche dieses Drecksviehs nicht gefunden. Und bis heute ist es nie wieder aufgetaucht.«

Haron Evin schwieg.

Semi drehte sein Gesicht weg, um die beiden Tränen zu verbergen, die aus seinen Augenwinkeln kullerten. Hastig wischte er sie mit dem Pelz an seinen Ärmeln ab.

Ist Vater deshalb so schnell zur Jagd aufgebrochen, als er von dem riesigen Eber hörte? Kann dieses Vieh noch leben?

Er suchte die Reihe Flachkiefern nach einer Bewegung ab.

Was, wenn es uns hier überrascht? Wir zählen weniger Männer als damals, nur drei Ritter sind mit uns aufgebrochen.

Sein Magen zog sich zusammen. Ohne den Blick von den Bäumen zu lösen, griff er nach seinem Speer.

Semis Vater setzte sich neben ihn. »Du weißt vielleicht, dass deine Großmutter Adelra im selben Winter starb.«

Semi wusste wenig über seine Großmutter. Es hieß, sie sei eine große, schlanke Frau gewesen, zehn Jahre älter als ihr Gemahl. Die Heirat der beiden hatte einen Skandal ausgelöst, denn Egelmin, der damals Folser gewesen war, hatte sich in Adelra verliebt. Er wollte sie um jeden Preis heiraten, trotz ihres Alters und obwohl sie nur die Tochter eines Holzfällers aus dem Dorf war. Diese Heirat aus Liebe war immer Semis Ideal gewesen. Ein Stich ging durch sein Herz, als er an Jonna denken musste. Er drängte den Gedanken von sich.

»Am Abend saß sie noch bei uns.« Haron Evins leise Stimme klang brüchig. »Eine solch wunderbare Frau ... mit einem Herzen groß genug, um alle zu umfangen. Es war ein Schlag, der sie in der Nacht zu den Göttern schickte. Doch ich sage dir, die Trauer hat deine Großmutter zu ihrem Mann gerufen.«

Nachdem er die letzten Worte ausgesprochen hatte, sank sein Vater in sich zusammen. Schweigend blieb er am Feuer sitzen.

Erst jetzt wurde Semi bewusst, dass diese beiden Menschen nicht nur seine Großeltern gewesen waren, sondern auch die Eltern seines Vaters. Als Semi ihn betrachtete, bemerkte er die eingesunkenen Schultern und den hängenden Kopf. So hatte er seinen Vater noch nie gesehen. Er kannte ihn nur hochaufgerichtet auf einem Thron oder stolz auf dem Rücken seines Braunen.

Es kann auch auf dieser Jagd geschehen, wie damals ...

Semi wollte sich nicht vorstellen, wie es wäre, wenn sein Vater und seine Mutter starben. Bei allen Reibereien mit seiner Mutter ... er liebte seine Eltern sehr.

»Wir sollten zu den Männern gehen«, sagte der Haron mit dunkler Stimme. Er wandte sein Gesicht von Semi ab und einen Augenblick lang hatte dieser den Eindruck, sein Vater würde weinen. »Vergiss nicht deinen Speer und hol mir den meinen!«

Sein Vater erhob sich, ging zu den Pferden und straffte die Riemen seiner Satteltasche.

Plötzlich scheuten die Tiere. Sie witterten etwas.

Verwundert trat der Haron einen Schritt zurück. Semi blickte um sich. Ein Fuchshengst wieherte, weitere Pferde stimmten in den ängstlichen Laut ein. Die Männer hasteten die Böschung ins Lager herunter und griffen sich Helme und Beinschienen.

Da vernahm Semi ein tiefes Grunzen, laut wie Donnergrollen.

Das Vieh hatte sie gefunden.

- 2 -

Larima stützte ihren Ellenbogen auf das Fensterbrett und blickte in den Burghof hinab. Sie saß allein in der großen Halle. Es würde noch einige Stunden dauern, bis die Diener zum Abendessen deckten.

Der Hof unter ihr bildete eine weiße Fläche und die Bäume, die sich hinter den Burgmauern bis zum Horizont erstreckten, waren mit Schnee bedeckt. Inzwischen wurden die Tage länger und es lag nur noch eine Handbreit Schnee. Larima beobachtete, wie Elbert, der Haushofmeister, gefolgt von zwei Dienerinnen über den Hof eilte. Sie strebten dem Vorratshaus zu, das sich gegenüber Larimas Fenster an die Burgmauer schmiegte. Vor zwei Wochen noch hätten sich die drei durch die schmalen Gänge in den mannshohen Schneebergen zwängen müssen.

Larima verfolgte die Gestalten mit den Augen, bis ihre schweren Mäntel im Vorratshaus verschwunden waren, und seufzte. Wie einsam sie sich auf der Burg fühlte. Vier Monde waren vergangen, seit sie und Semi die Kolonie im Utlendwald entdeckt hatten.

Seitdem haben wir kein Wort miteinander gewechselt. Nur ich bin schuld daran, dass er nicht mit zu diesem Turnier gehen durfte. Wie soll ich das wieder gutmachen? Was soll ich sagen?

Jedes falsche Wort konnte Semi noch tiefer verletzen und ihn weiter von ihr forttreiben. Deshalb hatte sie während all dieser langen Wochen lieber geschwiegen.

Ihre Enttäuschung darüber, dass sie das Artefakt der Fladrea nicht gefunden hatte, saß tief. Dort im Wald lag nur ein dunkles, totes Gemäuer, in dem nichts übrig geblieben war, das etwas über ihre Geschichte verriet.

Was ist damals geschehen? Wo sind meine Eltern?

Wenn ich eine aus dem Volk der Fladrea bin, bin ich dann in der Kolonie geboren worden? Vater Hanrek hat gesagt, dass die Fladrea vor über hundert Jahren aus Hallinga verschwunden sind. Aber stimmt das auch? Vielleicht sind einige in Groveflyk zurückgeblieben. Leben meine Eltern noch und haben sie Hallinga ebenfalls verlassen? Wissen sie, dass ich noch lebe?

Die Unwissenheit zehrte an Larima. Sie konnte nicht hier auf der Burg sitzen bleiben. Sobald der Schnee geschmolzen war und die Tage lang genug wären, wollte sie noch einmal zur Kolonie aufbrechen, auch wenn es gefährlich war. Vielleicht hatte sie etwas übersehen, einen Hinweis darauf, wohin die Fladrea gegangen waren oder wohin das Artefakt verschwunden war. Sie durfte nicht aufgeben.

Wieder starrte sie angestrengt auf ihre Hand.

Komm schon!

Heimlich hatte sie in den letzten Wochen versucht, die Zauberkräfte zu erwecken, die in der Kolonie aus ihr herausgebrochen waren. Doch wie sehr sie auch versuchte, Lichtstrahlen aus ihren Fingerspitzen zu locken, es gelang ihr nicht. Vielleicht konnten diese Kräfte nur in der Kolonie der Fladrea geweckt werden? Vielleicht steckte dort etwas im Boden oder waberte in der Luft, das nötig war, damit die Spur in ihr zu fließen begann?

Larima atmete schwer. All diese Fragen machten ihr nur noch mehr bewusst, wie wenig sie über ihr Volk und sich selbst wusste.

Sie starrte auf die stillen Wälder hinaus. Eine dicke Krähe schwebte über den Tannen, flog drei Runden um den Tullturm und ließ sich gegenüber auf den Zinnen der Burgmauer nieder. Die beiden Wachen, die auf dem Rundgang patrouillierten, machten sich einen Spaß daraus, Schneebälle nach dem Vogel zu werfen. Doch der blieb standhaft und krächzte den Männern in ihren Kettenhemden und mit ihren Topfhelmen entgegen. Erst als ein Schneeball die Krähe am linken Flügel traf, flog sie auf und schwang sich über das Haupthaus aus Larimas Sicht. Sie hörte nur noch die lauten Beschwerdekrächzer.

Hinter Larima erklang ein Räuspern. Sie wandte sich ertappt um und erwartete, einen Diener hinter sich zu sehen, doch dort stand ihre Mutter in einem Kleid aus eisblauer Wolle, das mit weißen Schleifen verziert war.

»Beobachtest du den Hof?« Haronsa Rulid lächelte und aus ihren Augen sprach Wärme. Aber mit ihren straff gebundenen Haaren und den in weißen Handschuhen steckenden Händen, die sie vor ihrem Bauch verschränkt hielt, wirkte sie streng.

Ihrer Mutter war es nicht entgangen, dass zwischen ihren Kindern Schweigen herrschte. Larima und Semi hatten sich geweigert, ihr irgendetwas darüber zu erzählen, was im Utlendwald vorgefallen war.

So streng Mutter manchmal auch ist, sicher sticht es ihr ins Herz, wenn sich ihre Kinder streiten. Kein Wunder, dass sie mich schon mehrmals gebeten hat, Frieden mit Semi zu schließen. Wenn das doch nur so einfach wäre!

»Hast du einen Moment für mich, mein Kind?«, fing die Haronsa an. Wahrscheinlich wollte sie wieder eine Predigt zur Versöhnung loswerden. Ohne eine Antwort abzuwarten, ließ sie sich auf die Holzbank nieder, die neben dem Fenster an der Wand lehnte. »Wir haben zu sprechen.«

Larima setzte sich neben ihre Mutter, wobei diese ihr dunkelrotes Lederoberteil mit einem mahnenden Blick streifte. Tausende Male schon hatte sie beanstandet, wie Larima sich kleidete. Und genauso oft hatte sich Larima geweigert, etwas anderes anzuziehen.

Haronsa Rulid verlor keinen Ton über die Kleidung. »Ich habe Nachricht von Herre Eschenstab«, sagte sie stattdessen und Larima wünschte sich sofort, sie würde siewegen ihres Oberteils rügen.

Was soll das?

Sie hatte diesem Kerl auf dem Hæsgena-Fest ihre Meinung zu einer Verbindung zwischen ihnen gesagt und wollte nie wieder etwas von ihm hören.

Seit dem Morgen, an dem ihre Mutter versucht hatte, ihr ins Gewissen zu reden, hatten die beiden Frauen nicht mehr über den Ritter gesprochen.

»Ich habe meine Meinung nicht geändert, falls du ...«, begann Larima, doch ihre Mutter brachte sie mit einer Geste zum Schweigen.

Warum fängt sie aus heiterem Himmel wieder damit an?

»Sobald der Spätwinter ins Land kommt, wird Herre Eschenstab nach Groveflyk kommen, um dich zu holen.«

Larima wollte protestieren, doch Haronsa Rulid unterbrach sie sofort. »Er will dich erstmal nur für ein paar Tage mitnehmen, nach Eschenhain, dem Sitz seiner Familie. Dort sollst du Zeit mit ihm verbringen, damit du siehst, wie du als seine Frau leben könntest.« Die Haronsa strahlte.

Larima versuchte, nach außen hin ruhig zu bleiben, doch in ihr tobte ein Sturm. Wie unverschämt von dem freudlosen Kerl, hinter ihrem Rücken mit ihren Eltern zu verhandeln!

»Mutter«, sprach Larima. Die Haronsa hatte keine Ahnung, wie schwer es ihr fiel, nicht zu schreien und zu toben, sondern in sachlichem Ton zu sprechen, wie es von einer erwachsenen Frau erwartet wurde. »Ich habe Herre Eschenstab deutlich gemacht, dass ich einer Verbindung mit ihm nicht zustimmen werde. Ich sehe keinen Sinn darin, mit ihm zu seinem Anwesen aufzubrechen.«

»Ich verstehe dich nicht, Larima. Du bist meine Tochter, doch du bist auch ein Findelkind aus den Wäldern. Wie kannst du es ablehnen, wenn ein Ritter um dich freit? Er ist gutaussehend, höflich und nur wenige Jahre älter. Ich sehe keinen Grund, warum du nicht seine Frau werden solltest.«

Larima rollte mit den Augen.

Der Kerl ist so alt, dass er mein Vater sein könnte.

»Ich liebe ihn nicht! Außerdem kommt er mir unheimlich vor. Ich möchte mit diesem Mann nicht zusammen sein.« Hilflos hob sie die Arme und ließ sie zurück in ihren Schoß fallen. Sie wusste selbst, dass sich ihre Argumente anhörten wie die eines kleinen Mädchens.

Wie soll ich Mutter dieses Gefühl beschreiben, das tief in mir drin sitzt und mich davor warnt, Eschenstab nahe zu sein?

Die Haronsa strich ihr mit der Hand über den Kopf. »Es ist das Los der Frauen, einen Mann zu heiraten, Kinder zu bekommen und ein Heim zu hüten«, sagte sie mit kühler Stimme. »Was geschieht, werden wir sehen, wenn der Spätwinter erst einmal da ist.« Sie erhob sich, küsste ihre Ziehtochter auf die Stirn und wollte aus dem Saal eilen.

In Larima tobten die Gefühle und alle Enttäuschungen brodelten hoch. »Wusstest du, dass ich eine Fladrea bin?«, rief sie der Haronsa hinterher.

Ihre Mutter blieb wie angewurzelt stehen, drehte sich um und kam zurück zu ihrer Tochter. »Wer hat dir das erzählt?« Ihre Stimme klang nicht zornig, vielmehr schwang Sorge darin.

»Ich habe es selbst herausgefunden.«

»Also deshalb wart ihr in diesem verfluchten Wald? Larima, ich habe gute Gründe, warum ich euch verboten habe, dorthin zu gehen.«

Du hast es gewusst. Die ganze Zeit über hast du es gewusst.

Der Zorn in Larima wuchs. Diese Ungerechtigkeit stach wie eine Nadel in ihr Herz. »Warum willst du mir verbieten, etwas über mein Volk, über meine Vergangenheit herauszufinden? Warum hast du mir nie etwas erzählt?«, sprudelte es aus ihr hervor.

»Wovon?«, fragte die Haronsa. »Davon, dass diese Leute ohne dich verschwunden sind und dich im Wald zurückgelassen haben? Eingewickelt in eine dünne Decke und mit nichts als einer Halskette?«

»Nein!«, schrie Larima verzweifelt. »Sie haben es nicht absichtlich getan!« Doch konnte sie selbst nicht an ihre Worte glauben. Ihr Herz krampfte sich schmerzhaft zusammen.

Haronsa Rulid seufzte laut und ihre Augen blickten Larima an.

Semis liebevolle Augen.

»Ich wollte dich schützen. Du solltest wie ein ganz normales Kind aufwachsen. Larima, du bist noch zu jung, um das zu verstehen, aber ein solches Wissen kann sehr gefährlich sein. Die Leute tuscheln schon genug hinter deinem Rücken über dich. Ich wollte nicht, dass du herausfindest, dass du eine Fladrea bist. Alle würden dich noch viel mehr belauern und beobachten. Vor ihrem Gerede wollte ich dich schützen. Du musst mir glauben, dass ich wirklich nur das Beste für dich will. Du solltest nie das Gefühl haben, nicht zu uns zu gehören.« Sie rang ihre Hände. »Du bist meine Tochter, und wenn du mich und deinen Vater liebst und uns vertraust, dann sprich nie wieder über diese Fladrea. Mit niemandem auf der Burg! Hast du verstanden?«

Die Haronsa fixierte sie mit den Augen. Sie blickte in ihr Herz und erstickte all die Widerworte, die in Larima aufbegehren wollten.

Als sie nickte, lächelte ihre Mutter zufrieden, streichelte ihr über die Wange und verließ den Saal.

Larima blieb verdutzt auf der Bank zurück. Endlich hatte sie es gewagt, mit ihrer Mutter über ihre Herkunft zu sprechen, doch fühlte sie sich miserabel. Sie glaubte den Worten ihrer Mutter.

Aber sie kann nicht verstehen, wie verloren ich mich fühle. Ich habe zwar eine behütete Kindheit gehabt, doch fühle ich mich dennoch fremd auf Burg Groveflyk. Und dieses Gefühl wird nie verschwinden, auch dann nicht, wenn ich meine Herkunft verleugne.

War es nicht ihr Recht, alles über ihre Vergangenheit zu erfahren? Und sie sollte ebenso das Recht haben, über ihre Zukunft zu entscheiden.

Dieser Ritter würde kommen und sie mitnehmen. Die Haronsa duldete keine Widerrede. Larima würde mit diesem schrecklichen Kerl mitgehen müssen. Und war sie erst einmal weg von Groveflyk, ihrer Heimat, dann würde sie die Burg in den Wäldern sicher nie wiedersehen. Es wartete ein Leben voll häuslicher Pflichten und dem Dasein einer braven Ehefrau. Da blieb keine Zeit, in einem See herumzutollen oder bei einem Schmied mitzuarbeiten. Auch mit Semi würde sie nie wieder zusammen lachen.

Larima sprang von der Bank auf, stürzte aus dem Saal und hastete in den einzigen Raum der Burg, der ihr Trost spenden konnte.

- 3 -

Der Eber näherte sich ihrem Lager.

»Ruhig bleiben, Männer«, befahl Haron Evin.

Semi saß im Sattel, hielt seinen Speer erhoben und seine Augen waren auf das Gestrüpp vor ihm gerichtet. Er fühlte nicht die freudige Erregung, die aus den Gesichtern und den Rufen der anderen Männer sprach. Semi fürchtete vielmehr um sie und seinen Vater. Die Geschichte über den Tod seines Großvaters schwirrte ihm im Kopf umher. Die Jagd hatte ihn aus dem Leben gerissen.

Wenn ich Großvater nur noch einmal sehen könnte. Wohin führt all diese Gier nach ruhmreichen Taten? Ich konnte ihn nie kennenlernen, durfte nie mit ihm lachen.

Das Vergnügen, das er früher beim Gedanken an die Jagd gespürt hatte, war verschwunden. Es kam ihm falsch vor, mit dem Unheil zu spielen.

Hat Mutter das mit der unnötigen Gefahr gemeint, vor der ich mich hüten soll?

Vor ihm raschelte etwas in den Büschen, doch einen Herzschlag später flatterten nur zwei Amseln panisch zwischen den Bäumen hervor.

»Er kommt gleich«, raunte Semis Vater und hob seinen Speer höher. »Treibt das Kleinvieh vor sich her. Seid bereit!« Evin sprühte vor Verlangen, den Eber zur Strecke zu bringen.

Vater meint, eine Rechnung mit dem Vieh offen zu haben. Aber kann das wirklich das Tier sein, das Großvater getötet hat?

Semi konnte es sich nicht vorstellen.

Die Männer der Jagdgesellschaft hoben ihre Speere. Jeder zielte auf einen Teil des Unterholzes. Die Packpferde in der Senke des Lagers spürten die Anspannung und schnaubten. Plötzlich meinte Semi, einen erdigen Geruch wahrzunehmen, wie von verbrannten Kastanien. Er überdeckte den harzigen Duft der Kiefern um die Lichtung. Semi blickte zu seinem Vater. Der Haron blickte angestrengt nach vorn.

Wieder raschelte es in den Büschen. Semi hörte schwere Tritte auf dem Moos, ein Ast brach nicht weiter als ein Dutzend Schritt vor ihm. Plötzlich drückte ein dunkelbrauner Schatten die Zweige zur Seite und stieß direkt vor Semi aus dem Unterholz. Spitze Hauer blitzten, als Sonnenlicht sie traf.

Der wuchtige, drei Schritt lange Eber trabte mit gesenktem Kopf, groß wie eine Schubkarre, auf Semi zu. In seinen Augen funkelte der Wunsch, zu töten. Semi wusste es sofort: Das Vieh wollte den Bauch seines Pferdes mit den Hauern aufschlitzen.

Speere zischten an dem Eber vorbei, eine Speerspitze streifte den massigen Hinterlauf. Auch Semi schleuderte seine Jagdwaffe mit einem lauten Schrei. Sie flog auf den Nacken des Wildschweins zu, doch das Tier warf sich zur Seite und der Speer verfehlte den muskelbepackten Leib. Der Eber schoss weiter auf Semi und sein Pferd zu.

Als sein Sohn schrie, riss Haron Evin seinen Speer herum. Der kräftige Mann warf die Waffe und sie sauste von hinten auf das Schwein zu.

Der Eber reagierte nicht rechtzeitig und die Speerspitze bohrte sich in seinen Nacken. Das Vieh kam nur einen Schritt von Semi entfernt ins Straucheln und donnerte zu Boden. Semis Pferd scheute zurück. Die Beine des gefällten Untiers zuckten.

Der Eber versuchte, auf die Beine zu kommen, doch die Männer der Jagdgemeinschaft reagierten schnell und bohrten Speerspitzen in den riesigen Leib. Kurz darauf lag das Tier reglos zwischen ihnen.

Die Jäger jubelten, ließen ihre Pferde tanzen und beglückwünschten sich. Semi setzte ein Lächeln auf, doch in seinem Inneren fehlten die Freude und der Triumph, die er erwartet hatte.

Mein Speer hat das Schwein verfehlt. Was wäre geschehen, wenn Vater den Eber nicht getroffen hätte? Hätte er mein Pferd aufgeschlitzt? Wäre ich gestorben, genau wie Großvater?

Die Jagd war nicht der harmlose Zeitvertreib, für den alle sie hielten.

Wie viel mehr galt der Ruhm eines echten Kampfes!

Die Dreiaugenspinne in der Kolonie ... ich habe Larimas Leben gerettet! Es gab kein Abschlachten wie bei der Jagd, sondern einen ehrlichen Kampf um Leben und Tod.

Inmitten der jubelnden Männer fühlte sich Semi allein. Wie lange schon sehnte er sich danach, zu ihrer Welt zu gehören, doch nun fühlte er sich fremd darin.

Gibt es niemanden, der mich versteht?

Semi erinnerte sich an das Gefühl, als er Larima auf dem Wehrgang von Groveflyk umarmt hatte, einen Tag bevor sie zur Suche nach der Kolonie aufgebrochen waren. Ein Stich fuhr in sein Herz. In diesem Moment hatte er sich so verbunden mit ihr gefühlt.

Wie sehr ich Larima vermisse!

Der Eber wurde ausgeblutet und Herre Gonstanir trennte ihm den Hodensack ab. Er schnitt ihn in kleine Streifen und ging damit reihum. Die Hoden des Ebers sollten den Männern Kraft und Potenz geben. Jeder nahm sich ein Stück und schlang es roh hinunter. Auch Semi griff zu, um sich vor den anderen nicht die Blöße zu geben. Er steckte sich das blutige Fleischstück in den Mund und versuchte, es zu schlucken, doch es war zu groß. Ein bitterer Geschmack breitete sich auf seinem Gaumen aus. Er kaute. Das Fleisch war zu zäh und er konnte es kaum zerbeißen. Als ihn niemand beobachtete, spuckte Semi es angeekelt in seine Hand und ließ es hinter sich ins Gebüsch fallen.

Das tote Ungetüm wurde für den Transport verschnürt. Sechs Männer waren notwendig, um es auf den Karren zu hieven, und dessen Räder sanken zwei Finger tief in die Erde ein. Die beiden Ponys, die das Gefährt zogen, schnauften erbärmlich, als die Jagdgesellschaft nach einigen Stunden Burg Groveflyk erreichte.

»Männer, heute Abend wird es ein prächtiges Fest geben! Und dieser Kerl hier wird der Ehrengast sein.« Haron Evin schlug im Vorbeireiten auf den Rücken des Ebers.

Semi stand nicht der Sinn nach einer Feier. Er stieg die Treppe hinauf in den dritten Stock, um möglichst weit weg von den grölenden Männern zu sein. Im Moment wohnten keine noblen Gäste auf der Burg, deshalb waren die Zimmer im obersten Stockwerk nicht belegt. Die Gänge schwiegen ihn an.

Semi schlurfte an den Türen vorbei, als er plötzlich ein Schluchzen hörte. Neugierig folgte er dem Geräusch und war überrascht, als es ihn vor die Tür des Auges führte.

Er berührte sie behutsam und sie öffnete sich lautlos. Der dunkle Raum dahinter wurde nur von einer Kerze erhellt, die einsam auf dem Boden flackerte. Vor der Säule stand Larima mit gesenkten Schultern. Sie wandte ihm den Rücken zu und bemerkte ihn nicht.

Wer außer mir hält auf der Burg zu ihr?

In diesem Moment fragte sich Semi, warum sie gestritten hatten, und es fiel ihm kein Grund ein.

Hat es je einen gegeben?

Er schämte sich für den Gedanken, Larima und er hätten nichts gemeinsam, da sie eine Fladrea war. Jetzt wusste er, dass dies völlig egal war, denn sie gehörten zusammen.

Er trat hinter seine Ziehschwester und räusperte sich.

Larima fuhr herum. Ihre Augen waren verquollen und dunkle Schatten lagen darunter.

Semi streckte seine Arme aus und sie torkelte wortlos auf ihn zu, legte ihren Kopf an seine Schulter und drückte sich fest an ihn. Sie schluchzte. Er streichelte ihr über die Haare und merkte, wie seine eigenen Sorgen verblassten.

Freude stieg in ihm auf.

Ich habe etwas wiedergefunden, von dem ich nicht einmal gewusst habe, dass ich es verloren hatte.

Larima löste sich von ihm und blickte ihn an. Semi sah in ihren Augen, dass sie dasselbe dachte. Die letzten Monde des Schweigens waren vergessen. Sie konnten dort weitermachen, wo sie aufgehört hatten.

»Mutter will, dass ich mit diesem Eschenstab fortgehe. Ich soll auf seiner Burg leben«, stieß Larima hervor und drückte sich wieder an ihn. »Ich weiß nicht, was ich tun soll. Vielleicht sollte ich einfach verschwinden und wie ein Goder allein in den Wäldern hausen. Dann kann mir keiner sagen, was ich zu tun habe.« Larima legte ihren Kopf an seine Schulter.

Semi erwiderte nichts und streichelte ihr über die Haare. An Larimas Seite fühlte er sich geborgen wie lang nicht mehr. Plötzlich fiel ihm etwas ein. »Da ist was, das ich dir schon seit Wochen zeigen will!« Er lachte auf. »Glaub mir, das wird dich aufheitern.«

Er schob Larima zärtlich von sich und machte sich auf den Weg zur Tür. »Ich hole es, warte hier!«

Er stürmte aus dem Zimmer und eilte zur Treppe. Sein Herz hüpfte freudig in der Brust. Er wollte am liebsten pfeifen vor Glück. Larima und er vertrugen sich wieder! Wie wunderbar das war.

Jonna zu verlieren, hatte wehgetan, doch es hatte ihn überrascht, wie schnell der Schmerz vergangen war.

Von Larima getrennt zu sein, das jedoch hatte ihn wirklich tief getroffen. Manchmal hatte er sich bei dem Gedanken erwischt, er würde niemals wieder mit Larima zusammen lachen. Allein sich dies vorzustellen, fühlte sich so grauenvoll an, ja, es fühlte sich an, als wäre er gestorben.

Doch Semis ausgelassene Stimmung bekam einen unvermittelten Dämpfer, als er am Treppenabsatz zum zweiten Stock in die Arme seine Mutter lief.

Als sie ihren Sohn bemerkte, spitzte die Haronsa ihre Lippen und ihre Augen wurden zu kleinen Kieseln. Semi kannte diesen Ausdruck. So sah seine Mutter aus, wenn sie mit etwas gar nicht einverstanden war.

»Diese Jagd ... ich habe alles gehört. Wenn der Speer deines Vaters fehlgegangen wäre ...« Sie atmete heftig ein. »Du bist ein unbelehrbarer Kindskopf wie Evin. Wenn du wüsstest, was mit deines Vaters Vater geschehen ist, würdest du nicht so sorglos durch die Wälder streifen und den Gefahren direkt in die Arme laufen!«

»Ich weiß sehr wohl, wie Großvater gestorben ist, Mutter.«

Die Haronsa erbleichte, doch Semi spürte kein Mitleid. Er war wütend, weil er wusste, worauf dieses Gespräch hinauslaufen würde. »Mir ist einiges klar geworden und glaub mir, Mutter, endlich verstehe ich dich. Aber deine Art ist auch nicht die richtige! Man kann sich vor dem Leben nicht verstecken. Ich fühle mich wie ein Adler, dem man beide Flügel stutzen will.«

Die Haronsa schüttelte wild den Kopf, als wollte sie seine Worte von sich werfen. »Du wirst deinen Vater nicht mehr auf die Jagd begleiten.«

Hat sie mir überhaupt zugehört?

»Ich lasse mich nicht mehr länger hinter diesen Mauern einsperren!«, rief Semi und wunderte sich über seinen Mut. Woher kam das auf einmal? Es musste mit seiner Versöhnung mit Larima zu tun haben und seiner Erkenntnis auf der Jagd.

Seine Mutter schien von seinem neuen Selbstbewusstsein bestürzt zu sein. Ohne ein weiteres Wort drehte sie sich um und stieg die Treppe hinunter.

Semi blickte ihr hinterher. Es wurde höchste Zeit, dass sie erkannte, dass er kein Kind mehr war.

Wie kann ich dir beweisen, dass ich ein Mann bin? Bereit, in Vaters Fußstapfen zu treten.

Hoffnungslosigkeit wollte ihn übermannen, doch da fiel ihm Larima ein und ein kleines Grinsen stahl sich auf sein Gesicht.

Sobald ich an sie denke, werde ich fröhlich. Wie habe ich nur vier Monde ohne sie ausgehalten?

Sie würde Augen machen über das, was er entdeckt hatte. Und vielleicht ... ja, vielleicht bot es eine Möglichkeit, seiner Mutter zu beweisen, aus welchem Holz er geschnitzt war.

- 4 -

Larima hockte auf dem kalten Boden. Vor ihr ragte die Vorrichtung der Fladrea im Dämmerlicht auf. Die schulterhohe Säule aus in sich verschlungenem schwarzem Stein stand mitten im Zimmer und rührte sich nicht, egal wie lang Larima sie anstarrte.

Semi war eine Weile weg und die Euphorie, die sie bei ihrer Versöhnung ergriffen hatte, war verflogen. Stattdessen stahl sich erneut Verzweiflung in ihr Herz. Sie fühlte sich ausgestoßen, fehl am Platz.

Weißt du nicht, dass sie Angst vor dir haben, weil du die Haare der Fladrea trägst, Findelkind?

Eschenstabs Worte hallten in ihren Gedanken wider. Es klang, als wäre sie eine Aussätzige, die man meiden musste und der sich höchstens mildtätige Mönche erbarmten.

In gewisser Weise hat Mutter recht. Seit ich weiß, dass ich eine Fladrea bin, fühle ich mich noch fremder auf der Burg.

Larima hatte ständig das Gefühl, als musterten alle sie von oben herab. War das zuvor schon so gewesen? Die Küchenmagd Holga war stets freundlich mit ihr umgegangen. Das tat sie noch, doch jetzt bemerkte Larima in ihrem Blick das Flackern von Angst.

Sie griff unter ihr Hemd und schloss ihre Faust fest um ihr Amulett. Seit sie wusste, dass der fünfzackige Stern das Zeichen der Fladrea darstellte, erschien ihr der Holzanhänger wie ein Brandmal.

Sie hörte ein Geräusch hinter sich. Sie ließ das Amulett zurück unter ihr Hemd gleiten und wandte sich um. Semis Umrisse tauchten in der Tür auf. Ihr Ziehbruder und bester Freund trat in den Raum, blieb neben ihr stehen und streckte ihr grinsend seine Hand entgegen.

»Das wird dich von Eschenstab ablenken.«

Doch was Larima auf seiner Handfläche liegen sah, verwirrte sie. Es war ein fünfzackiger Stern aus Holz, der genauso aussah wie das Amulett, das sie um den Hals trug. Plötzlich erinnerte sie sich. Semi musste ihn heimlich aufgehoben haben, nachdem sie ihn von sich geschleudert hatte, um ihn all die Monde bei sich aufzubewahren.

Aber es ist nur ein Holzstern. Wie soll er mir weiterhelfen?

»Sie ihn dir genau an!«, sagte Semi, als hätte er ihre Gedanken erraten.

Als er den Stern in ihre Hand fallen ließ, füllte er ihre Handfläche annähernd aus. Im schwachen Kerzenlicht erkannte Larima feine Linien im Holz. Zehn Bilder waren dort hineingeschnitzt, keines glich dem anderen .

»Ich habe mir lang darüber Gedanken gemacht«, sagte Semi. »Doch wirklich schlau bin ich nicht daraus geworden. Auf jeden Fall sind es keine Schriftzeichen der Fladrea. Die sind ja viel schnörkeliger. Vielleicht soll das eine Landkarte sein.«

Larima blickte kurz zu ihrem Ziehbruder auf, dann wurden ihre Augen wieder von dem Amulett in Bann geschlagen. »Eine Landkarte? Du meinst, so etwas wie eine Wegbeschreibung?«

Larima zog erneut das Lederband unter ihrem Hemd hervor und hielt den Anhänger neben den neuen Stern. Das Holz ihres Amuletts erschien glatter und dunkler. »Denkst du, hier standen mal dieselben Zeichen drauf?«

Semi nickte. »Kann sein. Mit der Zeit wurden sie wohl abgeschliffen. Jemand muss das Ding zu oft in den Mund gesteckt haben.« Er lachte und Larima blitzte ihn böse an, doch dann musste auch sie grinsen.

»Ich glaube, die Zeichen sollen mir etwas zeigen. Deshalb trug ich den Stern um den Hals, als man mich fand. Und um sicherzugehen, hinterlegte derselbe jemand ein weiteres Amulett im

Heiligtum. Es muss sich wirklich um einen Wegweiser handeln und ich denke, ich weiß, wohin er uns führt.« Ihre Wangen fühlten sich heiß an und ihre Finger zitterten. »Zum wahren Versteck des Artefakts. Oder zumindest zu einem Ort, an dem sich eine Kolonie befindet, in der Fladrea leben.«

Sie zwang sich, ihre Hand ruhig zu halten, damit sie die Symbole studieren konnte.

»Wir sollten nicht zu voreilig urteilen«, meinte Semi.

»Du sagst selbst, dass es eine Karte ist«, beharrte Larima. »Und ich werde ihr folgen.« Sie wusste, dass sie es tun musste.

Nur noch dieser Weg ist mir geblieben, um mehr über meine Herkunft herauszufinden. Hier auf Groveflyk habe ich nichts mehr zu verlieren.

Noch vor einem halben Jahr hätte sie alles gegeben, damit ihr Leben so blieb, wie es war. Welch glückliche Zeit ... mit Semi durch die Wälder zu tollen, im See zu baden und in der Werkstatt des Schmieds zu arbeiten.

Doch was erwartet mich jetzt, wenn ich hierbleibe? Es dauert nur noch wenige Tage und dieser Eschenstab reißt mich von hier fort. Hat er mich erstmal auf sein Landgut verschleppt, sehe ich die Wälder von Groveflyk nie wieder.

Von dort gab es kein Zurück. Sie würde als die Frau dieses Kerls enden.

Nein. Das war nicht ihr Schicksal. Jemand hatte das Amulett bei ihr gelassen, um sie zu leiten, wenn sie alt genug war, um die Zeichen zu verstehen. Niemand auf Burg Groveflyk hatte sich darum gekümmert, das Amulett zu bewahren. Es war ihr Glück, dass es noch ein zweites gab. Womöglich war es für andere heimatlose Fladrea gedacht, die zufällig auf die Ruine der Kolonie stießen.

Larima überkam ein Schauer.

Ich war unglaublich kurzsichtig und habe den Stern einfach in eine Ecke geschleudert. Semi hat ihn aufgehoben und damit meine Vergangenheit und meine Zukunft gerettet.

Larima drückte ihren Ziehbruder. »Ich bin dir so dankbar!«

Sie hielt das Amulett zwischen sie ins Licht, das durch die Tür hereinfiel, und deutete auf eines der Symbole. Es zeigte drei Rechtecke, wobei das linke verformt war und oben eine Nase bildete. Im mittleren Rechteck waren Wellenlinien zu sehen. »Ich glaube, ich erkenne, was das darstellen soll. Es muss das erste Zeichen sein, die erste Wegmarke.«

Semi nickte. »Das kann nur der Wasserfall nördlich des Waidwaldes an der Grenze von Groveflyk sein. Schau mal, der Falkenzinken.« Er deutete auf die Ausbuchtung. »Diese Felsnase an der Klippe und der Wasserfall werden unser erstes Ziel sein.«

Larima sah auf. »Du willst mich begleiten? Bist du dir sicher? Nur die Götter wissen, ob es eine Wiederkehr von dieser Reise geben wird. Ich habe hier nichts mehr zu verlieren, Semi. Aber du bist der Folser von Groveflyk. Eines Tages wirst du deinem Vater auf den Thron folgen.«

»Es ist eine gefährliche Reise ins Unbekannte. Und auf die werde ich dich ganz sicher nicht allein gehen lassen.« Er strich ihr über die Wange, blickte sie an und lächelte. »Hast du vergessen, was der Skalde beim Hæsgena-Fest sang? Das Lied von Herre Waginson. Ich muss beweisen, dass ich mutig bin. Dass ich ein Mann bin und kein Kind mehr.«

Larima merkte, dass es Semi ernst war. Und sie verstand, warum er sie begleiten wollte. Der wahre Grund war ihre Mutter. Sie sah in Semi noch das kleine Kind, das man bei jedem Schritt an die Hand nehmen musste.

Dennoch. Es war eine Reise ins Ungewisse. Was besaßen sie schon außer einem Amulett und der Idee, dass es irgendwo hinführen würde?

Warum zögere ich überhaupt, Semi mitzunehmen? Ich werde bitternötig einen Begleiter brauchen, der mit einem Schwert umzugehen versteht. Für ihn ist es die Gelegenheit, sich zu beweisen.

Larima nahm seine Hände in die ihren. »Leard Semargan von Groveflyk, schwört Ihr, mir zu folgen und mich zu verteidigen, wohin auch immer uns unsere Schritte führen?«, sprach sie die Eidformel der Klingentreue, die sie schon oft von Haron Evin im Ratssaal gehört hatte.

Semi kniete nieder und sein Gesicht wurde feierlich. »Ich, Leard Semargan von Groveflyk schwöre Euch, Laidi Larima von Groveflyk, meine tiefste Treue und Gefolgschaft.« Er grinste kurz. »Bis der grausame Tod mich von Eurer Seite reißt.«

»Oder wir unser Ziel erreicht haben«, fügte Larima hinzu.

»Oder bis wir unser Ziel erreicht haben, wo auch immer es zu finden sein sollte«, bestätigte Semi.

Larima entließ seine Hände und nickte zufrieden. »Wir dürfen nur nicht warten. Eschenstab kann jederzeit hier auftauchen. Mutter meinte, er kommt, wenn der Spätwinter da ist.«

»Es dauert vielleicht noch eine Woche, bis kein Schnee mehr liegt. Ich werde schnell das Nötige vorbereiten müssen. Wir sollten nicht ungewappnet aufbrechen.«

Larima betrachtete das Amulett erneut. Das Zeichen, das sich rechts von der Klippe befand, war nicht schwer zu deuten. Es handelte sich um stilisierte Bäume, die erhöht aufragten.

»Das muss der Hœgswald sein«, sagte Semi, der ihrem Blick gefolgt war. »Der Wald auf der Klippe.«

»Dort hindurch wird uns unsere Reise also führen. Wie geht es weiter?«

Sie betrachtete die nächste Gravur. Es zeigte eine geschlängelte Doppellinie, überspannt von einem Bogen. Die ersten Zeichen waren gut zu deuten gewesen, doch bei diesem hatte Larima keine Ahnung, wofür es stehen sollte. Jetzt rächte sich, dass sie noch nie aus den Wäldern von Groveflyk herausgekommen war.

Auch Semi war nie nördlich des Waidwalds gewesen. Die weiteste Reise, die er unternommen hatte, hatte ihn nach Süden an den Hof des Jarls geführt, wo ewige Wälder die Landschaft bestimmten. Was würde sie hingegen im Norden erwarten? Existierte dort wirklich diese baumlose Graslandschaft, die die Spielleute ihr beschrieben hatten?

Über all das können wir nachdenken, wenn es soweit ist.

Larima nahm ihre Kette ab, knotete das Lederband auf und fädelte das neue Amulett darauf. Dann verknotete sie das Band wieder und legte es sich um den Hals. Es fühlte sich sofort vertraut an, als die Anhänger auf ihrer Brust ruhten. »So werden wir unsere Karte nicht verlieren«, sagte sie.

Sie stand auf und wollte den Raum verlassen, doch hielt ein Gefühl sie zurück. Sie drehte sich herum und machte einen Schritt auf die Säule zu. Schon immer hatte Larima wissen wollen, was es mit diesem Artefakt auf sich hatte. Wenn sie selbst eine Fladrea war ...

Auf der Oberseite der Säule befanden sich zahlreiche Löcher. Larima musterte sie und ließ ihre Finger darübergleiten. Sie zuckte zusammen. Versteckten sich dort nicht kleine Plättchen aus Bronze, groß wie Daumennägel, an der linken und rechten Seite?

Larima musste sofort an den Torbogen in der Kolonie denken, der ihnen die Landschaft voller Sand gezeigt hatte.

Konnte es wirklich so einfach sein?

Sie legte ihre Daumen auf die Bronzeplättchen und schloss die Augen. Sie spürte zunächst nichts, doch dann begann die Spur in ihr sich zu regen, genau wie es im Sternensaal gewesen war. Sie entließ die Kraft über die Bronzeplatten in die Säule.

»Larima! Sieh dir das an! Das ist Wahnsinn!«, rief Semi neben ihr überrascht.

Larima öffnete langsam die Augen. Sie ängstigte sich davor, was sie erwarten würde, doch als sie sich umsah, war sie genauso verblüfft. Die dunklen Wände um sie herum funkelten voller kleiner Lichtpunkte.

Es sind die Sterne!

Larima erkannte den breiten, milchigen Sternenfluss. Daneben die drei Wächter, rot, blau und gelb.

»Dieses Instrument zeigt den Sternenhimmel, auch wenn es draußen Tag ist«, stellte Semi erstaunt fest. »Und du kannst es einfach so in Gang setzen.«

Larima nahm ihre Hände von der Säule und sofort verschwanden die Sternbilder. Der Raum erschien dunkel und trostlos, wie all die Jahre zuvor.

Das Auge war ein Wunderwerk der Fladrea. Die Sternbilder waren atemberaubend schön gewesen. Doch wozu diente dieses Artefakt wirklich? Die Harone von damals waren sicher nicht mit den Fladrea in den Raum des Auges gegangen, um sich am Anblick der Sterne zu ergötzen.

Der Gedanke führte Larima zu einer Frage, die sie sich bisher nicht zu stellen gewagt hatte. Die Blitze aus ihren Fingern fielen ihr ein.

Wie viel Zauberei steckt in mir? Über welche Kräfte verfüge ich?

Allein würde sie darauf keine Antwort finden. Und hier auf Burg Groveflyk konnte ihr niemand helfen.

»Wir müssen so bald wie möglich aufbrechen«, sagte Larima.

- 5 -

Die Andacht endete und die Burgbewohner strömten aus dem Tempel, der aus grauen Steinquadern bestand und ein Flachdach aufwies. Das Gebäude stand an der Südmauer von Groveflyk, so dass es viel Sonne abbekam, wie es sich gehörte für einen Tempel des Gottes Ojimon, den gerechten Vater aller Götter.

Larima wartete, an eine der Säulen des Vordaches gelehnt. Als Semi aus dem Portal trat, schnappte sie seinen Arm und zog ihn geschwind zur Seite. Die beiden huschten über den Burghof und eilten in die entgegengesetzte Richtung wie die restlichen Gläubigen. Hinter dem Ziegenstall blieb Larima schließlich stehen.

»Der Schnee ist schon fast weggeschmolzen. Eschenstab kann jeden Tag hier ankommen«, sprudelte es aus ihr heraus. Seit ihrem Gespräch im Raum des Auges war annähernd eine Woche vergangen. Larima und Semi waren vorsichtig gewesen. Keiner ahnte, dass sie sich versöhnt hatten, und natürlich weihten sie niemanden in ihre Pläne ein. Sollte der Haron oder die Haronsa davon Wind bekommen, würden sie ihre Kinder von der gefährlichen Reise abhalten.

»Ich weiß«, beschwichtigte Semi sie. »Ich habe bereits zwei Lederrücksäcke mit dicken Wollumhängen, Seilen und Hartwurst am alten Brunnen vor der Burgmauer versteckt. Dein Langdolch und Fochting sind ebenfalls dort verborgen. Am liebsten wäre mir immer noch, wir würden ein Packpony mitnehmen, dann könnten wir auch Zelte, Schlafsäcke ...«

Larima sah ihn ernst an.

»Ja, ich weiß, zu auffällig und zu umständlich, wenn wir schnell vorankommen wollen«, gab er zu. »Eine kleine Geldbörse habe ich uns gepackt und heute Nacht besorge ich den frischen Proviant, damit wir morgen ganz früh aufbrechen können. Du erinnerst dich an den Weg aus der Burg, den ich dir gezeigt habe?«

Larima nickte. Sie blickte sich nervös um.

»Warum müssen wir getrennt gehen?«, fragte sie.

»Aus zwei Gründen. Zunächst muss ich den Rest der Ausrüstung besorgen. Das schaffe ich allein besser. Und allgemein fallen wohl zwei Menschen, die zusammen durch die Nacht schleichen, doppelt so schnell auf.«

Larima atmete tief durch. »Also treffen wir uns zwischen Mitternacht und Sonnenaufgang am alten Brunnen?«

Semi nickte. »Und bleib ganz ruhig, Schwesterherz. Du läufst so nervös durch die Gänge, dass noch die ganze Burg auf uns aufmerksam wird. Wenn Mutter davon erfährt, kettet sie uns in einen hübschen Käfig und wir können die Reise vergessen.« Er zwinkerte ihr zu, drehte sich um und verschwand in Richtung Haupthaus.

Der hat gut reden.

Semi kannte solche Vorbereitungen von seinen Jagdausflügen, für Larima war dies alles neu. Doch vertraute sie darauf, dass er ihre klammheimliche Reise bestmöglich vorbereitete. Schließlich war er der Jäger und Kämpfer von ihnen.

Larima schlenderte über den Burghof und prägte sich jede Einzelheit ein, die Gerüche des Pferdestalls, das Hämmern aus der Schmiede. All das wollte sie in Erinnerung behalten. Dies war ihr letzter Tag auf Groveflyk für lange Zeit. Vielleicht sogar für immer.

Aufbruch

- 1 -

Semi schlich durch die Nacht.

In den Nächten kurz vor Beginn des Spätwinters lag eine besondere Stille über der dunklen Burg. In dieser Zeit wich der harte Winter allmählich und die Bewohner konnten sich auf grüne Bäume, Blumen und die wildreiche Zeit freuen.

Semis verstärktes Lederwams war gut geölt, damit es ihn nicht durch ein Knarzen verriet. Dazu trug er feste Stiefel, eine dunkelbraune Lederhose und ein hellgraues Leinenhemd. Von seinen Schultern hing eine ausladende Tasche an zwei Riemen. Noch war sie leer. Semi war unterwegs in die Küche, um sie zu füllen.

Wenn er an ihre Reise dachte, hüpfte sein Herz in der Brust. Nicht nur, dass Larima und er halsbrecherische Abenteuer erleben würden. Nein, er würde auch viele Wochen mit ihr unterwegs sein. Und er war sicher, dass sie jeden Moment genießen würden.

Er schlich die Stufen ins erdebene Geschoss des Haupthauses hinunter, tastete sich durch einen dunklen Gang und drückte die Holztür an dessen Ende auf.

In der Küche war es wohlig warm. Ein schwacher Schein vom noch glühenden Herdfeuer erhellte den Raum. Da die Küche unterhalb des großen Festsaals lag, beheizte die Hitze der Öfen den Saal von unten. Auf den vielen Tischen und Regalen stapelten sich Teller und Schüsseln aus Holz oder Ton, dazwischen standen Humpen aus Zinn und Gläser. Semi hatte sich als Junge gern hier aufgehalten. Vielleicht gerade weil seine Mutter nicht sehen wollte, wenn sich der Folser beim schwitzenden Gesinde herumtrieb.

Er kannte sein Ziel, schlich geschickt zwischen den Tischen hindurch und näherte sich einer Doppeltür gegenüber den Öfen. Die Außenmauer an dieser Stelle war dünn, sodass hier der kühlste Ort der Küche lag, selbst wenn alle Feuerstellen an Festtagen brannten. Die ideale Lage für die Speisekammer.

Das Küchengesinde hütete das geräumige Zimmer hinter der Tür wie eine Schatzkammer. Semi hatte nie unbeaufsichtigt dort hinein gedurft. Er grinste aus Vorfreude und packte den Griff der Tür. Als er sie aufziehen wollte, rührte sie sich nicht.

Verschlossen!

Semi kannte die Speisekammer nur mit offenen Türen, allerdings war er noch nie nachts in der Küche gewesen.

Wenn du dein Köpfchen mal angestrengt hättest, hättest du dir das denken können.

Das war eindeutig das Werk von Grolmen Feris, dem obersten Koch der Burg. Der Mann verteidigte sein Essen wie eine Peianapriesterin ihre Jungfräulichkeit. Nicht einmal dem Folser erlaubte er, zwischendurch mal eine Kleinigkeit zu naschen. Seinem fetten Wanst nach zu urteilen, hielt er sich jedoch selbst nicht im selben Maße zurück.

Semi stieß einen unterdrückten Fluch aus.

Was soll ich tun? Larima ist sicher bereits unterwegs aus der Burg raus. Ohne Proviant können wir unmöglich los, dann endet unsere Reise schon hier und heute.

Er rüttelte an der Tür, erfolglos.

Ich darf Larima nicht enttäuschen.

Er fuhr mit den Fingern über die Maserung der Doppeltür. Ein längliches Schlüsselloch tauchte unter seinem Zeigefinger auf.

Das ist recht groß. Vielleicht könnte ich ...

Er schnappte sich ein Messer von der Anrichte, ließ es in das Loch gleiten und stocherte herum. Er drehte die Klinge hin und her und wartete auf ein Klacken, das ihm sagte, dass er das Schloss geöffnet hatte. Doch nichts geschah. Genervt zog er das Messer heraus und legte es zurück.

Das Klimpern eines Schlüsselbundes durchschnitt die Stille. Semis Kopf ruckte herum, sein Herz raste.

Er hastete hinter zwei mit Geschirr beladene Tische, drückte sich auf den Boden und zog sich mit den Händen unter einen Beistelltisch, der vorne mit einer Holztafel verkleidet war. Einen Herzschlag lang verfing sich eine Schnalle seines Rucksacks am Holz, dann glitt er weiter. Im nächsten Augenblick wurde die Küchentür aufgeschoben.

Hoffentlich hängen meine Beine nicht heraus.

Semi zog sie heran, so weit es in der Enge möglich war. Mit angehaltenem Atem beobachtete er, wie Füße in Pantoffeln in die Küche schlurften.

- 2 -

Larima hielt sich im Schatten der Burgmauer und bemühte sich, lautlos über den vom Schmelzwasser aufgeweichten Hof zu schleichen. Ihr Ziel waren die Pferdeställe. Dort, unter einem Strohhaufen verborgen, begann der Geheimgang, den Semi ihr beschrieben hatte.

»Stellt natürlich einen möglichen Schwachpunkt der Burgverteidigung dar, wenn er bekannt wird«, hatte er ihr erklärt. »Deshalb wissen nur Vater, ich und eine auserlesene Handvoll Ritter darüber Bescheid.«

Kaum betrat sie den Stall, als die Pferde unruhig schnaubten. Sie war es gewohnt, dass die Reittiere vor ihr scheuten. Es musste Larimas Geruch sein, der sie ängstigte.

Es liegt daran, dass ich eine Fladrea bin.

Jetzt wusste sie das. Als Kind jedoch hatte sie wochenlang erfolglos versucht, sich in einem Sattel zu halten. Selbst das zahmste Pferd im Stall, eine weiße Stute namens Misa, bockte so lange, bis Larima herunterfiel. Der Stallmeister war ratlos gewesen.

Zu dumm, dass wir wegen mir unsere Reise nicht auf Pferderücken antreten können. Andererseits könnten wir die Tiere niemals unbemerkt aus der Burg schmuggeln.

Merkwürdigerweise scheuten nur Pferde vor Larima. Ziegen, Schweine oder Hühner zeigten in ihrer Gegenwart keine Angst. So kam es, dass sie das Reiten auf einem grauen Esel gelernt hatte. Sie taufte ihn Posalon, nach einem berühmten Skalden. Den Esel trieb nämlich eine unerbittliche Lust zu singen und er ließ seine krächzende Stimme zu gern laut über den Burghof schallen. Leider war Posalon vor sechs Jahren gestorben.

Während Larima durch den Stall schlich, wieherte der braune Hengst des Haron laut und andere Pferde fielen darin ein. Nervös trippelten sie in ihren Abteilen herum und traten mit ihren Hufen gegen die Holzwände.

Seid still, rief Larima den ängstlichen Tieren in Gedanken zu. *Ihr werdet mich verraten.*

Doch es war zu spät. Erschrocken vernahm sie Schritte auf dem Burghof. Stimmen näherten sich.

Schnell warf sie sich in einem der leeren Pferdeabteile auf den Boden und bedeckte sich behelfsmäßig mit Stroh.

Stiefel betraten den Stall.

»Was ist denn hier los?«, fragte jemand in das Wiehern hinein. Der Mann musste zur Burgwache gehören. »Hier ist doch jemand.«

Bitte, oh Götter, lasst die Wachen schnell verschwinden! Nicht mehr lang, bis die Sonne aufgeht und die Burg erwacht.

»Mensch, Tolf«, erwiderte eine andere Stimme. »Eine Ratte wird die Pferde erschreckt haben. Oder denkst du, irgendwelche Halunken schleichen ausgerechnet in unserem Stall herum?«

Eine der Wachen kam an Larimas Abteil heran und marschierte daran vorbei.

Wenn sie mich erwischen, werde ich niemals auf diese Reise gehen können und Eschenstab kommt mich holen.

Larima versuchte, sich möglichst flach auf den Boden zu drücken, und hielt die Luft an.

Mach keinen Mucks!

»Wahrscheinlich hast du recht«, kamen endlich die erlösenden Worte von der ersten Wache. »Die Viecher werden sich schon wieder beruhigen.«

»Genau. Die Würfel werden kalt. Du willst nur, dass meine Glückssträhne abreißt, aber das kannst du vergessen.«

Die Stimmen wurden leiser. »Sicher. Du wirst gleich eine Überraschung erleben«, hörte Larima noch, dann waren die Männer verschwunden.

Ohne Zeit zu verlieren, grub sie sich aus dem Stroh, huschte an die Rückwand des Stalls und fand nach einigen Herzschlägen den geheimen Eingang. Sie öffnete die Klappe und zog sich in den engen Schacht.

Wie will sich Semi mit seinen breiten Schultern und noch dazu in Rüstzeug in diesen Gang zwängen?

Sie trug ihr liebgewonnenes, dunkelrotes Lederwams in Form eines Harnischs und darunter ein dickes Wollhemd, außerdem eine weite Lederhose. Hoffentlich würde diese Kleidung die Strapazen der Reise überstehen.

Larima zog die hölzerne Falltür des Geheimgangs über ihrem Kopf zu und schob sich weiter. Der Radau im Stall blieb hinter ihr zurück, während der Gang zuerst hinunter und dann steil nach oben führte. Er vollführte einige Kehren innerhalb der Burgmauer und endete an einer Klappe. Semi hatte ihr verraten, dass links an der Wand eine kleine Druckplatte verborgen war, die die Verriegelung des Durchgangs löste.

Sie drückte und zerrte die schwere Klappe nach oben. Dahinter warteten Mondlicht und der kalte Wind der Nacht. Für einen Moment blieb sie kauernd in dem Loch sitzen, während sie in die dunkle Tiefe hinabstarrte.

Semi hat mir nicht gesagt, dass der Gang oben an der Burgmauer endet.

Sie drehte den Kopf und erkannte nicht weit über sich die Zinnen in die Höhe ragen.

Wunderbar. Wie soll ich von hier auf den Boden hinunterkommen?

Wie tief ging es an der Mauer hinunter? Larima spürte ihre Beine weich werden. Fünf Schritt? Sieben? Ihre Höhenangst packte sie und in ihrem Kopf drehte es sich.

Es ist alles in Ordnung. Semi hätte dich nicht hierhergeschickt, wenn es gefährlich wäre.

Die Worte klangen vernünftig, doch ihre Angst wollte nicht darauf hören. Wenn sie wenigstens sehen könnte, was sie da unten erwartete. Semi hatte nur gesagt, dass sie nach der Klappe ein kurzes Stück würde springen müssen.

Dass ich mir dabei beide Beine breche, hat er verschwiegen.

Doch es half nichts. Sie konnte nicht umkehren. Sie musste ihre Angst überwinden. Es war die erste Prüfung auf ihrer Reise und sie wollte nicht schon jetzt scheitern.

Sie drehte sich und schob sich mit den Beinen voran aus dem Schacht. Die Kante der Burgmauer drückte in ihre Oberschenkel.

Wenn mich jetzt eine der Wachen von oben über die Brüstung entdeckt, gäbe ich ein merkwürdiges Bild ab.

Sie hing bis zur Hüfte aus dem Gang heraus und ihre Beine baumelten in der Luft.

Es ist zu dunkel. Da kann mich keiner sehen.

Larima spürte den Wind um sich heulen. Sie drückte sich mit den Armen aus dem Loch und klammerte sich mit den Händen an dessen Kante. Die Klappe schnappte über ihr mit einem leisen Klicken ein.

Die bekomme ich von außen nicht mehr auf. Es gibt kein Zurück!

Sie konnte den Boden unter sich nicht sehen und fürchtete sich davor, loszulassen, doch ewig so hängen bleiben konnte sie genauso wenig. Es blieb ihr nichts anderes übrig, als sich fallenzulassen.

Sie befahl ihren Fingern, den Mauervorsprung freizugeben, und stürzte in die Tiefe, bis sie einen Herzschlag später glücklich auf einem weichen Büschel üppigen, trockenen Grases landete.

Larima sank zusammen, blieb liegen und atmete tief ein und aus. Sie musste grinsen. Dies war wahrlich keine Glanzleistung der Akrobatik gewesen.

Egal, ich bin unten. Und das zählt.

Über ihr ragte die Westwand der Burgmauer auf, flankiert vom Tullturm im Süden und dem Vederturm im Norden. Larima rappelte sich schließlich auf, lief los und schlug sich zwischen die

Bäume. Die Straße, die ins Dorf Groveflyk und in den Westen führte, ließ sie links liegen.

Ihren Treffpunkt bildete ein verborgener, alter Brunnen, den Semi ausgesucht hatte. Er lag inmitten eines kleinen, verfallenen Gehöfts, das vor Jahrzehnten aufgegeben worden war. Der Wald hatte sich den Hof inzwischen wieder einverleibt, weshalb die moosüberwachsenen Steine und fauligen Holzbretter weder von der Burg noch vom Dorf aus zu sehen waren. Somit boten sie ein wunderbares Versteck für die Ausrüstung, die Semi aus der Burg geschmuggelt hatte.

Jetzt, nachdem Larima den engen Geheimgang und den Sprung von der Mauer gemeistert hatte, war ihr klar, warum ihr Ziehbruder darauf bestanden hatte, die Sachen für ihre Reise vor ihrem Aufbruch aus der Burg zu schaffen. Niemals hätten sie die prall gefüllten Rucksäcke durch den Gang bekommen.

Im Mondlicht stieß Larima auf eine brüchige Mauer. Sie musste zu dem verfallenen Hof gehören. Sie folgte den schiefen Steinen, fand einen Mauerdurchbruch und quetschte sich hindurch. Vorsichtig arbeitete sie sich über den unebenen Boden und gelangte schließlich an den alten Brunnen. Er ragte hüfthoch aus dem trockenen Gras und eine dicke Holzplatte verschloss seinen Schacht. Inzwischen fraßen Pilze und Moos daran. Larima traute der Platte nicht einmal zu, das Gewicht eines mittelgroßen Steins zu tragen, geschweige denn ihres.

Die Groveflyker verboten ihren Kindern, die Ruinen zu besuchen. Das führte natürlich nur dazu, dass es noch spannender war, hierherzukommen und das Wäldchen zu erforschen. Larima und Semi hatten viel Zeit hier verbracht. Die Götter mussten eine schützende Hand über diesen Ort halten, denn bisher war niemandem etwas Schlimmes geschehen.

Von Semi gab es keine Spur. Larima wunderte sich. Laut Plan hätte er vor ihr hier sein und auf sie warten müssen.

Ihm ist etwas passiert! Er wurde erwischt und Mutter schimpft gerade aus ihm heraus, wo ich mich verstecke.

Larima wurde unruhig. Sie schüttelte den Kopf, um die Hirngespinste zu vertreiben, doch die Sorge verschwand nicht.

Bleib ruhig und warte! Es wird alles gut werden. Noch ist es nicht zu spät.

Sie lief auf und ab und hielt den Weg Richtung Burg im Auge. Sie fror, wusste aber nicht, an welcher Stelle Semi ihre Umhänge versteckt hatte.

Das ungewisse Warten verkrampfte ihren ganzen Körper. Jeden Augenblick rechnete sie damit, die beiden Wachmänner aus dem Pferdestall hinter den dunklen Ästen auftauchen zu sehen.

Als es dämmerte, war Semi immer noch nicht da. Die ersten Geräusche des Morgens klangen von der Burg zu Larima herüber. Türen klapperten, die Wachen riefen sich zur Ablösung Scherze zu. Es würde nicht mehr lang dauern und alle strömten zur Morgenandacht.

Spätestens dann werden sie unser Fehlen bemerken. Ich muss zurück! Mir fällt schon eine Geschichte ein, warum ich mich nachts in den Wäldern herumgetrieben habe.

Wenn sie sich schlau anstellte, schöpften ihre Eltern vielleicht keinen Verdacht. Dann blieb die Möglichkeit, ihre Reise in der nächsten Nacht zu beginnen.

Gerade wollte Larima losstürmen, als Semi aus dem Dunkel auftauchte. Sie atmete erleichtert auf.

»Du glaubst nicht, was mir passiert ist«, fing er an.

Larima unterbrach ihn. »Dafür haben wir jetzt keine Zeit. Wir müssen so schnell wie möglich weg. Gleich beginnt die Morgenandacht. Sobald die merken, dass wir weg sind, werden sie uns in den Wäldern um die Burg und im Dorf suchen.«

Semis Gesicht war anzusehen, wie gern er seine Geschichte erzählt hätte. Dennoch bückte er sich, ohne ein weiteres Wort zu verlieren, und zerrte seine Schwertscheide unter einer umgestürzten Bretterwand hervor.

- 3 -

Nachdem sie Dorf Groveflyk weitläufig umgangen waren und die Häuser hinter sich hatten, mussten Larima und Semi nicht mehr darauf achten, leise zu sein. Mehrere Stunden wanderten sie durch den Wald und kamen zügig voran. Der Tag brachte graue Wolken und kalten Wind. Vereinzelte Schneeverwehungen klammerten sich in schattige Kuhlen.

Larima folgte Semi, der mit schnellen Schritten zwischen den Bäumen durchmarschierte. Das Gewicht des gewaltigen Rucksacks auf seinen Schultern schien er nicht zu bemerken. Larima stand trotz der Kälte der Schweiß auf der Stirn. Lang konnte sie dieses Tempo nicht mehr durchhalten.

Sie lehnte sich schnaufend an eine Fichte, doch Semi lief unbeirrt weiter. »Wollen wir nicht kurz rasten?«, rief sie ihm zu. »Selbst Schlachtrösser galoppieren nicht den ganzen Tag.«

Semi kehrte zu Larima zurück und nickte. »Natürlich, du hast recht. Ich war in Gedanken schon am Falkenzinken.« Er schwang den Sack vom Rücken und ließ ihn ins Moos plumpsen. Aufatmend setzte er sich daneben und lehnte sich an den Fichtenstamm.

In diesem Teil des Waldes standen die Nadelbäume dicht, weshalb Larimas Blick von ihrem Rastplatz aus nur wenige Schritt zwischen die Stämme hineinreichte. Sie ließ sich an einem entlang zu Boden sinken und streckte ihre Beine.

Um sie herum wuchs das Unterholz spärlich und zwei buschige, kleine Kiefern kuschelten sich zwischen die stramm aufragenden Fichten.

»Was hast du eigentlich in die Taschen gepackt?«, wollte Larima wissen.

Die wiegen so viel wie Burg Groveflyk mit allen Bewohnern, samt den vierbeinigen.

Semi zuckte mit den Schultern. »In meiner findet sich manches, was wir auf der Reise brauchen könnten. Seile zum Beispiel. Ich bin mir nicht sicher, wie es auf der anderen Seite des Hœgswalds aussieht. Vielleicht müssen wir uns eine Klippe hinabseilen.«

Larima schluckte. An so etwas Schlimmes hatte sie nicht gedacht. Keine rosige Aussicht, eine viele Schritt tiefe Steilwand an einem dünnen Seil hinunterzuklettern.

»In deinem Rucksack steckt der Proviant«, sagte Semi und angelte mit dem Fuß nach einem Riemen von Larimas Rucksack. Sein Magen knurrte, während er ihn zu sich heranzog. Er kramte zwei Scheiben Roggenbrot und ein Stück Käse heraus, brach den Käse und reichte Larima die Hälfte zusammen mit einer Brotscheibe. »Um den zu bekommen, musste ich einiges auf mich nehmen. Das kannst du mir glauben«, verkündete er und ließ sich den Käse schmecken.

»War das der Grund, warum du mich so lang hast stehenlassen? Ich war schon kurz davor, zurück in die Burg zu schleichen.«

Semi grinste. »Na, dann wäre unser Plan schon vor Beginn der Reise gescheitert. Es war aber nicht meine Schuld, sondern die der dicken Olna.«

Larima biss ein Stück Brot ab und sah Semi fragend an. Er lachte und erzählte, wie er in die Küche geschlichen war und die Tür zu Speisekammer verschlossen vorgefunden hatte.

»Und wer kommt in diesem Augenblick herein? Olna. Wenn du dich jemals gefragt hast, warum sie einen Hintern wie ein Kutschpferd hat, weißt du es jetzt. Sie plündert nachts die Speisekammer. Zum Glück hat sie vergessen, nach ihrem Festmahl die Tür zuzusperren. In dieser Hinsicht hat sie uns einen Gefallen getan. Wir sollten ihr einen Kuchen zustecken, wenn wir zurück sind.«

»Hat dich jemand gesehen?«, fragte Larima dazwischen. Nicht auszudenken, wenn die Magd schon vor ihrem Aufbruch die Burg alarmiert hatte.

Nein, dann hätte ich sicher die Warnrufe gehört.

»Keiner hat mich nicht gesehen«, beschwichtigte Semi. Er schob sich den Rest seines Frühstücks in den Mund, kaute kaum und schlang es hinunter. »Dank meinem großartigen Geheimgang war der Weg aus der Burg auf jeden Fall ein Kinderspiel.«

Larima dachte an ihren Sprung von der Burgmauer und ihre Beine kribbelten. »Kinderspiel würde ich es nicht nennen. Wie passt du eigentlich durch diesen Gang? Der war ja für meine Schultern schon zu schmal.«

Semi blickte sie verwundert an. »Der Gang ist für gestandene Kämpfer gebaut.« Er lachte. »Man muss natürlich wissen, wie man ihn benutzt.«

Er wischte sich die Hände an der Hose ab, legte sich ins Moos und streckte die rechte Schulter weit vor, während die linke zurückfiel. Die Arme packte er dicht an den Körper. So kroch er überraschend schnell einige Ellen vorwärts.

Larima nickte anerkennend. »Gestandene Kämpfer, die sich durch Tunnel winden wie Schlangen. Darüber singen die Skalden nicht.« Sie lachte.

Im Wald brach ein Ast. Larima verstummte sofort. Sie lauschten, doch konnten sie nichts weiter hören.

Es ist ein Tier gewesen. Keine Gefahr.

Semi winkte ab. »Sollten wir Probleme bekommen, kannst du unsere Gegner ja einfach mit deinen Fingerblitzen wegzaubern.«

Larima presste die Lippen zusammen und blickte zu Boden. »Leider nicht. Ich habe es tausendmal probiert, doch schaffe ich es nicht, die Spur aus meinem Inneren bewusst herbeizurufen. Keine Ahnung, warum es in der Kolonie geklappt hat. Vielleicht war ich einfach zu wütend.« *Oder zu ängstlich.* »Nur wenn ich meine Hand auf diese Bronzeplatten an den Artefakten der Fladrea lege, kann ich die Spur fließen lassen.«

»Dann müssen wir uns also erstmal auf mein Schwert verlassen«, sagte Semi und klopfte selbstsicher an die Scheide an seinem Gürtel. »Es wird Zeit, weiterzuziehen. Auf Groveflyk müsste im Moment die Morgenandacht stattfinden. Die haben sicher bereits bemerkt, dass wir weg sind. Die halbe Burg wird auf der Suche nach uns sein.«

Larima zuckte mit den Schultern. »Morgenandacht ... liegt es an mir oder klingt das Leben auf Groveflyk wie das in einem Kloster?«

Semi kicherte. Er stand auf und schnappte sich seinen Rucksack. »Daran dürfte Mutter keinen kleinen Anteil haben. Stell sie dir mal im Ornat einer Ordensschwester vor.«

Larima sah die Haronsa direkt vor sich, wie sie eine weite, braune Klæna trug und unablässig den Zeigefinger schwenkte. Irgendwie war diese Vorstellung gar nicht zum Lachen.

Semi musste ihre Gedanken erraten haben, denn er packte sie an der Schulter. »Keine Sauertopfmiene! Das wird sich alles ändern, wenn ich erstmal Haron bin.«

»Sicher, wenn dich deine Eltern für deinen ungehorsamen Ausbruch nicht enterben.«

Larima hatte die Bemerkung scherzhaft gemeint. Doch Semi schüttelte wild den Kopf. »Das werden sie sich nicht trauen. Sobald wir zurückkehren, Larima, sind wir berühmte Abenteurer. In ganz Skogbrynet wird man über unsere waghalsigen Erlebnisse singen.« Seine Augen blickten funkelnd um sich.

»Dann lass uns weitermarschieren, großer Abenteurer! Sonst findet unsere Reise noch heute ihr Ende.«

- 4 -

Larima und Semi schlugen sich durch den Waidwald. Um sie herum ragten hohe Fichten und Tannen auf, dazwischen stießen sie auf immergrüne Büsche, die in dem Nadelwald sprossen.

Der Rufver macht das Unterholz auch im Winter zu einem undurchdringbaren Gestrüpp. Wenigstens sind wir dadurch für Verfolger nicht gleich meilenweit zu sehen.

Noch war der Wasserfall nicht zu hören, doch der dichte Wald mochte sein Rauschen zurückhalten. Wenn Larima nach oben blickte, erkannte sie nur ein kleines Stück grauen Himmels. Wie weit die Klippe entfernt war, konnten sie nicht sehen.

Wind zerrte an den Spitzen der Bäume, aber bei ihnen unten war glücklicherweise kein Lüftchen zu spüren. Dennoch fühlten sich Larimas Finger klamm an und sie verfluchte sich, da sie vergessen hatte, ihre dicken Handschuhe einzupacken.

Hoffentlich haben wir nicht noch mehr wichtige Dinge vergessen.

Larima wurde aus ihren Gedanken gerissen, als sich die Bäume mit einem Mal lichteten und sie aus dem Unterholz traten.

Sind wir am Ziel?

Vom Felsen der Klippe war nichts zu sehen. Larima blickte nach links und rechts und erkannte erschrocken, wo sie sich befanden. »Das ist die Straße«, rief sie Semi zu.

Dieser nickte. »Wir müssen zu weit westlich geraten sein. Doch das macht nichts. Vielleicht ist das gar nicht mal schlecht. Lass uns der Straße ein wenig folgen. So finden wir heraus, wo wir in etwa sind und wie weit es noch bis zur Klippe und der Falkennase ist.«

Larima schüttelte vehement den Kopf. »Nein, das ist viel zu gefährlich. Hier kann uns jederzeit jemand entdecken. Wir müssen augenblicklich zurück in den Wald.«

Doch es war bereits zu spät. Larima hörte Hufschläge galoppierender Pferde. Und sie kamen eilends näher.

»Schnell hier rein!«, flüsterte sie, als sie an Semi vorbeirannte und sich hinter einen Rufverbusch warf. Sich hinter den Büschen zu verstecken, war ihre einzige Möglichkeit.

Wenn wir versuchen, uns weiter in den Wald zu schlagen, werden die Reiter uns bemerken.

Larima erwartete, dass Semi neben ihr auftauchte. Doch er kam nicht. Ungeduldig spähte sie zwischen den schmalen Blättern hindurch. Auf der Straße war Semi nicht zu sehen. War er hinter einen der anderen Büsche geflüchtet?

Larima fehlte die Zeit, darüber nachzudenken, denn in diesem Moment preschte eine Gruppe Reiter um die Biegung der Straße. Sie zog den Kopf ein und machte sich klein.

Die Pferde stürmten heran, doch sie wurden langsamer und kurz vor ihrem Versteck blieben sie stehen. Larima zählte sechs Männer auf Rappen. Durch die Blätter des Rufver konnte sie nicht alles ausmachen. Die Reiter waren schwarz gekleidet und hatten sich gegen den kalten Wind auf der Straße Wollumhänge um die Köpfe gewickelt, weshalb ihre Gesichter nicht zu erkennen waren. Doch sofort schoss ihr Eschenstab in den Kopf. War der vorderste nicht dieser verhasste Ritter? Eigentlich schien der Mann zu klein für Eschenstab, doch die arrogante Körperhaltung erinnerte Larima an ihren Verehrer.

Oder besser Entführer. Kann kaum ein Zufall sein, dass dies die Straße zur Burg ist.

»Kannst du deine Satteltaschen nicht vernünftig zuknoten, Ertin? Wir können nicht ständig anhalten, nur weil du während des Ritts deine halbe Ausrüstung verlierst.«

Der mit Ertin Angesprochene schwang sich umständlich von seinem Pferd und machte sich an seinen Taschen zu schaffen. »Wie weit soll es eigentlich noch bis zu dieser vermaledeiten Burg sein?«, fragte er mit weibischer Stimme unter einem Tellerhelm hervor. Sein Körper wirkte rundlich wie die Krempe seines Helms.

»Gute zehn Meilen«, antwortete der Erste scharf. »Hältst du es nicht mehr aus auf deiner Zuckerblume?«

»Es ist wohl eher so, dass es sein Pferd nicht mehr unter ihm aushält. Dabei sollte es eigentlich das Gewicht gewohnt sein«, rief ein weiterer. Die Männer lachten.

Larima fiel auf, dass die Reiter mit Ausnahme von Ertin muskulös waren. Außerdem wirkten alle ausnehmend ordentlich, um nicht zu sagen fein gekleidet.

»Er heißt Sturmjarl, bei allen Göttern. Koskan, das weißt du genau!«, beschwerte sich Ertin.

Zu Larimas Entsetzen glitt ein weiterer Reiter, der bisher geschwiegen hatte, aus seinem Sattel. Der Mann war ungewöhnlich groß. Er eilte aus Larimas Blickfeld und kurz darauf hörte sie das unverwechselbare Plätschern, als er sich vor einem der Büsche erleichterte.

Wenn er bloß Semi nicht entdeckt!

Wo versteckte sich ihr Ziehbruder nur? Wenn die Kerle nicht bald verschwanden und sich stattdessen reihenweise in die Büsche schlugen, mussten sie früher oder später auf Larima und Semi stoßen.

»Der Nächste, der uns aufhält! Los, mach schon! Wir müssen weiter!«, befahl der Mann mit der scharfen Stimme, der als Koskan angesprochen worden war.

Ertin war mit seinen Satteltaschen fertig und schwang sich linkisch in den Sattel.

»Ich komm ja schon«, rief der Lange. Das Plätschern endete und der Pinkler hastete zurück zu seinem Pferd. »All diese Hetze, nur um ein Mädchen abzuholen.« Den letzten Satz sagte er leise und zog seinen Kopf ein, als erwarte er dafür einen Rüffel.

Nachdem auch er sich auf den Rücken seines Rappens geschwungen hatte, schnalzte der Anführer mit der Zunge und die

Gruppe setzte sich in Bewegung. Das Trappeln der Hufe wurde schnell leiser. Als es verschwunden war, verharrte Larima noch einige Augenblicke in ihrem Versteck. Doch drei Schritt von ihr entfernt brach etwas aus einem der Rufverbüsche und taumelte auf die Straße.

Es war Semi. Er wischte sich fahrig über sein Wams und die Hose. Dabei verzog er höchst unglücklich sein Gesicht. »Igitt, ist das eklig. Der Kerl hat mich direkt angepinkelt.« Er sprang herum und versuchte, den Urin von seinen Kleidern zu bekommen, was natürlich nicht funktionierte.

Larima konnte nicht anders. Sie vergaß die Gefahr und brach in schallendes Gelächter aus.

»Ich muss mich irgendwo waschen«, maulte Semi. »Lass uns zum See gehen.«

»Das ist ein viel zu großer Umweg. Stell dich nicht so an, wir müssen schnell weiter. Warte, bis wir am Wasserfall sind.«

»Du hast ja recht, die Zeit läuft uns davon. Eschenstabs Männer sind bald an der Burg, um dich zu holen, und rate mal, was sie machen, wenn du nicht da bist.«

Die beiden verließen die Straße und schlugen sich in den Wald.

»Welch wahnsinniges Glück wir hatten«, sagte Larima. »Wären wir nur einen Tag später aufgebrochen, wäre es zu spät gewesen.«

Semi zuckte mit den Schultern. »So ist es aber nicht gekommen. Die Götter haben uns geholfen oder noch besser: Du hast einen Schutzgeist. Aber jetzt lass uns weitergehen. Vielleicht kann ich mich dann endlich irgendwo waschen.«

- 5 -

Am Wasserfall machten sie Halt. Semi warf den Rucksack zu Boden, legte seine Schwertscheide ab und sprang mitsamt seiner Kleidung in das aufgewühlte Becken hinein, in das der Fluss von der Klippe herabdonnerte. Es fühlte sich herrlich an, sich den Gestank dieses Kerls abzuwaschen, auch wenn das Wasser eisig war.

Larima blieb am Rand stehen und wagte es nicht einmal, eine Hand ins Becken zu halten. Semi hatte ebenfalls sehr bald genug von dem kalten Nass und stieg hastig heraus.

Er entkleidete sich und wrang das Wasser aus seinen Wollsachen. Die dünnere Wechselkleidung kam schneller zum Einsatz als gedacht. Zusätzlich wickelte sich Semi in seinen Wollumhang.

Nachdem die nassen Sachen im Rucksack verstaut waren, schwang er ihn sich auf den Rücken und bedeute Larima, ihm zu folgen. Sie mussten einige hundert Schritt durch den Wald laufen, immer an der Klippe entlang, bis sie eine Stelle erreichten, an der die Felsen abfielen. Hier konnte man die Hochfläche ohne kräftezehrende Kletterpartie erreichen.

Die Sonne musste ihren Zenit hinter den grauen Wolken schon überschritten haben, als Semi und Larima oben auf der Klippe ankamen. Sie drehten sich zum Abgrund herum und blickten über die Wälder Groveflyks. Links rauschte der Wasserfall hinab und hinter ihnen begann der Hœgswald.

Für einen kurzen Moment lugte die Sonne zwischen den Wolken hervor und wärmte Semis Gesicht. Dennoch zitterte er, als der Wind ihm durch die nassen Haare blies.

»Wenn du bloß nicht krank wirst«, sagte Larima.

»Lieber krank, als den Pissegestank noch länger zu ertragen. Du hättest dasselbe gemacht, glaub mir. Ich frage mich, was dieser Kerl getrunken hat.«

Larima kicherte. Semi erwiderte nichts. Er war es leid, sich mit seiner Ziehschwester zu zanken. Stattdessen stellte er sich an den Rand der Klippe und blickte hinab.

Wenn ich erstmal ein richtiger Ritter bin und ihr Leben öfter gerettet habe, als sie Haare auf den Kopf hat, lernt sie schon noch, Respekt vor mir zu haben. Als würde ein aufrechter Recke von dem bisschen Wasser krank werden.

Unten brodelte der Wasserfall in das Becken, aus dem ein schmaler Fluss entsprang und sich durch den Wald schlängelte. Semi folgte seinen Windungen mit den Augen. Über dem Tal von Groveflyk waberten dicke Wolken. Der Sonne gelang es, an einigen Stellen ihre Strahlen durch die Wolkendecke zu schicken. So wirkte es, als griffen Finger aus Licht nach dem Land.

In der Ferne konnte Semi die Burg erkennen. Ihre Türme und das Haupthaus ragten zwischen den Bäumen heraus wie eine Krone. Weit links davon erstreckte sich der Utlendwald, in dem Larima und er vor Jahrtausenden, so schien es, die Kolonie der Fladrea gefunden hatten.

Dort hat alles angefangen.

Unter ihm lag der Waidwald. Stellenweise konnte er die Straße nach Skogbrynet erahnen, die sich durch die Bäume kämpfte. Südlich der Burg, genau zwischen den beiden Wäldern, glitzerte silbrig eine Münze: der See, in dem Larima und er den letzten warmen Tag des vergangenen Sommers verbracht hatten. In einigen Wochen bereits würde ein neuer beginnen.

Den werden wir nicht mit einem beherzten Sprung in den See begrüßen. Wann kehren wir in die Wälder Groveflyks zurück? Und welche Menschen werden wir dann sein?

Dieser Moment auf der Klippe war der wahre Abschied von seiner Heimat. Viel mehr noch, als es das nächtliche Herausschleichen aus der Burg gewesen war.

Semi blickte zu Larima hinüber. Der Gesichtsausdruck seiner Gefährtin war forsch und ihre Augen glitzerten neugierig. Semi wusste, dass es auch ihr schwerfiel, ihre Heimat zu verlassen, doch er verstand, dass es sie nach Norden zog, dass sie hinter das Geheimnis des Goldenen Artefakts und ihrer Herkunft kommen musste.

Semi hatte das Gefühl, er könnte sie ewig betrachten. Wie erhaben sie dastand, die Schultern gestrafft, das zarte Kinn vorgestreckt. Ihr Wams ließ die sanften Kurven ihres Körpers erahnen. Ihre bronzefarbenen Haare wurden vom Wind nach oben gewirbelt. Für Semi wirkte sie in diesem Moment schön wie eine Göttin auf einem Wandteppich. Diese Frau würde er überallhin begleiten. Und wenn es Utingar, das jenseitige Land, selbst wäre.

Larima drehte sacht ihren Kopf und fing Semis Blick auf. Der wundersame Moment verstrich, als sie ernst auf den Wald hinter ihnen zeigte. »Wir müssen weiter. Wenn wir länger hier im Wind stehen, holst du dir wirklich noch eine Erkältung.«

Semi nickte, blickte ein letztes Mal auf das Tal von Groveflyk und marschierte an Larimas Seite in den Hœgswald.

- 6 -

»Haben eigentlich alle von den Fladrea in den Wäldern von Groveflyk gewusst?«, fragte Koskan, während sie die letzten Meilen zur Burg ritten.

Eschenstab schüttelte den Kopf. »Egelmin wollte sie schützen und hielt es geheim. Es handelte sich um die letzten Fladrea in Hallinga und nicht alle waren auf dieses Volk gut zu sprechen. Wahrscheinlich fürchtete er, einige von uns könnten auf dumme Gedanken kommen.« Er drückte seinem Rappen den Stiefel in die rechte Seite, damit dieser einigen Zweigen auswich, die auf die Straße ragten. »Doch Egelmin hat mir vertraut. Als ich von der Kolonie erfahren habe, hat es mir die Sprache verschlagen.«

»Das kann ich mir vorstellen. Und du hast jahrelang versucht, dir das Vertrauen dieser Fladrea zu verdienen?«

»Das war nicht leicht. Keiner in Groveflyk sollte davon erfahren. Am Ende haben sie mir zwar vertraut, haben mir sogar ihre Sprache beigebracht, aber das Geheimnis ihrer Macht konnte ich nicht aus ihnen herausbekommen«, sagte er, während er unter einem Ast hindurchtauchte.

Als kleiner Junge bereits hatten ihn die Geschichten über dieses Volk mit den schimmernden Haaren fasziniert. Er hatte sich betrogen gefühlt, dass die meisten von ihnen Hallinga lang vor seiner Geburt verlassen hatten.

»In gewisser Weise ist das Schicksal meiner Familie schon immer mit den Fladrea verwoben«, sagte er.

»Bancrus von Eschenstab und die Schlacht der neun Jarle?«, warf Koskan ein. Eschenstab nickte. Koskan sprach nicht von ihm, sondern von seinem Ururgroßvater, nach dem er benannt war. Damals, als die Fladrea verschwanden, hinterließen sie ein Machtvakuum in Hallinga, das ehrgeizige Jarle für sich nutzen wollten. Sein Vorfahr stand einem von ihnen, Jarl Orseen von Reetynd, im Kampf bei. Dies brachte ihm Gut Eschenhain als Lehen ein und seiner Familie den Ehrennamen Eschenstab.

»Je älter ich wurde und je mehr ich über die Fladrea erfahren habe, desto größer wurde mein Wunsch, über ihre Macht zu gebieten«, sagte Eschenstab. »Lange Zeit hatte ich keine Ahnung, wie mir das gelingen sollte. Doch irgendwann begriff ich, dass ich dazu eine Fladrea an meiner Seite brauche. Und jetzt endlich wird es geschehen.«

Burg Groveflyk tauchte hinter einer Biegung der Straße auf. Eschenstab preschte darauf zu und ritt, gefolgt von seinen Männern, über die Zugbrücke und durch das offene Tor. Mit erhobenem Kopf saß er im Sattel, zog sich den Schal vom Gesicht und wickelte ihn um den Sattelknauf. Für ihn war das Burgtor sein Triumphbogen. Jeder sollte sein Gesicht sehen. Er war hier, um sich endlich die Macht zu sichern, die ihm zustand.

Seit Jahren erreichte er Groveflyk zum ersten Mal wieder bei Tageslicht. Im Licht der Sonne wirkte die Burg kleiner, weniger bedeutend. Im Hof herrschte ein ungewöhnliches Treiben. Diener, Zofen und Wachleute eilten kopflos durcheinander.

Was für eine Begrüßung. Was geht hier vor? Ist die Burg zu einem Hühnerstall geworden?

Aus der Menge tauchte Evin auf. Neben ihm stand seine fette Frau. Eschenstab trabte auf die beiden zu, hielt sein Pferd an und schwang sich aus dem Sattel.

»Was ist los?«, fragte er den Haron. Er packte die ausgestreckte Rechte des Burgherrn und schüttelte sie kräftig. Die Haronsa machte keine Anstalten, ihn standesgemäß zu begrüßen. Sie glotzte ihn nur mit ihren runden Kuhaugen an. Wäre sie nicht die Tochter des Jarls, hätte Evin von Groveflyk sie damals sicher nicht zur Frau genommen. Eschenstab kannte die zierlichen Mägde, denen Evin als junger Mann nachgestiegen war.

Obwohl seine Rede an den Haron gerichtet gewesen war, plapperte die Haronsa los. »Dass Ihr heute schon kommt, um Larima zu holen! Euch schicken die Götter.«

Eschenstab war verwirrt, doch dachte er nicht daran, sich das anmerken zu lassen. Frauen ignorierte man, wenn sie nichts Sinnvolles von sich gaben oder anderweitig nützlich waren. »Was ist hier los, Evin?«, richtete er seine Frage erneut an den alten Freund.

»Sie sind weg, Bancrus. Alle beide. Larima und Semi sind weg«, antwortete ihm der Haron endlich.

»Es fiel uns nach der Morgenandacht auf«, redete die Fette dazwischen. »Semi ist ein guter Junge, er würde nicht weggehen, ohne uns Bescheid zu sagen.«

Angeekelt bemerkte Eschenstab, dass die Frau in Tränen ausbrach. Er würdigte die Haronsa keines Blickes, nahm stattdessen Evin an der Schulter und führte ihn einige Schritt weg. »Wusste Larima, dass ich komme?«

Der Haron nickte, blickte mit einem Ruck vom Boden auf und starrte ihn an. »Denkst du, sie ist deshalb geflohen?«

»Du kennst die Frauen, so wie ich sie kenne«, raunte Eschenstab dem Haron zu. »Tritt eine Krise ein, können sie nicht mehr klar denken. Hast du eine Ahnung, in welche Richtung die beiden verschwunden sind?«

Der Haron überlegte. Während Eschenstab auf eine Antwort wartete, blickte er zu seinen Begleitern. Nun war er froh, dass er seine zweite Hand und die anderen Männer nach Groveflyk mitgenommen hatte. Wenn Eschenstab auf die Jagd nach den zwei Ausreißern gehen musste, konnte er sich auf Koskan Lansson und den Rest verlassen.

»Ich kann mir vorstellen, dass sie in den Utlendwald gegangen sind«, stieß der Haron inzwischen hervor. »Dort haben sie sich im Spätsommer herumgetrieben.«

Eschenstab horchte auf. Der Utlendwald? Dort kannte er sich aus wie kein Zweiter auf Groveflyk. Nur der alte Haron hatte den

Wald und die darunter verborgene Kolonie besser gekannt. Doch der Narr war längst in seiner Gruft verrottet. »Evin, ich werde dir deine Kinder zurückbringen«, rief er, schwang sich zurück in den Sattel und gab seinen Männern ein Zeichen. Sie folgten ihm aus dem Burghof.

Niemals würde er zulassen, dass ihm seine Beute durch die Finger schlüpfte. Nicht so kurz vor dem Ziel.

- 7 -

Die Bäume standen auf der Hochfläche weniger dicht und Larima und Semi kamen schnell voran. Der Hœgswald wirkte wie eine Mischung aus den verschiedenen Wäldern Groveflyks. Hier sprossen sowohl allerlei Arten von Nadel- als auch von Laubbäumen.

»Was, denkst du, bedeuten diese Zeichen unter dem Symbol für den Hœgswald?«, fragte Semi, der neben Larima lief.

»Diese Verzierungen?« Sie blieb stehen, zog die Holzsterne hervor und betrachtete die kleinen Dreiecke. »Ehrlich gesagt habe ich keine Ahnung, was die bedeuten sollen.«

Zwei weitere Symbole wiesen ähnliche kleine Zeichen auf: Unter dem Hirsch waren vier Dreiecke und unter den drei Nadelbäumen erkannte Larima fünf Quadrate und einen Halbkreis.

Semi hat recht. Das können nicht nur Verzierungen sein.

Ihr Ziehbruder beugte sich herüber. »Vielleicht soll das heißen, zu wie vielen wir reisen müssen. Jetzt sind es zwei, später müssen wir zu viert sein«, schlug er vor.

Larima schüttelte den Kopf. »Und hier bei diesen Bäumen müssen wir fünf und ein Halbkreis sein? Wieso überhaupt Dreiecke und Quadrate?« Nein, das konnte nicht die richtige Lösung sein. Doch im Moment wollte ihr nichts anderes einfallen.

Sie ließ die Amulette zurück an ihren Platz fallen und nahm ihren Weg durch den Wald wieder auf. Semi stapfte hinter ihr her.

»Wir werden schon noch dahinterkommen«, sagte sie über die Schulter. »Ich mache mir mehr Sorgen, wie wir weiterkommen sollen. Bisher haben wir keine Ahnung, was das dritte Symbol bedeuten soll.«

Semi fiel dazu offenbar nichts ein. Für einige Zeit hörte Larima nur seine Schritte hinter sich. Sie marschierten schweigend voran und bemühten sich, die Richtung beizubehalten.

Wir sollten uns nach Nordosten halten, die Klippe immer im Rücken.

Larima fiel es seit jeher leicht, mit einem kurzen Blick auf den Sonnenstand die Himmelsrichtungen zu erkennen. Auch jetzt hatte sie das Gefühl, dass ihre Marschrichtung richtig war. Vielleicht hatte das mit ihrem Erbe zu tun.

Die Fladrea sind damals immerhin über das Meer nach Hallinga gekommen. Ist doch möglich, dass sie einen guten Orientierungssinn besitzen.

Larima fuhr erschrocken aus ihren Gedanken, als Semi neben ihr einen Schrei ausstieß. Erleichtert erkannte sie, dass es ein Schrei der Freude gewesen war.

Die beiden betraten eine Lichtung, die von schlammigem Moos überwuchert war. Eine Handvoll Grasbüschel spross aus dem feuchten Boden und üppige Kiefern ragten über den Rand der Lichtung. Rechts türmten sich einige Felsbrocken auf, die an einen Haufen matschverschmierter, fauler Schweine erinnerten.

Bevor Larima reagieren konnte, war Semi losgelaufen. Er hielt auf die Felsen zu. Larima suchte den Steinhaufen ab und wusste sofort, was ihm den freudigen Schrei entlockt hatte. Dort oben wuchsen Pilze, deren hellbraune Hüte handflächengroß und mit großen Punkten gesprenkelt waren. Larima kannte Semis Leidenschaft, doch war es komisch anzusehen, wenn der Erbe einer großen Haronschaft jauchzend auf ein paar Pilze zulief. Semi erreichte die glitschigen Felsen und kletterte hinauf. Dabei war er gerade vorsichtig genug, um nicht auszurutschen. Larima blickte sich um, konnte aber nirgends sonst Pilze entdecken.

Warum wachsen sie gerade auf diesem Felshügel?

Sie überfiel ein komisches Gefühl. Doch bevor sie ihrem Ziehbruder eine Warnung zurufen konnte, erreichte er die Spitze des Felshaufens.

»Es gibt hier eine ganze Handvoll ... Moment, warum liegt hier Speck?« Seine Stimme wechselte von Begeisterung zu Bestürzung. »Die Pilze sind gar nicht festgewachsen. Aber wenn das ...«

Den Satz konnte er nicht mehr beenden, denn in diesem Moment rauschte es über ihm, die Kiefern knackten und etwas stürzte aus ihren Ästen hinab.

Larima wich entsetzt einen Schritt zurück. Ein ausladendes Netz bedeckte den Felshaufen vollständig und begrub Semi unter sich.

Für einen kurzen Moment herrschte Stille. Larima war so erschrocken, dass sie sich nicht rühren konnte. Dann setzte lautes Geschrei ein. »Was soll das? Was ist das für ein Zeug? Larima, hilf mir.« Semi strampelte unter dem Netz, doch er kam nicht frei. Im Gegenteil verstrickte er sich bei jeder Bewegung tiefer zwischen den Maschen.

Larima lachte. Der große Kämpfer von einer einfachen Falle aufs Kreuz gelegt. Ein Gedanke kam ihr.

Aber was will der Fallensteller wirklich fangen?

Die Größe des Netzes lies darauf schließen, dass die Falle für ein riesiges Tier gedacht war.

Kaum hatte sie sich die Frage gestellt, als ein lautes Kreischen über den Bäumen ertönte. Ein massiger Körper stieß auf die Lichtung herab und riss auf seinem Weg Kiefernzweige ab, die neben den Felsen im Schlamm landeten.

Ein Ærgel! Der mannsgroße Vogel flatterte mit seinen roten Flügeln, die vier Schritt Spannweite aufwiesen. Er musste durch Semis Gebrüll angelockt worden sein, ließ den zappelnden Mann im Netz aber unbeachtet und schoss auf Larima zu. Mit rasender Geschwindigkeit kamen Klauen auf sie zu, die lang genug waren, um eine Kuh zu reißen.

Sie zückte ihren Langdolch und streckte ihn dem Vogel entgegen. Der Ærgel zielte mit seinem pfeilspitzen Schnabel auf Larimas Kopf. Sie duckte sich im letzten Moment und die Schwingen rauschten über sie hinweg.

Er wendete in der Luft und stürzte erneut auf Larima zu. Ihr gelang es, sich gerade noch rechtzeitig zu Boden zu werfen. Die Klauen des Tieres streiften ihren Nacken. Sie drehte sich blitzschnell auf den Rücken, schnellte nach oben und hieb nach dem Ærgel. Die Klinge erwischte den rotgefiederten Vogel an seinen Beinen, doch der Dolch glitt an der harten, schuppigen Haut ab.

Dennoch ließ der Raubvogel von ihr ab. Larima schien ihm eine zu wehrhafte Beute zu sein. Er kreiste über die Lichtung und hielt auf die Felsen zu, auf denen Semi unter dem Netz gefangen war und lebhaft strampelte.

Halte still, Semi!

Doch es war zu spät. Der Ærgel entdeckte den jungen Mann, landete neben ihm auf einem der Steine und schnappte nach seinem Arm. Semi schrie auf. Er hatte keine Möglichkeit, sich zu wehren, denn unter dem schweren Netz konnte er sein Schwert nicht ziehen.

Larima eilte auf die Felsen zu. Sie hielt ihren Dolch vor sich gestreckt, als wäre es ein Langschwert.

Der Ærgel kreischte und sein Schnabel hackte in Semis Schulter. Semis Schmerzensschrei gellte durch den Wald.

Nur noch einen Augenblick! Ich komme dir zu Hilfe! Dann sollen die Götter diesem Vogel gnädig sein!

Aber bevor sie die Felsen erreichte, geschah etwas, womit sie nicht gerechnet hatte. Ein weiterer Schatten schoss von rechts zwischen den Kieferstämmen hervor. Direkt auf sie zu.

Der Goder

- 1 -

Eschenstab verließ das staubige Gemäuer der Kolonie und stapfte über den Waldboden.

Schwungvoll trat er gegen eine junge Birke, dass ihr Stamm erzitterte.

Wo versteckt sich diese Göre nur?

Er war sicher gewesen, dass sich das Fladreamädchen in die alte Heimstatt seiner Leute flüchten würde, mehr aus Instinkt als aus Verstand.

Ich habe mich mit meinen Männern sofort in Richtung Osten gewandt. Und was hat es mir bisher gebracht? Verlassene Ruinen und menschenleere Wälder.

Seit einer Ewigkeit war er nicht hier im Utlendwald gewesen, das letzte Mal noch vor Egelmins Tod.

Die Fladrea haben nichts zurückgelassen, warum Zeit mit einer sinnlosen Suche verschwenden?

Er hatte vermieden, hierher zurückzukehren, um nicht in der Nähe der Kolonie gesehen zu werden. Niemand sollte ihn mit den Fladrea in Verbindung bringen. Evin durfte nicht dahinterkommen, was er über dieses Volk wusste. Sein Antrag um Larimas Hand könnte sonst in einem anderen Licht erscheinen und ihre Pflegeeltern könnten misstrauisch werden.

Doch Larima und Semi sind hier gewesen.

In der unterirdischen Kolonie hatte Eschenstab ihre Stiefelspuren im Staub des großen Versammlungssaals entdeckt. Die Spuren schienen nicht frisch, eher einige Monde alt zu sein.

Haben die beiden dort unten etwas gefunden, das mir entgangen ist? Ich werde es herausfinden, sobald ich sie erwischt habe.

Eschenstab erreichte sein Pferd, das er unweit des Eingangs der Kolonie angebunden hatte, und schwang sich in den Sattel.

Vielleicht ist Koskan mit den anderen auf eine Spur gestoßen.

Nach kurzem Ritt traf er am vereinbarten Platz auf seine Männer. Er wollte vermeiden, dass sie von der Kolonie erfuhren, weshalb er sie zum Suchen in den Wald geschickt und sich die Ruine allein angesehen hatte.

Ein Blick in Koskans Gesicht verriet Eschenstab, dass seine zweite Hand nichts erreicht hatte.

»Dann suchen wir in diese Richtung weiter«, befahl er und wies tiefer in den Wald hinein.

Ein halb unterdrückter Schreckensruf ertönte in Eschenstabs Rücken. Er fuhr in seinem Sattel herum, wusste aber, bevor er den Mann hinter sich erkannte, wer den Angstlaut abgegeben hatte.

Robart Grensborg kauerte zusammengesunken im Sattel. Wie ein Mädchen, das sich unter seiner Bettdecke vor Gespenstern verstecken wollte. Der Kerl hatte den ganzen Tag über mehr Fehlalarme gegeben als ein betrunkener Wachmann.

»Es ... es ist nichts«, wiegelte er ab, als Eschenstabs strenger Blick ihn traf. Seine Hände um die Zügel zitterten.

Eschenstab lenkte seinen Rappen auf Robart zu. Beschwichtigend hob er die Hand. »Komm, erzähl uns, was los ist«, sagte er mit milder Stimme.

Robart entspannte sich ein wenig und richtete sich im Sattel auf. »Es sind ...«, begann er zögerlich. »Es sind die Fladrea. Sie treiben sich hier in den Wäldern herum, das weiß doch jeder. Und wenn wir nicht aufpassen, werden sie über uns herfallen.«

Die Männer wollten in Gelächter ausbrechen, doch Eschenstab hielt sie mit einer Geste zurück.

»Du ängstigst dich in diesem Wald?«

Robart nickte. In seinen Augen konnte Eschenstab erkennen, dass ihn die freundlichen Worte seines Anführers verwirrten.

Eschenstab ließ die Maske fallen. »Dann wollen wir dafür sorgen, dass du dir nicht mehr länger in die Hose scheißen musst«, rief er laut. »Verschwinde! Ich brauche keinen Angsthasen unter meinen Männern. Reite zurück nach Eschenhain. Dort kannst du die Frauen und Kinder hüten.«

Robart blickte fassungslos von Eschenstab zu den anderen. Als ihm klar wurde, dass jedes Wort todernst gemeint war, beeilte er sich, dem Befehl zu folgen. Er lenkte sein Pferd herum und ritt fort.

Eschenstab sah ihm mit finsterer Miene hinterher und bedauerte nicht, diesen Schlappschwanz los zu sein.

Ich habe keine Verwendung für einen solchen Kerl. Hoffentlich ist das für den Rest der Bande eine Lehre.

Als Robart das Weite suchte, schien sein Pferd unter ihm zu torkeln. Eschenstab wandte sich ab und blickte seine Männer an. »Also dann los und sucht dieses Mädchen!«, befahl er.

Die Reiter beeilten sich, seiner Anweisung zu gehorchen, und lenkten ihre Reittiere ohne zu zögern tiefer in den Wald.

Koskan blieb zurück. »Was wird mit Robart geschehen?«, fragte er.

»Das entscheide ich, sobald wir nach Eschenhain zurückkehren«, sagte Eschenstab.

Je eher wir Larima finden, desto besser wird meine Laune sein. Und für Robart wäre es gut, wenn wir das Mädchen sehr bald fänden, sonst landet sein Kopf auf einem Spieß über dem Tor und er kann selbst herumspuken.

- 2 -

Larima wich erschrocken vor dem Schatten zurück. Er entpuppte sich als alter Mann, der am Rande der Lichtung stehen blieb.

»Ist ja schon gut«, hörte Larima ihn brummen. »Ich werde dem Tölpel helfen, wenn ihr es wollt.«

Der Alte in der grauen Kutte sprach nicht mit ihr. Seine Miene wurde streng, er hob die Arme und zog seine Ärmel zurück. »Geh aus dem Weg, Mädchen«, schnarrte er nun in ihre Richtung. »Das ist nicht für dich bestimmt.«

Larima sprang schnell zur Seite und blickte besorgt zu dem Felshaufen. Unter dem Netz erwehrte sich Semi den Schnabelhieben des Ærgels. Die beiden nahmen keine Notiz von dem Neuankömmling.

Der kleine Mann rief mit tiefer Stimme geheimnisvolle Worte. Einige Silben kamen Larima bekannt vor. Der Rest wirkte wie eine verzerrte Form von Hallingad.

Larima blieb keine Zeit, darüber nachzudenken, denn plötzlich knallte es schrecklich. Sie hatte ihren Blick auf den alten Mann gerichtet, riss ihren Kopf nun herum und sah, wie die Luft um den Raubvogel flimmerte und grellweiße Funken in alle Richtungen davonstoben.

Der Ærgel kreischte panisch auf.

Er schlug mit seinen Flügeln und schwang sich mit einem letzten, lauten Schrei der Empörung zu den Baumkronen hinauf. Einen Augenblick später war er durch eine Lücke zwischen den Kiefernästen verschwunden.

Der gebeugte Alte ließ seine Arme sinken.

Was ist das für ein Mensch?

Sie musterte ihn genauer. Mit seinem weißen Bart, der ihm bis zum Gürtel reichte, und dem kahlen Kopf, der mit den vielen Leberflecken wie ein Taubenei wirkte, machte er auf Larima den Eindruck, als wäre er Hunderte von Jahren alt.

Der Mann drehte sich zu Larima um. Sein Gesicht war missmutig verzerrt und seine Augenbrauen tief nach unten gezogen. Unwirsch deutete er auf Semi, der immer noch unter dem Netz strampelte.

Larima war die Stimmung des Alten egal. Sie murmelte ein »Dankeschön«, steckte ihre Waffe weg und eilte zu dem Felshaufen.

»Diese Gören. Alles zerstört«, schimpfte der Mann hinter ihr her. Seine Stimme klang erdig. »Ich hätte den Kerl zerhacken lassen sollen. Warum höre ich immer auf euch?«

Mit wem spricht er?

Larima drehte sich nicht um. Stattdessen erklomm sie die Felsen und versuchte, das Netz von Semi herunterzuziehen. Aber ihr Freund hatte sich völlig darin eingewickelt und sie wusste nicht, wie sie die Maschen entwirren sollte.

»Beweg dich nicht! Ich hol dich raus.« Sie gab sich Mühe, beruhigend zu klingen, und tatsächlich hörte das Strampeln auf. Semi stöhnte.

Sie griff an ihren Gürtel und zog ihren Langdolch. So musste das Netz eben weichen. Die dicken Seile würde ihr Dolch gerade noch durchtrennen können.

»Unterstehe dich, Mädchen«, erklang hinter ihr die Stimme des Alten. Larima zuckte zusammen und blickte über die Schulter. Der Mann war lautlos an die Felsen herangetreten und sah zu ihr hinauf.

»Willst du meine Falle ganz zerstören? Dann kannst du zum Netzflicken bleiben, bis die Herrschaft der Nachtlinge beginnt. Diese Kinder haben Ideen.«

Larima steckte die Waffe weg. Sie hatte keine Angst vor den Nachtlingen, denn sie glaubte nicht an die bösen Dämonen der

Dunkelheit, die eines Tages die Götter selbst vernichten sollten. Aber das Funkeln im Blick des Mannes verriet Larima, dass mit ihm nicht zu spaßen war. Außerdem schien sich der Alte hier im Wald auszukennen, deshalb wollte sie seinen Zorn nicht noch mehr anfachen. Vielleicht konnte er ihnen helfen.

Larima verzichtete auf die Klinge und wickelte Semi langsam aus den Maschen. Es dauerte ewig und bald schmerzten ihre Finger von dem rauen Seil. Wie war es diesem Ochsen nur gelungen, sich so weit in dem Netz zu verheddern?

Als Semi endlich befreit war, klebte sein Wams von zerdrückten Pilzbrocken und eine Speckschwarte hing an seiner Schulter herab. Besorgt bemerkte Larima, dass das Leinen seines Hemdes an seiner linken Schulter und seinem Oberarm zerfetzt und blutbeschmiert war.

Der alte Mann tat keinen Handgriff zur Hilfe, stattdessen beäugte er die Verwüstung auf dem Felshaufen mit unglücklichen Augen.

Semi zuckte entschuldigend mit den Schultern, was dazu führte, dass das Speckstück an seinem unverletzten Oberarm entlangrutschte und im Moos landete.

»Seid ihr nun zufrieden?«, schimpfte der Mann. Larima fielen seine hellgrünen Augen auf. Sie wirkten jünger, als sie erwartet hatte. »Was erlaubt ihr zwei euch eigentlich, in meinen Wald zu kommen?«

»Das ist nicht Euer Wald!«, brauste Semi auf. »Der Wald gehört ...« Er unterbrach sich.

Larima wusste, dass er »dem Haron von Groveflyk« hatte sagen wollen, doch hatten sie Groveflyk mit Überschreiten der Klippe hinter sich gelassen.

»... irgendeinem Haron oder einem Jarl«, vollendete er den Satz trotzig. »Wer seid Ihr eigentlich?«

Larima fiel auf, dass er eine höfliche Anrede benutzte. Offenbar vergaß Semi selbst hier im Hœgswald seine Manieren und den Respekt vor dem Alter nicht.

»Mein Name ist Wallon Evterson und ich bin Goder. Ich habe mehr Rechte in diesem Wald als alle Jarle und Harone zusammen. Ojimon, der Vater alles Göttlichen, hat mir den Weg gewiesen.«

Ein Goder. Larima hätte bei der Kleidung des Mannes darauf kommen müssen, dass sie es mit einem dieser Eremiten zu tun hatten, die sich besonders gut auf die Götter verstanden. Schon seit Langem war es ihr Wunsch, einen dieser Menschen zu treffen, die angeblich mit den Himmlischen sprechen konnten.

Der Alte blickte Semi an und zeigte mit einem dürren Finger auf dessen blutige Schulter. »Du bist verletzt.«

Ihr Ziehbruder zuckte mit den Achseln. »Nichts Schlimmes. Kaum ein Kratzer für einen richtigen Krieger.«

»Der Biss des Ærgels reicht tief«, ließ sich der Goder nicht beirren. »Deine Wunden werden sich entzünden. Das trifft einen Vagabunden ebenso wie einen Ritter. Komm mit in meine Hütte, dort kann ich dir helfen.«

Und für welchen der beiden hält er Semi?

Ohne ein weiteres Wort wandte sich der Goder um und kletterte den Felsen hinunter. Unten angekommen marschierte er auf die Bäume zu.

Semi schüttelte den Kopf, doch Larima versetzte ihm einen Stoß in die Seite. »Wir brauchen Antworten«, flüsterte sie. »Wen sollen wir sonst mitten im Wald nach dem Weg fragen?«

Semi rollte mit den Augen, doch er rappelte sich auf und folgte Larima die Felsen hinunter. »Der alte Knochen weiß nichts, das uns weiterhelfen wird«, brummte er.

»Das werden wir sehen.« Larima blickte zurück über die Lichtung. Kreuz und quer hing das Netz auf den mit Pilzresten verschmierten Felsen. Es war sicher nicht einfach gewesen, es in den Kiefern zu platzieren.

Ein Wunder, dass der kleine Mann das geschafft hat. Offenbar vermag der Goder mehr, als es auf den ersten Blick scheint. Bleibt bloß zu hoffen, dass er Semi und mir verziehen hat.

- 3 -

Hütte war eigentlich nicht das richtige Wort. Die Behausung des Goders befand sich in einem Erdhügel, auf dem eine gewaltige Kiefer thronte. Unter einer riesigen Wurzel des Baumes führte eine hellgrüne Tür in die Erde, daneben brach ein kleines, rundes Fenster aus dem Hügel hervor.

Larima und Semi folgten dem alten Mann ins modrige Innere. In dem niedrigen Raum herrschte Dämmerlicht, sodass Larima kaum etwas erkennen konnte. Drei verstreute Feuerstellen glühten rot.

Der Goder legte zwei Äste auf die größte der Feuerstellen und sofort wurde es heller. Die Flammen knisterten und verbreiteten einen Harzduft, der den Modergeruch vertrieb. Im Licht des Feuers erkannte Larima, dass der Raum weitläufiger war, als sie erwartet hatte. Bis unter die niedrige Decke reichten zahllose Regale, die über und über mit Kräutern, Schalen und Flaschen vollgestopft waren.

Der Goder watschelte auf eine Seite seiner Behausung, zog einen bauchigen Topf von einem Brett und streckte ihn Larima entgegen. »Hinter dem Haus findest du die Quelle.«

Wie befohlen verließ Larima die Hütte und atmete tief durch, um den Rauch der Feuerstelle aus ihren Lungen zu bekommen. Doch das war es nicht allein. Hier draußen fühlte sie sich frei. Konnte es sein, dass die Fladrea den bloßen Himmel über sich vorzogen und es sie bedrückte, wenn sie sich zu lang in Höhlen oder geschlossenen Räumen aufhielten?

Ihr fiel das große Fenster im Sternensaal der Kolonie ein, das in die Decke eingelassen war und mit dem sich die Fladrea einen Blick auf den Himmel gesichert hatten.

Warum lag die Kolonie überhaupt unter der Erde? Haben meine Leute sich vor den Hallingern etwa gefürchtet? Aber warum? Beide Völker haben doch über Jahrhunderte zusammengelebt? Oder gibt es da noch etwas anderes, von dem ich nichts weiß?

Wieder einmal wurde ihr bewusst, dass sie Tausende Fragen hatte, aber keine einzige Antwort.

Und warum schließe ich von dem kurzen Gefühl, an der frischen Waldluft frei durchatmen zu können, gleich auf die Gewohnheiten eines ganzen Volkes?

Doch etwas konnte an dem Gedanken dran sein. Es war ja nicht nur das riesige Deckenglas im Sternensaal. Wenn sie darüber nachdachte, dann stand auch ihr Bett auf Burg Groveflyk nahe dem Fenster. Und sobald es das Wetter erlaubte, schlief sie liebend gern bei geöffneten Läden.

Semi war da ganz anders. Er bevorzugte zugezogene Fensterläden und Vorhänge. Für ihn war die Morgensonne ein Graus.

Als sie an ihren Ziehbruder dachte, erinnerte sich Larima schlagartig an seinen blutigen Arm. Schnell umrundete sie die Kiefer und entdeckte die Quelle, die mit heiterem Plätschern einen ausgehöhlten Baumstamm füllte. Larima tauchte den Topf in das perlende Wasser und zog ihn voll heraus.

Auf dem Rückweg kam ihr das Gefäß tausendmal schwerer vor. Die Strecke um die drei Schritt dicke Kiefer schien ihr doppelt so lang. Wie konnte es so was überhaupt geben? Larima glaubte nicht daran, dass der Goder den Platz zufällig so vorgefunden hatte. Er musste ihn vielmehr im Laufe der Jahre durch seine Anwesenheit geprägt haben.

Sie erreichte die Tür, riss sie mit Schwung auf und hievte den Topf hinein. Ihre Arme wurden ihr lang.

Der Goder wies mit dem Kopf auf die mittlere Feuerstelle und Larima hängte das Gefäß in den Haken, der von einem Dreibein herunterhing.

Semi hatte sein Wams inzwischen ausgezogen und hockte auf einem niedrigen Tisch, neben sich ein Leinentuch. Der Goder stellte sich auf die Zehenspitzen und besah sich seine Schulter. »Die Bisse sind tief, wie ich befürchtete. Wir warten, bis das Wasser kocht. Dann wirst du deinem Freund die Wunden auswaschen, Mädchen. So heiß wie möglich, um die Krankheit zu töten.« Der Goder blickte Larima nicht an. »Ich werde in der Zwischenzeit eine Salbe vorbereiten.« Er ließ Semi stehen und wandte sich seinen Regalen zu. Scheinbar wahllos zog er Kräuter hervor und häufte sie auf einen wackligen Beistelltisch aus wurmstichigem Holz. Daneben platzierte er einige Tiegel. Irgendwoher tauchte ein schwerer Mörser in den schwieligen Händen des Alten auf und auch der wanderte zu den anderen Gegenständen.

Larima wartete ungeduldig, bis das Wasser im Topf zu kochen begann, und beobachtete in der Zwischenzeit, wie der Goder mit einem Steinmesser die Heilpflanzen zerschnitt, Körner im Mörser zermahlte und Tropfen verschiedener Tinkturen dazugab.

Als das Wasser endlich Blasen warf, wickelte sie eine Decke um den Griff und schleppte den Topf zu Semi. Der hockte seelenruhig auf der Tischplatte, als ginge ihn das Gewusel in der Erdhütte nichts an. Larima schnappte sich das Leinentuch und tauchte es in die kochend heiße Flüssigkeit. Zwar hatte sie Angst, sich zu verbrühen, doch wagte sie es nicht, von den Anweisungen des Goders abzuweichen. Mit spitzen Fingern zog sie das Tuch heraus und es gelang ihr, ihre Hände dabei heil zu lassen.

Ihr Ziehbruder verzog keine Miene und stöhnte nicht auf, als Larima das brühheiße Leinentuch auf seine linke Schulter drückte und seine Wunden säuberte.

»Wenigstens ist es nicht der Schwertarm«, war alles, was er dazu sagte.

Nach einiger Zeit war Semi sauber und das Wasser im Topf rot von Blut. Der Griff des Gefäßes war weit genug abgekühlt, sodass Larima ihn ohne Bedenken anpacken konnte. Sie schaffte das Gefäß nach draußen und leerte das Blutwasser in einen Haselstrauch. Sie nutzte die kurze Pause an der Waldluft und schnaufte durch.

Die Sonne hatte die Hälfte ihrer Strecke vom Mittagsstand zum westlichen Horizont hinter sich gebracht. Gerade mal vier Stunden mochte es noch hell bleiben. Der Himmel hatte in der Zwischenzeit aufgeklart und von dem kalten Wind war nichts mehr zu spüren. Larima merkte zum ersten Mal in diesem Jahr eine Andeutung des Sommers. Am Haselstrauch schimmerten Knospen, prall und hellgrün. Jeden Tag konnten sie aufbrechen und die gezackten Blätter würden sich entfalten.

Als Larima zurück in die Wurzelgrube kam und die Tür hinter sich schloss, herrschte der Goder sie an. »Wo warst du so lang? Ich brauche hier deine Hilfe. Dir scheint nicht sehr viel an der Gesundheit deines Freundes gelegen zu sein.«

Diese Unterstellung machte Larima wütend, doch sie schluckte den Ärger hinunter und trat an den Tisch, an dem der Goder arbeitete. Auffordernd funkelte sie ihn an.

Der Alte lachte knorrig. »Du gefällst mir, fremdes Mädchen. Los! Rühre hier, während ich das Salbenfett dazugebe.«

Larima ließ den Löffel kräftig in der Schüssel kreisen und mischte alle Zutaten. Der Goder fügte häppchenweise weißes Fett hinzu, dessen Geruch Larima an ein frisches Bad erinnerte.

»Danke für Eure Hilfe«, stammelte Larima. »Und entschuldigt, dass wir Eure Falle zerstört haben.«

Der Alte winkte ab. »Das Netz hast du nicht zerschnitten. Das ist die Hauptsache. Die paar Pilze lassen sich schnell wieder finden.«

»Lebt Ihr schon lang hier im Wald?«

Der Goder blickte nicht von seinem Fetttopf auf. »Lang? Was bedeutet schon lang? Zeit ist ein Wesen, das der stärkste Krieger nicht zu packen versteht. Aber ich war auch einmal ein junger Mann, bevor mich Ojimons Ruf ereilt hat. Damals, als Bron die Blutaxt die Wälder mit Angst erfüllte. Doch diese Zeit ist vergangen, wie auch das Heute mit all seinen Schrecknissen vergehen wird.«

Larima hielt inne und starrte den Goder ungläubig an. Der Mann deutete ihr unwirsch, weiterzurühren, und sie beeilte sich, ihm zu gehorchen. Hatte er wirklich »Bron die Blutaxt« gesagt? Das konnte nicht sein. Bron war vor über hundertfünfzig Jahren Jarl von Skogbrynet gewesen. Larima hatte alle Jarle im Unterricht von Væter Hanrek geordnet nach ihrer Regierungszeit auswendig lernen müssen. Das würde bedeuten, dass der weißhaarige Mann, der neben ihr stand und schmieriges Fett in die Schüssel löffelte, mehr Winter gesehen hatte als alle Menschen, denen Larima jemals begegnet war.

»Die Salbe ist fertig«, verkündete der Alte schlicht. Er hob die Schale vom Tisch und schnupperte daran. Zufrieden nickte er. »Ja sicher, der Duft des Lebens.« Er hielt die Salbe auffordernd unter Larimas Nase. Auch sie sog den Geruch einer Mischung allerlei Kräuter ein: Beinwellwurzeln, Graufarn, Brombeerblätter, dazu noch einen Hauch von Bergthymian und darunter der seifige Geruch der Salbe.

»Du wirst das auf die Wunden schmieren, Mädchen.«

Larima gehorchte. Die Salbe fühlte sich angenehm kühl zwischen den Fingern an. Semi atmete erleichtert auf, als sie sich über seine offene Haut legte. Danach verband Larima die Schulter mit frisch ausgekochtem Leinen, das ihr der Goder reichte. Sie zog den Knoten etwas zu straff.

»Bei Arano! Da kann ich mich ja gar nicht mehr rühren«, fluchte Semi.

Der Goder, der die Reste der Kräuter zurückräumte, fuhr herum. »Sprich nicht von jemanden, von dem du nichts verstehst, Junge!«

Semi sprang vom Tisch herab und richtete sich auf. »Warum soll ich nichts von den Göttern verstehen?«, herrschte er den Alten an. »Sprich, Goder!«

Larima stöhnte innerlich auf. Es hatte nicht lang gedauert, bis Semi sein Selbstbewusstsein zurückgewonnen hatte.

Du hast keine Ahnung, wen du hier anpampst, Bruderherz. Der Mann hat vielleicht schon mit dem Großvater deines Großvaters die Tafel geteilt.

Doch der Goder lachte nur unbeeindruckt. »Du törichter Junge. Wie wenig du doch weißt, willst aber herrschen.« Er lachte weiter.

Semi blickte verunsichert um sich. Larima zuckte mit den Schultern und legte ihm beschwichtigend eine Hand auf seinen heilen Arm.

Der Alte setzte sich auf einen Schemel und winkte die jungen Abenteurer gutmütig zu sich heran. »Lasst Goder Wallon euer Unwissen ein wenig vertreiben. Arano ist keiner der alten Götter. Die Menschen haben versucht, einen aus ihm zu machen, ja, ja. Und sie rufen ihn auch zur Genüge an, doch in Ovtahis bestimmen immer noch die Götter selbst, wer zu ihnen gehört und wer nicht.«

»Arano soll kein Gott sein?«, stellte Semi erschrocken fest.

»Was ist er dann?«, fragte Larima.

Der Goder musterte sie eingehend. »Es ist viele Jahrhunderte her. Arano gehörte zu den Fladrea.«

Larima erschrak bei seinen Worten.

»Wegen seiner Wohltaten haben ihn die dummen Hallinger zu einem Gott gemacht«, erklärte der Mann weiter. »Heute erinnert sich keiner mehr daran. Ein Gott, pah! Wer weiß, ob der Kerl überhaupt schon tot ist. Diese Fladrea sollen viele Hundert Jahre leben.«

Larimas Herz pochte. *Viele Hundert Jahre?* Sie lehnte sich vor, bis sie an den Tisch stieß. »Was wisst Ihr noch über die Fladrea, guter Mann?«

Der Goder schüttelte den Kopf. »Viel zu wenig, wenn du mich fragst. Dieses Volk wollte schon immer geheimnisumwoben bleiben. Vor einigen Jahrhunderten flogen sie wie Windgeister über das Meer nach Hallinga. Niemand wusste, woher sie kamen oder was sie in unserem Land wollten. Einige hielten sie für Eroberer, andere für Heilsbringer und einen Segen der Götter. Sie waren beides und keines davon.«

Die Augen des Goders waren starr auf die Wand gerichtet, als sehe er dort im festgeklopften, wurzeldurchzogenen Erdreich all die vergangenen Dinge, von denen er sprach. »Einige waren weise und wollten den Menschen helfen. Andere verhielten sich grausam. Sie behandelten die Hallinger wie Arbeitsvieh.« Seine Augen wanderten zurück zu Larima und Semi. »Vor hundertzwanzig Jahren verließen die Fladrea unser Land plötzlich. Niemand kennt den Grund.«

»Doch in den Wäldern von Groveflyk blieben sie noch länger«, warf Larima ein.

Der Blick des Goders zuckte blitzschnell zu Larima. »Es ist möglich. Ich weiß es nicht. In den letzten Jahren habe ich mich viel mehr mit der Sphäre von Ovtahis beschäftigt und mein Geist verweilte nicht oft hier. Die träge Welt der Sterblichen, die ihr eure Heimat nennt, ist sie nicht wahrlich langweilig?«

»Warum aber sind die letzten Fladrea aus Groveflyk schließlich verschwunden?«, wollte Semi wissen, der immerzu an seinem Verband zupfte. Der Goder schüttelte den Kopf und sagte nichts dazu. Stattdessen nahm er einige Äste von einem Stapel und legte sie in die Feuerstelle. Die Flammen machten sich knisternd über die neue Beute her. Da kam Larima das Amulett in den Sinn. Schon wollte sie es herausziehen, hielt im letzten Moment aber inne.

Kann ich dem alten Mann trauen? Immerhin ist er verbunden mit den Göttern Hallingas.

Larima hatte keine Ahnung, wie diese Wesen, die ihr bisheriges Leben lang auch ihre Götter gewesen waren, zu den Fladrea standen. Und noch weniger wusste sie, was von einem Goder zu erwarten war.

Wem soll er hier im Wald etwas über unsere Reise verraten?

Sie entschied sich, das Risiko einzugehen, zog die Kette unter ihrem Wams hervor und führte sie über ihren Kopf. »Habt Ihr so etwas schon einmal gesehen?« Sie streckte dem Goder das Amulett entgegen.

Der Mann nahm den Holzstern an sich und betrachtete ihn genau. Mit dem Finger fuhr er jede Rille darin nach. »Ich spüre, es steckt eine Kraft in diesem Holz«, sagte er nach längerer Zeit.

»Wir glauben, dass es eine Landkarte ist, ein Wegweiser«, rief Semi vorlaut.

Larima ärgerte sich zuerst über ihn, doch ihr wurde bewusst, dass der Goder ihnen nur helfen konnte, wenn er alles wusste. »Wir hoffen, es führt uns zum Goldenen Artefakt der Fladrea«, fügte sie hinzu.

Der alte Mann nickte langsam und hob seinen Blick unsicher von dem Amulett. »Ich weiß nichts über dieses Goldene Artefakt. Wie ich sagte, verbrachte mein Geist wenig Zeit in dieser Welt, und das Wirken der Fladrea bleibt mir seit jeher verschlossen.«

Larima fühlte Enttäuschung in sich aufsteigen.

Wir werden weiter auf eigene Faust suchen müssen.

»Nicht so schnell, kleines Mädchen«, sagte der Goder, als hätte er ihre Gedanken gelesen. »Ich sagte nur, dass ich über euer Ziel nichts zu sagen weiß. Über den Weg dorthin aber vielleicht doch. Auch ich kann nicht immer nur in der Erde hocken und meinen Geist auf Reisen schicken. Denkst du etwa, ich habe das Leinen, mit dem du deinen Freund verbunden hast, selbst gewebt?«

Larima schüttelte den Kopf. Darüber hatte sie nicht nachgedacht.

Der Goder deutete auf das Amulett. Sein Finger zeigte auf das zweite Symbol, das Larima und Semi für den Hœgswald hielten. »Wenn ich diese Zeichen richtig lese, dann meine ich, dass wir uns im Moment hier befinden.« Sein Finger wanderte weiter. Nun zeigte er auf das Zeichen, das wie ein Bogen über einer Schlangenlinie aussah. »Dies muss folglich die nächste Station auf eurem Wegweiser sein. Und ich bin mir sicher, dass wir Niva vor uns sehen. Eine Stadt, durch die ein Fluss fließt.«

Als der Goder das sagte, wurde Larima schlagartig klar, dass er recht hatte. Sie wäre nie darauf gekommen, dass das Symbol eine Stadt darstellen sollte. In den Wäldern des Südens kannte sie keine großen Siedlungen. Die größte war Skogbrynet und die brauchte kaum mehr Platz als das Dorf Groveflyk. Doch sie hatte davon gehört, dass Mauern im Norden nicht nur Burgen, sondern auch Städte umgaben. Der Bogen stellte also ein Tor dar, das durch die Mauer einer Stadt führte.

»An diesem Ort handele ich von Zeit zu Zeit meine Kräuter«, sprach der Alte weiter. » Niva ist gleichzeitig die Grenze des Waldes. Dahinter beginnt die Unendliche Weide, wie die Menschen in Niva diese unheimliche baumlose Landschaft nennen.« Sein Finger wanderte zum nächsten Symbol, dem großen Hirsch. »Dort gibt es schon auch ein paar Tiere. Hjorta nennen die Jäger aus Niva die großen mit dem Geweih. Glaubt man den Zeichen, müsst ihr die Unendliche Weide wohl leider durchqueren.«

Larimas Herz schlug rasend schnell. Die Worte des Goders ergaben zweifelsfrei Sinn. Der Mann musste ihnen von den Göttern geschickt worden sein. Sorge machte ihr die mitleidige Stimme des Alten, als er über den Weg durch die Unendliche Weide sprach.

Für ihn muss es eine grausame Vorstellung sein, den Wald so lang zu verlassen.

Auch Larima fürchtete sich davor. Sie hatte ihr ganzes Leben in den Wäldern von Groveflyk verbracht.

Der Finger des Goders wanderte zum nächsten Symbol. Das fünfte ab der Falkennase und dem Wasserfall. »Hierüber kann ich euch nur wenig sagen. Ich habe die Weide nie betreten, geschweige denn war ich verrückt genug, sie zu durchqueren. Über alles, was dahinter liegt, weiß ich nichts. Ich habe wohl gehört, dass es dort ein raues Gebirge gäbe. Dieses Symbol mit den drei Säulen könnte für einen großen Tempel stehen. Es soll viele Städte im Norden geben und, wie ich die Menschlein kenne, werden die meisten davon versuchen, mit großen Tempeln die Aufmerksamkeit der Götter zu erheischen. Über diesen Teil eurer Reise werdet ihr ohne mich Klarheit finden müssen.« Er reichte Larima die Kette.

Sie ergriff sie, strich zärtlich darüber, legte das Lederband um ihren Hals und barg die Holzsterne tief unter ihrem Hemd. Sie musste unwillkürlich lächeln vor Glück und Erleichterung. Endlich zogen sie nicht mehr richtungslos durch den Hœgswald.

»Das Ende des Waldes ist noch fern und die Sonne will bereits in wenigen Stunden ihr Haupt zur Ruhe senken. Wollt ihr nicht eine Nacht unter meinem Dach bleiben?«

Larima überlegte. Eigentlich drängte es sie, weiterzureisen. Als sie über die Schultern des Goders sah, wusste sie, wie sie sich entscheiden musste. Dort hockte Semi und seine Augen huschten unruhig zu dem ausgestopften Falken an der Wand und den getrockneten Fröschen, die darunter in einem Regalfach lagen. Er wedelte mit dem Arm und gab Larima unmissverständliche Zeichen.

»Ich denke«, sagte sie schließlich mit fester Stimme, »wir brechen besser gleich auf. Wir müssen jedes bisschen Tageslicht nutzen. Unsere Reise ist weit, wie Ihr wisst.«

Der Goder nickte. »Natürlich, dann setzt eure Reise nun fort.«

Larima sah, wie Semi hinter dem Goder erleichtert aufatmete und wieder damit begann, an seinem Verband herumzuzupfen.

»Nur eines noch.« Der Goder stapfte zurück an den Tisch, an dem er die Salbe angerührt hatte. »Du musst die Wunden deines Begleiters jeden Tag zweimal einschmieren. Warte! Ich gebe dir etwas davon mit.« Er nahm die Schale mit der Kräuterpaste, verschloss sie mit einem Stück Leder und einem dünnen Strick und reichte sie Larima.

Sie nickte und kramte in ihrer Börse nach einem Miosim, doch der Goder blickte sie finster an.

»Ihr wollt doch Freundlichkeit nicht mit Silber vergüten? Was ich euch getan habe, habe ich mit Freude und der Hilfe der Götter getan. Geht hinaus und helft ebenfalls einem Menschen in Not. Das wird mir die größte Belohnung sein.«

Larima steckte ihre schmale Börse weg und nickte. Anfangs hatte sie den Goder für einen mürrischen Kerl gehalten, doch in Wahrheit war er ein weiser und freundlicher Mann. Er pflegte wohl nur zu wenig Umgang mit anderen Menschen.

Semi und Larima verabschiedeten sich dankbar und verließen die Hütte im Hügel unter der Kiefer. Als sie die Tür öffneten, huschte ein Eichhörnchen zwischen ihren Beinen hindurch und tapste durch den Raum. Das Tier hopste auf den Tisch und blieb neben dem Goder stehen. Der wirkte nicht verdutzt, sondern griff zielsicher nach einem Zettel, der am Bein des Hörnchens festgebunden war.

Der alte Mann entrollte die Nachricht, las sie und brach in Gelächter aus. Das Eichhörnchen zuckte zusammen, harrte aber auf seinem Platz aus. »Dieser Irrsinnige!«, stieß der Goder prustend hervor.

Larima schmunzelte und schob die Tür hinter sich zu.

- 4 -

»Bald habe ich keine Lust mehr. Dieser verdammte Wald mit seinem dichten Unterholz geht mir auf die Nerven«, rief Semi und zog an seinem Fuß, der im Morast festsaß. »Da vorne ist wieder alles voller Dornen.« Er wies mit dem Kinn auf die Wand aus Büschen, die ein Dutzend Schritt die Böschung hinauf in ihrem Weg sprossen. »Zwei Tage marschieren wir jetzt schon durch den Wald, den Falkenzinken brav im Rücken. Warum musste es gestern bloß den ganzen Tag regnen? Haben die Götter nichts Besseres zu tun, als uns zu triezen?«

Heftig zerrte er an seinem Stiefel und der durchweichte Moosboden des Hœgswalds gab ihn schmatzend frei.

»Wenigstens schmerzt dein Arm nicht mehr«, versuchte Larima zu beschwichtigen und stieg über eine hohe Wurzel, wie sie überall im Wald ihren Weg versperrten, als wollten die Bäume selbst sie am Weiterkommen hindern.

Heimlich linste sie nach Semis linkem Oberarm. Der Verband war wieder feucht und schlammig, obwohl sie Semis Wunde heute Morgen in ihrer Schlafstätte, einer tiefen Wurzelkuhle, frisch eingerieben und verbunden hatte. »Dank der Salbe sind die Bisse des Ærgels kaum mehr zu sehen.«

Semi stieg über die Wurzel und kam auf sie zu, während er seinen Arm in alle Richtungen kreisen ließ. »Ja, keine Schmerzen mehr, aber einem Schildkampf sollte ich mich in nächster Zeit vielleicht nicht stellen.«

Larima begann, die Böschung hochzuklettern. Auf der feuchten Erde konnte sie sich kaum halten und sie nutzte junge Bäumchen, um sich an steilen Stellen hochzuziehen.

»Ich glaube, da oben wird es lichter«, sagte Semi, als sie die dornigen Büsche hinter sich ließen.

Larima war es nur recht, doch mit dem, was sie auf der Kuppe erwartete, hätte sie nicht gerechnet. Die Bäume wichen und gaben den Blick auf eine scheinbar endlose hellgrüne Weite frei.

Larima atmete ungläubig ein. »So was habe ich noch nie zuvor gesehen.«

Über leicht geschwungene Hügel wogte gelbgrünes Gras bis zum Horizont, unterbrochen nur von winzigen Baumgruppen, die sich hier und da behaupteten. Im Westen ragte in einigen Meilen Entfernung eine beeindruckende Mauer auf, hinter der Häuser ihre Giebel gen Himmel reckten.

Die muss viel länger als die Burgmauer von Groveflyk sein, um diese vielen Häuser zu umschließen.

Der Anblick von Niva war überwältigender, als sie ihn sich vorgestellt hatte. Die Häuser im Zentrum der Stadt ragten höher auf als das Haupthaus von Groveflyk. Mauern und Wände standen so dicht beieinander, dass kaum zu erkennen war, wo eines der Häuser anfing und das andere aufhörte.

Ist den Leuten da drin der Platz ausgegangen?

Auf der ihnen zugewandten Seite erkannte Larima eines der Stadttore, vor dem Wachen standen. Neben dem Tor rauschte ein Fluss durch einen Bogen in der Mauer, der mit Gittern versperrt war.

Genau wie das Symbol auf dem Amulett. Wir sind richtig.

Als Larimas Augen sich vom Anblick der Stadt und der Weite dahinter zögerlich lösten, wandte sie sich Semi zu. »Ich weiß jetzt, was die Dreiecke zu bedeuten haben.«

Semi riss seinen Blick von Niva los und sah seine Begleiterin überrascht an.

»Was denkst du? Wie weit sind wir durch den Hœgswald marschiert?«, fragte Larima.

Semi wandte sich um und blickte zurück zum Waldrand. Er betrachtet seine Finger und bog sie einzeln durch. »Am ersten Tag haben wir kaum was geschafft ...«, murmelte er. »Zweimal haben wir geschlafen.« Er sah Larima in die Augen. »Ich schätze mindestens fünfundvierzig Meilen, aber wahrscheinlich mehr.«

Sie nickte. »Ich denke, es waren ziemlich genau fünfzig. Auf dem Amulett sind zwei Dreiecke unter dem Bild mit dem Wald. Jedes muss also für fünfundzwanzig Meilen stehen.«

Semi überlegte, dann nickte er. »Das könnte sein. Aber denk an die Zeichen unter dem Symbol für diese Unendliche Weide. Sind da nicht viel mehr von diesen Dreiecken? Dann müssten wir wirklich weit durch dieses Nichts marschieren.« In seinen Augen konnte sie Sorge erkennen.

Es ist das Unbekannte, vor dem er Angst hat.

Das beklemmende Gefühl in ihrer Brust bewies, dass es ihr ähnlich erging bei dem Gedanken, durch die baumlose Weite zu laufen.

Sie zog das Amulett hervor. Unter dem Zeichen mit dem großen Hirsch, diesem Hjorta, befanden sich tatsächlich acht Dreiecke. Ihnen stand eine lange Reise bevor. Und sie wussten nicht einmal, was sie am Ende erwartete.

Sie stopfte das Amulett zurück und blickte zu den Häusern hinüber, die sich in dem Ring aus Stein drängten. Ein wenig fürchtete sie sich, die Stadt zu betreten. Andererseits war sie wahnsinnig neugierig, was sie dort erwartete.

- 5 -

Eschenstab hielt sein Pferd neben einem gedrungenen Rasthaus und blickte die Straße hinunter, die durch den Wald bis zur Jarlsstadt Skogbrynet führte. Auch ihre Suche südlich von Groveflyk verlief ergebnislos. Niemand hatte von den beiden gehört.

Hätte ich nach meinem unnützen Besuch der Kolonie die Suche im Utlendwald nur abgebrochen.

Aber er war seiner Intuition nicht gefolgt, sondern weiter dem nutzlosen Gedanken, dass sich das Mädchen nahe ihrer alten Heimat versteckt hielt. Erst nachdem seine Männer den gesamten Wald erfolglos abgesucht hatten, hatte er befohlen, sich nach Süden zu wenden.

Viel zu spät. In den drei Tagen, die wir diese Blagen schon suchen, können sie es sonstwohin geschafft haben.

Eschenstab hielt die Zügel seines Rappen so fest gepackt, dass das Leder seiner Handschuhe knirschte.

Da er und seine Männer zu Pferde waren, kamen sie zwar schnell voran, mussten sich aber weitgehend an die Straßen halten, was die Ausreißer offensichtlich nicht getan hatten. Doch irgendwer musste sie gesehen haben. Und darauf baute er.

Eschenstab gab Koskan einen Wink. Dieser glitt von seinem Pferd und lief auf den Zugang des Gasthauses zu.

»Frag nach einem Mädchen mit bronzefarbenen Haaren und einem kleinen Aufschneider. Die beiden sollten auffallen«, befahl er seiner zweiten Hand und beobachtete, wie der Mann durch die klapprige Tür im Inneren verschwand.

Dass er Robart fortgeschickt hatte, war genau das mahnende Beispiel für seine Männer gewesen, das sich Eschenstab erhofft hatte. Sie wussten, dass er nicht weniger als das Beste von ihnen erwartete. Den weichlichen Fettsack Ertin duldete er nur bei sich, weil dessen Vater der Fehird in Skogbrynet und damit sein Einfluss auf den Jarl nicht unerheblich war. Dies konnte sich eines Tages als nützlich erweisen.

Als die Tür des Gasthauses hart zuschlug, fuhr Eschenstabs Kopf herum. Koskan war herausgetreten und auf seinem Gesicht stand ein schmieriges Grinsen, als er an seinen Rappen trat und sich in den Sattel schwang.

»Eine dralle Schankmaid haben sie da drin. Ihre Lippen schmecken süß«, verkündete er.

»Waren die beiden hier?«, unterbrach ihn Eschenstab unwirsch.

Koskan blieb ungerührt. »Nein«, sagte er mit tonloser Stimme. »Keiner da drin hat sie gesehen.«

»Dann sind sie nicht Richtung Süden gelaufen. Wir wenden.«

»Und wo sollen wir dann suchen?«, fragte Lurge. Der Kerl war so hässlich, dass Milch stockte, wenn er seine Fratze über die Schale hielt. Zu allem Überfluss waren ihm fast alle Haare ausgefallen und ließen eine narbige Landschaft auf dem Kopf zurück, als hätten sich Mehlwürmer durch die Haut gefressen. Aber der Kerl besaß kräftige Schultern, wusste sein Schwert zu führen und war keine Memme, wenn es zählte. Darauf kam es Eschenstab an.

»Wir werden nach Norden reiten«, antwortete Eschenstab ihm.

»Nach Norden?«, kam es überrascht aus mehreren Kehlen.

Koskan lenkte sein Pferd nah an das von Eschenstab heran. »Denkst du wirklich, wir finden die beiden dort? Da oben gibt es doch nichts.«

Eschenstab ärgerte sich über das, was er in den Augen seiner zweiten Hand sah: Furcht vor dem Unbekannten. Dieselbe Furcht, die in Robarts Fratze gestanden hatte. Eschenstab war versucht, seinen Handschuh zu heben und ihn in Koskans Gesicht donnern zu lassen.

»Im Norden gibt es Städte, die Skogbrynet wie einen Bauernhof erscheinen lassen«, verkündete Eschenstab mit einer Stimme, die keinen Widerspruch duldete. »Kaum mehr als eineinhalb Tagesritte von hier, am Rande einer riesigen Wiese, liegt eine Stadt, in deren Häuserschluchten sich solch Gesindel wie die beiden Groveflyker ewig versteckt halten könnte, wenn wir es nicht heraustreiben.«

Wenn Larima und Semi von Groveflyk aus dorthin gewandert sind, könnten sie inzwischen in Niva angekommen sein. Wenn wir uns beeilen, erwischen wir sie dort.

»Ich war schon einmal in der Stadt«, erzählte Eschenstab. »Dort habe ich mir einen Namen bei einigen der Wirte gemacht. Sollte nur die Hälfte davon ihren Kopf noch auf den Schultern tragen, werden wir schnell fündig werden. Nördlich der Stadtmauern beginnt die Unendliche Weide, wie die Städter die Grasebene ohne Wald nennen. Dort werden sich die beiden nicht verstecken können.«

Lurge nickte und grinste. Lutwin und Ertin stimmten ebenfalls zu.

Eschenstab hob die Hand, das Signal zum Aufbruch. Doch dann beugte er sich nochmal zu Koskan hinüber und packte ihn am Kragen.

»Mit Angsthasen kann ich nichts anfangen, Koskan. Das gilt auch für dich«, raunte er dem Mann so leise zu, dass die anderen es nicht hörten.

Er riss die Zügel herum und jagte im Galopp über die Straße zurück nach Norden.

Auch wenn es drängt, müssen wir zuerst Groveflyk einen kurzen Besuch abstatten. Ich würde zu gern wissen, was ein bestimmter Bewohner der Burg mir zu erzählen hat.

Es wäre doch gelacht, wenn er die zwei kleinen Ausreißer nicht schnappen würde. Er musste nur hoffen, auf der Burg schnell an seine Antworten zu kommen. Sonst konnte es zu spät sein, bis er in Niva ankam.

Über Nivas Dächer

- 1 -

Larima und Semi gelangten problemlos an den Torwachen vorbei. Larima verbarg ihren Langdolch unter ihrem Wams. Auch wenn es für Frauen nicht verboten war, einen Dolch zu tragen, wollte sie vermeiden, aufzufallen.

Semi brauchte Fochting nicht zu verstecken. Als erwachsener, männlicher Hallinger stand es ihm zu, ein Schwert oder eine Kriegsaxt zu tragen. Viel auffälliger wäre gewesen, hätte er keine Waffe bei sich getragen.

Im Süden Hallingas herrschte im Moment Frieden, doch sollte man sich des Gesindels erwehren können, das sich in den Wäldern ab und an herumtrieb und es auf die Goldstücke der Reisenden abgesehen hatte. Und diese Beutel schnitten die Gewissenlosen vom Gürtel eines Lebenden genauso gern wie von dem eines Toten.

Als sie die Wachen hinter sich gelassen hatten, übernahm Semi die Führung. Sie versuchten, so viele Straßen wie möglich zwischen sich und das Stadttor zu bringen, wo eine Menge Menschen in die Stadt strömten oder sie verließen. Wo es Reisende gab, liefen sie Gefahr, erkannt zu werden.

Niva überwältigte Larima. Jetzt, da sie zwischen den Häuserreihen stand und der Schatten der teilweise dreistöckigen Gebäude auf sie fiel, konnte sie gar nicht glauben, dass ein solcher Ort existierte. Woher kam all das Essen, um die Bewohner zu ernähren? Hier konnte doch nicht jeder ein eigenes Feld und einen Hühnerstall haben wie die Leute im Dorf Groveflyk.

»Wir sollten zuerst einen Markt suchen«, sagte Semi, der sich offenbar schneller an den Anblick der Stadt gewöhnte als seine Ziehschwester. »Unser Proviant schrumpft beunruhigend schnell. Uns bleibt nur noch eine Handvoll hartes Brot.«

Larima hatte nicht damit gerechnet, dass das Wandern so anstrengend werden würde. Jedes Mal, wenn sie eine Pause eingelegt hatten, hatte sie ein Heißhunger überfallen, wie sie ihn auf der Burg selten verspürt hatte. Pilze oder Beeren waren im Spätwintermond in den Wäldern so gut wie nicht zu finden. Und so war der Beutel mit den Lebensmitteln allzu schnell leichter geworden.

»Einen Markt aufzuspüren, sollte uns gelingen«, meinte Larima. »Doch wir dürfen nicht auffallen. Wenigstens weisen uns unsere Kleider inzwischen nicht mehr als Haronskinder aus.«

Semi blickte an sich hinab und sah mit großen Augen zu Larima, als bemerke er zum ersten Mal, dass Hose und Weste mit Schlamm beschmiert waren und sein ehemals hellgraues Leinenhemd die Farbe von trockenem Moos angenommen hatte. »Vielleicht sollte ich mich neu einkleiden.«

»Untersteh dich! Wir müssen alles vermeiden, wodurch Leute auf uns aufmerksam werden könnten. Außerdem wird unsere Geldbörse nicht ewig gefüllt bleiben. Wir können es uns nicht leisten, wie ein Jarl zu leben.«

Entgegen Larimas Erwartungen stellte sich die Suche nach dem Marktplatz als schwierig heraus. Er befand sich nicht in der Mitte der Siedlung wie in Dorf Groveflyk. Außerdem wollte Larima um jeden Preis die Hauptstraßen vermeiden, die die Stadttore untereinander verbanden, um nicht auf einen Reisenden aus dem Süden zu stoßen.

Nachdem sie eine Stunde gesucht hatten, stießen sie auf eine Seitenstraße, in der sich Silberschmiede niedergelassen hatten. Sie folgten der Krümmung der Straße und gelangten auf einen Platz, der voller Buden stand, an denen Händler ihre Waren anboten.

Schnell verschafften sich die beiden einen Überblick über den Marktplatz. Er war nicht groß, von niedrigen Häusern umgeben, und in seiner Mitte ragte eine ausladende, aber noch kahle Buche auf. Die Stände bildeten zwei Gassen, die sich links und rechts an dem Baum vorbeizogen.

»Wir sollten jeder eine der Händlergassen absuchen«, schlug Larima vor.

Semi nickte. »Wir brauchen eigentlich nur was zu Essen.«

»Und vielleicht einige Leinentücher als Verbandszeug«, ergänzte Larima. Dank der Salbe des Goders hatten sich die Wunden an Semis Schulter geschlossen und würden in einigen Tagen vollständig abgeheilt sein. Doch ihre Reise war noch lang und sie wollte vorbereitet sein, falls sich noch jemand verletzte.

»So machen wir es.« Semi zwinkerte ihr zu, als sie sich trennten. Larima guckte ihm verwirrt hinterher. Sie verstand nicht, was die Geste sollte.

Sie drehte sich um und wanderte die Stände auf der linken Seite entlang. Sie entdeckte zwei Händler, die geräuchertes und frisches Fleisch feilboten. Und an mehreren Ständen wurden getrocknete Äpfel, sauer eingelegte Rüben und anderes Obst und Gemüse verkauft. Als sie auf der anderen Seite des Platzes ankam, war Semi noch nicht da. Larima wartete einige Zeit, bis er endlich aus seiner Gasse kam. Er grinste sie an.

»Und?«, fragte sie. »Hast du etwas gefunden?«

Er schüttelte den Kopf. »Zumindest keinen Stand, der Lebensmittel verkauft.«

Larima wunderte sich, warum Semi so grinste. »Die standen in meiner Gasse«, sagte sie. »Wir sollten uns zuerst darum kümmern und uns dann ein wenig umhören.«

Die beiden kauften fünf Pfund getrocknete Apfelscheiben bei einer Bäuerin. Larima ließ sich auch zwei Bund Jorwurzeln und einen Kohlkopf einpacken.

»Ich weiß, die Wurzeln sind bitter, aber gesund«, sagte sie, als sie Semis erschrockenes Gesicht sah. »Damit wir bei Kräften bleiben.«

Dazu besorgten sie Speck und geräuchertes Fleisch von einem anderen Händler. Er pries das Geräucherte als Hjortafleisch von der Unendlichen Weide an. Sofort musste Larima an die Erklärung des Goders und das Zeichen auf ihrem Amulett denken, das den großen Hirsch mit riesigem Geweih zeigte.

Larima packte das Fleisch ein und verabschiedete sich, bevor der Händler zu neugierig wurde.

»Lass uns noch einmal durch die andere Gasse gehen. Vielleicht sehen wir etwas Nützliches, an das wir zuvor nicht gedacht haben«, schlug Larima vor. »Wer weiß, wie lang wir unterwegs sind, bis wir wieder auf einen Markt treffen.«

Als sie die Marktgasse entlangschlenderten, traute Larima ihren Augen nicht. Es gab nicht nur einen Händler, der Kräuter und Leinentücher verkaufte, sondern zwei Stände weiter auch einen Bäcker, der seinen Laden gegenüber dem eines Steinschnitzers aufgebaut hatte.

»Wo hast du bloß deine Augen?«, schimpfte Larima.

Semi zuckte mit den Schultern.

Zuerst besorgten sie ein halbes Dutzend Leinentücher, stellten sich dann gemeinsam an den Bäckerstand und ließen sich zwei Laib dunkles Brot einpacken. Damit hatten sie ihre Vorräte aufgestockt. Mehr konnten sie nicht kaufen, ohne Gefahr zu laufen, dass die Lebensmittel unterwegs trocken und ungenießbar wurden. In einigen Tagen würden sie sich erneut um die Verpflegung kümmern müssen.

Jetzt hatten sie erst einmal Zeit, unauffällig ein paar Erkundigungen über ihren weiteren Weg einzuholen und herauszufinden, was hinter der Unendlichen Weide auf sie wartete. Der Goder mochte recht haben und die drei Säulen auf dem Amulett standen für einen großen Tempel. Aber Larima und Semi mussten es genau wissen.

Das Finden von Antworten stellte sich als schwerer heraus, als Larima es sich vorgestellt hatte. Wollten sie nicht auffallen, durften sie nicht zu viele Fragen stellen. Die Leute, die sie befragten, wussten kaum etwas über die weite Ebene zu berichten. Selbst die Händler erzählten, dass sie sich stets nur an die Straße hielten, wenn sie von Niva aus in den Norden reisten, und diese niemals verließen. Verschiedene Gerüchte behaupteten, das Grasland würde endlos weitergehen, andere sagten, dass es an einer steilen Klippe endete.

Viele Städter verwiesen sie auf einen Væter, den weisesten Mann in Niva. Angeblich konnte er als Einziger Larimas und Semis Fragen beantworten, aber er empfing nur Männer.

Nachdem Larima und Semi einige Stunden damit zugebracht hatten, unauffällig Marktbesucher und Händler in Gespräche zu verwickeln, zogen sie sich mit ihrer kargen Ausbeute an einen Brunnen am Rand des Marktes zurück. Larima brach zwei Stücke von dem frischen Brot ab und reichte Semi eines. Herzhaft bissen sie hinein. Der Geschmack hielt, was der Geruch versprochen hatte.

Was gibt es Besseres als frisch gebackenes Brot?

»Uns bleibt nur dieser Væter«, stellte Semi kauend fest. »Du hast es gehört. Nur er kann uns etwas über die Weide erzählen.«

Larima starrte vor sich hin und schluckte den letzten Bissen hinunter.

»Sag doch was, Larima!«, beschwerte sich Semi.

»Ich denke, wir sollten den Mann nicht aufsuchen.«

»Wieso?«, rief er überrascht und zu laut. Einige Passanten sahen zu ihnen herüber.

»Pst!«, zischte Larima ihn an.

»Wieso?«, wiederholte Semi leiser.

»Genau deshalb. Wir sollten jedes Aufsehen vermeiden. Ein Weiser, den die ganze Stadt aufsucht, sollte als Letzter wissen, dass wir hier sind und in die Ebene wollen.«

»Aber er ist unsere einzige Möglichkeit, etwas über diese Gegend zu erfahren. Wer weiß, wie weit es bis zum Ende der Weide ist? Und was ist mit dem nächsten Symbol? Den drei Säulen? Wir haben keine Ahnung, was die zu bedeuten haben und wohin wir als Nächstes müssen.« Semi sprach mit jedem Satz lauter. Wieder beäugten sie die ersten Passanten.

»Du sollst leiser sprechen!«, ermahnte ihn Larima ärgerlich. »Wir gehen nicht zu dem Weisen. Es ist mein Amulett und ich möchte nicht, dass dieser Mann es sieht. Und damit Schluss.«

»Aber wir brauchen jede Hilfe, die wir bekommen können!«, quäkte Semi.

Bei dem Wort Hilfe beäugte die schlanke Händlerin am Tuchstand sie neugierig.

»Genug!« Larima sprang auf. »Wir müssen hier weg, bevor die ganze Stadt auf uns aufmerksam wird.«

Semi erhob sich mürrisch. Er wollte noch etwas sagen, aber nach Larimas grimmigem Blick klappte er seinen Mund zu.

- 2 -

Sie verließen das vornehme Viertel von Niva mit seinem Tempel und den hochaufragenden Fachwerkhäusern. Larima meinte, dass sie von den Rittern und Edelleuten, die sich dort tummelten, erkannt werden könnten, und Semi gab ihr recht. Die Menschen im ärmlichen Teil der Stadt, in dem die Häuser sich geduckt aneinander anlehnten und die Gassen nach Urin stanken, kannten den Namen Groveflyk hingegen sicher nicht.

Als sie zwischen dem bettelnden Gesindel, das die Wege verstopfte und kaum vom herumliegenden Unrat zu unterscheiden war, eine Bleibe suchten, war Semi froh, dass Fochting an seinem Gürtel hing. Von unten am Flusshafen scholl das Gegröle betrunkener Matrosen zu ihnen herauf. Semi verzichtete darauf, sich vorzustellen, welche Gerüche dort die Luft verpesten mussten.

Das Gasthaus mit der bröckeligen Fassade, in das die beiden zu guter Letzt hineinstolperten, wirkte wenig gemütlich. Da er aber Streit mit Larima vermeiden wollte, folgte er ihr ohne Widerworte.

An der langen Theke im Schankraum fläzten sich Kerle auf krummbeinigen Hockern. Vor jedem stand ein Humpen Bier. Auch das restliche halbe Dutzend Tische war von Männern besetzt. Semi sah nur zwei Frauen, deren enge Schnürmieder ihre Brüste nach oben pressten. Die Damen waren sicher nicht zu ihrem eigenen Vergnügen hier.

Larima marschierte zielstrebig auf die Theke zu und wartete, bis sich der Wirt zu ihr bequemte und sich grinsend zu ihr vorbeugte. Seine Zähne waren gelber als das dünne Bier, das er ausschenkte.

»Was darf's denn sein, meine Kleine? Hast du dich verlaufen?«

Larima ignorierte seine freche Frage. »Wir wollen ein Zimmer.«

Der Wirt nickte. Er blickte von ihr zu Semi und grinste noch breiter, als wüsste er, was die beiden vorhätten. »Eine Nacht kostet einen Taler.«

Larima fummelte an ihrer Börse und legte dann einen Miosim auf die Theke. Der Wirt schlurfte einige Schritte und griff neben dem aufgebockten Bierfass in ein Regal. Er ließ einen schmucklosen, rostigen Schlüssel neben die Münze auf den Tresen fallen und schnappte sich gierig das Geldstück.

»Oben, das mittlere auf der linken Seite«, sagte er und wies dann in den Schankraum. »Sucht euch einen Platz! Irgendwo wird schon noch ein Stuhl frei sein. Ich bringe euch etwas vom Eintopf. Ist im Preis mit drin.«

Larima warf Semi einen Blick zu. Er ahnte, was sie dachte. Sie durften nicht lang im Schankraum bleiben, denn je länger sie hier saßen, desto mehr Gäste würden sich später an sie erinnern.

Sie schüttelte den Kopf in Richtung des Wirts. »Wir verzichten auf den Eintopf und gehen gleich nach oben. Mein Begleiter verträgt fremdes Essen nicht.«

Es war wie das Kommando zum Tumult. Sofort erbebte die Stube vor Gelächter. Die Männer am hintersten Tisch, die ihre Haare unter schwarzen Tüchern verbargen, ließen ihre Bierhumpen rhythmisch auf das Holz donnern.

»Soll dir deine Mutter das Essen aufs Zimmer bringen?«, rief ein rotnasiger Mann, dessen Hintern an beiden Seiten seines Hockers herunterquoll.

Semis Hand wollte an den Griff seines Schwertes schnellen, doch Larima schnappte sie sich wie nebenbei. Mit der anderen griff sie nach dem Schlüssel und zog Semi aus der Stube.

»Das war so unnötig!«, blaffte er Larima an, als sie die Tür zu ihrer Kammer hinter sich geschlossen hatten. »Hast du eigentlich schon mal an meine Ehre gedacht? Oder ist das wahre Ziel dieser

Reise, mich in möglichst vielen Orten zu blamieren und mich zum Gespött von ganz Hallinga zu machen?«

Larima wich einen Schritt vor ihm zurück. Sie blickte ihn an und in ihrem Gesicht sah Semi offene Bestürzung. Plötzlich tat ihm seine rüde Rede leid.

»Ich wollte nur sichergehen, dass man uns nicht findet«, verteidigte sie sich. »Es kam einfach so aus mir heraus. Wahrscheinlich habe ich schlicht zu viel Angst davor, irgendwo aufzufallen. Leider habe ich wohl genau das Gegenteil erreicht.«

Semi seufzte müde. »Nein, es ist gut. Es war mein Fehler.« Er ließ sich rückwärts aufs Bett fallen. Eine Staubwolke stob hervor. »Du hast recht. Am Wichtigsten ist es, dass uns niemand erkennt und wir nicht auffallen. Inzwischen werden unsere Eltern jemanden losgeschickt haben, um uns zu finden.«

Larima blickte ernst zu ihm herab. »Wir müssen so schnell wie möglich weiter. Je länger wir uns in der Stadt aufhalten, desto eher werden wir entdeckt. Niva ist nicht weit von Groveflyk entfernt. Vor allem nicht, wenn man reitet.«

Und nicht wie wir zu Fuß durch die Wälder stolpert.

Semi drehte sich auf die Seite und stützte den Kopf auf den Arm. »Du bist sicher, dass wir diesen Væter nicht doch aufsuchen sollten? Sein Rat kann von unschätzbarem Wert sein.«

»Oder völlig nutzlos«, parierte Larima. »Der Kerl wird uns möglicherweise einiges über die Ebene sagen können. Aber nachdem wir bei ihm waren, kann er jedem, der zu ihm kommt und nach uns fragt, alles über uns und unsere Reise erzählen. Stell dir all die Leute vor, die sich vor seinem Haus drängen werden und uns beim Betreten beobachten könnten. Nein, das ist wahrlich nicht der Ort für uns, wenn wir unbemerkt bleiben wollen.«

Semi starrte vor sich hin. »Na gut, wenn du meinst«, sagte er schließlich.

Larima zog sich ihr Wams aus, streifte die Hose ab und legte sich in ihrem Untergewand neben ihn ins Bett.

»Was machst du?«, fragte Semi. Durch das Fenster strahlte das rotgelbe Licht des Sonnenuntergangs herein. Es würde noch eine Stunde dauern, bis es dunkel wurde.

»Ich lege mich schlafen und versuche, diese Nacht in einem Bett zu genießen. Und du solltest das auch tun.«

Noch lange, nachdem Larima eingeschlafen war, lag Semi wach und beobachtete sie beim Schlafen. Bis tief in die Nacht grübelte er und versuchte, eine Entscheidung zu treffen. So wirklich überzeugt von Larimas Entscheidung war er nicht.

- 3 -

Larima öffnete schlaftrunken die Augen und war im ersten Moment verwirrt, anstelle der dunklen Steinmauern von Burg Groveflyk Holzbalken über sich zu sehen. Dann erinnerte sie sich daran, wo sie sich befand, und richtete sich auf. Das Trommeln des Regens auf dem Dach hatte vor längerer Zeit aufgehört.

Die Fenster ihres Herbergszimmers führten nach Westen, sodass die Morgensonne nicht hereinschien. Dennoch konnte Larima den hellen, blauen Himmel erkennen. Es musste eine Stunde nach Sonnenaufgang sein. Sie hörte ein Fuhrwerk durch die unebene Gasse vor dem Gasthof klappern.

Sie schlug die Decke weg, stand auf und grapschte nach ihrem Wams. Als ihr Blick auf die zweite Hälfte des Bettes fiel, zuckte sie zusammen. Es war leer.

Wo war Semi hin? Ein schrecklicher Verdacht stieg in ihr auf. Sie suchte an ihrem Hals nach ihren Amuletten und konnte sie nicht finden. Sie konnte es nicht fassen.

Wie kann er mich nur so hintergehen? Er weiß doch, dass ich nichts davon halte, dass er zu diesem Væter geht.

Schnell zog sie sich an, raffte alle ihre Habseligkeiten zusammen, riss die Tür zum Gang auf und stürmte hinaus.

Dort prallte sie mit Semi zusammen, der erstarrt im Flur stand. Er hielt seinen Kopf geneigt und lauschte offenbar auf etwas, das von der Treppe nach oben schallte.

Als Semi Larima erblickte, packte er sie und legte seine Hand auf ihren Mund. Obwohl sie zappelte, schob er sie ins Zimmer zurück. Larima kam gegen seine Kraft nicht an. Mit dem Fuß schloss er vorsichtig die Tür hinter ihnen.

»Bleib ruhig!«, flüsterte Semi ihr ins Ohr. »Wir stecken in gewaltigen Schwierigkeiten.« Er nahm seine Hand langsam von ihrem Mund, als hätte er Angst, sie könnte im ersten Moment losbrüllen wie eine Wahnsinnige.

Doch Larima blieb ruhig. »Ich denke, du bist es, der in Schwierigkeiten steckt«, sagte sie leise, während sie sich umdrehte. »Wo ist mein Amulett? Du wolltest es zu diesem Væter bringen, stimmt's?«

Semi hob beschwichtigend eine Hand. »Ja«, gab er zu. »Aber das ist im Moment nicht unser Problem. Ich habe den Wirt unten in der Stube belauscht. Jemand ist bei ihm. Er gehört zu einer Gruppe Reiter, die heute Morgen in die Stadt gekommen ist. Sie suchen nach uns.«

Larima erbleichte. Sie ließ die Hand sinken, die sie fordernd nach dem Amulett ausgestreckt hatte. »Der Kerl ist hier im Haus?«, flüsterte sie. Angst beschlich sie. Sie stellte sich den Wirt vor. Er trug eine zerrissene Weste, war unrasiert und sein Gasthaus stellte bestimmt keine Goldgrube dar. Larima war sicher, dass der Kerl sie an den Reiter verkaufen würde, ohne mit der Wimper zu zucken.

Sie wandte ihren erstarrten Blick Semi zu. *Wohin?*, formte sie still mit den Lippen.

Semi packte ihre Hand. »Hast du all deine Sachen?«, hauchte er.

Larima nickte. Semi öffnete die Zimmertür leise und lauschte auf den Gang hinaus. Stimmen klangen von unten herauf. Anscheinend steckte der Wirt noch in Verhandlungen, wie viel ihm der Verrat an seinen Gästen einbringen konnte.

Semi zog sie aus dem Zimmer. Am Ende des Ganges fand sich ein schmales Fenster. Semi ließ Larimas Hand fahren und öffnete geschickt den Verschluss. Dennoch knarrte der Rahmen, als er ihn aufzog.

Hinter der Fensteröffnung ging es drei Schritt hinunter auf die Gasse. Doch nur zwei Armlängen vor ihnen begann das Dach eines einstöckigen Hauses, das mit grauen Schindeln gedeckt war, die im Morgenlicht nass schimmerten.

»Wir werden rüberspringen müssen. Schaffst du das?«, fragte Semi.

Larima blickte besorgt nach unten und in ihrem Kopf drehte es sich. Dennoch nickte sie.

Ich kann es schaffen, wenn ich nur das Dach gegenüber fixiere!

Die beiden hörten, wie unten in der Schankstube eine Tür knallte und die Stimmen lauter wurden.

»Larima, ich möchte dich nicht drängen«, flüsterte Semi gepresst. »Doch ich fürchte, uns läuft die Zeit davon.«

Larima nickte, stieg auf das Fensterbrett und reichte Semi ihren Rucksack. Sie konzentrierte sich auf ihr Ziel und sprang zum Dach des gegenüberliegenden Hauses hinüber. Sie landete auf allen Vieren, drehte sich schnell um und nahm die Taschen in Empfang, die Semi zu ihr hinüberwarf. Bewundernd beobachtete sie, wie er sich auf das schmale Fenstersims schwang, das Fenster hinter sich zuzog, so gut es ging, und katzengleich neben ihr auf dem Dach landete.

»Ich wusste gar nicht, dass du ein Akrobat bist«, flüsterte Larima. Sie konnte ihm wegen seines Alleingangs nicht mehr böse sein. Wäre er nicht gewesen, wären sie sicher im Schlaf überrascht worden.

Jetzt geht es darum, dass wir von hier wegkommen, ohne dass uns diese Kerle erwischen.

Semi lächelte und schnappte sich seine Tasche. Plötzlich drangen dunkle Stimmen aus dem Gang des Wirtshauses durch den Spalt des Fensters zu ihnen heraus.

Zu spät. Sie sind im oberen Stockwerk. Gleich werden sie uns sehen.

Eilig begann Semi über das Dach zu klettern und Larima folgte ihm. Sie musste aufpassen, auf den nassen Ziegeln nicht auszurutschen, und beeilte sich, Semi auf den Knien hinterherzukommen. Bei jedem Atemzug erwartete sie, hinter sich das Schlagen des Fensters zu hören. Als sie nur noch zwei Mannlängen von der Dachkante entfernt war, hinter der sie in Deckung hätte gehen können, öffnete sich das Fenster hinter ihr knarrend.

»Da sind die zwei!«, rief eine wütende Stimme.

Larima blickte panisch über ihre Schulter und erkannte einen von Eschenstabs Männern, der sie mit wilden Augen anstarrte.

Jetzt haben sie uns. Wie soll ich rechtzeitig von hier wegkommen?

Der Glatzköpfige verzog sein hässliches Gesicht und versuchte, sich durch das Fenster zu quetschen, aber die Öffnung war zu schmal für den Kerl.

Larima wandte sich um und eilte auf Semi zu, der wild gestikulierend an der Dachkante wartete und mit schreckgeweiteten Augen das Geschehen am Wirtshausfenster beobachtete.

In der Hast glitt Larimas rechte Hand auf einer Schindel aus und fast wäre sie mit dem Kopf auf das Dach geknallt.

Während Eschenstabs Scherge wild fluchend weiterhin den aussichtslosen Kampf gegen das schmale Fenster führte, erreichte Larima den Dachfirst und folgte Semi auf der anderen Seite hinab. Nach fünf Schritt endeten die Schindeln, doch das nächste Haus schloss direkt daran an. Zuerst dachte Larima, dass sie keinen Halt an den steilen, dunkelgrünen Lehmschindeln finden würde, aber sie stellten sich als rau heraus. Es gelang ihr, hinter Semi den Kamm auch dieses Daches zu erreichen.

Sie blickte zurück. Das Fenster des Wirtshauses war weit geöffnet, doch von dem Kerl war keine Spur mehr zu sehen.

»Er muss aufgegeben haben«, sagte Larima.

»Was das Fenster betrifft«, warf Semi ein. »Er wird seinen Kumpanen Bescheid geben und dann werden sie hinter uns her sein. Wir müssen sehen, dass wir hier wegkommen!«

Larima konnte ihm nicht widersprechen. Hastig ließ sie sich auf der anderen Seite hinuntergleiten, bis das Dach des nächsten Hauses begann. Wieder trennten nur wenige Spann die Schindeln der Dächer voneinander. Solange sie nicht hinab in die Gasse blickte, konnte sie den Schwindel zurückdrängen und leicht das Gebäude wechseln.

Doch was, wenn ich weiter springen muss?

Larima drängte den Gedanken zurück und konzentrierte sich darauf, hinter Semi von Dach zu Dach zu klettern. Immer wieder wandte ihr Ziehbruder sich um und kontrollierte, ob sie verfolgt wurden. Offenbar hatten ihre Jäger ihre Spur bisher nicht aufnehmen können. Oder sie waren sich der Tatsache bewusst, dass Larima und Semi irgendwann von den Dächern herunterkommen mussten.

Auf dem nächsten Häuserkamm erstarrte ihr Ziehbruder.

»Was ist los?«, fragte Larima ihn von unten.

»Hier verläuft eine breite Straße. In diese Richtung können wir nicht weiter. Aber ich sehe da drüben schon das Nordtor. Folge mir! Ich denke, ich weiß, wie wir dorthin kommen.« Er robbte am Kamm entlang und erreichte die schmale Seite des Hauses. Dort erhob er sich.

Larima kletterte nach oben und folgte Semi vorsichtig. Die Häuser trennte auf dieser Seite nur ein Gässchen. Der Abstand zum nächsten Dach erwies sich als gering, aber um mindestens eine Armlänge breiter, als es der Sprung vom Fenster des Gasthauses aus gewesen war.

Larima blickte nach unten und der Abgrund kam ihr vor wie eine Schlucht, die tausende Meilen hinunterführte.

»Wir müssen rüber!«, verkündete Semi.

Sie wollte protestieren, doch schon schwang sich ihr Ziehbruder nach vorn und landete selbstsicher auf dem angrenzenden Dach. Er ging einige Schritt zur Seite, um Larima Platz zu machen, dann sah er ihr erwartungsvoll entgegen.

Sie wagte es nicht, erneut nach unten zu sehen. Sie wusste, dass dies den Schwindel in ihrem Kopf nur verstärken würde. Heftig atmend blieb sie einen Schritt vom Rand des Daches entfernt stehen.

Komm schon, du schaffst das!

Ihr Körper zitterte und ihre Knie wurden weich.

Semi winkte ihr, zu springen. Er beobachtete unruhig die Dächer um sie herum und horchte in die Straßenschluchten hinein. Offenbar rechnete er jeden Moment damit, dass ihre Verfolger auftauchten.

Der Sprung zum anderen Dach war nicht weit. Das wusste sie. Trotzdem fürchtete sich Larima, als müsste sie sich eine Klippe hinunterstürzen. Stünde sie auf einer Wiese, käme ihr derselbe Sprung sicher lächerlich einfach vor.

Das war es! Sie musste sich vorstellen, dass sie auf einer harmlosen Blumenwiese stand. Larima schloss die Augen, doch sie spürte die kalten, von der regenreichen Nacht rutschigen Schindeln unter ihren Sohlen. Das machte es schwer, sich diese Blumenwiese vorzustellen.

Spürst du nicht das Gras, das mit Raureif bedeckt ist?

Sie riss die Augen auf, fixierte Semi und begann zu laufen. Sie wollte abspringen, als sich ihr Blick löste und nach unten huschte. Sie sah die Schlucht, über die sie springen wollte und an deren Grund, viele, viele Meilen unter ihr, sich eine dunkle Gasse befand.

Larima atmete erschrocken ein. Ihre Knie gaben nach, sie strauchelte und ihre Füße rutschten über den Dachgiebel. Sie verpasste den Absprungmoment und versuchte zu retten, was zu retten war, indem sie sich kräftig abstieß.

Doch ihr Sprung wurde viel zu kurz. Panisch beobachtete sie, wie der Rand des Daches an ihr vorbeiglitt und sie hinunterrauschte. Geistesgegenwärtig streckte sie die Arme aus und bekam ein Holzstück zu fassen. Sie klammerte sich daran fest und konnte verhindern, vollends in die Tiefe zu stürzen. Ihr Körper schlug hart gegen das Fachwerk des Hauses. Die Luft wurde ihr aus den Lungen gedrückt. Von oben erklang ein erschreckter Schrei.

Als Larima zur Ruhe gekommen war, öffnete sie ihre Augen. Sie klammerte sich an ein Holzschild, das zu verwittert war, als dass man noch erkennen konnte, was es einmal gezeigt haben mochte. Als sie zögerlich nach unten blickte, merkte sie, dass ihre Füße nur knapp zwei Spann über dem matschigen Boden der Gasse schwebten. Sie stieß einen verwunderten Schnaufer aus und ließ sich fallen.

Schaudernd blickte sie die Hausfront hinauf. In acht Schritt Höhe lugte ein blasses Gesicht über die Schindeln und blickte zu ihr hinunter.

Ich bin gefallen! Ich bin vom Dach gefallen!

Noch bevor sie zu Atem kommen konnte, erklang von rechts ein lauter Ruf. »Ich habe die Göre gefunden!«

Erschrocken riss Larima den Kopf herum und erkannte einen Mann in einem langen schwarzen Mantel. Es war der riesenhafte Kerl aus Eschenstabs Gefolge. Er stand kaum zehn Schritt von ihr entfernt am Eingang der Gasse und winkte jemandem auf der breiten Straße zu.

Ich muss hier weg oder sie haben mich.

Angsterfüllt sah Larima sich um. Wohin sollte sie sich wenden?

»Larima, hierher!«

Sie blickte in die Richtung, aus der die Stimme gekommen war, und erkannte Semi, der ein Stück weiter links seine Arme herunterstreckte. Er hatte ein Haus gefunden, dessen Dach nur knapp zwei Schritt über der Gasse begann.

»Komm her, ich helfe dir rauf!«, rief er.

Larima rannte auf ihren Ziehbruder zu. Hinter sich hörte sie Männerstimmen aufgeregt durcheinanderrufen und Stiefel durch den Matsch platschen. Sie wusste, ohne sich umzuwenden, dass Eschenstabs Schergen in die Gasse drängten. Ihr blieben nur einige Herzschläge, bis die Kerle sie erreichen würden.

Eilends packte sie Semis Hände. Sie sprang ab und zugleich zog er sie in die Höhe. Larima fühlte mit ihren Füßen einen Vorsprung an der Hausfront und stieß sich kräftig ab. Einen Atemzug später fand sie sich neben Semi auf den grauen Schindeln des Daches wieder.

Er ergriff ihre Handgelenke und half ihr auf. »Bei Arano, wir müssen schnell weiter. Die Kerle geben nicht auf!«

Wie eine Antwort gellten laute Flüche von der Gasse herauf.

Kopflos folgte Larima Semi von Dach zu Dach. Ihre Füße trommelten im Takt ihres rasenden Herzens auf die Dachschindeln. Es war ein Spiel mit dem Glück.

Jederzeit können wir ausrutschen und uns alle Knochen brechen.

Hoffentlich wusste Semi, wohin er sie führte. Endlich gelangten die beiden auf ein weiteres niedriges Haus, hinter dem sich die nächste Hütte bereits an die Stadtmauer lehnte. Semi warf sich am Rand zu Boden und spähte nach unten.

Larima richtete ihren Blick auf seine braunen Haare, die struppig abstanden, um nicht wieder in die Tiefe sehen zu müssen.

»Hier können wir runter in die Gasse. Es sind kaum zwei Schritt«, stellte Semi fest und ließ im nächsten Atemzug seine Beine über den Rand hängen. Er klammerte sich nur mehr mit den Fingern an die äußersten Ziegel. Einen Herzschlag später war er verschwunden.

Larima atmete ruhig ein und aus.

Ich muss vergessen, was eben passiert ist!

Sie rief sich in Erinnerung, dass sie es an der Burgmauer in Groveflyk auch geschafft hatte, sich aus der Luke ins Gras fallen zu lassen. Unter ihr in der Gasse gab es kein Gras, aber Semi hatte gesagt, es seien nur zwei Schritt.

Sie ließ sich auf ihre Knie nieder und drehte sich um.

Beeile dich!, brüllte eine panische Stimme in ihrem Kopf. *Sie kommen! Die Kerle sind gleich da!*

Sie schob sich über den Rand des Daches, klammerte sich mit ihren Händen fest und ließ sich fallen.

Der Sturz maß nur wenige Fingerbreiten. Schon platschten ihre Stiefel in den Schlamm der Gasse.

Sie sah sich um. Semi grinste sie stolz an. »Na also, das hätten wir geschafft. Wir müssen unbemerkt aus dieser Stadt herauskommen. Ich fürchte, wenn wir zum Tor gehen, laufen wir denen auf der Hauptstraße direkt in die Arme.« Er zögerte und blickte sich um. »Aber mir fällt nichts Besseres ein. Nur weg von hier!«

Semi legte einen Arm um Larimas Schultern und gemeinsam schlichen sie die Gasse entlang, bis sie an eine breite, gepflasterte Straße kamen. Vor ihnen schoben sich Fuhrkarren ratternd über das Pflaster. Die Bauern brachten Schwarzwurzeln, Lauch und Pastinaken in die Stadt, um sie auf dem Markt zu verkaufen.

Semi wagte sich weiter aus der Gasse und blickte nach links und rechts. Schnell zog er sich zurück. »Ich habe keinen der Männer gesehen. Wir können es schaffen. Am Tor stehen drei Wachen. Sie scheinen mir zwar nicht besonders aufmerksam, vielleicht halten sie aber Ausschau nach dem vermissten Sohn und der vermissten Tochter eines Haron. Wenn wir unauffällig weitergehen, ist es dennoch gut möglich, dass sie uns nicht aufhalten werden.«

Larima zögerte, obwohl sie befürchtete, jeden Augenblick das hässliche Gesicht von Eschenstabs Handlanger in der Menge vor sich auftauchen zu sehen. Ihr war das Ganze zu unsicher. Es gab nur diese eine Gelegenheit und die mussten sie bestmöglich nutzen. Sie hielt Semi zurück, der schon auf die breite Straße treten wollte. »Warte! Nur einen kurzen Augenblick«, bat sie ihren Ziehbruder. Es musste eine bessere Möglichkeit geben, als einfach so zu versuchen, durch das Tor zu marschieren, und auf ihr Glück und die Unzuverlässigkeit der Wachen zu vertrauen.

Menschen strömten an ihnen vorbei. Manche schoben einen Handkarren oder trotteten einem hoch beladenen Ochsenkarren hinterher.

Plötzlich tauchte eine Gruppe zwischen den Häusern der Stadt auf. Es mussten fast zwei Dutzend sein, die alle weite Gewänder in verschiedenen Farben trugen, die ihnen um die Knöchel schwangen. Sie sangen aus vollen Kehlen einen Götterchoral. Die Passanten machten ihnen ehrfurchtsvoll Platz.

»Eine Gruppe Pilger!«, jauchzte Semi unterdrückt. Er drehte den Kopf so weit, dass er sie ansehen konnte, und zwinkerte. »Larima, du hast immer den besten Riecher.«

Als die Gläubigen an ihrem Versteck vorbeikamen, stießen Semi und Larima aus der Gasse hervor und drängten sich in die Mitte der Gruppe. Sofort fielen sie laut in den Gesang mit ein.

Larima krümmte den Rücken, wandte ihr Gesicht dem Boden zu und folgte den Schritten des Vordermanns auf das Stadttor zu.

Ganz nah dran

- 1 -

Larima wagte es erst, den Kopf zu heben, als sie das Stadttor weit hinter sich gelassen hatten. Die Gruppe folgte einer sandigen Straße nach Norden. Rechts vor ihr erstreckte sich das grüne Meer wogender Gräser bis an den Horizont.

Neben Larima marschierte Semi inmitten der Pilger. Als sie ihren Blick zurückwandte, bemerkte sie, wie klein Niva hinter ihnen geworden war. Zwischen den Zinnen der Stadtmauer konnte sie gerade noch die Wachsoldaten erkennen.

Wir werden den Gläubigen einige Zeit folgen müssen. Wenn wir uns jetzt auf die Ebene durchschlagen, könnten die Stadtwachen uns beobachten. Und dann schicken sie unsere Verfolger gleich hinterher.

»Wer seid Ihr, Schwester?«, erklang eine sanfte Stimme neben Larima.

Wir sind entdeckt, dachte sie für einen schrecklichen Moment.

Sie wandte den Kopf nach rechts und erkannte einen jungen Mann, dessen Kopf unter einer himmelblauen Kapuze steckte. Sein blondes Haar stand in Strähnen hervor. Seine Augen musterten sie, doch sein Blick wirkte nicht feindselig, sondern neugierig.

Larima entspannte sich. Der Blonde sah nicht danach aus, als würde er sie an die Wachen verraten wollen. »Wenn Ihr eine Pilgerin seid, warum tragt Ihr nicht die lange Klæna?«, fragte er, da Larima nicht sofort antwortete.

Sie sah an sich herab und schüttelte den Kopf. »Wir sind einfache Reisende und suchen den Schutz der Götter.«

Diese Antwort schien dem jungen Pilger zu gefallen. Er lächelte ihr zu und wollte sich abwenden.

»Wohin geht Euer Zug?«, fragte Larima.

Der Mann streckte die Arme gen Himmel, als wäre Ovtahis über den Wolken ihr Ziel, dann zeigte er über die Ebene nach Norden. »Wir pilgern nach Godahus, das Dorf mit den drei Tempeln. Es liegt jenseits der Unendlichen Weide. Ihr habt sicher schon davon gehört.«

Larima nickte schnell. Sie war sofort hellhörig geworden. Drei Tempel wie die drei Säulen auf ihrem Amulett. Der Goder hatte gemeint, dass es sich um einen großen Tempel handeln musste, doch es konnte natürlich auch drei einzelne Tempel darstellen.

»Die Straße führt zuerst nach Osten zur Küste, dort werden wir dem Meeresvater Riebo opfern und versuchen, ihn zu besänftigen.«

Larima nickte, als wäre das alles für sie normal. Im dicht bewaldeten Groveflyk hingegen scherten sich die Leute wenig um den Gott des Meeres. Dort verehrten sie Fjern, die Schutzgöttin der lichten Wälder.

»Der Weg ist zwar länger, aber an der Küste entlang können wir die Unendliche Weide umgehen«, erklärte er. »Die Waræger, die sich auf ihr herumtreiben, sind eine Plage. Diese Söldner kümmern sich nicht um die Heiligkeit der Pilgerreise.« Der Mann sah sie an, als vermutete er in ihr plötzlich einen Waræger. Er schüttelte den Kopf und blickte nach vorn.

Larima ließ sich zurückfallen, bis sie neben Semi herlief. Am liebsten hätte sie die Pilgergruppe begleitet. Doch lang durften sie nicht auf der Straße bleiben. Hier konnten sie viel zu leicht entdeckt werden. Auch wenn das bedeutete, dass sie die Ebene allein durchqueren mussten.

Wir müssen aufpassen, dass wir diesen Waraegern aus dem Weg gehen.

Als Niva weit hinter ihnen lag und die Straße einen Bogen nach rechts machte, verließen Larima und Semi die Pilgergruppe und tauchten in ein nahes Birkenwäldchen ein.

»Da sind wir unseren Häschern erstmal entflogen«, sagte Semi grinsend, als sie versteckt zwischen den gefleckten Baumstämmen saßen.

»Aber es war knapp«, ermahnte Larima ihn ernst. »Ich glaube nicht, dass wir Eschenstab und seine Reiter völlig abgeschüttelt haben.«

Larima wollte ihre Kette unter ihrem Wams hervorziehen, doch sie lag nicht um ihren Hals. Als ihr der Grund dafür einfiel, streckte sie fordernd die Hand aus. »Ich denke, du hast noch etwas von mir.«

Semi errötete und sein Grinsen verschwand. Er kramte in seiner Tasche und zog die Amulette der Fladrea hervor. »Ich habe es nur gut gemeint«, stammelte er, als er die Kette in Larimas Handfläche legte. »Ich wollte, dass wir unser Ziel auf alle Fälle erreichen.« Als sich ihre Hände berührten, meinte Larima, zu sehen, wie Semi leicht zusammenzuckte.

Hat er wirklich Angst, dass ich ihn zusammenschimpfe wie Mutter? Im Gegensatz zu ihr kenne ich seinen Mut und bin jeden Tag dankbar, dass er mich begleitet.

»Ich vertraue dir und weiß, dass du hinter meinem Rücken keine Pläne mehr schmieden wirst, nach dem, was in Niva geschehen ist«, sagte sie und beugte sich über das Amulett. Sanft strich sie an seinen Rändern entlang. Nicht auszudenken, wenn es verloren gegangen wäre. Es stellte die einzige Verbindung zu ihrem Volk dar.

»Wenn wir nur eine Ahnung hätten, wohin uns die Zeichen als Nächstes führen«, sagte Semi.

Larima kicherte und zwinkerte ihm zu.

»Du weißt etwas? Woher?«, stammelte Semi.

Larima erklärte ihrem Begleiter, was sie von dem Pilger über das Dorf mit den drei Tempeln erfahren hatte.

»Dann müssen wir nur diese Weide durchqueren und finden unser nächstes Ziel«, frohlockte Semi.

Wenn das nur so einfach wird, wie es aus Semis Mund klingt.

Sie strich mit dem Finger über die Gravur mit dem großen Hirsch, den die Städter in Niva Hjorta nannten. Vielleicht begegneten sie auf ihrem Weg diesen Tieren. Larima hätte sie gern einmal zu Gesicht bekommen.

Ihr fielen erneut die acht Dreiecke auf, die unter dem Symbol des Hjortas ins Holz geschnitzt waren. Sie würden also zweihundert Meilen weit über diese Grasebene marschieren müssen, wenn sie den richtigen Weg hielten und sich nicht verliefen. Das bedeutete einen tagelangen Fußmarsch. Zum Glück hatten sie in Niva Zeit gehabt, um ihre Vorräte aufzustocken. In diesem Meer aus Gras mit den raren Waldinseln dürfte es nicht viel zu erjagen geben.

»Da ist noch etwas anderes«, sagte sie. »Auf der Unendlichen Weide treiben sich Söldner rum. Der Pilger, mit dem ich geredet habe, nannte sie Waræger.«

»Den Namen habe ich schon gehört«, sagte Semi. »Aber nie in einem erfreulichen Zusammenhang. Wir müssen unsere Augen unbedingt offen halten, solche Kerle können gefährlich werden.«

Die beiden verließen das Birkenwäldchen und versuchten, stets die Richtung nach Norden zu halten, die sie seit der Falkennase eingeschlagen hatten.

Niva haben wir hinter uns gelassen. Hoffentlich gilt das auch für unsere Verfolger.

- 2 -

Wir hatten sie schon fast.

Eschenstab packte seine Zügel hart und ließ das Leder knirschen, während sie aus der Stadt ritten.

Endlich einmal hatte der hässliche Lurge etwas richtig gemacht und im passenden Wirtshaus nach den Bälgern gesucht.

Dennoch sind sie über die Dächer entkommen. Und das nur, weil sich meine Männer bei der Verfolgung der zwei Dachtauben unbeholfen wie eine Horde Trolle angestellt haben.

Die Ausreißer mussten es unbemerkt aus der Stadt geschafft haben. In Niva waren sie jedenfalls nicht mehr gesehen worden.

Die Frage ist, wohin sie sich gewandt haben.

Eschenstab führte den Trupp an und sie preschten die Straße entlang.

Wahrscheinlich sind die Blagen weiter nach Norden unterwegs.

Wieso, bei Bilun, gerade dorthin? Die Fußspuren haben gezeigt, dass die Göre in der verlassenen Kolonie in Groveflyk herumgeschnüffelt hat. Vielleicht hat sie dort etwas gefunden ... irgendeine Karte womöglich, der sie folgen. Doch ich kann mir nicht vorstellen, dass sie dumm genug sind, die Straße zu verlassen.

An der Stelle, an der die Straße an einem Birkenwäldchen vorbeiführte und in einem weiten Bogen nach Nordosten weiterlief, stießen sie auf eine Gruppe Pilger. Eschenstab vergewisserte sich mit schnellem Blick, dass sich Larima oder Semargan nicht unter ihnen befanden, und ließ seine Männer an den nutzlosen Fanatikern vorbeireiten. Er hatte die Nase voll von dem göttergefälligen Geschwätz, das die Kuttenträger verbreiteten. Noch nie hatte er eine anständige Antwort aus dem Mund eines dieser stinkenden Kerle bekommen.

Einer aus der Gruppe glotzte Eschenstab an, als er vorüberritt. Fast hätte er gehalten, nur um den Mann in seiner weibischen himmelblauen Kutte zu erniedrigen und ihn zu lehren, dass man Höhergestellte nicht anstarrte.

Ohne auf eine Spur der Ausreißer zu treffen, folgten sie der Straße, bis es dunkel wurde, und rasteten in einem Gasthaus.

Am nächsten Tag erreichten sie ein winziges Dorf. Auch hier hatte sie niemand gesehen.

»Verdammt, wir hätten sie längst einholen müssen«, fluchte Koskan, nachdem sie erfolglos einige Bauern befragt hatten.

Eschenstab hegte die gleichen Gedanken. »Die sind nicht der Straße gefolgt, sondern geradewegs über die Grasebene marschiert«, sagte er, während er sich in seinen Sattel schwang.

»Das wäre Selbstmord«, meinte Koskan. »Auf der Ebene kampiert dieser üble Abschaum. Die Kerle treiben sich dort rum, bis ein blutiger Auftrag sie in die Wälder lockt.«

»Selbstmord, sicher. Doch genau die Art von selbstgerechtem Unterfangen, die ich Larima zutraue. Offenbar verfolgt das Fladreaweib ihre Ziele ohne Rücksicht auf Verluste. Wenn sie von Niva aus nach Norden marschiert sind, wissen wir ungefähr, wo wir suchen müssen.«

»Also rein ins Vergnügen?«, fragte Koskan. Er versuchte offensichtlich, seiner Stimme einen mutigen Klang zu geben.

Eschenstab ließ seinen Rappen antraben. »Wir reiten in die Ebene«, sagte er laut genug, dass alle Männer ihn hören konnten. Sie folgten ihm ohne Widerworte.

Es dauerte nicht lang, bis das ewige Blassgrün des Grasfelds ihnen auf die Nerven ging. Nirgends ein Hinweis auf Larima und Semargan und weit und breit keine Menschenseele, die sie nach ihnen fragen konnten.

Wir werden eine Menge Glück brauchen, wenn wir die beiden finden wollen.

Während der folgenden Nacht lagerten sie bei einem Wäldchen. Männer und Pferde fühlten sich in der Nähe der Bäume sicherer.

In der Ferne glomm der schwache Schein von zwei dürftigen Lagerfeuern in der Dunkelheit.

Am nächsten Morgen ritt Eschenstab auf die Stelle zu, von der er den Feuerschein gesehen hatte. Der Großteil der Söldner war bereits weitergezogen, doch stieß er auf drei Gesellen, die ihren Rausch nicht rechtzeitig ausgeschlafen hatten. Sie tränkten ihre Pferde an einem Bach und ließen währenddessen ein Tonkrüglein herumgehen.

Eschenstab ahnte, welche Art Trunk zwischen ihnen kreiste. Mit solchen Männern hatte er bereits zu tun gehabt. Söldner kannten keine Ehre und im Kampf galt für sie nur eines: Wer am meisten zahlte, war der Freund.

Die drei Waræger waren in schlichtes, braunes Leder und Kaninchenfelle gekleidet. Einer von ihnen, ein großer Blonder mit breiter Brust, trug Beinschienen aus Eisen und war mit einem riesigen Kriegshammer bewaffnet. Er stellte sich breitbeinig vor Eschenstab und reckte die Schultern.

»Was wollt ihr hier?«, brummte er dem Reiter entgegen.

Eschenstab ließ sich von dem Gebaren und der Gestalt des Mannes nicht einschüchtern. Am liebsten hätte er dem Söldner vor die Füße gespuckt, doch versuchte er, sich seine Abscheu nicht anmerken zu lassen. »Wir suchen jemanden. Ich frage mich, ob euch ein Junge und ein Mädchen aufgefallen sind, die hier herumstreunen.«

Die anderen kamen neugierig näher. Eschenstab bemerkte, dass der eine nur noch ein Auge besaß. Eine breite Narbe, wohl von einer Dolchklinge, lief über seine linke Gesichtshälfte. An seiner rechten Hand fehlten zwei Finger. Damit machte er Lurge seinen Thron der Hässlichkeit streitig. Der andere wirkte sehr jung. Eschenstab war sich nicht sicher, ob er überhaupt schon die Mannbarkeit erreicht hatte. Dennoch baumelten zwei Äxte mit kurzen Stielen in Ringen an seinem Gürtel. Ein hellgrauer Wolfspelz hing von seinen Schultern.

»Es gibt so einiges zu bewundern auf der Ebene der Hjorta«, sagte der Große. Seine Begleiter grinsten.

Eschenstab zog einen schmalen Beutel aus einer Satteltasche. Er wog das Leder in der Hand, im Inneren klimperte es.

»Doch wir haben keine Kinder gesehen«, fügte der Große eilfertig hinzu. Seine Augen richtete er gierig auf den Geldbeutel.

»Es sind eigentlich keine Kinder mehr«, verbesserte Eschenstab. »Beide haben bereits sechszehn Winter gesehen.« Er öffnete den Beutel mit einer Hand und zog einen Trafladrim heraus. Diesen warf er dem Hünen zu, der die Goldmünze geschickt auffing. »Haltet eure Augen offen. Wenn ihr die beiden findet, verschnürt sie gut, bis wir wieder zu euch stoßen. Es wird euer Schaden nicht sein.« Noch einmal wog er den schwarzen Lederbeutel, bevor er ihn zurück in die Satteltasche steckte.

Pass auf, kleine Göre. Wir finden dich.

- 3 -

Larima und Semi marschierten über die endlose Grasebene, während die Sonne auf sie herabbrannte.

Es war nicht heiß, denn beständig spürte Larima einen kühlen Wind in ihren Haaren, der die Halme unter ihren Füßen herumwedeln ließ. Dennoch hatte sich ihre Haut in Gesicht und Nacken gerötet. Bei jedem Schritt scheuerte ihr Wams schmerzend an ihrem Hals.

Semi ging es nicht besser. Auch seine Haut war gerötet und dies schlug auf seine Stimmung. Seltsamerweise redete er kaum noch mit ihr und Larima hatte das Gefühl, dass er sie eigenartig ansah. Wegen irgendetwas schien er nervös zu sein.

Du siehst Gespenster. Er ist nur erschöpft. Und das ist nach dem Marsch durch dieses ewige Grasland normal.

Als sie die Ebene vor drei Tagen betreten hatten, waren sie zuversichtlich gewesen, sie rascher durchqueren zu können, da sie sich nicht durch Unterholz arbeiten mussten. Doch sie hatten die Strecke unterschätzt.

Die Nächte verbrachten sie in kleinen Wäldchen, da die Nähe der Bäume ihnen Trost spendete. Aber jeden Morgen mussten sie den Schatten der Wäldchen verlassen und schutzlos durch das wogende Grasland wandern.

Es stellte sich als schwer heraus, sich im grenzenlosen Grün zu orientieren und eine Richtung beizubehalten. Dennoch versuchte Larima, immer nach Norden zu marschieren.

Wenigstens dürften wir die Hälfte der Strecke bereits hinter uns haben.

Sie richtete den Blick auf den Horizont vor sich.

Heute Morgen waren dort in weiter Ferne blasse, mit Schnee bedeckte Bergspitzen aufgetaucht, auf die sie nun zuwanderten. Da ihr Amulett ebenfalls Berge zeigte, durchströmte Larima ein zuversichtliches Gefühl bei deren Anblick.

Wir befinden uns auf dem richtigen Weg. Nun müssen wir durchhalten und heil ans Ziel kommen.

Ihre vom Laufen brennenden Oberschenkel waren froh, als sie an einem Bächlein eine Rast einlegten, um ihre Wasserschläuche zu füllen.

Ihr Proviant bot keine reiche Auswahl mehr. Bedenklich leicht hingen ihre Rucksäcke inzwischen von ihren Schultern.

»Morgen sollten wir nach Kaninchen Ausschau halten«, schlug Semi vor, während er den letzten getrockneten Apfel verspeiste.

Larima trank aus dem Bach, dessen Wasser angenehm kühl und erfrischend war. »Vielleicht entdecken wir irgendwo ein Vogelnest«, sagte sie. Endlich wieder mal ein Ei zu essen, darauf hatte sie Lust.

»Ich werde sehen, was ich für dich tun kann.« Semi suchte den Horizont ab und Larima wusste, dass er in diesem Moment nicht nach Vögeln Ausschau hielt.

In den letzten Tagen war von ihren Verfolgern nichts zu sehen gewesen, dennoch fühlte sich Larima auf der Ebene ausgeliefert. Im kniehohen Gras waren sie aus Meilen Entfernung zu entdecken.

In der Nacht hatte Larima in der Ferne Feuerschein bemerkt, was hieß, dass jemand in ihrer Nähe lagerte. Und das bereitete ihr Bauchschmerzen.

Entweder handelte es sich um Eschenstabs Reiter, die ihnen auf den Fersen waren, oder um eine Gruppe dieser Waræger. Larima wollte weder den einen noch den anderen in die Hände fallen.

Fragt sich nur, was wir tun sollen, wenn Reiter auftauchen. Wo sollen wir uns auf der freien Ebene verstecken?

Die untergehende Sonne sagte Larima, dass sie für heute genug gelaufen waren. Nicht weit entfernt ragte ein Birkenwäldchen auf. Sie steuerten darauf zu, um eine weitere Nacht auf der Unendlichen Weide zu verbringen.

- 4 -

Semi lehnte an einem Birkenstamm und beobachtete Larima im zarten Licht der ersten Sonnenstrahlen.

Sie schlief und ih Kopf ruhte auf ihre Hand gestützt. Ihre wundervollen, goldenen Haare umrahmten ihr Gesicht. Am liebsten wäre er zu ihr hinübergegangen und hätte ihre Lippen mit den seinen berührt.

Wann hat es angefangen, dass ich so für sie fühle? Vielleicht hatte die wilde Liebe, die er für Jonna gespürt hatte und die schneller verglüht war als ein Strohfeuer, seine tiefen Gefühle für Larima überdeckt.

Oder habe ich mich nur vor mir selbst versteckt?

In den letzten Tagen hatte alles aufgeregt in ihm gebebt. Er wollte unbedingt das Kjœrleg mit Larima durchführen, denn wenn Jonna gut genug für das alte Liebeswerben gewesen war, dann war Larima es hundertmal, ja, tausendmal wert.

Hilf mir in den nächsten Stunden, Kjœna, sandte Semi ein Stoßgebet an den Liebesgott.

Larima rührte sich und ein leiser Seufzer huschte über ihre zarten Lippen.

Ich sollte anfangen.

Die erste Stufe des Kjœrleg bestand aus einer einfachen Frage. Semi musste nur aufpassen, seine Angebetete während des Werbens immer mit »Ihr« anzusprechen.

»Mögt Ihr mich?«, flüsterte er, bevor ihn der Mut verließ.

Larima runzelte die Stirn.

Er meinte, ein leichtes Nicken zu erkennen. Zählte das? Nein, die Angebetete musste richtig antworten.

Semi räusperte sich. »Mögt Ihr mich?«, wiederholte er lauter.

Larimas Augenlider zitterten. »Ja«, formten ihre Lippen. Es war mehr gehaucht als gesprochen, doch für Semi reichte es. Er ließ sich erleichtert zurückfallen und spürte, wie ein Steinbrocken, groß wie die Burg Groveflyk, von seinem Herzen polterte.

Natürlich entsprach es nicht ganz den Regeln des Kjœrleg, die Angebetete im Schlaf zu befragen, doch war Semi viel zu aufgeregt, um Larima anzusprechen, während sie wach war. Dies hatte er in den letzten Tagen mehrmals erfolglos versucht. Man konnte hier sicher eine Ausnahme zulassen. Zum einen war der erste Schritt des Liebeswerbens nicht der wichtigste und zum anderen wusste Semi, dass Larima ihn gern mochte.

Schließlich verbringen wir seit sechzehn Jahren unser Leben miteinander. Das Schicksal hat uns verbunden.

Seine Lippen verzogen sich zu einem Grinsen und ein tiefes Glücksgefühl erfüllte Semi, das alle Zweifel wegschwemmte. Liebevoll beobachtete er Larima, die fest schlummerte.

So saß er fast eine Stunde da und bewegte sich nicht. Er grinste noch immer, als Larima erwachte. Sie blickte ihn mit zusammengekniffenen Augen an. »Was hast du?«, fragte sie mit schlafmüder Stimme.

Semi zuckte nur mit den Schultern und reichte ihr eine Scheibe Brot und ein fettes Stück vom geräucherten Schinken.

Larima nahm es dankend an, trank einige große Schlucke aus ihrem Wasserschlauch und ließ sich ihr Frühstück schmecken. Danach mussten die beiden das Wäldchen hinter sich lassen. Doch heute schaffte es das endlose Grün nicht, die Freude aus Semi zu vertreiben.

Kurz nachdem sie aufgebrochen waren, entdeckte Semi eine Herde riesiger Tiere, die in der Nähe des Bachlaufes grasten, an dem sie gestern Halt gemacht hatten. Winkend machte er Larima auf sie aufmerksam.

»Das müssen diese Hjorta sein«, sagte sie und in ihrer Stimme schwang Bewunderung mit.

Dic Tiere besaßen wuchtige Körper mit braunem Fell. Semi bewunderte ihre vielendigen Geweihe. »Die haben aber lange Beine«, meinte er.

»Wahrscheinlich, um im Gras gut marschieren zu können«, gab Larima zurück. »Und das sollten wir heute ebenfalls tun.« Sie lachte, doch Semi konnte sie damit nicht täuschen.

Wie ich hat auch sie keine Lust auf den Marsch durchs Gras. Gleiche Seelen, gleiche Gedanken.

Später am Tag fanden sie Lagerspuren. Semi schätzte, dass sie von gut drei Dutzend Menschen stammten. Die Feuerstellen waren inzwischen ausgekühlt, doch mussten sie letzte Nacht gebrannt haben. Ein schmaler, unbeschwert dahinfließender Bach umgab den Lagerplatz auf einer Seite. Semi und Larima erfrischten sich in seinem kühlen Wasser und füllten ihre Schläuche auf.

Als sie aufbrechen wollten, wäre Semi fast über einen leeren Tonkrug gestolpert. Als er ihn aufhob und an der Öffnung schnupperte, schlug ihm der scharfe Gestank von Schnaps entgegen. Er ließ den nutzlosen Krug ins Gras fallen und beeilte sich, hinter Larima herzukommen, die bereits über den Bach gesprungen war und ihren Weg auf dem anderen Ufer fortsetzte.

Solange ich nur mit ihr zusammen bin, würde ich ihr überallhin folgen. Selbst so ein von Fjern verlassener Landstrich kann mich nicht schrecken.

Je mehr es gegen Abend zuging, desto zappeliger wurde Semi. Bald würde es ernst werden, bei der nächsten Rast würde er das Kjœrleg fortsetzen. Diesmal ging es nicht nur um eine kleine, vernachlässigbare Frage.

Semis Hand suchte nervös in seiner Tasche nach dem Gravid. Er atmete auf, als seine Hand den Gegenstand umschloss.

Das Geschenk bildete die nächste Stufe des Kjœrleg. Nun kam es darauf an, dass seine Angebetete es annahm.

- 5 -

Larima kaute an einer Dörrpflaume, die noch von ihren Vorräten aus der Burg übrig geblieben war. Sie blickte verträumt nach oben und beobachtete den Himmel zwischen den Baumwipfeln, dessen Farbe langsam von hellblau zu gelb und dann zu schwarz wechselte.

Am Geräusch erkannte sie, dass Semi schon wieder in seiner Tasche herumkramte.

Was verbirgt er nur so schrecklich Interessantes darin, dass er ständig daran herumfummeln muss?

»Larima?«, begann Semi.

Sie wandte ihm den Kopf zu. Im Schein des Feuers wirkte sein Gesicht krebsrot. Sofort stiegen die Sorgen wieder in ihr auf. Semi war die letzten Tage viel zu schweigsam gewesen und das konnte nicht nur an dem ewigen Gras liegen, das ihm aufs Gemüt schlug.

Immer wenn er sie betrachtete, wirkte sein Blick verklärt, als sähe er nicht sie an, sondern die Marmorstatue eines großartigen Bildhauers.

»Ich habe etwas für Euch«, stammelte er.

Und warum redet Semi auf einmal so förmlich mit mir?

Larima war verwirrt. Sie fühlte sich, als wäre sie Teil eines Bühnenstückes, hatte aber vergessen, was als Nächstes geschah.

Verwundert beobachtete sie, wie Semi sich erhob, einige Schritte auf sie zumachte und ihre Hand ergriff. Er legte etwas in ihre Handfläche und schloss ihre Finger darum, dann wankte er zurück zu seinem Platz und setzte sich. Er wirkte erleichtert, was Larima noch mehr verwirrte.

Sie öffnete ihre Hand. Auf ihrer Handfläche glänzte eine silberne Kette, an der ein braunglänzender Schmuckstein befestigt war. »Danke ... denke ich.« Jetzt war es an ihr, zu stammeln.

»Im Licht des Feuers ist es vielleicht nicht gut zu erkennen. Das ist ein Sonnædel«, erklärte Semi. »Normalerweise sind sie gänzlich goldfarben, aber bei diesem befindet sich in der Mitte eine grüne Stelle. Ein Abbild Eurer wunderbaren Haare und Eurer göttlich schönen Augen.«

Larima blickte verdutzt zwischen dem Stein und Semi hin und her. Das Feuer knackste.

»Ich habe die Kette heimlich in Niva gekauft, als wir uns auf dem Markt getrennt haben«, sagte Semi.

Irgendwas lag in seiner Stimme, das Larima nicht gefiel. War er krank?

»Nehmt Ihr das Geschenk an?«, fragte er und fuhr sich zittrig durch die Haare.

»Ja«, sagte Larima stockend. »Danke, Semi. Das ist ein sehr schöner Stein. Du warst die letzten Tage so schweigsam und ich hab schon gedacht, du bist wegen irgendwas beleidigt.« *Was plappere ich denn da?* »Es ist schön, dass es nicht so ist.« Sie lächelte zaghaft.

Semi ließ sich nach hinten sinken und blieb mit geschlossenen Augen an den Birkenstamm gelehnt sitzen.

Was hat er? Er wirkt, als hätte er irgendeine schwere Prüfung hinter sich gebracht.

Sie riss die Augen auf.

Er wird doch nicht ...?

Außer der Familie des Jarls war der einzige Mensch, zu dem Semi jemals »Ihr« gesagt hatte, Jonna gewesen.

Das ist Teil dieses verrückten Liebeswerbens!

Das würde Semis merkwürdiges Verhalten der letzten Tage erklären!

Irgendeine dieser Stufen des Werbens war doch ein Geschenk gewesen. Larima wagte es nicht, den Gedanken zu Ende zu bringen. Sie hatte das Gefühl, als wäre die Kette in ihrer Hand glühend heiß und müsste jeden Augenblick ihre Haut versengen.

Sie hatte genug mit der Suche nach dem Artefakt zu tun. Einen liebestollen jungen Mann konnte sie nicht brauchen.

Egal was ich mache, ich werde Semi verlieren.

Welch schrecklicher Gedanke! Larimas Herz raste, als sie aus dem Augenwinkel eine Bewegung wahrnahm. Semi war zu ihr herübergekommen und kniete sich vor sie, sodass ihre Gesichter auf einer Höhe waren.

Sie wagte es nicht, ihn anzublicken, aus Angst, was sie in seinen Augen erkennen würde.

»Larima, seht mich an«, begann er. »Ihr seid so wunderschön.«

Larimas Hände zitterten. Verkrampft hielt sie die Kette, der Stein fühlte sich schwer wie ein Felsbrocken an. Nervös sah sie ihrem Ziehbruder ins Gesicht und erwartete, eine Fratze zu sehen. Doch er sah aus wie immer, lächelte frech, streckte seine Finger aus und wollte ihre Hände ergreifen. Larima zuckte zurück.

Mit gespitzten Lippen beugte er sich nach vorn.

Larima hielt es nicht aus. Sie schob Semi von sich. »Nein!«, entrang sich ihrer Kehle. Eigentlich hatte sie laut und stark klingen wollen, doch ihre Stimme überschlug sich.

Semi ließ sich zurückfallen. In sein Gesicht grub sich Enttäuschung. »Willst du die nächste Stufe des Kjœrleg nicht eingehen?«, fragte er.

»Ich möchte keine Stufe von irgendwas eingehen.«

»Aber du hast das Gravid angenommen.« Seine Augen huschten zu der Kette, die Larimas Finger umschlossen hielten.

»Ich wusste nicht, was du damit meinst«, verteidigte sich Larima. Dann fiel ihr ein, dass sie keinen Grund hatte, sich zu verteidigen. Sie hatte schließlich nichts Falsches getan. Doch wenn sie in Semi ansah, schnürte es ihr den Hals zu.

»Ich liebe dich nicht, Semi.« Seine Augen verloren ihren Glanz und sie stockte. »Na, zumindest nicht so, wie du mich offenbar liebst. Du bist mein bester Freund, mein Gefährte, mein Bruder.« Sie griff nach seiner Schulter, doch er schüttelte ihre Hand ab.

»Ich kann im Moment niemanden lieben.« Sie rang nach Worten. »Ich weiß ja selbst nicht einmal, woher ich komme und wer ich wirklich bin.«

Semi nickte schwach, als verstünde er, was Larima meinte. »Ich weiß aber, wer du bist.« Seine Stimme brach, sein Blick flackerte. »Ich werde dich immer lieben.«

Dann legte sich Schweigen über sie. Irgendwann hielt Larima die Stille nicht mehr aus. »Die hier muss ich dir zurückgeben«, sagte sie und reichte ihm die Kette.

Er nahm sie mit zitternden Händen an sich und stopfte sie in eine Tasche seines Wamses. »Wenn es dir nichts ausmacht«, fing er an. Seine Stimme klang belegt und traurig. Noch viel trauriger, als sie nach Jonnas Ablehnung geklungen hatte. Larimas Herz zog sich schmerzlich zusammen. »Ich muss jetzt schlafen«, vollendete er den Satz.

Larima nickte. Sie fühlte sich furchtbar elend. Sie wollte das alles nicht. Was gäbe sie nur darum, ganz weit weg zu sein. Doch sie wusste, dass sie das einzig Richtige tat. Sie durfte Semi keine Gefühle vorspielen, die sie nicht empfand. Was nutzte es, wenn sie ihn hinhielt, um ihn dann umso mehr zu enttäuschen?

Sie warf einen letzten Blick zu ihrem Freund. Der hatte sich in seinen Umhang gerollt und lag reglos da. Larima legte sich hin und versuchte zu schlafen, doch es dauerte Stunden, bis der Schlaf über sie kam.

- 6 -

Der nächste Tag begann still.

Semi und Larima erwachten, sobald die Sonne das Wäldchen in Dämmerlicht getaucht hatte, und kauten auf ihrem letzten Stück Brot herum. Keiner sagte ein Wort. Semi war in sich gekehrt. Er sah Larima nicht einmal richtig an.

Sie entschied, dass es das Beste wäre, wenn sie Semi seinen Frieden ließ. Er musste sicher über viel nachdenken. Nach einiger Zeit, hoffte sie, würde alles wieder normal werden.

Der Vormittag verlief ebenso schweigsam.

Das Gebirge kam quälend langsam näher und die verschneiten Bergkuppen schienen zum Greifen nah. Hoffnung keimte in Larima auf, dass sie vielleicht bald den Rand des Grasmeeres erreichen würden.

Sie machten Rast in einem Birkenwäldchen, das weitaus größer war als alle, die sie zuvor auf der Ebene zu Gesicht bekommen hatten. Zwischen den Bäumen lag eine Lichtung mit einem Weiher, in den ein kleiner Wasserfall hineinplätscherte.

Semi lehnte während der gesamten Rast schweigend an einem Birkenstamm und blickte in den Himmel. Sein Gesicht war ausdruckslos und er kaute lustlos auf einem Schinkenstück herum.

Larima verspürte auch keine große Lust, etwas zu essen. Doch wenn sie heute weitermarschieren wollten, würden sie ihre Kraft brauchen. Sie setzte sich an den Rand des Weihers und würgte ihren Proviantanteil hinunter. Im Wasser huschten Fische herum. Aber nicht die aufgeschwemmten Karpfen, die im See in Grovefiyk schwebten, sondern bunte Fischchen, die schmal und gerade mal so lang wie ein Finger waren.

Sie flitzten gut einen Schritt unter der Wasseroberfläche umher. Immer wieder näherten sie sich der Stelle hinter dem Wasserfall. Der bemooste Felsen, von dem aus das Wasser in den Weiher rann, ragte über das Ufer hinaus und so fiel das Wasser nicht direkt am Rand in den Weiher, sondern ein gutes Stück entfernt.

Larima beobachtete fasziniert, wie die Fische verschwanden und wieder auftauchten. Sie blickte näher hin und erkannte, dass es eine Höhle geben musste, die sich einige Spann unter der Wasseroberfläche verbarg. Wie weit sie in den Felsen reichte, konnte Larima von hier aus nicht sehen, doch von den Bewegungen der Fische zu schließen, konnten es mehrere Schritt sein.

Vielleicht erstreckt sich dort unten ein ganzes Höhlensystem. Was sich die Götter nicht alles ausgedacht haben, als sie Hallinga geformt haben. Man muss nur seine Augen offen halten, dann findet man an jeder Ecke ein Wunder.

Sie dachte an den Wasserfall am Falkenzinken und den Blick von dort oben über Groveflyk. Für einen Moment überkam sie Heimweh.

Sie aß auf und zog zur Ablenkung das Amulett der Fladrea hervor. Ihre Augen huschten über die Symbole. Der Hjorta auf der Ebene, danach die Säulen, die für Godahus, das Dorf mit den drei Tempeln, stehen mussten.

Die nächste Gravur zeigte drei Tannen, wobei die mittlere höher aufragte als ihre Geschwister.

Möglich, dass die Bäume für einen Wald stehen.

Unter ihnen fanden sich kleine Vierecke und ein Bogen.

Stehen die Vierecke auch für Meilen? Wie viele müssen wir dann durch den Wald mit der großen Tanne zurücklegen?

Selbst wenn ihnen noch ein weiter Marsch bevorstand, Larima war es egal, solange sie nur diese Grasebene hinter sich brachten. Bestimmt würde sich Semis Laune heben, wenn sie wieder im Schatten von Ästen marschierten und auf richtigen Lichtungen ihr Lager aufschlagen konnten.

Hinter dem Symbol der drei Tannen folgten noch vier weitere. Zum einen ein großer Halbkreis und danach zackige Berge. Aus den letzten beiden Symbolen wurde Larima nicht schlau. Zeigten auch sie Berge? Befand sich das Goldene Artefakt etwa in dem Gebirge am Nordrand der Ebene, auf das sie seit Tagen zumarschierten?

Eine Höhle in einem der hohen Berggipfel stellte ein wunderbares Versteck dar. So menschenleer, wie schon die Grasebene war, verirrte sich sicher selten jemand in dieses Gebirge.

Larima stand auf und schlenderte am Ufer des Weihers entlang. Als sie Semi zusammengesunken an der Birke lehnen sah, fiel ihr der vergangene Abend ein. Ihr Herz wurde schwer und das Lächeln verschwand aus ihrem Gesicht. Angestrengt presste sie die Lippen aufeinander.

»Wir sollten aufbrechen«, sagte sie knapp, ging zu ihrem Gepäck und schnallte es sich auf den Rücken.

Semi nickte stumm, hievte sich hoch und machte sich reisefertig. Als sie schweigend nebeneinander das Wäldchen verließen, blieb er plötzlich wie angewurzelt stehen.

Sie blickte in die Richtung, in die Semi zeigte, und erschrak. Dort preschten drei Reiter in braunem Lederzeug über das Gras. Erleichtert erkannte Larima, dass es nicht Eschenstab mit seinen Männern war. Dennoch hielten die drei genau auf sie zu.

Besorgt musterte Larima die Pelze der Männer und die Äxte, die in Ringen an ihren Gürteln baumelten. Es musste sich um Waræger handeln. Den Söldnern in die Hände zu fallen, war um nichts besser, als von ihren schwarzgewandeten Verfolgern geschnappt zu werden. Larima blickte um sich, doch es gab außer dem Birkenwäldchen in ihrem Rücken nichts, wohin sie sich wenden konnten.

Semi packte ihren Arm, als Larima sich zur Flucht umdrehen wollte. »Bleib ganz ruhig!«, raunte er. »Wenn wir es gut anstellen, verschwinden sie wieder.«

Nach wenigen Herzschlägen hielten die Krieger ihre schnaubenden Braunen neben ihnen. Möglicherweise gehörten sie zu der Gruppe, über deren Lagerspuren sie gestern gestolpert waren. Ihr Anführer war ein riesiger Kerl mit blonden, struppigen Haaren. Er trug glänzende Beinschienen und in einer Schlaufe am Sattel hing ein schwerer Kriegshammer.

»Wer seid ihr?«, fragte er. Die Stimme, die aus seiner breiten Brust dröhnte, hätte einem Hjorta alle Ehre gemacht.

Semi trat einen Schritt vor, doch bevor er etwas sagen konnte, zeigte einer der Waræger aufgeregt auf sie. »Das müssen die Kinder sein, die der schwarze Kerl gesucht hat.«

»Er sucht keine Kinder«, widersprach ihm der andere.

Der Anführer brachte die beiden mit einer Handbewegung zum Schweigen. »Natürlich sind das die zwei.« Er grinste Larima und Semi entgegen. »Ich habe mich schon geärgert, dass uns die Belohnung entgeht, weil wir euch nicht begegnet sind. Doch Ojimon scheint mir gewogen. Er hat unsere Schritte zu euch geführt.«

Larima wusste genau, was der Blick bedeutete, mit dem er sie bedachte. Die Kerle würden niemals ohne sie verschwinden. Nun galt es, schnell zu handeln, wenn sie nicht verschnürt auf dem Rücken der Pferde der Söldner landen wollten.

Noch bevor sich die Männer aus ihren Sätteln schwingen konnten, schnappte Larima Semi blitzschnell am Arm und zog ihn mit sich nach hinten. Nach zwei hastigen Schritten tauchten sie zwischen den Birken ein. Dorthin konnten die Waræger ihnen mit ihren Pferden nicht folgen, sie würden absteigen müssen und ihre Tiere festbinden, bevor sie nachsetzen konnten. Das brachte Larima und Semi wenige Augenblicke Vorsprung, die sie dringend brauchten.

»Runter von den Pferden und hinterher, ihr Sulzköpfe! Dort laufen zwei Handvoll Gold«, hörte sie die tiefe Stimme des Blonden.

Larima brach durch die Bäume und hastete einen Augenblick später auf die Lichtung mit dem Weiher. Hinter ihr schnaufte Semi. Die Söldner schlugen sich geräuschvoll hinter ihnen durchs Unterholz und folgten ihnen.

Sie würden es nicht schaffen, den Männern zu entkommen, wenn sie einfach weiterliefen. Die Waræger waren zum Kampf geboren. Eine junge Frau und einen Mann einzuholen, fiel ihnen nicht schwer, selbst wenn diese einen kleinen Vorsprung hatten.

Larima durchzuckte eine Idee. Es war riskant, doch die einzige Möglichkeit, zu entkommen. Sie riss sich ihre Tasche vom Rücken und warf sie mit Schwung von sich. Sie landete weit rechts von ihr im Unterholz.

Sie drehte sich Semi zu. »Du auch! Dann folge mir! Da ist eine Höhle im Wasser.« Sie raste auf den Weiher zu und hörte es hinter sich knacken. Sie war sich nicht sicher, ob es die Verfolger waren, die sich durch die Büsche arbeiteten, oder Semis Tasche, die unsanft neben ihrer gelandet war.

Larima hastete auf das Ufer zu. Als sie es erreichte, wappnete sie sich gegen die Kälte und sprang kopfüber hinein.

Das Wasser war noch kälter, als sie befürchtet hatte. Es musste seinen Ursprung in den nahen Bergen haben. Doch Larima hatte keine Zeit, darüber nachzudenken. Sie stieß mit dem Kopf aus dem Wasser. Der Schwung ihres Sprungs hatte sie ein gutes Stück in den Weiher hineingebracht. Sie orientierte sich am Wasserfall, atmete tief ein und tauchte erneut ab. Unter Wasser wandte sie sich in die Richtung, in der sie zuvor die kleinen Fische beobachtet hatte.

Auch von unterhalb der Oberfläche konnte man die Stelle erkennen, wo der Bach von dem kleinen Felsen in den Weiher fiel. Sie schwamm schnell darauf zu. Durch das Gluckern des Wasserfalls vor ihr hörte sie nicht, ob Semi ins Wasser gesprungen war und ihr folgte. Sie tauchte unter dem perlenden Strudel hindurch und erreichte die Felswand dahinter, in deren Ritzen Algen wucherten. Einen Schritt unter ihr gähnte eine schwarze Öffnung.

Larima machte hastige Schwimmbewegungen und tauchte auf das Loch im Felsen zu. Vorsichtig tastete sie sich hinein. Langsam merkte sie, dass ihr die Luft ausging. Sie strampelte hektisch und drang tiefer in den pechschwarzen Unterwassergang ein, der überraschend geräumig war. Für einen Moment verwirrte es sie, dass sich das Wasser um sie herum wärmer anfühlte. Sie stieß sich vom Boden ab, schoss nach oben und brach mit ihrem Kopf durch die Wasseroberfläche.

Hastig atmete sie feuchte Luft ein. Tatsächlich! Die Höhle besaß eine Luftkammer.

Um sie herum herrschte Dunkelheit. Sie tastete die Wände ab und stellte fest, dass die Kammer nicht riesig war, aber groß genug, dass sich zwei Menschen für kurze Zeit darin verstecken konnten.

Wo blieb Semi nur? Die schlimmsten Bilder stiegen vor ihrem inneren Auge auf. Was, wenn er ihr nicht in den Weiher gefolgt war und schon längst von den Waraegern in die Mangel genommen wurde?

Larimas Körper kribbelte nervös. Hier in der Höhle war sie von allem abgeschnitten, was draußen vor sich ging. Sie hörte nichts außer dem Bach, der über sie hinwegmurmelte und in den Weiher stürzte.

Plötzlich schoss etwas nur einen halben Schritt neben ihr aus dem Wasser. Jemand sog hastig Luft ein. Larima konnte ihn im Dunkeln nicht sehen, doch an den schnaufenden Atemzügen erkannte sie, dass es Semi war.

»Sie hätten mich fast gesehen«, berichtete er, als er ein wenig zu Atem gekommen war. Larima war froh, dass er mit ihr redete. Erst jetzt merkte sie, wie sehr ihr das gefehlt hatte.

»Wir müssen hierbleiben und warten, bis die Söldner aufgeben und verschwinden«, sagte sie.

»Und wie lang soll das sein?«, fragte Semi.

Larima wollte mit den Schultern zucken, merkte aber, dass das während des Schwimmens nicht leicht war. »Mindestens eine halbe Stunde, wenn nicht länger. Unsere Verfolger werden das versprochene Gold nicht schnell aufgeben.«

»Hier ist das Wasser nicht so kalt wie draußen«, stellte Semi mit Überraschung in der Stimme fest.

»Das ist mir auch schon aufgefallen. Eine unterirdische warme Quelle? Auf jeden Fall Glück für uns.« Larima war sich nicht sicher, wie lange sie es sonst ohne Erfrierungen in dem eisigen Wasser des Weihers ausgehalten hätten.

Semi sagte nichts mehr. Schweigend trieben sie nebeneinander.

Mit der Zeit strengte es sie an, zu schwimmen, denn ihre vollgesogene Kleidung zog sie schwer nach unten. Außerdem stießen Larima und Semi ständig mit den Beinen zusammen. Larima näherte sich der Höhlenwand und tastete mit den Füßen den Boden ab. Nachdem sie eine Stelle gefunden hatte, wo sie sich abstützen konnte, klammerte sie sich mit den Händen an die glitschige Felswand. Sie sah es im Dunkeln nicht, doch fühlte es sich an, als wäre der Fels von Algen überwuchert. *Ich hoffe, es gibt hier nicht noch andere Bewohner.*

Semi paddelte ebenfalls an die Höhlenwand heran und krallte sich daran fest. Zusammen warteten sie, bis sie das Gefühl hatten, es sei eine Stunde vergangen.

»Wir müssen langsam hier raus, bevor wir noch weiter auskühlen«, sagte ihr Weggefährte mit bebenden Lippen.

Larimas Beinmuskeln zitterten nicht mehr, vielmehr fühlten sie sich allmählich steif an, was ihr Sorge bereitete. »Die Kerle sollten sich inzwischen verzogen haben«, sagte sie. »Wenn sie nicht gesehen haben, wie wir in den Weiher gesprungen sind, kommen sie nie drauf, wo wir sind. Hoffentlich suchen sie uns längst anderswo und wundern sich, wie wir uns in Luft auflösen konnten.«

Die beiden tauchten unter und folgten dem schwachen Licht, das sie durch die Öffnung nach draußen führte. Das Wasser um sie herum wurde merklich kälter, während sie auf den Ausgang zuschwammen. Sie verließen die Höhle, tauchten auf und verbargen sich hinter dem Vorhang des fallenden Wassers.

Vorsichtig spähte Larima um den Wasserfall herum, doch auf der Lichtung war keine Menschenseele zu sehen. Das Glucksen des Wassers übertönte alle anderen Geräusche.

Semi blickte zu Larima, dann machte er einige kräftige Schwimmzüge und war schnell mitten auf dem Weiher.

»Die Luft ist rein«, rief er und schwamm ans Ufer.

Larima folgte ihm. Als sie sich aus dem Wasser stemmte, merkte sie, dass ihre Arme zitterten, als hätte sie minutenlang einen schweren Stein gestemmt. Noch länger hätten sie es nicht in der Höhle ausgehalten. Sie blickte sich aufmerksam um, doch niemand war zu sehen. Um sich aufzuwärmen, stellte sie sich in die Sonne und machte Sprünge im Gras.

»Unsere Taschen sind weg!«, rief Semi erschrocken. Er stand am Rand der Lichtung und starrte ins Unterholz. Zuerst dachte Larima, er würde an der falschen Stelle suchen. Als sie aber neben ihm stand, erkannte sie die eingedrückten Gräser und die abgeknickten Zweige an den Stellen, an denen sie ihre Rucksäcke in die Büsche geworfen hatten.

Sie konnte es nicht fassen. Die Waræger mussten ihre Sachen gefunden und mit sich genommen haben. Plötzlich entrang sich ihrer Kehle ein Lachen. Semi blickte sie verdutzt an. »Damit kommen sie doch noch an ihr Gold. Unser ganzes Geld war in den Taschen«, erklärte sie ihm.

Semi nickte ärgerlich. »Ich kann darüber nicht lachen. Wir stehen ohne alles da. Wenn ich dich erinnern darf, auf deinem Amulett sind Berge abgebildet, und wir stapfen jeden Tag näher an das Gebirge heran. Wie sollen wir ohne Ausrüstung und Proviant lebend da hinaufkommen?«

»Wir wissen doch gar nicht, was uns erwartet. Jetzt kommen wir erstmal in dieses Dorf mit den drei Tempeln. Vielleicht können wir dort etwas tauschen. Und sonst müssen wir eben jagen.«

Semi blickte unglücklich drein.

»Was hätten wir tun sollen?«, fragte sie ihn. »Mit den Taschen wären wir niemals rechtzeitig in die Höhle gekommen und die Kerle hätten uns geschnappt. Wäre dir das lieber?«

Semi winkte ab. »Natürlich nicht. Deine Idee war genial. Kein Zweifel. Sonst hätten wir als verschnürte Bündel zu Füßen dieser Kerle geendet. Aber was sollen wir machen, wenn die Söldner wieder auftauchen? Oder noch schlimmer, gleich diese Reiter, die hinter uns her sind.«

»Bleib optimistisch! Wir wollen das Goldene Artefakt finden. Wir dürfen uns nicht von Söldnern oder fehlendem Schinken ins Bockshorn jagen lassen.«

Semi nickte. Es genügte, wenn man ihn an seiner Ehre packte. »Du hast recht«, gab er zu. »Wir sind die Kinder Evin von Groveflyks und lassen uns nicht aufhalten. Mein Arm ist so gut wie verheilt. Wir brauchen die Salbe des Goders also nicht mehr. Sollen diese Söldner damit glücklich werden und sie sich auf ihr verrottetes Gewissen schmieren.« Er schlug mit der Faust in die Handfläche. »Sicher finden wir hier Wild, das wir jagen können«, fügte er hinzu. Seine Stimme klang hoffnungsvoll.

Den restlichen Tag hoppelte ihnen jedoch noch nicht einmal ein winziger Hase über den Weg.

- 7 -

Völlig erschöpft und mit grummelnden Mägen standen Semi und Larima nebeneinander und blickten gen Norden. Sie waren dem Gebirge so nahe gekommen, dass sie einen immensen Wald erkennen konnten, der sich am Fuß der Berge erstreckte.

Semi zeigte auf eine Ansammlung von Häusern, die sich vor den ersten bewaldeten Hügeln abzeichnete.

»Das muss Godahus sein, von dem der Pilger dir erzählt hat. Bevor wir ins Gebirge reisen, müssen wir auf alle Fälle ins Dorf.« Von Weitem konnte man die Tempel sehen, die inmitten der anderen Häuser hoch aufragten und mit Säulengängen geschmückt waren.

Semis Augen waren gerötet. Die letzte Nacht hatten sie abwechselnd Wache gehalten, um nicht von diesen Waraegern überrascht zu werden, und aus Rücksicht auf Larima war seine Wache weitaus länger ausgefallen als ihre. Er musste neben dem bohrenden Hunger auch noch hundemüde sein.

»Du hast recht«, sagte sie. »Uns bleibt nichts anderes übrig. Wenn wir nur noch etwas Geld hätten, um uns wenigstens ein Brot zu kaufen.«

Semi kramte müde in seinem Wams. »Vielleicht nimmt einer das.« Er zog seine Hand hervor und hielt den Sonnædel an der Silberkette darin.

Larima war überrascht. Gerade dieses Schmuckstück, das sie entzweit hatte, hatte den Überfall der Waræger überlebt. Doch warum rückte Semi erst jetzt damit heraus, dass er die Kette noch bei sich trug?

Will er dieses Liebeswerben später wiederholen?

Semi blickte sie an und verzog den Mund. »Du denkst bestimmt, dass ich das Kjœrleg nicht aufgegeben habe. Doch eigentlich wollte ich dir die Kette irgendwann schenken, wenn die Sache vergessen ist und nichts mehr zwischen uns steht. Du musst mir glauben. Ich akzeptiere deine Entscheidung.« Er blickte zu Boden und umschloss die Kette mit der Faust.

»Natürlich glaube ich dir«, sagte Larima. Sie war beeindruckt von seiner Ehrlichkeit. »Die Kette wird uns helfen. Wenn wirklich so viele Pilger in dieses Dorf strömen, sollten wir leicht einen Händler finden, der das Schmuckstück kaufen will.«

Denn was lieben Pilger mehr als eine Erinnerung an das Ziel ihrer Reise?

»Es war unglaublich, wie du uns gestern vor diesen Söldnern gerettet hast.« Semi reckte ihr die rechte Hand hin. »Es tut mir leid, dass ich mich so blind in meine Gefühle gestürzt habe. Ich habe darüber nachgedacht und du hast recht. Wir müssen zusammenhalten, wenn wir das Artefakt und deine Familie finden wollen! Freunde?«

Larima schlug seine angebotene Hand aus und umarmte Semi stattdessen. Sie drückten sich lang. Dann blickte sie in sein Gesicht. »Ich habe schon eine Familie, Bruderherz! Es geht nur darum, etwas über meine Herkunft herauszufinden!« Sie lachte. »Außerdem musst du doch eine brave Haronsa heiraten, die mit dir auf der Burg lebt, dir viele Kinder schenkt und sich um dich sorgt, wenn du auf der Jagd bist. Ich tauge dazu nicht, wie wir wissen.«

Semi ließ sie los, trat einen Schritt zurück und versuchte sich an einem Grinsen. »Dazu wärst du in der Tat ungeeignet«, stimmte er ihr zu. »Deine Rolle ist die der wilden Tante, die mit dem Haron auf die Jagd und aufs Turnier reitet und sich von keinem Mann etwas sagen lässt.«

Larima zwinkerte ihm zu. Sie konnte sich durchaus vorstellen, dass es in einigen Jahren so sein würde. Doch dazu würde sie Haronsa Rulid erst davon überzeugen müssen, dass sie keinen

Mann in ihrem Leben brauchte. Schon gar keinen wie diesen Eschenstab.

»Bis zum Dorf dürften es noch fünf Meilen sein«, sagte Semi. »Je schneller wir dort eintreffen, desto rascher bekommen wir was zwischen die Zähne.«

Die Sonne stand kurz vor dem Zenit, als sie die ersten Häuser von Godahus erreichten. Larimas Beine fühlten sich an, als steckten sie in Eisenstiefeln. Inzwischen war ihr Magen verstummt. Vielleicht war er in eine Art Schockstarre verfallen.

Godahus war ringförmig aufgebaut. Um die drei Tempel im Zentrum verliefen die mit Menschen vollgestopften Straßen im Kreis, dazwischen drängten sich die Häuser. Je näher sich Larima und Semi an die Heiligtümer herankämpften, desto größer und prächtiger erschienen die Häuserfronten und desto voller wurden die von ihnen gesäumten Straßen.

Einen Marktplatz konnten sie nicht entdecken. Doch nahe dem Zentrum befanden sich einige Läden im erdebenen Geschoss der Häuser. Die meisten waren von Bahnen aus buntem Stoff überdacht, als wären Marktstände direkt in die Fassaden hineingebaut worden.

Über den Stoffbahnen prangten Symbole an den Wänden. Sie zeigten, was einen in dem jeweiligen Laden erwarten sollte. Doch Bretterwände verrammelten die Tore aller Geschäfte, obwohl die Stadt vor Menschen wimmelte. Wohin sie auch sah, bemerkte Larima Pilger in ihrer langen Klæna.

Sie mussten mitten in ein Fest geplatzt sein. Da liefen sie tagelang über die Grasebene und kamen genau dann in Godahus an, wenn ein Feiertag begangen wurde und alle Läden geschlossen waren.

»Was ist hier eigentlich los?«, fragte Semi, als sie der innersten Ringstraße folgten und nach einem Geschäft suchten, das vielleicht doch geöffnet war.

Larima zuckte mit den Schultern. Eine junge Frau mit hellroten Haaren drehte sich zu ihnen um. Sie gehörte zu einer Gruppe

Pilger und das traditionelle Gewand verlieh ihrer Figur etwas Kerzenförmiges.

»Wie lang habt ihr denn geschlafen? Es ist das Fest der Erneuerung. Wir begrüßen den neuen Sommer.«

Larima erschrak. War der erste Frühsommermond schon angebrochen? Wie lang war es her, dass sie von Groveflyk aufgebrochen waren? Eine Woche? Nein, es war sicher mehr Zeit vergangen. Dennoch schien es ihr zu früh für den Sommeranfang.

Vielleicht feiern die Menschen in dieser Gegend das Fest einige Tage eher, weil der Schnee bei ihnen früher schmilzt und die Bäume bereits Blüten tragen?

Heute herrschte tatsächlich eine ungewöhnlich warme Witterung, wie sie in Groveflyk im Spätwintermond noch nicht vorkam.

»Wem sind die Tempel geweiht?«, fragte Semi die Pilgerin.

»Vranna, Leremma und Rilka.«

»Gleich allen drei von Arros Töchtern?«, rief Semi aus.

»Das könnte man durchaus wissen, wenn man nach Godahus pilgert.« Die Frau betrachtete die beiden Wanderer skeptisch von oben bis unten. Offenbar fiel ihr erst jetzt auf, dass sie keine Klæna trugen.

»Vielleicht sind wir Einheimische«, warf Semi ein.

»Dann würdet Ihr mich wohl kaum nach den Tempeln fragen«, schnaubte die Rothaarige. Man sah ihr an, dass sie ihnen kein Wort glaubte. »Das Schwert solltet Ihr besser ablegen.«

»Ich bin ein freier Hallinger und habe das Recht, eine Klinge zu tragen«, verkündete Semi.

Die Frau verlor den letzten Rest ihrer Geduld, zuckte mit den Schultern und drehte sich zu ihren Begleitern um. Einen Augenblick später war sie in der Menge verschwunden.

Larima und Semi blieben stehen. »Was meinte die nur? Warum sollst du dein Schwert ablegen?«, wollte sie wissen.

Semi blickte um sich, offenbar auf der Suche nach einem Händler, der sich nicht vor ihnen wegsperrte. »Ich habe keine Ahnung«, gab er zu. »Vielleicht hielt sie mich für einen Unfreien ... oder für eine Frau.« Er lachte und Larima versetzte ihm einen Stoß.

Sie trug ihren Langdolch unter ihrem Hosensaum verborgen. Auch wenn die kurze Waffe für Frauen nicht verboten war, wollte sie dennoch jede Diskussion vermeiden. Schließlich waren sie nicht mehr in Groveflyk, wo sie als Tochter des Harons gewisse Vorteile genoss.

Semi blieb abrupt stehen und deutete auf ein Gebäude am Straßenrand. Es wies drei Stockwerke auf und schwarze Fachwerkbalken durchzogen die Fassade. Im erdebenen Geschoss prangte ein deutliches Zeichen über der Stoffbahn: eine Kette. Der Laden musste einem Schmuckhändler gehören. Doch auch dieses Tor war geschlossen.

Semi wollte sich offenbar davon nicht entmutigen lassen. Er schob sich durch den Strom aus Pilgern auf das Geschäft zu. Larima folgte ihm.

Als sie vor der Bretterwand standen, hob Semi seine Faust und ließ sie auf das Holz donnern. »Macht auf, es geht um Leben und Tod!«, rief er.

Sie warteten, doch es erfolgte keine Reaktion. Semi hämmerte weiter auf das verschlossene Tor ein und rüttelte daran. Dabei plärrte er nach dem Händler.

Larima sah sich nervös um. Pilger und Einheimische blickten besorgt zu Semis Toben herüber und machten einen Bogen um sie.

Konnte Semi nicht sehen, dass er nichts erreichte? Larima legte eine Hand auf seine Schulter und wollte ihn dazu bewegen, sofort mit dem Krawall aufzuhören. Doch es war zu spät. Aus der Menschenmenge schälten sich drei Männer, die keine langen Gewänder, sondern Brustpanzer aus Leder trugen. Jeder führte einen Speer in der Hand und an ihren Gürteln hingen Dolche.

Die Pilger machten den Bütteln Platz und diese umringten Larima und Semi.

»Sofort aufhören!«, rief einer von ihnen. Er richtete seine Speerspitze auf den Störenfried und die beiden anderen taten es ihm gleich.

Semi erschrak, als er die tiefe Stimme neben sich hörte. Er wandte sich um und ließ angesichts der Bewaffneten augenblicklich die Arme sinken. »Wir wollten nur einen Händler finden. Wir haben doch solchen Hunger. Ihr müsst wissen, wir kommen aus dieser Ebene und müssen eine Kette ...«, fing er an zu erklären.

Der Büttel hörte ihm nicht zu. Er betrachtete Semi von oben bis unten, wie man einen Käfer ansah, dem man misstraute und den man sofort unter dem Stiefel zertrat, sollte er sich als gefährlich erweisen.

Mit der Spitze seines Speers hob er Semis Leinenhemd etwas an. »Was haben wir denn da?«, fragte er nicht wirklich überrascht, als er den Griff des Schwerts entdeckte. »Männer! Nehmt das Eisen!« Einer der anderen Büttel trat hinter Semi, während der dritte ihn mit seinem Speer bedrohte.

Den Kerlen war es offenbar nur recht, dass sie einen Grund gefunden hatten, Semi zu ergreifen.

»Wir sind fremd hier!«, rief Larima und drängte sich durch die Menge an Schaulustigen, die in der engen Straße zusammenliefen.

»Das tut nichts zur Sache.« Der Büttel nahm Semi sein Schwert mitsamt der Scheide ab. »Die Gesetze der Götter werden in Godahus nicht wie andernorts willkürlich behandelt, sondern von allen und jederzeit befolgt.« Ihr Ziehbruder schien viel zu erschrocken, um sich zu wehren. Angesichts der Speerspitze, die auf seine Brust gerichtet war, war Larima froh, dass er stillhielt. »Und zwar ohne Ausnahme«, setzte der Büttel nach. »Abführen!«

Nachdem Semi sein Schwert eingebüßt hatte, packte ihn einer der Männer grob am Oberarm. Larima wurde ebenfalls gepackt und weggeführt.

»Wohin bringt Ihr uns?«, stieß Semi hervor. »Was haben wir verbrochen? Wir sind freie Hallinger! Mein Vater ist der Haron von Groveflyk!«

»Sei still!«, fuhr Larima ihn an. Merkte er nicht, dass sein Geschrei nichts brachte und dem Oberbüttel keine Antwort entlockte? Musste er im ganzen Dorf herumbrüllen, wer sie waren? Da konnten sie gleich eine lange Fahne mit dem Wappen von Groveflyk schwenken.

Semi schimpfte nun leiser vor sich hin, während die Büttel sie durch die Menge führten. Sie verließen die erste Ringstraße, traten in eine Seitenstraße und gelangten zur zweiten Ringstraße. Dort stand ein langgestrecktes Gebäude, das zwei Stockwerke vorweisen konnte. Dabei musste es sich um eine Art Wach- oder Bürgerhaus handeln. Hier spürte man den Trubel des Festes weit weniger. Doch die nachdrängenden Schaulustigen füllten auch diese Straße schnell.

Aus dem Haus quollen weitere Büttel. Sie trugen ebenfalls lange Speere und blafften die Pilger an. »Geht zurück zu den Tempeln und feiert dort! Hier gibt es nichts zu sehen.«

Ihre Bewacher stießen Semi und Larima durch die Pforte und das schwere Doppeltor donnerte hinter ihnen ins Schloss.

Dahinter lag eine Wachstube mit einem ausladenden Schreibtisch. Die Büttel zerrten Semi und Larima weiter durch eine Tür, eine kurze Treppe hinab und in einen anderen Raum. Dort führten sechs düstere Zellen von einem langen Gang ab. In eine davon stießen die Kerle Larima und Semi.

Der Raum war eng und in einer Ecke häufte sich stinkendes Stroh, das seit vielen Monden hier verfaulte. Fackeln gab es nicht. Nur durch das vergitterte kleine Fenster fiel Licht herein.

»Warum werden wir festgehalten?«, fragte Larima in ruhigem Ton.

Der Oberbüttel beäugte sie. »Es ist verboten, während des Festes ein Schwert zu tragen«, ließ er sich zu einer Antwort herab.

Das war also der Grund. Larima wollte loslachen, doch dann erinnerte sie sich, wo sie sich befand, und deutete auf Semi. »Er ist ein freier Mann. Männern ist es erlaubt, ein Schwert zu tragen.«

Semi nickte und reckte sich.

»Während des Festes der Erneuerung dürfen nur Ritter und Landesherren ein Schwert tragen«, verkündete der Büttel trocken, als würde er es aus einem Buch vorlesen.

Semi schüttelte den Kopf, begehrte aber nicht auf.

»Wie lang werden wir hier bleiben müssen?«, fragte Larima.

»Die drei Weisen der Tempel werden über euer Schicksal beraten. Vor Ende des Festes werden sie dazu aber kaum Gelegenheit haben.«

»Werde ich Fochting ... äh, werde ich mein Schwert zurückbekommen?«, warf Semi ein.

»Das wissen allein die Götter.« Der Wächter gluckste, als hätte er einen schlauen Witz gemacht.

»Wie lang wird das Fest dauern?«, fragte Larima. Sie hoffte inständig, dass die Antwort auf diese Frage »bis heute Abend« lautete.

Der Büttel verzog den Mund über so viel Unwissenheit. »Fünf Tage«, sagte er knapp. Semi und Larima stöhnten auf.

»Bekommen wir wenigstens etwas zu essen?«, fragte Semi verzweifelt. Larimas Magen schmerzte.

Der Oberbüttel zuckte mit den Schultern. »Ich werde sehen, was sich machen lässt«, verkündete er. Der gehässige Blick, den er ihnen während dieser Worte zuwarf, weckte in Larima keine großen Hoffnungen, dass er sich sonderlich anstrengen würde. Er zog die Tür zur Zelle hinter sich zu und verschloss sie, dann stapfte er zum Ausgang und verließ den Zellengang.

Semi stand mit hängendem Kopf neben der Tür. Larima drehte sich zum Fenster. Eigentlich hätte sie ihrem Ziehbruder gerne Vorwürfe gemacht. Schließlich war nur er schuld daran, dass sie in einer vergitterten Zelle hockten. Doch dann beobachtete sie durch das Fenster etwas, das ihr das Blut gefrieren ließ.

Eine Gruppe Reiter preschte auf das Wachgebäude zu, das inzwischen von Schaulustigen befreit war.

Die Männer waren in schwarze Umhänge gehüllt, dennoch erkannte Larima den Vordersten an seiner krummen Nase und dem Kahlkopf.

Sie haben uns gefunden!

Die Reiter wurden langsamer und schwenkten aus Larimas Blickfeld. Doch kurz darauf verstummte das Hufgetrappel und Larima hörte das Geräusch von Stiefeln auf der Straße.

»Wir bekommen Probleme«, sagte sie. »Riesen Probleme!«

Eine Gemeinschaft findet sich

- 1 -

»Natürlich, Herre. Wir haben sie hier reingesperrt.« Das war die Stimme des Oberbüttels. Doch diesmal klang sie nicht befehlend, es hatte sich eine schleimige Unterwürfigkeit hineingeschlichen.

»Ich will hoffen, dass sie sich in annehmbarem Zustand befinden«, antwortete eine dunkle Stimme, die Larima sofort erkannte und die Schauer über ihren Rücken jagte.

»Natürlich, Herre.« Zwei Männer betraten den Zellengang. Schlüssel klimperten, dann schwang die Tür auf und der Oberbüttel betrat ihre Zelle. Seine Augen spähten nach Gefahren. Als er Larima und Semi reglos stehen sah, entspannte er sich, trat zur Seite und ließ den zweiten Mann herein.

Eschenstab marschierte in die Zelle. Sein Haar und sein Bart waren ordentlich geschnitten, seine Kleidung makellos, und er wirkte, als käme er gerade aus dem Badezuber und nicht vom Rücken eines Pferdes. Braune Augen unter tiefen Augenbrauen fixierten Larima und huschten dann zu Semi. Eschenstab warf den Kopf zurück und lachte schallend. In der kleinen Zelle hallte es laut wie ein Donnerschlag. Selbst der Oberbüttel zuckte zusammen.

»Da seid ihr zwei«, stellte der Ritter fest, nachdem sein Lachen verklungen war. Er trug ein Kettenhemd, dessen Glieder mit dunklem Öl geschmiert waren, und hielt seine Arme über einer schwarzen Weste verschränkt, deren Kragen mit einem grauen Pelz besetzt war.

»Das sind sie also?«, fragte der Oberbüttel überflüssigerweise und starrte dem Ritter auf die Brust, wo das Wappen der Eschenstabs auf die Weste gestickt war: zwei gekreuzte Äste und ein Eschenblatt. »Der Junge hat Euch das Schwert gestohlen?«

Larima hörte verwirrt zu. Semi sollte ein Schwert gestohlen haben? Welchen perfiden Plan verfolgte der Kerl?

Eschenstab nickte. »Das sind die beiden Diebe. Das Mädchen ist seine Komplizin. Ich werde sie mitnehmen. Natürlich nur, wenn Ihr nichts dagegen habt.« Der letzte Satz war mehr eine Feststellung als eine Bitte.

»Aber keineswegs, Herre Eschenstab.« Der Oberbüttel schien kurz davor, sich zu verneigen, besann sich aber eines Besseren. »Wir hier in Godahus führen ein götterfürchtiges Leben. Wir achten sehr auf Recht und Gesetz und auf die natürliche Rangfolge in der Welt.«

»Das ist eine lobenswerte Haltung«, sagte Eschenstab und nickte ihm zu.

Der Büttel hob seine Hände und erst jetzt bemerkte Larima, dass er dünne Lederriemen darin hielt. Er näherte sich Semi von hinten und band ihm die Hände auf den Rücken. Dasselbe tat er mit Larima. Den Göttern war Dank, dass er darauf verzichtete, ihnen die Beine zu verbinden.

Die restlichen Lederschnüre reichte der Büttel an Eschenstab. »Falls Ihr sie beim Lagern ganz binden wollt«, sagte er.

Der Ritter steckte die Schnüre in eine Tasche seiner Weste, ohne Larima aus den Augen zu lassen. Der Oberbüttel führte sie aus dem engen Raum und die beiden vermeintlichen Diebe folgten ihm. Eschenstab ging als Letzter.

»Ich habe nichts gestohlen«, hörte sie Semi dem Ritter zuraunen. Dieser nickte fast unmerklich und zwinkerte Semi zu.

Als Larima Eschenstab anblickte, grinste dieser zurück. Er schien zufrieden mit sich zu sein.

Er wird uns jetzt auf dem schnellsten Weg nach Süden bringen.

Larimas Herz raste.

Nun werde ich doch noch auf Gut Eschenhain enden. Gefangen bis ans Ende meiner tristen Tage.

Ein tonnenschweres Gewicht drückte auf ihre Brust und nahm ihr den Atem. Sie waren schon so weit gekommen. Das Goldene Artefakt schien zum Greifen nahe.

Wir haben keine Wahl. Eschenstab wird uns nicht gehen lassen, damit wir weitersuchen können. Nicht, ohne dass ich ihm alles über das Artefakt verrate. Dieser Kerl darf aber nie etwas darüber erfahren!

Als sie durch die Wachstube gingen, überreichte der Oberbüttel Semis Schwert an Eschenstab. Larima sah, wie sich der Blick ihres Ziehbruders verfinsterte und sich seine Lippen zu schmalen Strichen zusammenzogen.

Eschenstab führte sie aus dem Wachhaus. Noch im Eingangsportal kamen ihnen drei Büttel entgegen. Zwischen sich führten sie einen schwankenden Mann, dessen rote Hose zerrissen war. Auch der Rest seiner feierlich bunten Kleidung hing traurig an ihm herab.

»Ich hab das Ding gar nicht angepackt, hab ich!«, lallte er.

»Nein. Du hast die heilige Säule nur angepisst!«, schimpfte einer der Büttel und versetzte dem Mann einen Stoß gegen die Schulter, dass er gegen den Rahmen des Eingangs knallte. Schnell packte ihn ein anderer Büttel und zerrte ihn Richtung Wachstube.

Eschenstab ignorierte den Betrunkenen und seine Bewacher. Nachdem der Weg frei war, schob er Larima und Semi durch die Pforte. Als sie die Straße betraten, wies der Ritter nach rechts, und hinter einer Ecke trafen sie auf vier Männer, die ihre Rappen an Zügeln hielten. Sie alle waren in schwarze Wollumhänge gehüllt, was die Berufskleidung von Eschenstabs Schergen sein musste. Larima erkannte die Reiter aus dem Wald von Groveflyk. Auch der vernarbte Glatzkopf war unter ihnen.

»Ich habe Beute mitgebracht«, verkündete Eschenstab.

Die Männer lachten. Der Ritter reichte Semis Schwert an einen von ihnen, dessen Mantel aus edlem, schwarzen Samit bestand. Eine Hakennase ragte aus seinem Gesicht.

»Wir verlassen das Dorf zu Fuß, Koskan«, sprach Eschenstab den Reiter an. Larima erinnerte sich an seinen Namen. »Es ist zu kompliziert, unsere verschnürten Beutestücke auf die Pferde zu hieven.«

Koskan nickte, packte sie an der Schulter und schob sie vorwärts.

- 2 -

Als sie Godahus verließen, wandten sie sich nicht nach Süden zur Grasebene, wie es Larima erwartete, sondern nach Norden in Richtung des Waldes. Wenn Larima den Pferden zu nahe kam, schnaubten sie und zerrten an ihren Zügeln. Zuerst gefiel es ihr, die Tiere scheuen zu lassen und den glatzköpfigen Schurken zu beobachten, wie er versuchte, die Pferde zu beruhigen, und dabei immer verwirrter dreinblickte, weil er nicht herausfinden konnte, was sie erschreckte. Doch dann dachte Larima an die armen, verängstigten Tiere und hielt Abstand zu ihnen.

Nachdem sie einige Zeit marschiert waren, ließ Eschenstab neben einer Gruppe von drei Buchen halten. Die drei Tempel waren nur noch kleine Würfel in der Ferne. Die Bäume hatten ihre Blätter noch nicht entfaltet, trugen aber zahlreiche schmale, schuppenartig eingehüllte Knospen, die bald aufbrechen würden. Sehnsüchtig dachte Larima an daheim. Bei den Bäumen in Groveflyk würde das noch einige Tage länger dauern.

Die Männer steckten Pflöcke in die Erde und banden ihre Pferde daran fest. Eschenstab trat vor Larima und grinste sie an. In seinen Augen blitzte Überlegenheit. Plötzlich hielt er ein Messer in der Hand. Ängstlich zuckte sie zusammen und Eschenstabs Grinsen wurde noch breiter.

»Keine Furcht, kleines Fräulein«, säuselte er. »Dreh dich um!«

Larima tat, wie ihr befohlen. Mit jedem Schlag ihres Herzens rechnete sie damit, dass die Klinge ihr Hemd auftrennte und er ihr die Kleidung vom Leib schnitt. Doch es gab nur einen Ruck an ihren Händen und sie konnte ihre Arme nach vorn bewegen.

Eschenstab durchtrennte auch Semis Fesseln. Offenbar hatte er nicht vor, sie zu schänden oder gar zu töten.

Larima war es egal, warum der Ritter seinen Gefangenen die Fesseln löste. Sie war den Göttern nur dankbar dafür und rieb ihre geröteten Handgelenke. Pochend kehrte das Blut in ihre Hände zurück.

Die Männer ließen sich unter den Buchen nieder und Eschenstab wies Larima und Semi an, sich dazuzusetzen. Der Glatzkopf hielt eine Tasche aus geschwärztem Leder auf seinem Schoß und wühlte darin herum. Die restlichen Schergen beobachteten ihn.

Auch Larima konnte ihren Blick nicht von ihm wenden. Unter seinem Wappenrock standen kräftige Schultern hervor, doch sein Gesicht bildete eine entstellte Fratze. Die rechte Hälfte war schrammig und gerötet, als wäre sie verbrannt, und ein vernarbter Hügel bedeckte sein rechtes Auge. Soweit Larima es mitbekommen hatte, hieß er Lurge.

Als sie sah, was der Kerl aus seinem Rucksack auspackte, wurden all ihre anderen Gedanken unwichtig. Er holte kleine Brote hervor und reichte sie herum. Auch Larima und Semi bekamen eines. Bevor der hässliche Mann das Räucherfleisch zerschneiden und verteilen konnte, bissen die zwei Ausgehungerten herzhaft in ihr Brot.

Semi schlang es schnell herunter und nahm grinsend das Fleisch entgegen. Larima hingegen kaute jeden Bissen ihres Brotes lang. Als sie Geräuchertes gereicht bekam, biss sie abwechselnd in Brot und Fleisch. Sie genoss jeden Krümel. Wie herrlich sich das Mehlige und Salzige auf ihrer Zunge vermengte!

Als ein Metschlauch herumgegeben wurde, nahm sie einen kräftigen Schluck davon, auch wenn sie auf der Burg selten Met, sondern lieber Wasser trank. Doch sie wollte unter keinen Umständen irgendjemanden hier im Kreis um etwas bitten.

Semi war nicht so zögerlich. Als der Metschlauch ihn erreichte, zog er so fest daran, dass der Sud an seinen Backen herablief. Er setzte den Schlauch erst nach einer Ewigkeit ab und rülpste herzhaft. Die Männer lachten.

»Was soll also die Lüge, ich wäre ein Dieb?«, sprach Semi Eschenstab an. Das Essen und der tiefe Schluck Met schienen ihn wagemutig gemacht zu haben.

Der Ritter hob beschwichtigend die Hände. »Eine List, Schwertbruder«, sagte er. »Wie sonst hätte ich euch beide aus dem Gefängnis in diesem Dorf voller Fanatiker holen sollen? Nehmt meine Entschuldigung für das Täuschungsmanöver an.«

Semi gefiel Eschenstabs schmeichelhafte Anrede offenbar. Er nickte dem Ritter zu, als wären sie wirklich Schwertbrüder.

Larima schnaufte. Semi war von Anfang an begeistert von dem athletischen Kämpfer gewesen. Sie hingegen würde sich nicht so schnell von ihm einwickeln lassen.

Der Ritter erhob sich. »Entschuldigt mich, Männer. Ich werde mit unseren Gästen ungestört reden. Ertin!«, wandte er sich dem dicken Kerl zu, dessen Tellerhelm und Speer neben ihm im Gras lagen. Seine kurzen, fettigen Haare klebten schmutzig an seinem Gesicht. »Mach ruhig noch einen Schlauch Met auf. Ich denke, wir sind am Ziel und brauchen nicht sparsam zu sein.« Wieder ließ Eschenstab ein schallendes Gelächter erklingen und seine Männer stimmten ein.

Der Ritter gab Larima und Semi ein Zeichen, ihm zu folgen. Larima sprang auf, während sich ihr Ziehbruder langsam erhob und leicht schwankend zu stehen kam. Er trottete auf einen von Eschenstabs Schergen zu. Es war Koskan.

»Gib es mir!« Semi zeigte auf eine Schwertscheide, die neben Koskan im Gras lag. »Gib mir Fochting!«

Koskan packte das Schwert und erhob sich. Er überragte Semi um einen Kopf. Seinen Samitmantel hatte er abgelegt. »Nichts werde ich dir geben, kleiner Mann. Mein Leard hat mir das Schwert zur Aufbewahrung überlassen und dort wird es auch bleiben. Ich nehme keine Befehle von einem Bürschchen an.« Koskans Stimme klang befehlsgewohnt und ganz anders, als wenn er mit seinem Herrn sprach. Seine dunklen Augen blitzten.

Semi ballte die Fäuste. Doch er konnte nichts tun. Hier war er nicht der Folser von Groveflyk, sondern nur ein Gefangener dieser Bande. Larima beobachtete den Streit mit Sorge. Sie hoffte, dass keiner zu den Waffen griff.

Koskan und Semi starrten sich angriffslustig an. Ganz offensichtlich wollte Semi seinen Platz nicht räumen, auch wenn er von Eschenstabs Schergen umringt war.

Die schneidende Stimme des Ritters beendete den Streit. »Gib Folser Semargan sein Schwert, Koskan. Wir wollen unsere Gruppe doch nicht entzweien.«

Koskan nickte seinem Herrn zu, bückte sich und reichte Semi die Lederscheide mit dem Schwert. Doch nicht ehrerbietig mit dem Griff zuerst, sondern andersherum. Semi packte sich Fochting und machte es mit geübten Fingern an seinem Gürtel fest. Dabei warfen sich die Kontrahenten böse Blicke zu.

Eschenstab beachtete das Treiben nicht. Er gab Larima erneut ein Zeichen, ihm zu folgen.

»Komm, Semi!«, sagte Larima und zog ihren Freund an der Schulter mit sich.

Unwillig drehte sich der junge Kämpfer um. Die beiden folgten dem schwarzgewandeten Ritter bereitwillig, während Eschenstabs Schergen zurückblieben.

Larima bemerkte, dass Semi torkelte. Nach den Strapazen der letzten Tage und all dem Hunger musste der Met zu viel für ihn gewesen sein.

Nach einiger Zeit blieben sie neben einem Findling stehen. Der Felsbrocken wirkte wie ein erster Botschafter des Gebirges. Die Männer des Ritters waren zu kleinen, schwarzen Punkten unter den kahlen Buchen geworden.

Larima blickte sich um. Selbst wenn Semi nicht betrunken gewesen wäre und sie Eschenstab und seine Bande überwältigen konnten, würden sie nicht weit kommen, denn die Pferde, die am Lagerplatz grasten, würden Larima auf ihrem Rücken nicht dulden. Beritten aber konnten die Schergen des Ritters sie innerhalb weniger Augenblicke einholen und hier im flachen Grasland gab es keine Verstecke. Nein, jetzt eine Flucht zu wagen, wäre reine Dummheit und würde zu nichts führen. Eschenstab würde nur misstrauisch und wachsam werden.

»Erst einmal möchte ich klarstellen«, begann der Ritter, »dass ich dir nicht nachtrage, dass du meinen Versuch, dich zu freien, damals auf dem Hæsgena-Fest abgelehnt hast.« Er lächelte Larima an. »Ich bedaure zwar immer noch, wie du dich entschieden hast, doch ich bin euch nicht hinterhergekommen, um dich für deine Entscheidung zu bestrafen.«

Er hielt für einen Moment inne, wohl damit Larima etwas erwidern konnte, doch ihr fiel nichts ein, das sie sagen konnte.

Eschenstabs Lächeln blieb. »Vielleicht kann ich dir in den nächsten Tagen zeigen, dass ich doch kein so schlechter Kerl bin.«

In den nächsten Tagen? Was meinte er? Larima war verwirrt. Was führte er im Schilde?

»Doch nun zu etwas anderem«, sagte der Ritter. »Warum seid ihr aus Groveflyk ausgerissen?«

Larima wunderte sich über die plumpe Frage. Falls der Kerl etwas aus ihnen herausbekommen wollte, musste er sich schon ein wenig mehr anstrengen. Nur weil er ein bisschen herumlächelte und freundlich tat, würde sie Eschenstab auf keinen Fall etwas über ihre Suche verraten.

Semi blickte kurz zu ihr und sie schüttelte den Kopf, um ihm zu zeigen, dass er seine Klappe halten sollte.

Larima verschränkte die Arme und starrte vor sich hin. Beruhigt stellte sie fest, dass Semi trotz seiner eigentümlichen Bewunderung für diesen Kerl auf sie hörte und ebenfalls schwieg.

»Euer Vater und vor allem eure Mutter haben sich große Sorgen gemacht. Die Burg glich einem Bienenstock, als ich mit meinen Männern dort ankam.«

Larima zuckte die Schultern. Semi runzelte die Stirn und kaute auf seiner Unterlippe herumkaute, wie er es tat, wenn er sich schuldig fühlte.

»Ihr wollt also nicht reden«, stellte Eschenstab mit ruhiger Stimme fest. »Wenn wir nicht wie Schwertgeschwister darüber sprechen können, wohin ihr unterwegs seid, dann bringe ich euch sofort nach Groveflyk zurück.«

Semi begann, auf seinem Hosenboden hin und her zu rutschen. Er blickte Larima mit großen Augen an, doch sie schüttelte heftig den Kopf. Aber auch in ihr stiegen Zweifel auf.

Ist es wirklich klug, über unsere Suche zu schweigen? Ist das nicht das Einzige, das ihn davon abbringen könnte, mich mit nach Eschenhain zu nehmen?

Doch bevor sie etwas sagen konnte, kam ihr der Ritter zuvor. »Ich erspare euch das Versteckspiel«, verkündete er lächelnd. »Ich weiß, dass ihr hinter dem Goldenen Artefakt her seid. Und glaubt mir, allein werdet ihr es niemals finden.«

Larima erstarrte. Sie blickte Eschenstab einige Herzschläge lang an und bemerkte erst dann, dass ihr Mund offen stand. Sie schloss ihn, schluckte und sah zu Semi hinüber. Er glotzte verdattert drein.

»Lasst uns mit offenen Karten spielen. Spätestens aus eurer Reaktion weiß ich nun, dass ich richtig gelegen habe.« Eschenstab zwinkerte ihnen zu.

»Ich habe keine Ahnung, wovon du sprichst!«, unternahm Larima einen Versuch, zu retten, was zu retten war.

Doch Eschenstab fiel nicht darauf herein und schüttelte den Kopf.

»Die Menschen auf Burg Groveflyk machen sich Sorgen um euch. Der alte Bursche hat mir gern Auskunft gegeben, nachdem ich ihn daran erinnert hatte, über welch verbotene Themen er mit euch gesprochen hat. Und den Rest konnte ich mir denken, nach eurer Flucht von der Burg und eurer Reise in den Norden.«

Larima sah Semi verstohlen an. Wenn Væter Hanrek Eschenstab alles berichtet hatte, war es wirklich sinnlos, die Unwissende zu spielen. Larima entschied, den Ritter so weit über ihre Reise aufzuklären, wie es unbedingt nötig war.

Vielleicht kann ich die Sache irgendwie noch zum Guten wenden und er lässt uns unsere Suche beenden.

Sie zog das Amulett hervor und streckte es Eschenstab hin. Dazu erklärte sie, welche Rückschlüsse sie bisher gezogen hatte.

»Wir werden uns alle gemeinsam aufmachen und nach dem Artefakt suchen«, beschloss der Ritter, als Larima ihre Erklärung beendete. »Nur wenn wir unser Wissen und unsere Stärke vereinen, werden wir es finden.«

Larima war klar, dass dies kein Vorschlag war. Die Suche würde mit Eschenstab weitergehen oder gar nicht. Vielleicht steckte darin aber auch etwas Gutes. Über den Aspekt der Stärke hatte sie bisher nicht nachgedacht. In diesem Gebirge konnte es gefährlich werden. Eine bewaffnete Eskorte machte womöglich den Unterschied zwischen Leben und Tod aus.

»Warum willst du das Goldene Artefakt haben?«, fragte sie Eschenstab frei heraus.

»Ich?« Der Ritter zuckte zurück. Entweder war er erschrocken oder wollte sie das zumindest glauben lassen. »Ich will es nicht für mich. Ich will, dass du es in Händen halten kannst, denn ich weiß, wie wichtig die Familie ist, und dass das Artefakt das Einzige ist, das dir von deinen Leuten geblieben ist.«

Larima glaubte ihm kein Wort, ergab sich aber in ihr Schicksal.

Wir werden zusammen gehen, solange es nötig ist. Sobald wir aber herausbekommen haben, wo sich das Artefakt befindet, brauche ich eine Möglichkeit, die Kerle loszuwerden.

In Semis Augen stand Abenteuerlust. Larima musste möglichst bald in Ruhe mit ihm reden, um ihm klar zu machen, dass sie Eschenstab nicht trauen durften. Heldenhafte Taten hin oder her.

»Was du vielleicht nicht weißt, Larima: Auch ich habe meinen Vater nie gekannt«, sagte der Ritter in ruhigem Ton und riss sie aus ihren Gedanken.

Die unangekündigte Enthüllung überraschte sie. »Warum erzählst du mir das?«, fragte sie barsch. Erst nachdem die Frage bereits raus war, bereute sie, sie in einem so rüden Tonfall gestellt zu haben.

»Ich möchte, dass wir uns vertrauen. Du musst mir glauben, dass ich nur dein Bestes will. Dafür sollst du wissen, dass ich nicht so anders bin als du.« Er blickte zum Himmel und beobachtete den Zug der einzigen Wolke über ihnen. »Mein Großvater Sigmas von Eschenstab war ein großartiger Mann«, sagte er. »Ich versuche jeden Tag, mein Bestes zu geben, um zu werden wie er. Mein Vater dagegen war ein Schwein. Kaum dass er sich ins Herz einer von Eschenstab gelogen und meine Mutter geheiratet hatte, ließ er die Schwangere sitzen und suchte das Weite. Ich hoffe, er ist Opfer des heimtückischen Abschaums geworden, zu dem er selbst gehört.«

»Schön und gut«, unterbrach Larima die Familiensaga. Ihr war egal, was den Ritter angeblich mit ihr verband. »Was tun wir jetzt?«, wollte sie von ihm stattdessen wissen.

»Immer nach vorn sehen«, sagte Eschenstab. »Das bewundere ich an dir. Gut, lass uns dieses Amulett noch einmal betrachten. Wo, sagt ihr, sind wir nun? Hier bei diesen drei Säulen, die diese götterverrückte Siedlung darstellen sollen?«

Larima und Semi nickten. »Das war das erste Zeichen.« Larima deutete auf den Wasserfall. »Dann folgten wir diesen hier.« Sie fuhr mit dem Finger über Hœgswald, Niva und die Unendliche Weide hinweg. »Nach Godahus gibt es noch fünf Symbole.«

»Das Nächste scheint mir einfach zu lesen«, meinte Eschenstab. Er richtete seinen Blick auf das Amulett. »Es sind drei Tannen. Eine Große in der Mitte und zwei kleinere. Wir müssen also in den Wald. Doch diese Rechtecke darunter sagen mir nichts.«

»Das beschreibt die Entfernung«, warf Semi ein, stolz, dass er mehr wusste als der Ritter.

»Welche Strecke erwartet uns demzufolge im Wald?«, fragte Eschenstab den Jungen.

Der schüttelte den Kopf. »Ich habe keine Ahnung, bisher sind wir nur Dreiecke abgewandert«, gab er kleinlaut zu.

Larima überlegte. »Die Dreiecke standen für fünfundzwanzig Meilen«, sagte sie. »Die Rechtecke können also für weniger stehen, vielleicht zehn Meilen, oder für mehr, vierzig Meilen womöglich.«

»Gut. Und was kommt als Nächstes?«, fragte Eschenbach.

»Sieht aus wie ein Tor«, versuchte Larima das folgende Symbol zu deuten, das einen Halbkreis darstellte.

»Oder eine Brücke«, meinte Semi. »Die wird uns ins Gebirge im Norden führen. Daran gibt's keinen Zweifel.« Auf dem Amulett waren neben dem Bogen drei Berge mit Schneekuppen dargestellt.

Larima nickte. Eschenstab betrachtete die Zeichen schweigend. »Die letzten beiden ...«, sagte er plötzlich. »Auf die wird es ankommen. Sie zeigen uns, wo im Deerkronagebirge wir suchen müssen.«

Das hatte sich Larima ebenfalls überlegt. Sie hütete sich jedoch davor, Eschenstab recht zu geben.

Sie sah auf. Irgendwo in diesem Gebirge, das im Norden über den Wäldern aufragte und zu ihnen herüberzugrinsen schien, befand sich das Goldene Artefakt. Das Amulett würde sie mit seinen letzten Zeichen zum Versteck führen.

Eines der Symbole zeigte einen Berg, der mit einem Stern gekennzeichnet war. Larima konnte sich nicht vorstellen, wie dies in Wirklichkeit aussehen sollte, doch erschien ihr das eine gute Möglichkeit zu sein, eine Wegmarke zu setzen. War der Stern nicht ein Zeichen der Fladrea?

Die letzte Gravur zeigte etwas, das eine Höhle sein könnte. Davor war ein Gebüsch angedeutet und zwei Figuren, die danebenstanden. Ein Pfeil wies über den Busch hinweg in die Höhle. Larima hatte erwartet, dass das Artefakt nicht in der Landschaft liegen würde. Den richtigen Berg zu finden war eine Sache, aber einen kleinen Höhleneingang zwischen Felsen und Büschen zu entdecken, stellte eine schwierige Aufgabe dar.

Alle drei schwiegen. Letztendlich würde ihnen nichts anderes übrig bleiben, als nach Norden zu wandern und zu versuchen, die

Symbole richtig zu deuten und ihrem Weg zu folgen. Die Lösung würde sich hoffentlich nach und nach ergeben.

Obwohl Larima bisher niemandem von ihrem Volk begegnet war, fühlte sie sich mit ihm verbunden, und sie vertraute den Fladrea. Sie konnte sich nicht vorstellen, dass sie jemanden durch das Land jagten, ohne dass derjenige am Ende fand, was er suchte.

»Nochmal zurück zu den Rechtecken«, sagte Eschenstab in das Schweigen hinein. Er blickte nach Norden und schien die Entfernung zu den schneebedeckten Gipfeln abzuschätzen. »Ich denke nicht, dass es fünfmal vierzig Meilen bis zu den Bergen sind. Wir sind ihnen sehr viel näher. Es sind wohl eher fünfmal zehn, also fünfzig Meilen, vielleicht sechzig. Weit genug, wenn man durch den Wald marschiert.«

Larima nickte. »Mitten zwischen den Rechtecken findet sich dieser Halbkreis«, gab sie zu bedenken. »Kann sein, dass wir nach dreißig Meilen einem Bogen oder Tor begegnen. Dann geht es nochmal zwanzig Meilen weiter.«

»Egal, was kommt, wir werden es zusammen schaffen«, warf Semi ein.

Eschenstab klopfte ihm auf die Schulter. »Richtige Einstellung, Schwertbruder! Lasst uns zurückgehen«, sagte er. »Wir sollten versuchen, heute noch einige dieser Meilen hinter uns zu bringen. In wenigen Stunden wird es dunkel werden. Bevor wir aufbrechen, muss ich aber dafür sorgen, dass wir unsere Suche ungestört zu Ende bringen können.«

Nachdem sie zum Lagerplatz zurückgekehrt waren, wies Eschenstab auf Lutwin und Ertin. »Reitet zurück nach Groveflyk«, befahl er ihnen, »und sagt dem Haron, dass sein Sohn und seine Tochter wohlauf sind und er uns seine Männer nicht hinterherschicken muss.«

Ohne zu murren machten sich der Lange und der Dicke fertig, banden ihre Rappen los und schwangen sich schließlich in ihre Sättel.

»Ach, fast hätte ich es vergessen«, hielt Eschenstab sie im letzten Moment zurück. »Gib mir die Beutel aus deiner Satteltasche, Lutwin.«

Der Mann blickte zuerst verwundert zu Eschenstab, dann klarte sich sein Gesicht auf und er begann zu lachen. Dabei schnappte er nach Luft, als müsste er ertrinken.

»Die Taschen, Lutwin!«, sagte Eschenstab lauter.

Lutwin schlug das Leder seiner linken Satteltasche eilig zur Seite und zog zwei Beutel hervor. Larima machte große Augen, als sie ihre Rucksäcke erkannte.

Eschenstab nahm ihm die Taschen ab, warf sie Semi zu und gab Lutwins Pferd einen Klaps auf den Hintern, sodass das Tier unwillig schnaubte. »Und nun seht zu, dass ihr Land gewinnt!«

Lutwin und Ertin verneigten sich vor ihrem Herrn, schnalzten mit der Zunge und ließen die Zügel schwingen. Im Galopp preschten sie davon und waren einige Herzschläge später nur noch kleine Punkte, die über die Grasebene davonjagten.

- 3 -

Es fühlte sich herrlich an, wieder in den Wald einzutauchen und von Bäumen umgeben zu sein, auch wenn es nicht dasselbe war wie daheim, im Tal von Groveflyk.

Eschenstab führte die Fünfergruppe an, wobei er sein Pferd am Zügel hinter sich herführte. Semi marschierte neben ihm, dahinter Larima, mit einigem Abstand zu den Tieren. Die Nachhut bildeten Lurge und Koskan. Auch sie führten ihre Pferde.

Larima war froh, ihren Rucksack wiederzuhaben. Natürlich waren sämtliches Geld und der Proviant verschwunden. Trotzdem verfügten sie nun wieder über den Rest ihrer Ausrüstung: das lange Seil, Verbände und die Salbe, die der Goder ihnen gegeben hatte.

Sie waren noch nicht weit in den Wald eingedrungen, als Eschenstab nach Westen schwenkte. Nun liefen sie parallel zum Gebirge anstatt darauf zu.

Larima lief schneller, um zu dem Ritter aufzuschließen. »Warum wenden wir uns nach Westen und nicht nach Norden auf die Berge zu?«, fragte sie ihn.

»Ich denke, ich habe gestern, als wir nach Godahus geritten sind, in dieser Richtung einen riesigen Baum gesehen«, erklärte Eschenstab. »Und so etwas suchen wir doch.« Er wies auf ihre Brust, wo sich das Amulett unter ihrem Hemd verbarg.

Larima nickte und ließ sich zurückfallen. Es war ihr nicht geheuer, neben Eschenstab herzulaufen. Der Ritter tat freundlich und in Godahus hatte er sie aus dem Kerker befreit, dennoch traute sie ihm nicht. Als sie seinen Antrag abgewiesen hatte, hatte er für einen kurzen Moment sein wahres Ich gezeigt und sie erlebte, wie er wirklich war. Auch wenn er beteuerte, er würde ihr das nicht nachtragen, glaubte sie ihm kein Wort. Sie musste vorsichtig bleiben und durfte sich nicht einlullen lassen. Irgendetwas führte er im Schilde. Eschenstab half ihr bestimmt nicht aus Freundlichkeit bei der Suche nach dem Artefakt. Er wollte es für sich haben, das spürte sie, und das musste sie verhindern.

Der Wald, durch den sie wanderten, kam ihr fremd vor. Er bestand fast nur aus Laubbäumen. Kaum einmal spross ein Nadelbaum empor. Umso auffälliger war die riesige Tanne, die sie nach kurzer Zeit erreichten und die sogar das Haupthaus von Groveflyk überragt hätte. Sie stand auf einem quadratischen Felsen, einem Detail, das sich auch auf dem Amulett wiederfand. Ein weiteres Zeichen, dass sie auf dem richtigen Weg waren. Neben der großen sprossen noch zwei Tannen, die jedoch bedeutend kleiner waren.

Inmitten der Eichen, Buchen und Birken wirkten die Nadelhölzer fehl am Platze. Als hätte sie jemand absichtlich dorthin gepflanzt. Und wenn Larima darüber nachdachte, dann war das wohl auch geschehen.

Das müssen fast einhundert Schritt Höhe sein. Ein so riesiger Baum ist ein perfekter Wegweiser, dachte Larima. *Aber von allein kann eine Tanne nicht so groß werden, geschweige denn genau an der richtigen Stelle wachsen. Mein Volk hat hier seine Finger im Spiel.*

Als sie den Kopf in den Nacken legte und den Stamm emporblickte, fühlte sie Stolz in sich.

Von hier aus wandte sich die Gruppe nach Norden auf das Gebirge zu. Jetzt galt es, die Richtung nicht zu verlieren. Sie mussten darauf achten, die Berge immer im Blick zu haben. Sollte der Wald aber noch dichter werden, konnte sich dies als schwierig herausstellen.

Als es allmählich dämmerte, ließ Eschenstab anhalten. Die Männer banden ihre Pferde an die niedrigen Äste einer Eiche und die ausgehungerten Reittiere machten sich sofort über einen kleinen Holunder her, der es gewagt hatte, seine Blätter schon zu entfalten. Dann arbeiteten sich die Pferde knackend weiter durchs Unterholz.

Währenddessen entfachte Lurge ein Feuer. Semi ließ sich nahe an der Feuerstelle nieder und erwartete offenbar sehnlichst das Abendbrot. Larima überwand sich und schlenderte zu Eschenstab. »Ich habe eine Frage«, setzte sie an.

Der Ritter forderte sie auf, sich neben ihn zu setzen. Doch Larima blieb stehen. »Immer noch misstrauisch, was?«, meinte er.

Larima zuckte mit den Schultern.

»Also stell deine Frage, Mädchen.«

»Warum habt ihr die Pferde nicht in Godahus gelassen? Hier im Wald behindern sie uns doch nur. Ohne sie kämen wir schneller voran.«

Eschenstab beobachtete Lurge, wie er mit dem Brot und dem Schinken hantierte. »Wer weiß, ob wir die Pferde nicht bald wieder brauchen werden«, sagte er wie nebenbei. »Es ist ungewiss, wie die Reise weitergeht. Wir sollten auf alles vorbereitet sein, damit du so schnell wie möglich dein Ziel erreichst.« Noch einmal bot er ihr den Platz neben sich an, dabei grinste er unschuldig.

Für einen Augenblick wollte Larima ihm seine Freundlichkeit abkaufen. Wäre da nicht dieser bedrohliche Unterton, den sie in seiner Stimme zu hören glaubte.

- 4 -

Semi genoss ihre Reise durch den Wald. Die Sonne leuchtete zwischen Wolkenfetzen hervor und kalter Wind pfiff vom Gebirge zu ihnen herab. Der dichter werdende Wald machte es immer beschwerlicher, mit den drei Pferden voranzukommen. Jedes Hindernis, wie ein quer über den Weg gestürzter Baumstamm, über den die Tiere nicht steigen konnten, oder eine steile Böschung, zwang sie zu einem Umweg.

Ungeduldig wartete Semi darauf, dass sie endlich das Gebirge erreichten. Er kletterte auf eine Birke, um einen Blick nach Norden zu erhaschen, doch die Berge waren kaum näher gekommen.

Als sie lagerten, musste Semi sich zwingen, eine Scheibe vom Schinken hinunterzuwürgen. Vor zwei Tagen war es wunderbar gewesen, wieder etwas zu beißen zu haben. Inzwischen jedoch war das Brot hart geworden und Semi konnte das Geräucherte nicht mehr sehen. Die Zeit für Pilze war noch nicht gekommen, also machte es keinen Sinn, nach ihnen zu suchen.

Doch vielleicht können wir heute versuchen, einen Easan zu erwischen? Das würde uns zwar Zeit kosten, doch Herre Eschenstab wäre sicher für eine Jagd zu haben.

Außerdem schmeckte der buntgefiederte Vogel herrlich, wenn man seine Haut nach dem Rupfen mit Kräutern einrieb und über dem Feuer röstete.

Aber Larima hätte bestimmt etwas dagegen, wenn wir Zeit verlieren.

Was Eschenstab betraf, hatte sie Semi unmissverständlich klar gemacht, dass sie ganz und gar nicht einverstanden war, dass der Ritter sie begleitete.

Warum versteht sie nicht, dass es für uns allein auf der Reise viel zu gefährlich ist?

Seit Tagen versuchte sie, mit ihm heimlich Fluchtpläne zu schmieden und ihn zu überreden, nachts unbemerkt abzuhauen. Doch wohin sollte dies führen?

Eschenstab kannte die Symbole auf dem Amulett und es würde ihnen nur mit ihm zusammen gelingen, die Suche lebend zu überstehen und das Artefakt zu finden.

Und genau das habe ich ihr mehrmals gesagt, doch sie lässt einfach nicht locker. Im Gegensatz zu Larima habe ich den Ritter von Anfang an richtig eingeschätzt.

Er verhielt sich ihnen gegenüber sehr höflich. Schließlich war er ein Freund seines Großvaters gewesen und Egelmin von Groveflyk hätte niemals einen schlechten Menschen zu seinen Freunden gezählt.

Eines Tages würde Larima ihm dankbar sein, dass er nicht mit ihr abgehauen war, sondern dass sie bei dem Ritter geblieben waren. Eschenstab führte sie zielstrebig und ohne ihn säßen sie noch in Godahus fest. Je schneller sie das Artefakt aber fanden, desto schneller war Larima glücklich und sie konnten nach Hause zurückkehren. Und bei allem, was Larima ihm vor einer Woche auf der Grasebene angetan hatte, sollte sie froh sein, dass er sie nicht allein ließ, sondern weiter zu ihr hielt.

Ganz anders als Eschenstab benahm sich das Gesindel, das ihn begleitete. Besonders Koskan warf Semi immer wieder gehässig Kommentare vor die Füße und behandelte ihn von oben herab. Auf den Kerl hätte Semi verzichten können.

Plötzlich ließ Eschenstab sie unvermittelt anhalten. Er drehte sich herum, beugte sich tief zum Boden hinab und richtete sich mit sorgenvollem Gesicht wieder auf. Seine Augenbrauen rutschten noch tiefer und drohten Eschenstabs Augen vollends zu verdecken.

»Vor dem, was uns in diesen Hügeln erwartet, hat uns das Amulett nicht gewarnt«, flüsterte er. »Es ist wie damals mit Egelmin.«

Semis Herz pochte wild, als er näher trat.

Eschenstab wies auf den Boden. »Sieh nur!«

Auf dem schlammigen Waldboden konnte Semi zwischen den Gräsern und Wurzeln nur einige Rillen und Furchen erkennen. Was sollte daran so besonders sein? Er richtete sich auf und wollte etwas zu Eschenstab sagen, als dieser ihm zuvorkam. »Genau! Trollspuren!«, brummte er.

Semi richtete seinen Blick auf die Erde. Aufgeregt erkannte er den gewaltigen Abdruck eines nackten Fußes zwischen den Furchen im Schlamm. Eine Zehe war groß wie Semis Handfläche. Wasser sammelte sich in der Vertiefung, die er noch vor einem Atemzug übersehen hatte, weil er nicht nach so etwas Großem suchte.

»Herre!«, kam Lurge von der Seite herbei. Seine Stimme klang unerhört laut.

»Leise!«, ermahnte ihn der Ritter. »Was gibt es?«

»Sieh, was ich im Gebüsch gefunden habe.« Er hielt einen dicken Brocken von Ast mit beiden Händen erhoben und ließ ihn schwer schnaufend sinken, nachdem Eschenstab ihn begutachtet hatte.

»Die Keule eines Trolls«, meinte der Ritter. »Männer, haltet die Augen offen! Hier irgendwo treibt sich eine Sippe Trolle herum und ich habe nicht vor, unvorbereitet in ihre Pranken zu laufen.«

Lurge und Koskan nickten. Sie lösten ihre Schwerter in den Scheiden und musterten die Umgebung aufmerksam. Auch Larima beobachtete den Wald. Ihre Augen huschten umher.

»Also haben wir damals nicht alle Trolle vernichtet. Das habe ich schon längst vermutet«, sagte Eschenstab.

»Sprecht Ihr von den Trollkriegen?« Semis Herz schlug schneller. Er hatte seinen Vater von diesen Kämpfen im Norden erzählen hören, doch auch der Haron wusste nicht viel darüber. Semis Großvater war damals in dem Krieg gegen die Trolle dabei gewesen. Hallinger aus vielen Jarlschaften vereinten sich, um die

Gefahr durch die Halbriesen endgültig zu bannen. Richtig. Vater hatte erzählt, dass Eschenstab ebenfalls dabei gewesen war. Semis Herz schlug schneller. Er kannte kaum aufregendere Geschichten als die über die Kämpfe gegen die Trolle.

Der Ritter blickte Semi an. »Haron Egelmin und ich sind damals zusammen durch diese Wälder gestreift. Es ist über zwanzig Jahre her, die Fladrea hatten Hallinga seit Jahrzehnten verlassen und die Jarle längst wieder mit dem Irrsinn begonnen, sich gegenseitig zu bekämpfen. Doch dieses eine Mal schlossen sie sich zusammen. Die Trolle vermehrten sich in den Wäldern hier im Norden und entwickelten sich zu einer richtigen Plage. Das Deerkronagebirge scheint dieses Gezücht anzuziehen. Sie bauen ihre Wohnhöhlen in die Hügel.«

Obwohl es bei ihnen in Skogbrynet noch nie Trolle gegeben hatte, erzählten sich die Bauern gern Schauergeschichten über sie. Sie meinten, eine Trollhöhle zu betreten sei noch gefährlicher, als sich in eine Bärenhöhle zu wagen. Aus der Bärenhöhle seien immerhin einige Jäger siegreich und vor allem lebend wieder herausgekommen. Semi träumte oft davon, eine Trollhöhle mit Fochting in der Hand zu erkunden.

»Damals sammelten sich Krieger aus allen Teilen Hallingas«, erzählte Eschenstab, »und zogen in die Hügel, wo sie gegen diese Missgestalten kämpften. Es dauerte viele Monde, bis wir den Kopf des letzten Trolls abschlugen.« Er wies auf den Boden. »Doch dieser Fußabdruck ist keine zwanzig Jahre alt. Ich befürchte, wir haben ein ernstes Problem. Wir müssen wachsam sein und sie am besten sofort angreifen, sobald wir sie sehen, wenn sie uns nicht des Nachts niedermetzeln sollen. Unser Feuer würde diese Ungetüme anziehen. Zwei Dutzend Männer aus Frinhus sind damals auf diese Art gestorben. Die meisten von ihnen haben gar nicht gemerkt, wie ein Troll einen viele Zentner schweren Baum über sie gerollt und sie im Schlaf erdrückt hat.«

Semi lauschte bewundernd. *Wahnsinn! Wenn ich Glück habe, sehe ich einen echten Troll. Ich werde gegen ihn kämpfen und seinen hässlichen Wanst aufschneiden. Das sind Taten, über die Lieder gesungen werden.*

Nur dank Eschenstab würde Semi Gelegenheit bekommem, sich einen Namen zu machen. Warum nur konnte Larima diesen edlen Ritter nicht leiden?

Die fünf Menschen und die drei Pferde setzten ihren Weg vorsichtig fort, doch es dauerte nicht lang, bis ihnen der Geruch vergorener Milch in die Nasen kroch. Semi fragte den Ritter und dieser nickte. »Genauso stinken die Kerle«, flüsterte er knapp. Seine Augen musterten die Umgebung wachsam.

Gefahr lag in der Luft. Semi spürte, wie sich seine Nackenhaare aufstellten. Instinktiv schob er sich zwischen Larima und die vermeintliche Gefahr. Doch keiner wusste, aus welcher Richtung die Trolle angreifen würden, sollten sie die Menschen wittern.

Sie schlichen weiter und näherten sich einer Lichtung. Dort im Sonnenlicht entdeckte Semi tatsächlich vier Trolle. Die Kreaturen ragten über drei Schritt in die Höhe und schienen sich mit irgendetwas auf dem Boden zu beschäftigten. Semi konnte nicht erkennen, was es war.

Sie sind genauso hässlich, wie Großvater sie beschrieben hat.

Die langen Haare hingen fransig und strubbelig an ihren nackten Rücken herunter und überdeckten teilweise die Fetzen aus Stoff um ihre Hüften. Kannten Trolle das Wort Kleidung? Konnten sie überhaupt sprechen? Ihre Haut, narbig und von Furchen übersät, zeigte nicht die blasse rosige Farbe von Menschenhaut, sondern den dunklen Ton von Lehm.

»Ihr bleibt hier!«, raunte Eschenstab Larima und Semi zu.

»Aber ich kann doch ...«, wollte er protestieren, wurde aber von Eschenstab mit einer rüden Geste zum Schweigen gebracht. Die Männer ließen ihre Pferde zurück und schlugen sich leise ins Gebüsch. Die Trolle schienen die Ankunft der Menschen nicht zu bemerken.

Larima und Semi blieben im Gebüsch zurück und beobachteten auf dem Boden liegend die Lichtung. Es war unglaublich.

Obwohl Semi wusste, dass sich Eschenstab, Lurge und Koskan durch die Büsche schlichen, verriet sie nicht das geringste Geräusch. Kein Blatt rührte sich.

»Wir müssen jetzt gehen, solange diese Kerle mit den Trollen beschäftigt sind«, flüsterte Larima.

Fing sie schon wieder damit an? Gerade jetzt, wo es spannend wurde? Semi hörte gar nicht richtig hin. Mit rasendem Herzen wartete er auf den Moment, in dem die Kämpfer losschlagen würden. Jeden Atemzug konnte es soweit sein und er wollte keinen Augenblick des Kampfes verpassen.

Erst als Larima ihn am Ärmel zupfte, drehte er den Kopf unwillig. »Ich sagte, wir müssen hier weg«, fauchte sie.

»Und ich sage, wir müssen bleiben«, gab Semi leise zurück. »Sieh doch auf die Lichtung, dann erkennst du, warum wir zusammenbleiben müssen. Können wir beide es mit einer Trollfamilie aufnehmen? Die würden uns zerquetschen. Eschenstab aber wird die Trolle besiegen und dann suchen wir gemeinsam weiter.«

»Ich traue ihm nicht. Er wird sich das Artefakt meines Volkes krallen.«

»Nein, Larima!« Semi verlor die Geduld. Wie konnte sie nur so blind sein? »Er ist ein aufrichtiger und furchtloser Ritter und wird uns dein Artefakt nicht wegnehmen. Er selbst hat seinen Vater nie gekannt. Er will nur, dass du alles über deine Vergangenheit herausfinden kannst.«

Larima schnaubte. Glaubte sie seinem Wort etwa nicht?

Plötzlich gab es Tumult auf der Lichtung. Semi riss seinen Kopf herum. Larima und ihr sinnloses Misstrauen waren sofort vergessen. Atemlos beobachtete er, wie die drei schwarzgekleideten Kämpfer an verschiedenen Stellen aus dem Unterholz stürmten und brüllten, als wären sie zehntausend. Sie hielten ihre Schwerter kampfbereit erhoben.

Die Trolle reagierten träge. Ihr Verstand verarbeitete nur langsam, was geschah.

Lurge und Koskan stürmten zusammen auf das größte der Ungeheuer zu. Lurge stach mit seinem Schwert in den Brustkorb des Gegners und Koskan trieb seine Klinge durch den Rücken der Kreatur. Blutig trat die Spitze am Bauch heraus. Die Männer zerrten ihre Waffen aus dem Fleischberg, während er zusammenbrach. Reglos blieb der Halbriese auf dem Gras der Lichtung liegen.

Jetzt erschien der Kampf ausgeglichen. Drei Menschen standen gegen drei Trolle. Die Kolosse jedoch fingen sich und nahmen ihre Keulen auf.

Semi wäre den Männern gerne gegen die gewaltigen Gegner beigesprungen. Seine Hand zuckte nach Fochtings Griff und er wollte auf die Lichtung stürmen. Doch Eschenstab hatte ihm befohlen, sich hier verborgen zu halten. Dem Anführer musste man im Kampf bedingungslos gehorchen, sonst gab es Chaos.

Während Koskan und Lurge sich gegen zwei Trolle behaupteten, kämpfte Eschenstab mit einer Trollin. Wie halbleere Wasserschläuche hingen die Brüste an ihr herunter und reichten fast bis zu ihrem Bauchnabel.

Der Kampf bewegte sich von der Mitte der Lichtung weg. Inmitten der aufgewühlten Erde lag ein Hirschkadaver mit abgetrennten Beinen neben blutverschmierten, scharfkantigen Steinbrocken. Die primitiven Schnittwerkzeuge hatten Muskeln, Sehnen und Knochen der Jagdbeute ausgefranst.

Semi richtete seine Aufmerksamkeit auf die Kämpfenden. Neben ihm beobachtete Larima zum Glück schweigend, was auf der Lichtung vorging.

Eschenstab war vollauf mit seiner Gegnerin beschäftigt. Die Trollin schwang ihre Keule genauso kräftig wie die männlichen Vertreter ihrer Art. Sie stieß wilde Schreie aus, die wie eine Mischung aus Schweinegrunzen und Hundegebell klangen.

Eschenstab duckte sich geschickt unter einem Schwinger der gewaltigen Keule hinweg, trat einen Schritt zurück und hob das Schwert über seinen Kopf.

Semi beobachtete fasziniert, wie der erfahrene Kämpfer vorging. Er versuchte, sich jede Bewegung einzuprägen.

Die Trollin schwang ihre Keule, doch Eschenstab bewegte sich außer Reichweite ihrer primitiven Waffe. Er fixierte die Riesin mit starrem Blick, als wollte er sich ihr Gesicht ins Gedächtnis brennen.

Plötzlich schnellte er nach vorn und hielt seine Klinge erhoben. Seine Gegnerin zerrte ihre Keule herum, um den vermeintlichen Hieb abzufangen. Doch Eschenstab ließ sein Schwert nicht von oben heruntersausen, sondern zog die Klinge geschickt herab und führte sie auf Höhe seiner Hüfte. Sie pflügte tief ins Trollfleisch und halbierte die Trollin unterhalb ihres Bauchnabels. Was danach auf den Waldboden klatschte, trug kein Leben mehr in sich.

Das Duell hatte nur wenige Herzschläge gedauert. Eschenstab war kaum außer Atem gekommen.

Semi wollte beobachten, wohin der Ritter sich nun wandte, doch plötzlich vernahm er ein lautes Schnaufen hinter sich. Er zuckte zusammen.

Die Pferde? Nein, zu dumpf!

Er warf sich herum und erstarrte vor Schreck. Keine vier Schritt von ihm und Larima entfernt ragte ein noch riesigerer Troll auf und blickte auf sie herab. Schon hob er seine Hand mit einer runzligen, gigantischen Wurzel.

Der Troll tat einen Schritt auf sie zu und stieß ein Schnauben aus. Seine Mundwinkel zuckten und er starrte sie düster an. Er musste von der Jagd zurückgekommen sein und sah nun, dass seine Gefährten auf der Lichtung abgeschlachtet wurden. In seinem Gesicht stand Hass.

Semi blieb vor Angst erstarrt liegen. Der Halbriese kam nah genug, um zu einem tödlichen Schlag anzusetzen. Es blieb ihnen keine Zeit, ihre Waffe zu ziehen, während die Keule nach oben sauste, um im nächsten Moment auf sie niederzudonnern.

Doch als die Wurzelkeule über dem Kopf der Kreatur schwang, bereit, sie zu zermalmen, brach neben Semis und Larimas Köpfen etwas durch die Büsche. Die Blätter rauschten, ein schwarzer Stiefel trat zwischen sie. Lederhose und Mantel folgten.

Eschenstab hielt sein Schwert vor sich und stach damit wie mit einem Speer in den ungeschützten Bauch des gewaltigen Gegners, der beide Arme nach oben streckte. Als die Klinge bis zur Hälfte darin verschwunden war, führte Eschenstab sie zur Seite und durchfuhr den Bauchraum des Trolls. Mit einem Schwall Blut ergossen sich die Gedärme auf den Waldboden. Schreiend krabbelte Larima rückwärts davon.

Der Troll grunzte überrascht und schnaubte ein letztes Mal dumpf. Er fixierte Eschenstab mit hasserfülltem Blick.

Er will ihn erschlagen.

Doch das Gewicht der gewaltigen Keule zerrte den Halbriesen nach hinten. Er kippte auf den Rücken, zuckte einmal, als wollte er sich aufrichten, blieb aber reglos liegen.

Eschenstab wirbelte herum und überzeugte sich davon, dass kein weiterer Feind zwischen den Bäumen lauerte. »Der Kerl muss der Familienälteste gewesen sein«, wandte er sich an Larima und Semi, die sich verstört aufrichteten. »Vielleicht kam er von einer Erkundung zurück. Hat wohl nach Hirschen Ausschau gehalten.«

»Ich danke Euch, Herre!«, sagte Semi und stand vollends auf.

Er versuchte, Larima einen Blick zuzuwerfen, um ihr klarzumachen, dass sie nur noch lebten, weil sie bei Eschenstab geblieben waren. Doch Larimas aufgerissene Augen blieben auf den Leichnam des Trolls gerichtet.

Was ihr wohl gerade durch den Kopf ging? War sie angewidert vom Anblick des aufgeschnittenen Bauches und des Blutes? Ihr Gesicht zeigte jedoch keinen Ekel, sondern Schrecken.

Semi half seiner Ziehschwester auf die Beine. Sie zuckte unter seiner Berührung nicht zusammen, wie sie es die Tage zuvor getan hatte. Sie folgten dem Ritter auf die Lichtung, die von Trollblut getränkt war.

»Wir müssen weiter«, verkündete Eschenstab. »In den Wäldern dürften sich noch mehr dieser Bestien herumtreiben. Sie haben sicher ihre Höhle in der Nähe. Und wer weiß, wie viele da drin hausen.«

Lurge schnitt großzügig Fleischstücke aus dem erschlagenen Hirsch, schlug sie ordentlich in Leinentücher ein und verteilte sie auf die Rücksäcke. Heute Abend konnten sie sich auf einen schönen Braten freuen. Trotz des grausigen Anblicks um ihn herum grummelte Semis Magen erwartungsvoll.

- 5 -

Semi und der Ritter marschierten nebeneinander durch den Wald und unterhielten sich über irgendwelche Kriegsgeschichten. Larima folgte ihnen mit weitem Abstand und hing ihren Gedanken nach.

Sie musste sich eingestehen, dass der gebratene Hirsch, den Lurge gestern Abend für sie zubereitet hatte, lecker geschmeckt und ihr Kraft für den heutigen Marsch gegeben hatte.

Dennoch zeigte ihr das Erlebnis mit den Trollen nur eines: Wie rücksichtslos Eschenstab und seine Männer wirklich waren. Die Leichen der Halbriesen hatten die Kerle für die Raubtiere auf der Lichtung liegen gelassen. Für Eschenstab stellten die plumpen Wesen wohl selbst nicht mehr als wildes Getier dar.

Es kann doch nicht sein, dass Semi auf dieses Heldengetue reinfällt.

Larima ärgerte sich. Der Ritter hatte sie zwar vor dem Troll gerettet, doch das bewies seine Aufrichtigkeit noch lange nicht. Was wollte Eschenstab wirklich von ihr? Welche Pläne heckte er aus? Wer konnte ihn hindern, ihr das Artefakt wegzunehmen, wenn sie es erstmal fanden?

Er war nach Groveflyk gekommen, um sie zu sich zu holen. Dass ihn die Liebe trieb, daran glaubte Larima keinen Herzschlag lang. Und die Suche nach dem Goldenen Artefakt unternahm er sicher nicht mit ihr, damit sie alles über ihre Vergangenheit herausfinden konnte. Ganz im Gegenteil: Eschenstab musste viel mehr über die Fladrea wissen, als er zugab. Immerhin war er ein Freund von Semis Großvater gewesen und dieser hatte die Fladrea geschützt und sie in seinem Wald wohnen lassen.

Für Larima war es die einzige sinnvolle Erklärung, dass der Ritter das Artefakt für sich selbst haben wollte. Und das musste sie unter allen Umständen verhindern. Dies war das Erbe ihrer Vorfahren! Nicht auszudenken, was Eschenstab mit ihm anstellen könnte. In seiner Selbstüberschätzung zerstörte er es vielleicht und damit die letzte Verbindung zwischen Larima und ihrer Herkunft.

Aber was kann ich tun, solange Semi die Gefahr nicht sieht, die von diesem Kerl ausgeht? Wie kann ich ihm die Augen öffnen, bevor wir das Artefakt finden?

Sie bezweifelte, dass ihr das gelingen würde. Semi bewunderte den Wagemut und die Kampfkraft des Ritters zu sehr. Sollte sie aber ohne ihn fliehen, würde Eschenstab ihrem Ziehbruder etwas antun, da war sie sicher.

Du bist ungerecht, streute eine kleine Stimme in ihrem Kopf Zweifel. *Eschenstab hat sich sehr höflich und hilfsbereit benommen. Nichts deutet auf ein falsches Spiel hin.*

Larima schüttelte den Kopf, doch ließen sich diese Gedanken nicht von der Hand weisen. Schätzte Semi Eschenstab doch richtig ein? In der letzten Woche hatte er nichts getan, das ihr Misstrauen stützte.

Eigentlich hat er sich auch in Groveflyk mir gegenüber höflich verhalten, bis ich ihn mit meiner Ablehnung vor den Kopf gestoßen habe.

Viel Zeit blieb nicht mehr, sich über diese Fragen klar zu werden. Die Zeichen auf dem Amulett zeigten, dass sie ihr Ziel bald erreichen würden. Spätestens dann würde sich zeigen, ob Eschenstab ihr helfen wollte oder seine Lügen endlich aufflogen. Doch was würden sie dann noch gegen ihn ausrichten können?

Sie musste wachsam bleiben und den Ritter mit all ihrer Kraft bekämpfen, sollte er sich als Verräter herausstellen.

Auf ihrem weiteren Weg sichteten sie keine Trollspuren, trafen jedoch um die Mittagsstunde herum auf einen gewaltigen Riss im Waldboden, der sich quer zu ihrem Weg entlangzog. Der

Graben führte dutzende Schritt nach unten und klaffte doppelt so breit, wie ein Mann springen konnte. Die Wände bestanden aus glattem Fels und in der Dunkelheit des Grundes vermeinte Larima, Wasser rauschen zu hören.

Wie sollten sie den Graben überqueren? Larima fiel das Symbol auf dem Amulett ein.

Kann ich Eschenstab auf diese Weise endlich loswerden?

Wenn es klappen sollte, durfte der Ritter nicht auf denselben Gedanken kommen. Es hing davon ab, wie genau er sich an die Symbole erinnern konnte. Immerhin hatte er das Amulett vor drei Tagen nur kurz in der Hand gehalten und nicht seit Wochen studiert wie Larima.

Sie nahm ihre Hand schnell von der Brust, um niemanden auf das Amulett aufmerksam zu machen. »Das Einfachste wird sein, hinunterzuklettern und wieder hinauf«, sagte sie möglichst beiläufig. »Doch das wird hier schwer werden. Wir sollten den Graben absuchen und nach einer besseren Gelegenheit zum Klettern Ausschau halten.«

»Dann müssten wir die Pferde zurücklassen«, warf Koskan ein.

Eschenstab nickte. Larima konnte seine Gedanken hinter dem ausdrucklosen Gesicht nicht erraten.

»Sicher endet der Graben schon nach einer Meile«, sagte sie. »Wir sollten in beiden Richtungen zugleich suchen, dann finden wir bestimmt schnell einen Weg, wie wir den Riss umrunden können.«

Eschenstab fixierte Larima. Im ersten Moment dachte sie, er würde auf ihren Vorschlag eingehen. Doch er schüttelte den Kopf. »Das ist zu gefährlich, es könnten sich noch mehr Trolle hier herumtreiben. Es muss eine andere Möglichkeit geben.« Er schwieg eine Weile, dann weiteten sich seine Augen. »Der Bogen«, sprach er genau das aus, was Larima nicht hören wollte. »Die Symbole mit den Wegweisern zeigen einen Halbkreis. Das ist die Lösung. Wir müssen nur diesen Bogen finden. Er wird unser Übergang sein.«

Er lächelte Larima an. Ahnte er, dass sie ihn in die Irre führen wollte? Falls er es vermutete, sagte er nichts dazu. Er ließ seinen Blick am Rand des Erdrisses entlangschweifen, doch von hier aus deutete nichts auf einen Übergang hin.

Larima wollte gerade vorschlagen, sich zu trennen, um den Bogen schneller zu finden, als Eschenstab nach rechts wies. »Wir werden dem Graben in dieser Richtung folgen«, befahl er. »Menschen zeigen auf einem Marsch die Angewohnheit, sich weiter links zu halten. Das wird auch uns passiert sein. Im dichten Wald hatten wir die Berge nicht immer im Blick. Wir müssen also nach Osten gehen, um unseren Fehler auszugleichen. Dort werden wir auf den Bogen treffen, der uns über den Riss führt.«

Koskan und Lurge erhoben keinen Einspruch. Auch Semi sah Eschenstab nur bewundernd an und nickte.

»Wenn du unbedingt Zeit verlieren willst«, verkündete Larima, »dann machen wir es so.« Sie schnallte ihren Rucksack um und stiefelte los, ohne auf die anderen zu warten.

Das Schlimmste war, dass Eschenstab recht behalten sollte. Sie marschierten nur zwei Stunden, bis sie auf einen flachen Bogen aus Stein trafen, der die Tiefe überspannte. Er war anderthalb Schritt breit, bestand aus demselben Gestein wie die Wände des Grabens und verband die beiden Seiten in einer perfekten Biegung. Sicher entstammte er keinem natürlichen Ursprung.

Beim Anblick des Steinbogens lief es Larima kalt den Rücken hinab. *Wer ist so mächtig, dass er ein solches Gebilde erschaffen kann?*

»Dann lasst uns rübergehen«, sagte Semi unternehmungslustig.

Eschenstab nickte. »Du gehst als Erster, Semargan. Dann du, Lurge. Koskan und Larima folgen. Ich gehe zum Schluss.«

Wenn du weißt, dass der Bogen stabil ist und uns alle trägt, fügte Larima in Gedanken verächtlich hinzu.

So tapfer Eschenstab im Kampf handelte, hier zeigte er, wie feige er ohne Schwert war. Ein mutiger Anführer wäre vorangestürmt.

Semi und Lurge erreichten ohne Probleme die andere Seite. Larima wartete, dass Koskan sein Pferd hinüberführte, dann trat sie mit festem Schritt auf den Steinbogen. Wenn die Fladrea das als den richtigen Weg bestimmt hatten, vertraute sie auch darauf, dass der Bogen sie halten würde. Andererseits ... wie viele Jahrzehnte waren ins Land gegangen, seit jemand diesen Weg erdacht hatte?

Larima machte einen Schritt nach dem anderen und bemühte sich, nicht nach unten zu sehen. Doch allein das Wissen, dass es links und rechts von ihr viele Schritt steil nach unten ging, trieb ihr den Schweiß auf die Stirn. Sie wehrte sich, drängte den Schwindel aus ihrem Kopf und konzentrierte sich darauf, einen Fuß vor den anderen zu setzen. Sie richtete ihren Blick starr auf eine hohe Eiche, die auf der anderen Seite des Grabens aufragte.

Ich werde Eschenstab meine Angst nicht zeigen!

Als sie die Hälfte erreichte und spürte, dass es bergab ging, schweifte ihr Blick für einen Augenblick nach unten. Das war ein Fehler. Wenige Spann neben dem schmalen Felssteg schien es meilenweit hinunterzugehen. Tief unten konnte Larima wildes Wasser schäumen sehen. Es spritzte die Wände hinauf und gluckerte.

Ihre Höhenangst packte sie. Sie begann zu zittern. Der Bogen wirkte auf einmal viel schmaler. Sie würde unweigerlich hinunterstürzen, wenn sie ihre Stiefel nur um eine Daumenbreite verschob.

»Hat das Küken Angst?«, geiferte Lurge von der anderen Seite.

Larima zuckte zusammen. Sie wollte ihren rechten Fuß heben und vor den linken setzen, doch er bewegte sich nicht. Es war, als wären ihre Sohlen auf den Felsen geklebt. Sollte sie ewig hier auf dem Bogen stehen bleiben und in die Tiefe starren?

»Na, dann hol sie, Lurge, und führ die Laidi hinüber. Dann hat das Trauerspiel ein Ende«, scholl Koskans Stimme über den Graben.

Zorn brannte in Larima.

»Ich komme und hole dich«, hörte sie Semi rufen.

Trotzig löste sie ihren Blick von der Tiefe und sah nach vorn. »Lasst mich!«, schrie sie die Männer auf der anderen Seite an. Sie musste das allein schaffen!

Sie setzte wackelig einen Fuß vor den anderen und blendete aus, wo sie war. Wenn sie noch nicht einmal allein über eine Brücke gehen konnte, was sollte sie jemals erreichen? Wollte sie auf Männer wie Lurge oder Eschenstab angewiesen sein?

Ihr Zorn drängte das Zittern zurück und nach einigen Atemzügen erreichte sie die andere Seite. Sie spürte, wie ihre Stiefel in die Erde des Waldes einsanken. Erleichtert atmete sie tief durch und drehte sich um.

Stolz füllte ihre Brust. Sie würde es auch mit diesem Ritter aufnehmen.

Eschenstab überquerte den Bogen mit erhobenem Kopf und schnellen Schritten, während er seinen Rappen hinter sich herführte. Mit schreckgeweiteten Augen und gebleckten Zähnen folgte das Tier seinem Herrn, der ruppig an den Zügeln zog, offenbar ohne die Angst seines Reittieres zu bemerken.

Larima tat das Pferd schrecklich leid.

- 6 -

Als sie das Gebirge fast erreicht hatten und die Gegend immer hügeliger wurde, schickte Eschenstab Lurge und Koskan zum Kundschaften voraus, denn er befürchtete Trollhöhlen in den Hügeln. Doch die Sorge war unbegründet, denn nach zwei Tagen gelangten sie an den Rand des Waldes, ohne einer Trollspur begegnet zu sein.

Als Larima sich umdrehte und über den Wald zurückblickte, merkte sie, wie hoch sie in den letzten Tagen gestiegen waren. Die Ebene der Hjorta leuchtete als schmales, hellgrünes Band am Horizont. Der Wald lag als brauner Riegel dazwischen. Bald schon würden die Blätter ausschlagen und ihn ergrünen lassen. Doch bislang zeigten nur das Unterholz und die Büsche ein wenig Leben. Auch hier am oberen Waldrand fehlten die immergrünen Nadeln der Fichten und Tannen, wie sie Larima aus Groveflyk kannte.

Sie erinnerte sich, wie sie zusammen mit Semi am Rand des Hœgswalds neben dem Wasserfall gestanden war. Dort hatten sie auf ein Meer aus Nadelbäumen herabgesehen und der Waldboden war stellenweise mit Schnee bedeckt gewesen. Das schien Jahre her zu sein. In Wahrheit konnten es aber nur einige Wochen sein.

Eschenstab trieb sie zum Weitergehen an und so marschierte die Gruppe mit den Pferden im Schlepptau ins Gebirge. Larima wusste, wonach sie Ausschau halten musste: nach einem Berg, der an seiner Flanke einen Stern trug.

Hier auf den steinigen und baumfreien Felsen kamen Larima starke Zweifel, dass sie es jemals schaffen würde, Eschenstab loszuwerden, bevor sie das Artefakt erreichten. Es fehlten nur noch zwei Symbole bis zum Ziel und der Ritter kannte sie beide. Auch Semi konnte sie nicht von seinem törichten Vertrauen dem Kerl gegenüber abbringen.

Auf einer windigen Hügelkuppe entdeckte Larima schließlich den nächsten Wegpunkt, einen spitzen Berg, der nahe seinem Gipfel eine Auswaschung aufwies. Das weggespülte Geröll hinterließ eine Form, in der man mit ein wenig Fantasie einen Stern sehen konnte. Man erkannte das Zeichen nur, wenn man danach suchte, denn für das unbedarfte Auge wirkte es wie eine gewöhnliche Felslawine.

Larimas Herz schlug schneller, als sie die nur karg bewachsene Flanke des Berges hinaufblickte. Dort oben musste das Goldene Artefakt der Fladrea zu finden sein. Doch mit der Aufregung kam auch der Ärger zurück. Sie blickte zur Seite auf Eschenstab, der den Berg ebenfalls entdeckte und ihn siegessicher betrachtete. Unter allen Umständen musste sie verhindern, dass dieser Kerl das Erbe ihrer Vorfahren stahl.

Mit den Pferden stellte sich der Aufstieg als schwierig heraus. Obwohl sie in weiten Kehrschleifen wandern mussten, was viel Zeit kostete, blieb Eschenstab bei seiner Entscheidung, dass sie die Tiere nicht zurückließen. Das Gelände war steinig und nur ab und an fand sich eine Zirbelkiefer, die sich gegen den Wind stemmte. Zwischen dem Geröll verlief kein Pfad, dem sie hätten folgen können.

Der Abend brach schnell herein und die fünf ließen sich zum Lager nieder. Schon bald wurde die Nacht vom Schein ihres Feuers erhellt. Die Sterne leuchteten durch die Wolkenfetzen hindurch und im Tal stieg Nebel auf. Als Larima sich umsah, wirkte es, als wären die Berge Inseln in einem weißen Meer.

Nachdem sie die Reste des Hirschs vertilgt hatten, saßen sie zusammen um das Feuer. Die Pferde beschwerten sich wiehernd, denn sie fanden nur wenige trockene Grasbüschel. Die Tiere sehnten sich nach dem unerschöpflichen Gras der Ebene zurück.

Larimas Stiefel befanden sich in einem schlechten Zustand. Glücklicherweise waren die Sohlen noch intakt, doch das Leder des Schaftes war auf der Reise löchrig geworden und Larima fand, dass es zu locker saß und nicht mehr lang zusammenhalten würde. Sie wollte sich nicht ausmalen, was sie ohne festes Schuhwerk mitten im Gebirge tun sollte.

Schon bald haben wir das Artefakt gefunden. Dann können wir uns an den Abstieg machen. So lang müssen die beiden eben noch durchhalten.

Es mochte sein, dass einer der Männer sich darauf verstand, Stiefel zu flicken. Doch Larima dachte nicht daran, darum zu bitten. Sie beobachtete Eschenstab, der ins Feuer starrte. In seinen Augen meinte sie, Verschlagenheit zu lesen. Er verheimlichte etwas, doch Larima sprach ihn nicht darauf an. Sie würde sowieso keine ehrliche Antwort bekommen. Und es war besser, wenn Eschenstab nichts von ihren Zweifeln wusste.

»Wo finden wir denn nun diese Höhle?«, fragte Lurge in die Stille hinein. Er verstaute die letzten Brocken des Hirschbratens in den Satteltaschen.

»Woher willst du wissen, dass wir eine Höhle suchen?«, maßregelte ihn Koskan. Eschenstabs Gehilfe sah selbstsicher in die Runde.

Semi, der so weit wie möglich von dem Mann mit dem Samitmantel entfernt saß, verdrehte die Augen. Er hielt Fochting über die Knie gelegt und polierte die Klinge, nachdem er sie mit einem Schleifstein geschärft hatte.

»Nun«, begann Lurge, »wir sind auf einem Berg inmitten eines Gebirges. Was sonst sollen wir suchen als eine Höhle?«

Koskan grinste. »Solche Scharfsinnigkeit hätte ich dir hinter deiner Fratze gar nicht zugetraut.«

Lurge blickte ihn mit zusammengekniffenen Augen an. Wahrscheinlich überlegte er, wie er sich für Koskans Worte revanchieren konnte. Eschenstab ging dazwischen, bevor der Streit eskalierte. »Lurge hat recht! Wir suchen nach einer Höhle. Und sie ist speziell gekennzeichnet. Auf dem letzten Zeichen stehen zwei Menschen vor einem Busch und ein Pfeil deutet in eine Öffnung dahinter.«

»Wir suchen also nach zwei Menschen?«, fragte Lurge.

Larima zweifelte an dieser Schlussfolgerung. Kein Symbol auf dem Amulett zeigte Personen und mit Ausnahme des Hjorta war auch kein Tier zu erkennen.

»Ihr Narren!«, stieß dieser leise hervor, ohne jemand Bestimmten anzusehen. »Warum sollten uns zwei Menschen den Weg weisen? Denkt ihr, die beiden sitzen hier seit Jahrzehnten herum und haben nichts Besseres zu tun, als auf uns zu warten?«

Lurge schüttelte schnell den Kopf.

»Was denkst du, Herre, was das Bild darstellt?«, fragte Koskan. Seine Stimme war schmeichelnd.

»Es gibt nicht nur Zeichen auf Amuletten aus Holz«, antwortete Eschenstab schlicht.

Lurge begann zu grinsen. Gleichzeitig rutschte Larima das Herz in die Hose. Den Ritter beschäftigten die gleichen Gedanken wie sie. Wie machte dieser Mann das nur? Er war ihr immer einen Schritt voraus. Wie sollte sie ihn auf diese Weise jemals loswerden?

Lurge sah sich in der Runde um und klatschte in die Hände. »Dann sind die Menschen nur Zeichen, die jemand auf den Weg gemalt hat«, ließ er die anderen an seinem Geistesblitz teilhaben. »Ganz so wie der große Felsenstern.«

Eschenstab nickte gönnerhaft.

»Also müssen wir die Bergflanke absuchen, bis wir zwei gezeichnete Menschenfiguren finden«, stellte Koskan trocken fest und ließ sich nach hinten sinken. Er benutzte seinen ordentlich zusammengefalteten Mantel als Kopfkissen.

Lange Zeit sagte niemand etwas. Das Lagerfeuer knackte. Lurge hatte Kiefernreisig gesammelt und es zerriss immer wieder einen Zapfen in der Glut.

»Was, denkt ihr, liegt hinter diesem Gebirge?«, fragte Semi plötzlich.

Lurge beugte sich nach vorn und legte einen dicken Ast in die Flammen. »Das habe ich mich auch schon gefragt. Ich denke mal, dort hinten geht das Gras ewig weiter. Ich hab in diesem Götterdorf so was munkeln hören.«

»Blödsinn«, schaltete sich Eschenstab ein. »Hast du noch nie eine Karte von Hallinga zu Gesicht bekommen? Im Nordosten liegt das Meer und im Nordwesten liegen lichte Wälder. Es soll recht fruchtbarer Boden sein, doch die Jarle dort sind streng.«

»Befindet sich dort nicht auch der Platz des Jarlthings?«, warf Semi ein.

Larima war erstaunt. Offenbar passte Semi im Unterricht von Væter Hanrek besser auf, als er zugab.

Eschenstab zuckte mit den Schultern und legte sich nieder. »Wir sollten schlafen. Morgen werden wir noch höher steigen. Und wenn wir Glück haben, wird es ein ausgezeichneter Tag für uns.«

- 7 -

Die Pferde trotteten langsam hinter ihnen den Hang hinauf. Nur zögerlich brach die Sonne durch die Wolken und der wabernde Nebel im Tal verbarg den Rest des Landes. Larima kam es vor, als hätten sie eine neue Welt betreten.

Während einer kurzen Pause auf halber Höhe des Berges suchte Larima den Hang unterhalb des verschneiten Gipfels ab, doch konnte sie den Stern nicht mehr über ihnen entdecken. Die Auswaschung, die sie auf diesen Berg geführt hatte, war aus der Nähe nicht zu erkennen. Das Gelände wurde schroffer, Felsen ragten aus dem Berg und überschatteten den Hang.

»Endlich«, freute sich Semi. Sein Wollumhang flatterte im Wind. »Hier könnte es Höhlen geben.«

Während der nächsten zwei Stunden stießen sie öfter auf Öffnungen zwischen den Felsen. Doch sie waren meist nicht größer als ein Dachsbau. Von zwei Zeichnungen in Menschengestalt fehlte jede Spur. In der zerklüfteten Landschaft trotzte gerade genug Erde der Witterung, dass wenige Rimnoggabüsche und dünne Bergkiefern in schmalen Furchen wachsen konnten.

Trotz des eisigen Windes mussten sie ihre Augen offen halten, denn sie durften den Hinweis auf ihr Ziel nicht übersehen.

»Hierher! Ich habe es gefunden!«, brüllte Semi aus heiterem Himmel.

Der Rest der Gemeinschaft stürmte auf ihn zu. Selbst die Pferde gaben ihre störrische Haltung für einen Moment auf, als wüssten sie, worum es ging.

Larima trat neben Semi, der vor sich auf den Boden deutete. Tatsächlich! Auf einer Felsplatte befanden sich Linien, fein in den hellen Stein geritzt. Sie waren kaum zu erkennen, selbst wenn man wusste, wonach man suchen musste.

Die Linien ergaben das Bild zweier Menschen. Ob es Hallinger oder Fladrea waren, Mann oder Frau, war nicht zu erkennen. Sie standen nebeneinander und zwischen ihnen verlief ein hauchdünner Strich, der in einer Pfeilspitze endete. Der Pfeil wies auf eine Gruppe Rimnoggabüsche einige Schritt den Hang hinauf.

Die Zeichnungen mussten einst deutlicher gewesen sein, doch Wind und Regen hatten sie mit der Zeit abgeschliffen. Wären sie in zehn oder zwanzig Jahren gekommen, wäre hier vielleicht nichts mehr zu sehen gewesen.

Larima zitterte vor Aufregung. Alles glich dem Symbol auf dem Amulett: die Figuren, dazwischen ein Pfeil. Hinter diesen Büschen musste die Höhle liegen.

Nach der langen Reise waren sie endlich am Ziel. Larima hätte sich gewünscht, dass Semi und sie die Höhle allein erreicht hätten. Doch sie konnte es nicht ändern. Nun galt es, das Beste daraus zu machen.

Die Gruppe machte sich an das letzte Stück Aufstieg. Sie banden die Pferde fest, dann wagte sich Larima als Erste an das dichte Gebüsch. Sie drückte sich durch die Zweige mit den schmalen Blättern und achtete darauf, mit ihrem Wollumhang nicht hängen zu bleiben. Sie gelangte zu einem Felsüberhang, unter dem ein pechschwarzer Schlund gähnte. Larima konnte nicht erkennen, wie tief die Höhle in den Berg hineinführte, doch ihr Gefühl sagte ihr, dass dies die Stelle war, nach der sie suchten.

Hier hatten Fladrea gelebt. Und hier befand sich das Goldene Artefakt, das ihr endlich etwas über ihre Vergangenheit sagen konnte.

Hinter Larima raschelte es. Semi trat aus dem Rimnogga und stellte sich neben sie. Nach und nach kamen auch Eschenstabs Männer und der Ritter selbst.

Larima beobachtete die Kerle aus den Augenwinkeln. Sie mussten wachsam sein und durften sich nicht überrumpeln lassen.

Die Höhle

- 1 -

Lurge entzündete drei Fackeln. Eine reichte er Eschenstab, eine Semi und die letzte behielt er in der Linken, während er mit der Rechten sein Schwert zog.

»Dann lasst uns sehen, was uns da drin erwartet«, sagte Semi.

»Natürlich begleiten wir euch«, bestimmte Eschenstab. »Zu euer beider Schutz.«

Die fünf betraten den Schlund. Lurge und Koskan voran. Dahinter Semi und Larima. Eschenstab bildete den Schluss.

Die Höhle maß zweieinhalb Schritt in der Breite und wurde hinter dem Eingang nicht schmaler, wie es Larìma von natürlichen Felsgängen kannte. Dieser Gang verlief nicht gerade in den Berg, sondern in sanften Kurven, sodass die Öffnung zum Berghang nach wenigen Schritt hinter ihnen verschwand. Um sie herum hallten die Stiefeltritte vom Felsen wider. Larima hatte ein feuchtes Loch erwartete, in dem es von der Decke tropfte, doch hier war es trocken.

Nach kurzer Zeit gelangten sie an eine Verzweigung. Ein Tunnel führte nach links und ein identisch aussehender nach rechts. Larima betastete die Wände und stellte fest, dass sie nicht vollkommen glatt waren. Sie konnte keilförmige Spuren fühlen, die von Steinmetzwerkzeug stammen mussten.

»Die Fladrea müssen das Gangsystem angelegt haben«, stellte Koskan fest, der ebenfalls die Höhlenwand untersuchte.

Larima blickte sich ehrfurchtsvoll um. Wie konnte jemand die Wände im harten Felsen des Gebirges so perfekt gestalten?

Befinden wir uns in einem Labyrinth? Welcher Weg ist der richtige?

Als sie dem linken Tunnel den Rücken zudrehte und auf den rechten zuging, kribbelte es in ihr. Diese Empfindung erfüllte ihre Brust und es war, als würde die Spur in ihr aufwallen.

Es muss das Artefakt sein. Es ruft nach mir.

Die Haare in ihrem Nacken stellten sich auf, als sie einen weiteren Schritt auf den rechten Gang zu machte. Oder bildete sie sich das alles nur ein?

Nein, das Artefakt weist mir den richtigen Weg.

Ein Blick auf Eschenstab verriet ihr, dass er nichts davon wahrnahm. War das die Gelegenheit, auf die sie gewartet hatte?

»Die Gänge scheinen weitläufig zu sein«, startete sie einen weiteren Versuch, ihn loszuwerden. »Wir sollten uns aufteilen, um schneller zu finden, was wir suchen. Semi und ich werden nach rechts gehen. Ihr folgt dem Gang zur Linken.«

Doch wie beim letzten Mal ließ der Ritter sich auch jetzt nicht täuschen. »Wir werden alle nach rechts gehen«, befahl er. Koskan und Lurge folgten seinem Wort sofort.

Eschenstab warf ihr einen langen Blick zu, als er an ihr vorbeimarschierte.

Er ahnt, dass ich den richtigen Weg spüre.

Als sie an die nächste Abzweigung gelangten, blieben sie stehen. Larima fühlte in sich hinein und das Kribbeln wies ihr auch diesmal den Weg. Es war erneut der rechte Gang.

Soll ich Eschenstab in die Irre führen?

Es wäre ein Leichtes, sich nach links zu wenden und absichtlich den falschen Weg einzuschlagen. Doch das würde Semi und sie ebenfalls in die Tiefe des Labyrinths führen. Und wer wusste, was dort auf sie lauerte. Die Fladrea mochten Maßnahmen gegen unerwünschte Eindringlinge getroffen haben.

Larima entschied sich dafür, dem richtigen Weg zu folgen, und führte die Gruppe nach rechts. Mit Befremden beobachtete sie, dass Eschenstab die Abzweigung mit einem Stück Kohle markierte.

Wie kann er diese perfekten Wände nur so beschmieren!

Doch sie konnte nichts dagegen tun.

Bei keiner der folgenden Verzweigungen ließ Larima das Kribbeln in ihrer Brust im Stich. Manche der Gänge erwiesen sich als äußerst schmal und endeten nach nur wenigen Schritt bereits an der nächsten Gabelung.

Als sie einem breiten Gang folgten, fielen Larima Balken aus dunkelbraunem, fast schwarzem Holz auf, die mit einem Abstand von wenigen Schritt die Decke abstützten.

»Das Gestein scheint hier poröser zu sein«, sagte Eschenstab. »Keiner berührt die Wände!«

Sie marschierten weiter, ließen die Stützstreben zurück und der Gang verengte sich allmählich. Schließlich endete er vor einer Platte aus dunkelgrauem Stein, die Larima sofort an die Pforte der Kolonie im Utlendwald erinnerte. Auch auf dieser erkannte sie drei Symbole aus verschlungenen Linien: Eingang – Willkommen – Fladrea.

»Was soll das?«, fragte Koskan. »Wenn das eine Tür sein will, fehlen Klinke und Schlüsselloch.«

Larima frohlockte.

Na los, Burschen, beißt euch die Zähne aus!

Sie war nicht so dumm, ihnen zu verraten, wie sie da reinkamen. Sollten Eschenstabs Schergen ruhig Gewalt anwenden. Das würde sie nicht weiterbringen. Entweder mussten sie über kurz oder lang aufgeben oder die Tür besaß sogar einen Sicherheitsmechanismus, der die unliebsamen Störenfriede ausschalten konnte.

Hoffentlich hält Semi seine Klappe.

Doch der dachte offensichtlich nicht daran. Theatralisch wies er auf die Symbole in der Mitte der Felstür. Und noch bevor Koskan und Lurge die Tür berührten, erklang Eschenstabs dunkle Stimme von hinten. »Larima wird die Tür öffnen. Wenn ich es richtig sehe, handelt es sich hier um Fladreazeichen. Du weißt, was zu tun ist. Ist es nicht so, Larima?«

Die Worte des Ritters machten klar, dass er keinen Widerspruch duldete. Die Männer traten zur Seite und Eschenstab ließ sie nicht aus den Augen.

Ich muss die Tür nicht öffnen. Er wird niemals dort hineinkommen und kann das Artefakt nicht stehlen.

Aber wie sollte sie selbst dann an das Goldene Artefakt gelangen?

Sobald ich nicht mehr nützlich für den Kerl bin, wird er versuchen, mich loszuwerden. Und irgendwie wird er einen Weg finden, die Tür ohne meine Hilfe aufzubekommen.

Larima ahnte, dass Eschenstab mehr über ihr Volk wusste, als er zugab.

Wer weiß, was uns dahinter erwartet. Wenn ich die Pforte öffne, wird Eschenstab uns mit hineinnehmen und irgendwie werde ich es schaffen, ihn zu überlisten.

Larima trat vor die Tür. Hinter ihr murmelten Lurge und Koskan ungeduldig.

»Nur zu«, munterte Eschenstab sie auf. »Du willst doch das Artefakt in der Hand halten und endlich mehr über deine Vergangenheit herausfinden. Oder hast du Angst davor?«

Larima beobachtete den Ritter aus dem Augenwinkel. Sein Schwert steckte in der Scheide und das Licht der Fackel in seiner Hand verfing sich auf den öligen Gliedern seines Kettenhemdes. Doch als sie in sein Gesicht sah, erkannte sie nicht den erwarteten, gierigen Blick. Vielmehr sprach Freundlichkeit daraus.

Larima schluckte.

Will er mir tatsächlich helfen?

Sie schüttelte sich innerlich. Das wollte sie einfach nicht glauben. Damals auf dem Balkon der Burg während des Hæsgena-Festes hatte sie einen Blick in Eschenstabs Seele werfen können. Und was sie da entdeckt hatte, passte nicht zu dem edlen Charakter, den er ihr jetzt vorgaukelte.

Er wollte mich aus meinem Zuhause fortreißen. Und deshalb werde ich ihm niemals trauen!

Sie wandte sich der Tür zu, deren grauer Stein sie um mindestens einen Schritt überragte. Die drei Symbole lagen auf Höhe ihrer Brust. Larima atmete tief ein, streckte die rechte Hand aus und legte sie auf die kalte Felswand.

Sie schloss die Augen und konzentrierte sich.

Öffne dich!

Der Stein unter ihrer Hand erwärmte sich. Es klackerte im Inneren des Portals. Larima trat zwei Schritte zurück und die Tür schwang ihr entgegen. Ein Schwall abgestandener Luft trug eine Staubwolke aus der Öffnung. Dahinter schwieg Dunkelheit sie an.

Lurge pfiff staunend, auch Koskan machte große Augen. Eschenstab hingegen blickte drein, als wären von selbst aufschwingende Felstüren für ihn nichts Neues.

»Na los! Hinein!«, kommandierte er und bedeutete seinen Schergen mit einem Kopfnicken, dass sie durch den Eingang treten sollten.

Nachdem die beiden Männer im Inneren verschwunden waren, folgten Semi und Larima. Eschenstab gab vor, ihnen den Rücken freizuhalten, und überschritt die Schwelle als Letzter.

Als Larima den Raum betrat, keuchte sie. Das Kribbeln in ihrer Brust wurde übermächtig. Einen Herzschlag lang dachte sie, sie würde zerspringen.

Das Artefakt! Es ruft mich.

Dann ebbte das Gefühl ab und sie konnte wieder atmen.

Das Goldene Artefakt ist hier in diesem Raum. Ich bin ganz sicher.

Larima wusste, dass sie die Höhle unmöglich ohne das Artefakt verlassen konnte, viel zu stark pochte dieses Verlangen in ihrer Brust.

»Seht euch um, Männer«, hörte sie Eschenstabs Stimme hinter sich.

Da besann sie sich und machte zwei Schritte in den von vielen Säulen durchzogenen Raum, der etwa so groß war wie die

Halle auf Burg Groveflyk. Wie in der Kolonie im Wald hatte auch hier die Zeit gewütet und vor einer ausladenden Feuerstelle lagen Stofffetzen, schimmlige Lederkissen und Holzstücke verstreut, die von Sesseln übergeblieben sein mochten. Verwinkelte Abgänge führten in eine Handvoll Nebenkammern, in denen Larima nurmehr die zerfallenen Überreste von Betten und Kommoden erkannte.

Alles erschien wie eine schlichte Version der Kolonie. Vielleicht war die Anlage als kleiner Zufluchtsort für den Notfall gedacht gewesen, womöglich auch als Außenposten im Gebirge oder einfach nur als Zwischenstation auf Reisen.

In den Ecken sammelte sich dicker Staub, noch mehr als in der Kolonie in Groveflyk. Schon zu Zeiten der Fladrea war offensichtlich selten jemand an diesen Ort gekommen.

Ein großes Fenster fehlt. Ich kann mir nicht vorstellen, dass sich die Fladrea hier lange wohl gefühlt haben.

Larima blickte in jeden Raum, behielt ihre Umgebung im Auge und achtete auf Durchbrüche, um nicht noch einmal von vielbeinigem Besuch überrascht zu werden. Alle Wände erwiesen sich als unversehrt und der Rauchabzug in der Feuerstelle bestand aus nicht mehr als einem schmalen Schlitz. Offenbar existierte nur der eine Zugang, durch den sie die Anlage betreten hatten.

»Hier gibt es nur Staub und Trümmer«, stellte Lurge entmutigt fest, als sie sich nach kurzer Suche im Hauptraum versammelten. In allen Gesichtern stand Enttäuschung.

»Wir sind hier doch richtig, Larima?«, fragte Eschenstab. Er musterte sie genau. »Nach allem, was du durchgemacht hast, fände ich es äußerst ungerecht, wenn du das Artefakt nicht findest.«

Ein Plan blitzte in ihren Gedanken auf.

Ich könnte ihm sagen, dass wir uns geirrt haben, sie alle rauslocken und dann mit Semi zurückkommen und allein weitersuchen.

»Du musst es am besten wissen«, sagte Eschenstab, als Larima schwieg. »Wenn wir hier falsch sind, folge ich natürlich deinem Rat und wir verlassen die Anlage.«

Überraschenderweise sprach er damit genau das aus, was Larima von ihm hören wollte.

Was hat er vor? Warum spielt er mir in die Karten?

Sie nickte und wollte dem Ritter gerade vorlügen, dass sie sich am falschen Ort befanden, doch Eschenstab war noch nicht fertig. »Du erinnerst dich sicher an die Stützpfeiler in dem porösen Gangabschnitt vor der Tür«, fügte er mit aufgesetzter Sorgenmiene hinzu. »Wenn wir hier rausmüssen, muss ich natürlich an unsere Sicherheit denken und würde einem davon einen Stoß versetzen. Das müsste reichen, um einen großen Abschnitt des Ganges hinter uns zum Einsturz zu bringen ... damit uns niemand verfolgt. Blöderweise könnten auch wir nicht hierher zurückkehren, doch das wäre dann wohl nicht so schlimm.«

Dieser Mistkerl!

Sie ballte die Fäuste. »Doch, das Artefakt ist hier!«, hörte sie sich sagen. Nicht nur Eschenstabs Drohung trieb sie dazu, auch dieser Drang in ihrer Brust, dem sie kaum widerstehen konnte und der sie zwang, sofort nach dem Artefakt zu suchen.

Eschenstab nickte zufrieden. »Ihr habt die Laidi gehört. Lasst uns alles genau durchstöbern.«

Die fünf teilten sich auf. Lurge und Koskan inspizierten die kleinen Nebenräume und man konnte am Geräusch von splitterndem Holz hören, dass sie nicht unbedingt zimperlich mit den alten Betten und Kommoden umgingen.

Larima untersuchte zusammen mit Semi und Eschenstab den Hauptraum. Semi durchsuchte leere Regale an den Wänden und durchstocherte die staubige Asche in der Feuerstelle. Eschenstab schlitzte das Leder der Kissen auf und wühlte in deren zerbröseltem Innenleben. Larima untersuchte den Boden und die Wände der Anlage, die ebenso aus dem hellen Felsen geschlagen waren wie die Höhlengänge. Als sie die Hälfte abgesucht hatte, entdeckte sie etwas an der Wand gegenüber dem Eingang.

Überrascht atmete sie ein, schlug sich aber sofort eine Hand vor den Mund.

Es war zu spät. Eschenstab bemerkte, dass Larima innehielt, und kam zu ihr, dicht gefolgt von Semi.

»Was hast du gefunden?«, fragte der Ritter gerade heraus, was auch Lurge und Koskan auf den Plan rief.

Leugnen wäre sinnlos, also deutete sie auf das drei Schritt hohe und breite Bild vor sich, das sich unter einem weitläufigen Torbogen abzeichnete. Es war von Staub überdeckt und wirkte milchig, als stecke es hinter trübem Glas, wodurch es schwierig zu entdecken war.

»Die Fladrea nutzten sie, um Illusionen zu erzeugen«, erinnerte sich Larima an das, was sie in der Kolonie herausgefunden hatte.

Diese Vorrichtung ist aber sehr viel besser erhalten.

Das machte Larima stutzig. Konnte das etwas bedeuten?

Eschenstab machte eine Handbewegung, als kenne er das alles. »Und was soll uns das nützen?«

Larima zuckte die Schultern. »Da wir sonst nirgends was gefunden haben …«

»Könnte man etwas in diesen lebenden Bildern verstecken?«, fragte Semi fasziniert. »In Groveflyk gelang es mir nicht …« Er trat heran und wollte die Wand berühren, aber Eschenstab packte seinen Arm und schob ihn zurück.

Als der Ritter merkte, was er tat, ließ er Semis Arm schnell fahren und neigte leicht den Kopf in einer Geste der Entschuldigung. »Lass es Larima erst aktivieren, mein ungestümer Schwertbruder. Wer weiß, was kaputtgeht, wenn ein Hallinger das Gerät berührt.«

Semi machte ein zerknirschtes Gesicht, hielt sich aber zurück.

Eschenstab nickte Larima zu. Sie trat einen Schritt vor und suchte die Wand nach der bronzenen Scheibe ab, die sie in der Kolonie neben den Bildern gefunden hatten. Als sie diese links neben dem Bogen entdeckte, presste sie ihre Hand darauf. Sofort wallte die Spur in ihr auf. Sie flutete aus ihr heraus und floss in die Scheibe.

Das Bild erhellte sich schlagartig, Sonnenlicht strömte in den Raum und eine Möwe kreischte. Wie Nebel rieselte Staub zu Boden.

Koskan und Lurge sprangen erschrocken einen Schritt zurück. Eschenstab hingegen blieb ungerührt stehen und ließ sich die Sonne ins Gesicht scheinen. Seine Haare bewegten sich leicht, als stünde er in einer Brise.

Larima wandte den Kopf und blickte auf das Bild unter dem Torbogen. Es zeigte das Deck eines geräumigen Segelschiffs, auf dem Taue und Kistchen lagerten. Dahinter erstreckte sich das Meer bis zum Horizont.

Aus irgendeinem Grund beruhigte sie der Anblick und nahm ihr etwas von ihrer Anspannung.

Dazu müssen diese Vorrichtungen den Fladrea dienen.

Die See war ruhig und das Schiff rollte nur unmerklich. Sanfte Wellen rauschten, die Deckdielen knarrten und um den Mast flatterten Möwen.

Larima erinnerte sich daran, weshalb sie hier waren. Sie ließ ihre Augen suchend über das Deck wandern. Doch konnte sie weder das Artefakt noch einen Hinweis darauf entdecken.

»Die Kiste!«, stieß Lurge hervor.

Alle drehten sich überrascht zu ihm um.

»Die neben dem dicken Tau, in ihren Deckel ist ein Stern eingeritzt. Das ist doch das Zeichen der Fladrea.«

Larimas Augen huschten sofort dorthin. Lurge hatte recht. Eines der Kistchen auf dem Deck zeigte einen fünfzackigen Stern. Dies musste der Hinweis sein! Aber wie sollten sie die Kiste herausbekommen? Das Schiffsdeck und alles darauf gehörte schließlich zu einer Illusion, so wie das Sandbild in der Kolonie in Groveflyk, bei dem Semis Finger auf den Widerstand der Wand gestoßen waren. Sollte diese Illusion etwa anders beschaffen sein?

Larimas rechte Hand ruhte auf der bronzenen Scheibe. Daher griff sie mit der linken umständlich über ihren Arm und näherte sich dem Bild. Als sie die Stelle erreichte, an der sie eigentlich die

Wand erwartete, spürte sie nichts. Ihre Hand drang ohne Widerstand ein. Hastig zog sie die Hand zurück.

Es ist tatsächlich möglich, in das Bild zu greifen.

Ihr Herz trommelte wild.

Man kann bestimmt auch etwas daraus hervorholen. Meine Vorfahren haben ein perfektes Versteck für das Artefakt ersonnen. Eines, das wirklich nur Fladrea finden können.

Doch es gab ein Problem. Larima hielt ihre Hand auf die Bronzescheibe gepresst. Wie sollte sie also an das Kistchen herankommen, das mehr als einen Schritt vom Rand entfernt auf dem Deck stand? Um in das Bild zu steigen, müsste sie die Scheibe loslassen, dann aber würde die Spur aufhören zu fließen und die Illusion augenblicklich verschwinden. »Semi, du musst die Kiste holen!«, rief sie.

Aber Eschenstab reagierte schneller. Er stürmte nach vorn, prallte jedoch mit der Brust gegen eine unsichtbare Mauer. Verdutzt tastete er sich vor. Seine Hand konnte nicht in die Illusion eindringen. »Es hat keinen Zweck«, meinte der Ritter. »Du musst die Kiste holen!«

Larima dachte nach. Es war schlau von ihren Vorfahren gewesen, dafür zu sorgen, dass nur einer der ihren an das Artefakt herankam. Sie hatten aber offenbar nicht bedacht, dass sich eine Fladrea allein auf die Suche nach dem Artefakt begeben würde. Es blieb nur eine Möglichkeit: besonders schnell zu sein.

Larima nahm ihre Hand von der Scheibe, hastete einen Schritt zur Seite und wollte sich nach vorn werfen, als das Sonnenlicht, das aus dem Torbogen strahlte, verschwand und es um sie herum dunkel wurde. Das Bild des Schiffsdecks war noch zu erkennen, doch wirkte es, als wäre es von einer trüben Glasscheibe bedeckt. Die Wellen, das Schiff und die Möwen waren erstarrt.

Larima schwindelte es, was daran liegen musste, dass sie Spur verloren hatte. Dieses Gefühl kannte sie aus der Kolonie, doch erwischte es sie dieses Mal weniger stark.

Sie atmete tief ein und aus, streckte ihre Hand aus und ihre Finger trafen wie erwartet auf ein kaltes Hindernis, das sich nicht wie Glas, sondern wie Felsen anfühlte. Sie ließ die Schultern hängen und sah sich um. »So wird es nicht gehen. Wir brauchen einen zweiten Fladrea.«

»Und woher sollen wir den nehmen?«, fragte Koskan. »Der letzte Händler, dem ich begegnet bin, führte keinen im Angebot.«

Larima blickte ihn düster an. Solche Kommentare brachten sie nicht weiter. Doch andererseits war Koskans Frage berechtigt. Wo sollten sie einen Fladrea auftreiben?

Sie überlegte fieberhaft. Es musste noch eine andere Lösung geben.

Ich habe Wälder und Grasebenen überquert und mich Meile um Meile weitergeschleppt, um hierher zu gelangen. Ich werde jetzt nicht aufgeben. Koste es, was es wolle.

Eigentlich müssen die Fladrea doch damit gerechnet haben, dass ein Einzelner herkommen könnte, um nach dem Artefakt zu suchen. Es ist sicher möglich, die Kiste allein zu erreichen. Wenn die Illusion nur länger bestünde, aber sobald ich die Scheibe loslasse ...

Larima zuckte zusammen. Das war der richtige Gedanke!

Sie stellte sich neben das Tor und legte ihre Hand auf die Scheibe. Sofort spürte sie, wie die Spur kribbelnd aus ihr herausfloss. Dieses Gefühl blieb merkwürdig, doch musste sie sich nicht mehr anstrengen, um ihre magische Kraft in eine solche Bronzescheibe fließen zu lassen. Es war wie Schwimmen. Verstand man die Bewegungen erst einmal und waren sie verinnerlicht, dachte man nicht darüber nach und es geschah wie von allein.

Doch diesmal musste sie es anders machen und versuchen, die Scheibe mit Spur regelrecht aufzuladen.

Dies barg ein Risiko. Bisher reagierte ihr Körper immer mit einem Schwächeanfall, wenn ein wenig Spur sie verließ. Was sie vorhatte, würde aber viel mehr von der Sternenkraft verbrauchen.

Ich muss stark sein und es wagen!

Larima suchte in ihrem Inneren nach der Quelle ihrer Kraft. Sie konzentrierte sich auf die Bronzescheibe und presste so viel

Spur hinein, wie sie konnte. Für einen Herzschlag wurde die Scheibe heiß, das Sonnenlicht strahlte heller und die Möwen kreischten lauter. Dann erschien alles normal.

Vorsichtig nahm Larima ihre Hand zurück und der Kraftfluss versiegte. Eine Welle aus Übelkeit brandete über sie hinweg. Sie drückte ihre Augen zusammen und ihre Beine wollten unter ihr nachgeben. Einer Ohnmacht nahe kämpfte sie sich durch den Schwächeanfall. Allmählich wurden ihre Gedanken klar und sie fokussierte sich auf ihre Aufgabe.

Hat es funktioniert?

Als sie ihre Augen öffnete, leuchtete das Bild noch. Das Schiffsdeck schaukelte sacht auf und ab.

Ich habe es geschafft, die Illusion ist mit Spur aufgeladen. Doch für wie lang reicht es?

Sie trat nahe an das Bild heran und stieß nicht auf Widerstand. Sie schmeckte die salzige Brise der See und spürte die Sonne auf ihrer Haut, als sie sich nach vorn streckte, soweit sie es schaffte. Was würde mit ihr passieren, wenn sie sich in diesem Moment im Bild befand? Keiner der anderen vermochte es zu aktivieren.

Denk nicht darüber nach. Du hast eine Aufgabe zu erfüllen!

Mit ihren Fingerspitzen berührte sie das Kistchen mit dem geschnitzten Stern auf dem Deckel. Sie konnte es tatsächlich bewegen! Larima zog es heran, umschlang es mit dem Arm und schob sich schnell aus dem Bild hinaus.

Sie erhob sich, atmete erleichtert aus und trat einen Schritt zurück.

Auf diesen Moment musste Eschenstab gewartet haben. Er schnappte sich Larimas Arm, zerrte sie zu sich heran und riss ihr grob das Kistchen aus der Hand. Sie konnte seiner Stärke nichts entgegensetzen.

Plötzlich erlosch das warme Licht der Illusion, Fackellicht flackerte um sie herum. Eschenstab schleuderte Larima von sich.

Monster!

Sie fing sich und ihre Hand fuhr an ihren Langdolch, den sie lose unter ihrem Hosenbund verborgen trug.

Grinsend umklammerte der Ritter die Kiste, bereit, sie zu öffnen. Larima sprang auf ihn zu.

Der Deckel klappte auf ... fast hatte sie Eschenstab erreicht.

Er griff in die Kiste ... es fehlte ihr nur noch ein Schritt.

Er zog ein graues Dreieck hervor ...

Larima taumelte wie von einem Schlag vor die Brust getroffen. Schwindel stürzte auf sie ein, ein Gefühl, als sauge jemand alle Kraft auf einmal aus ihr.

Ihre Beine gaben nach und sie schlug hart auf den Felsboden.

Erschöpft wollte sie einen Arm nach Eschenstab ausstrecken, doch sogar das vermochte sie nicht mehr. Ihr Blick trübte sich, alles um sie herum verschwamm. Schmerz, nur noch Schmerz, er wollte ihren Kopf zerfetzen.

Schwach hörte sie, wie ein Schwert aus der Scheide fuhr, jemand brüllte ihren Namen.

Dann versank sie vollends in Dunkelheit.

- 2 -

Semis Herz blieb vor Schreck stehen, als Eschenstab triumphierend das Artefakt aus der Kiste zog und Larima neben ihm zusammenbrach.

Dieser Verräter!

Er schleuderte die Fackel von sich und zog Fochting.

Warum habe ich nicht auf sie gehört?

Doch es war noch nicht zu spät, die Dinge zurechtzurücken. Er stürmte auf den Ritter zu, aber Lurge trat ihm in den Weg und schwang sein Schwert nach ihm.

Eisen klirrte auf Eisen.

Semi wich einen Schritt zurück und wollte weit ausholen, doch da kam ein zweiter Gegner in sein Blickfeld. Koskan schwenkte seine Fackel und wollte Semis Kopf erwischen, um seine Haare in Brand zu stecken.

Semi machte sich krumm und brachte Fochting vor seinen Körper, um sich gegen einen Hieb von Lurge zu wehren.

Er stolperte einen weiteren Schritt zurück und versuchte, eine Säule zwischen sich und Koskan zu bringen. Doch die Kerle kreisten ihn ein. Mit weiten Schwertschwüngen hielt er sie auf Abstand, aber zwischen den eng stehenden Säulen schien es aussichtslos, gegen zwei Gegner zu bestehen.

Er schlug nach Koskan, der einen Schritt zurückwich. Dann wollte er sich Lurge zuwenden, um ihn zu erwischen.

Plötzlich spürte Semi einen Stoß im Rücken, fiel vornüber und stürzte der Länge nach hin. Fochting entglitt ihm, schlitterte über den Höhlenboden und blieb vor Koskans Füßen liegen.

Semi wandte den Kopf und erkannte Eschenstab, der hinter ihm stand. Schon kniete Lurge auf Semis Rücken, band die Scheide von seinem Gürtel los und warf sie Koskan zu, der das Schwert darin verschwinden ließ.

»Vielen Dank, Kleiner. Ich dachte, ich hätte mein Andenken verloren, doch nun ist es zu mir zurückgekehrt.« Der Lump grinste.

»Gib mir mein Schwert, du Ausgeburt einer verkrüppelten Sau!«, fluchte Semi. Er schielte nach Larima. Sie lag reglos auf dem Boden neben dem Illusionsbild.

Koskans Lächeln wurde breiter. »Holla, holla, welch Worte von einem Folser. Ts-ts-ts. Wenn das die ehrenwerte Haronsa erfährt.«

»Was sollen wir mit ihnen anstellen, Herre?«, fragte Lurge, dem es Spaß zu machen schien, seine Knie in Semis Rücken zu drücken.

Eschenstab besaß nur noch Augen für das Artefakt. Seine Finger strichen gierig darüber. »Wir lassen die beiden hier und holen sie uns, wenn wir zurückkehren«, sagte er, ohne seinen Blick von dem grauen Stein abzuwenden. »Sollen sich die Götter der Fladrea in der Zwischenzeit um sie kümmern. Zu schade nur, dass die seit einiger Zeit nicht mehr vor Ort sind.«

Lurge stieß sich unsanft von Semi ab. »... nicht mehr vor Ort sind!«, wiederholte er und lachte. Er trat Semi hart in die Seite.

Semi blieb die Luft weg und er keuchte vor Schmerzen.

- 3 -

Als Larima erwachte, herrschte Dunkelheit um sie herum und sie wusste nicht, wo sie sich befand. Sie hörte etwas, das wie das Rumpeln eines Steins klang. Hatte dieses Geräusch sie geweckt?

Sie spürte Felsen unter sich und fragte sich, warum sie nicht in ihrem Bett lag. Plötzlich schossen die Erinnerungen auf sie ein.

Erneut ertönte das Rumpeln.

»Was ist das?«, fragte sie in die Dunkelheit hinein.

Sie zuckte zusammen, als sie eine Antwort bekam. »Die Kerle stellen sicher, dass wir die Tür nicht mehr aufbekommen«, sagte Semi.

Er konnte nicht weit weg von ihr sein. Sie tastete umher und fühlte das Leder seiner Hose. Sie suchte nach seiner Hand und ergriff sie.

»Geht es dir gut, Larima?«, fragte Semi besorgt.

Sie nickte, dann fiel ihr ein, dass Semi das nicht sehen konnte. »Ja. Was ist geschehen?«

Semi erzählte ihr von dem aussichtslosen Kampf und wie Eschenstab und seine Männer sie hier zurückgelassen hatten.

»Jetzt schichten sie Steine vor der Eingangstür auf, um sie zu blockieren. Düstere Aussichten also«, schloss er.

»Das ist wahr«, gab sie zu. »Doch solange wir Luft zum Atmen haben, gebe ich die Hoffnung nicht auf. Ich habe noch nie aufgegeben und habe nicht vor, heute damit anzufangen.«

Sie richtete sich auf. Noch immer spürte sie einen leichten Schwindel. Sie konnte sich nicht erklären, was mit ihr geschehen war. Es musste mit Eschenstab und dem Artefakt zu tun haben. Trug der Kerl etwa auch magische Kräfte in sich?

»Was ist denn vorhin mit dir geschehen?«, stellte Semi die Frage, vor der sich Larima selbst fürchtete. »Warum bist du zusammengeklappt?«

»Ich habe keine Ahnung«, log sie. Sie wollte Semi nicht mit ihren Vermutungen belasten, solange sie nichts Konkretes wusste.

»Bestimmt könnte Væter Hanrek dazu etwas dozieren«, meinte Semi. »Doch an den kommen wir jetzt wahrlich schlecht ran.« Er kicherte müde, darauf folgte ein Moment Stille. »Auf alle Fälle müssen wir hier raus und diesem Kerl das Artefakt abjagen.«

Neben all den Selbstvorwürfen und der Wut spürte Larima noch ein anderes Gefühl in sich. Es war Freude darüber, dass Semi zu ihr hielt. Auch wenn sich diese Fieslinge am Ende als stärker herausgestellt hatten.

»Merkst du was?«, fragte Semi plötzlich.

Larima blickte sich um und starrte in die Dunkelheit. »Nein«, gab sie zu.

»Das Rumpeln hat aufgehört.«

Es stimmte. Eine gespenstische Stille herrschte um sie herum.

»Dann sind wir also endgültig allein hier«, stellte er fest. »Vorschläge?«

»Ich muss erstmal nachdenken. Gib mir einen Moment.«

»So viele du haben willst. Ich habe die nächsten hundert Jahre nichts vor.«

In Larimas Kopf arbeitete es. Es musste einen Ausweg aus der Höhle geben. Aber hatte sie vorhin nicht selbst festgestellt, dass nur dieser eine Eingang existierte?

Wenn es nur nicht so verdammt dunkel wäre. Wie konnten sie ohne Licht etwas entdecken? Sollte sie die Illusion aktivieren? Ihr Sonnenlicht wäre nützlich. Doch dazu musste sie die kleine bronzene Scheibe erst wiederfinden. Das allein war schwierig genug, denn sie wusste nicht, wo in dem verwinkelten Raum sie sich befanden. Selbst wenn sie die Scheibe finden sollte, würde es sie sehr viel Kraft kosten, die Illusion in Gang zu setzen. Kraft, die sie womöglich später noch brauchen würde.

Larima dachte angestrengt an Licht. Es musste doch möglich sein, für eine Lichtquelle zu sorgen. Plötzlich bemerkte sie verwundert einen schwachen Lichtschein um sich herum. Sie fixierte sich darauf und strengte ihre Augen an. Das Licht wurde heller. Zweifellos leuchtete etwas und je intensiver sich Larima konzentrierte, desto strahlender wurde es.

Semi sog erschrocken die Luft ein. Er musste es auch bemerkt haben.

Gut, das bedeutet, ich werde wenigstens nicht verrückt.

»Larima! Sieh auf deine Hand!«, rief Semi aufgeregt.

Sie hob ihre Hand vom Boden und schlagartig strahlte das Leuchten noch heller. Larima konnte jetzt Konturen im Raum erkennen. Und als sie auf ihre Handfläche sah, blendete das Licht sie sofort. Ein kleiner Kreis schwamm darauf herum, etwa in der Größe eines Buchenblattes, und er leuchtete himmelblau.

Allmählich gewöhnten sich ihre Augen daran und Larima starrte fasziniert auf die Erscheinung.

Habe ich sie herbeigerufen, als ich angestrengt an Licht gedacht habe?

Stärker!, befahl sie dem Leuchtkreis. Dieser pulsierte und Larima meinte, dass er noch heller strahlte. Inzwischen leuchtete ihre Hand wie eine Fackel.

»Du steckst voller Überraschungen!«, rief Semi verzückt.

Larima konnte nicht glauben, dass sie Licht herbeizuzaubern vermochte. Sie hielt ihre andere Hand über den Leuchtkreis, doch es ging keine Hitze von ihm aus. Gleichzeitig spürte sie jedoch, wie viel Kraft dieser Zauber kostete. Die Spur floss rasend schnell aus ihr heraus.

»Ich kann das Licht nicht lang halten«, sagte sie. »Lass uns schnell nach einem Ausgang aus diesem Grab suchen, bevor mir die Kraft ausgeht.«

»Anscheinend haben die Kerle wieder einmal unsere Rucksäcke mitgenommen. Wie gewonnen, so zerronnen«, stellte Semi zerknirscht fest, während er den hinteren Teil des Raumes durchstöberte.

Larima zuckte mit den Schultern. Über ihre verlorene Ausrüstung wollte sie erst dann nachdenken, wenn sie hier heraus waren.

»Hast du vorhin alle Wände abgesucht?«, fragte Semi.

Larima schüttelte den Kopf. »Nicht alle. Dort hinten war ich zum Beispiel noch nicht.« Sie deutete auf die Wand neben der Feuerstelle.

Larima wanderte die Felswand langsam ab und versuchte, so viel wie möglich im schwachen Licht des Leuchtkreises zu erkennen. Plötzlich blieb sie stehen. »Hier ist etwas«, flüsterte sie.

»Was?«, fragte Semi laut und kam zu ihr herüber.

Larima deutete auf das kleine Rechteck vor ihr, das kaum größer als eine Handfläche war und aus dem gleichen dunkelgrauen Stein bestand wie das Portal. Drei Symbole drängelten sich darauf.

»Ausgang – Gefahr – geheim«, las Larima vor.

»Ausgang!«, jauchzte Semi. Sein Schrei hallte von den Wänden wider.

»Nicht so laut!«, fuhr ihn Larima an. »Sonst kehren am Ende Eschenstab und diese Kerle zurück und fesseln uns.«

Semi winkte ungeduldig ab. »Die sind längst über alle Berge. Naja, vielleicht auch erst über den ersten.« Er lachte auf. »Kannst du den öffnen?«

Larima betrachtete das Rechteck. Es war viel zu klein für einen Ausgang.

Lass diese Zweifel! Du musst es versuchen.

Sie schloss die Augen und legte ihre Hand auf die Fläche. Hoffentlich besaß sie noch genug Spur.

Öffne dich!

Nichts veränderte sich. Sie konzentrierte sich auf den Befehl, schrie ihn innerlich hinaus, doch der Felsen blieb gleich.

Sie öffnete die Augen und keuchte.

»Was ist los?«, fragte Semi besorgt, aber Larima ignorierte ihn. Sie nahm ihre Hand von der Fläche und untersuchte die Symbole. Irgendetwas war ihr entgangen.

Denk nach, Larima, denk nach!

Es musste ihr gelingen, die Tür zu öffnen, sonst wären sie hier drinnen gefangen und würden elendig verdursten.

Ausgang – Gefahr – geheim.

War das überhaupt eine Tür, die sie vor sich hatte? Ja, das Symbol für Ausgang wies darauf hin.

Larima bemerkte erschrocken, dass das Licht, das von ihrer Handfläche ausging, allmählich verblasste. Als sie in sich hineinhorchte, fühlte sie sich tatsächlich ausgelaugt wie nach einem langen Fußmarsch.

Angespannt überlegte sie. Endlich kam ihr eine Idee, sie presste hastig ihre Hand auf die graue Fläche mit den Zeichen und schloss die Augen.

Gefahr!, brüllte sie in ihren Gedanken. *Gefahr, schnell, öffne dich!*

Diesmal war es anders. Die Spur schoss aus ihr heraus, jagte in den Fels und sofort glühte der Stein heiß auf. Larima schrie, zog erschrocken die Hand weg und sprang zurück.

Ein Teil der Wand explodierte und Gestein flog herum. Larima sprang instinktiv zur Seite und die Trümmer erwischten sie glücklicherweise nicht.

Gerade als sie sich ansehen wollte, was geschehen war, erlosch das Zauberlicht in ihrer Hand vollständig.

»Was ist passiert?«, hörte sie Semis panische Stimme. »Geht es dir gut?«

»Ja, alles in Ordnung«, beruhigte ihn Larima. Sie näherte sich der Wand und ertastete eine offene Klappe. Dahinter lag ein Loch!

»Hast du was entdeckt?«, fragte Semi hoffnungsvoll.

»Das muss ein schmaler Geheimgang für den Notfall sein«, sagte Larima. Sie freute sich nicht nur darüber, dass es ihr gelungen war, den Gang zu entdecken und zu öffnen. Nein, sie fühlte auch Stolz auf ihr Volk, da es daran gedacht hatte, für die dunklen Stunden vorzusorgen.

»Dann nichts wie raus hier«, jubelte ihr Ziehbruder. Er machte sich daran, in den Tunnel zu klettern, wobei seine Stiefel über den Felsen schabten und ein Echo erzeugten, das durch die Höhle hallte.

»Wenn wir durch den Gang kriechen, müssen wir leise sein«, erinnerte Larima, während sie ihm folgte. »Wer weiß, wohin er uns führt. Vielleicht treibt sich Eschenstab noch irgendwo da draußen rum.«

Larima stieg Semi hinterher und zog die Klappezu. Falls der Ritter in die Anlage zurückkehrte, würde er sich wundern, wohin seine Gefangenen verschwunden waren.

Die Geheimtür schnappte mit einem Klicken ein. Zu spät dachte Larima daran, dass sie sich von dieser Seite aus wahrscheinlich nicht öffnen ließ. Sollte in den letzten Jahrzehnten ein Steinsturz den Gang verschüttet haben, waren sie eingesperrt.

- 4 -

»Warum hast du die beiden verschont?«, fragte Lurge, nachdem sie die Tür des Stützpunkts hinter sich mit Steinen verbarrikadiert hatten.

»Wer weiß, ob ich die Kleine nicht noch brauche«, erklärte Eschenstab. »Und wenn wir Semargan etwas tun, werden wir Larima niemals dazu bringen, uns zu helfen. Dafür hängt sie zu sehr an dem Trottel.«

Inzwischen wusste er nur zu gut, wie starrköpfig das Mädchen sein konnte.

Eschenstab schickte Lurge voraus zu den Pferden, um ihren Aufbruch vorzubereiten, und marschierte mit Koskan durch den Gang. Er fühlte sich großartig. Es fehlte nur eine Kleinigkeit und er würde anfangen, ein Liedchen zu pfeifen. Vielleicht hätte er es wirklich getan, wäre er allein gewesen.

»Und diese Fladrea haben dir freiwillig von dem Artefakt erzählt?«, fragte Koskan, der die gute Stimmung seines Herrn offenbar bemerkte.

Eschenstab nickte.

»Es war nicht einfach und es dauerte lang, bis ich sie so weit brachte, mir zu vertrauen.« Er hatte bisher mit niemandem über seinen geheimen Plan gesprochen, doch da das Goldene Artefakt endlich seins war, drängte es ihn, seine genialen Überlegungen mit Koskan zu teilen. »Endlich haben sie mir von diesem Stein erzählt. Angeblich das Wertvollste und Mächtigste von allen ihren Artefakten.«

»Aber du konntest nie aus ihnen herausbekommen, was es macht?«

»Nicht wirklich. Nachdem ich mich in das Herz ihres Anführers geschmeichelt hatte, erzählte mir der alte Trottel in einem unbedachten Moment zumindest, dass es für die Fladrea in Hallinga seit langer Zeit das wichtigste Stück sei.«

»Die größte Macht der Fladrea«, staunte Koskan.

»In diesem Artefakt steckt viel mehr. Mit ihm werde ich Hallinga beherrschen, wie es die Fladrea einst taten. Ihre Zauberkraft muss darin verwahrt sein. Ich brauche sie nur daraus zu befreien und niemand in Hallinga wird sich meinen Befehlen widersetzen können.«

Der Höhlenausgang leuchtete nicht weit vor ihnen. »Dann kannst du dir Untertan machen, wen auch immer du willst«, staunte Koskan und Eschenstab erkannte Ehrfurcht auf dem Gesicht seiner zweiten Hand.

»Du hast es verstanden. Doch keine Angst! Du weißt, dass ich niemals diejenigen vergesse, die mir auf meinem Weg nach oben beistehen.«

Der Mann neigte den Kopf und lächelte gierig. Die beiden traten aus der Höhle heraus und marschierten zu den Pferden.

Lurge hielt die Zügel und wartete auf sie. Der Trottel konnte die schnaubenden Tiere kaum bändigen. Eschenstab ging zu seinem Rappen, legte ihm beruhigend eine Hand auf die Schulter und griff nach der Schnalle seiner Satteltasche, um diese zu öffnen und das Artefakt zu verstauen. Ein Gefühl ließ ihn jäh innehalten.

Warum warten? Er wollte es jetzt sofort spüren. Seine Finger zuckten. Er musste wissen, wie es sich anfühlte, die Macht der Fladrea zu besitzen.

Lurge und Koskan können mir ruhig dabei zusehen.

Über die beiden machte er sich keine Sorgen. Und die Gören waren sicher im Stützpunkt eingesperrt.

Er starrte auf das Tuch in seiner Hand, in dem der unscheinbare, dreieckige Stein eingewickelt war.

»Was ist?«, fragte Lurge. »Haben wir nicht schon genug Zeit auf diesem Felsbrocken verbracht?«

Eschenstab warf ihm einen Blick zu, unter dem Lurge zusammenzuckte und verstummte.

Eschenstab schlug das Tuch zurück. Das Artefakt ragte kaum über seine Handfläche hinaus, fühlte sich aber schwerer an als ein gewöhnlicher Stein.

Warum haben die Fladrea das Ding Goldenes Artefakt genannt, wenn es doch nur aussieht wie ein blödes Stück Fels?

Zugegeben. Zeichen auf der Oberfläche verrieten, dass es mehr war als das. Er ergriff das Ziel seiner Reise und hielt das Artefakt endlich in Händen.

Er erwartete, dass ihn die Kraft der Fladrea in diesem Moment durchströmte, doch er spürte nichts.

Besitze ich nun ihre Macht?

Er sah um sich und sein Blick fiel auf Lurge, der ihn beobachtete.

In den Staub!, befahl Eschenstab ihm in Gedanken.

Doch der Kerl rührte sich nicht.

Vielleicht muss ich es erstmal mit etwas Einfacherem versuchen.

Er trat einen Schritt vor und legte seine Hand in den Nacken seines Rappen. Das Tier scheute nicht einmal, sondern glotzte ihn blöde an.

Lauf!

Auch dieser Befehl bewirkte nichts. Josnin fiel ihm ein.

Der Alte hat ständig davon gefaselt, dass es einen wahren Fladrea braucht, um das Goldene Artefakt zu erreichen. Und das habe ich mit Larimas Hilfe geschafft.

Eschenstab atmete hastig ein. War damit etwa nicht nur das Auffinden des Verstecks gemeint? Vielleicht brauchte es auch einen wahren Fladrea, um an die Macht des Artefakts selbst zu gelangen. Oder zumindest jemanden, der um das Geheimnis des Steins wusste.

Er drehte das Artefakt und untersuchte es von allen Seiten. Ihm fiel ein Schriftzug in Fladreazeichen auf, der sich unter allerlei anderen Symbolen versteckte: *Wo alles anfing, wird dies seine Bestimmung finden.*

Was sollte das bedeuten? Eschenstab schüttelte den Kopf. Ein albernes Rätsel? Oder steckte mehr dahinter? Er überlegte. Sollte er zurück zu dieser Fladreagöre gehen? Vielleicht konnte sie das Artefakt aktivieren, wie sie das Illusionstor aktiviert hatte.

Sie wird mich zum Narren halten. Sobald ich ihr das Artefakt gebe, wird sie es gegen mich richten.

Doch im Moment schien ihm dies die leichteste Lösung zu sein.

Eschenstab ließ Lurge bei den Pferden zurück und befahl Koskan, ihn zurück in das Höhlensystem zu begleiten. Sie eilten zum Zugang des Stützpunkts und befreiten die Tür von Felstrümmern.

Als sie endlich in die Anlage eindrangen, fanden sie die Räume leer. Fassungslos durchsuchte Eschenstab jeden Winkel mehrmals. An einer Wand hatte es einen Steinschlag gegeben und Felsbrocken lagen verstreut herum. Larima und Semargan aber blieben wie vom Erdboden verschluckt.

»Ich wette, der Stützpunkt verfügt über einen zweiten Ausgang. Oder die beiden sind wirklich von einem Gott der Fladrea gerettet worden«, sagte Eschenstab, während er und Koskan nach draußen gingen. Letzteres bezweifelte er stark, denn die Fladrea hatten ihren Göttern vor Jahrhunderten abgeschworen.

»Sollen wir warten, bis sie auftauchen?« Koskans Stimme hallte von den Wänden wider. Die beiden näherten sich dem hellen Rund des Höhlenausgangs.

Eschenstab schüttelte den Kopf. »Dafür haben wir keine Zeit. Außerdem glaube ich nicht, dass der Fluchtgang nach all den Jahren noch irgendwo hinführt. Sehr wahrscheinlich sind Teile davon eingestürzt und geflutet. Wir könnten ewig warten.«

Es hätte sowieso keinen Zweck, Larima um Hilfe zu bitten. Es ist viel zu gefährlich, ihr das Artefakt in die Hand zu geben.

Es gab einen verlässlicheren Weg. Eschenstab musste jemand anderen finden, der sich mit den Fladrea auskannte. Jemand, der eine blinkende Münze nicht ablehnte und gleichzeitig zu blind war, um zu erkennen, welchen Schatz er in der Hand hielt.

- 5 -

Ein dickes, graues Holzbrett verschloss das Ende des Fluchtgangs. Larima und Semi schlüpften hinaus, gelangten auf einen Felsvorsprung oberhalb des Höhleneingangs und schlichen zwischen den Felsen hindurch.

Eine leise Stimme in ihrem Inneren ermahnte Larima, vorsichtig zu sein. Zuerst mussten sie sicherstellen, dass Eschenstab wirklich weg war.

Das Schnauben eines Pferdes erklang in ihrer Nähe. Larima erstarrte und bedeutete Semi, stehenzubleiben. Sie ließ sich nieder und robbte drei Schritt bis zur Kante des Vorsprungs, wobei sie sich bemühte, nicht das kleinste Steinchen zu berühren, um jedes Geräusch zu vermeiden.

»Ganz ruhig, meine Lieben. Gleich geht es weiter«, hörte Larima jemanden sagen. Lurges Stimme, auf die erneut ein Schnauben folgte.

Larima schob sich nach vorn und spähte über den Rand hinunter. Wenige Schritt in der Tiefe standen die drei Rappen und dazwischen konnte sie einen vernarbten Kahlkopf ausmachen. Von den anderen Männern gab es keine Spur.

Sie suchen nach uns.

Eine Böe fuhr in ihre Haare und erschrocken riss sie ihren Kopf herum. Sie erwartete, Eschenstabs grinsendes Gesicht hinter sich zu sehen, doch dort war nichts.

Bleib ruhig!, ermahnte sie sich. *Weder Eschenstab noch Koskan können den Fluchtgang öffnen. Sie werden uns nicht finden, solange wir uns nicht verraten.*

Semi winkte Larima zu.

Sie machte eine beschwichtigende Geste und legte den Finger auf die Lippen. Er nickte und sank hinter einen wuchtigen Felsen zurück.

Unten rührte sich plötzlich etwas. Die drei Pferde schnauften, eines wieherte. Larima lief ein Schauer über den Rücken, als sie Eschenstabs kalte Stimme hörte. »Tritt meinem Hengst nicht zwischen die Läufe, bei Bilun! Bring die Tiere zum Schweigen!«

Sie erschrak und malte mit dem Finger ein Schutzzeichen in die Luft. Sie würde den Namen des Gehörnten niemals freiwillig in den Mund nehmen. Eschenstab musste sehr schlechter Stimmung sein.

Lurge tat sein Bestes, die Pferde zu beruhigen, doch offenbar ängstigte die zornige Stimme des Ritters sie nur noch mehr.

»Was machen wir jetzt, Herre?« Das war Koskan. Er und Eschenstab mussten unter dem Überhang stehen. Larima konnte sie nicht sehen, jedoch jedes Wort verstehen.

»Wir werden allein zurechtkommen. Wer weiß, wo die beiden stecken. Sollen sie doch verhungern.«

»Und das Artefakt?«, fragte Koskan.

Larima hörte Eschenstab lachen. »Ja, das Artefakt. Wir werden es zu jemandem bringen müssen, der sich mit so Zeug auskennt.« Eine kurze Pause. »Im Norden treiben wir jemanden auf. Vielleicht müssen wir bis nach Lanning.«

»Warum denn Lanning?«, fragte Lurge.

Eschenstab bedachte seinen Schergen nicht mit einer Antwort. Er tauchte in Larimas Blickfeld auf und packte die Zügel eines Pferdes.

Sie zog ihren Kopf ein und schob sich ein Stück zurück. Wenn der Ritter sie entdeckte, war alles aus.

»Los!«, herrschte Eschenstab seine Männer an. »Wir brechen auf!«

Larima hörte Hufgetrappel auf Fels. Nach kurzer Zeit kamen die Kerle in Sicht, doch sie befanden sich bereits ein gehöriges Stück weg und führten ihre Pferde quer zur Steigung des Berges. Offensichtlich wollten sie ihn umrunden.

Nachdem der Trupp hinter einem massiven Felsen verschwunden war, wagte es Larima, sich zu erheben und zurück zu Semi zu gehen. »Sie sind weg«, sagte sie.

Semi nickte. »Und wohin?«

»Sie wollten nach Norden. Irgendwoher muss Eschenstab einen Hinweis haben.«

Semi machte große Augen. »Hinweis?« Er überlegte einen Moment. »In der Höhle habe ich das Artefakt für einen Augenblick gesehen. Kurz bevor du ohnmächtig geworden bist und ...« Semi brach ab. »Ich meine, da war eine Inschrift auf dem Stein. Doch es waren viele Symbole und auch diese verschlungenen Zeichen der Fladrea, die wir sonst überall entdeckt haben.«

Larima erschrak. »Kann Eschenstab die Schrift lesen? Warum sollte der Kerl die Sprache meines Volkes beherrschen?«

Semi zuckte mit den Achseln. Er konnte sich offenbar ebenfalls keinen Reim darauf machen. »Wichtig ist nur, dass wir herausfinden, wohin sie mit deinem Artefakt verschwunden sind«, sagte Semi.

»Sie haben ›Lanning‹ gesagt.«

»Lanning? Hat Væter Hanrek nicht davon erzählt? Die Stadt muss an der Küste liegen. Irgendwo im Norden.«

»Das passt. Wir müssen dorthin.«

»Aber wir haben doch keine Ahnung, wo dieses Lanning liegt«, sagte Semi.

Larima zuckte mit den Achseln. »Wir folgen den Kerlen nach Norden und überqueren das Gebirge. Irgendwann werden wir die Küste erreichen. Dort finden wir die Stadt schon.«

»Deine Zuversicht möchte ich haben.« Semi suchte den Bergrücken unter ihnen ab. »Sobald die drei ins Tal kommen, werden sie mit ihren Pferden schneller vorankommen als wir.«

»Solange wir wissen, wohin sie wollen, entkommen sie uns nicht.«

»Stimmt. Und wenn wir sie erwischt haben, jagen wir ihnen das Artefakt ab«, rief Semi.

Sie kletterten den Abhang hinab und folgten dem Weg des Ritters. Als sie unterwegs waren, fragte sich Larima, warum Eschenstab von dem Artefakt so besessen war. Er hatte keine Mühen gescheut, um es in die Finger zu bekommen.

Er war auch hinter mir her. Er hat gewusst, dass ich eine Fladrea bin. Was will dieser Kerl von meinem Volk? Was verspricht er sich von dem Artefakt?

Sagte Væter Hanrek nicht, der Legende nach verleihe das Goldene Artefakt seinem Träger große Macht? War es die Macht der Fladrea, die der Ritter unbedingt erlangen wollte?

Noch ein anderer Gedanke kam Larima in den Sinn. Erzählte Eschenstab nicht, er sei ein Freund des alten Haron von Grovef-lyk gewesen? Jenes Haron, der den Fladrea in seinen Wäldern heimlich Unterschlupf gewährte, als alle anderen dieses Volkes Hallinga schon lange verlassen hatten? Und genau dort in den Wäldern war Larima als Säugling gefunden worden.

Das alles konnte kein Zufall sein.

Träume

- 1 -

Larima fröstelte und warf einen Blick hinauf zu den dicken Wolken, die über sie hinwegzogen wie Schafe, die seit langem nicht geschoren worden waren. Die Sonne schien auf die beiden einsamen Wanderer herab, doch kamen ihre wärmenden Strahlen nicht gegen den eiskalten Wind an, der an ihren Haaren zerrte.

Sie folgten dem Gebirgspass und versuchten, den schneegefüllten Senken auszuweichen. Larima warf einen Blick empor zu den vereisten Berggipfeln, die den Pass einrahmten.

Wenigstens müssen wir dort nicht hinauf.

Vor Larima schleppte sich Semi mit gesenktem Kopf über die Felsen. Dieser Pass war der letzte, den sie überqueren mussten. Das Deerkronagebirge erstreckte sich offenbar gewaltig in die Breite und durchschnitt den Kontinent wie eine Schwertwunde, reichte jedoch zum Glück nicht weit nach Norden. Hinter dem Pass ragten keine Berggipfel auf.

Eschenstab und seine Männer waren seit der Fladreahöhle nicht mehr in ihrem Blick aufgetaucht. Hin und wieder stießen sie auf Spuren des Trupps, doch keiner von ihnen war versiert genug im Lesen von Fährten im Gebirge. So konnten sie nicht sagen, wie lang es her war, dass die Kerle hier vorbeigekommen waren.

Die Muskeln in Larimas Beinen schmerzten von dem ständigen Auf und Ab, doch der Zorn, der in ihr brannte, gab ihr Kraft.

Ich werde nicht aufgeben!

Wut stand ebenfalls in Semis Augen. »Wenn ich diesen schmierigen Koskan in die Finger bekomme«, sagte er nicht zum ersten Mal. Seine Hand fuhr über seinen Gürtel und hielt verloren an der Stelle, an der normalerweise seine Schwertscheide hing. »Fochting werde ich mir von dem Kerl wiederholen und dann sehen wir, was von ihm übrig bleibt.«

Sie erreichten den Sattel des Passes und trabten von da an dem Tal entgegen. In einigen Meilen Entfernung erkannte Larima bewaldete Hügel, die Schutz vor dem Wind versprachen.

Am rechten Horizont entdeckte sie das Meer. Der scheinbar endlose Teppich erinnerte Larima an die Grasebene. Doch leuchtete er nicht gelbgrün, sondern lag tiefblau vor ihnen. Aber wie auch das Gras blieb das Meer ständig in Bewegung.

Die Sonne sank im Westen hinab und tauchte die Hänge und Bergspitzen in rotes Feuer. Larima und Semi erreichten ein krummes Zirbelkiefernwäldchen, das sich höher hinauftraute als der Rest des Waldes, und entschieden, auf dessen unterer Seite ein Lager aufzuschlagen. Einerseits blies der Wind auf der Nordseite weniger kräftig. Andererseits bot ihnen der Blick hinunter ins Tal die Möglichkeit, ein Feuer zu entdecken, das verriet, wo sich Eschenstab herumtrieb.

Sie selbst entfachten kein Feuer, denn sie waren viel zu müde, um Holz zu suchen. Außerdem besaßen sie nichts, das sie hätten braten können, und wollten das Risiko nicht eingehen, dass Eschenstab sie entdeckte.

»Wenn wir in die Wälder kommen, werde ich jagen«, versprach Semi.

Larima nickte schwach. Sie wickelte sich in ihren Wollmantel ein, drückte sich nahe an Semi heran und war wenige Augenblicke darauf eingeschlafen.

- 2 -

Larima schritt einen Gang entlang und ihre Stiefel schlugen hart auf den felsigen Boden. Gelbliches Licht schien aus den Wänden zu sickern und erleuchtete den Weg vor ihr.

Sie wusste nicht, wo sie sich befand oder wie sie dorthin gekommen war. Sie fühlte sich, als trüge sie zu große Stiefel und als lastete ein Rucksack voller Steine auf ihren Schultern. Wie in diesem Traum, der sie seit Jahren quälte und in dem sie zwischen Stämmen hindurchhetzte. Doch dieses Mal befand sie sich nicht im Wald, sondern in einem Tunnel, in einem Gewölbe.

Es war ein Traum, aber er fühlte sich schrecklich real an.

In der wirklichen Welt liege ich noch dort, wo ich eingeschlafen bin: am Hang eines Berges mitten im Gebirge.

Sie erreichte das Ende des Ganges, an dem eine Tür auf sie wartete. Aus ihrer Mitte ragte ein großes Rad.

Erinnerung durchzuckte Larima. Diese Tür kannte sie. Doch woher? Ihre Gedanken wirbelten umher und es gelang ihr nicht, sich zu fokussieren.

Sie schritt durch die Tür und gleichzeitig tat sie es nicht. Es war, als würde sie sich nicht selbst bewegen, sondern als schaue sie sich nur dabei zu. Als bewegte jemand anderes sie wie eine Puppe an Fäden.

Hinter der Tür öffnete sich ein weiter Raum. Die Erinnerung brach sich bahn.

Ich bin im Sternensaal der Kolonie.

Nur diesmal erschien er nicht dunkel und verstaubt, sondern leuchtete hell und pulsierte voller Leben. Neben den Eingängen loderten in Schalen hohe Feuer und warfen ihr flackerndes Licht an die Decke, die dunkelblau bemalt und mit fünfzackigen Sternen übersät war. Durch das gewaltige, runde Fenster funkelten die echten Sterne von oben herein. Sie schienen unendlich weit weg.

Drei Dutzend Personen bevölkerten die Stufen, die um die Mitte des Saales anstiegen. Alte, mittelalte und Kinder. Die hellen Haare aller glänzten metallisch genau wie bei Larima. Ihr stockte der Atem.

Die Fladrea besaßen nicht die gedrungene Gestalt der Hallinger, sondern ihre Körper wirkten viel zartgliedriger und ihre Gesichter länglich. Sie trugen leichte, bunte Stoffe, die noch feiner als Samit erschienen. Felle und Leder entdeckte Larima an ihnen nicht.

Große Gruppen tummelten sich vor den vier Torbögen, die die Illusionen erzeugten, und amüsierten sich. Andere saßen auf den Stufen nahe den Feuern zusammen, spielten mit Figürchen auf bunten Brettern oder diskutierten. Ihre Haare schimmerten im Feuerschein.

Larima fühlte sich endlich zu Hause und dieses Gefühl drohte sie zu überfluten. Sie wollte stehen bleiben, mit den Fladrea sprechen und lachen. Aber sie musste entsetzt erkennen, dass ihr Körper ihr nicht gehorchte, sondern zielbewusst den Saal durchschritt.

Sie eilte an ein paar Fladrea vorbei, die vor dem Illusionstor mit der Sandlandschaft standen. Sie ließen sich den heißen Wind durchs Haar wehen und lachten über den Vogel mit dem langen Hals. Während ihr Körper an ihnen vorbeischritt, merkte Larima, wie einige der vorbeihuschenden Gesichter ihr zunickten. Hände winkten ihr, dass sie sich dazugesellen sollte. Doch ihr Kopf schüttelte sich. Nein, sie hatte dazu jetzt keine Zeit. Die Fladrea zuckten bedauernd mit den Achseln.

Kennen sie mich?

Larima kam ihrerseits keines der Gesichter bekannt vor.

Die Kolonie lebte. Was sie sah, musste also viele Jahre, wenn nicht Jahrzehnte her sein.

Führt mich dieser Traum in eine Zeit, als die Fladrea sich noch in Hallinga aufhielten?

Larima, oder besser ihre Traumgestalt, steuerte auf eine der Türen zu, die aus der Halle herausführten.

Was will ich dort? Was gibt es dahinter, das so wichtig ist, dass ich derart zielstrebig darauf zueile?

- 3 -

Larima schlug die Augen auf und atmete erschrocken ein.

Gerade war sie noch im Sternensaal gewesen, nun herrschte um sie herum die Dunkelheit der Nacht. Sie spürte den kalten Steinboden unter sich und roch die Kiefernnadeln.

Wie lang habe ich geschlafen?

Ihre Lider fühlten sich schwer wie Eisen an, ihre Muskeln verkrampft.

Welch merkwürdiger Traum.

Er war ihr so greifbar vorgekommen, als wäre sie tatsächlich in der Kolonie gewesen. Larima erinnerte sich an jedes kleine Detail. Wie die hellgrüne Schleife im Haar der Frau, die neben dem Illusionstor gestanden und ihr zugelächelt hatte.

Ein starker Schmerz durchfuhr sie wie ein Blitz. Es fühlte sich an, als rammte ihr jemand einen Dolch in die Stirn. Ihre Augen brannten und ihre Muskeln krampften, ihr Körper bäumte sich auf.

Larima wollte laut aufbrüllen, doch drückte sie ihren Kopf in den Wollstoff. Nur ein gedämpftes Stöhnen entkam ihr.

Sie durfte Semi nicht wecken. Er brauchte den Schlaf. Morgen mussten sie weitermarschieren.

Aber die Schmerzen wurden zu übermächtig. Ihr Schädel schien kurz davor, in tausend Teile zu zerstauben.

Ein Schrei voll feuerroter Qual entrang sich ihrer Kehle.

Semi fuhr herum und war sofort über ihr. »Larima?«

»Es ist nichts«, log sie. Sie wollte ihn beruhigen, er sollte schlafen. Doch sie konnte die Schmerzen nicht aus ihrer Stimme fernhalten.

»Larima, dein Herz rast. Du bist so blass ...«

Sie war unfähig, etwas zu erwidern, konnte nur stöhnen. Kraftlos fiel ihr Arm und verdeckte ihre Augen.

Semi hielt ihre Hand, bis die Schmerzen allmählich verblassten.

»Besser?«, fragte er, als sie den Arm von ihrem Kopf zog.

Larima nickte zaghaft. »Woher auch immer dieser Anfall gekommen ist, er ist weg.« Tatsächlich spürte sie nur noch ein leichtes Ziehen hinter den Augen.

Sie richtete sich mit seiner Hilfe auf und atmete tief durch. »Ich habe geträumt«, sagte sie und erzählte Semi von der Kolonie. Er musterte sie genau. Offenbar wirkte ihre Gesichtsfarbe gesünder, denn seine Sorgenfalten verschwanden mit jedem ihrer Worte mehr.

»Träume müssen nichts bedeuten«, meinte Semi. Larima wusste, dass er sie beruhigen wollte, doch seine Stimme klang unsicher. »Was ich schon alles geträumt habe! Wenn Träume die Wirklichkeit wären, dann würde es in Groveflyk nur so von tapferen Rittern und fauchenden Drachen wimmeln.«

Larima schüttelte den Kopf. »Dieser ist anders. Du erinnerst dich an den Traum, der mich in Groveflyk immer wieder ereilte?«

»Ist der heute Nacht zurückgekehrt?«

»Nein ... Ja.« Larima stockte. Wie sollte sie es erklären? Die Träume waren auf eine gewisse Art gleich, andererseits aber völlig unterschiedlich. Sie winkte ab. »Es war nicht nur ein einfacher Traum. Das weiß ich.«

Semi ergriff ihre Schultern. »Den ganzen Tag machst du nichts anderes, als an die Fladrea zu denken«, sagte er fürsorglich. »Deine Gedanken haben sich zu deinem Volk gewünscht. Und das hat dir der Traum gezeigt.«

Er blickte ihr tief in die Augen. Larima wusste, dass er jedes Wort ehrlich meinte.

Sie nickte. »Vielleicht hast du recht. Danke!« Sie drückte ihn an sich, dann ließ sie sich auf ihr Lager sinken.

Auch Semi legte sich hin. Kurze Zeit später klang von seiner Seite Schnarchen herüber.

Larima lag noch länger wach. Tief in ihrem Inneren zweifelte sie an Semis Worten.

Es hat sich nicht angefühlt wie ein gewöhnlicher Traum. Aber was weiß ich schon von den Fladrea? Oder ihren Träumen?

- 4 -

Um die Mittagstunde erreichten sie die Waldgrenze und machten Rast unter den Ästen einer Lärche.

Der Hunger trieb Semi ins lichte Unterholz. Pilze entdeckte er keine, jedoch fand er einen knapp eineinhalb Schritt langen Ast, der wunderbar gerade gewachsen war.

»Was willst du damit?«, fragte ihn Larima, die in ihre Wolldecke eingewickelt am Stamm lehnte, als er zu ihr zurückkam. Ihre blutunterlaufenen Augen kamen Semi klein vor. Die letzte Nacht musste sie sehr angestrengt haben.

»Ich versuche mich an Arros Gunst«, erklärte er ihr. Er kannte die Wälder an diesen Hängen nicht, doch hoffentlich gelang es ihm, einen kleinen Hasen oder einen Easan aufzuspüren und zu erjagen.

»Wie willst du das ohne Speer anstellen?«, fragte Larima und setzte sich aufrecht hin. Semi hörte ihren Magen grummeln.

»Leih mir deinen Dolch, dann zeig ich es dir.«

Mit der scharfen Klinge trennte er schmale Stoffstreifen aus seinem Hemd, das vom Schlamm des Hœgswaldes und seinem Blut beschmiert und damit sowieso ruiniert war. Mit den Streifen band er Larimas Dolch an dem Ende des langen Stockes fest.

»Das hättest du nicht erwartet, oder?«, fragte er sie und hielt ihr seinen improvisierten Jagdspeer unter die Augen.

Sie nickte anerkennend. »Soll ich nicht doch lieber mitkommen?« Larimas Angebot klang halbherzig.

Semi schüttelte den Kopf. »Du brichst mir auf halber Strecke zusammen und scheuchst mir mit dem Lärm sämtliches Wild davon. Nein, bleib du hier und erhol dich. Ich kümmere mich darum, dass wir was in den Magen bekommen und genug Kräfte sammeln, um weiterzumarschieren.«

Semi machte sich auf und pirschte zwischen den schmalen Baumstämmen des Waldes hindurch. Das Unterholz blieb die ganze Zeit über licht. Dadurch konnte er einerseits weit sehen, andererseits bot es ihm kaum Deckung.

Er hielt ein und lauschte nach Beute. Der Wind strich durch die obersten Wipfel des Lärchenwäldchens und ließ die kahlen Baumwipfel tanzen.

Nichts. Also weiter.

Semi schlich gebückt über den Waldboden. Vorsichtig setzte er Fuß vor Fuß, um nicht auf einen Ast zu treten und mit einem lauten Knacken das einzige Jagdwild zu vertreiben, das es im Umkreis von vielen Meilen geben mochte.

Semis Gedanken schweiften zu Larimas Traum ab. Was war letzte Nacht nur mit ihr passiert?

Mit Schrecken dachte er an das blasse Gesicht und die eiskalten Hände. Seine Brust zog sich zusammen, als er sich an ihren Schrei voller Qualen erinnerte.

Er hievte sich über einen umgestürzten Baum, der von Moos derart überwuchert war, dass seine Umrisse mit dem Waldboden verschmolzen. Seine Stiefel quietschten feucht, als er auf der anderen Seite weiterschlich. Noch nie hatte er von Träumen gehört, die solche Qualen auslösten.

Vielleicht ist die Sache schon ausgestanden und der Traum kehrt nicht zurück.

Ein hoffnungsvoller Gedanke, doch an ein solches Wunder konnte Semi nicht glauben. Er würde Larima so gerne helfen, aber wie sollte er ihr gegen etwas beistehen, das nicht wirklich existierte? Er fühlte sich schrecklich hilflos.

Ich werde so gut ich kann auf meine Kleine aufpassen. Und wenn unsere Mägen was zu tun haben, sieht die Welt auch anders aus.

Semi packte seine behelfsmäßige Jagdwaffe fester und richtete seine Konzentration auf seine Umgebung. Dort! War da nicht eine Bewegung im Laub gewesen? Was sich in diesen Büschen herumtrieb, musste größer als ein Igel, größer noch als ein fetter Hase sein.

Semi schlug einen Bogen und schlich heran. Er durfte das Kerlchen nicht zu früh aus seinem Bett aufschrecken, denn er verfügte über keinen Jagdbogen, mit dem er ihm hätte hinterherschießen können. Er hob seinen Speer, bis er neben seinem Kopf schwebte, bereit für den Stoß.

Es überraschte ihn, wie lautlos er sich anschleichen konnte. Es musste die Verzweiflung sein, die ihn zur Höchstleistung trieb. Als er nur noch einen Schritt von dem Laubhaufen entfernt stand, beugte er sich darüber. Jetzt wollte er sehen, worauf er seine Speerspitze richtete. Er schnalzte mit der Zunge und ein kleines Reh sprang panisch zwischen den Blättern hervor.

Schnell stieß Semi den Speer tief zwischen die Rippen des Rehs. Die Spitze drang ins Herz ein und das Tier brach tot zusammen.

Semi hielt den Schaft kurz, zog die Klinge mit einem Ruck aus dem Körper und wischte sie am Fell sauber. Er lehnte die Jagdwaffe an den borkigen Stamm einer Zirbelkiefer und legte sich die Beute über die Schulter. Das Reh wog bestimmt zwanzig Pfund. Damit fiel sein Jagderfolg weit besser aus, als er erwartet hätte.

Zufrieden schnappte er sich den Speer und trat den Weg zurück zum Lager an.

- 5 -

Es fühlte sich gut an, endlich wieder im Sattel zu sitzen und die Landschaft von oben zu betrachten, anstatt sich die Füße auf dem unebenen Waldboden platt zu laufen.

Auch wenn sie im dichten Wald nicht schnell reiten konnten, kamen sie zügig voran und folgten den sanften Hügeln, die sich als Ausläufer des Deerkronagebirges nach Norden schwangen. Endlich lichtete sich der Nebel und Eschenstab konnte wieder weiter sehen, als er spucken konnte.

Doch für seine Umgebung interessierte er sich kaum. Er wollte so schnell wie möglich herausfinden, wie er die Macht des Artefakts nutzen konnte, ohne jemandem dessen Geheimnis preiszugeben. Der Stein, von dem er sich so viel versprach, drückte durch die Tasche seines Wamses gegen seine Brust. Einer Eingebung folgend trug er ihn dort verborgen, obwohl er für die Tasche zu groß war. Eschenstab wollte ihn aber so nahe wie möglich bei sich wissen. Die Macht des Artefakts sollte auf ihn übergehen. Womöglich genügte es ja, es längere Zeit nahe am Herzen zu tragen.

Er erinnerte sich, wie aufgeregt er an dem Tag gewesen war, als ihm die Fladrea zum ersten Mal von dem Goldenen Artefakt erzählten.

Wie ein Kleinod haben sie das Geheimnis gehütet. Nicht einmal als langjähriger Freund durfte ich alles darüber erfahren.

Ihm war sofort klar gewesen, dass dieses Stück das Mächtigste sein musste, das die Fladrea besaßen. Die Quelle all ihrer Macht in Hallinga. Warum sonst sollten sie es so eifersüchtig hüten?

Eschenstab drückte seinem Pferd die Stiefel in die Seiten und ließ es schneller laufen, als es in dem überwucherten Waldstück ratsam war. Birken, deren Äste das erste zarte Grün zeigten, rauschten an ihm vorbei. Krallenbewehrte Zweige eines Rotdorns ragten in seinen Weg und ritzten seinem Rappen die Haut an der rechten Flanke. Doch Eschenstab scherte sich nicht darum.

Die Pferde seiner Männer hielten mit ihm Schritt, auch wenn er Lurge hinter sich fluchen hörte.

Seine Gedanken wanderten zu Larima. Das Mädchen war die letzte Fladrea in Hallinga und sicher nicht die liebenswürdigste, die er kannte. Diese Göre wagte es, sich zwischen ihn und seinen verdienten Lohn zu stellen. Sie hegte den irren Gedanken, das Artefakt stünde ihr zu, nur weil ihre Eltern zufällig zum Volk seiner Erschaffer gehörten.

Ich bin es gewesen, der jahrelang das Gefasel dieser Leute ertragen hat, der sich eingeschmeichelt und über ihre Späße gelacht hat, nur um ihnen zu entlocken, woher sie ihre Macht beziehen. Fast wäre ich am Ende leer ausgegangen.

Wohin war das Weib verschwunden? Nur dieser Hexe konnte es gelingen, aus einer verschlossenen Höhle zu entkommen. Doch warum scherte er sich eigentlich darum, wo sie war? Ohne Vorräte würden sie und dieser einfältige Tölpel nicht weit kommen.

Wenn sie herumerzählt, was sie weiß, kann sie einigen Schaden anrichten, ermahnte ihn eine Stimme.

Ja, sie wusste zu viel. Das konnte ein Problem werden.

Schon immer achteten die Eschenstabs darauf, dass sich keine Gefahr in ihrem Rücken verbarg. Dies ging zurück auf den ersten Bancrus von Eschenstab, der mit gerade einmal fünfundvierzig Wintern viel zu jung von seinen Feinden hinterrücks ermordet worden war. Seitdem hielten sich alle Eschenstabs an das Familiendogma: Stets vorsichtig bleiben.

Doch war Larima wirklich dermaßen dumm, ihr Wissen überall breitzutreten? Wenn sie an den Falschen geriet, endete sie für solche Geschichten auf dem Scheiterhaufen. In Hallinga gab es Gegenden, in denen sich die Fladrea nicht mit Ruhm bekleckert hatten. Die Menschen dort hatten mehrere Jahrzehnte unter selbstsüchtigen, bronzehaarigen Anführern gelitten und waren auf sie nicht gut zu sprechen.

Sicher trieb Larima der törichte Wunsch, ihm sein Artefakt abzuluchsen. Sollte sie es aus der Höhle geschafft haben, war sie ihm auf den Fersen.

Ein verächtliches Lachen stieg in ihm auf.

Wenn sie wirklich blöd genug ist, uns hinterherzulaufen, muss ich einen Weg finden, ihr Abenteuer sang- und klanglos zu beenden. Ich habe keine Zeit, umzukehren, aber es wird sich schon jemand auftreiben lassen, der mir diese Arbeit abnimmt. Am Ende schert sich niemand um zwei vergammelnde Leichen in einem Loch im Wald.

Als wollte das Schicksal ihm einen Wink geben, tauchte unerwartet eine Hütte vor den Reitern auf. Eschenstab riss an den Zügeln und brachte seinen Rappen nach wenigen Schritten zum Stehen. Koskan hielt hinter ihm. Nur Lurge sah das Manöver nicht kommen und schoss haarscharf an ihnen vorbei. Er fluchte und es gelang ihm gerade noch, knapp zwei Schritt vor der von Moos überwucherten Holzhütte zum Stehen zu kommen.

Das Gebäude lehnte schwerfällig wie ein Betrunkener an einer Buche. Würde man den Baum fällen, würde die aus unterschiedlich langen Brettern gezimmerte Hütte in sich zusammenfallen. Neben der beklagenswerten Behausung begrenzte ein Weidenzaun einen kleinen Teil der Lichtung und umschloss einen Kräutergarten, der sich in einem äußerst gepflegten Zustand befand. Zu seiner Verwunderung erkannte Eschenstab einen jungen Apfelbaum, der inmitten von Rüben und Zwiebeln gedieh.

»Absitzen!«, befahl er leise.

Der Rauch, der sich aus einem Loch im Dach kräuselte, verriet, dass die Hütte bewohnt war.

Eschenstab schwang sich lautlos aus dem Sattel und griff an das Heft seines Schwerts. Noch wusste er nicht, was ihn im Inneren der Hütte erwartete, also blieb er auf alles vorbereitet.

Seine Stiefel klangen dumpf auf dem lehmigen Pfad, als er auf die windschiefe Tür zuschritt, die nur von der oberen Angel gehalten wurde.

Eschenstab rechnete mit einem alten Mütterchen oder einem ausgestoßenen Holzfäller, der zusammen mit seinem verkrüppelten Sohn hier wohnte. Er erreichte die Tür, hämmerte mit seiner Faust daran und riss sie auf, als wollte er sie aus ihrer Angel rupfen. Ohne auf eine Erlaubnis zu warten, trat er ein.

Das Innere war noch kleiner, als Eschenstab es von außen vermutet hatte. Auf der linken Seite befand sich eine Kochstelle, daneben standen ein Bett, ein Tisch, ein Krautfass und Regale gefüllt mit Kräuterzeug.

Welcher Anblick sich ihm im Rest der Hütte bot, hätte er nicht erwartet. Jede Fingerbreite des Bodens war vollgestellt mit Holzfiguren, sodass der Raum überfüllt war wie die große Halle auf Groveflyk zum Hæsgena-Fest. Kreuz und quer ragten Statuen verschiedenster Größe auf. Lebensgroße Standbilder, hüfthohe Menschlein und winzige Figürchen, die kaum mehr als einen Finger hoch waren.

Eschenstab ließ den Statuenwald rechts liegen und näherte sich dem Kochbereich. Dort am Tisch hockte eine Frau mittleren Alters, vor der eine Schale mit einer dunklen, dampfenden Brühe stand.

Doch kein Holzfäller und keine alte Vettel.

Lange, blonde Haare umspielten ihre Schultern und reichten bis zum Boden herab. Sie lächelte ihm zu.

Eschenstab trat forsch zwei Schritte vor und blieb vor dem Tisch stehen. Hinter ihm hörte er Koskan und Lurge hereinrumpeln.

»Darf ich Euch willkommen heißen?«, kam die Frage über ihre Lippen. Ihre Gesichtszüge waren weich und sie blickte den Männern unerschrocken entgegen, als wäre sie die Priesterin in einem vielbesuchten Tempel und lebte nicht in einer einsamen Hütte mitten in den Wäldern.

Der Plauderton verwunderte Eschenstab.

Als hätte sie uns erwartet.

Die Augen der Frau waren vom selben Braun wie ihr kratziges Bauerngewand. Sie waren nicht angstvoll geweitet, wie Eschenstab es gern gesehen hätte, sondern blitzten beinahe belustigt. »Wie unhöflich von mir!« Eschenstabs Stimme troff vor Spott. »Wir müssen uns natürlich erst einmal vorstellen.« Er konnte es nicht leiden, wenn sich ihm jemand überlegen fühlte. Seine Hand wollte an den Schwertgriff zucken, aber mit aufgeschnittener Kehle nutzte die Frau ihm nichts mehr. Er zwang sich, ruhig zu bleiben.

Er wies auf sich und seine Männer und nannte drei Namen. Namen, die er stets benutzte, wenn sie auf Reisen waren und es niemanden etwas anging, wer ihm gegenübersaß.

Die Frau nickte. »Ich heiße Gete Wasdor. Damit hier wenigstens ein Name fällt, der nicht erfunden ist.«

Eschenstab zuckte zusammen.

Wie kann sie es wagen?

Er ärgerte sich, dass er sich sein Erschrecken hatte anmerken lassen. Vielleicht konnte er sie doch ein wenig einschüchtern. Er schlenderte wie beiläufig um den Tisch herum, blieb neben der Frau stehen und sah in ihre Augen.

Sie ahnt, dass ich sie brauche.

Eschenstab war sicher, dass sie im Inneren vor Angst zitterte. Wie schaffte sie es nur, so furchtlos und gleichgültig zu wirken?

Aus der Nähe erkannte er feine Falten in ihrem Gesicht. Sie war älter, als er auf den ersten Blick dachte. Das änderte nichts an seinem Plan. Er zog ein Säckchen heraus, aus dem es klimperte.

Die Frau blickte darauf.

»Ich habe ein Angebot für dich!«, raunte er. Zufrieden bemerkte er ihren interessierten Blick, dem er immer begegnete, wenn er mit Gold klimperte. Die Frau schien zwar aus anderem Holz geschnitzt zu sein – Eschenstabs Blick wanderte über die vielen Statuen –, doch nehmen würde sie das Gold dennoch. Bislang hatten es alle genommen.

»Uns ist jemand auf den Fersen«, sagte er. »Falls er bei dir vorbeikommt, möchte ich, dass du ihn für mich verschwinden lässt. Diese Wälder sind ein gefährliches Pflaster. Wir verstehen uns?«

Die Frau zuckte mit den Schultern und blickte jedem der Männer ins Gesicht. Auf ihrer Fratze war immer noch keine Regung zu sehen.

Eschenstab schluckte seinen Ärger herunter und klimperte erneut mit dem Säckchen. Koskan, der an den Tisch herangetreten war, legte seine Pranken unmissverständlich auf seinen Schwertgriff.

- 6 -

»Es bringt nichts, wenn wir uns abhetzen«, sagte Larima zu Semi. »Eschenstab wird auf dem Pferderücken sowieso schneller vorankommen als wir. Ich bin, ehrlich gesagt, hundemüde und kann eine ruhige Nacht gebrauchen, um wieder Kräfte zu sammeln.«

»Für heute sind wir wirklich genug marschiert«, gab Semi zu. »Die Sonne wird bald untergehen. Lass uns einen Lagerplatz suchen.«

Sie fanden eine kleine Senke, die mit weicher Erde und Tannennadeln gefüllt war. Mit der Dämmerung kam schnell die Kälte und Semi sammelte Holz, um ein Lagerfeuer zu entzünden. Eschenstab musste mit seinen Männern inzwischen so weit voraus sein, dass er ihr Feuerchen im Wald nicht entdecken konnte.

Das Tal, das sich unter ihnen erstreckte, glich wieder einem weißen Meer. Die Nebelschwaden waberten endlos in alle Richtungen und waren mit den Augen nicht zu durchdringen.

Dort unten könnte eine gewaltige Stadt liegen und ich hätte keine Ahnung davon.

Nahe dem Horizont wurde der Nebel lichter und Larima sah Baumspitzen daraus hervorragen wie Ertrinkende.

Larima und Semi saßen eng nebeneinander am Feuer und ließen sich wärmen. Wenigstens drückte sie eine Sorge weniger als noch gestern Abend. Semis Jagdbeute war reichlich ausgefallen, so dass sie genug zu essen für die nächsten Tage besaßen, wenn sie nicht verschwenderisch damit umgingen.

Sie ließen sich das Rehfleisch schmecken und streckten nach dem Mahl gemütlich ihre Beine neben dem Feuer aus.

»Sag mal«, begann Semi. »Warum heißt dieser graue Stein eigentlich so komisch?«

»Du meinst das Goldene Artefakt der Fladrea?«

Semi hob eine Hand. »Genau. Wieso golden, wenn es doch in Wahrheit ein Stück grauer Fels ist?«

Larima grübelte. »Ich schätze mal, der Name wurde gewählt, weil Gold das Symbol der Fladrea ist«, versuchte sie eine Erklärung. »Vielleicht hat es aber auch mit der Funktion des Artefakts zu tun.«

»Und die wäre?«, hakte Semi nach.

Larima seufzte. »Wenn ich ehrlich bin, habe ich keine Ahnung.«

Sie schwiegen eine Weile. Das Feuer brannte herab und Semi legte drei dicke Zweige in die Glut. Es roch harzig, als die Flammen sie erfassten.

»Was ist mit Mutter und Vater?«, begann Larima. »Sollten wir ihnen eine Nachricht schicken?«

»Zwei von Eschenstabs Männern sind doch zu ihnen aufgebrochen. Wenn der Kerl nicht gelogen hat, wissen unsere Eltern Bescheid, dass es uns gut geht. Wie ich Mutter kenne, würde sie uns sowieso befehlen, sofort nach Hause zu kommen. Und das kommt für uns nicht in Frage.«

Larima konnte ihm nicht widersprechen. »Nicht solange Eschenstab das Artefakt hat.«

Larima hätte mit Semi gerne Pläne geschmiedet, wie sie dem Ritter das Artefakt abjagen sollten, doch war sie zu müde. Sie legte sich zurück und wickelte sich dick in ihren Wollumhang ein. Dank dem Feuer fror sie heute nicht so erbärmlich.

Bald übermannte sie die Erschöpfung und sie war eingeschlafen.

- 7 -

Larima schloss die Tür hinter sich. Sie verkniff es sich, das Rad zuzudrehen, das aus der Mitte der Steintür ragte. Es würde auffallen, wenn sie den Verschluss betätigte. Die zugezogene Tür dämpfte die Stimmen und das Lachen aus dem Sternensaal.

Sie atmete ruhig. Nun fühlte sie sich weniger beobachtet. Weniger gestört bei ... Ja, wobei eigentlich? Tief in ihrem Inneren wusste sie, dass sie einen Plan hatte. Doch sie konnte ihn nicht greifen, wusste nur, dass es ein meisterhafter Plan war.

Plötzlich schwang ihr Körper herum und folgte dem Gang. Larima befiel sofort wieder das Gefühl, eine Puppe an den Fäden eines Puppenspielers zu sein.

In diesem Moment wurde ihr schlagartig bewusst, dass sie zurück im Traum war. Sie befand sich in einem Seitengang der Kolonie der Fladrea und ihre Hand hielt eine Fackel umschlossen.

Was will ich hier? Woher stammt dieses Gefühl, eine düstere Absicht zu verfolgen?

Langsam näherte sie sich dem Ende des kurzen Tunnels. Er mündete in einen breiteren Gang, der sich in zwei Richtungen gabelte. Doch kurz bevor sie die Mündung erreichte, wäre sie fast über ein Hindernis gestolpert. Ihr schwerfälliger Körper beugte sich nach unten und Larima erkannte einen alten Mann, der an der Wand lehnte. Seine Beine streckte er von sich und seine nackten Füße blockierten den Weg.

Larima meinte, das bartlose, faltige Gesicht des Mannes zu kennen, obwohl sie gleichzeitig sicher war, ihn noch nie zuvor gesehen zu haben. Seine schulterlangen Haare glänzten wie Bronze und seine wachen Augen über den Hängebacken musterten sie.

Sie erinnerte sich nicht an seinen Namen, doch war er eine wichtige Persönlichkeit hier in der Kolonie.

Wartete er auf sie? In seinem Blick fehlte das freudige Erkennen, das sie in den Augen der anderen Fladrea bemerkt hatte, denen sie im Sternensaal begegnet war.

»Welch eine Freude, Euch zu sehen.« Larima wusste, dass ihr Körper das sagte, auch wenn sie ihre eigene Stimme nicht hören konnte.

An Larima fegten die Gedanken ihres Traum-Ichs vorbei: Was macht der Alte überhaupt hier? Hat er Wind von dem Plan bekommen und will ihn vereiteln?

»Dies ist wahrlich die dunkelste Stunde«, sagte der Mann. Sein erregter Atem ließ seine frühsommergrüne Robe beben. »Doch diese Nachricht hat selbst mich von den Füßen geholt. Nun kauert Josnin, Anführer und Vorbild für die letzten der Fladrea, verzweifelt auf dem Boden eines Ganges.«

Der Alte schien nur mit sich beschäftigt zu sein und ahnte offenbar nichts von ihrem Plan. Er musste sich hierher zurückgezogen haben, um allein über die Situation der Kolonie nachzudenken.

»Ich sehe es in deinen Augen«, stieß Josnin hervor, »dass du es bereits weißt. Die Zeit der Fladrea in Hallinga geht gänzlich zu Ende und die letzten unseres Volkes müssen zurückkehren. Es dient auch dem Schutz der Menschen hier, denn wir dürfen diese Ungetüme nicht zu ihnen locken. Es ist schlimm genug, wie sie in Fladremin wüten.«

Die Worte des alten Mannes verwirrten sie. In der Kolonie herrschte keine traurige Stimmung. Nichts deutete darauf hin, dass die Fladrea bald aufbrechen würden. Oder waren sie erleichtert, in ihre Heimat zurückkehren zu dürfen?

Larima erinnerte sich an den verlassenen Saal und die verstaubten Gänge in der Kolonie. Offenbarte ihr dieser Traum die letzten Tage der Kolonie? Wollte er ihr zeigen, warum die Fladrea damals aufgebrochen waren? Oder wohin sie gegangen waren, damit sie ihnen folgen konnte? Welche Monster zwangen die Fladrea zurück in ihre Heimat?

Larimas Herz raste.

Warum müsst Ihr aufbrechen? Von welchen Ungetümen sprecht Ihr?

So viele Fragen brannten in ihr, doch ihre Zunge weigerte sich, ihr zu gehorchen.

»Unser Volk nennt einen wahrhaft mutigen Mann sein eigen.« Josnin griff sich an die Brust. »Als Einziger hat sich Lotin bereit erklärt, hier in Hallinga zu bleiben. Wer weiß, ob die verschollenen Kundschafter nicht doch aus dem Süden zurückkehren. Es muss jemand hier sein, der ihnen den Weg in die Heimat weist.«

Larima verstand nicht, wovon der alte Mann sprach, und ihr Traum-Ich erhob sich ungeduldig.

»Ich werde alles vorbereiten«, murmelte Josnin. »Niemand darf zurückbleiben ohne Hoffnung, die Heimat wiederzusehen.« Die letzten Worte hauchte er nur mehr. Sein Blick blieb starr auf die Wand gegenüber gerichtet, als hätte er vergessen, dass er nicht allein war.

Larima ärgerte sich darüber, dass der Mann nicht weiter mit ihr sprechen wollte. Doch in den Gedanken ihres Traum-Ichs gab es nur Platz für den Plan. Der Alte war sowieso nur mit sich selbst und dem Schicksal der Kolonie beschäftigt und würde sich wahrscheinlich nicht daran erinnern, sie hier gesehen zu haben.

Sie ließ ihn ohne ein Wort zurück und eilte in den Hauptgang. Hier herrschte das rötlich gelbe Dämmerlicht, das die Wände ausstrahlten.

Larima wandte sich nach rechts und lief den Gang entlang. Ihre Schritte wurden forscher. Ihr Plan schien aufzugehen. Um diese Tageszeit traf man normalerweise niemanden bei den Kammern.

Im Schein ihrer Fackel und dem rotgelben Leuchten fiel eine Tür in gut fünfzehn Schritt Entfernung in ihren Blick. Sie marschierte darauf zu. Die Tür sah nicht anders aus als die anderen, die von dem Gang abgingen, doch Larima wusste, dass diese Tür ihr Ziel war. Sie musste sie durchschreiten, um ihren Plan auszuführen.

Bevor sie die Tür erreichte, öffnete sich diese plötzlich. Eine schlanke Frau trat heraus. Ihre bronzefarbenen Haare reichten ihr fast bis an die Hüfte und waren mit einem grünen Band verflochten. Sie schloss die Tür hinter sich und eilte den Gang mit schnellen Schritten hinab, wobei ihr schillerndes, grünes Kleid um ihre Knöchel spielte. Als sie Larima erreichte, blieb sie stehen und lächelte. »Was suchst du hier?«

Larima wusste nicht, was sie sagen sollte. In ihrem Inneren regte sich das Gefühl, ertappt worden zu sein.

Die Frau zwinkerte ihr zu. »Sag es nicht. Ich weiß es schon. Du willst eines deiner Mädchen besuchen. Wer ist es diesmal? Faleta? Oder ist es Rongi?«

Larima zuckte nur mit den Achseln. Sie wusste nicht, wovon die Frau sprach. Sie betrachtete sie genauer und ihr Herz rutschte ihr in die Hose.

Warum habe ich das nicht gleich gesehen?

Die Augen grün wie Smaragde, die Lippen voll, die Nase geschwungen. Wie oft hatte Larima genau dieses Bild in einem Spiegel gesehen? Die Frau schien nur wenig älter, als Larima es jetzt war. Dennoch konnte dies kein Zufall sein. Larima stand ihrer Mutter gegenüber.

Ihr Herz raste. So also hatte ihre Mutter ausgesehen. So hatte sie gesprochen. Hier hatte sie gelebt.

Larimas Körper machte Anstalten, weiterzugehen. Auch wenn sie sich mit aller Macht dagegen stemmte, konnte sie nichts unternehmen. Sie merkte, wie sich ihr Kopf kurz zu einem Gruß neigte und sich ihr Körper an der schlanken Frau vorbeischob. Sie erhaschte noch einen letzten Blick, dann folgte sie dem Gang.

Sie konnte nicht fassen, dass sie ihrer Mutter begegnet war. Und jetzt war es ihr nicht einmal vergönnt, einige Worte mit ihr zu wechseln.

Dann erinnerte sich Larima an die Tür. Ihr Traum-Ich hatte genau den Raum betreten wollen, aus dem ihre Mutter gekommen war. Verwirrt beobachtete sie, wie ihr Körper an ebendieser Tür vorbeimarschierte, langsamer wurde und schließlich stehenblieb. Das Ende des Ganges war fast erreicht.

Ihr Traum-Ich verriet in seinen Gedanken, dass die letzte Tür zum Abort führte. Ein Versteck, für den Notfall.

Larima lauschte, doch kein Laut war zu hören. Vorsichtig drehte sie sich herum und erkannte, dass der Gang hinter ihr leer war. Ihre Mutter war verschwunden.

Eine Stimme in ihrem Inneren sagte ihr, dass die Frau in den Sternensaal gegangen war, um dort jemanden zu treffen.

Wieder konnte sie in den Traum-Gedanken lesen: Laut Plan sollte sie nicht hier sein. Nun, jeder Plan besitzt Fehler. Es ist noch mal gut gegangen.

In diesem Augenblick setzte sich ihr Körper in Bewegung und schritt die Reihen der Eingänge ab. Larima selbst verlor den Überblick, doch ihr Körper schien genau zu wissen, wohin er wollte. An einer der Türen blieb er stehen. Ob das wirklich die war, aus der ihre Mutter gerade gekommen war, konnte Larima nicht mehr sagen. Die Hand ihres Traum-Ichs legte sich auf das Rad, drehte dieses herum und zog die Tür auf. Ihr Körper betrat den Raum und schloss die Tür hinter sich.

Nun wurde es Larima klar, wieso sie eine Fackel mit sich herumschleppte, obwohl die Gänge der Kolonie von diesem rotgelben Leuchten erhellt wurden. In der Kammer war es stockfinster. Sie steckte die Fackel in den dafür vorgesehenen Halter neben der Tür und sah sich um. Schon auf den ersten Blick erkannte sie, dass alles so war, wie sie es sich erhoffte.

- 8 -

Diesmal überrollten die Schmerzen sie wie eine Steinlawine.

Larima riss die Augen auf. Sie war schweißgebadet.

Ihr Schädel dröhnte, als würde er zerspringen. Hinter ihren Augen steckten hundert glühende Nadeln und stachen unablässig in ihr Hirn.

Sie konnte nicht schreien, so sehr beutelte es ihren Körper. Laut entrang sich ein Keuchen ihrer Kehle, wobei brennender Schmerz in ihre Brust stach. Larima wälzte sich herum.

Semi war über ihr. Sie nahm ihn kaum wahr. Die Welt war ein Taumel aus rotem Schmerz und schwarzem Elend.

Sie musste kurz weg gewesen sein. Als sie zu sich kam, hörte sie neben sich einen Schrei. »Ihr Herz schlägt wieder. Danke, oh Götter!«

Was meint Semi damit?

Larima war verwirrt. Eine neue Welle des Schmerzes brandete über sie hinweg. Die Qual wurde leichter, dennoch krampfte sie sich zusammen. In all dem rotschwarzen Chaos spürte sie eine Hand auf ihrer Brust unterhalb des Halses. Die Berührung brachte ihr Linderung. Sie zog Semi an sich heran.

Ihr fehlte das Gefühl, wie lang sie gemeinsam dalagen. Doch es dauerte, bis die Schmerzen abebbten und verschwanden. Als sie ihren Arm von den Augen nahm, leuchteten die ersten Sonnenstrahlen durch die Zweige und sie konnte sich aufsetzen.

»Geht es dir besser?«, fragte Semi mit sanfter Stimme. Er hatte Stunden neben ihr ausgeharrt, ihre Hand gehalten und über ihren Kopf gestreichelt.

Sie nickte.

»Du hast wieder diesen Traum gehabt, richtig?« Larima nickte erneut. »Diese Träume schicken dir die Schmerzen«, stellte er fest und Larima konnte ihm nicht widersprechen.

»Hast du in Groveflyk auch solche Schmerzen gespürt, wenn du nach einem solchen Traum erwacht bist?«

»Nein«, sagte sie. Überaschenderweise fiel ihr das Sprechen nicht schwer. Das Dröhnen in ihrem Schädel war zu einem leisen Pochen abgeklungen. »Doch der Traum damals war anders. Die Träume, die ich jetzt erlebe, sind viel zu wirklich. Und sie wiederholen sich nicht. Sie zeigen mit jedem Mal etwas anderes.« Larima überlegte. »Wie ein Theaterstück, das sich nach und nach auf der Bühne abspielt.« Ja, genauso war es. Sie selbst war die Schauspielerin, die nicht das tat, was sie wollte, sondern was die Rolle ihr vorschrieb.

»Du darfst diese Träume nicht mehr haben!«, sagte Semi schlicht. In seinen Augen sah sie, wie sehr er sich um sie ängstigte. Und es gab noch etwas anderes, das er zurückhielt, weil er sie nicht ängstigen wollte.

Sie erinnerte sich an seine Stimme.

Ihr Herz schlägt wieder.

Larima lief ein kalter Schauer den Rücken hinab. »Wie soll ich das verhindern?«, fragte sie. »Es ist nicht so, dass ich diese Träume zu mir rufe. Sie kommen einfach, ohne dass ich etwas dagegen tun kann.«

Und ich will auch nichts gegen sie tun. Ich brauche sie!

Semi streichelte ihr über den Kopf. »Natürlich. Es tut mir leid. So habe ich es doch nicht gemeint. Wir müssen zusammen einen Weg finden, dich vor diesen Träumen zu schützen.«

Larima nickte und fühlte sich gleichzeitig schuldig dafür, dass sie die Träume herbeisehnte. Trotz der Schmerzen wollte sie nicht, dass sie aufhörten.

Sie haben mir meine Mutter gezeigt.

Vielleicht konnte Larima sie beim nächsten Mal länger sehen. Doch das Stechen in ihren Augen sagte ihr, dass Semi recht hatte.

Die Schmerzen wurden jedes Mal schlimmer. Was passierte, wenn sie weiterträumte?

Wird mein Herz nächstes Mal nicht wieder zu schlagen beginnen?

Noch eine Weile saßen sie da und beobachteten, wie der Tag im Wald anbrach. Larima schilderte Semi, was sie in dem Traum gesehen hatte. Er hörte aufmerksam zu.

»Was soll uns das sagen? Es ist nur ein Traum«, meinte er, als sie endete. »Wir waren dort, in der Kolonie. Du hast sie gesehen. Dein Geist erfindet diese Menschen dazu und zeigt dir, was du sehen willst.«

Larima dachte kurz darüber nach, dann schüttelte sie den Kopf. »Nein, diese Träume haben eine Bedeutung. Das spüre ich ganz sicher. Sie sind nicht wie andere Träume. Die Frau, die ich gesehen habe, das war meine Mutter. Meine Mutter, wie sie aussah, bevor ... die Fladrea aus Hallinga verschwunden sind.«

Bevor sie mich im Wald ausgesetzt haben.

»Und da ist noch etwas«, fiel Larima ein. »Etwas, das ein alter Mann im Traum zu mir sagte.«

Semi blickte sie an. Sie konnte in seinen Augen sehen, dass er dem nicht viel beimaß, doch ihr zuliebe nicht widersprechen wollte.

»Ein Fladrea ist in Hallinga geblieben«, sagte sie unbeirrt. »Sein Name ist Lotin und es könnte gut sein, dass wir ihn in Lanning finden. Er soll verschollenen Fladrea dabei helfen, in die Heimat zu finden.« Larima schluckte. Ihr wurde bewusst, dass sie eine der verschollenen Fladrea war, wegen denen Lotin zurückgeblieben war.

Er würde ihre Fragen beantworten können. Vielleicht wusste er sogar, wo ihre Eltern waren. Sollte sie Eschenstab das Artefakt nicht abjagen können, blieb ihr wenigstens diese Möglichkeit, etwas über ihr Volk zu erfahren.

»Das ist alles schön und gut«, unterbrach Semi ihre Gedanken. »Und wir werden unser Bestes tun, um diesen Fladrea zu finden.« Er zuckte mit den Schultern. »Aber was diese Träume auch immer bedeuten sollen, du darfst sie nicht mehr haben. Sie bringen dich noch um.«

Larima atmete tief durch und nickte. Doch konnte sie nichts sagen, ohne Semi entweder anzulügen oder ihm Angst einzujagen. Also schwieg sie. Und welche Wahl hatte sie auch? In der nächsten Nacht oder spätestens in der übernächsten musste sie schlafen. Und dann würde sie auch träumen.

Semi packte einige Stücke Rehfleisch aus dem Beutel, den er aus einem Taschentuch geknotet hatte, und reichte ihr eines. Noch vor zwei Stunden war sie sicher gewesen, nie wieder etwas essen zu können. Doch jetzt verspeiste sie das Bratenstück mit großem Appetit. Das späte Frühstück tat ihr gut und ihre Kräfte kehrten zurück.

Es war schon Mittag, als Larima sich stark genug fühlte, um aufzubrechen und ihren Weg hinunter ins Tal fortzusetzen.

Sie ärgerte sich, dass durch ihre Schuld so viel Zeit verloren gegangen war. Eschenstabs Vorsprung wurde jeden Tag größer. Und jederzeit konnte er herausfinden, wie er das Artefakt der Fladrea für seine Zwecke missbrauchen konnte. Andererseits traf sie keine Schuld an den Träumen, die sie Nacht für Nacht überwältigten.

Nachdem sie einige Stunden bergab marschiert waren, flachte der Weg ab und um sie herum schossen die ersten Fichten kräftig und gerade in die Höhe.

Larima und Semi versuchten, sich in nordwestlicher Richtung zu halten, und als sie ein Stück weitergingen, trafen sie auf Buchen und Birken, die zu Larimas Überraschung die ersten zarten Blätter an ihren Ästen trugen. Der lichte Wald schützte sie gegen den kalten Wind, der vom Gebirge herabwehte. Die Sonne war am Himmel nicht zu erkennen, da die Wolken zu dicht standen, und konnte sie nicht wärmen. Larima zog ihren Wollmantel eng um sich.

Je weiter sie in den Wald eindrangen, desto dichter standen die Stämme. Kurze Zeit später trafen sie sogar auf einen Honbaum, dessen dünne, stark verzweigte Äste über und über mit roten Blüten besetzt waren. Larima blieb stehen und bewunderte den grandiosen Anblick.

Ich wusste gar nicht, dass Honbäume auch außerhalb von Skogbrynet wachsen. Welch eine Blütenpracht. Hat der Frühsommer schon begonnen?

Larima rechnete nach. Sie waren seit mehr als drei Wochen unterwegs. Gut möglich, dass der Sommer bereits wenige Tage alt war.

Semi winkte ihr ungeduldig. Er hatte recht, sie mussten weitergehen und es blieb ihnen keine Zeit, zu flanieren wie in einem Garten.

Der Weg, dem sie folgten, verlief fast ohne Gefälle, doch ab und zu gelangten sie an steile, rutschige Stellen und mussten achtgeben, wohin sie ihre Füße setzten. Noch waren sie in den Ausläufern des Deerkronagebirges unterwegs.

Nach einer weiteren Stunde Wanderschaft wurde in Larima der Wunsch nach einer Pause übermächtig. Sie wollte Semi nichts verraten, doch ihr Kopf dröhnte wieder, und gerne wollte sie sich für einige Zeit hinsetzen, bis es besser wurde. Andererseits hatten sie durch ihre Schuld bereits den Vormittag verloren.

In Gedanken versunken rumpelte sie gegen Semi, der ohne Warnung vor ihr stehen geblieben war. »Was ist?«, wollte sie wissen.

»Pst!«, zischte er. »Da ist etwas.«

Larima lauschte, hörte jedoch nichts. Semi musste sich irren. Aber als sie weiter horchte, nahm sie schwach eine Stimme wahr, die panisch um Hilfe rief.

Bevor Larima noch etwas sagen konnte, war Semi losgestürmt. Sie hetzte hinter ihrem Ziehbruder her durch den Wald, an Baumstämmen vorbei, zwischen dichten Sträuchern hindurch. Es war nur ihren schnellen Reflexen zu verdanken, dass sie nicht über Wurzeln stolperten. Die Schreie wurden lauter. Jetzt erst bemerkte Larima, dass bei ihnen ein hohler Klang mitschwang, als drängen sie aus einem großen Saal.

Semi blieb abrupt stehen. Larima blickte über seine Schulter und erkannte entsetzt, was vor ihnen lag. Ein Spalt lief durch den Waldboden. Er war nicht breit, vielleicht zwei Schritt, doch zog er sich nach links und rechts weiter. Larima konnte keinen Boden in der Tiefe erkennen. Sofort wurde ihr schwindelig und sie stolperte einen Schritt zurück.

Bäume, die zu nahe an dem Schlund wurzelten, waren umgestürzt und bildeten vermoderte Brücken über den Abgrund. Die hallenden Hilferufe kamen aus dem Spalt. Semi eilte an seinem Rand entlang, blieb nach einigen Schritten stehen und beugte sich hinunter. »Halt aus, wir helfen dir!«, rief er in die Tiefe.

Larima näherte sich Semi vorsichtig. Sie klammerte sich an eine Birke und spähte in den Spalt. Was sie sah, verschlug ihr den Atem.

Dort unten, gut zwei Schritt unterhalb des Randes, klammerte sich eine Frau in einem schlichten braunen Wollkleid verzweifelt an dünne Wurzeln, die aus der Erdwand ragten. Ihre blonden Haare hingen weit in den Abgrund hinab.

Larima zog sich an dem Birkenstamm zurück. Sie atmete tief durch, um den Schwindel zu vertreiben. »Wir müssen etwas tun«, rief sie Semi verzweifelt zu.

Semis Blick wanderte eilig am Rand entlang. »Ich überlege doch schon ... aber wie, ohne Seil ...?«

Larima presste die Lippen zusammen. Sie blickte sich um, entdeckte jedoch nichts, das ihnen helfen konnte. Das Unterholz wuchs zu licht, um von Nutzen zu sein, und außer der Birke, an der sich Larima festhielt, und einer toten Ulme, die ihre nackten Äste flehend in den Himmel streckte, gab es nichts in Griffweite.

»Du!«, rief Semi plötzlich. Larima zuckte zusammen. »Ich habe eine Idee. Aber sie wird dir nicht gefallen.«

Semi fixierte sie mit den Augen und Larima ahnte Schlimmes.

»Wir nehmen einen menschlichen Körper als Seilersatz.«

Sie erstarrte. »Du willst mich dort hinablassen, damit sie an mir hochklettern kann?«, stieß sie entsetzt hervor.

Semi nickte euphorisch. »Na klar, das ist die einzige Lösung. Vertrau mir, ich werde dich nicht fallen lassen. Oder willst du es lieber andersherum machen?«

Larima schüttelte heftig den Kopf. »Nein, das wird nicht gehen.« Panik kochte in ihr hoch. Ihre Beine begannen zu zittern, als sie daran dachte, über dem Abgrund zu hängen.

Semi machte eine Geste Richtung Spalt, als wollte er Larima einladen, freudig in die Tiefe zu springen. Sie schloss die Augen und atmete heftig.

Ganz ruhig! Es gibt nur diese Möglichkeit. Willst du, dass wegen deiner Angst ein Mensch stirbt?

Sie schüttelte den Kopf und riss die Augen auf. Wackelig ging sie einen Schritt auf den Spalt zu und ließ sich auf dem Waldboden nieder. Kurz darauf spürte sie, wie Semi ihre Knöchel umschloss. Seine Hände waren eiserne Schraubzwingen. Langsam schob er sie über den Rand des Abgrunds und entsetzt merkte sie, wie sie hinabsank, der Frau entgegen. Zwei schreckgeweitete Augen starrten Larima an.

Hätte ich diesem Plan nur nie zugestimmt!

Ihr Herz trommelte wild. Ihre Beine zuckten und Semis Hände lockerten sich für einen Augenblick.

»Stillhalten!«, schrie er und festigte seinen Griff. »Gleich ist es überstanden.«

Larima sank weiter. Die Abwärtsbewegung endete und sie hing senkrecht in den Abgrund hinab. Das Blut schoss ihr in den Kopf. Unter sich erkannte sie Wurzelgewirr, steile Erdwände und Tiefe, Tiefe, Tiefe.

Die Frau hing fast einen Schritt von ihrem Kopf entfernt. Larima streckte die Hände nach ihr aus, sodass ihre Fingerspitzen noch knapp einen Spann von ihr entfernt waren.

»Pack meine Arme!«, rief sie.

Die Frau zögerte nicht lange.

Mit einer Hand ließ sie die Wurzel los, die bislang zwischen ihrem Leben und dem tödlichen Sturz stand. Sie schnappte nach Larimas Handgelenk.

»Bei Arano! Götter, steht mir bei!«, schrie sie.

Als der Griff fest saß, löste die Frau ihre zweite Hand von dem Wurzelstück und packte mit ihr ebenfalls zu.

Larima stöhnte auf, als das Gewicht an ihr hing. Um nicht loszulassen, starrte sie stur geradeaus. Dabei bemerkte sie einen metallischen Schimmer, der für einen Moment durch die Haare der Frau lief. Doch als sich Larima darauf konzentrierte, war er verschwunden.

Semi über ihr schnaufte. Er musste die schwierigste Aufgabe bewältigen und ihrer beider Gewicht stemmen.

Noch ist sie nicht gerettet. Es kann immer noch schiefgehen.

Vor ihrem inneren Auge sah Larima, wie die Frau in die Tiefe stürzte und sie mit sich zog. Sie schüttelte den Kopf.

Das wird nicht passieren. Dafür wird Semi sorgen.

»Kletter an mir hoch!«, rief sie. Für einen verrückten Moment kam sich Larima vor, als wäre sie Teil einer Akrobatentruppe. Ihre Hände waren schweißnass und ihr Herz schlug rasend schnell.

Langsam bewegte sich die Frau. Sie schaffte es und zog sich Stück für Stück an Larimas Armen empor, dann bekam sie ihre Schultern zu packen. Was weiter geschah, konnte Larima nur daran spüren, wie sich das Gewicht verlagerte, das an ihr zerrte.

Larima presste ihre Augen zusammen, um nicht in den Abgrund sehen zu müssen. Der Schmerz in den Armen verschwand und die Frau kletterte nun ihren Rumpf entlang.

Larimas Fußfesseln begannen an der Stelle, an der Semi sie gepackt hielt, schmerzhaft zu brennen. Sie spürte ihre Füße kaum noch. Die Frau hatte die Hälfte der Strecke aus dem Abgrund hinter sich und stellte sich erstaunlich geschickt an. Vor allem, wenn man bedachte, dass sie eine Weile an dieser Wurzel gehangen haben musste.

»Sehr gut, weiter so. Du hast es fast geschafft!«, hörte sie Semi von oben.

Wen von uns feuert er an?

Larima spürte die Last, die sich an ihre Beine klammerte. Dieser Schmerz brannte schlimmer als der in den Armen. Sie biss die Zähne zusammen und hoffte, dass es bald vorbei sein würde.

Dann gab es einen Ruck und das Gewicht war verschwunden. Die Frau musste sich nach oben gezogen, Semi gepackt und sich über den Rand des Grabens gerettet haben.

Jetzt hing nur noch Larima über dem Abgrund. Sie öffnete die Augen für einen Moment und gewahrte verschwommen die Schwärze, die unter ihr gähnte.

Schnell presste sie ihre Lider zusammen. Glücklicherweise musste sie nicht lang ausharren. Sie spürte, wie sie von vier Händen nach oben gezogen wurde und kam neben einem schnaufenden Semi im Gras zu liegen. Sie rappelte sich stöhnend auf und strich die Erdklumpen von ihren Kleidern.

Als sie aufschaute, sah sie Semi grinsen und auch die Frau lächelte erleichtert. Ihr Gesicht wirkte sehr blass und in ihren Augen hielt sich noch die Todesangst.

»Der Spalt ist durch ein Erdbeben vor einigen Jahren entstanden«, stotterte sie, als wäre es eine Entschuldigung dafür, dass sie hineingestürzt war.

»Wie heißt du überhaupt?«, fragte Larima. Sie kroch einige Schritt von dem Abgrund weg.

»Gete«, war die schlichte Antwort. »Gete Wasdor.« Ein Lichtstrahl stahl sich durch die Bäume, verfing sich in ihrem langen Haar und ließ es für einen Moment schimmern.

Ich habe es mir nicht eingebildet.

Larima und Semi nannten ihre Namen ebenfalls.

»Und was treibst du so allein hier im Wald?«, wollte Semi wissen. Er blickte den Spalt an der Stelle hinab, an der die Frau vor Kurzem noch gehangen hatte. Ihm machte es offenbar nichts aus, in die Tiefe zu starren.

Hat er das Schimmern auch bemerkt? Was sucht er dort unten?

Larima schauderte. Es genügte, Semi zu beobachten, und alles in ihrem Kopf begann, sich zu drehen. Schnell blickte sie zurück zu Gete.

»Ich fühle mich erleichtert wie ein Gänseblümchen auf einer Sommerwiese«, sagte diese. »Ich bin euch so dankbar. Und den Göttern, die euch zu mir geführt haben. Kommt, lasst uns erstmal zu meinem Haus gehen! Da können wir bei einer Pilzsuppe über alles sprechen.«

Semi drehte sein Gesicht blitzartig zu ihr.

»Du hast ein Haus hier im Wald?«, fragte Larima.

»Aber natürlich.« Gete raffte ihr braunes Wollkleid und marschierte voran. Larima war sehr damit einverstanden, diese Spalte schnell hinter sich zu lassen.

Nach einigen Schritten drehte Gete sich um. Sie lächelte Larima und Semi zu und schien vergessen zu haben, dass sie eben noch über einem tiefen Abhang gehangen hatte und jeder Atemzug ihr letzter hätte sein können.

»Weißt du, was mir gerade einfällt?«, fragte Larima an Semi gewandt, während Gete sich nach vorn drehte. Er schüttelte den Kopf und schien nicht wirklich bei der Sache zu sein.

»Erinnerst du dich daran, was wir dem Goder versprochen haben?«, sagte Larima. »Er wollte, dass wir einem Menschen in Not helfen. Das Versprechen haben wird wohl eingelöst.«

Sie musterte Semi von der Seite, der nickte jedoch nur gedankenverloren. Als Gete einige Schritte Vorsprung hatte, kam er ganz dicht an Larima heran. »Hier ist etwas faul«, raunte er ihr ins Ohr.

Larima runzelte die Stirn, besann sich aber eines besseren und gab sich Mühe, unbeteiligt dreinzublicken. Doch das war gar nicht nötig, da sich ihre Führerin nicht zu ihnen umdrehte.

»Diese Gete«, flüsterte Semi, »die uns gerade in ihre Waldhütte führen will … Hast du ihre Oberarme gesehen? Ich glaube, sie könnte einen Bären erwürgen.«

Larima blickte kurz zu Semi hinüber. Sie verstand nicht, was das miteinander zu tun haben sollte.

»Die hätte sich noch Stunden da unten festhalten können. Ich frage mich, warum sie sich nicht selbst aus dem Graben befreit hat. Es gab dort genug andere Wurzeln, an denen sie sich hätte hinaufziehen können. Ich habe eigens nachgesehen«, schloss Semi seine Erklärung.

Larima musste zugeben, dass das merkwürdig klang.

»Hast du ihre Haare bemerkt?«, fragte sie. Semi warf ihr einen wissenden Blick zu.

Was aber sollte die Frau davon haben, sich in einem verlassenen Wald in Lebensgefahr zu begeben und um Hilfe zu rufen? Woher sollte sie wissen, dass Larima und Semi vorbeikamen? Das ergab keinen Sinn.

Der Kräutersud

- 1 -

Die drei erreichten eine moosbewachsene Holzhütte mit einem umzäunten Gemüsegarten, in dem ein Apfelbäumchen wuchs. Larima konnte bereits einige Blüten daran erkennen, bald würde der ganze Baum in weißer Tracht stehen. Ihr Magen grummelte und das Wasser lief in ihrem Mund zusammen, als sie an die herbe Süße eines Apfels dachte.

Gete marschierte über den lehmigen Pfad voran und Larima und Semi folgten ihr in die Hütte.

Larima überraschten die mit Kräutern und Tiegeln vollgestopften Regale nicht, die sich an den Wänden drängten. Meist waren es die Kräuterkundigen, die sich als verrückt genug erwiesen, um mutterseelenallein in einem Wald zu hausen. Sie musste sofort an den Goder denken, den sie vor gefühlten Jahrhunderten verlassen hatten. Seine Behausung bestand aus einem Loch in der Erde, dagegen wirkte Getes windschiefe Hütte wie ein gepflegtes Heim.

Larima stockte, als sie Hunderte von Holzfiguren bemerkte, die sich im rechten Teil des Häuschens aneinanderdrängten. Jede der verschieden großen Statuen sah anders aus. Ein kurzer Blick zeigte Larima Götterbilder, aber auch Menschen und verschiedene Tiere.

Sie musste sich die Figuren später näher ansehen. Jetzt jedoch wollte sie sich erstmal setzen, denn ihr steckte noch der Schwindel in den Beinen.

Glücklicherweise wies ihnen Gete einen Platz an dem wuchtigen Holztisch, neben dem sich ihre Bettstatt an die Wand drückte.

Larima ließ sich aufatmend auf einem Stuhl nieder. Ihre Gastgeberin begann sofort, an der Feuerstelle herumzuwerkeln. Wohlige Wärme ging von der Glut aus, und nachdem Gete einige Holzscheite darauf legte, erhellte flackernder Feuerschein die Hütte gemütlich.

Es dauerte nicht lang und sie brachte zwei Schalen mit dicker Brühe an den Tisch, in der Pilze schwammen.

»Ihr müsst ausgehungert sein wie ein Haselnussstrauch im sandigen Boden. Das Grummeln eurer Bäuche hört man ja noch jenseits der Berge!« Gete reichte jedem einen Holzlöffel.

Larimas Augen gingen über und ihr Gaumen wurde feucht, als sie die Pilzsuppe roch. Wie lang hatten sie nichts mehr gegessen, das in einer richtigen Küche gekocht worden war? Sie lud ihren Löffel voll.

Doch Semi packte ihren Arm, bevor sie sich Suppe in den Mund löffeln konnte. In seinen Augen blitzte Misstrauen. Diesen Blick kannte Larima schon vom Weg zur Hütte.

Gete beobachtete sie. »Wollt ihr meine Suppe nicht essen?«, fragte sie.

Semi starrte die Frau an. »Erst möchte ich einiges von dir erklärt bekommen. Du bist kräftig und am Graben wachsen zahlreiche Wurzeln aus der Erde. Warum bist du nicht selber hinaufgeklettert? Warum hast du nach uns gerufen? Woher wusstest du, dass wir da waren?«

Gete lachte gackernd und Larima ließ ihren Löffel in die Schale zurücksinken. Ihr Magen rebellierte lautstark.

»Ihr denkt also, ich hänge mich freiwillig über ein tiefes Loch, um euch eine Falle zu stellen?«, fragte die Frau, als sie sich beruhigte. »In Wahrheit hatte ich wieder einmal meine Gedanken nicht bei mir und bin beim Zundersammeln ausgerutscht. Ich weiß, dass es dort gefährlich ist, aber die Birken am Spalt tragen einfach die schönsten Schwämme.« Sie blickte Semi an. »Ehrlich, das wäre doch dumm, wenn ich freiwillig in den Riss spränge, wo ich gar nicht wissen kann, ob ihr beide es überhaupt rechtzeitig zu mir schafft.«

Semi wies mit der offenen Hand auf Gete, als wollte er ihr zeigen, dass er genau das dachte.

»Aha«, machte sie. »Mein Meisterplan also. Und sobald ihr mich gerettet habt, führe ich euch in meine Hütte und vergifte euch mit dieser schmackigen Suppe?« Gete schnaufte, steckte demonstrativ ihren Finger in Semis Schüssel und schleckte die Brühe davon ab. »Wegen der Sache mit den Wurzeln ... ich muss dich loben, Semargan, das wäre kaum jemanden aufgefallen. Aber ich kann es euch erklären. Das Wurzelgeflecht, das du gesehen hast, gehörte zu der abgestorbenen Ulme, die nur wenige Schritt von dem Riss entfernt stand. Hätte ich versucht, eine dieser Wurzeln zu packen und mich daran hochzuziehen, wäre sie unweigerlich unter meinem Gewicht zerrissen und ich wäre in die Tiefe gestürzt wie ein nasses Bündel Butterblumen.«

Semi legte den Kopf schief und blickte misstrauisch drein. Dann jedoch nickte er. Für ihn ergab das offenbar Sinn.

»Du kannst die Wurzeln der Bäume unterscheiden?«, fragte Larima neugierig.

»Natürlich. Ich brauche sie für meine Schnitzereien und kann an ihnen genauso gut erkennen, zu welchem Baum sie gehören, wie ihr es an den Blättern könnt.«

Larima war beeindruckt. Die Sache aber blieb merkwürdig. Fast schien es ihr, Gete wollte sie testen, ob sie alles daransetzen würden, ihr aus dem Spalt zu helfen.

Doch dazu hätte sie wissen müssen, dass wir kommen.

Larimas Blick heftete sich an Getes Haare. Eine Frage formte sich in ihren Gedanken.

»Und zu dem zweiten Teil deiner Vermutungen, Semargan«, setzte Gete ihre Rede fort, bevor Larima etwas sagen konnte. »Ein brombeerschwarzer Ritter hat mir angekündigt, dass ihr kommen würdet, und mir unmissverständlich deutlich gemacht, was er von mir erwartet.«

»Dieser Ritter ... Eschenstab hat dich auf uns angesetzt?«, rief Semi empört.

»Oh ja«, sprach Gete weiter. »Dieser schrecklich ungehobelte Kerl hat von mir verlangt, ich solle euch töten.« Wieder lachte sie und Larima jagte es einen Schauer über den Rücken. »Er hat mir dies hier dagelassen. Doch was soll ich damit?« Sie zog einen kleinen schwarzen Lederbeutel hervor, der achtlos in eines der Regale neben einem langen Kraut mit gelben Beeren gestopft worden war, und ließ ihn auf den Tisch plumpsen. »Ich lasse mich nicht von einem dahergelaufenen Ritter und seinem Pack einschüchtern und bezahlen wie ein Meuchelmörder. Da muss dieser Eschenstab schon früher aufstehen, wenn er mich bedrohen will.«

Für Semi schienen Getes Worte genug zu sein, sein Misstrauen fallen zu lassen. Er konnte dem aufsteigenden Duft nach Pilzen nicht mehr widerstehen und begann, die Suppe hungrig in sich hineinzulöffeln.

Larima hingegen blieb vorsichtig. »Aber warum konnte Eschenstab dich nicht einschüchtern? Ich meine ...« Sie suchte nach Worten. »Ich bin die Letzte, die was Gutes über den Kerl sagen würde, aber wenn die zu dritt hier reinmarschieren würden ... also ich hätte Angst, wäre ich ganz allein im Wald.«

Gete warf Larima einen Blick zu. »Ich weiß, was du meinst, und ich würde mir die Geschichte auch nicht glauben. Doch um euch die Wahrheit zu sagen, ich habe Visionen. Sie kommen sehr selten und zeigen mir die zukünftigen Dinge verschwommen. Aber vor einigen Wochen habe ich diesen Tag überaus klar gesehen.«

»Du kannst die Zukunft vorhersehen?«, fragte Semi staunend zwischen zwei Löffeln Suppe.

Gete nickte. »Keine Ahnung, warum es genau die Begegnung mit euch war, die mir so ungetrübt erschienen ist, doch weiß ich seitdem, was heute geschehen wird. Mir war bekannt, dass ich auf euch treffen würde, und ich habe gesehen, dass ich zu diesem Zeitpunkt gesund und munter wäre. Deshalb fürchtete ich mich nicht vor dem Ritter, denn ich wusste, dass er mir nichts zuleide tun würde.«

Larima begann ebenfalls, Suppe zu löffeln. Erst jetzt bemerkte sie, wie hungrig sie war. Bis die Schale leer war, konnte sie kaum mehr an etwas anderes denken.

»Ihr seid ja schrecklich ausgehungert«, stellte Gete fest, als sie die bis auf den letzten Tropfen leeren Schüsseln vor den beiden bemerkte. »Wie lang, bei den Göttern, seid ihr schon in den Wäldern unterwegs?«

»Hast du das nicht gesehen?«, fragte Semi.

Gete schüttelte den Kopf. »Ich wünschte, meine Ahnungen wären so umfassend.« Sie erhob sich. »Vielleicht ist es aber auch besser so.« Gete holte einen Topf von der Feuerstelle und schenkte ihnen mit einer großen Holzkelle Suppe nach.

Zwischen den Löffeln erzählten Larima und Semi ihr abwechselnd von ihrer Reise. Auch das Artefakt und Eschenstabs Ziel verschwiegen sie nicht.

»Dein Haar«, sagte Larima, als sie sich an den bronzefarbenen Schimmer in Getes Haaren erinnerte. »Es ist so hell und ... glänzt. Bist du eine Fladrea? Hast du deshalb diese hellseherische Träume?«

Für Larima ergab plötzlich alles Sinn. Erlebte sie nicht selbst wahrsagerische Träume? Wahrscheinlich traf dies auf alle Fladrea zu.

Doch Gete schüttelte den Kopf. »Nein, mein Kind, ich gehöre nicht zu diesem Volk, zumindest nicht so wirklich. Es würde gut in deine Geschichte passen. Eine Fladrea, die in den Wäldern zurückgelassen wurde, um das Artefakt zu beschützen. Aber das bin ich nicht.« Sie ging zur Feuerstelle. »Es handelt sich bei meinen Visionen auch nicht um Träume«, erklärte sie, während sie zwei Holzscheite nachlegte. »Es sind eher ... Blitzgedanken. Es sind bestimmte Ereignisse, die ich zu sehen bekomme, manche scheinen wichtig, andere völlig nebensächlich. Meist erscheinen sie unscharf, als betrachtete ich sie durch dicken Nebel.« Langsam schlenderte Gete an den vollgestopften Regalen vorbei. »Ich bin nichts Besonderes, nur eine einfache Kräuterfrau, die im Einklang mit dem Wald lebt, wie es meine Mutter und davor ihre Mutter getan hat.« Sie blieb an einem Regal stehen und zupfte gedankenverloren an einigen getrockneten Gräsern, die daraus hervorstanden. »Doch andererseits ist deine Frage berechtigt, Larima. Denn meine Großmutter hat mir erzählt, dass eine meiner Vorfahrinnen einem Fladrea begegnet ist. Zu einer Zeit, in der die Fremden noch bei uns heimisch waren. Ich habe diese Geschichte immer für ein nettes Märchen gehalten. Aber wenn ich so darüber nachdenke, ist wohl dieser Schluck Fladreablut in meinen Adern daran schuld, dass sich meine Familie seit Generationen hier in diesem Wäldchen so heimisch fühlt wie eine Dotterblume auf einer Feuchtwiese. Die Nähe zu dieser Höhle in den Bergen, von der ihr erzählt habt, ist vielleicht auch kein Zufall.« Gete machte ein grübelndes Gesicht und zuckte dann mit den Schultern. »Wer weiß schon, was die Götter mit uns vorhaben?«

Larima war fasziniert von der Idee, Gete könnte eine ferne Verwandte ihres Volkes sein. Erst jetzt merkte sie, wie groß ihre Sehnsucht war, jemanden aus ihrem Volk wahrhaftig zu treffen.

»Eschenstab und seine Männer sind mit meinem Erbe nach Lanning unterwegs. Kannst du uns sagen, wie wir die Stadt finden?«, fragte sie.

Gete schüttelte den Kopf. Es lag echtes Bedauern in ihrem Blick. »Ich bin noch nie weiter gekommen als bis zum nächsten Dorf. Dort tausche ich Kräuter gegen Dinge, die ich im Wald nicht finden kann. Wie neue Schnitzmesser zum Beispiel. Doch was darüber hinaus liegt, davon weiß ich nichts.«

»Und wie weit ist uns Eschenstab voraus?«, wollte Semi wissen.

»Die Kerle waren gestern hier.«

Larima ließ die Schultern sinken. »Dann haben sie einen gehörigen Vorsprung. Vor allem, wenn sie wissen, wohin sie reiten müssen, ohne ihre Zeit mit der Suche nach dem Weg zu verschwenden.«

Gete nickte bedauernd.

»Doch wenigstens haben wir das Überraschungsmoment«, sagte Semi. »Nachdem sie Gete auf uns gehetzt haben, rechnen sie nicht mehr mit uns. Das ist ein taktischer Vorteil.«

Gete presste die Lippen zusammen. »Bei den Göttern, ich vergaß. Ihr habt mir das Leben gerettet und ich speise euch mit einer einfachen Pilzsuppe ab. Sagt, wie kann ich euch meinen Dank erweisen?«

Larima und Semi blickten sich an. Inzwischen hatten sie die zweite Portion Suppe ausgelöffelt. Larima wollte nichts einfallen, bei dem die Kräuterfrau ihnen helfen konnte.

»Habt ihr etwas gegen böse Träume?«, fragte Semi.

Gete legte den Kopf schief. »Meinst du diese hellseherischen Träume, von denen ihr zuvor gesprochen habt?«, fragte sie.

Semi nickte und wies auf Larima, die Gete alles über ihre Visionen erzählte.

»Diese Sache mit den Schmerzen …«, sagte Gete, nachdem sie sich die Geschichte angehört hatte. »Das klingt für mich sehr gefährlich.« Sorge schlich sich in ihre Stimme. »Wer auch immer dir diese Traumbilder schickt, ich habe noch nie gehört, dass solche Visionen von Schmerzen begleitet worden wären. Normalerweise fühlen sich die Auserwählten danach beschwingt.« Die Kräuterfrau kam um den Tisch herum und legte ihre Hände auf Larimas Stirn.

Larima ließ Gete gewähren. Ihre Hände fühlten sich angenehm kühl an.

»Hellseherische Träume, die von den Göttern gesandt sind, kommen entweder nur ein einziges Mal oder sie wiederholen sich sehr oft. Niemals jedoch verändern sie sich und erzählen eine Geschichte, die in jeder Nacht erweitert wird.« Getes Finger massierten Larimas Schläfen. »Ich halte es eher für möglich, dass du unter einem bösen Zauber stehst. Wir müssen dir etwas geben, Kind, um diese Schmerzen aufzuhalten, sonst könnten dich diese Träume umbringen.«

Gete nahm ihre Hände von Larimas Kopf und wandte sich um. Sie durchstöberte die mit Kräutern gefüllten Regale.

»Aber werde ich weiterträumen?«, fragte Larima. Sie spürte, dass die Traumgeschichte noch lang nicht zu Ende war.

Gete schüttelte vehement den Kopf. »Nein. Keine Träume, keine Schmerzen. Das ist doch einfach, oder?« Sie kicherte.

Will ich das?

Larima dachte an heute Morgen zurück und erinnerte sich an die Schmerzen.

Ja, es muss sein.

Während Gete dutzende Kräuter aus den Fächern zog und sie in einem Kessel über dem Feuer versenkte, erhob sich Larima vom Tisch und wanderte zu den Holzfiguren hinüber.

Die größte der Statuen überragte sie um einen Kopf. Sie zeigte eine stolz aufgerichtete Frau in einer Kochschürze, die ihre Arme weit von sich streckte, als wollte sie die ganze Welt zu sich einladen. Larima meinte die Attribute Gastfreundschaft, Familie und Weiblichkeit in dem Standbild zu erkennen und schlussfolgerte deshalb, dass es sich um die Göttin Peiana handeln musste.

Daneben stand die kleinere Figur eines Mannes, der Stiefel trug und einen Metkrug erhoben hielt.

»Færdas«, sagte Semi, der neben Larima getreten war.

Das Gesicht des Holzmannes wirkte unglaublich real. Ein freches Grinsen zierte es und in seinen Augen spiegelten sich die Wunder der Welt.

Sie nickte. »Der Gott der Reise und des Tranks. Möge er uns gewogen bleiben!«

Semis Augen waren erstaunt geweitet, als er die Schönheit der Statuen wahrnahm, und auch Larima war verzückt. Hier standen alle möglichen Götter, große und kleine. Larima erkannte Vindur, den Götterboten, Kunska, die Göttin des Wissens, und natürlich Ojimon, den Obersten, der seinen Hammer des Rechts und Geschicks erhoben hielt und damit fast an die Decke der Hütte stieß. Ihr kam es so vor, als wollte er das Dach aufsprengen.

Semi blickte über die Schultern zu Gete, die in dem Kessel rührte und mit den Lippen unhörbare Worte formte. »Ich habe noch nie solche Statuen gesehen. Sie strotzen von Leben«, sagte er. »Gete gehört in die Werkstatt eines Bildhauermeisters oder an einen Jarlshof. Hier in der Wildnis ist ihr Talent verschwendet.«

Larima sah ebenfalls zu der Kräuterfrau hinüber. Sie schien völlig in Gedanken vertieft und achtete gar nicht auf ihre Besucher.

»Gete ist glücklich hier«, meinte Larima. »Sie führt ihr Leben wie ihre Eltern und Großeltern vor ihr. Wer will bestimmen, dass sie hier weg muss?«

Semi verzog den Mund. Er war mit Larimas Worten anscheinend nicht einverstanden. »Seine Talente muss man nutzen. Die Götter haben sie uns nicht umsonst gegeben«, wiederholte er die Argumente des Ojimonpriesters von Burg Groveflyk.

Larima kannte all diese Worte. Sie klangen gut, wenn man sie in einem Buch las, doch das Leben schrieb bisweilen seine eigenen Geschichten.

Du musst noch viel über das Leben lernen, Semargan von Groveflyk, vor allem, dich in andere hineinzudenken. Nicht jeder wächst behütet als Folser auf und weiß seit seinem ersten Atemzug, wie sein Lebensweg verlaufen wird.

Sie bewunderten die Statuen für eine Weile, doch Larima wurden mit der Zeit die Beine schwer. Ihre Fußsohlen pochten und schmerzten von der Reise und sie kehrte an den Tisch zurück.

Lang mussten sie nicht warten, bis Gete mit einem kleinen Topf in der Hand zu ihnen herüberkam.

»Hier!« Sie stellte das Gefäß vor Larima ab. Daneben legte sie einen Lederschlauch. »Wenn das abgekühlt ist, nimm einen kräftigen Schluck. Mit dem Rest füllst du den Schlauch. Trink jeden Abend von dem Sud. Die Träume werden dich verschonen und bald werden sie für immer verschwunden sein. Dann bist du immun gegen diese bösen Einflüsterungen.«

Larima bemühte sich, ein dankbares Gesicht aufzusetzen, und betrachtete den Kräutersud misstrauisch. Ein frischer Duft nach Apfelblüte stieg ihr in die Nase.

Jetzt, als sie das Mittel vor sich stehen sah, überkam sie das Gefühl, dass sie es auf keinen Fall trinken wollte, auch wenn es bedeutete, dass diese Schmerzen wiederkehrten.

Doch wie soll ich das Semi erklären?

Es würde einige Zeit dauern, bis der Sud abgekühlt war und sie ihn trinken musste, also verschob sie das Problem kurzerhand. »Sag, Gete. Wie kommt es, dass du so viele wundervolle Figuren schnitzt und noch dazu so viele Bildnisse der Götter?«, fragte sie, um sich abzulenken.

Die Kräuterfrau lachte. »Ein einzelner Grashalm fühlt sich nicht wohl. Auch ich will nicht immer allein hier im Wald sein«, erklärte sie. »Deshalb schaffe ich mir ein wenig Gesellschaft. Und wer wäre besser dazu geeignet, eine schützende Hand über mich und mein Haus zu halten, als die Götter? Ich lebe schon so lang hier und habe viel Zeit zum Schnitzen. Bald wird mir der Platz ausgehen, darum werden meine Figuren seit Jahren immer kleiner und kleiner, bis ich sie irgendwann im Bauchnabel mit mir herumtragen kann.« Getes Lachen scholl durch den Raum. Sie erhob sich und begann, im hinteren Teil der Hütte aus Decken eine Schlafstatt zu errichten.

Als der Sud nicht mehr dampfte, schob Semi den Topf ein kleines bisschen näher an Larima heran.

Sie griff zaghaft danach, hielt aber inne.

»Trink es«, sagte Semi.

Larima seufzte.

Er kann nicht verstehen, wie wunderbar es ist, seine Mutter zum ersten Mal in seinem Leben zu sehen. Er kennt seine Mutter, ich aber weiß nicht einmal, ob sie noch lebt. Wie sonst soll ich bei ihr sein, wenn nicht in diesen Träumen?

Sie sah zu Semi hinüber und bemerkte, dass er sie über die Tischplatte hinweg anstarrte. »Larima, bitte, trink das!« In seinen Augen erkannte sie diesen Ausdruck von heute Morgen, als er etwas vor ihr verschwiegen hatte, um sie nicht zu ängstigen.

Ihr Herz schlägt wieder.

Er langte über den Tisch und griff nach ihren Händen. Aus seinen Augen sprach so viel Sorge, dass sie nicht dagegen ankam.

Sie gab ihren Widerstand auf, hob den Topf vorsichtig, setzte ihn an ihre Lippen und nahm einen großen Schluck.

Sie hörte Semi erleichtert aufatmen.

Der Sud schmeckte so lecker, wie er roch. Der Geschmack der Apfelblüte legte sich auf ihre Zunge und umhüllte sie. Sie meinte, auch einen Hauch der Pilzsuppe zu schmecken.

Den Rest füllte Larima wie geheißen in den Schlauch und verwahrte diesen unter ihrem Wams.

Bald fühlte sie sich sehr schläfrig. Kein Wunder, war es doch ein äußerst anstrengender Tag gewesen. Kaum ließ sie sich auf das von Gete gerichtete Lager sinken, schlief sie ein.

Ihr Schlaf war traumlos.

- 2 -

Am Morgen erwachte Larima herrlich ausgeruht. Über Nacht hatte sich eine innere Kraft in ihr gesammelt und sie fühlte sich, als könnte sie den weiten Weg an die Küste mit Leichtigkeit bewältigen.

Ungeduldig weckte sie Semi. Nach einem raschen Frühstück und tausend Dankbekundungen verließen sie die Hütte der gastfreundlichen Gete. Die Kräuterfrau bestand darauf, dass sie noch ein wenig Brot mitnahmen, hängte Semi einen ausgebeulten Beutel um seine Schulter und schob sie zur Tür hinaus.

Als sie aus dem Eingang traten, bemerkte Larima ein Eichhörnchen, das durch ein Loch in der Seitenwand ins Innere der Hütte schlüpfte. Das kleine Tier bewegte sich so selbstverständlich, als wäre es hier zu Hause. Es kam ihr jedoch bekannt vor und sie meinte, einen Zettel an seinem Beinchen zu sehen.

Sie ließen das Häuschen und den Garten hinter sich und folgten dem Pfad durch den Wald nach Norden.

Larima fühlte sich beschwingt und schritt weit aus. Sie wollte Eschenstab ihr Eigentum so schnell wie möglich abjagen und heute brodelte in ihr ein Gefühl, als könne sie alles schaffen, was sie sich vornahm.

Dafür muss Getes Sud verantwortlich sein.

Welchen Unterschied eine durchruhte Nacht machte. Doch Larima hegte den Verdacht, dass die Kräuter noch weit mehr Wirkungen besaßen und sie allgemein stärkten.

Sie brachten an diesem Tag ein großes Stück Weg hinter sich. Diesmal marschierte Larima voran und Semi war es, der hinter ihr hertrottete. Sie meinte, ihr Ziehbruder käme ihr kaum hinterher, so ausgelassen setzte sie ihre Schritte.

Mit ihren Gedanken weilte sie jedoch nicht auf dem Waldpfad, sondern bei ihren Träumen.

Vielleicht bin ich dumm, dass ich enttäuscht darüber bin, letzte Nacht nicht geträumt zu haben. Aber diese Visionen sind wichtig. Ich weiß, dass sie mir etwas sagen wollen.

Von irgendwoher mussten die Träume stammen. Konnte es sein, dass das Artefakt sie ihr schickte? Doch warum? Bestimmt nicht nur, um ihr zu zeigen, wie das Leben vor zwei Jahrzehnten in der Kolonie ausgesehen hatte.

Weshalb vermochte sie die Geschehnisse in den Träumen nur zu betrachten wie ein Zuschauer in einem Schauspiel, ohne die Möglichkeit, einzugreifen? Welchen düsteren Plan hegte ihr Traum-Ich?

Ich muss wissen, wie diese Träume weitergehen. Nur so kann ich diese Rätsel lösen.

Getes Sud tat ihr gut und sie fühlte sich erholt wie lange nicht mehr. Das war bitter nötig gewesen, um ihr neue Kraft zu geben. Von nun an aber würde sie keinen Schluck mehr davon trinken.

Larima spürte Angst in sich hochkriechen, doch fühlte sie sich andererseits stark genug, die Schmerzen auszuhalten, die am Morgen auf sie einstürzen würden. Sie schienen ihr ein gerechter Preis dafür zu sein, die Wahrheit herauszufinden.

Semi aber darf nichts von meiner Entscheidung erfahren. Er versteht nicht, wie wichtig diese Träume für mich sind. Für ihn existieren nur Dinge, die er anpacken kann: Burgen, Schwerter und Pferdesättel. Offenbar misstraut er Visionen, die aus dem Nichts erscheinen, weshalb sie für ihn keinen Wert besitzen. Wüsste er, wie wichtig die Träume sind, hätte er Gete nicht nach diesem Sud gefragt.

Larima wusste, dass sie ihrem Ziehbruder damit unrecht tat. Es war nicht nur sein Unglaube. Er wollte sie beschützen und ängstigte sich um sie.

Doch ihr schlechtes Gewissen Semi gegenüber und die Panik vor den Schmerzen verblasste, wenn sie an das Gesicht ihrer Mutter dachte.

Ich muss sie noch einmal sehen, unbedingt.

Als die Dämmerung allmählich einsetzte, lichteten sich die Bäume und der Wald endete. Vor ihnen tat sich eine Graslandschaft auf, auf der zahlreiche Haine lagen.

»Der perfekte Reiseuntergrund für Pferdehufe«, meinte Semi.

»Lass uns ein letztes Mal hier im Schutz des Waldes lagern«, schlug Larima vor.

»Bevor wir morgen ins Gras aufbrechen? Einverstanden.«

Während Semi sich nach Feuerholz umsah, wollte Larima an ihrer Zauberkraft arbeiten. Zum ersten Mal seit ihren Erlebnissen in den Bergen fühlte sie sich stark genug dazu.

Sie versuchte, den Zauber zu wirken, den sie Lichtbringer genannt und der ihnen in der Höhle zur Flucht verholfen hatte.

Sie setzte sich aufrecht hin und hielt ihre Hand mit der Fläche nach oben vor sich. Es fiel ihr schwer, sich auf die Spur in ihrem Inneren zu konzentrieren und diese in Wallung zu bringen. Schweißperlen standen auf ihrer Stirn, als es ihr endlich gelang, einen winzigen Lichtfunken auf ihrer Handfläche aufleuchten zu lassen. Er glomm nur für einige Herzschläge, bis er verschwand, doch Larima spürte, dass in diesem kurzen Moment eine große Menge ihrer Spur aus ihr geflossen war.

Sie atmete schwer und fühlte sich erschöpft, als hätte sie eine riesige Burg taghell erleuchtet.

Aber ich habe es geschafft, Licht herbeizurufen!

Jetzt galt es, weiter daran zu arbeiten. Es würde anstrengend werden, doch Larima war zuversichtlich, dass sie Lichtbringer eines Tages soweit würde meistern können, dass sie den Zauber gezielt wirken konnte, wenn sie ihn brauchte.

»Hast du Getes Medizin genommen?«, fragte Semi, als er mit einem Bündel Zweigen unter seinem Arm aus dem Wald zurückkehrte.

Larima nickte. »Natürlich! Schon erledigt.«

- 3 -

Endlich war sie allein in der Kammer und fühlte sich unbeobachtet. Neben ihr brannte eine Fackel in einer Halterung an der Wand.

Ich habe sie dort hineingesteckt.

Larima erinnerte sich.

Ich träume wieder. Es hat geklappt. Ich bin zurück in der Kolonie der Fladrea.

Larima spürte mit jeder Faser ihres Körpers, dass sie hier sein musste, und sie war bereit, den Preis dafür zu bezahlen.

Sie befand sich in einem Wohnraum, der vier auf sechs Schritt maß. Die Felswände waren mit bunten Tüchern verhangen, um das Zimmer wohnlicher zu gestalten. Larima bemerkte einen wuchtigen Schrank, Kommoden und ein Bett, auf dem kleinere bestickte Stofftücher lagen, aber keine Felle, wie sie es aus Groveflyk kannte.

Ihr Körper bewegte sich. Erneut überfiel sie das Gefühl, an Fäden gezogen zu werden wie eine schwerfällige Marionette.

Gegenüber dem Bett auf der rechten Seite des Zimmers ragte ein Schreibtisch auf. Dutzende Schriftwerke lagen geordnet darauf, daneben Federn, Tinte, unbeschriebene Pergamente, alles hatte seinen Platz. Ein weiterer Tisch auf derselben Seite war mit zahlreichen, kleinen Schubladen in einem Aufsatz versehen. Auf seiner Fläche standen Tiegel, Salben und Mörser verschiedener Größen.

Der Arbeitstisch mit den Salben könnte Mutter gehören. Der Schreibtisch mit den Folianten Vater. Oder ist sie eine Gelehrte und er ein Heiler?

Der Gedanke an ihren Vater versetzte ihr einen Stich ins Herz. War er auch hier? Hier in der Kolonie? Sie wünschte sich so sehr, ihn zu sehen.

Doch ihr Traum-Ich musste eine Aufgabe erledigen und die war wichtiger als alles andere. Die fremden Gedanken mahnten, dass es allerhöchste Zeit war, denn schon morgen würden sie alle aufbrechen und es wäre für immer zu spät.

Sie blickte sich um. Neben dem Bett der Eltern stand eine Wiege aus dunklem Kirschholz. Larima trat näher und erkannte, dass das Kinderbett nicht leer war. Ein Säugling lag darin, in eine hellgrüne Decke gewickelt. Das Kind war erst ein paar Wochen alt und reckte seine Ärmchen. Es musste gerade noch geschlafen haben, denn seine Bewegungen wirkten träge. Sicher hatte Larimas Eindringen es geweckt.

Die Nase des Säuglings war geschwungen und seine Augen besaßen die Farbe von blitzenden Smaragden. Larimas Herz drohte stehenzubleiben, als sie die Erkenntnis traf: Das war sie selbst.

Sie konnte es nicht glauben. Aber war das so überraschend? War es nicht ihre Mutter gewesen, die aus diesem Zimmer gekommen war?

Eine schreckliche Ahnung befiel sie. Der Plan!

Noch bevor Larima darüber nachdenken konnte, beobachtete sie schockiert, wie ihre Hand etwas aus einer Tasche zog. Es handelte sich um eine merkwürdige Apparatur, gerade fingerlang, die vorn zwei Spitzen und hinten einen münzgroßen Knopf besaß.

Larimas Körper packte das rechte Ärmchen des Kindes, drückte die Spitzen weit in die weiche Haut und presste ihren Daumen auf den Knopf. Sie verharrte einen Augenblick, zog die Spitzen aus dem Arm des Säuglings und steckte das Gerät zurück in die Tasche.

Das Kind krümmte sich. Sein Mund verzerrte sich zu einem Schrei, doch nur ein schwaches Meckern entrang sich seiner Kehle. Die Haut des Mädchens verlor alle Farbe und wurde weiß wie Schnee. Die Äuglein schlossen sich. Das Kind bewegte sich nicht mehr.

Ein bizarrer Gedanke schoss Larima durch den Kopf.

Ich habe mich gerade selbst ermordet.

Ein irres Lachen stieg in ihr auf. Sie verdrehte die Augen, um einen Blick auf ihren Arm werfen zu können, doch sie erkannte nur schwarzes Leder.

Schon kramte ihre Hand erneut in der Tasche. Larima beobachtete mit Grauen, was ihre Hand als Nächstes herausziehen würde. Es war der schwarzbehaarte Körper einer jungen Dreiaugenspinne, groß wie ihre Handfläche. Sieben Beine hingen herab.

Ihr Traum-Ich ließ den Spinnenkadaver neben das Kinderbett fallen. Als er auf den Boden auftraf, meinte Larima, eines der Beine hätte gezuckt, doch daran musste das flackernde Fackellicht schuld sein.

Ihr Kopf nickte zufrieden, als sie auf das tote Kind und den haarigen Körper herabblickte. Ihr Traum-Ich war sich sicher: Durch die tote Spinne würden die Fladrea genau das glauben, was sie sollten.

Ein Gefühl von herzlosem Triumph rang mit Larimas Entsetzen. Erneut hallten fremde Gedanken in ihrem Kopf: Jetzt ist es wichtig, dass niemand mich hier entdeckt und meinen Plan im letzten Moment zunichtemacht. Beeilung!

Ihr Körper drehte sich herum, marschierte auf die Tür zu, riss die Fackel aus der Halterung und betätigte das Türrad. Dann verließ er das Zimmer und verschloss die Tür hinter sich so, wie er sie vorgefunden hatte. Im Gang war keiner zu sehen. Niemand würde einen Verdacht hegen.

Larimas Traum-Ich wandte sich nach rechts und lief auf das kurze Ende des Ganges zu. Es stieß die Tür auf, die zur Latrine führte, und betrat den kleinen Vorraum. Die Fackel landete auch hier in der Halterung und Larimas Körper näherte sich der Waschschale, die auf einem Steinpodest darauf wartete, von den Latrinenbesuchern benutzt zu werden.

Sie tauchte die Hände ins Wasser und reinigte sie. Als sie sauber waren, zog sie ihre Hände aus dem Wasser und ließ sie abtropfen. Ihr Kopf beugte sich über die Schale, sodass sich in dem aufgewühlten Wasser verzerrte Gesichtszüge spiegelten. Als sich die Wogen beruhigten, wurde das Gesicht klarer.

- 4 -

Ein lautes Stöhnen riss Semi aus dem Schlaf und er war sofort hellwach. Er riss die Augen auf und sprang auf die Beine. Während Larima einen zweiten Laut des Schmerzes ausstieß, hastete er zu ihr und kniete sich neben sie.

Ihr Gesicht wirkte bleich wie das einer Toten, ihre Augen zuckten hin und her, ihr Körper erbebte.

Sie träumt wieder. Bitte nicht! Bleib bei mir!

Ein kurzer, schmerzvoller Schrei entrang sich ihrer Kehle.

Semi legte seine Hand auf ihre Stirn. Sie war nass von Schweiß und glühte heiß.

Ihr Herz, was ist mit ihrem Herz?

Er rutschte auf die Höhe ihres Bauches.

Bitte, oh Götter, ich flehe euch an!

Ängstlich legte er sein Ohr auf ihre Brust. Ihr Herzschlag lief stolpernd, doch das Herz schlug.

Semi lehnte sich zurück. Erneut stöhnte Larima, ihr Gesicht verzog sich vor Qual und ihre Lippen bewegten sich, als versuchte sie, zu sprechen. Semi näherte sich ihrem Mund, um zu verstehen, was sie sagte, doch die wirren Worte ergaben keinen Sinn.

Schläft sie noch? Ich muss sie aus diesem Alptraum befreien, bevor er sie umbringt. Aber wie?

Er packte sie an den Schultern und rüttelte sie, erst zaghaft, dann fester, aber das zeigte keine Wirkung. Es war, als befände sich Larima nicht mehr in dieser Welt.

Er richtete sich auf. Panisch sah er sich um, doch um ihn herum ragten nur die dunklen Stämme der Bäume auf. Über ihm funkelten die Sterne und Semi kam es vor, als würden sie ihn auslachen. »Sie gehört jetzt uns und du kannst nichts dagegen tun«, schienen sie zu flüstern.

Plötzlich kam ihm ein Einfall. Getes Trank!

Larima musste ihn bei sich haben. Hastig suchte Semi nach dem kleinen Schlauch und fand ihn unter ihrem Wams. Er zerrte den Korken heraus und führte die Öffnung an ihren Mund.

Seine Ziehschwester drehte sich nicht weg, sondern umschloss das Mundstück mit den Lippen. Semi hob den Behälter an, drückte sacht und ließ den Sud in Larimas Mund laufen. Begierig trank sie. Als sie ein halbes Dutzend Schlucke genommen hatte, riss Semi den Schlauch fort, verschloss ihn und ließ ihn auf den Boden fallen. Dann schnappte er sich Larimas Hand, die schrecklich kalt war und sich wie tot anfühlte.

Mit der anderen Hand tastete er nach ihrem Herzschlag. Er jagte, unregelmäßig, aber kräftig.

Nach einer Ewigkeit legte sich eine Ruhe über Larimas Körper. Sie entspannte sich, stöhnte nicht mehr und die Wärme kehrte in ihre Hand zurück.

Semi atmete erleichtert auf. Er streichelte über ihre Stirn, als Larima die Augen aufschlug. Ein neuer Schmerzanfall beutelte sie, noch war es nicht ausgestanden. Sie packte sich mit beiden Händen an ihren Kopf, bäumte sich auf und schrie spitz.

»Ganz ruhig«, versuchte Semi seiner Freundin Mut zuzusprechen. »Ich habe dir eine ordentliche Portion von diesem Kräuterzeug gegeben. Die Schmerzen werden gleich aufhören.«

Es verging eine weitere Ewigkeit, bis es ihr soweit besser ging, dass sie sprechen konnte. »Du verdammter Idiot«, rief sie. »Wie konntest du das nur tun?« Das klang ganz und gar nicht nach den Worten, die sich Semi erhoffte.

Larimas Augen, die eben noch vor Schmerz zusammengekniffen gewesen waren, fixierten ihn vorwurfsvoll. »Ich hab mich selbst umgebracht und dann habe ich mich gewaschen. Mensch, fast hätte ich gesehen, wer ich wirklich bin!«

Semi verstand kein Wort von dem, was Larima stammelte. Er dachte zuerst, es wären die Schmerzen, die sie wirr reden ließen. Doch als sie zu Atem gekommen war, erzählte sie ihm, was sie in dem Traum erlebt hatte, und Semi begann zu verstehen.

»Dann hättest du gesehen, in wessen Körper du steckst? Also bist du nicht selbst in der Kolonie?«

Larima nickte. »Ja und nein. Ich bin es selbst, aber ich stecke in jemand anderem drin. Ich erlebe alles so, wie derjenige es damals erlebt haben muss. Und ich habe ... ich meine, der hat mich umgebracht.«

Als fiele ihr plötzlich etwas ein, setzte sie sich abrupt auf, riss sich das Hemd nach oben und untersuchte panisch ihren Arm. Im Dämmerlicht, das langsam von Osten aufzog, fand sie offenbar, was sie suchte, und zeigte es Semi. Zwei kleine Punkte verbargen sich auf ihrem rechten Unterarm. Sie waren vernarbt und es schien sehr lang her zu sein, dass sie sich diese Verletzung zugezogen hatte.

»Das ist die Stelle, an der ich vergiftet worden bin. Das ist der Beweis!« Larima atmete heftig aus. »Es sind nicht nur einfach Träume. Sie haben eine Bedeutung. Das, was ich dort sehe, ist wirklich passiert.«

»Aber du sagst, du bist getötet worden. Das kann doch gar nicht stimmen. Wenn ich mich nicht irre, sitzt du ziemlich lebendig neben mir.«

»Das kann ich auch nicht erklären«, blockte Larima ab. »Ich weiß nur, dass die Träume Erinnerungen sind. Erinnerungen von irgendjemandem aus der Kolonie der Fladrea.« Sie stockte und riss ihre Augen weit auf. »Sie müssen von dem Artefakt ausgehen. Es muss aktiviert worden sein, als ich in der Höhle die Kiste berührt habe.«

Kritische Verhandlungen

- 1 -

Der Sud wirkte auch diesmal, stärkte sie und schickte sie in einen traumlosen, erholsamen Schlaf.

Am nächsten Morgen fühlte sich Larima gut genug, dass sie aufbrechen konnten. Larima und Semi wanderten vorbei an lichten Hainen über die Landschaft, deren Gras teilweise bis zur Hüfte reichte. Ihnen fehlte ein eindeutiges Ziel und sie versuchten, sich nordöstlich zu halten, denn dort vermuteten sie das Meer.

Der Tag begann warm. Die Sonne stand am blauen Himmel und schien auf sie hinab. Immer wieder rasteten sie im Schatten der Birken und Linden, die bereits junge Blätter zeigten.

»Wie viel von dem Kräutersud hast du mir gestern denn eingeflößt?«, fragte Larima Semi während einer Rast.

»Warum, fühlst du dich nicht gut?«

»Doch, doch. Es ist nur ...« Sie schwieg.

»Ein halbes Dutzend Schlucke waren es sicher«, sagte er. »Was hätte ich tun sollen? Ich hatte Angst um dich«, fügte er hinzu.

Larima hob beschwichtigend die Hand und versuchte sich an einem Lächeln in seine Richtung.

Nach weiteren zwei Stunden Fußmarsch tauchten in der Ferne drei große Häuser aus dem Gras auf. Eingezäunte Weiden lagen weitläufig darum herum, auf denen sich zahlreiche braune Kühe befanden, die gemütlich in der Sonne standen und vor sich hin kauten.

Semi und Larima hielten auf die Gebäude zu. Selbstbewusst trat Semi auf den Platz vor dem Bauernhaus, das von zwei großen

Ställen umstellt war. Zwei Frauen standen neben einem Hühnerhäuschen und streuten Korn in das Gatter. Gackernd stürzte sich das Federvieh darauf.

Die eine der beiden Frauen war jung, trug ein Kopftuch und ein einfaches hellbraunes Wollkleid. Die andere hatte gut zwanzig Winter mehr gesehen, ihre Haare zu zwei verzwirbelten Zöpfen gebunden und sich ein aufwendig besticktes Tuch um die Schultern gelegt.

Semi marschierte sofort auf die ältere der beiden zu, verneigte sich leicht. »Verzeiht die Störung, Werteste, wir suchen unseren Weg. Ob es Euch wohl genehm wäre, uns behilflich zu sein?«

Die Frau machte große Augen, was die Krähenfüße glättete, die von ihren Augenwinkeln ausstrahlten. Dann kicherte sie. »Ich weiß doch von so was nichts. Fragt's meine Bauersleut! Bei allen Gockeln, wie der reden tut.« Sie kicherte erneut.

Verwirrt wandte sich Semi an die jüngere Frau in dem einfachen Kleid. »Ihr seid die Bäuerin?«

Sie nickte knapp. Larima sah Semis Gesicht an, dass er zu gerne fragen wollte, wieso sie so schlicht gekleidet war, wohingegen ihre Magd eine nahezu festliche Gewandung trug. Doch der Anstand verbot ihm, die Frage zu stellen.

Die Bäuerin neigte den Kopf. »Ich bin Lalene Gmoons. Ich habe den Hof gerade erst von meinem Vater übernommen. Glœm möge seine gnädige Seele aufnehmen.« Sie wies auf die ältere Frau. »Das ist Hiolla. Sie ist Magd bei uns, hält sich aber für etwas Besseres. Deshalb muss sie ihre Feiertagssachen zur Arbeit anziehen, bis sie voller Löcher sind und in Fetzen runterhängen.« Den letzten Satz sprach sie in Richtung der Magd.

Diese hob ihren Kopf, lüpfte die Augenbrauen und warf weiter Körner unter die gackernden Hühner. »Man weiß nie, wer auf den Hof kommt, Herrin«, sagte sie. »Irgendwann ist ein fescher Kerl darunter, der einen vom Fleck weg heiraten will. Aber doch nur, wenn man ordentlich ausschaut.« Dabei zwinkerte sie Semi zu. Dann wandte sie ihren Kopf in Richtung der Bäuerin. »Ihr sucht doch auch noch nach zwei starken Armen. Glaubt bloß nicht, dass Ihr mit diesem braunen Ungetüm von Kleid einen Burschen für Euch aufgabeln könnt. Der unförmige Sack verdeckt ja alles, was Liebliches an Euch dran ist. Deshalb hatte der Reiter vor ein paar Tagen auch nur Augen für mich.«

»Hiolla!«, rief die Bäuerin ermahnend, wurde aber ein wenig rot um die Wangen. »Du vergisst dich.«

»Warum? Er fand's gut, als ich ihm den Stall gezeigt habe. Sein Mantel war so weich, so einen hätte ich auch gerne, nur dieses Schwarz passt nicht zu meinen Augen.« Sie blickte Semi an und ließ ihre Augenlider flattern.

»Genug! Das wollen unsere Gäste nicht hören. Wie kann ich Euch beiden helfen, mein Leard, meine Laidi?« Trotz ihres strapazierten Erscheinungsbildes brachte Semis Gebaren sie zu der Annahme, Leute von Adel vor sich zu haben.

»Wir sind unterwegs nach Lanning«, erklärte Larima, »und hofften, Ihr könnt uns sagen, wie wir dort hinkommen und wie weit es noch ist.«

Die Bäuerin zog die Augen zusammen. »Nach Lanning also. Da kann ich Euch nicht viel helfen, so leid es mir tut. Ich weiß nur, dass Ihr die richtige Richtung eingeschlagen habt. Die Stadt muss irgendwo da vorn an der Küste liegen.« Sie zeigte nach Nordosten.

Larima unterdrückte ein Seufzen. Es kam ihr vor, als wäre Lanning eine geheime Stadt, als suchten sie nach einem verborgenen Ort, den niemand in Hallinga kannte.

»Was wollt's Ihr denn in diesem verwahrlosten Nest?«, fragte Hiolla dazwischen. Semi hielt sein Gesicht absichtlich von der Magd abgewandt. Ihr ständiges Zwinkern schien ihm auf die Nerven zu gehen. »Dort gibt's ja eh nichts mehr, seit die Fladrea weg sind.«

»Weißt du mehr davon?«, hakte Larima nach.

»Nur, was man halt so hört. Ich auf alle Fälle würd' dort nicht hingehen. Nur stinkendes Fischerpack und einen Haufen von Bettlern gibt's da.«

»Wir hatten auch nicht vor, dich mitzunehmen«, meinte Semi trocken. Hiolla zuckte mit den Schultern und wandte sich den Hühnern zu.

Larima und Semi wollten sich verabschieden, als die Bäuerin sie zurückhielt. »Nicht weit von hier, in dieser Richtung«, sie wies nach Norden, »liegt Vœlen. In der Jarlsstadt werdet Ihr sicher Antwort finden. Die haben sogar einen Færdastempel. Vielleicht könnt Ihr dort eine Karte kaufen.«

Larima bedankte sich für die Hilfe und die beiden verließen den Hof. Sie kamen an einem Feld vorbei, auf dem zwei kräftige Kerle die Erde umpflügten. Als sie sich außer Sichtweite der Gebäude und des Feldes befanden, machten sie im Schatten einer jungen Esche einen Halt.

»Wir werden also in dieses Vœlen marschieren?«, fragte Semi.

Larima nickte.

»Ich muss dich nicht daran erinnern«, setzte Semi an, »was das letzte Mal passiert ist, als wir eine Stadt betreten haben? Wir könnten dort auf Eschenstabs Schergen treffen. Du hast gehört, was diese Magd gesagt hat.«

»Sie muss von Koskan gesprochen haben«, stimmte Larima zu.

»Und in diesem Dorf Godahus haben uns die Bewohner auch nicht gerade mit offenen Armen empfangen.«

»Wir werden vorsichtig sein. Aber uns bleibt nichts anderes übrig, als in Vœlen nach dem Weg zu fragen oder eine Karte zu kaufen, denn die Zeit, uns ewig durch diese Weidelandschaft zu schleppen, haben wir nicht.«

»Also rein und raus, ohne viel Aufsehen zu erregen? Finde ich gut. Doch was machen wir, wenn uns keiner sagen kann, wie wir nach Lanning kommen?«

»Das kann ich mir kaum vorstellen. Væter Hanrek hat erzählt, dass Lanning früher eine wichtige Handelsstadt war. Wir werden sicher jemanden finden, der uns hilft.«

»Auf alle Fälle habe ich keine Lust, wieder im Gefängnis zu landen«, brummte Semi.

- 2 -

Eschenstab schob die Tür auf und betrat einen abgedunkelten Raum, von dessen hoher Decke Dutzende Tücher herabhingen. Träge schwebten Rauchschwaden zwischen ihnen. Es roch nach Minze und Birkenholz.

Gestern war Eschenstab mit seinen Männern an Vœlen vorbeigeritten, ohne seine Zeit in der Stadt zu verschwenden, nun folgten sie der Straße durch lichte Wälder. Doch er war das Warten satt. Bis Lanning waren es noch einige Tagesritte und es juckte ihn in den Fingern, endlich die Macht der Fladrea zu beherrschen.

Ich bin so weit gekommen. Diesen letzten Schritt werde ich nun auch schaffen.

Sein Blick fiel auf einen kahlköpfigen Mann im Zentrum des Raumes, der auf einem abgewetzten Kissen im Schneidersitz auf dem Boden hockte. Seine Haut war bleich und weit faltiger, als Eschenstab erwartet hatte. Der Rauch, der aus einer Schale vor dem Sitzenden aufstieg, kräuselte sich und umschwebte ihn, als wollte er mit ihm tanzen.

Zwei blutjunge Dörflerinnen hatten Eschenstab auf diesen Mann aufmerksam gemacht, der Olfne der Heiler genannt wurde und angeblich in dieser Gegend das Meiste über die Fladrea wusste. Zumindest behaupteten die Weiber, er würde bei Wehwehchen allen mit uraltem Wissen helfen.

Eschenstab ließ sich vor dem Alten auf die Knie nieder.

»Was führt dich zu mir?«, fragte Olfne und wies auf eine Holzschale, in der zwei Miosim lagen.

»Ich möchte, dass Ihr Euch etwas anseht und mir helft, herauszufinden, wie es zu benutzen ist.«

Eschenstab legte drei Miosim in die Schale. Olfne nickte und streckte seine Hand aus.

Eschenstab zog den Stein hervor und reichte ihn dem Mann. »Das ist ein Gegenstand der Fladrea, den ich kürzlich auf einem Markt erstanden habe.«

»Sein Zweck?«

»Der Händler meinte, es sei ein Heilobjekt, konnte mir jedoch nicht erklären, wie es in Gang zu setzen ist«, erzählte Eschenstab seine zurechtgelegte Geschichte.

In der Tat wurden auf den Märkten Hallingas bisweilen noch Artefakte der Fladrea gehandelt. Auch wenn niemand mehr wusste, wozu sie gut waren, erzielte diese Art von Ware teilweise unglaubliche Preise.

Olfne kniff die Augen zusammen, als er den Stein betrachtete. Er beugte sich so tief über die Schriftzeichen, als wollte er in ihnen versinken. »Ganz klar«, sagte er nach einer Ewigkeit. »Da hat man Euch einen Bären aufgebunden.«

Eschenstab kniff seinerseits die Augen zusammen. »Meint Ihr?«

Olfne nickte und packte das Artefakt fester. »Das ist ein wertloser Stein, der von unkundiger Hand mit Fladreazeichen versehen wurde. Vielmehr hat er nicht nur keine Wirkung, er ist sogar gefährlich. Hier seht! Dies steht für eine große Bedrohung.« Er wies auf eines der eingeschnitzten Zeichen.

Eschenstab betrachtete es und seine Augenbrauen zogen sich herab. Mit Mühe hielt er seine Hände davon ab, sich um den Hals dieses Kerls zu schließen.

»Am besten lasst Ihr den Stein bei mir«, schlug Olfne vor. Ich kann dafür sorgen, dass er vernichtet wird und Euch keine Gefahr mehr droht.« In seinen Augen schimmerte Gier.

Eschenstab hatte eindeutig genug gehört. Er pflückte seine Münzen mit einer schnellen Bewegung aus der Schale und sprang auf. Seine Hand flog an das Schwertheft. Gerade noch konnte er sich davor bewahren, die Klinge zu ziehen und diesem unverschämten Betrüger das Haupt vom Körper zu trennen.

Ich darf nicht noch mehr Aufmerksamkeit auf mich lenken.

»Händigt mir mein Heilobjekt aus«, stieß er hervor.

Quälend langsam hob der Mann seine Hand, in der er das Artefakt hielt. Eschenstab entriss es ihm und steckte es eilig zurück in sein Wams.

Das von Olfne mit »drohend« übersetzte Zeichen bedeutete in Wirklichkeit »hoffnungsvoller Beginn« oder »Sonnenaufgang« und hatte nichts mit irgendeiner Gefahr zu tun.

»Vergesst, dass ich hier war«, schärfte Eschenstab dem verdutzt dreinblickenden Mann ein. Als er herausstürmte, fielen ihm die Fladreazeichen auf den im Weg hängenden Tüchern ins Auge. Sie waren nicht nur stümperhaft hingekrakelt, sondern an vielen Stellen auch falsch geschwungen.

Wie er befürchtet hatte, war der Besuch bei dem Alten reine Zeitverschwendung gewesen. Wenn er etwas über das Artefakt herausfinden wollte, musste er jemanden finden, der sich wirklich mit den Bronzehaarigen auskannte und nicht nur mit deren Nimbus und dem Aberglauben der Bauern Geschäfte machte.

Sein Ziel würde er nur in Lanning erreichen, der Stadt der Fladrea.

Oder was davon übrig geblieben ist.

- 3 -

Semi reckte die Schultern und auf Larima wirkte es, als versuchte er einen selbstbewussten Eindruck zu machen, während er unter den mächtigen Toren der Stadt Vœlen hindurchmarschierte. Sie folgte ihm auf dem Fuße. Um ihren Kopf trug sie den aufgetrennten Beutel von Gete wie ein Tuch gebunden, damit ihr helles Haar nicht sofort jedem ins Auge sprang. Hier, in der Nähe der alten Stadt der Fladrea, waren die Menschen womöglich weniger unbedarft, was Besucher mit bronzefarbenen Haaren betraf.

Wie vereinbart wandten sie sich in Richtung Marktplatz. Vœlen musste noch um ein Vielfaches größer sein als Niva, und Godahus war verglichen damit eine bloße Ansammlung von Hütten. Je mehr sie sich dem Zentrum näherten, desto höher ragten die Häuser auf. Hatten sich am Rand der Stadt ungeschmückte Holzhäuser um sie geschart, streckten sich die Fachwerkhäuser in den inneren Bezirken bis zu vier Stockwerke nach oben.

Mitten in der Stadt passierten Larima und Semi zu ihrer Verwunderung eine weitere Stadtmauer, die ein Wall um den alten Stadtkern darstellen musste. Niemand bewachte das Tor.

Hängen die Menschen hier so an der Vergangenheit? Warum reißen sie das alte, sinnlos gewordene Bollwerk nicht ab und nutzen die Steine für ihre Häuser?

Womöglich diente die Mauer ja noch einem anderen Zweck, den sie nicht erkennen konnte. Larima entschied, Semi bei Gelegenheit danach zu fragen. Möglich wäre, dass dem Jarl ein Abriss nicht recht war. Seine wehrhafte Burg duckte sich auf einem kleinen Hügel innerhalb des inneren Mauerrings.

»Die Jarle von Vœlen lieben offenbar ihre Sicherheit«, meinte Semi, während er die schwarzen Quader der Festung musterte.

Direkt unterhalb des Burgbergs befand sich der Marktplatz, als wollte der Stadtherr immer einen Blick auf das Treiben dort haben.

»Und du willst ihn wirklich verkaufen?«, fragte Larima.

»Na sicher, für den Sonnædel können wir genug Silber herausschlagen. Oder hast du eine andere Idee, wie wir zu Geld kommen sollen?«

Larima schüttelte den Kopf und sah an sich hinab. Inzwischen wirkte ihre Kleidung schmutzig und verlumpt. Sie konnte von Glück sagen, wenn niemand sie für eine Bettlerin hielt. Ein Wams und zwei Hemden zum Wechseln wären in ihrem Rucksack gewesen, doch den besaßen Eschenstabs Männer, falls sie ihn nicht längst in ein Gebüsch geworfen hatten.

Die letzten Tage war das Wandern keine Freude mehr gewesen, denn ihre Schuhsohlen waren durchlöchert. Bevor sie weiterzogen, mussten sie sie unbedingt ersetzen.

Ich bin erleichtert, dass Semi das Gravid wirklich hergeben will. Das zeigt, dass er endgültig akzeptiert hat, dass zwischen uns nur Freundschaft sein kann.

»Schauen wir erstmal, wo wir die besten Angebote für die Kette bekommen.« Semi kramte in den Innentaschen seines Wamses nach dem Schmuck. Plötzlich hielt er inne und machte ein verdutztes Gesicht. Larima kam dicht an ihn heran.

Langsam zog er seine Hand heraus, hielt sie vor sich und öffnete sie. Auf seiner Handfläche lag ein kleiner Lederbeutel. Semi zog dessen Schnur auf und holte vier Trafladrim hervor, die im Licht der Sonne golden schimmerten. Larima erkannte Ojimons Hammer, der in das edle Metall geprägt worden war. Semi schloss seine Hand schnell zur Faust, bevor jemand auf das wertvolle Glänzen aufmerksam werden konnte.

»Woher, bei Vindur, kommen die?«, fragte er verdutzt.

Larima und Semi sahen sich an. »Gete!«, riefen sie gleichzeitig. Larima lachte.

»Die alte Hexe!«, brach es aus Semi heraus. »Sie muss mir den Beutel ins Wams geschmuggelt haben, während wir geschlafen haben.« Auch er lachte.

Als Erstes steuerten sie die Auslage eines Ledernähers an. Für sechs Miosim erstanden sie nicht nur zwei neue Paar Schuhe, sondern dazu einen Lederranzen.

»Für den Proviant, den wir später besorgen müssen«, meinte Larima und betrachtete zufrieden ihr lochfreies Schuhwerk.

Ihr Magen knurrte. Sehnsüchtig blickte sie zu den Essenständen auf der anderen Seite der Gasse hinüber, an denen geröstete Nüsse, saftige Stücke Grillfleisch und eingelegte Tykkfruchtscheiben angeboten wurden.

»Wir haben noch drei ganze Sonner, ein paar Taler und Sauen«, zählte Semi ihr schmales Vermögen auf. »Eine kleine Stärkung können wir uns gönnen.«

»Aber wirklich nur eine kleine«, gab Larima nach.

Die Düfte wehten über die Gasse. Sofort zog der Stand mit den Tykkfrüchten Larima an. Es war ein gutes Jahr her, dass sie das Obst zuletzt gegessen hatte, und die Marktfrau bot die Fruchtscheiben genauso an, wie Larima sie liebte: sauer eingelegt und mit Honig beträufelt.

Semi besorgte sich unterdessen eine Schale Rindfleischeintopf mit Brot. Er brachte auch zwei Becher Met mit. Die beiden ließen es sich schmecken.

»Jetzt sollten wir aber unbedingt an unsere Reise denken«, sagte Larima, nachdem sie sich gestärkt fühlte. »Bevor wir weiter Gold auf dem Markt ausgeben, müssen wir zuerst in den Færdastempel und eine Karte besorgen. Sonst haben wir vielleicht nicht mehr genug dafür in unserem Beutel.«

»Warum sparen wir uns nicht das Geld und suchen jemanden, der weiß, wo Lanning ist?«, schlug Semi vor. »Wir können unseren Weg doch auf die altmodische Art suchen.«

»Wegangaben, die wir von Passanten aufschnappen, sind zu ungenau«, antwortete Larima leise. »Jeder schickt uns in eine andere Richtung und wir sind kreuz und quer unterwegs. Nein, wir müssen auf dem schnellsten Wege nach Lanning. Eschenstab hat die Stadt wahrscheinlich schon erreicht und an jedem Tag, der verstreicht, könnte er herauszufinden, wie er die Macht des Artefakts entfesselt. Außerdem hoffe ich immer noch, dass wir diesen Fladrea namens Lotin dort treffen.«

»Landkarten sind meist auch nicht genauer«, hielt Semi dagegen.

»Die Karten aus den Færdastempeln sind die genauesten in ganz Hallinga.«

Darauf fiel Semi keine Erwiderung ein. »Dann lass uns schnell deinen Tempel suchen und eine besorgen. Hoffen wir, dass genug Münzen übrig bleiben. Ich darf dich erinnern, dass sich Fochting in der Hand dieser Burschen befindet.« Er wies auf die leere Stelle an seinem Gürtel. »Eschenstab wird uns das Artefakt nicht widerstandslos übergeben, wir werden es uns erkämpfen müssen. Sollen wir das mit deinem mickrigen Dolch machen? Der taugt mehr als Jagdklinge oder Schnitzwerkzeug. Sollen wir uns ein paar Keulen aus Ästen am Wegrand schnitzen? Die werden uns auch nicht viel helfen. Wir brauchen richtige Waffen.«

»Da kann ich dir nicht widersprechen«, gab Larima zu. »Aber eins nach dem anderen. Wie teuer kann so eine Karte schon sein?«

Sie kehrten dem Marktplatz den Rücken und machten sich auf die Suche nach dem Gotteshaus. Die Tempel des Færdas fanden sich in der Nähe des Ortsrandes und glichen oft selbst einem geschäftigen Markt.

Da Vœlen über zwei Stadtmauern verfügte, wussten Semi und Larima nicht, in der Nähe welcher Mauer sie nach dem Tempel suchen sollten. Gotteshäuser gehörten aber bestimmt zu den ersten Gebäuden, die in einer Stadt errichtet wurden, also suchten sie zunächst in der Nähe der inneren Stadtmauer. Tatsächlich wurden sie nach kurzer Zeit fündig.

Der Tempel, in dem die Bürger Færdas verehrten, den Gott der Reise und des Trankes, erinnerte Larima an eine Mischung aus einem Wanderzirkus und einer Markthalle. Das weitläufige Gebäude verfügte über drei breite Tore, die in den Hauptraum führten. Das Tempelhaus war gänzlich aus Holz errichtet und machte den Anschein, als könnte man es jederzeit einpacken und durchs Land tragen, wenn man nur genug Packpferde dafür auftrieb. Ein ständiger Strom von Besuchern ergoss sich durch die Tore.

Larima und Semi ließen sich von der Menge hineintreiben. Sie schlenderten an den Ständen vorbei, die sich im Inneren drängten, und gelangten an den Altar des Heiligtums, der wie ein unwichtiges Beiwerk in einer Seitennische stand. Er bestand aus wuchtigen Holzstämmen verschiedener Bäume, maß sicher drei Schritt in der Breite und überragte Larima um eine Mannslänge.

Sie bewunderte die kunstfertigen Bilder, die in den Altar geschnitzt waren. Sie zeigten verschlungene Wege mit Wanderern, die von wilden Tieren, Eisspalten oder herabschlagenden Felsbrocken bedroht waren. Immer war ein Mann zur Stelle, der die Reisenden schützte und in seiner Rechten ein Methorn hielt: Færdas.

Semi stieß Larima an und sie löste sich unwillig von dem Anblick. Sie schlenderten an dem Opferstock vorbei, der vor dem Altar auf einer niedrigen Säule ruhte, die wie ein bauchiger Krug geformt war. Nach wenigen Schritten trafen sie auf einen Stand, an dem ein älterer Mann mit aufgeweckten Augen Landkarten verkaufte.

Die meisten seiner Karten zeigten nur die ungefähre Lage von Heiligtümern und Tempeln in Hallinga. Doch ein Stück stellte sich als das heraus, was die beiden suchten: eine Karte der Jarlschaft, in der sie sich aufhielten. Fantasietiere und Sagengestalten tummelten sich auf den Grasflächen und in den Wäldern, doch auf den ersten Blick wirkte die Lage der eingezeichneten Städte und Straßen präzise. Larima entdeckte Vœlen in der unteren rechten Hälfte des Plans. Die Stadt lag offenbar nur einige Dutzend Meilen vom Meer entfernt. Sie suchte die Küstenlinie nach Lanning ab, doch bevor sie fündig wurde und sich die Karte näher anschauen konnte, zog der Verkäufer sie ihr aus den Fingern und rollte sie zusammen.

»Zwei Sonner«, verlangte der Mann, ohne mit der Wimper zu zucken, und kraulte sich den grauen Bart.

Larima atmete scharf ein. Das war wirklich viel. Es war ihnen offenbar zu sehr anzumerken gewesen, wie dringend sie die Karte brauchten. Jetzt war es zu spät.

Semi versuchte zu verhandeln, der Kartenhändler ließ sich jedoch auf nichts ein. Ihr Ziehbruder sah Larima fragend an und sie nickte ihm zu. Murrend reichte Semi die zwei verlangten Trafladrim an den Mann und bekam die Karte überreicht.

Noch auf dem Weg aus dem Tempel hinaus schnappte sich Larima das Pergament aus Semis Fingern und entrollte es, um sicherzugehen, dass es inzwischen nicht ausgetauscht worden war. Sie hatte auf Burg Groveflyk von dieser Täuschung gehört und wollte selbst nicht darauf hereinfallen. Doch bei dem Stück handelte es sich um die bezahlte Karte der Jarlschaft Wrisnin.

Die beiden marschierten auf den Ausgang des Tempels zu. Als sie am Altar vorbeikamen, beugte Semi das Knie und ließ einen Miosim in den Opferstock gleiten.

Larima, die die Karte noch in der Hand hielt, blickte ihn fassungslos an. Semi zuckte mit den Schultern. »Wir brauchen eine sichere Reise mehr als alles andere! Also bete!«

Das stimmte. Larima beugte ebenfalls ihr Knie und gab ein kurzes Stoßgebet an Færdas von sich.

Als sie aus dem Tempel traten, stand die Sonne jenseits ihres Zenits und wanderte beständig in Richtung Horizont.

»Wir haben nicht mehr viel Zeit«, mahnte Larima. Die beiden waren sich einig, dass sie nicht in der Stadt übernachten wollten. Also eilten sie zurück zum Marktplatz.

Larima verstaute die Landkarte unter ihrem Wams. Sie war bedeutend teurer, als sie geschätzt hatte. Als Tochter eines Haron musste sie nie betteln und war es nicht gewohnt, Geld kleinkrämerisch zu zählen. Wenn sie etwas zu kaufen wünschte, händigte ihr der Kämmerer die Münzen aus. Meist zählte Larima sie nicht einmal, bevor sie die Geldstücke in die Hände der Händler drückte. Natürlich hatte Larima bei Væter Hanrek gelernt, dass ein Stallbursche etwa einen Miosim täglich verdiente und ein Sattlermeister einen Trafladrim. Doch der wirkliche Wert des Geldes wurde ihr erst jetzt klar, da in ihrem Beutel nur noch eine goldene und wenige silberne Münzen klimperten.

Als sie den Markt erreichten, nahm Semi sie zur Seite. »Nun müssen wir zusehen, dass wir eine gute Klinge bekommen.«

»Aber die sind doch viel zu teuer. Wir haben kein Geld mehr dafür übrig«, wandte Larima ein.

»Wir finden schon etwas Passendes.«

Larima vertraute ihm in Waffenangelegenheiten völlig. Selbst nachdem sie mehrere Wochen in Kramins Schmiede auf Groveflyk gearbeitet hatte, wusste ihr Ziehbruder noch hundertmal mehr über Schwerter als sie.

Zuhause hat er sich Fochting in seiner Scheide jede Nacht neben das Bett gelegt.

Semi führte sie zielstrebig zu einem Waffenhändler, dessen Stand aus rotem Tuch auf einem ausgeblichenen Holzgestänge bestand. Der feiste Mann trug ein abgetragenes, gelbes Hemd und einfache Hosen. Um seinen Bauch spannte sich ein Gürtel aus blau gefärbtem Hirschleder, der so wertvoll zu sein schien wie der Rest der Kleidung zusammen. Das Stück stach hervor wie ein Edelstein in einem Kiesbett. Zu Larimas Überraschung beachtete Semi die Schwerter in der Auslage nicht, sondern beugte sich über eine Waffe mit gekrümmter Klinge.

»Das ist ein Säbel«, erklärte er Larima. »Die Südvölker auf Mirsdenny und Sœllan benutzen solche Waffen.« Die Menschen auf den großen Inseln im Sydermeer galten als wild und unzivilisiert und machten vieles anders als die Hallinger auf dem Festland. Offenbar formten sie auch ihre Waffen seltsam.

Semi packte den Griff, der mit kunstvollen Rillen versehen war, und probierte die Gewichtung der Klinge aus. Er stach vor sich in die Luft und zog die Waffe blitzschnell zurück. Ein feines Lächeln umspielte seine Züge.

»Der Säbel ist beste Arbeit aus den Schmieden im Süden«, begann der Händler sein Verkaufsgespräch. Seine schmalzige Stimme war es offenbar gewohnt, Waren anzupreisen. »Da unten verstehen sie ihr Handwerk. Sechs Sonner und er ist Euer, mein Herr« Der Verkäufer gaffte Semi aus gierigen Augen an. Er witterte das Gold.

Obwohl das weit mehr war, als ihr Beutel enthielt, legte Semi die Waffe nicht zurück, sondern hielt sie ins Licht und betrachtete die blitzenden Reflektionen auf der Schneide. Sein Grinsen wurde mit jedem Herzschlag breiter.

»Das ist achtfach gefaltetes Eisen«, stellte er mit leiser Stimme fest, wobei er den Säbel nicht aus den Augen ließ.

»Sicher.« Der Händler nickte zufrieden und zerrte an seinem Gürtel. »Ich sagte doch, beste Arbeit.«

»Ist es aber nicht so, dass diese Art Eisen nur in den Schmieden von Hallingfurt geschmiedet werden darf? Auf Befehl des Jarlthings?« Semis Blick schnellte von der Klinge zu dem verdutzten Händler.

Dieser begann zu schwitzen und schien sich plötzlich unwohl zu fühlen. Seine Augen waren aufgerissen und groß wie zwei Teller. »Das ist ein uraltes Gesetz.«

»Auch alte Gesetze sind gültig, bis das Jarlthing sie widerruft. Hat das Thing dieses Gesetz widerrufen? Das muss mir glatt entgangen sein.«

Die Pupillen des Händlers kreisten. Er schien sich nicht entscheiden zu können, wohin er sehen sollte. Schließlich schüttelte er den Kopf. »Worauf wollt Ihr hinaus?«, fragte er.

Semi ließ sich Zeit mit der Antwort. Er stand hoch aufgerichtet da, mit gereckten Schultern und festem Blick. In diesem Moment sah er aus wie sein Vater und auch wie sein Großvater, der von dem großen Gemälde herrschaftlich in den Gang des Prunkgeschosses der Burg herabblickte.

»Es gibt zwei Möglichkeiten«, begann Semi mit fester Stimme. »Entweder Ihr seid ein Lügner und versprecht Sachen über Eure Waren, die nicht stimmen, was den Marktaufseher sicher interessieren würde. Er wird Euch mitsamt Eurem Stand vor die Tore setzen. Oder aber dieser Säbel ist wirklich aus dem Süden, wovon ich bei der Form des Griffes ausgehe. Ich habe selbst unzählige dieser Waffen in Händen gehalten. Dann aber verkauft Ihr Klingen, die gegen die Gesetze des Jarlthings verstoßen. Und was mit Gesetzesbrechern passiert, muss ich Euch wohl nicht erzählen.«

Der Händler erbleichte. Mit bebenden Lippen blickte er sich um und hielt Ausschau nach jemandem, der die Worte mitangehört haben könnte. Doch außer Semi und Larima befand sich niemand in der Nähe seines Stands. Hoffnung schimmerte in seinen Augen. »Können wir das nicht anders regeln?«, versuchte er es.

Semi legte den Kopf schief. »Normalerweise bin ich ein Mann der Ehre und würde mich auf einen solchen Handel nicht einlassen ...« Er wog den Säbel in seiner Hand.

»Ich gebe ihn Euch für fünf Sonner!«, sagte der Händler hastig.

»Einen! Und zwei dieser Jagdfallen gebt Ihr mir dazu.« Er deutete auf Vorrichtungen mit Schlingen, die aus Leder und Eisen gefertigt und dafür gedacht waren, Hasen und Easane zu jagen.

Der Händler verbeugte sich tief. Fast wäre er vornübergefallen. »Was Euch beliebt, mein Herr.«

Der Handel ging schnell vonstatten. Der Kaufmann wirkte froh, sie beide loszuwerden. Semi schnappte sich seinen neuen Säbel und steckte ihn in seinen Gürtel. Die Fallen ließ Larima im Lederranzen verschwinden.

Sie war erstaunt über Semis Kenntnisse.

Woher weiß er so genau über die Gesetze zur Schmiedekunst Bescheid? Ist das derselbe Bursche, der sich bei mir so oft über die angeblich langweiligen Lektionen von Væter Hanrek beschwert hat?

»Gut gemacht«, lobte sie Semi, als sie zwischen den Marktständen umherschlenderten. »Zumindest wenn es um Waffen, Landesgesetze und das Jarlthing geht, scheinst du das Wissen in dich aufzusaugen. Woher hast du das alles?«

Semi zuckte mit den Schultern. »Stell dir vor, ich kann Hallingad auch lesen.« Er kicherte. »Weißt du, was das Beste ist?«, fragte er.

Larima schüttelte den Kopf.

»Eigentlich ist es ja Eschenstab, der uns das Gold über Umwege hat zukommen lassen. Jetzt zahlt er selbst dafür, dass wir ihn bestens ausgerüstet verfolgen können.«

- 4 -

Die Hufe trommelten auf dem Holz und sein Rappe wieherte, als Eschenstab ihn über die Brückenbohlen jagte. Die Brücke überspannte einen trägen Fluss mit schlammigem, bräunlichgrünem Wasser. Angewidert versuchte Eschenstab, den Gestank zu ignorieren, der dem Gewässer entströmte.

Die Arme des Grons führten besonders im Frühsommer so viel Wasser von den Bergen herunter, dass das Land um Lanning herum immer feucht war und an Ackerbau dort nicht zu denken.

Die stinkenden Weiten aus Pfützen, trüben Lachen und faulenden Grasinseln bildeten einen Sumpf, an den sich Eschenstab nur zu gut erinnern konnte.

Vor über zwanzig Jahren, kurz nach den Trollkriegen, war er mit Evin nach Lanning unterwegs gewesen, um für Haron Egelmin eine Nachricht zu überbringen. In Vœlen hatten sie sich einer Gruppe Soldaten angeschlossen, ebenfalls noch blutjunge und unerfahrene Kerle. Sie probierten es mit dem direkten Weg nach Norden und waren in dieses Moorland geraten. Ohne feste Wege irrten sie tagelang darin herum, das Trinkwasser wurde knapp und zu allem Überfluss legte ihnen eine Diebesbande aus Mördern und Halsabschneidern einen Hinterhalt. Sie verloren ein halbes Dutzend Männer an den Sumpf, bis sie endlich in Lanning angekommen waren.

Heute kannte Eschenstab den einzig richtigen Weg in die Stadt. Er folgte der Straße aus Westen.

Schon bei seinem ersten Besuch hatte er erkannt, dass Lanning starb. Eschenstab verzog den Mund, als er an den ekligen

Geruch nach Niederlage und Untergang denken musste, den das faulende Holz der Häuser verströmte.

Die Stadt ist nichts anderes als ein Jarl, der mit abgeschlagenem Kopf weiter erhaben auf seinem Thron hockt, obwohl jeder weiß, dass es nicht mehr lang dauert, bis er endgültig fällt und auf dem Boden aufschlägt.

Er trat seinem Rappen in die Flanke und das Pferd ließ seine Beine fliegen. Zusammen schossen sie von der Brücke herunter.

Wie tief ist Lanning in seinem Todeskampf inzwischen gesunken? Ich hoffe nur, die Akademie steht noch.

Am anderen Ufer atmete er tief durch, doch der Gestank nach fauliger Bracke blieb. Ein Blick nach Osten zeigte meilenweit Schilfrohr und moorgefüllte Pfuhle, zwischen denen eine drei Schritt breite, befestigte Straße hindurchführte, der sie folgten.

Wenigstens haben wir den Großteil dieses vermaledeiten Sumpfs umgangen, auch wenn unser Ritt nach Nordwesten zuerst ein Umweg gewesen ist. Mit der verlorenen Zeit haben wir dafür bezahlt, nicht im stinkenden Moder absaufen zu müssen.

Eschenstab fühlte einen immer stärker werdenden Drang in sich, der ihn nach Lanning trieb.

Ob dies am Artefakt in meiner Tasche liegt?

Er spürte, wie der Stein gegen seine Brust drückte. Wie ein fremdes Herz gab es ihm den rasenden Takt seiner Schritte vor.

Tap, tap, tap.

Er schien immer schneller zu werden, je näher sie sich ihrem Ziel näherten.

Wie konnte ein Stück Fels nur solche Macht auf ihn ausüben? Er musste sich zwingen, angesichts der Eile nicht jede Vorsicht zu vergessen.

- 5 -

Als der Abend dämmerte, suchten Larima und Semi Unterschlupf in einer verlassenen Scheune auf einem verwilderten Feld. Glücklicherweise stank es im geräumigen Inneren nicht nach Viehmist und damit war die aus groben Balken gezimmerte Unterkunft weit besser, als es Larima erwartet hätte.

Sie streckten ihre müden Beine auf dem Boden aus, der aus festgetretener Erde bestand. Larima entdeckte Strohhalme und vertrocknete Ähren und sie schätzte, dass hier im Sommer Weizengarben gelagert wurden. Im Dach klaffte zwar ein Loch, doch das störte sie nicht. Ganz im Gegenteil. Durch die Öffnung konnte Rauch abziehen und das erlaubte ihnen, ein Feuer zu entzünden.

Sie richteten sich gemütlich ein, brachten ein Feuerchen in Gang und aßen eine Kleinigkeit. Larima verspürte kaum Hunger. Erst vor einigen Stunden auf dem Markt hatte sie genug in sich hineingestopft. Doch die gebrannten Haselnüsse schmeckten so lecker, dass sie zwei Handvoll verschlang. Ihr reichhaltiger Proviant stärkte sie. Das war auch gut so, denn bis nach Lanning stand ihnen noch ein weiter Weg bevor und dort würden sie all ihre Kräfte benötigen.

»Diesmal ist unser Besuch ja glatt gelaufen«, sagte Larima zwischen zwei Nüssen. »Doch die hohen Mauern der Häuser und die vielen Menschen ... ich würde mich da niemals wirklich wohl fühlen.«

»Bist eben ein Kind der Wälder«, meinte Semi.

Larima musste ihm zustimmen. Natürlich ragten auf Burg Groveflyk die Mauern ebenfalls hoch auf und an Festtagen musste man aufpassen, nicht auf die Mäntel der Ritter zu treten, die sich im Festsaal drängten. Doch sie erinnerte sich an Tage, an denen sie durch die Gänge der Burg gewandelt war, ohne einer Menschenseele zu begegnen.

»Wenn es aber an ein Zeichen der Götter grenzt, dass man auf einem Waldspaziergang mal jemanden trifft, kann das durchaus als langweilig gelten«, gab Semi zu bedenken.

»Da ziehe ich diese Langeweile dem Gedränge vor. Ich bin gespannt, was uns in Lanning erwartet. Ob da noch mehr Menschen leben als in Vœlen?«

»Steht das nicht auf unserer Karte?«

Larima wischte sich die Finger an ihrer Hose sauber und zog das Pergament heraus, das sie zusammengerollt unter ihrem Wams bei sich trug. Die Landkarte war im Moment das Wertvollste, das sie besaßen. Und das, obwohl sie nicht größer als die Seite eines wuchtigen Folianten war.

Die Karte war zwar auf den ersten Blick übersichtlich, doch die Details daraus zu lesen, stellte sich als schwierig heraus. Entweder hatte ein Meister seines Faches sie geschaffen und nur Eingeweihte konnten ihre Genialität erkennen, oder es war ein Stümper gewesen, der sie gekritzelt hatte.

Ein Oben oder Unten schien nicht zu existieren. Alle Namen der Städte, Dörfer, Flüsse und Landstriche waren kreuz und quer über das Pergament gepinselt. Auch die Handschrift war nicht überall die gleiche. Manchmal wirkte sie künstlerisch geschmückt, manchmal bestand sie aus starren Lettern. Ganz oben – zumindest hielt Larima das für oben – prangte in verschnörkelter Schrift: Jarlschaft Wrisnin.

Erst betrachteten beide die Wälder und Felder, Orte und Flüsse schweigend. Dann legte Semi seinen Finger auf die Karte und fuhr mit ihm eine Linie entlang, die Blau von Hellgrün trennte. »Das ist die Küste. Und hier ist Lanning.« Er hielt über einem roten Punkt auf einer kleinen Nase an, die ins Meer ragte.

Larima erkannte mickrige Buchstaben, die den Namen der Stadt tatsächlich mit Lanning angaben. Sie konnte kaum glauben, dass sie das Ziel ihrer langen Reise mit eigenen Augen sah. Für einen kurzen Augenblick bildete sie sich ein, sie müsste den roten Farbfleck nur berühren und befände sich sofort dort.

»Und wo sind wir?«, wollte Larima wissen.

Aufgrund seiner Jagdausflüge durch die Jarlschaft besaß Semi weitaus mehr Erfahrung im Kartenlesen als sie. Dennoch zögerte er einen Moment, bis er auf eine Stelle im Landesinneren zeigte. »Wir befinden uns nordöstlich von Vœlen. Das liegt da, also muss unsere Scheune in etwa dort sein.«

Larima sah ihn zweifelnd an.

»Vertrau mir!«, beschwichtigte er sie. »Ich kenne mich aus, auch wenn die Landmarken hier nichts taugen. Die Abstände bleiben nicht gleich, sondern verändern sich. Ob das Absicht oder Stümperei ist ... keine Ahnung.«

Larima richtete ihren Blick auf das Pergament. »Dann müssen wir also dort hinauflaufen, durch diese dunkelgrüne Gegend hinauf zur gelbgrünen?«

Semi nickte. »Ich denke schon. Das Dunkelgrün soll wohl Wälder oder eine waldreiche Gegend darstellen. Das Gelbgrün ist Weide.«

»Gibt es keinen anderen Weg? Einen, auf dem wir uns nicht so leicht verlaufen können? Eine Straße zum Beispiel. Ich will keine Zeit mit der Suche nach dem richtigen Weg verschwenden.«

Semi nickte. Er blickte lang auf das Muster aus gekreuzten Linien, Punkten und Buchstaben, dann aber schüttelte er den Kopf. »Die Straße hier«, Semi zeigte auf einen braunen Strich, der knapp oberhalb von Vœlen nach Westen abknickte, über einen Fluss führte und schließlich Lanning nach einem großen Bogen erreichte, »wäre die einzige Möglichkeit. Doch sie macht einen gewaltigen Umweg. Wir würden Tage, wenn nicht Wochen verlieren.«

Larima sah ein, dass dieser Reiseweg nicht in Frage kam. »Also direkt von Süden aus?«

»Direkt von Süden aus, parallel zur Küste«, bestätigte Semi. »Es scheint mir der sicherste und schnellste Weg zu sein.«

Er blickte sie fragend an, doch Larima fand keine Einwände. Sie starrte auf den kleinen roten Punkt, über dem die Schrift Lanning schwebte und den das Meer umspülte. Das war ihr Ziel. An diesem winzigen Fleck auf dem Pergament würde sich ihr Schicksal entscheiden.

Larima löste sich mit einem Ruck von der Karte. Sie waren sich über den Weg einig und wussten, wohin sie sich wenden wollten, also rollte sie das Pergament vorsichtig zusammen und steckte es zurück unter ihr Wams.

Semi sprang auf. »Genug tatenlos herumgehockt.« Er zog seinen neuen Säbel aus dem Gürtel und sprang mit gezückter Klinge durch die Scheune. »Diesmal werden wir ihn überraschen und er wird aus dem Staunen gar nicht mehr herauskommen. Wir stellen ihn und prügeln das Artefakt aus ihm heraus. Und diesem Koskan werde ich Fochting aus den toten Fingern winden.« Er führte Schattenkämpfe aus und focht mit der Luft. »Sonst wird mich diese Schande noch auf dem Sterbebett und danach meine Seele bis nach Weringar verfolgen.«

Für einen unbedarften Beobachter mochte es wirken, als spielte ein kleines Kind mit einem Holzschwert. Doch Larima wusste, dass Semi versuchte, sich daran zu gewöhnen, einen Säbel zu führen. In einigen Tagen würde zwischen ihnen und dem Tod vielleicht nur diese schmale krumme Klinge stehen.

Zugegeben, wenn Semi während seiner Verhandlung mit dem Händler nicht gelogen hat, ist der Säbel wenigstens aus dem besten Eisen von ganz Hallinga geschmiedet.

Larima beobachtete ihren Freund eine Weile, dann wandte sie ihren Blick ab und konzentrierte sich auf die Kraft in ihrem Inneren. Sie versuchte, die Spur in sich zu fühlen. Wollte sie formen und ihrem Willen unterwerfen, doch ein Lichtfunke zeigte sich nicht. Ihre Gedanken derart zu bündeln, war anstrengend und nach kurzer Zeit spürte sie Schweiß auf der Stirn.

Sie atmete tief aus und entspannte sich für einen Moment.

Vielleicht will ich es zu sehr erzwingen.

In der Höhle im Gebirge, als diese Verzweiflung sie erfüllt hatte und Lichtbringer auf ihrer Handfläche erschienen war, war es wie von selbst geschehen. Sie hatte nicht darüber nachgedacht, nicht mit aller Macht versucht, das Licht herbeizuzwingen. Es war in dem Moment aufgetaucht, als sie es am nötigsten gebraucht hatte.

Sollte ich mehr auf die Spur vertrauen? Aber was nützt eine Gabe, wenn man sie nicht bewusst einsetzen kann?

Wie gern hätte Larima jetzt mit einem Fladrea darüber gesprochen.

Schreckliche Gewissheit

- 1 -

»Hast du letzte Nacht geträumt?«, fragte Semi, als sie die Scheune hinter sich ließen.

Larima schüttelte den Kopf. »Dank der Menge an Kräutersud, die du mir eingeflößt hast, werde ich wohl nie wieder etwas träumen«, beschwerte sie sich, doch sie lächelte dabei.

Sie wollte nicht, dass Semi merkte, wie wichtig ihr diese Visionen waren, und fürchtete, nicht die richtigen Worte zu finden, um es ihm zu erklären. Sie konnte es sich nicht einmal selbst erklären. Doch der Gedanke, dass diese Träume nicht mehr wiederkehren würden, erschreckte Larima zutiefst.

»Sag mal, in deinen letzten Träumen, ist da auch dieser Mann aufgetaucht?«, fragte Semi plötzlich.

Fast wäre Larima über die Wurzel einer Eiche gestolpert, die sich am Feldrand aus der aufgewühlten Erde streckte. »Welcher Mann?«, fragte sie und musste sofort an das verschwommene Gesicht im wirbelnden Wasser denken.

»Der Mann in den Farnfeldern.«

Larima schloss die Augen und das entsetzte Gesicht schwebte vor ihr zwischen den Farnwedeln. »Ihn habe ich nicht gesehen. Ich bin mir nicht sicher, ob die beiden Träume etwas miteinander zu tun haben.« Der erste Teil stimmte, beim zweiten Teil log sie. Sie spürte, dass die Visionen zusammengehören mussten.

Und tief in ihrem Inneren hoffte sie wie verrückt, dass sie zu ihr zurückkehrten, selbst nachdem Semi sie mit dieser enormen Menge Kräutersud behandelt hatte.

Überall um sie herum war der Frühsommer angebrochen und die Felder erblühten. Wegblicker öffneten ihre dunkelblauen Blüten und nickten im sanften Wind. Bienen taumelten, noch träge von den kalten Nächten, von einer Blume zur nächsten.

An den Abenden lagerten sie auf Lichtungen der Wäldchen und brachen morgens zeitig auf, stets Richtung Norden.

Ihr Vorrat an gebrannten Haselnüssen war bald aufgebraucht, doch enthielt ihr Ranzen noch Brot, Weißkohl und Käse aus Vœlen. Außerdem wurden Semis Jagdkünste immer ausgefeilter. Mit Hilfe der Schlingenfallen gelang es ihm, Hasen und sogar ein Rebhuhn zu erlegen. Zusammen mit Spitzmorcheln und Blutampfer, die sie in den Auwäldern fanden, mussten sie keinen Abend hungern. Darüber war Larima sehr froh. Denn was nützte es, wenn sie völlig entkräftet in Lanning ankamen? Semis Übungstänze mit seinem Säbel fruchteten allmählich und er schwang die Waffe inzwischen fast so geschickt wie sein Schwert.

Auf ihrem Marsch wichen sie Bauern und Reisenden aus. Es schien klüger, niemandem über den Weg zu laufen, für den Fall, dass Eschenstab noch andere Menschen auf sie ansetzte. Nach drei Tagen stießen sie auf eine Gegend, in der die Wälder kleiner und die Bäume seltener wurden. Laut Landkarte erreichten sie das Ende der dunkelgrünen Zone und waren bereit, in das gelbgrüne Gebiet vorzustoßen, hinter dem Lanning auf sie wartete.

Unterhalb einer Gruppe von drei Linden, die auf einer Anhöhe aufragten, entdeckte Semi eine kleine Höhle, die sich mehrere Schritt tief zwischen die Wurzeln grub und in der sie die Nacht verbringen konnten.

- 2 -

Als Larima die Augen aufschlug, war sie verwirrt. Sie befand sich nicht mehr in der Höhle im Wurzelwerk der Linden, sondern in einem großen Saal. Stumme Gestalten umringten sie. Nein, sie stand unter ihnen. Inmitten der Menge erblickte sie ihre Mutter.

Larima hatte ein paar Tage nicht geträumt, weshalb sie erst allmählich begriff, dass dies eine ihrer Visionen war, die sie in die Kolonie der Fladrea führte.

Offenbar befanden sich alle auf den Beinen und hatten sich im Sternensaal versammelt. Das Fenster über dem Saal war dunkel und die Sterne funkelten kalt am Himmel.

Wie hat der letzte Traum geendet? Ich habe mich gewaschen, nachdem ich das Kind ... nachdem ich mich selbst vergiftet habe.

Larima bemerkte, dass ihre Mutter ein Bündel an die Brust presste. Sie strich das Tuch zurück und küsste eine leichenblasse Stirn.

Die Fladrea versammelten sich stumm um die trauernde Mutter, der die Tränen über die Wange rollten.

Mein eigenes Begräbnis.

Josnin, der alte Mann mit den Hängebacken und den wachen Augen, stand neben ihrer Mutter und sprach zur Menge. Offenbar leitete er die Gedenkfeier.

Larima wusste nicht, was sie tun sollte. Sie betrachtete den toten Körper in dem Bündel und es überkam sie die Gewissheit, dass hier etwas nicht richtig war. Das Kind konnte nicht tot sein. Es musste leben. Sie wollte es in die Menge schreien, die trauernden Gesichter aufmuntern: *Das Kind lebt!*

Doch sie konnte rein gar nichts tun. Ihr Körper gehorchte ihren Befehlen nicht. Sie stand nur da und beobachtete. Josnin beendete seine Rede und ein junger Fladrea mit schlaksigen Armen löste sich aus der Menge und ging mit hängenden Schultern auf Larimas Mutter zu.

»Erst übernimmt er diese schwere Aufgabe für die Gemeinschaft und jetzt dieser Schicksalsschlag«, flüsterte jemand.

»Armer Lotin«, bestätigte eine weitere Stimme.

Larima zuckte zusammen, als sie den Namen hörte. Aufmerksam beobachtete sie den Mann, der seine Hand sanft auf den Kopf des Säuglings legte und ihre Mutter küsste. Larima schluckte.

Als er sich umdrehte und sie in sein Gesicht sah, blieb ihr fast das Herz stehen. Er war der Mann, dessen von Schrecken erstarrte Gesichtszüge sie aus dem Farnwald kannte.

Ist es möglich, dass Semi recht hat und es keine Visionen sind? Vielleicht spinnt sich mein Geist dies alles zusammen? Doch warum fühlt es sich so wirklich an?

Hier im erleuchteten Saal der Kolonie konnte sie den Mann aus dem Wald, ihren Vater, in Ruhe betrachten. Er trug die Haare kurz wie die meisten Fladreamänner und um seine Stirn zog sich das breite Band mit dem Kristall in der Mitte, das Larima aus ihrem Traum kannte. Sein Gesicht war von Schmerz gezeichnet und er wirkte schrecklich jung und zerbrechlich.

Larimas Mutter übergab ihm ihr totes Kind, das der Vater liebevoll, jedoch mit bitterem Gesichtsausdruck an sich drückte. Larima beobachtete, wie ihre Mutter ein Holzamulett um den Hals ihrer Tochter legte, ihr über die Wange streichelte und einen Kuss auf die Stirn gab. Dann wandte sie sich ab und wurde erneut von Schluchzern geschüttelt.

Larima erkannte das Amulett sofort. Es handelte sich um das Schmuckstück, das um ihren Hals hing, als Haron Evin sie im Wald fand. Was beobachtete sie hier? War es doch die Vergangenheit, wie sie sich damals abgespielt hatte?

Wie kann das sein? Das Kind ... Ich bin tot. Aber das ist nie geschehen. Ich lebe!

Lotin durchschritt die Menge und die Fladrea wichen ehrfurchtsvoll vor ihm zurück. Er kam genau auf ihr Traum-Ich zu, blieb vor ihm stehen und legte seine freie Hand auf die Schulter ihres Körpers. »Lass uns gehen, Bancrus«, sagte er.

- 3 -

Larima schreckte aus dem Traum. Um sie herum war es dunkel, nur ein Ausschnitt des Sternenhimmels über ihr verriet den Ausgang der Höhle. Sie richtete sich auf und sofort setzte ein dumpf pochendes Drücken hinter ihren Augen ein. Larima zitterte.

Unglaublich, ich sehe das alles durch Eschenstabs Augen!

Trotzig stemmte sie sich gegen die Schmerzen in ihrem Kopf. Sie ließen sie erbeben, doch zum Glück fühlten sie sich erträglich an. Ob dies an Getes Sud lag?

Sie war froh, dass die Träume zurückgekehrt waren. Jetzt stand fest, dass die Traumbilder von diesem Ritter stammten und es seine Erlebnisse vor fast zwanzig Jahren waren, die sie in den Träumen durchlebte.

Konnte es wirklich wahr sein? Hatte Eschenstab sie als Säugling vergiftet und den Händen ihrer Mutter entrissen? Er musste ein Gift benutzt haben, dass sie wie tot erscheinen ließ, und täuschte die Fladrea mit der Spinne, damit diese sie für tot hielten.

Doch wieso bin ich dann nicht in Eschenhain aufgewachsen, sondern in der Obhut des Harons in Grovelflyk?

Larima ahnte, dass sie die Antworten auf ihre Fragen nur durch weitere Visionen erfahren konnte. Wenn sie dabei nur nicht diese Schmerzen ertragen müsste.

Sie saß lang in der Dunkelheit und starrte zu den Sternen hinauf. Langsam verklang das Dröhnen in ihrem Schädel und sie entspannte sich.

Sie rief sich den Anblick ihrer Mutter vor Augen. Sie war so traurig gewesen. Dennoch war Larima unendlich froh, dass sie ihr Gesicht noch einmal hatte sehen können. Was sie wohl gerade machte? Befand sie sich zusammen mit ihrem Vater im Land der Fladrea? Ihre Eltern wussten nicht, dass Larima am Leben war. Sonst hätten sie ihr Kind niemals zurückgelassen, da war sie ganz sicher.

Werde ich Mutter eines Tages durch meine eigenen Augen sehen? Sie in die Arme nehmen können? Und was ist mit Vater geschehen?

Mit Grausen dachte Larima an sein von Schrecken verzerrtes Gesicht inmitten der Farne, das sie wohl auch durch Eschenstabs Augen gesehen hatte. Sie wollte sich nicht ausmalen, was das bedeuten könnte.

Die Morgensonne verfärbte den Flecken Himmel und vertrieb das Funkeln der Sterne. Ihre Strahlen krochen in die Höhle und weckten Semi. Irgendetwas an ihrem Anblick ließ ihn erahnen, was letzte Nacht passiert war. »Du warst wieder in einem dieser Träume«, stellte er fest.

Larima antwortete nicht. Sie gab vor, mit dem Inhalt des Ranzens beschäftigt zu sein. Sie wühlte darin herum, schob eingewickelte Käsestücke hin und her. Doch Semi ließ sich nicht täuschen. Die beiden kannten sich viel zu lang, um etwas voreinander geheim zu halten. »Larima! Das Ganze macht mir Sorgen. Sei so gut und nimm wieder Getes Medizin.«

Larima winkte ab. »Mir geht es gut«, sagte sie. »Ich spüre kaum Schmerzen und habe eine Menge erfahren.« Sie warf den Ranzen auf den Boden und hob den Kopf.

Semi blickte ihr ins Gesicht und verzog zweifelnd den Mund. Larima spürte das Brennen in ihren Augen und wusste, was ihr Ziehbruder sah. Ihre Augäpfel waren sicher gerötet und sie musste erschöpft aussehen.

Aber bei allen Göttern. Wir wandern seit Wochen durch die Lande. Natürlich bin ich erschöpft.

»Ich werde diese Träume nicht aussperren!«, sagte sie mit einer Stimme, die keinen Widerspruch duldete. »Sie zeigen mir meine Vergangenheit. Und deshalb bin ich überhaupt von Groveflyk aufgebrochen, um etwas über meine Vergangenheit zu erfahren!« Larima hatte sich entschieden und Semi würde sie nicht umstimmen können.

Ihr Ziehbruder erkannte offenbar, wie ernst es ihr war, und sprach nicht mehr davon. Stattdessen kletterte er aus der Höhle, kümmerte sich um sein Gepäck, polierte wie jeden Morgen seinen Säbel mit einem Taschentuch und hängte ihn an den Gürtel. »Wir können aufbrechen«, verkündete er schlicht, als er fertig war.

Larima widersprach nicht, denn sie durften keine Zeit verlieren. Sie marschierten einige Stunden und ihr fiel erst allmählich auf, dass das Gelände feuchter wurde. Mehrmals stießen sie auf große Weiher, die sie umgehen mussten, und der Boden gab schmatzende Geräusche von sich, wenn sie ihren tief eingesunkenen Stiefel herauszog.

»Riechst du die fauligen Gase? Das ist ein Sumpf, in den wir hier reinmarschieren«, stellte Semi fest.

»Unmöglich. Das hätte uns die Karte ...«, sie stockte.

»Die gelbgrüne Fläche!«, riefen sie gleichzeitig.

»Deshalb macht die Straße nach Lanning so einen komischen Bogen«, erinnerte sich Larima.

Semi nickte. Er stützte die Arme in die Hüfte. »Sollen wir umkehren?«

»Nein. Das wäre ein viel zu großer Umweg, und damit wir der Straße folgen können, müssten wir fast bis nach Vœlen zurück. Wir werden den Sumpf durchqueren. Es ist nicht mehr weit bis Lanning«, entschied Larima.

Schon kurz darauf bereute Larima ihren Entschluss. In dem sumpfigen Gebiet kamen sie nur noch schleppend voran. Jeder Schritt musste dem Boden abgerungen werden. Mehrmals waren Larima und Semi gezwungen, umzukehren und einen anderen Weg zu suchen, weil sie vor einer ausladenden Moorgrube gelandet waren, die kein Ende nehmen wollte. Wenn dies so weiterging, würde aus der kleinen Entfernung nach Lanning ein Marsch von mehreren Tagen werden. Erschöpft beschlossen die beiden, ihr Lager auf einem Erdhügel aufzuschlagen, um den mannhohes Schilf wucherte.

Als sich Larima neben dem Lederranzen niederließ, die Beine mit den schlammverschmierten Schuhen ausstreckte und sich umsah, fühlte sie sich, als säße sie in einem riesigen Nest. Um sie herum gab es nichts außer Schilfhalme. Doch den Gestank der Sumpfgase hielt das Schilf nicht ab und die gebratenen Rebhuhnstücke schmeckten schlammig.

- 4 -

»Ich danke dir, dass du diese Bürde auf dich nimmst und mich zum Letzten Hügel begleitest, um meine kleine Larima in die Erde zu betten.« Die Stimme ihres Vaters brach. Sie spürte seine Trauer mit jeder Faser ihres Körpers.

Für Larima fühlte es sich wundervoll an, seine Stimme zu hören. Doch ihr Traum-Ich Eschenstab ekelte sich vor den piepsigen Lauten, die aus dem Mund des schmächtigen Kerls kamen.

Larimas Traum-Ich blieb stehen und packte Lotin bei den hängenden Schultern. Der Fladrea blickte sie aus seinem länglichen, bartlosen Gesicht an. In der Dunkelheit des Waldes konnte sie seine Augen nur schemenhaft erkennen. »Ich will noch viel mehr tun, alter Freund«, verkündete ihr Traum-Ich und musterte die weichliche Gestalt des Fladrea verächtlich. »Gib mir das Kind! Ich gehe zum Letzten Hügel und gebe Larima mein Geleit.«

Ihr Vater atmete tief ein und seufzte. »Ich wusste, dass du ein wahrer Freund bist, Bancrus. Aber dies ist meine Bürde.«

Verschwinde, du schwächlicher Bücherwurm, mit deinem grünen Haarband, deinem Edelsteinchen und deinen lächerlich dünnen Beinen!, huschten Eschenstabs ekelhafte Gedanken an Larima vorbei.

»Eine Bürde, die ich nicht nur mit dir teilen will, sondern die ich für dich übernehmen muss«, sagte der Ritter.

Lotin presste eine Hand vor die Augen. Seine bleichen Finger zitterten.

Ich hab dich gleich, frohlockten die Traum-Gedanken.

»Bedenke, was dir noch bevorsteht, Lotin. Du musst nicht mit ansehen, wie Larima ihre letzte Ruhe findet. Richte deinen

Geist auf die Zukunft, auf die schweren Aufgaben, die vor eurem Volk liegen. Du vertraust mir doch? Dann erfülle meine Bitte und lass mich Larima auf den letzten Hügel bringen.«

Endlich schien Lotin überzeugt. Er hob das Bündel nach oben, setzte einen zärtlichen Kuss auf die Stirn des leblosen Kindes und reichte es herüber.

Larima spürte eine Welle des Triumphes, die in Eschenstab losbrach, als er das Kind in Händen hielt. Mit einem letzten Kopfnicken verabschiedete sich Lotin und verschwand raschelnd zwischen den Büschen.

Larimas Körper hingegen eilte weiter. Sie beobachtete seine Schritte und fürchtete sich vor dem, was sie erwartete. Nach einiger Zeit erreichte sie eine Lichtung, deren Erde an manchen Stellen aufgewühlt war, an anderen wucherte das Gras hüfthoch. *Das ist ein Friedhof. Ist das der Letzte Hügel? Der Ort, an dem die Fladrea ihre Toten bestatten?*

Larimas Traum-Ich besah sich das Kind, das in die Decke gewickelt war. Noch wirkte es wie tot, doch schon bald würde das Leben zurückkehren. Es blieb nicht mehr viel Zeit. Eschenstab hastete zu einem Loch, das frisch in der Erde klaffte.

Vater, komm zurück!

Larima wollte schreien, doch sie besaß keine Gewalt über ihren Körper.

Eschenstab bettete den reglosen Säugling jedoch nicht in das vorbereitete Grab. Stattdessen legte er ihn ins Gras und begann, das Loch zuzuschaufeln. Der Schurke plante tatsächlich, es aussehen zu lassen, als sei Larima hier bestattet.

Sie erinnerte sich an Eschenstabs Besessenheit, was die Macht der Fladrea anging. Er war dabei, ein unschuldiges Kind seiner Familie zu entreißen, nur um sich diese Macht zu sichern.

Diese Ungeheuerlichkeit entfesselte brennende Wut in Larima.

Nachdem das Loch vollends gefüllt war, zog Eschenstab eine Metallplatte aus seiner Tasche und legte sie auf das Grab.

Larima versuchte, die Schrift zu lesen, doch in dem Moment hörte sie hinter sich plötzlich Schritte und ihr Körper fuhr herum.

Ihr Vater trat zwischen den Büschen hervor. Lotin blickte entsetzt auf das zugeschaufelte Grab und auf das Bündel mit dem Kind, das daneben lag. Sein Gesicht verzog sich zu einer Grimasse der Abscheu.

Larima spürte Wut in Eschenstab toben. Die Rückkehr des Fladrea musste einer Art dummem Ehrgefühl entsprungen sein.

Er darf niemals Gelegenheit haben, jemandem zu erzählen, was er gesehen hat, zischten die Traum-Gedanken hasserfüllt.

Alles geschah rasend schnell. Larimas Körper richtete sich auf und zog im selben Atemzug sein Schwert.

Lotins Hand flog an den Knauf seines Degens. Er zog die filigrane Waffe und die Klingen kreuzten sich sirrend. Der Degen bog sich unter der Wucht des Schwerthiebes.

In diesem Moment fühlte Larima, wie ein Sog sie aus dem Traum zu ziehen versuchte. Sie stemmte sich mit aller Kraft gegen ihn.

- 5 -

Semi flößte ihr den Trank ein. Diesmal gestaltete es sich weit schwieriger, denn Larima wehrte sich heftig. Wild schüttelte sie ihren Kopf und Semi musste aufpassen, keinen Tropfen des rettenden Saftes zu verschütten.

Nachdem Larima endlich den letzten Rest des Suds geschluckt hatte, ließ Semi den Schlauch fallen, legte eine Hand auf ihre verschwitzte Stirn und packte mit der anderen ihre klammen Finger. So blieb er sitzen und wartete darauf, dass es ihr besser ging. Doch diesmal war es anders, die Besserung wollte sich nicht einstellen. Larima stöhnte unverändert, unter ihren Augenlidern zuckten die Augäpfel hin und her.

Semi sah den Mond zwischen den Wolken durchscheinen und versuchte abzuschätzen, wie viel Zeit vergangen war.

Es dauert zu lang. Die Medizin hat keine Wirkung mehr.

Diese Erkenntnis traf ihn wie ein Hammerschlag. Er sprang auf und sah sich verzweifelt um. Der Kräutersud von Gete war seine einzige Hoffnung gewesen.

Was, bei den Göttern, soll ich tun? Ich kann sie nicht verlieren!

»Larima! Larima, wach auf!«, rief er atemlos. Doch sie reagierte nicht.

Ich muss Heilbeeren finden! Nur die können mir jetzt noch helfen!

Er warf sich herum, stürzte von der schilfumstandenen Insel und eilte zwischen die brackigen Pfützen.

Ein Sud aus Heilbeeren war die einzige Medizin, deren Wirkung er kannte und von dem er sich zutraute, ihn zusammenzurühren. In den Wäldern Groveflyks hatte Semi die Beeren und die Sträucher, an denen sie wuchsen, oft gesehen und wusste, an welchen Stellen er nach ihnen suchen musste. Doch in diesem Sumpf jenseits der Berge in einem unbekannten Land an der Küste fühlte er sich verloren.

Er irrte herum, suchte sich einen Weg an den moorigen Pfuhlen vorbei und geriet weiter in den Sumpf hinein. Seine Gedanken kreisten nur um Larima.

Ich muss sie retten.

Vielleicht waren die Götter gnädig genug, seine Schritte zu lenken, denn er landete nicht in einer bodenlosen Schlammpfütze. Neben zwei dornigen Büschen blieb er stehen und starrte über die Wasserfläche eines Weihers. Blasen stiegen an dessen Oberfläche und platzten träge.

Wo kann ich hier eine Heilpflanze finden?

Die Frage hämmerte tausendfach in seinem Kopf.

Semi drehte sich um die eigene Achse. Plötzlich blieb er stehen. Er fixierte den Horizont mit den Augen. Leuchtete dort nicht etwas? Ja. Ein helles Licht schwankte hin und her. Es näherte sich.

Es ist unglaublich schön.

Waren das seine Gedanken? Sie fühlten sich fremd an. Semi erkannte eine bleiche Frau, die eine Laterne schwenkte und ihm zuwinkte, damit er zu ihr kam. Sie sang mit kristallklarer Stimme.

Er musste lächeln. Wie leicht sich seine Beine anfühlten.

Jetzt wird alles gut werden. Ich muss nur das Licht berühren.

Schlamm und Wurzelwerk interessierten ihn nicht mehr, als er einen schwebenden Schritt nach vorne machte.

- 6 -

Der Sog, der an ihr riss, verstärkte sich. Larima kauerte sich zusammen und ließ die Kräfte über sich hinwegbranden. Mit unbedingtem Willen klammerte sie sich an den Traum und konnte dem Ziehen widerstehen. Sie fühlte, wie der Sog allmählich nachließ und verschwand.

Als sie wieder bewusst wahrnahm, was um sie herum geschah, befand sie sich nicht mehr auf dem Letzten Hügel. Ihr Körper hastete zwischen Bäumen hindurch. Sofort erkannte sie den Ort: der Wald aus ihrem Traum.

Das Gekreische des Tieres, das wie das Schreien eines Kindes klang, gelangte von fern an ihre Ohren und um ihre Stiefel zog Bodennebel auf.

Larima fühlte Eschenstabs Schritte. Er überragte sie ein gutes Stück und wog doppelt so viel.

Daher stammt dieses schwerfällige Gefühl, das ich während der Träume habe.

Sie erreichte die Eiche, lehnte sich an ihren efeuberankten Stamm, um für einen Moment durchzuatmen, und sah sich um. Niemand war zu sehen. Wohin ist dieser Kerl nur verschwunden?, fluchten Eschenstabs Gedanken. Kann sich der Feigling nicht trotz zerbrochener Klinge einem ehrbaren Kampf stellen?

»Vater ist nicht bei sich«, schrie sie Eschenstab stumm zu. »Die Trauer um seine Tochter lähmt ihn. Wie soll er sich gegen dich behaupten, du Monster?« Larimas Wut auf den Ritter loderte in ihr.

In ihrem Traum hatte sie immer das Gefühl gehabt, getrieben zu sein, etwas Wichtiges erfüllen zu müssen. Nun wusste sie, welchen schrecklichen Plan ihr Traum-Ich verfolgte. Doch sie war nicht das Opfer, sondern die Jägerin, die ihren Vater durch die Wälder hetzte.

Sie hörte ein leises Rascheln, das aus einigen Dutzend Schritt Entfernung erklang. Sofort stieß sich ihr Körper von dem Baum ab und eilte in diese Richtung.

Genau wie in meinem Traum. Gleich lichten sich die Bäume und ich erreiche den Farnwald.

Tatsächlich trat sie in diesem Moment auf das weite Feld, auf dem die riesigen Farne wuchsen, die sie um eine halbe Manneslänge überragten. In der Mitte des Feldes konnte Larima eine Bewegung erkennen. Dort wankte einer der Farnwedel. Ihr Traum-Ich schlich leise wie eine Katze darauf zu.

Gefühle von Überlegenheit und dem Willen zu töten sprudelten von tief in ihr an die Oberfläche. Panik ergriff Larima, als ihr bewusst wurde, was gleich geschehen würde, und sie versuchte mit aller Macht, ihr Traum-Ich aufzuhalten.

Doch es half nichts. Der Körper des Ritters trat leise zwischen die Farne und der Schatten eines Mannes im Umhang tauchte für einen Augenblick auf.

Larima wollte die Augen vor dem verschließen, was geschah, doch sie konnte es nicht. Ihre Lider gehorchten ihr nicht, weil es nicht ihre Lider waren.

Sie musste mit ansehen, wie sie sich in den Rücken ihres Vaters stellte und den Schwertgriff packte.

Lotin wirbelte herum. Das Mondlicht beschien sein Gesicht und es war genau das, das Larima in ihrem Traum gesehen hatte. Eine verzerrte Maske aus Angst.

Für einen Herzschlag blieb die Welt stehen. Sie standen sich zwischen den Farnen gegenüber, blitzschnell riss Larimas Traum-Ich das Schwert hervor und rammte es in die Brust ihres Vaters. Er hustete und ging in die Knie. Eine Hand schoss hoch, als könnte sie nicht glauben, was geschah. Lotin spuckte Blut, dann brach er leblos zusammen.

Larima starrte hilflos auf den toten Mann hinab.

Mein Vater, er ist tot! Du Mörder!

Ihr Traum-Ich buddelte mit bloßen Händen eine behelfsmäßige Grube in die weiche Erde. Nachdem der Körper halbwegs verscharrt war, hastete Eschenstab los.

Er trieb sich in Gedanken zur Eile an, um nicht zu spät zu kommen.

Auf halbem Weg hörte Larima Geschrei. Diesmal war es kein Tier, sondern wirklich ein Menschenkind, das schrie.

Das bin ich, die da brüllt.

Eschenstab näherte sich dem Letzten Hügel und wurde langsamer. Er schlich durch die Büsche und linste auf die Lichtung. Sie war nicht leer.

Ein Mann beugte sich über das schreiende Kind, das zappelnd auf dem Boden lag. Er hob den Säugling auf seine Arme und schaukelte ihn, um ihn zu beruhigen. Tatsächlich wurde das Weinen allmählich leiser. Der Mann wandte sich um und suchte die Lichtung ab. Larimas Traum-Ich drückte sich tief zwischen die Zweige der Büsche.

Verdammt! Was sucht er hier?, tobten Eschenstabs Gedanken. Wäre ich nur einen Moment früher gekommen!

In dem Augenblick erkannte Larima den Mann mit dem Säugling im Arm: der junge Evin von Groveflyk stand auf der Lichtung und ihr wurde klar, dass sie Eschenstab ihr Dasein als wurzelloses Adoptivkind verdankte.

- 7 -

Larima schlug die Augen auf und erkannte über sich den sternenübersäten Himmel. Die eine Hälfte war noch schwarz, die andere Hälfte von einem dunklen Gelb überzogen. Der Morgen graute.

Larima fühlte keine Schmerzen. In ihr tobte blanke Wut.

Skrupellos hatte Eschenstab sie den Armen ihrer Mutter entrissen und ihren Vater umgebracht. Gut möglich, dass ihre Mutter nie erfahren hatte, warum ihr Mann nicht zu ihr zurückgekehrt war.

Eschenstab wird ihr irgendwelche Lügen aufgetischt haben.

Und es war den Fladrea keine Zeit geblieben, nach ihm zu suchen, denn sie mussten aufbrechen, wollten sie nicht die gesamte Gruppe gefährden. Auf ihrer langen Reise in ihr Heimatland hegte ihre Mutter wohl noch die Hoffnung, ihrem Mann würde es gutgehen.

Nur der Mörder meines Vaters kennt die Wahrheit. Und ich jetzt auch!

Die Wut in ihr verwandelte sich in unbändigen Hass. Eschenstab hatte ihre Familie zerstört, ja, ihr ganzes Leben.

Larima fühlte nur noch den einen Wunsch in sich, Eschenstab dafür bezahlen zu lassen. Der Kerl konnte froh sein, dass er nicht hier war. Sie hätte ihn in der Luft zerrissen.

Noch etwas wurde ihr bewusst. Da ihr Vater tot war, gab es keine Möglichkeit mehr, ihn in Lanning oder an einem anderen Ort in Hallinga zu finden. Als einziger Fladrea war er bereit gewesen, zurückzubleiben, und nur er hätte ihr Antworten geben können.

Mir bleibt nur das Artefakt. Und das ist bei Eschenstab!

Sie hatte in die finstere Seele dieses Mannes geblickt und wusste, wie es wirklich in ihm aussah. Sie musste diesen Kerl aufhalten. Wenn er herausfand, wie man das Artefakt benutzte, würde er nicht zurückschrecken, Hallinga zu unterwerfen und zu zerstören.

Mit dieser Schreckensvision vor Augen fühlte sich Larima bereit, Eschenstab bis zum letzten Atemzug zu bekämpfen.

Selbst ein Sumpf würde sie nicht aufhalten. Sie könnte den Marsch nach Lanning heute noch schaffen.

Larima sprang auf und blickte sich um. Erst in diesem Augenblick bemerkte sie, dass Semis Decke verwaist neben ihr lag. Hektisch suchte sie den Lagerplatz ab, doch von ihrem Weggefährten gab es keine Spur.

Auf dem Boden entdeckte sie den Schlauch mit dem Kräutersud, der nun bis auf den letzten Tropfen geleert war.

»Semi?«, brüllte sie in das Schilf. Aber außer dem Quaken eines einsamen Frosches bekam sie keine Antwort.

Schlimmste Befürchtungen stiegen in Larima auf. Hatte Semi vergeblich versucht, sie während ihres Traumes zu wecken?

Er wird doch nicht in den Sumpf aufgebrochen sein, um Hilfe zu suchen?

Larima atmete erschrocken ein. Sie musste ihren Ziehbruder finden, bevor er in ein Moorloch stolperte und ertrank.

- 8 -

Semi taumelte vorwärts. Vor ihm leuchtete die Gestalt und schwebte bleich über dem brackigen Wasser des Weihers.

Ich muss zu diesem Licht!

Sein rechter Schuh geriet in ein Matschloch, versank und blieb stecken. Semi stockte der Atem. Verzweifelt riss er an seinem Bein.

Schlupf hinaus, blöder Fuß! Ich laufe barfuß weiter. Solange ich nur dieses Licht erreiche!

Doch die Bänder waren zu eng geschnürt, um seinen Fuß freizugeben. Er zerrte daran, bis sich sein Bein endlich mitsamt dem Schuh löste. Ein lautes Schmatzen ertönte, als er es aus dem Schlamm zog.

Semi schwebte losgelöst von allen Sorgen auf die leuchtende Gestalt zu. Doch da war etwas ... dort auf der rechten Seite! Ein zweites Licht. Es existierte nicht in der Welt des sanften Mondlichts vor ihm. Nein ... es handelte sich um eine lodernde, gelbe Flamme. Ein Fackellicht! Und es stürzte auf ihn zu.

»Semi!«, rief jemand seinen Namen.

Unschlüssig verharrte er. Die lockende Stimme in seinem Kopf säuselte und wollte ihn überreden, weiterzugehen, das milchige Licht zu erreichen und es zu berühren. Aber Semi hob langsam die Arme, wedelte mit ihnen und verscheuchte die unheimliche Zauberstimme aus seinen Gedanken.

Diese flackernde Flamme ... woher sie kommt, da gehört mein Herz hin ...

Die Fackel war fast bei ihm und verwirrt merkte er, dass eine Gestalt sie trug. Sie eilte auf ihn zu, ließ die Fackel zu seinem

Schrecken vor ihm auf die Erde fallen und packte ihn an den Schultern.

»Semi!« Die Stimme zog ihn zurück in eine Zeit, die vor dem Mondlicht existiert hatte. In seinem Kopf formte sich ein Name: Larima. Semi blickte ihr in die Augen und der Bann fiel von ihm ab.

Er packte Larima und drückte sie an sich. Als er über ihre Schulter zu dem magischen Licht sah, stockte ihm der Atem. Die bleiche Frau, auf die er zugelaufen war, löste sich in einer nebligen Wolke auf. In ihr schwebte eine faustgroße leuchtende Kugel, die aus seinem Blickfeld huschte und im Sumpf verschwand.

Ein Moorgeist! Fast wäre ich in mein Verderben gelaufen. Larima hat mich gerettet! Obwohl doch eigentlich ich sie retten wollte.

»Danke!«, presste er hervor, während Larima ihn umschlang und zurück zu ihrem Lager auf der Schilfinsel führte.

Auf dem Weg dachte Semi darüber nach, dass er seinem Tod in einem Sumpfloch vor wenigen Augenblicken nur knapp entkommen war. All die Schwertkämpfe und Muskelübungen hätten keine Rolle gespielt.

Lächerlich, für wie unverwundbar ich mich gehalten habe.

Larima und er ... zusammen hatten sie die Gefahr überstanden. In diesem Moment fühlte sich Semi verletzlich, aber auch unglaublich lebendig.

Im Lager angekommen ließen sie sich auf ihren Umhängen nieder und Larima kramte gebratenes Hasenfleisch aus ihrem Ranzen. Ein Stück reichte sie Semi und biss in ein eigenes.

»Wie geht es dir?«, fragte er zwischen zwei Bissen des zarten Fleisches. »Ich bin in den Sumpf gegangen, um Heilbeeren für dich zu finden. Du hast wieder geträumt und ich wusste nicht, was ich tun soll.«

»Stell dir vor, ich bin ohne Schmerzen aus dem letzten Traum aufgewacht. Du warst verschwunden ... Bei den Göttern, ich habe mir so Sorgen um dich gemacht!«

»Du hast mich gerettet.« Semi grinste Larima an.

»Stimmt«, sagte sie. »Sonst bist immer du es, der mich rettet.« In ihren Augen glänzte Stolz auf. Doch dann verfinsterte sich ihre Miene.

»Was ist los? Hast du etwas in deinem Traum gesehen?«, wollte Semi wissen.

Larima erzählte ihm, was sie in ihrer letzten Vision erfahren hatte. Mit pochendem Herzen lauschte Semi. Er konnte nicht glauben, was er hörte.

Sie schwiegen für einen Moment und beobachteten, wie die Sonne über dem Moor aufstieg.

»Wir gehen nach Lanning«, sagte Semi und krallte seine Faust in die feuchte Erde. »Du kannst dich auf mich verlassen, Larima. Und seit heute weiß ich, dass ich mein Leben auch in deine Hände geben kann.« Plötzlich kam Semi ein Gedanke, der ihn grinsen ließ.

Seine Ziehschwester sah ihn mit zusammengekniffenen Augen an. »Was gibt es da zu lachen?«, wollte sie wissen.

Er zuckte mit den Schultern. »Eschenstab wird für das alles mit bitterer Münze bezahlen. Das verspreche ich dir. Aber bei all der Niedertracht und Gemeinheit seines Plans hat er doch dafür gesorgt, dass wir uns begegnet sind. Eigentlich verdanken wir ihm unsere Freundschaft.«

Larimas Augen blieben zusammengepresst, während sie über Semis Worte nachdachte, doch dann huschte ein Lächeln auch über ihr Gesicht.

Lanning

- 1 -

Sein schwarzer Mantel bauschte sich, als Eschenstab die breiten Stufen zum Eingangsportal der Hehren Hallen hinaufeilte.

So hehr sind diese Hallen nicht mehr.

Die Marmorverzierungen der Fassade waren mit Gewalt abgeschlagen worden und die kläglichen Reste in Wind und Regen zerbröckelt. Aus den großflächigen Fenstern des erdebenen Geschosses waren die Glasscheiben herausgebrochen und die blanken Löcher mit krummen Brettern vernagelt.

Er erreichte das Eingangsportal, dessen grüne Farbe abblätterte. Vor dem Tor standen zwei Bewaffnete, an deren Gürteln Langschwerter hingen. Hellebarden besaßen sie keine und die ausgewaschenen, hellblauen Hosen ihrer Uniform waren lochzerfressen, die ledernen Brustharnische raugescheuert.

Das also ist aus der Akademie geworden.

Einst war das Institut in Hallinga bekannt gewesen und die Leute flüsterten ehrfürchtig über die Hehren Hallen in Lanning und nannten sie einen Hort des Wissens. Doch die Zeiten änderten sich. Seit die Fladrea sich fortgeschert hatten, taumelte die Stadt ihrem Untergang entgegen.

Gern hätte Eschenstab die Marmorfassade gesehen, als sie noch strahlend weiß gewesen war und die Menschen achtungsvoll von den Vætern hinter ihren Mauern gesprochen hatten. Doch diese Glanzzeit endete vor über hundert Jahren.

»Was ist Euer Begehr?«, blaffte ihn einer der Wächter an. Er wirkte halb so alt wie Eschenstab und in seinem Gesicht zeigte sich kaum ein Bartflaum. Sein Kamerad war bedeutend älter und hätte der Großvater des Jungen sein können. Weißes Haar trieb in Büscheln unter seinem eingedellten Lederhelm hervor.

Eschenstab entschloss sich, das Spiel mitzumachen, um möglichst wenig Aufsehen zu erregen. Also blieb er vor den beiden Gestalten stehen und nannte sein Begehr.

»Habt Ihr eine Verabredung?«, fragte der Ältere daraufhin.

»Nein«, gab Eschenstab schlicht zurück.

Der Junge stieß den Alten in die Seite. »Wieder einer, der nicht weiß, was zu tun ist.«

Am liebsten hätte Eschenstab sein Schwert gezogen und die unverschämten Wächter niedergestreckt. Wahrscheinlich waren sie so tumb, dass sie nicht merken würden, was mit ihnen geschah. Doch das liefe gegen seine Absichten. So schluckte er diesen ersten Impuls hinunter und kramte stattdessen einen Trafladrim aus seiner Börse hervor. Er warf ihn dem Alten zu, der die Goldmünze äußerst behäbig auffing und sie beinahe zu Boden fallen ließ.

»Hier stehen zwei Mann Wache«, beschwerte sich der Jüngere.

»Aber es will nur einer rein.« Eschenstab stieß die Männer auseinander und schritt durch die entstandene Lücke. Ohne sich umzudrehen, marschierte er weiter. Niemand hielt ihn zurück, als er die Halle betrat.

Der Marmorboden war trotz der Staubschicht beeindruckend. Naturgetreue Mosaike zeigten Tiere und Pflanzen in bunten Farben. Im Zentrum erstreckte sich eine detaillierte Karte von Hallinga, die allein so groß war wie die Ritterhalle in Eschenhain.

Unzählige Treppen, breite und schmale, aber allesamt mit marmornen Stufen, führten nach oben und unten. Flure zweigten in alle Richtungen von der Halle ab. Schilder konnte Eschenstab keine entdecken, doch hätte er im Moment sowieso nicht die Geduld gehabt, sie zu lesen.

Stattdessen schnappte er sich einen Knaben, der mit einem Stoß Pergament unter dem Arm vorbeieilte. Seine roten Backen passten zu seiner Haarfarbe. Eschenstab ließ sich von dem Jungen den Weg beschreiben und marschierte, ohne sich weiter um den Rotschopf zu kümmern, auf die Treppe zu, die der Knabe ihm gewiesen hatte. Aus Spaß trat er besonders fest auf, sodass seine Stiefel ein donnerndes Geräusch durch die Halle schickten. Das vermittelte ihm ein Gefühl von Macht.

Er erreichte die Stufen und stieg empor. Seit zwei Tagen befand er sich nun in Lanning und war mit dem Artefakt keinen Schritt weitergekommen.

Wo alles anfing, werde ich meine Bestimmung finden, verhöhnte ihn der Satz auf dem Stein.

Obwohl Eschenstab dieses Ding nach Lanning brachte – den Ort, an dem die Fladrea zum ersten Mal Hallinga betraten –, weigerte es sich weiterhin, ihm zu Diensten zu sein.

Er erinnerte sich an jene Nacht, in der er erfuhr, dass auch die letzten Fladrea Hallinga verlassen würden.

Plötzlich fehlte mir die Zeit, in Ruhe hinter das Geheimnis ihrer Macht zu kommen.

Schnell musste er den Plan fassen, eine Fladrea in seine Gewalt zu bringen. Zu seinem Glück konnte er das Starregift und die halbtote Dreiaugenspinne auftreiben. Alles schien glattzugehen und wäre das Kind erstmal groß genug gewesen, hätte er als Einziger in Hallinga über dessen Zauberkraft verfügt.

Eschenstab erreichte das erste Stockwerk und folgte der Treppe weiter nach oben.

Der Plan wäre fast gelungen, hätte sich Evin damals nicht eingemischt. Wie hätte ich ihm Larima abluchsen sollen, ohne meine wahren Absichten zu verraten?

Doch nun brauchte er das Mädchen nicht mehr. Schon bald würde er wissen, wie er dem Goldenen Artefakt dessen Macht entlocken konnte. Der Mann, zu dem er unterwegs war und der sich selbst als Experte für die Fladrea rühmte, würde es ihm verraten.

Eschenstab war des Wartens überdrüssig. Er dachte an all die langen Jahre, die Larima in Evins Obhut auf Burg Groveflyk verbracht hatte. Diese Narren verstanden nicht, welcher Schatz unter ihrem Dach lebte.

Im Nachhinein stellte es sich als praktisch heraus, dass sie sich um das Balg kümmerten und es großzogen. Eschenstab wusste, dass er nur zur rechten Zeit zuschlagen musste, um sich die Macht zu sichern, die in Larima schlummerte.

Wie angewiesen verließ er die Treppe im zweiten Stock, wandte sich nach rechts und schritt den Gang hinab. Im Dämmerlicht erkannte er wuchtige Türen aus dunklem Holz, die auf beiden Seiten abgingen.

Diese gluckenhafte Haronsa behütete ihre Kleine für meinen Geschmack ein wenig zu viel. Wie habe ich nur die Geduld aufbringen können, bis in den Augen der Fetten eine Heirat endlich nicht mehr aufschiebbar war? Das hätte eigentlich ein einfacher Weg sein sollen, Larima in meine Gewalt zu bringen. Wer hätte schon damit rechnen können, dass sich die Göre zu so einem Sturkopf entwickeln würde?

Am Ende hatte er auch ohne Hochzeit bekommen, was er wollte. Er spürte die Kontur des dreieckigen Steins in seiner Tasche und grinste.

Eschenstab erreichte eine hohe Doppelpforte, die achte Tür auf der linken Seite. In ihren besseren Zeiten mochte sie edel ausgesehen haben, jetzt war sie abgeschabt und verkratzt.

Sei's drum. Je verzweifelter die Menschen sind, desto eher rücken sie damit heraus, was ich wissen will.

Er würde hier nicht verschwinden, ohne dass er bekam, was er suchte.

- 2 -

Larimas Wut und der Stolz darüber, dass sie Semi aus den Fängen des Moorgeistes gerettet hatte, beflügelten sie auf dem letzten Abschnitt ihrer mörderischen Reise durch den Sumpf.

Tiefer, tückischer Morast zwang sie hundertmal, umzudrehen und einen neuen Weg zu suchen. Als die Silhouette der Stadt am Horizont auftauchte, stießen sie auf zwei breite Arme eines Flusses, die sie durchschwimmen mussten. Das lehmbraune Wasser stank wie eine Latrine und sog sich schwer in ihre Kleider und Haare.

Larima und Semi erreichten Lanning am späten Abend. Müde und schmutzig schleppten sie sich durch das Stadttor. Die Mauer war nicht aus Stein gefertigt, sondern bestand aus drei Schritt hohen Holzpalisaden.

Welche Armee soll sich auch unbemerkt durch diesen Sumpf nähern?

Die Wächter an den Toren nahmen kaum Notiz von ihnen. Larima konnte beim besten Willen nicht behaupten, sich mit Städten auszukennen. Doch zwei zerlumpte Gestalten, wie sie beide sie darstellten, wären in jeder anderen Stadt sicher argwöhnisch untersucht und abgewiesen worden.

»Was wir jetzt brauchen, ist ein gemütliches Zimmer«, raunte Semi ihr zu, während sie auf die schlammige Straße hinter dem Tor traten.

»Und vor allem ein Bad. Vielleicht finden wir sogar jemanden, der unsere Klamotten reinigt. Und das alles am besten unter demselben Dach.«

Nachdem sie eine Weile zwischen den Häusern der Stadt herumgelaufen waren, wurde Larima schlagartig klar, dass aus dem

Traum eines heimeligen Gasthäuschens nichts werden würde. Lanning war anders als die Städte, die sie zuvor besucht hatten. Die Bewohner schleppten sich durch die matschigen Straßen und sahen nicht weniger zerrupft aus als Semi und sie. Das Holz der Häuser vermoderte, die Dächer waren löchrig, ihre Türen beschmiert und Fensterscheiben existierten nicht. Überall lag Unrat vor den Eingängen und in den Gassen.

Larima und Semi stapften von Straße zu Straße in der Hoffnung, dass es in anderen Stadtvierteln besser aussah. Doch das Bild verschlechterte sich eher noch, je näher sie dem Meer und damit dem Hafen der Stadt kamen.

Ob wir hier überhaupt eine Bleibe finden?

Die Nacht würde bald hereinbrechen.

»Lass uns hier unser Glück versuchen«, entschied Larima und wies auf ein Gasthaus, das wenigstens über ein komplettes Dach verfügte, sodass es ihnen nicht in die Betten regnen würde.

Die Wirtin stellte sich als eine dralle Blonde heraus, die mehr als vierzig Winter gesehen hatte. Ihr Haar zeigte einen ähnlichen Farbton wie Getes. Anscheinend floss in einigen der Lanninger Fladreablut. Larima störte das nicht, fiel sie doch so mit ihren hellen Haaren weit weniger auf.

Die Frau stand hinter einer langen Theke und schrubbte Holzteller und Becher. Links von ihr führte eine Treppe in das obere Geschoss, wo Larima die Gästezimmer vermutete. Ölfunzeln an den Wänden erleuchteten den kleinen Schrankraum. Zwei Handvoll Männer drängelten sich um einen wuchtigen, runden Tisch. Sie hielten Karten in ihren Pranken und spielten um einige Savrim, die in Häufchen vor ihnen lagen.

An der Theke lehnte ein alter Mann in einer an den Knien zerrissenen Hose und einem mit dunklen Flecken bekleckerten Leinenhemd. Seine Haare waren kaum noch vorhanden. Graue Büschel hingen verloren bis zur Schulter hinab. Der Kerl drehte sich zu den Neuankömmlingen um und ließ seinen einzelnen Zahn blitzen.

Semi marschierte selbstbewusst auf die Wirtin zu und baute sich vor ihr auf. »Wir brauchen ein Zimmer, ein Bad, jemanden, der unsere Kleidung reinigt, und was zu essen!«, verkündete er. »Ich denke, das hier wird für die ersten zwei Tage reichen. Dann sehen wir weiter, ob Ihr unsere Taler wert seid.« Semi knallte vier Miosim auf die Theke.

Die Wirtin beäugte erst das Silber, dann Semi. In ihren Augen spiegelte sich die Hoffnung, dass dort, wo die Münzen herkamen, noch viel mehr davon auf sie wartete.

Larima dagegen wusste, dass dies ihr letztes Geld war. Semis selbstbewusstes Auftreten bewahrte sie zwar davor, abgewiesen zu werden. Aber was sollten sie in zwei Tagen tun?

Wahrscheinlich werden wir Semis Geschenk für mich doch noch verkaufen müssen.

Irgendwie wollte ihr der Gedanke daran nicht gefallen.

Die Wirtin beeilte sich, die Münzen einzustecken und Semi einen Schlüssel zu reichen. »Bad haben wir keines. Oben gibt es eine Waschschüssel, einen Brunnen findet ihr im Hof. Wenn ihr mir eure Kluft vor die Tür legt, kümmere ich mich darum, dass sie gereinigt wird. Heute Abend gibt's nichts mehr zu futtern. Morgen früh könnt ihr aber reinhauen.« Damit schien für die Wirtin alles gesagt und sie wandte sich ihren Bechern zu.

Larima und Semi brannten nicht darauf, länger im Schankraum zu bleiben. Sie schleppten sich todmüde die Treppe hinauf und fanden die Tür, in die ihr Schlüssel passte, auf der rechten Seite des Ganges. In dem engen Zimmer erwartete sie ein sauberes und überraschend bequemes Bett. Nachdem er sich einige Atemzüge lang auf das Bett gelegt und seine Beine ausgestreckt hatte, marschierte Semi mit einem Eimer nach unten und besorgte Wasser auf dem Hof. Sie wuschen sich Schlamm und Schweiß in der Wasserschüssel ab und platzierten ihre Kleidung vor der Tür.

Als sie am nächsten Morgen erfrischt erwachten, lagen ihre Sachen tatsächlich gereinigt vor der Zimmertür. Die Hemden strahlten nicht so sauber, wie sie es taten, wenn die Mägde auf

Burg Groveflyk sich um sie kümmerten, und die Risse und ausgefransten Ärmel waren auch geblieben, aber immerhin waren der Schlamm und die hässlichsten Flecken verschwunden.

Larima schnüffelte an ihrem Wams und konnte den Gestank nach modrigem Wasser kaum mehr wahrnehmen.

Ihr Frühstück in der menschenleeren Stube bestand aus nicht mehr ganz weichem Brot, sauer eingelegtem Fisch und einer Quarkpaste mit Eiern und Kräutern. Den restlichen Tag marschierten sie durch das riesige Lanning und suchten einen Hinweis darauf, wo sich Eschenstab aufhielt.

Obwohl sie so viele Gassen durchstöberten, wie Niva und Vœlen zusammen besaßen, entdeckten sie keine Spur von dem Ritter.

Wo versteckte sich ein von den Fladrea besessener Kerl, der ein Artefakt enträtseln wollte?

Als sich der Abend näherte, hatten die beiden eine ungefähre Vorstellung von Lannings Stadtplan gewonnen. Viele der Stadtteile verfielen nicht nur allmählich, die Häuser dort standen auch leer.

»Ich bin froh, dass wir bewaffnet sind«, sagte Semi mit Blick auf drei kräftige Bettler, die ihre sauberen Hemden sehr neugierig ins Auge nahmen.

Sie erreichten die Straße, in der ihr Gasthaus lag, und schleppten sich mit schweren Schritten dorthin zurück.

»Es ist zum Wahnsinnigwerden«, fluchte Larima. »Keine Spur von Eschenstab in der ganzen Stadt.«

»Na ja, alles haben wir noch nicht abgesucht. Bei Weitem nicht. Aber wenn keiner von den Leuten hier mit uns reden will …«

»Uns fehlen die klimpernden Argumente«, sagte sie und seufzte. Es fühlte sich schrecklich frustrierend an, auf der Stelle zu treten.

Vor Larimas innerem Auge tauchten das gramverzerrte Gesicht ihrer Mutter und der grauenhafte Tod ihres Vaters auf. Ihr Herz zog sich zusammen.

Ich werde nicht aufgeben. Ich muss diesen Kerl finden und ihn für seine Taten büßen lassen.

»Wenn wir nochmal in Richtung des Hafens gehen«, schlug sie vor. »Dort stehen unglaublich viele Lagerhäuser ...«

Semi unterbrach sie. »Jetzt brauchen wir erstmal ein kräftiges Essen. Ich kann keinen Schritt mehr tun.«

Zu ihrer Überraschung erwartete sie die Schankstube so gut wie leer. Außer der Wirtin klebte nur derselbe Alte an der Theke, der schon gestern Abend dort gesessen hatte.

»Der Kerl, den ihr so anstarrt, heißt Hark«, verriet ihnen die Wirtin leise, während Larima und Semi eine Schüssel Bohneneintopf mit Brot verschlangen. »Er treibt sich jeden Abend hier herum. Zahlt aber brav seine Zeche, was ich nicht von jedem behaupten kann, der hier reinstolpert.«

»Eine Frage, Frau ...«, fing Semi an.

»Nennt mich Sona«, unterbrach sie ihn.

»Eine Frage, Frau Sona«, versuchte Semi es erneut.

Doch die Wirtin fiel ihm erneut ins Wort. »Nicht ›Frau Sona‹! Wie ich sagte: einfach Sona.«

»Gut.« Semi kratzte sich am Hals. Von einer Schankmaid über den Mund gefahren zu bekommen, war er nicht gewohnt. »Dennoch meine Frage: Wenn sich hier in Lanning jemand verstecken wollte, wo würde er hingehen?«

Larima beugte sich neugierig vor. Die Wirtin lachte laut auf und ließ einen Becher auf den Tisch hinter der Theke knallen, sodass Larima zusammenzuckte. »In Lanning gibt es mehr Schlupflöcher als Wanzen. Vor wem wollt ihr euch denn verstecken?«, trompetete Sona.

Semi blickte Larima fragend an. Er war sich offenbar nicht sicher, ob er mit der Wirtin über ihre Suche sprechen durfte.

Larima überlegte. Es wäre nicht klug, herumzuerzählen, dass sie das Goldene Artefakt suchten. An Habgier mangelte es in dieser Stadt an keiner Ecke. »Wir suchen jemanden, der uns etwas gestohlen hat«, erklärte sie Sona. »Ein großer Ritter, schwarz gekleidet und mit zwei Schergen unterwegs.« Larima bemühte sich, Eschenstab, Koskan und Lurge so genau wie möglich zu beschreiben.

Die Wirtin schüttelte den Kopf. »So jemanden habe ich nicht gesehen. Aber ehrlich gesagt würden so finstere Kerls hier in Lanning auf der Straße nicht einmal auffallen.«

Larima schluckte den Kloß herunter, der ihr im Hals steckenbleiben wollte.

Sona musste ihren enttäuschten Blick gesehen haben. »Was wollen die drei Diebe denn in der Stadt? Vielleicht finden wir auf diese Art heraus, wo sie sich verkriechen.«

Das wäre möglich, dafür muss ich ihr aber mehr über unsere Suche erzählen ... kann ich ihr vertrauen?

Larima überwand sich. »Es hat mit einem Artefakt der Fladrea zu tun«, gab sie zu. »Das hat dieser Ritter uns gestohlen. Und jetzt will er herausfinden, was er damit anstellen kann.«

Sona überlegte, wobei sie mit ihrem Tuch schnell über den Rand eines Holzbechers rieb. Ihre Augen funkelten.

Ist das Gier? Ich hoffe, das war kein Fehler.

»Natürlich!«, rief Sona plötzlich. »Meister Leiskson aus der Akademie!«

Larima und Semi blickten sie verständnislos an. Die Wirtin erbarmte sich und setzte zu einer Erklärung an. »In der Akademie verschwenden immer noch ein paar Væter ihre Zeit mit all diesem theoretischen Kram, während die Stadt um sie herum verfault. Unter ihnen gibt es einen Meister, der sich mit der Kultur der Fladrea beschäftigt. Er kennt sie besser als jeder andere in Hallinga. Wenn ihr etwas sucht, das mit den Besuchern zu tun hat, dann solltet ihr zu dem Meister gehen.«

»Was soll uns ein Bücherwurm schon bei unserer Suche helfen?«, grummelte Semi.

»Überleg doch mal«, meinte Larima. »Ein Spezialist für die Fladrea. Vielleicht hat Eschenstab ihn schon aufgesucht. Das wäre ein erster Hinweis.«

Semi wackelte mit dem Kopf. »Ja, könnte sein«, gab er grummelnd zu.

Larima ließ sich von ihm nicht entmutigen. »Wir brechen sofort auf«, entschied sie. »Ist es weit bis zu dieser Akademie?«

»Da brauchda heut' nimmer hin«, meldete sich Hark mit schwerer Zunge von seinem Platz herüber. »De lassäneuch eh nimmär rein. Fleicht landäts ihr gar innem Kerkär.« Er lachte, als hätte er etwas wahnsinnig Komisches gesagt. Und *wahnsinnig* war genau das Wort, das Larima bei Harks Gestammel einfiel.

Trotzdem schlenderte sie zu ihm hinüber, lehnte sich an die Theke und versuchte einen verführerischen Blick aufzusetzen. Ihr fehlte die Übung darin und sie musste bescheuert aussehen. Harks Aufmerksamkeit gewann sie dennoch. »Du kennst dich gut in der Akademie aus«, stellte sie fest.

Hark nickte. »Woll! War jahrlang Wächer dort, bissä mich rausworfen ham. Keinä Dalerschen mähr. Jetz kannsä nur noch durchs Haupttor rein. Doch wewachd isses trozäm.«

Larima stellte überrascht fest, dass der Mann weit weniger stank, als sie befürchtete. »Dann weißt du sicher alles, was man über die Akademie wissen kann«, stellte sie fest.

Hark grinste. »Woll, woll!«

»Was muss man tun, damit man dort reinkommt?«

»Awenns und inner Nacht lassensä eh kein rein. Morgen inner Früh könnirs probiern. Awer dann braucht ihr nä Verabrebung middn Meistär oda wenigstäns n bissn Pling-pling.« Er rieb die Finger aneinander.

»Und wenn ...«, Larima zögerte, »wenn man keine Verabredung hat und auch kein Gold, das man ... spenden könnte?«

Larimas Blick wanderte über die Theke und traf auf den der Wirtin. Die Frau lauschte aufmerksam und zeigte einen misstrauischen Gesichtsausdruck.

Klar, dass sie nicht gern hört, dass ihre Gäste kein Gold besitzen.

Hark legte Larima eine Hand auf die Schulter und ließ seine Finger spielen. Sie unterdrückte den Drang, sich zu schütteln.

»Da gibbet nochn annerär Weg!«, verkündete er.

»Verrat ihn mir, Hark.« Larima zwang sich, den Alten anzulächeln.

Der nickte. »Ja, ja, Hark is also doch nimmer so unnütz«, sagte er zu irgendwelchen Stimmen in seinem Kopf. Dann versuchte er, sie mit seinem Blick zu fixieren, und rückte zu ihrem Unbehagen noch ein Stück an sie heran. Doch Larima wich nicht zurück, sondern beugte ihren Kopf zu ihm herunter und nickte, um den Alten zum Weitersprechen zu ermuntern.

»Sagt einfach, Kronka tutech schiggän! Dann wernsech schon reinlassän. Un zwar wieär Wind.« Hark gackerte.

Semis Blick traf Larimas. Ihr Gefährte schien am Geisteszustand ihres Informanten zu zweifeln und war offenbar drauf und dran, dem Kerl seinen Humpen auf den Schädel zu knallen, dass es krachte. Doch Larima schüttelte den Kopf. Sie glaubte, dass Hark ihnen die Wahrheit sagte.

»Wer ist diese Kronka?«, hakte sie nach.

Der Alte gluckste munter weiter, was Larimas Geduld arg auf die Probe stellte.

Endlich beruhigte er sich und blickte in die Runde. »Kronka isse Frau vom Kommandannen voner Wachä. Glaubt mir, besser isses, wenn ihrse nich kennt, das olle Zankeisen.«

»Aber was hat das mit den Wächtern an der Akademie zu tun?«, fragte Semi dazwischen.

Hark blickte auf und es dauerte einen Moment, bis er herausfand, woher diese Stimme gekommen war, und sich zu Semi drehte. »Kronka tut oft Bodn zu ihrm Mann schiggän«, sagte er. »Die Armen müssn dann schön ihrä Schimpfe ausrichdn, wenn er was ausjefressen hat. Glaubts dem ollen Hark, is den Männern liebär, wennsen Bodn schiggän tut, als wennsä selber rüberkommt. Die wern jedn reinlassen, wennär von Kronka kommt.«

Larima war überrascht. Der Plan wirkte vielversprechend und sie schämte sich dafür, dass sie Hark in Gedanken nur als nutzlosen Säufer abgetan hatte.

»So ein glücklicher Zufall«, meinte Semi, »dass uns diese Kronka gerade morgen Früh in die Akademie schicken wird, um ihrem Mann etwas auszurichten.«

- 3 -

Die Wirtin beschrieb ihnen den Weg zur Akademie und es stellte kein Problem dar, den wuchtigen Bau am nächsten Morgen zu finden. Larima war entsetzt, wie heruntergekommen die Akademie aussah. Sicher war sie einmal ein prunkvolles Aushängeschild der Stadt gewesen.

Durch Harks Hinweisgelangten sie problemlos an den Wachen vorbei. Im Inneren des Gebäudes versuchten sie, jemanden zu finden, der ihnen den Weg zu Meister Leisksons Werkstatt weisen konnte. Schon bei der Erwähnung dieses Namens bekam der erste Bursche, den sie trafen, leuchtende Augen. Er beschrieb den Weg, ohne überlegen zu müssen. Larima kam es vor, als stelle Meister Leiskson eins der letzten brennenden Scheite eines ehemals mächtigen Leuchtfeuers dar.

Sie eilten durch die Gänge und stießen wenig später auf den Zugang zur Werkstatt. Semi pochte an die Doppeltüre und riss sie auf, als niemand antwortete. Sie betraten einen Raum, dessen Wände mit Regalen zugestellt waren, in denen hunderte Schriftrollen und Bücher lagerten.

Zwischen den Schriften entdeckte Larima merkwürdige Dinge wie einzelne Schuhe, das verwitterte Holz eines Handkarrens und einen Kochtopf. Ein schweres Steuerrad lehnte an der Wand unter einem Fenster.

All das muss in irgendeinem Zusammenhang mit meinem Volk stehen.

Inmitten des Chaos grübelte ein Mann mit langen braunen Haaren über einem Folianten.

Er wirkt viel zu jung, um Meister Leiskson zu sein.

Mit offenem Gesicht fixierte er die Eindringlinge, als er sie bemerkte. »Was wollt Ihr?«, herrschte er sie an und legte das Buch auf eine wuchtige Werkbank, die in der Mitte des Raumes aus allerlei Plunder und morschen Holzbalken herausragte.

Larima konnte ihm den unfreundlichen Empfang nicht verdenken, denn immerhin waren sie wie Waræger in den Raum gestürmt.

»Wir suchen Meister Leiskson in einer dringenden Sache«, erklärte sie.

Wie Larima es befürchtete, schüttelte der Mann vehement den Kopf. »Der Meister ist nicht hier. Ich bin Reknir, sein Gehilfe.« Er ließ seine Arme hängen. Der hellblaue Wollmantel, der ihm von den schmächtigen Schultern fiel, hatte bessere Zeiten gesehen. »Und welch grandiosen Gehilfen ich abgebe! Sitze hier und zerbreche mir sinnlos den Kopf, was ich tun soll.« Er musterte sie, als wollte er abschätzen, ob er ihnen vertrauen konnte. Offenbar zahlte sich das frisch gereinigte Gewand aus. »Gestern stürmte ein Mann in die Werkstatt, der irgendwas von Meister Leiskson wollte. Ich befand mich im Nebenraum und der Besucher hat mich, den Göttern sei Dank, nicht bemerkt.« Der Gehilfe wies beiläufig auf eine der Wände. Hinter einem Haufen ausgeblichener Kleider war nur schwer ein schmaler Durchgang zu erkennen.

»Ein Mann?«, rief Semi. »Trug er schwarze Kleidung und ein Schwert?«

»Ja, er war vollends schwarz gekleidet und verlangte eine Auskunft, aber mein Meister wollte sie ihm nicht geben, egal wie laut der Mann brüllte. Da hat der ihn am Arm gepackt und ihm etwas ins Ohr geflüstert. Meister Leiskson ist erblasst und dann sind sie durch die Tür verschwunden. Seitdem ist er nicht mehr aufgetaucht und auch niemand sonst hat ihn gesehen.«

Larima konnte nicht glauben, was sie hörte. Eschenstab musste den armen Mann entführt haben, um ihn zu zwingen, ihm mit dem Artefakt der Fladrea zu helfen.

»Ihr seid sicher, dass Ihr nicht mehr wisst?«, fragte Semi. Er musterte Reknir abschätzend. »Ihr habt die beiden doch verfolgt, gebt es zu.«

»Ich habe schon zu viel gesagt«, wich der Gehilfe aus. »Wieso sollte ich Euch vertrauen? Wer weiß, ob Ihr Meister Leiskson nicht ebenso schlecht gesinnt seid.«

Larima erkannte Furcht in seinen Augen.

Er fühlt sich verloren, da er noch nie eine Entscheidung ohne seinen Mentor hat treffen müssen.

»Glaubt mir, noch Schlimmeres als Eschenstab kann Eurem Meister nicht geschehen«, versuchte Semi, Reknir zu überzeugen.

Larima ahnte, dass Worte hier nicht viel bewirken würden. Sie sah nur eine Möglichkeit und musste es wagen. Während Semi noch auf den jungen Mann einredete, blickte sie auf ihre rechte Hand. Sie tastete nach der Spur und fand sie. Mit zusammengebissenen Zähnen konzentrierte sie sich. Schweiß trat ihr auf die Stirn.

Du musst es schaffen!

Mit Genugtuung bemerkte sie, wie ein kleiner Lichtfleck auf ihrer Handfläche entstand. Er war bei Weitem nicht so groß und hell wie der Lichtbringer, den sie in der Höhle gewirkt hatte.

Sie streckte Reknir ihre Hand entgegen. »Kann Euch das überzeugen, uns zu helfen?«

Der junge Mann zuckte zusammen und starrte auf das himmelblaue Leuchten, das von Larimas Handfläche ausging. Seine Augen weiteten sich und sein Gesichtsausdruck wirkte, als würde er Zeuge einer himmlischen Erscheinung. Er schien kurz davor, auf die Knie zu fallen. »Woher? Seid Ihr ... Seid Ihr eine Fladrea?«, stammelte er.

Larima nickte, beruhigte die Spur und ließ Lichtbringer verlöschen. »Also, wohin hat Eschenstab ... wohin hat dieser schwarze Ritter Euren Meister gebracht?«

Reknir schritt auf sie zu. Mit seiner Hand ergriff er ihr Haar und hielt es gegen das Licht. »Tatsächlich«, staunte er. »Das

Schimmern ... wie im Text von Eneruv, Seite siebzehn, Absatz zwei.«

»Also?«, fragte Semi.

Der Gehilfe fuhr zusammen und ließ Larimas Haare los. Er blickte sich gehetzt um, als erwartete er, dass weitere Fladrea aus dem Nichts in der Werkstatt auftauchten. »Ja, ich habe sie verfolgt, doch ich war zu feige, einzugreifen«, gab er mit zittriger Stimme zu. »Ich fürchtete, der dunkle Kerl würde mich entdecken. Sie sind ins Lagerviertel am alten Hafen. Zwischen den Speicherhäusern habe ich sie verloren.«

»Die Speicherstadt ist riesig«, gab Semi zu bedenken. »Sieht Eschenstab ähnlich, sich dort wie eine Ratte zu verstecken.«

»Wenigstens haben wir einen Anhaltspunkt«, meinte Larima.

- 4 -

Vorsichtig schlichen Larima und Semi durch die matschigen Straßen. Dutzende Augen beobachteten sie aus dem Verborgenen. In den menschenleeren Gassen fanden sich hier und da Knäuel alter Lumpen, die auf die Bettler hinwiesen, die sich in dem verfallenen Viertel versteckten.

Die langgestreckten Häuser der Speicherstadt bildeten ein Gewirr von verwinkelten Gassen. Kräne hingen von schiefen Giebeln herab. Ihre Taue schwankten sanft im salzigen Seewind und waren von Algen überwuchert. Seit Jahrzehnten hievte keiner mehr eine Last in diese Speicher.

»Diese ängstliche Pergamentwanze hätte uns sowieso nur behindert«, stellte Semi fest, während sie dem Weg durch das Hafenviertel folgten, den Reknir ihnen beschrieben hatte.

Obwohl die Sonne die Kraft des Frühsommers besaß, drang sie nicht bis zwischen die Lagerhäuser vor. Hier herrschte kaltes Dämmerlicht. Es gab Hunderte dunkler Ecken, in denen jemand lauern konnte, und mittendrin versteckten sich Eschenstab und seine Handlanger. Wie sollten sie die Kerle finden?

Inmitten einer brackigen Pfütze blieb Larima wie angewurzelt stehen. Sie hielt ihren Körper starr und ließ nur ihre Augen über die Umgebung gleiten.

Da ist etwas!

Sie spürte ein Ziehen in ihrem Kopf. Es erinnerte sie an das Dröhnen, das sie befallen hatte, wenn sie aus einer ihrer Visionen erwacht war.

Ihre Beine wurden schwach und sie drohte umzukippen. Schnell packte sie Semis Schulter und hielt sich fest.

Genauso hat es sich in der Höhle angefühlt, in dem Moment, als Eschenstab das Artefakt berührt hat.

»Was ist los?«, fragte Semi und blickte ihr besorgt in die Augen.

»Ich fühle es ... Das Artefakt. Es ist hier in der Nähe«, keuchte sie. Das Gefühl der Ohnmacht verblasste, als gewöhne sich ihr Körper daran.

Larima richtete sich auf, ließ Semis Schulter los und musterte ihre Umgebung aufmerksam.

Wenn ich es so intensiv spüren kann, muss es in der Nähe sein.

Es war, als riefe das Artefakt nach ihr, als wolle es in die Hand einer richtigen Fladrea gelangen.

Diese Verbindung, die ich spüre, muss gleichzeitig ein Band zwischen Eschenstab und mir sein.

Larima erschauerte bei dem Gedanken. Doch das war die einzige Erklärung, warum sie in ihren Träumen sah, was der Ritter in der Kolonie der Fladrea erlebt hatte.

Larima durchblitzte ein Gedanke: Das Artefakt verstärkte dieses Band, das seit fast zwanzig Jahren zwischen ihnen bestand. Und diese Verstärkung hatte in dem Moment begonnen, in dem Eschenstab den Stein berührte.

Seitdem trägt er ihn ununterbrochen bei sich. Deshalb habe ich diese detaillierten Träume durchlebt.

Larima schloss ihre Augen und atmete tief ein und aus. Die Erkenntnis überwältigte sie.

Als sie sich auf den Ruf des Artefakts konzentrierte, spürte sie die Richtung, aus der er kam.

Sie schlug die Augen auf. »Ich weiß, wohin wir müssen«, sagte sie zu Semi, der sie verwundert musterte. Er wusste nicht, was in ihrem Kopf vorgegangen war.

Larima sah sich um und entdeckte einen Durchgang in den Holzwänden der Lagerhäuser. Er war breit und hoch genug, um einen beladenen Ochsenwagen passieren zu lassen. Dahinter konnte sie einen dunklen Innenhof erahnen, der mit zersplitterten Metfässern vollgestellt war.

Sie blickte Semi an und legte einen Finger auf den Mund. Er verstand. Dann winkte sie ihm, ihr zu folgen, und schlich durch die Toröffnung.

Auf dem matschigen Boden ließ es sich nicht vermeiden, dass bei jedem Schritt ein leises Platschen erklang. Larima kam das Geräusch unerhört laut vor. Semis große Füße in den dunklen Lederschuhen platschten noch lauter.

Vorsichtig lugte sie um die Ecke und inspizierte den Hof. Er war von zerbrochenen Fässern überflutet, doch an seiner Nordseite führte ein freier Pfad zu einem doppelflügeligen Tor, durch das man ins Innere eines Lagerhauses gelangte. Der Eingang wurde bewacht, von Lurge und Koskan.

Lurge hockte auf einem Stein und knabberte an etwas, das einmal ein Hühnerschenkel gewesen sein mochte. Koskan stand aufrecht neben ihm und kontrollierte den Sitz seines Gürtels.

»Es ist doch sinnlos, Koskan!«, schmatzte Lurge. »Selbst wenn die Göre und das Weichei nicht tot sind, finden die uns niemals. Wieso müssen wir hier draußen auf diesem Dreckshof Wache schieben?«

Koskan antwortete nicht. Da er mit dem ordentlichen Sitz seiner Kleidung zufrieden schien, wanderte er einige Schritte im Hof auf und ab.

Larima spürte, wie Semi sich dicht hinter sie drängte. Sie musste sich mit aller Kraft in den Boden stemmen und an der Ecke festhalten, damit er sie nicht auf den Hof schob. Am liebsten hätte sie sich umgedreht und Semi zurechtgewiesen, doch in diesem Moment sprach Koskan.

»Du weißt, was der Herre gesagt hat.« Seine Stimme klang barsch wie eh und je. »Er will nicht gestört werden, während er mit dem Meister an diesem Zauberding arbeitet. Und denkst du nicht, unerwünschte Besucher, die ins Lagerhaus spazieren, würden ihn stören?«

»Wenn du mich fragst, verirrt sich doch sowieso keiner hierher.«

Koskan warf ihm einen Blick zu, der sagte: *Ich frage dich aber nicht.* »Wir sind zur Wache abgestellt.« Dann schnaufte er verächtlich und nahm seine Runden über den Hof wieder auf.

»Und sowieso«, beschwerte sich Lurge weiter. »Warum müssen wir überhaupt in diesem stinkenden Stadtteil herumlungern, während es nahe der Stadtmauer wenigstens annähernd saubere Gasthäuser gibt.«

»Hörst du eigentlich nicht zu oder kannst du dir nichts merken?«, gab Koskan zurück. »Auf dem Artefakt steht, dass es dort seine Macht entfaltet, wo die Fladrea zum ersten Mal nach Hallinga gekommen sind, und das ist der Hafen von Lanning. Also wäre es wohl klug, sich so nahe wie möglich an dieser Stelle aufzuhalten, oder nicht? Oder sollen wir uns deiner Meinung nach direkt an die Mole stellen, damit jeder uns beobachten kann? Ich denke, diese Lagerhäuser sind dann doch ein besseres Versteck.«

Lurge zuckte mit den Schultern. »Ja, ja, ist schon recht. Ich sage ja nichts mehr.«

»Ich finde den Modergestank auch nicht gerade berauschend, aber sobald der Herre sein Ziel erreicht, wird alles anders. Denk daran! Das noble Leben eines Jarls wird ein Witz sein gegen unseres.«

Larima hatte genug gehört und drängte rückwärts aus der Hofeinfahrt, bevor sie noch entdeckt wurden. Semi folgte ihr widerwillig.

Zurück auf der Straße schlich Larima weiter und blieb erst stehen, als sich einige Gebäude zwischen ihr und dem Hof befanden. Mit jedem Schritt wurde das Dröhnen in ihrem Kopf schwächer, bis es ganz verebbte.

»Wir haben sie gefunden«, jubilierte Semi. »Das ist wahrlich ein gut ausgedachtes Versteck. In den belebteren Vierteln würden sie mit ihrem Gefangenen auffallen, doch in die alte Speicherstadt kommt keiner freiwillig.«

Larima nickte. Es grollte in ihr, als sie sich vorstellte, dass Eschenstab in diesem Moment seelenruhig in dem Lagerhaus stand und das Artefakt mit denselben Händen berührte, mit denen er ihren Vater umgebracht hatte. Hass wollte von ihr Besitz ergreifen, doch sie schob ihn schnell von sich. Von Wut getrieben und unüberlegt in das Lagerhaus zu stürmen, nutzte niemandem.

»Was sollen wir jetzt tun?«, fragte Semi. »Ich kann Koskan und Lurge besiegen, das weiß ich genau.« Er vollführte Säbelhiebe in der Luft.

Larima musste trotz der ernsten Situation grinsen. »Sicher. Doch vergiss nicht, da drin wartet Eschenstab auf uns. Die Kampfgeräusche könnten ihn warnen. Mir fällt da gerade eine bessere Möglichkeit ein.«

- 5 -

Ihre Geschichte und die Verlockung blitzender Münzen hatten die Damen überzeugt, wie dringend ihre Hilfe nötig war. Jetzt näherten sich Larima und Semi mit vier geschminkten Grazien im Schlepptau dem Lagerhaus, in dem sich Eschenstab versteckte.

»Wie wollt ihr sie unschädlich machen?«, fragte Semi schüchtern. Er wagte es kaum, die Dirnen anzusehen.

»Das überlass nur uns, Süßer!«, maunzte die Dickste der vier, offensichtlich die Anführerin. Ihr Halsausschnitt bestand aus dunkelrotem Stoff und war mit schwarzen Bändern verschnürt. Sie lächelte und zeigte ihre gelben Zähne. »Wenn wir Damen mit den Kerlen fertig sind, kümmern sich kräftige Hände um sie. Vielleicht haben sie Glück und unsere Männer wollen heute kein Blut sehen. Dann finden sie sich nackt, aber atmend im Schlamm des Hafens wieder. Nach dem, was ihr uns erzählt habt, ist das mehr, als sie verdient haben.«

Die Dicke lachte brummig und die drei anderen Mädchen fielen misstönend ein. Larima wollte sie ermahnen, leiser zu sein, doch ihr wurde bewusst, dass lachende Straßendirnen nichts Ungewöhnliches in diesem Viertel darstellten. Sie nickten sich zum Abschied zu. Mit ihren Kleidern, aufgebauscht wie Großsegel, verschwand die Flotte durch das Tor.

Keine drei Herzschläge später erklang ein aufgeschrecktes »Halt! Wer da?« aus dem Innenhof.

Larima und Semi schlichen durch das Tor und linsten um die Ecke. Die Mädchen positionierten sich vor den Männern. Lurge, der den Warnruf ausgestoßen hatte, lachte und schlang einer der Dirnen seinen Arm um die Hüfte. Eine weitere in einem lilafarbenen Kleid drückte sich an ihn, flüsterte ihm ins Ohr und fummelte sich in Richtung seiner Männlichkeit.

Koskan reagierte weitaus vorsichtiger und hielt sich die Mädchen auf Abstand. »Was wollt ihr hier? Woher wisst ihr, dass wir hier sind?«, schnarrte er. Seine Backen waren gerötet und seine Augen huschten zur prachtvollen Brust der Anführerin.

Die Dicke bemerkte seine Blicke. »Wir riechen Männer, die eine Entspannung brauchen, schon von Weitem«, säuselte sie, beugte sich hinab und gewährte Koskan einen tiefen Einblick. »Oder haben wir uns getäuscht? Wenn das so ist, entschuldigen wir uns natürlich und sind gleich wieder verschwunden. Kommt, Mädels, es gibt noch andere Kerle, die unsere Herzen sehen wollen!«

Auf das Kommando hin lösten sich die Frauen von Lurge und machten sich auf den Rückweg über den Hof.

»Nein!«, kreischte der Glatzköpfige und stürzte den Dirnen hinterher. »Koskan! Bei allen Göttern. Sei nicht dumm! Wenn Kjœna uns diese liebreizenden Miezen schickt, wer sind wir, dass wir sie wegjagen?«

Eschenstabs zweite Hand versuchte sichtlich, seine strenge Haltung zu bewahren, doch da beugte sich eines der Mädchen nach vorn, lüftete ihr hellgrünes Kleid und präsentierte ihren blanken Hintern. Koskan wollten die Augen übergehen und Lurge stieß ein grässliches Schluchzen aus.

So schnell die nackte Pracht erschienen war, war sie wieder verpackt und die Dirne strich ihr Kleid glatt. Das genügte, damit ein glasiger Blick in die Gesichter der Männer trat.

»Ich denke, du hast ausnahmsweise einmal Recht, Lurge. Wer soll sich schon zwischen diese Baracken verirren? Es schadet nichts, wenn wir uns ein wenig an der Seite dieser Laidis ausruhen und neue Kräfte sammeln.«

Er lachte leise, marschierte nach vorn und packte sich die Dirne im grünen Kleid. Dann drückte er einen Schmatzer auf ihre getünchte Wange und verfehlte dabei nur knapp die breite Nase.

Larima und Semi machten, dass sie aus dem Durchgang kamen. Etwas abseits verbargen sie sich hinter zwei großen Säcken voller schimmelnder Wolle. Eschenstabs Schergen erschienen kurz darauf. Jeder von ihnen hielt zwei Frauen im Arm und selbst Koskans Schritte wirkten beschwingt. Die Gruppe verschwand hinter einer Ecke. Noch einige Augenblicke schallte das derbe Lachen von Eschenstabs Schergen und das helle Kichern der Frauen zu ihnen herüber, dann wurde es still.

Larima und Semi sprangen auf und eilten die Gasse entlang. Sie tauchten durch den Eingang und erreichten den verlassenen Innenhof mit seinen Metfässern. Semi stürmte auf die Tür zum Lagerhaus zu. Seine rechte Hand hielt den Knauf des Säbels fest umschlossen. Larima bewunderte ihn für seinen Kampfesmut.

Eschenstab hat nicht seinen Vater getötet und das Artefakt hat nichts mit seiner Vergangenheit zu tun. Dennoch will er dafür kämpfen und sein Leben riskieren.

Sie wollte ihrem Freund hinterherstürmen, doch eine Ahnung krallte sich um ihr Herz. »Warte, Semi!«, presste sie gerade noch rechtzeitig hervor.

Unwillig verharrte ihr Ziehbruder mit der Hand nach dem Türgriff ausgestreckt und wandte sich um. Seine Augen glühten vor Ungeduld und sein Körper bebte vor Kampfbegierde.

Larima folgte einem Instinkt und ergriff seine Schultern. In diesem Moment konnte sie an nichts anderes denken als an ihre Angst um ihn und dass sie ihn unbedingt beschützen wollte. Sie schloss die Augen, drückte Semi an sich und spürte verwundert, wie die Kraft wallte und aus ihr herausströmte.

Als sie die Augen öffnete, war Semi nichts anzumerken. Er stand mit der Hand am Griff seines Säbels da und musterte sie ungeduldig.

Sie ließ seine Schultern los, nickte ihm zu und er zog seine Waffe. »Bleib hinter mir!«, raunte er ihr zu. Er warf sich gegen die Lagertür, die knarrend aufschwang und den Blick ins Dunkel freigab.

- 6 -

Im Lagerhaus herrschte tiefe Finsternis, bis auf einen schmalen Lichtstreifen, der durch die geöffnete Tür fiel und eine Theke erhellte.

Es wird nicht leicht werden, sich hier zurechtzufinden.

Semi blieb inmitten des kleinen Raumes stehen und wartete, bis sich seine Augen an die Dunkelheit gewöhnt hatten. Der Boden war von losen Brettern und anderem Gerümpel übersät. Larima trat hinter ihm ein und ließ die Tür vorsichtig zuschwingen.

Er dachte an das angenehme Gefühl zurück, als sie ihn draußen vor der Tür umarmt hatte. Sein Mut war noch gewachsen und es drängte ihn, Eschenstab mit gezogener Klinge gegenüberzutreten.

Der Griff des Säbels lag gut in seiner Hand, aber obwohl die Waffe meisterhaft geschmiedet und ihr Gewicht ausgeglichen war, stellte sie keinen Vergleich zu Fochting dar. Semi kannte jede Fingerbreite seines Schwertes, übte mit ihm seit Jahren das Kämpfen und wusste, dass er nur damit dem Ritter die Stirn bieten konnte.

Ich muss Fochting zurückbekommen. Dann wird Eschenstab dafür bezahlen, was er Larima angetan hat.

Semi starrte in die Dunkelheit. Langsam wurde seine Sicht besser und er erkannte die rissige Decke mit ihren schmalen Schlitzen, durch die ein Hauch Sonnenlicht rieselte.

Er riss den Kopf herum. War dort ein Geräusch gewesen?

Semi wandte sich nach links und machte ein paar vorsichtige Schritte auf die Theke zu, hinter der der Umriss einer Tür zu erahnen war. Er achtete darauf, über den Unrat auf dem Boden zu steigen und kein Geräusch zu verursachen. Larima folgte ihm lautlos.

Nahe der Tür blieb er stehen, legte den Kopf schief und lauschte. Durch das Holz drangen Stimmen. Sie klangen hohl, als schallten sie aus einer geräumigen Kaverne. »Dort ist jemand!«, raunte er Larima ins Ohr.

»Das kann nur Eschenstab sein«, flüsterte sie zurück. »Wir müssen uns beeilen, nicht dass uns Lurge und Koskan in den Rücken fallen.«

»Ich dachte, die vier Grazien kümmern sich um die Kerle. Sollten sie nicht erst morgen im Hafenschlamm wieder aufwachen? Wenn überhaupt?«

Semi konnte schemenhaft erkennen, wie Larima mit den Schultern zuckte. Doch es stimmte, was sie sagte. Diese Lektion hatte ihm Reikon, sein Schwertmeister, schon immer eingebläut: Rechne nie mit dem Erhofften, sondern erwarte stets, dass ein Plan nicht aufgeht.

Er schob sich auf die Tür zu. Seine Rechte hielt den Säbelknauf fest gepackt, bereit, jederzeit zuzustechen. Trotz der Luftübungen war Semi das Kämpfen mit einem Säbel nicht gewohnt. Es würde gehen, wenn es nötig war, und da er Larima nicht beunruhigen wollte, verschwieg er ihr seine Bedenken. Aber sollte er Fochting nicht in seine Finger bekommen, würde er in einem Kampf zwischen Eschenstab und sich nicht auf sich selbst wetten.

Semi erreichte die Tür. Er befürchtete, dass sie knarren würde wie die Eingangstür. Als er sie vorsichtig aufdrückte, verursachte sie jedoch kaum einen Laut.

Dahinter lag eine ausladende Halle, die von Holzkisten überquoll. Sie stapelten sich bis an die sieben Schritt hohe Decke und füllten die ganze Halle aus wie erstarrte Wellenberge. Von weiter hinten leuchtete der Schein einer Lampe zwischen den Kistenbergen hervor. Ein hoher Turm ragte genau davor auf und versperrte Semi die Sicht. Die Stimmen waren verstummt.

Etwas gurrte über ihm. Als er den Kopf hob, bemerkte er eine Kolonie Tauben, die auf den obersten Holzbrettern in ihren Nestern hockten und die Neuankömmlinge mit starren Augen beobachteten.

Vorsichtig bahnten sich Semi und Larima ihren Pfad zwischen den Kisten hindurch und umrundeten langsam den größten Berg in der Mitte der Halle. Semi schob alle unnützen Gedanken beiseite und konzentrierte sich auf den bevorstehenden Kampf.

Geräusche erklangen vor ihnen. Eschenstab bellte etwas. Eine tiefe Stimme antwortete. Sie sprach langsam und überlegt. Das musste Meister Leiskson sein.

Semi lugte über den Rand der Behälter und konnte gut zwanzig Schritt entfernt einen alten Mann mit langem Bart erkennen. Er kauerte in einer Ecke mit dem Rücken an eine längliche Kiste gelehnt und seine Augen unter den schmalen Brauen huschten unentwegt zu der Stelle, von der der Schein der Laterne kam. Wen der Meister beobachtete, konnte Semi nicht sehen. Eschenstab schien ihn nicht gerade pfleglich zu behandeln, denn seine Haare standen ihm in alle Richtungen ab und seine Robe aus meerblauem Tuch hing zerknittert von seinen schmalen Schultern herab.

Als Semi sich umwandte, bemerkte er, dass Larimas Gesicht blass aussah und dass sie leicht schwankte.

Natürlich, das Artefakt! Sie spürt seine Nähe und es lässt sie schwindeln.

Er gab seiner Ziehschwester ein Zeichen und gemeinsam schoben sie sich an der Wand aus Kisten entlang, die ihr Kommen hoffentlich vor Eschenstab verbargen. Das Moment der Überraschung war ihre stärkste Waffe und womöglich die einzige Möglichkeit, gegen einen riesigen und kampferprobten Ritter wie Eschenstab zu bestehen. Es brachte nichts, sich zu belügen. Semi war sich darüber völlig klar.

An der Stelle, an der die Wand aus Kisten endete, beugte Semi sich vorsichtig nach vorn und spähte um die Ecke. In zehn

Schritt Entfernung stand ein Tisch. Darauf befand sich die Laterne, deren Schein sie gesehen hatten. Die Tischplatte war mit Pergamenten überhäuft, über die sich ein breitschultriger Mann mit schwarzem Mantel stützte: Eschenstab. Er hatte ihnen den Rücken zugewandt und studierte die Schriften. Das Artefakt war nirgends zu sehen. Vielleicht lag es zwischen den Pergamentrollen auf dem Tisch.

Hoffentlich hat Eschenstab das Geheimnis des Steins noch nicht entdeckt.

Sollte sich die Entführung von Meister Leiskson für den Ritter bereits ausgezahlt haben und er verfügte über die Macht des Artefakts, wäre ihr Kampf aussichtslos. Semi erkannte, dass die Füße und Hände des Meisters gefesselt waren.

Offensichtlich sind die beiden nicht die besten Freunde.

Während des Kampfes könnte der Alte ihm nicht helfen.

Semi bemerkte etwas, dass sein Herz schneller schlagen ließ. Nicht nur auf dem Tisch lagen Pergamente, sondern auch auf dem Boden darum herum. Bücher stapelten sich zwischen Eschenstab und den Kisten, hinter denen sich Semi verborgen hielt. Und an einem dieser Büchertürme, keine zwei Sprünge entfernt, lehnte Fochting. Die lederne Scheide glänzte und ließ Semis Augen nicht mehr los.

Ich muss mir mein Schwert holen.

Seine Hand zitterte, als er den Säbel zu Boden legte. Larima griff überrascht nach seiner Schulter. Er drehte sein Gesicht zu ihr und blickte sie eindringlich an. Sie musste verstehen, dass er nicht anders konnte.

Natürlich war es ein Risiko, unbewaffnet nach vorn zu stürmen. Aber nur mit leeren Händen war er schnell genug, um Fochting zu erreichen und das Schwert sofort aus der Scheide zu ziehen, um Eschenstabs erstem Schwerthieb zu begegnen.

Semi blickte ein letztes Mal zu Larima, die ihn mit großen Augen ängstlich ansah. Ihre Hand drückte sie gegen ihre Schläfe.

Jetzt liegt es an mir. Larima kann mir nicht helfen. Sie kann sich kaum auf den Beinen halten, solange das Artefakt in der Nähe ist. Sie würde es nicht überleben, würden wir uns Eschenstab gemeinsam stellen.

Semi versuchte, seine Sorge um sie zurückzudrängen. Er durfte nicht abgelenkt in den Kampf gehen. Diese Schwäche würde der Ritter eiskalt ausnutzen.

Vorsichtig lugte Semi um den Rand seiner Deckung. Eschenstab bemerkte sie nicht und stützte sich noch auf den Tisch.

Semi bereitete sich auf den Sprung vor. Er durfte sich keinen Fehler erlauben oder es wäre sein letzter.

Wie eine Bogensehne schnellte er nach vorn und hastete auf Fochting zu. Meister Leisksons Kopf ruckte bei der plötzlichen Bewegung herum und der Alte stieß einen Laut der Überraschung aus. Das schenkte Semi weitere Herzschläge Zeit, denn Eschenstab wandte sich erst dem Meister zu, bevor er bemerkte, was in seinem Rücken geschah.

Semi erreichte das Schwert, umschloss die Scheide mit der Linken und packte den Griff fest mit seiner Rechten. Mit einem Sirren zog er das Eisen heraus.

Eschenstab folgte dem Blick des Meisters und warf sich herum. Staunen durchfuhr sein Gesicht, als er Semi mit erhobenem Schwert vor sich sah. In der Dauer eines Lidschlags zog er sein Langschwert.

»Wusste ich es doch, dass ihr Ratten mir hinterherschleichen würdet«, grollte er. »Ihr wollt das Artefakt? Lass uns sehen, ob du es dir verdienen kannst, kleiner Folser. Wo hast du deine goldlockige Freundin versteckt?« Eschenstab blickte Semi über die Schulter und spähte nach Larima. Er grinste. »Egal. Soll sie sich in ihrem Loch verkriechen. Ich kümmere mich später um sie.«

Semi stand dem Ritter gegenüber und wagte nicht, zu sprechen, aus Angst, seine Stimme würde zittern. Stattdessen packte er Fochting fester.

Eschenstabs mächtiger Körper überragte ihn wie ein Berg. Mit dem Langschwert verfügte er zudem über eine größere Reichweite. Semi musste seinen massigen Gegner müde machen, indem er sich flink bewegte. Er hatte beobachtet, wie Eschenstab gegen die Trolle gekämpft und keine Gelegenheit für einen fiesen Trick ausgelassen hatte. Er durfte sich von ihm nicht in eine Falle locken lassen. Das würde ihm nicht passieren. Er trat einen Schritt zurück und erwartete den ersten Hieb.

Dieser kam mit einer solchen Wucht, dass Semi überrascht nach Luft schnappte. Er stemmte Fochting gegen den Schlag und das Klirren der aufeinandertreffenden Klingen dröhnte durch die Halle. Scharrend glitten die Schwerter aneinander ab.

Eschenstab hob seine Hand zum nächsten Schlag. Semi konzentrierte sich auf seine Verteidigung, tänzelte zur Seite. Der Ritter wechselte zwischen harten Schlägen, die er mit beiden Händen führte, und listigen Stößen, die er nur mit der Rechten lenkte. Er grinste.

Er spielt mit mir.

Semi beobachtete seinen Gegner und wich vor einem Schwerthieb zurück.

Welche Schwachstelle hat der Kerl?

Er musterte die Rüstung des Ritters: langes Kettenhemd, dicke Lederhandschuhe, nur der Kopf ungeschützt.

Semi schob sich nach links, versuchte einen Ausfall und stieß Fochting wild nach vorn. Eschenstab sah den Hieb jedoch kommen, zuckte zur Seite und die Klinge ritzte nur den Mantel. Der Ritter trat einen Schritt zurück und funkelte Semi finster an. Das Spiel war beendet, nun wurde der Kampf ernst. Und beide wussten: Es war ein Kampf auf Leben und Tod.

Eschenstab schob sich einen weiteren Schritt zurück und stieß mit dem Rücken an die Wand aus Kisten, hinter der sich Larima verbarg.

Der Gedanke an Larima lenkte Semi für einen Herzschlag ab, sodass er Eschenstabs Angriff verpasste. Im letzten Augenblick wich er aus und das Langschwert zischte an seiner Schulter vorbei.

Das darf mir nicht noch einmal passieren.

Der Ritter nahm sein Schwert nach oben und hielt die Klinge über seinen Kopf, bereit, zuzuschlagen. Sein Blick war nach unten auf Semi gerichtet, aus den Augen sprach Verachtung, als sähe er einen ungezogenen Hund an.

Sofort erinnerte sich Semi an den Kampf gegen die Trolle. Er wusste, was nun kommen würde. Eschenstab hatte die Trollfrau auf diese Art attackiert, mit zuerst hoch erhobenem Schwert, das er kurz vor dem Zuschlagen blitzschnell nach unten zog.

Mich wird er nicht überrumpeln. Ich darf nur nicht zu früh ausweichen.

Eschenstab warf sich nach vorn und überwand die zwei Schritt zwischen ihnen in weniger als einem Herzschlag. Wie Semi es vorhergesehen hatte, riss der Ritter sein Schwert nach unten und zog es zur Seite. Die Klinge fegte auf der Höhe seiner Hüfte auf Semi zu.

Semi ließ sich blitzschnell zur Seite fallen, gerade rechtzeitig. Das Langschwert sauste an der Stelle durch die Luft, an der er noch einen Augenblick zuvor gestanden hatte. Es knirschte, als die Klinge tief in einen Haufen Kisten fuhr. Semi kam auf dem Rücken auf und trat mit beiden Beinen nach dem wackeligen Stapel, während Eschenstab gebückt versuchte, sein Schwert aus dem Holz zu befreien. Ein Dutzend Kisten polterten auf ihn herab. Semi krabbelte rückwärts und entging dem Trümmerregen.

Die leeren Kisten prallten an Eschenstabs breitem Kreuz ab, ohne ihn zu verletzen. Er schüttelte sich wie ein Hund, der aus einem Wasserfall trat, und trat aus dem Brettergewirr heraus.

Semi nutzte die Gelegenheit, um sich aufzurappeln und zu Atem zu kommen. Er stand mit Fochting in der Hand da und bereitete sich auf einen neuen Angriff vor. Fieberhaft überlegte er, wie er einen Hieb bei Eschenstab landen konnte, doch sah er keine Möglichkeit, die dicke Panzerung zu durchdringen, ohne seine eigene Deckung aufzugeben. Und auf einen solchen Fehler wartete der Ritter nur.

Eschenstab stampfte heran. Auf seiner Stirn zeigte sich kein Schweiß und seine Bewegungen waren geschwind und präzise wie zuvor.

Semis Arme hingegen fühlten sich schwer an. Sein Plan, den massigen Gegner an den Rand seiner Ausdauer zu treiben, lief nicht gut. Er hatte die Kampfkraft des Kerls unterschätzt.

Hinter Eschenstab blitzte für einen Augenblick eine bronzefarbene Mähne hervor. Larima zog sich aber sofort hinter die Kistenmauer zurück.

Der Ritter marschierte auf Semi zu und er wich zurück. Zu allem Unglück stieß er nach nur zwei Schritten mit dem Rücken an den wuchtigen Tisch. Er hatte sich in die Enge manövriert. Er hob Fochting und erwartete den nächsten Hieb, während seine Lunge vor Anstrengung pumpte und sein Herz raste. Mit Mühe konnte er die Klinge stillhalten. Sein Gegner durfte ihn nicht zittern sehen.

Eschenstab legte den Schwung seines Schrittes in den nächsten Hieb. Die Klingen prallten aufeinander. Der heftige Schlag wollte Semi umreißen, doch er drückte sich mit dem Rücken gegen den Tisch und blieb stehen.

Wie soll ich mich aus dieser Lage befreien? Kann ich den Kerl überhaupt besiegen?

Wieder ein Hieb, den Semi gerade so abwehren konnte. Seine Schulter kreischte vor Schmerz.

Genug zurückgewichen. Ich muss handeln, meine Vorteile nutzen.

Semi schwang Fochting, ließ die Klinge auf das Langschwert des Ritters prallen, zog sie blitzschnell zurück und stieß in einer anderen Richtung zu.

Doch Eschenstab sah seine Angriffe voraus und blockte die Hiebe mühelos ab. Mit blitzenden Augen setzte er erneut zum Gegenschlag an, schwang sein Langschwert in einer weiten Bewegung und zielte auf Semis Kopf.

Schützend riss Semi sein Schwert nach oben, aber Eschenstab gab seiner Klinge sofort eine andere Richtung und sie sauste auf ihn zu.

Nur einen Herzschlag später prallte Eschenstabs Klinge auf Semis Arm, doch schnitt sie nicht hinein. Stattdessen glühte die Stelle auf, an der das Eisen auf Semi traf. Das Schwert glitt ab, ohne ihn zu verletzten.

Ein Zauber!

Semis Augen huschten in Larimas Richtung. Ihr Haarschopf war nirgends zu entdecken.

Hat sie einen Schutzzauber auf mich gesprochen?

Eschenstab taumelte einen Schritt zurück, doch brauchte er nur einen Augenblick, um sich zu sammeln. Er hob sein Schwert und zielte damit auf Semis Oberschenkel.

Semis verwirrte Gedanken machten es ihm unmöglich, rechtzeitig zu reagieren. Das Langschwert traf ihn erneut, knapp über dem Knie. Ein Knall ertönte und für einen Augenblick war er von einem grellen Leuchten eingehüllt. Das Licht verblasste schnell und bröselte von ihm ab wie Sand.

Eschenstab verharrte erschrocken.

Semi riss seine Gedanken aus dem Taumel und zwang sie in den Kampf zurück.

Ich muss weg von hier!

Er schwang sich auf die Tischplatte, rollte über die knisternden Pergamente hinweg und kam auf der anderen Seite auf die Beine.

Der nächste Hieb wird nicht von mir abgleiten.

Mit den Augen fixierte er Eschenstab über den Tisch hinweg, der ihm Schutz gab.

Und was nun?

Er durfte nicht seine Haut retten wie ein verängstigter Junge. Der Kampf musste hier und jetzt ausgetragen werden. Koste es, was es wolle.

Larima zählt auf mich!

Semi blieb standhaft, als Eschenstab mit erhobenem Schwert ohne ein Wort den Tisch umrundete. Seine Augen und sein hässliches Lächeln sprachen eine deutliche Botschaft.

Er will mich tot sehen.

Semi ließ den massigen Ritter herankommen. Seine Stiefelschritte hallten durch den Raum, Eschenstabs Atem rasselte und er zitterte vor Erregung.

Semi blieb ruhig, hob Fochting und streckte die eiserne Klinge dem Feind entgegen. Die Waffe wirkte matt, als hätte sie die Hoffnung aufgegeben.

Eschenstab ließ sein Langschwert schwingen und Semi wehrte den Angriff ab. Semi bot all seine Kräfte auf. Er durfte nicht weichen. Zu viel stand auf dem Spiel, mehr als sein Leben.

Eschenstab darf das Artefakt nicht aktivieren.

Semis Kraft verließ ihn mit jedem Hieb, den er parierte. Ein besonders schneller Schlag kam von schräg unten und er schaffte es nur mit Mühe, seine Waffe herumzureißen. Die Klingen prallten aufeinander. Diesmal klang das Geräusch fremd, als würde Glas splittern.

Fochting erzitterte.

Fassungslos beobachtete er, wie das obere Drittel seiner Klinge brach und zur Seite flog.

Eschenstab baute sich vor Semi auf, dem der nutzlos gewordene Schwertgriff aus der Hand glitt.

Semi unterdrückte den Drang, seine Arme schützend vor sich zu halten. Nichts half gegen den Hieb des Langschwerts, er musste seine Würde bewahren und aufrecht sterben.

Der Ritter holte zum letzten Stich aus.

Wenn er gnädig ist, wird er mir den Kopf mit einem Schlag vom Hals trennen. Werde ich noch sehen, wie ich vor meine Füße falle und mein Körper zusammenbricht?

Doch so viel Mitgefühl traute er Eschenstab nicht zu. Er würde ihm den Bauch aufschlitzen und warten, bis er elendig krepierte.

Die blitzende Klinge schoss auf ihn zu.

Seine Lunge sog einen letzten Atemzug ein. Sein Herz schlug ein letztes Mal. Sein Körper erwartete den tödlichen Schwerthieb.

- 7 -

»Nein!«, schrie Larima laut und sprang auf. Dabei warf sie ihre Arme nach vorn und deutete auf den verhassten Ritter. Sie spürte, wie eine riesige Menge Spur aus ihr herausströmte. So viel hatte sie noch nie auf einmal gefühlt.

Zuerst verstand sie nicht, was geschah. Sie bemerkte verwundert, dass Semi zwar zitterte, aber lebte. Unsicher taumelte er unversehrt einen Schritt zurück und blickte erstaunt auf seinen Gegner.

Eschenstab war erstarrt. Über seinem Kopf hing das Schwert in seinen Pranken wie festgefroren in der Luft. Larima dachte nicht darüber nach, was geschah, sie griff neben sich auf den Boden, packte den Säbel und hastete hinter den Kisten hervor.

Die Gesichter ihrer Eltern tauchten vor ihr auf und verliehen ihren Schritten Kraft. Aus den Augenwinkeln bemerkte sie verwundert, dass die geschwungene Klinge in ihrer Hand hell aufleuchtete, als würde sie glühen.

Sie erreichte Eschenstab, nutzte den Schwung des Laufes und stieß ihm den Säbel tief in die Brust, dort wo sie sein Herz vermutete. Die Klinge glitt durch das feste Kettenhemd des Ritters wie durch dünnes Pergament. Unsicher ließ Larima das Heft der Waffe los und stolperte einen Schritt zurück. Das Glühen der Klinge erlosch.

Dann geschah mit einem Mal alles ganz schnell. Eschenstab löste sich aus seiner Starre, schwang sein Langschwert nach unten und wurde von dem kraftvollen Schwung mitgerissen.

Larima sprang erschrocken zurück und wäre fast das Opfer der scharfen Klinge geworden, die knapp vor ihr zu Boden sauste.

Der Ritter brach zusammen und begrub das lange Schwert unter sich. Aus seinem Mund schoss ein Schwall Blut, sein Todeskampf dauerte nur kurz. Larima musste mit dem Säbel sein Herz durchbohrt haben.

Eschenstab blieb starr liegen. Seine Augen blickten verständnislos nach oben, als fragte er sich, was ihn am Ende getötet hatte.

Es war ein eigenartiges Gefühl, den Mann tot am Boden liegen zu sehen, den Larima so sehr hasste und durch dessen Augen sie ihre Familie gesehen hatte.

Die eintretende Ruhe wirkte gespenstisch. Larima merkte, dass das Dröhnen in ihrem Kopf verschwunden war. Sie spürte das Artefakt nicht mehr. War dies durch Eschenstabs Tod geschehen?

Das ist der Beweis, dass nicht das Artefakt die Schmerzen in mir ausgelöst hat, sondern die Verbindung mit diesem Ungetüm, die der Stein lediglich verstärkt hat. Nun ist es vorbei.

Larima atmete auf. Sie schloss Semi in die Arme und drückte ihn. Die beiden blickten sich in die Augen.

Während ihr Ziehbruder zu Meister Leiskson lief, um ihn von seinen Fesseln zu befreien, untersuchte Larima den Tisch. Das Artefakt lag noch zwischen den Pergamenten. Der graue Stein schimmerte und schien ihr zuzulächeln.

Können Gegenstände eine Seele haben? Hat mir das Artefakt die Erinnerungen Eschenstabs mit Absicht gezeigt?

Larima ergriff den Stein. Er fühlte sich kalt an in ihrer Hand.

Sie schüttelte den Kopf. Welche anderen wundersamen Dinge mochten die Fladrea erschaffen haben?

- 8 -

In Meister Leisksons Haus erholten sich Larima und Semi in den nächsten Tagen von den Strapazen. Larimas Gedanken kamen jedoch nicht zur Ruhe. Sie drehten sich um das Goldene Artefakt der Fladrea und ihre Herkunft. Oft hielt sie den Stein in der Hand und fuhr die Rillen auf der grauen Oberfläche nach. Ihr war, als verströmte er eine Kraft, die Semi nicht wahrnehmen konnte. Larima vermutete, dass nur Fladrea diese Energie spürten.

Als sie das Artefakt in der verfallenen Lagerhalle zum ersten Mal in der Hand hielt, tauchten noch mehr der verschlungenen Zeichen darauf auf. Doch ohne die Hilfe von Leiskson gelang es Larima nicht, ihren Sinn zu verstehen.

Als es dem alten Meister besser ging und er das Bett verlassen konnte, bat er Larima und Semi in seine Werkstatt. Von Schriftstücken und Büchern umgeben erwartete er sie in seiner meerblauen Robe. Er studierte die Schriftzeichen eines Pergaments auf dem Lesepult, als Larima und Semi eintraten.

»Hast du das Artefakt bei dir?«, fragte er begierig, nachdem sie sich begrüßten.

Larima händigte es ihm aus und erklärte ihm auf seine Frage hin nochmal, welche Zeichen kürzlich aufgetaucht waren.

»Und du kannst dies lesen?«, fragte er aufgeregt.

Larima blickte zu Semi, der mit verschränkten Armen an ein Bücherregal gelehnt dastand und sie beobachtete. Sie sah Leiskson an und zuckte mit den Schultern. »Könnt Ihr das etwa nicht lesen?«

Der Meister schüttelte vehement den Kopf, wobei seine zerzausten, weißen Haare noch mehr durcheinandergerieten. »Ich versuche seit Jahrzehnten, die Schrift der Fladrea zu entschlüsseln.«

Larima zeigte auf die ihr zugewandte Seite des Artefakts. »Hier stehen zwei Begriffe, die zusammen für mich keinen Sinn ergeben: ›stärker werden‹ und ›Spur‹.«

Der Meister blickte auf. »Spur? So nannten die Fladrea ihre Kräfte, mit denen sie ihre Apparate in Aktion setzten.«

»So *nennen* sie ihre Kräfte«, verbesserte Larima. Sie konnte es nicht leiden, dass Leiskson immer in der Vergangenheit von ihrem Volk sprach. »Aber das bringt uns nicht weiter. Über die Spur weiß ich selbst kaum etwas«, gab sie zu.

Sie wies auf die andere Seite des Artefakts, die den größten Teil der Schriftzeichen barg. »Hier steht mehr: ›anfangen‹, ›Bestimmung‹ und ›finden‹. Das muss der Satz sein, der Eschenstab nach Lanning gelockt hat. Aber es steht nicht geschrieben, was dann passiert, oder wie das Artefakt seine Kräfte entfaltet. Wir sind zwar hier in der Stadt, in der alles begann, was mit den Fladrea und Hallinga zu tun hat, aber bisher wurde kein Geheimnis preisgegeben.«

»Lanning ist groß«, gab Meister Leiskson zu bedenken. »Ich wage die Hypothese, dass dieses Artefakt nur an einem distinkten Ort seine Kräfte offenbart.«

»Aber wo?«, fiel Semi ein, der schweigend zugehört hatte. Er trat zwischen Larima und den Meister.

Leiskson sah sie abwechselnd an. Er wirkte aufgeregt. »Die Stelle, an der alles begann? Da kann es sich nur um den Hafen handeln! Denn dort begab es sich, dass die Fladrea zum ersten Mal in Hallinga landeten.«

»Das wusste Eschenstab«, sagte Semi. »Er hat bestimmt auch direkt am Hafen probiert, das Ding zu aktivieren.«

»Der Hafen allein genügt nicht«, rief Larima. »Es muss eine bestimmte Stelle geben, die wir finden müssen. Etwas, das Eschenstab übersehen hat.«

Der Meister nickte. »Schon lange untersuche ich eine Stele im Hafen, eine Schöpfung der Fladrea, die an ihr Erscheinen erinnern soll. Ich verwette meine Ehre als Wissender, dass wir dort fündig werden.«

- 9 -

Die Stele bestand aus spiegelndem, schwarzem Stein. Als Larima sie berührte, fühlte sie sich kühl an, obwohl die Mittagssonne sie beschien.

Die Luft am Hafen schmeckte salzig. Das Gekreische von Möwen und die Rufe der Fischer vermischten sich mit dem Branden der Wellen zu einer geschäftigen Kulisse.

»Dürfte ich dich bitten, mein Kind, mir zu offenbaren, was hier geschrieben steht?« Meister Leiskson fehlten die Augen und Ohren für die Betriebsamkeit des Hafens. Sein Blick war neugierig auf die drei Schritt hohe Stele gerichtet, die wie ein Finger in den Himmel wies.

Die Säule verfügte über einen dreieckigen Grundriss und Gravuren und Schriftzeichen bedeckten jede ihrer Seiten. Bilder zeigten Szenen der Landung der Fladrea: Schiffe ritten über Wellenberge und erreichten ein sumpfiges Land. In Felle gehüllte Bewohner begrüßten die Neuankömmlinge, die Fremden zeigten ihnen ihre Wunder und bald blühte der Ort auf und ein reger Handel setzte ein.

Soweit Larima sie verstand, erzählten die Schriftzeichen ebenfalls diese Geschichte. Ein Wort tauchte immer wieder auf: Fladremin.

Ist das der Name des Landes, aus dem mein Volk kam, unsere Heimat jenseits des Dimfrostmeers?

Was war mit den Fladrea aus der Kolonie und mit ihrer Mutter geschehen? Waren sie sicher in dem fremden Land angekommen? Lebten sie auf der anderen Seite der Meere in Fladremin?

Larima sah auf das Goldene Artefakt in ihrer Hand hinab. Es befand sich an der Stelle, an der die Fladrea das erste Mal den

Boden Hallingas betreten hatten, doch nichts war geschehen. Der Stein wollte sein Geheimnis nicht preisgeben.

Meister Leiskson muss sich geirrt haben.

Enttäuschung machte sich in Larima breit. Die Gedanken an ihre Familie stimmten sie traurig und diese Ernüchterung mehrte das Gefühl noch.

Plötzlich kam ein Aufschrei von Semi, der auf der anderen Seite der Stele stand und ihre Oberfläche untersuchte.

Larima und Meister Leiskson eilten zu ihm. Aufgeregt deutet er auf eine Stelle der schwarzen Steinfläche. Ein Bild zeigte die Schiffe der Fladrea, die über das Meer fuhren. Ihre Segel waren gebläht und auf dem Deck standen Personen, die erwartungsvoll über die Wellen blickten.

»Seht!«, rief Semi. »Das mittlere der drei Schiffe. Sein Rumpf ist nicht ausgefüllt wie der der anderen. Hier gibt es eine Vertiefung und ihre Form ist dreieckig.«

»Exakt gleiche Formgebung verglichen mit dem Artefakt!«, murmelte Leiskson. »Was steht dort geschrieben, Larima?«

»Das scheinen die Namen der Schiffe zu sein. *Sturmwind* heißt das vordere, *Aufbruch* das hintere. Das in der Mitte heißt *Beginn.*«

»Dort, wo alles beginnt!«, rief Semi aufgeregt. »Das Goldene Artefakt gehört hierher!«

Helle Aufregung ergriff von Larima Besitz. Mit zitternden Händen hob sie den dreieckigen Stein. Tatsächlich! Er fügte sich mühelos in die Vertiefung ein.

Die drei traten einen Schritt zurück. Larima hielt den Atem an. Zuerst meinte sie, dass nichts geschehen sei, doch dann löste sie ihren Blick von der schwarzen Oberfläche der Stele und bemerkte ein Licht, das aus deren Spitze hervorschoss.

Es war milchig weiß wie das Licht des Mondes, und obwohl es sehr hell leuchtete, schmerzte es nicht in den Augen. Das Licht verteilte sich nicht über den Hafen, sondern bündelte sich zu einem gleißenden Strahl, der über den Platz führte, das Hafenbecken erreichte und weiter nach Osten über die tanzenden Wellen des Meeres flog, bis er sich am Horizont verlor.

Larima wusste sofort, dass dieses Licht nur in eine Richtung zeigen konnte: nach Fladremin, in ihre Heimat.

Es war ihnen gelungen, das Rätsel des Artefaktes der Fladrea zu lösen. Der Stein diente nicht als Instrument für Herrschsüchtige, das dem Finder unglaubliche Kräfte gewährte.

Eschenstab hat völlig falsch gelegen. Das Artefakt ist ein Wegweiser.

Dieser Gedanke ließ Larimas Herz vor Freude toben.

Semi und der Meister hingegen schienen ihre Begeisterung nicht zu teilen. Ärgerlich stiefelte Semi um die Stele herum. »Wieder nichts«, fluchte er. »Irgendwie müssen wir das Ding doch enträtseln.«

Sie können das Licht nicht sehen. Das Artefakt offenbart nur Fladrea den Weg nach Fladremin.

Das passte zu diesem Volk, das nichts besser konnte, als sich in Rätsel zu hüllen.

Welche Geheimnisse erwarten mich, wenn wir dem Licht folgen und es bis nach Fladremin schaffen?

Hallinga: Götter, Orte und Begriffe

Arano: Gott, der in der Not angerufen wird. Keiner der alten Götter; eigentlich ein vergöttlichter Fladrea, der sich vor etwa 200 Jahren (entspricht etwa 310 JT) in Hallinga aufhielt.

Ærgel: Rotgefiederter Raubvogel mit einer Spannweite von vier Schritt. Kommt vor allem im südlichen, waldreichen Teil Hallingas vor. Sein Blut wird von Godern für Rituale verwendet.

Armlänge: Längeneinheit, entspricht ca. 0,6 Meter.

Arro: Gott der Jagd. Vater von Vranna (Jagd), Leremma (Ackerbau), Rilka (Viehzucht). Wird vor allem von Adligen verehrt, die der Jagd als Sport und Vergnügen frönen.

Auge: Geheimnisvoller Anbau im dritten Stock der Westseite des Haupthauses von Burg Groveflyk. Der fensterlose Raum enthält eine geschwungene Säule aus Metall. Von diesem Artefakt der Fladrea weiß niemand, zu was es dient.

Bauernmeister: Titel in einem Dorf, entspricht etwa dem Bürgermeister einer Stadt.

Beinlinge: Zweiteiliges Strumpfpaar, wird am Wams angenestelt und damit fixiert.

Beinwellwurzel: Hilft in Heilsalben beim Zuheilen von offenen Wunden.

Bergthymian: Sehr aromatische Pflanze, deren herber Duft bei vielen medizinischen, kulinarischen, aber auch kosmetischen Anwendungen genutzt wird.

Bilun der Gehörnte: Gott des Versagens und des Niedergangs, der Angst und Schrecken verbreitet, vergleichbar mit dem Teufel.

Brombeerblätter: Werden in Heilsalben verwendet, um Haut geschmeidig zu halten; eine Lieblingszutat von Goder Wallon.

Bron die Blutaxt: War vor über hundertfünfzig Jahren (von 3.W 320.JT bis 3.W 325.JT) Jarl von Skogbrynet und für seine Brutalität gefürchtet. Um an die Macht zu kommen, tötete die Blutaxt seine vier Onkel und seinen Vater.

Burg Skogbrynet (sprich: *Skogbrinett*): Burg der Jarlschaft Skogbrynet und Sitz von Jarl Rekwen. Liegt tief in den Wäldern südlich von Groveflyk.

Deerkronagebirge (sprich: *Derkrona*): Gebirge nördlich der Unendlichen Weide, verläuft schmal vom Dimfrostmeer im Osten bis weit in den Kontinent hinein.

Dimfrostmeer: Meer an der Ostseite von Hallinga, wird in den Wintermonaten von eisigen Stürmen heimgesucht.

Dreiaugenspinne: Spinnenart mit drei roten Punkten im Kopffell. Ausgewachsene Exemplare werden normalerweise nicht größer als 40 cm. Machen mit ihrem Gift in den Wäldern Jagd auf Vögel und kleine Säuger.

Drei Wächter: Drei helle Sterne am Nachthimmel, ihre Farben sind rot, blau und gelb. Bilden ein auffälliges Dreieck, das versetzt zum hellen Band der Galaxie (Sternenfluss) in einer sternarmen Region liegt.

Easan: Buntgefiederter und gern gejagter Vogel, entspricht einem Fasan.

Elle: Maß bei Kleidung, ca. 30 Zentimeter.

Eschenhain: Rittergut, Sitz der Familie Eschenstab, gehört zur Jarlschaft Reetynd.

Falkenzinken: Felsnase neben dem Wasserfall an der Klippe nördlich des Waidwaldes.

Færdas: Gott der Reise und des Tranks. Schutzpatron der Reisenden und Bruder von Vindur. Priester des Færdas bleiben selten lange an einem Ort, sondern wandern gerne durch die Welt und bestaunen ihre Wunder.

Fehird: Beamter an einem großen Adelshof wie dem eines Jarls, der als Schatzmeister die Finanzen regelt.

Fest der Erneuerung: Religiöses Fest zur Begrüßung des neuen Sommers. Wird in den ersten Tagen des ersten Frühsommermonds begangen und kann als Gegenstück des Hæsgena-Festes verstanden werden.

Fingerbreite: Kleine Längeneinheit, entspricht ca. 2 Zentimetern.

Fjern: Schutzgöttin der lichten Wälder. Findet im südlichen, stark bewaldeten Teil Hallingas starke Verehrung, denn die Menschen dort fürchten zu dichte und damit gefährliche Wälder.

Flachkiefer: Niedriges Nadelbaumgewächs, das knapp über dem Boden in die Breite wächst.

Fladrea: Geheimnisvolles Volk, das vor etwa 100 Jahren in Hallinga gelebt hat.

Fladremin: Bezeichnung des Landes der Fladrea in ihrer Sprache, gleichzeitig auch die Bezeichnung der Sprache der Fladrea.

Fochting: Name von Semargans Schwert.

Folser: Thronfolger, Nachfolger eines Leards wie des Harons.

Freisand: Haronschaft im Osten der Jarlschaft Skogbrynet, liegt an der Küste.

Frinhus: Eine Haronschaft im südlichen Teil der Jarlschaft Skogbrynet.

Frühsommer: Jahreszeit, siehe Sommer.

Frühwinter: Jahreszeit, siehe Winter.

Fürstenraum: Besprechungsraum in der Burg Groveflyk, liegt im Prachtgeschoss.

Glœm: Gott in Hallinga, zuständig für die Seelen der Toten.

Godahus: Jarlsfreies Dorf mit drei Tempeln am Nordrand der Unendlichen Weide. Feste zu Ehren der Götter werden hier mit vehementer Leidenschaft gefeiert; ebenso wird jede Art von Gesetz strengstens befolgt.

Goder: Alter, weiser Eremit, natur- und götterverbunden, eine Art Druide.

Goldenes Artefakt: Artefakt der Fladrea mit sagenumwobener unermesslicher Kraft.

Graufarn: Heilpflanze, deren gräuliche Triebe kaum höher als wenige Zentimeter werden; stoppt Blutungen, verhindert das erneute Aufbrechen offener Wunden und fördert deren Zuheilen.

Gravid (sprich: *Grawid*): Ein Geschenk an die Angebetete; die zweite Stufe des Kjœrleg.

Gron: Fluss an der Ostküste, in der Gegend um Lanning herum; speist die Sümpfe dort. Nahe der Küste spaltet er sich in viele Arme auf und fließt träge.

Groveflyk (sprich: *Groweflük*): Haronschaft und ein Dorf in dieser Haronschaft. Heimat von Larima und Semargan.

Gulflœd: Bach, der quer durch die Haronschaft Groveflyk fließt; im Spätsommer wirkt er durch in ihn fallendes Laub gelb.

Hallinga: Langgestreckter, wenig zerklüfteter Kontinent. Seine Größe entspricht etwa einem Zehntel der Fläche von Europa. Das Klima erinnert in weiten Teilen an Skandinavien und an der Süd- und Nordspitze des Kontinents liegen raue Gebirge und äußerst dichte Wälder, die nahezu unbewohnt sind.

Hallingad: Sprache und Schrift in Hallinga.

Hallinger: Bewohner des Kontinents Hallinga.

Hallingfurt: Stadt im nördlichen Teil von Hallinga; berühmt für seine Schmiedearbeiten wie achtfach gefaltetes Eisen.

Haron: Titel eines Leards, ähnlich einem Freiherrn, Herr über eine Haronschaft.

Haronsa: Titel einer Laidi, Ehefrau eines Harons.

Haronschaft: Kleineres Herrschaftsgebiet, vergleichbar mit einer Freiherrschaft.

Hæsgena-Fest: Traditionsreiche Feier zum Ende des Sommers, auf der ausgiebig Speis und Trank zugesprochen wird. Dieses Fest ist schon sehr alt und entstammt den Zeiten vor dem ersten Jarlthing (also vor über 1130 Jahren).

Hehre Hallen: Eine Art Wissenschaftsakademie in Lanning, inzwischen stark heruntergekommen. Zu ihrer Glanzzeit beherbergte die Akademie viele Dutzend Væter und deren Schüler und Gehilfen und bot außerdem Lehr- und Forschungsräume.

Heilbeeren: Stärkende Heilpflanze, die an Sträuchern in den Wäldern von Groveflyk wächst. Ihr Sud wird gegen Fieber verwendet und fördert einen erholsamen, ruhigen Schlaf.

Herre: Anrede eines Ritters, verbunden mit dem Familiennamen.

Hjorta (sprich: *Jorta*): Hirschähnliches, riesiges Tier, das auf der Unendlichen Weide grast, vergleichbar mit einem Elch.

Hœgswald: Wald auf der Hochfläche oberhalb der Klippe; liegt jenseits der Nordgrenze Groveflyks.

Honbaum: Laubbaum in Hallinga, Blätter ähneln denen des Ginkgo, trägt zu Beginn des ersten Frühsommermonds tausende kleine, rote Blüten.

Jarl: Titel eines hohen Leards, Herr über eine Jarlschaft.

Jarlschaft: Großes Herrschaftsgebiet, enthält mehrere Dutzend Haronschaften und Rittergüter, vergleichbar mit einem Fürstentum. In Hallinga existieren 22 Jarlschaften.

Jarlsturnier: Großes Turnier in Skogbrynet, findet am fünfzehnten Tag des Spätwintermonds statt.

Jarlthing: Versammlung der Jarle Hallingas, die alle drei Jahre im Nordwesten des Kontinents stattfindet. Auf dem Jarlthing werden Gesetze erlassen, die für ganz Hallinga gelten. Außerdem werden Streitereien zwischen den Jarlschaften geschlichtet. Für die Zeitrechnung nach den vergangenen Jarlthings, siehe JT.

Jordkröten: Eine Krötenart mit brauner, warziger Haut; ihre Unterseite zeigt kleine, bläuliche Punkte.

Jorwurzel: Bittere Wurzel, die vor allem in den Wintermonaten geerntet wird. Viele Groveflyker essen Jorwurzel gerne weichgekocht als Brei, der mit Honig gesüßt wird, um den bitteren Geschmack zu überdecken.

JT: Zeitrechnung in Hallinga; gezählt wird die Anzahl der Jarlthings seit dem ersten vor 1132 Jahren. Da das Jarlthing alle drei Jahre stattfindet, ergibt sich eine Zählung gemäß: 1.W 1.JT (erster Winter nach dem ersten Jarlthing), 2.W 1.JT, 3.W 1.JT, 1.W 2.JT u.s.w.. Zu Beginn des Romans schreiben wir den 2.W 377.JT.

Kjœrleg: Traditionelles Liebeswerben, besteht aus fünf Stufen: Erste Frage, Gravid, Kuss, Tale, Letzte Frage.

Kjœna: Gott und Göttin der Verliebten, tritt als Mann und als Frau in Erscheinung.

Klæna: Langes, weites Gewand von Mönchen und Nonnen, wird häufig auch auf einer Pilgerreise getragen.

Klippe: Nördliche Grenze von Groveflyk, hinter ihr beginnt der Hœgswald.

Krolsholt: Stadt weit im Südwesten von Groveflyk, hier erlernen die Væter ihr Wissen.

Kunska: Göttin des Wissens, die dieses eifersüchtig hütet. Nur wer wirklich würdig ist, soll Kunska um Beistand und Erkenntnis bitten.

Laidi (sprich: *La-i-di*): Bezeichnung für eine adlige Dame.

Laimonu der Rotäugige: Besonders grausamer Fladrea, hatte sich im Nordwesten Hallingas zum Herrscher aufgeschwungen. Seine Nachfolger nannten sich selbst Laimonen.

Landhird: Beamter, der die Ländereien einer Herrschaft verwaltet; vergleichbar mit einem Vogt.

Langvisturm: Einer der vier Türme der Burg Groveflyk; bildet die nordöstliche Ecke der Mauer, enthält das Studierzimmer des Væters.

Lanning: Stadt an der Ostküste; hier landeten die Fladrea in Hallinga mit ihren Schiffen. Der Ort war lange Zeit ein berühmter Handelsplatz.

Leard: Bezeichnung für einen adligen Mann, zum Beispiel den Herrn eines Landes wie den Haron oder Jarl. Gebräuchlich als Anrede: »Mein Leard.«

Letzter Hügel: Begräbnisstätte bei den Fladrea.

Longharpa: Musikinstrument ähnlich einem großen Hackbrett.

Leremma: Göttin des Ackerbaus, eine von Arros drei Töchtern. Wird vor allem von der Landbevölkerung verehrt und soll Fruchtbarkeit der Äcker versprechen.

Mannlänge: Längeneinheit, entspricht ca. 1,8 Meter.

Miosim: Silbernes Geldstück; Bezeichnung entspringt dem Fladremin und bedeutet *Flüssling*. Umgangsprachlich wird die Münze auch Jarltaler oder Taler genannt. 16 Miosim geben einen goldenen Trafladrim.

Moorgeist: Gefährliches Wesen, das in Sümpfen lebt und Lebende anzieht, um sie in Sumpflöcher zu locken. Erscheint wie eine geisterhafte Seele, stammt aber nicht von einem verstorbenen Menschen. Kommt glücklicherweise nur sehr selten vor, starke Emotionen scheinen sie anzulocken.

Nachtlinge: Böse Dämonen der Dunkelheit, sollen eines Tages die Götter vernichten und dann herrschen. Manche glauben, sie konkurrieren mit Bilun dem Gehörnten um die Vorherrschaft in der Hölle.

Niva: Jarlsfreie Stadt nördlich des Hœgswaldes, durch die ein Fluss fließt.

Ojimon (sprich: *Otschimon*): Vater aller Götter. Seine Tempel sind sonnenbeschienen und er besitzt den Hammer des Rechts und Geschicks. Eine seiner Aufgaben besteht darin, Recht und Unrecht zu trennen.

Ovtahis: Die Wohnstatt der Götter. Vergleichbar mit dem hellenistischen Olymp.

Peiana (sprich: *Pe-jana*): Göttin der Liebe und Ehe, Gastfreundschaft, Familie und Weiblichkeit. Ihre Priesterinnen geloben vor der Ehe strikte Jungfräulichkeit, um Vorbild für alle unverheirateten Frauen zu sein. Meist heiratet eine Peianapriesterin jedoch schnell und gründet eine vielköpfige Familie. Selbiges gilt für männliche Peianapriester, die jedoch viel seltener zu finden sind.

Reetynd (sprich: *Re-e-tind*): Eine Jarlschaft, zu der das Rittergut Eschenhain gehört. Herr über Reetynd ist Jarl Udur und damit Lehnsherr von Bancrus von Eschenstab.

Riebo (sprich: *Ri-e-bo*): Gott des Meeres. Seine drei Söhne (Halbgötter) werden als Haifische dreier verschiedener Arten dargestellt.

Rilka: Göttin der Viehzucht, eine von Arros drei Töchtern. Ist nicht nur für klassisches Hofvieh wie Kühe oder Schweine zuständig, sondern wird auch von allerlei anderen wie beispielsweise Pferdezüchtern angerufen.

Rimnoggabusch: Niedriger Busch mit schmalen Blättern, wächst in Höhenlage auf felsigen Berghängen im Gebirge.

Rudberribusch: Zierpflanze, die in Kübeln gezogen werden kann. Muss im Inneren des Hauses oder eines Schuppens überwintert werden.

Rufver (sprich: *Rufwer*): Immergrüner Busch in den Wäldern von Groveflyk.

Runda: Ein langsamer Schreittanz.

Samit: Leichter, fein gewobener und sehr wertvoller Wollstoff.

Sammetsalbe: Wird aus Sammetsamen gewonnen und dient nach einer Rasur zur Beruhigung der Haut.

Sau: Kleine Bronzemünze, siehe auch Savrim.

Savrim (sprich: *Safrim*): Bronzenes Geldstück; Bezeichnung entspringt dem Fladremin und bedeutet *Kleinling.* Umgangsprachlich wird die Münze auch Sau genannt. 8 Savrim ergeben einen silbernen Miosim.

Schritt: Längeneinheit, entspricht ca. 1 Meter.

Skalde: Musiker und Sänger, der Gäste auf einem Fest mit Liedern, Sagas und Geschichten unterhält.

Skogbrynet (sprich: *Skogbrinett*): Eine Jarlschaft, in deren Norden die Haronschaft Groveflyk liegt. Insgesamt 27 Haronschaften und 44 Rittergüter gehören zur Jarlschaft Skogbrynet; seine Größe entspricht etwa der des heutigen Baden-Württembergs. Herr über Skogbrynet ist Jarl Rekwen und damit auch Lehnsherr von Evin von Groveflyk.

Sommer: Umfasst 6 Monate, aufgeteilt in zwei Frühsommermonde (entsprechen April und Mai), drei Sommermonde (entsprechen Juni, Juli und August) und einem Spätsommermond (entspricht September).

Sonnædel: Undurchsichtiger, goldfarbener Edelstein, ähnlich einem Tigerauge.

Sonner: Goldene Münze, auch Sonnstück genannt; siehe auch Trafladrim.

Spann: Kleine Längeneinheit, entspricht ca. 20 Zentimeter. Strecke zwischen Ende des Daumens und des kleinen Fingers einer vollständig gespreizten Hand.

Spätsommer: Jahreszeit, siehe Sommer.

Spätwinter: Jahreszeit, siehe Winter.

Spur: Die magische Gabe der Fladrea, auch Kraft der Sterne oder Sternenkraft genannt.

Sternenfluss: Milchiges Band aus Sternen, das sich über den Nachthimmel spannt. Der sichtbare Teil der Galaxie, zu der diese Welt gehört.

Sydermeer (sprich: *Sidermeer*): Meer um die südliche Spitze Hallingas, hier liegen die großen Inseln Mirsdenny und Sœllan.

Tale: Eine Rede vor den Eltern der Angebeteten, um seine Vorzüge zu rühmen und das Einverständnis zur Verbindung zu erbeten; die vierte Stufe des Kjœrleg.

Taler, auch Jarltaler: Silbermünze, siehe auch Miosim.

Trafladrim: Goldenes Geldstück; Bezeichnung entspringt dem Fladremin und bedeutet *Goldstück*. Umgangssprachlich wird die Münze auch Sonner oder Sonnstück genannt.

Trolle: Menschenähnliche Ungeheuer von riesenhaftem Wuchs; leben in Hügelgebieten und werden von den meisten Menschen als kaum intelligent eingeschätzt. Sie besitzen jedoch eine primitive Sprache, die auf Grunzlauten verschiedener Höhe und Länge zusammen mit Lippengesten basiert.

Trollkriege: Kampf vieler Hallinger aus verschiedenen Jarlschaften gegen die Trolle, um diese zu vernichten; fand vor mehr als zwanzig Jahren statt (vom 2.W 369.JT bis 1.W 370.JT). Allgemein gelten die Trolle seitdem als ausgerottet.

Tullturm: Einer der vier Türme der Burg Groveflyk; bildet die südwestliche Ecke der Mauer.

Tykkfrucht (sprich: *Tickfrucht*): Frucht, die in Scheiben, sauer eingelegt und mit Honig angeboten und gegessen wird. Nicht eingelegt verdirbt sie sehr schnell und kann deshalb kaum gelagert werden.

Unendliche Weide: Baumloses Gebiet, beginnt nördlich von Niva und dem Hœgswald und reicht bis an die Wälder am Fuß des Deerkronagebirges. Die Unendliche Weide untersteht keinem Jarl, weshalb gegen auftragslose Waræger nur hier nichts unternommen wird.

Urminwurzel: Seltene, schwarze Wurzel, aus der ein dunkles, duftendes Öl gewonnen wird. Die sehr teure Essenz wird von eitlen Menschen benutzt, um damit beispielsweise graue Strähnen zu verdecken.

Utingar: Das jenseitige Land, das Jenseits der Hallinger. Wurde zwar von den Göttern geschaffen und wird von ihnen umsorgt, steht aber in keiner räumlichen Verbindung mit Ovtahis.

Utlendwald: Wald im östlichen Teil von Groveflyk; der Name bedeutet *Der fremde Wald.*

Væter (sprich: *Wäter*): Titel eines Gelehrten, vergleichbar mit einem Professor.

Vederturm: Einer der vier Türme der Burg Groveflyk; bildet die nordwestliche Ecke der Mauer.

Vindur: Bote der Götter. Bruder von Færdas.

Vœlen: Stadt nördlich des Deerkronagebirges; Jarlsstadt von Wrisnin. Vœlen verfügt über eine innere und eine äußere Stadtmauer, die beide intakt sind und weiterhin sorgfältig instand gehalten werden.

Vranna: Göttin der Jagd, eine von Arros drei Töchtern. Wird eher von Jägern aus dem gemeinen Volk verehrt.

Waidwald: Wald im nördlichen Teil von Groveflyk.

Wappen der Eschenstabs: Zwei gekreuzte Äste und ein Eschenblatt.

Wappen Groveflyks: Tanne flankiert von zwei Lindenblättern.

Waræger: Große Gruppe an Söldnern, die ihr Unwesen auf der Unendlichen Weide treiben, solange sie keinen Auftrag erfüllen.

Wegblicker: Feldblumen mit dunkelblauen Köpfen. Dem Færdas heilige Pflanze, da sie oft an Feldwegen anzutreffen ist.

Werhol: Familie, die aktuell die Jarle von Skogbrynet stellt.

Weringar: Spezieller Teil Utingars, an den die Seelen von Kriegern nach dem Tode gelangen und wo ein ewiges Festmahl zu ihren Ehren stattfindet; vergleiche Walhall.

Winter: Umfasst 6 Monate, aufgeteilt in zwei Frühwintermonde (entsprechen Oktober und November), drei Wintermonde (entsprechen Dezember, Januar und Februar) und einen Spätwintermond (entspricht März).

Wrisnin: Jarlschaft, zu der das Gebiet nördlich des Deerkronagebirges gehört. Vœlen ist dessen Hauptstadt.

Zweite Hand: Eschenstabs Bezeichnung für Koskan als seinen engsten Vertrauten. Die Bezeichnung wird schon seit hundert Jahren von der Familie Eschenstab in dieser Art verwendet.

Danksagung

Zwischen den ersten Zeilen, die ich für diesen Roman geschrieben habe, und seiner Veröffentlichung liegen unglaubliche sechs Jahre. Die Geschichte begann nicht am Anfang. Es war die Szene mit Larima und Semi im Wald, auf der verzweifelten Suche nach einer Ruine der Fladrea, die ich damals zuerst schrieb. Der Rest des Romans – damals trug er noch den Titel *Das Mysterium der Fladrea* – existierte nur als Idee und erst allmählich fanden sich all die anderen Elemente.

Für das Plotting und die Figurenentwicklung probierte ich mit einem Programm namens yWriter herum, was sich als schlechte Idee herausstellte. Die Infos waren darin in Hunderten Untermenüs regelrecht vergraben. Glücklicherweise gelang es mir dennoch, sie später für das Lektorat und die Überarbeitung zu bergen. Ob ich allerdings alle Ideen von damals wiedergefunden habe ...

Auf dem langen Weg bis zur Fertigstellung dieses Romans haben mich mehrere Menschen begleitet. Ohne sie wäre das Buch nicht möglich gewesen.

Zuerst möchte ich zwei Damen danken, die mir seit Jahren wertvolles Feedback zu meinen Geschichten geben. Anja und Astrid sind nicht nur die Ersten, die meine Texte lesen, mit ihnen diskutiere ich auch Ideen und kann über alles Mögliche quatschen, das mit der Schreiberei zu tun hat.

Vor allem Anja hat das Manuskript zu diesem Roman sehr liebevoll mehrmals durchgearbeitet und ihre Anmerkungen flossen in den Text mit ein.

Danken möchte ich auch meinem Verleger Nic, der an das Projekt glaubt, und dafür verantwortlich ist, dass die Fladrea eine Heimat gefunden haben.

Nora hat mir viele Denkanstöße gegeben, sodass die Geschichte im Lektorat nochmal ein gehöriges Stück nach vorne gebracht wurde.

Zu guter Letzt möchte ich auch dir danken, werter Leser, dass du dich auf das Abenteuer eingelassen und dich mit Larima auf die Suche nach diesem geheimnisvollen Volk begeben hast. Ich hoffe, die Reise gestaltete sich bisher spannend. Zwei weitere Bände der Geschichte um Larima und die Fladrea sollen folgen.

Aktuelle Neuigkeiten von meinem Schreibtisch findest du auf www.facebook.de/dominikschmeller oder auf meiner Homepage www.dominikschmeller.de.

Immer genug Muße zum Lesen!

Dominik Schmeller
an einem sonnigen Apriltag 2017 in München

BAND 1
FLUCHT AUS DEM DUNKEL

Dein Name ist Einsamer Wolf.
Bei einem hinterhältigen Angriff der Schwarzen Lords wird das Kloster, in dem du zum Kai ausgebildet wirst, vom Feind zerstört. Du bist der einzige Überlebende!

FLUCHT AUS DEM DUNKEL

Du schwörst Rache. Doch zunächst musst du Holmgard erreichen und König Ulnar vor den Horden des Bösen warnen. Der Weg, der nun vor dir liegt, birgt tödliche Gefahren, und der Feind ist dir dicht auf den Fersen.

Auf jeder Seite dieses Buches musst du dich neuen Herausforderungen stellen, darum wähle deine Waffen und Fähigkeiten mit Bedacht. Nur mit ihrer Hilfe wirst du das fantastischste und spannendste Abenteuer deines Lebens bestehen können.

Die Abenteuer von Einsamer Wolf sind eine einzigartige interaktive Fantasy-Serie. Wenn du dieses Abenteuer überstanden hast, kannst du deinen Kampf gegen das Böse in weiteren Bänden der Reihe Einsamer Wolf fortsetzen.

Werde Teil dieser einzigartigen Rollenspiel-Saga!